KB218740

책을 읽을 자유

책을 읽을 자유

초판 1쇄 발행 | 2010년 9월 11일
초판 4쇄 발행 | 2014년 12월 5일

지은이 | 이현우
펴낸이 | 조미현

편집주간 | 김수한
교정교열 | 김정선
디자인 | 나윤영

펴낸곳 | (주)현암사
등록 | 1951년 12월 24일 · 제10-126호
주소 | 서울시 마포구 동교로12안길 35
전화 | 365-5051 · 팩스 | 313-2729
전자우편 | editor@hyeonamsa.com
홈페이지 | www.hyeonamsa.com

ⓒ 이현우 2010

ISBN 978-89-323-1561-4 03810

이 도서의 국립중앙도서관 출판시도서목록(CIP)은
e-CIP 홈페이지(http://www.nl.go.kr/ecip)에서 이용하실 수 있습니다.
(CIP제어번호: CIP2010003208)

책을
읽을
자유

이현우 지음

로 쟈 의 책 읽 기
2 0 0 0 - 2 0 1 0

ㅎ현암사

"사랑스러운 여러분, 소중한 여러분, 무엇 때문에 나한테 이렇게 잘해주시는 겁니까, 내가 이런 대접을 받을 만한 자격이라도 있습니까?"

_ 도스토예프스키, 『카라마조프 가의 형제들』에서

1.

『책을 읽을 자유』는 『로쟈의 인문학 서재』에 이어서 펴내는 나의 두 번째 책이다. 애초에 이 두 권은 같이 기획됐었다. 넓게 보자면 모두 '책에 관한 책'이다. '서평집'으로 분류되기도 했지만 첫 번째 책은 '에세이' 범주에 속하는 글들을 모은 것이고, 주로 지난 몇 년간 쓴 서평을 모은 『책을 읽을 자유』가 온전하게 서평집에 해당한다. 아주 두꺼운 한 권의 책으로 나올 수도 있었지만, 따로 한 권씩 묶기로 했고 결과적으로 그렇게 됐다. 『로쟈의 인문학 서재』는 일종의 '블룩blook'이기도 해서 내가 '블룩한' 책이라고 불렀지만, 정작 더 '불룩한' 책은 『책을 읽을 자유』이다. 한 해를 더 보내면서 글의 양이 불어났고, 일부를 덜어내긴 했어도 그 글들이 보태진 까닭에 또 그렇게 됐다. 그래서 지난 10년간의 글쓰기를 통해서 내가 얻은 것이 두 권의 책이다. 블룩한 책 하나와 불룩한 책 하나. 이 정도면 나쁘진 않다고 해야 할까.

이 책에 실린 글의 대부분은 여러 지면에 발표한 것이다. 하지만 모두가 그런 건 아니고 로쟈의 기원 혹은 전사前史를 보여주는 글도 몇 편 포함돼 있다. 사실 '인터넷 서평꾼'으로 불리기 전부터 나는 인터넷 공간에다 책에 관한 이런저런 '수다'를 늘어놓곤 했다. 책에 실린 글 가운데는 『라캉과 정신분석 혁명』이란 책에 대한 서평이 가장 앞서는데, 2000년 7월에 쓴 것으로 인터넷서점에 올려놓은 리뷰였다. 그런 활동이 계기가 돼 오프라인 지면에도 서평을 싣게 됐다. 기억에는 북매거진 《텍스트》에 서평을 연재한 게 처음이었다. 『데칼로그』에 대한 글을 실은 게 2002년 10

월이었다. 로쟈란 이름은 그때부터 조금씩 알려진 듯하다. 그러고는 2007년 8월부터 《한겨레21》에 '로쟈의 인문학 서재'를 연재하기 시작했고, 이어서 《시사IN》과 《교수신문》 등 다양한 잡지와 매체에 정기적으로 혹은 부정기적으로 서평을 실었다. 서평에 한정하자면 '로쟈의 전성시대'였다. 주로 그 기간에 쓴 서평들을 모아놓은 결과가 이 책이다. 모쪼록 더 깊이 있는 독서를 원하는 독자들의 유용한 베이스캠프가 되면 좋겠다.

시기적으론 2000년부터 2010년까지 만 10년간 쓴 글들의 모음집이 됐지만, 『책을 읽을 자유』에서 가장 많은 비중을 차지하고 있는 건 최근 3년 동안 쓴 서평들이다. 그걸 한 권의 책으로 묶으면서 가장 고심했던 건 배열 문제였는데, 여러 방안을 모색하다가 편집진의 제안에 따라 30개의 꼭지로 나누었다. 각 꼭지에는 비슷한 주제나 성격의 글을 몇 편씩 모아놓고 따로 제목을 붙였다. 그것이 이 책의 큰 모양새다. 사이사이에 들어가 있는 '페이퍼'나 '리스트', 그리고 간간이 붙어 있는 뒷얘기(P.S.)는 내 블로그('로쟈의 저공비행')의 특징을 반영하려는 편집진의 아이디어다. 딱딱하게 읽힐 수 있는 서평집이 조금 부드러운 인상을 갖게 됐다면 나보다는 편집진의 아이디어와 노고 덕분이다. 덧붙여, 장정일과 지젝에 관한 다소 긴 발표문 두 편도 곁다리로 들어가 있는데, 단조로운 책 읽기에 '서프라이즈'가 됐으면 싶다.

책에 관한 글쓰기라면 나로선 원래 해오던 것인 만큼 대수롭지 않을 수 있었다. 하지만, 마감에 맞춰 정해진 분량의 원고를 쓰는 건 '일'이었다. 읽을 책을 고르는 건 대개 자유로웠지만 서평을 쓰는 일은 그만큼 자유롭지 못했다. 문체에도 제약이 따랐고, 항상 마감에 쫓기면서 편집자들의 애를 먹였다. 두 시간 안에 끝마칠 때도 있었지만 10매 안팎의 원고를 쓰는 데 보통은 서너 시간씩 소요됐으니, 고생스러운 일은 아니더라도 부담스러운 일이었다. 어느 여름날은 자정 넘어 술자리에서 돌아와 두 편의 주간지 서평을 새벽까지 연이어 쓴 적도 있다. 즐거움보다는 사명감에 이끌린 것이 아니었을까. 나는 '책을 읽을 자유'보다는 '책을 읽은 의무'를 상기하며 글을 썼다. 자의로 읽은 책이 많지만 타의로 읽은 책도 적지 않다. 그래서 '복무'한다는 생각마저 들었는데, 이제『책을 읽을 자유』를 내놓으니 감회가 없지 않다. 막사 하나 지어놓고 '현역'에서 물러나는 기분이다. 서평을 쓰는 일에서 완전히 손을 놓는 건 아니지만, 앞으로는 내가 쓰고 싶은 책을 쓰는 데 더 주력할 계획이다.

2.

사적인 내용을 포함하고 있더라도 공개된 서평은 공적인 성격을 갖는다. 그것은 '내'가 읽는 게 아니라 '우리'가 읽는 것이기 때문이다. 공적인 서평을 쓰면서 내가 바란 것은 그렇게 함께 읽는 '우리'의 확산이었다. 사회적 관심과 문제의식을 공유하고, 좋은 책을 통해 얻은 시각과 통찰을 서로 나누고, 더 나아가 '책을 읽는 문화'를 다져가는 데 일조하고 싶었다. 모두가 같은 책을 읽을 필요는 없지만, 모두가 책을 읽는다는 행위에 동참하는 건 내게 중요해 보였다. "책 따위야 읽을 사람만 읽으면 된다"는 몽매주의에 나는 동의하지 않는다. "책이 인생의 전부가 아니야"라는 깨달음을 얻기 위해서라도 우리는 책을 읽어야 한다는 게 나의 믿음이다. 우리가 너나없이 자유로운 인간이고 싶어 한다면, '책을 읽을 자유'는 자유의 최소한이다. '최소한의 도덕'(아도르노)이란 표현을 빌려 '최소한의 자유'라고 말해도 좋겠다. '닫힌 사고'와 '빈곤한 생각'만큼 우리를 옥죄는 감옥도 없을 테니까. 정치서클에 가담한 혐의로 시베리아에서 유형생활을 한 도스토예프스키에게도 비록 복음서라는 단 한 권의 책이긴 했지만 책을 읽을 권리는 보장됐다. '책을 읽을 권리'가 보편화된 것은 역사적으로 보자면 극히 최근의 일이지만 그것은 이제 인간으로서 '최소한의 권리'에 속한다.

'책을 읽을 자유'는 최소한의 자유이지만 동시에 최고급의 자유이기도 하다. 책을 읽기 위해서는 책을 쓰는 사람이 있어야 하고, 만드는 사람이 있어야 하며, 내게 그 책을 읽을 수 있는 역량이 갖춰져야 한다. 또 책을 읽을 수 있는 시간과 공간이 허락돼야 한다. 책을 읽을 자유는 그 모든 조건을 필요로 하기에 '어려운 자유'일 수도 있다. 그래서 고급스럽다. 책읽기의 '유토피아'라고 말할 수 있을까. 책을 읽을 자유는 그렇게 최소한의 자유에서 출발하여 최고급의 자유로 뻗어나가야 한다. 그런 '자유의 길'에서 더 많은 이들과 만날 수 있으면 좋겠다. 아니 우리는 그렇게 만나야만 한다!

3.

"사랑스러운 여러분, 소중한 여러분, 무엇 때문에 나한테 이렇게 잘해주시는 겁니까, 내가 이런 대접을 받을 만한 자격이라도 있습니까?"

도스토예프스키의 『카라마조프 가의 형제들』에서 조시마 장로의 형 마르켈의 말이다. 그는 급성폐결핵으로 열일곱의 나이에 세상을 떠나게 되는데, 몸져누운 이후로 어떤 깨달음을 얻는다. 그러고는 자신의 시중을 들던 하인들에게 이렇게 말한다. "사랑스러운 여러분, 소중한 여러분, 내가 여러분에게 무엇을 했다고 나를 이렇게 사랑해주시는 겁니까?"

개인적으로는 나도 고등학교 3학년 때(만으로는 열일곱이었다) 폐결핵을 앓은 탓인지 마르켈의 말이 가슴에 와 닿았다. 책에 실린 글들은 모두 내가 썼지만, 정작 읽을 책들이 없었다면 단 한 줄도 쓰지 못했을 것이다. 새로운 책들이 나올 때마다 나는 "사랑스러운 여러분"을 되뇌게 된다. 그 모든 책과 저자들에게 감사한다. 이제 그 '여러분'의 대열에 합류하면서, 『로쟈의 인문학 서재』에 이어서 이번에도 책을 함께 구상하고 모든 진행을 순조롭게 조율해준 김수한 주간과 다시 한 번 꼼꼼한 독자가 돼준 김정선 교정자께 감사한다. 이번에도 책 디자인을 맡아준 나윤영 씨와 한여름에 조판 디자인을 맡아 고생했을 권숙희 씨에게도 감사한다. 이젠 사라진 서재를 멋진 사진을 통해 기억할 수 있도록 해준 임수식 작가께도 감사드린다. 모두가 이 책을 만드는 데 애써준 '소중한 여러분'이다. 매우 바쁜 일정에도 불구하고 발문까지 써준 신형철 평론가의 우의에도 특별한 감사를 표하고 싶다. '우의'라고 적은 것은 같은 시기에 시사주간지의 서평 필진으로 활동한 인연을 기억해서다. 일일이 밝히지는 못하지만, 원고의 첫 독자가 돼준 여러 지면의 편집자들께도 감사의 뜻을 전한다. 새롭게 책으로 묶으면서 몇 가지 수정을 하긴 했지만 그들이 알아보지 못할 정도로 '마사지'한 글은 없다. 그리고 짧게는 3년간, 길게는 지난 10년간 책 읽기와 글쓰기에 매달리느라, 함께 보낼 시간을 많이 축낸 가장을 용인해준 아내 희정과 딸 서현에게 고마움을 전한다. 아직 집에서 쫓겨나지 않은 것이 어떨 땐 경이롭다.

끝으로, 이 서문만 빼고 이 책에 실린 모든 글을 쓴 공간 '533동 1404호'에도 고마움을 표하고 싶다. 바로 얼마 전 새집으로 이사하면서 아무런 인사도 전하지 못했는데, 그 사이에 이미 주인이 바뀌었다. 공간에도 영혼이 있다면, 우리는 나중에 할 얘기가 조금 있을 것이다. 그리고 운명애. 책 또한 운명애를 비껴갈 수 없는 거라면, 나는 이 책을 사랑할 수밖에 없다. 내가 다른 삶을 살지 않았듯이, 다른 책을 쓴 게 아니라면 말이다. 내가 어떤 책의 저자라는 사실이 대견하고 기쁘다. 똑같은 여건이 반복되더라도 나는 더 좋은 책을 쓸 수 없을 것이다.

2010년 8월

이현우

책을 읽을 자유

| 차 례 |

| 일 러 두 기 |

1. 이 책에 실린 글들은 대부분 여러 매체 지면에 발표한 것들이지만, 몇몇 글들은 필자의 블로그 〈로쟈의 저공비행http://blog.aladin.co.kr/mramor〉에만 공개된 것이다. 각 글 말미에 발표 혹은 집필 시기를 밝혀두었다.

2. 지면에 발표한 글들은 내용과 표기를 거의 고치지 않았다. 그 외의 글들은 서지사항의 변동과 시의성을 고려해 조금씩 수정하였다. 인용문은 수정하지 않고 원문 그대로 두어 띄어쓰기나 표기법이 본문과 다른 경우도 있다. 또한 본문에서 국립국어원의 외래어 표기법을 따르지 않고 '익숙한' 표기를 따른 경우도 있다. (예: 콘셉트 → 컨셉)

"인생은 책 한 권 따위에 변하지 않는다"

"난 적어도 책 한 권에 인생이 변했노라고 말하는/ 비열한 인간은 되기 싫었던 것이다."이응준, 「어둠의 뿌리는 무럭무럭 자라나 하늘로 간다」

오래전에 읽은 시의 한 구절입니다. 보통 '내 인생의 책'이니 '나를 바꿔준 한 권의 책' 같은 이야기들을 하지만, 따지고 보면 인생이 그렇게 쉽게 변하는 것 같지도 않고 인간이 그렇게 쉽게 나아지는 것 같지도 않습니다. 그래서 공감한 대목입니다. 책에 매혹된 이후로 책을 읽는 일이 제 주업처럼 돼버렸지만, "책이 전부야!"라는 말만큼은 피하고 싶기도 했습니다. 더불어, 앉은자리에서 '비열한 인간'이라는 소리를 듣고 싶지도 않았지요.

인생은 '책 한 권' 따위에 변하지 않습니다. 그러면 어떻게 해야 할까요? "나는 책이라곤 읽지 않아!"라고 자랑스레 말해야 할까요? 적어도 이 《아름다운 서재》를 손에 든 분들이라면 그런 '아Q'적 발상을 선택지로 꼽지는 않으실 것 같습니다. 다른 선택지가 필요하지요. 맞습니다. 우리에게 필요한 건 '여러 권'입니다. 우리가 좀 '덜 비열한 인간'이 되거나 더 나아가 '비열하지 않은 인간'이 되기 위해서라면 '한 권'이 아니라 '여러 권'의 책, 다수의 책을 읽을 필요가 있습니다. 어떤 인생이 아직도 비열한 인생의 차원을 벗어나지 못했다면, 우리는 그가 '책만 읽어서'가 아니라 '책을 덜 읽어서'라고 말할 수 있을지도 모릅니다. 혹은 '충분히 읽지 않아서'라고 말해야 할는지도 모릅니다.

한국인의 평균 독서량이 '한 달에 한 권' 정도라고 합니다. 책 읽기에 관해서 우리는 '한 권 읽기' 문화를 갖고 있는 것일까요? 굳이 각 나라별 비교 수치를 갖고 오지 않더라도 우리의 독서량과 독서 문화가 아직 낮은 수준에 머물고 있다는 건 바로 알 수가 있습니다. 더구나 온갖 종류의 책들을 다 포함한 통계치라서 그 '한 권'도 '인문사회과학 서적'이 아닌 경우가 대부분이지요. 시인의 기준을 조금 비틀어서 이렇게 말해보고도 싶습니다. "우리는 적어도 인문사회과학 서적을 한 달에 한 권도 읽지 않으면서 책을 읽었노라고 말하는" 비열한 인간, 비열한 독서가는 되지 말아야겠다고요. 개인적 차원에서나 사회적 차원에서나 다수의 책을 읽는 일, 그건 독서가 습관이자 문화일 때 가능하겠지요. 우리가 그런 습관과 문화를 가질 때 비로소 우리의 삶이 조금이라도 달라질 수 있는 것 아닐까요?

『책 읽는 뇌』라는 책의 저자가 말해주는 바에 따르면, 인간에게서 독서는 선천적인 능력이 아닙니다. 곧 인류가 책을 읽도록 태어나지는 않았다는 것이죠. 따지고 보면, 너무 당연한 말이기는 합니다. 인류가 책을 읽게 된 것은 전체 인류사에 견주어 보면 극히 최근의 일이며, 진화적 적응이라고 보기엔 극히 짧은 시간 동안 벌어진 일입니다. 독서는 후천적으로 개발되는 능력이고, 한 과학자의 표현을 빌면 '옵션 액세서리'입니다. 그러니 "나는 독서에 흥미가 없어"라거나 "나는 책을 못 읽겠어"라는 투정이 특별히 이상하거나 부자연스러운 것도 아닙니다. 독서 능력은 '옵션'이니까요. 하지만 강조해야 할 것은 그것이 '특별한' 옵션이라는 사실이지요.

불과 수천 년의 역사를 가지고 있을 뿐이지만('대중적 독서'는 불과 100여 년의 역사를 갖고 있을 따름입니다), 독서 능력이라는 '발명품'은 인간의 뇌 조직을 재편성하고 사고 능력을 확대시켰으며 역사를 바꾸어놓았습니

책을 읽을 자유

다. 아시다시피 이러한 인류사적 대전환은 한 개인의 역사에서도 반복됩니다. 책을 읽기 시작하면서 우리는 다른 세계, 또 다른 우주에 들어서게 되는 것이니까요. 흔히 인간을 '도구적 인간'(호모 파베르)으로 정의하면서, 인간이 똑똑해서 도구를 사용하게 된 것이 아니라 도구를 사용하게 되면서 똑똑해지기 시작했다는 이야기를 합니다. 그러한 사정은 독서의 경우에도 그대로 적용될 듯싶습니다. 즉 우리는 똑똑해서 책을 읽는 것이 아니라 책을 읽으면서 똑똑해집니다. 따라서 독서 능력이라는 '옵션 액세서리'는 있으나마나 한 장신구가 결코 아닙니다. 우리를 '특별한 존재'로 만들어주는 강력한 무기입니다.

물론 독서 능력 자체는 오늘날 표준적이며 어느 정도 보편화된 능력입니다. 그것이 우리를 오징어나 말미잘과는 다른 존재로 구분해주지만 똑같이 책을 읽을 줄 아는 다른 사람과는 구별해주지 못합니다. 각자가 자신의 개성을 발견하고 잠재력을 계발하기 위해서는 이 독서 능력 또한 한 단계 업그레이드할 필요가 있는 것이죠. 아니 지속적으로 발달시킬 필요가 있습니다. 그러한 발달은 무엇보다도 다양하고 풍부한 독서, 끊임없이 질문하고 답을 찾는 깊이 있는 독서를 통해서 이루어질 터입니다.

"인간은 어떤 경우라도 인간의 단순한 생명과 일치하지 않는다." 독일의 비평가 발터 벤야민의 말입니다. '단순한 생명'을 '생존'이나 '목숨'으로 바꿔 넣어도 좋겠습니다. 인간은 '단순한 생명'으로서 그저 '자연사적 삶'만을 영위하는 존재는 아니지요. 간단히 말하면, 먹고사는 게 전부가 아니라는 말이지요. 아니 그렇게 사는 것도 불가능하진 않습니다. 우리가 연어나 날치보다 뭐 그렇게 대수로운 존재인가 의심해볼 수도 있는 것이죠. 하지만, 그러한 의심 자체, 그러한 질문을 던진다는 사실자체는 이미 우리가 '단순한 삶'이나 '자연사적 삶'을 넘어서는 차원에 존재한다는 사실을 함축합니다.

　인간으로서의 외양만으로는 충분하지 않다는 전제 아래 우리는 인간이란 무엇이며, 어떤 인간이어야 하는가라는 질문을 끊임없이 던지는 존재입니다. 물론 이 질문은 인간 문명의 역사 속에서 끊임없이 제기된 것이기도 합니다. 독서는 이 질문의 연속성을 상기시켜주면서, 우리를 그러한 질문의 공동체로 묶어줍니다. 그렇기 때문에 독서는 혼자 하는 것임에도 불구하고 독서 경험은 혼자만의 것이 아닙니다. 그것은 '나'를 '우리'로 확장시키면서, 사회역사적 존재로 거듭나게 합니다. 따라서 당위적인 독서만으로는 충분하지 않습니다. 그것은 필연이어야 합니다. 우리는 책을 읽어야 하기 때문에 읽는 것이 아니라 어떤 경우라도 책을 읽을 수밖에 없기 때문에 읽습니다. 그렇게 읽을 수밖에 없는 책들의 목록을 마주하면서 긴장과 축복을 동시에 느낍니다. 《아름다운 서재》 제5호, 2010. 3)

I

가장 아름다운 지상의 양식

돌이켜보면 가장 두려웠을 때는 책에 짓눌려 있을 때가 아니라 책을 읽을 수 없을 때였다. 책이 눈에 들어오지 않고, 읽어도 머릿속에 한 글자도 남지 않을 때였다. 책장을 갉아먹고 사는 책벌레에게 책이 맛없어질 때보다 더 끔찍한 순간은 없지 않겠는가.

책을 읽을
자유

『존재와 무』, 『구토』 장 폴 사르트르

대학 안팎에서 강의를 하고 '인터넷 서평꾼' 노릇도 하는 내게 책 읽기는 말 그대로 다반사茶飯事이고 습관이다. 매일 세 끼의 밥을 먹고 차를 마시듯이 책을 읽고 또 읽는다. 부지런히 읽기도 하고 게으름을 피우며 읽기도 하지만, 책과 멀어진 적은 거의 없는 듯싶다. 말하자면, 자신이 가장 한심해 보일 때는 곁에 아무런 읽을거리도 없어서 멍하니 앉아 있을 때라고 생각하는 축이다. 프랑스의 철학자 사르트르가 인간을 가리켜 '자유에 처형된 존재'라고 부른 것에 견주면, 책벌레들은 '독서에 처형된 존재'라 부를 만하다. 그렇게 책이라면 차고 넘치는 내게도 책이 '고프던' 시절이 있었다. 정확하게는 '한국어 책'이 고프던 시절이었다.

수년 전 러시아에 일 년쯤 체류하던 시절, 주변에서 볼 수 있는 책은 다 러시아어 책들이고, 들고 간 몇 권의 한국어 책마저 거덜 난 이후엔 외지에서 한국 음식이 그리운 것처럼 한국어 책이 그리움의 대상이었다. 비유컨대, 언제든 처형당할 준비가 돼 있었지만 단두대가 없었다고나 할까. 이런 시는 어떤가?

> 나의 목을 단 일 초의 간격도 두지 않고 내려칠 수 있는
> 튼튼한 단두대의 칼날을 얻기 위해
> 여기까지 오다

스무 살에 적은 시의 첫 대목인데, 혹 '내 인생의 책' 같은 것이 있다면, 자신의 삶을 송두리째 바꿔준 책이 있다면, 그건 '단두대의 칼날' 같은 책이어야 하리라. 하지만, 러시아에서는 굳이 까다로운 자격 요건이 필요하지 않았다. 한국어로만 돼 있으면 '단두대의 칼날' 비슷한 것으로 용인될 수 있었다. 굳이 '내 인생의 책'까지 갈 것도 없었다는 말이다. 그냥 한국어 책이라면 감사할 일이었다. 마치 서울에서 가져온 라면에 김치를 넣어 먹을 때처럼. 그때 겪은 일 한 가지가 생각난다.

"책은 인류가 산출해낸 가장 위대한 정신들의 거처이자 가장 아름다운 양식들의 창고"라고 중얼거리며 매일같이 모스크바의 여러 서점에 들러 우리보다는 다소 저렴한 러시아 책들을 구경하고 수집하는 일을 반복하던 때였다. 사르트르 탄생 100주년을 앞두던 차여서 어느 날은 새로 출간된 『존재와 무』를 반갑게 손에 들기도 했다. 두 종의 한국어본에다 영어본, 그리고 러시아어본까지 갖추는 걸 나대로는 컬렉터의 '센스'라고 부른다. 정작 책을 완독해보진 못했으면서도 말이다. 그런 걸 책에 대한 '페티시즘'이라고 미심쩍게 바라본다 해도 어쩔 수 없는 일이다.

사르트르의 데뷔작이자 아마도 가장 유명한 대표작은 『구토』일 것이다. 단편집 『벽』, 대작 『자유의 길』과 함께 사르트르 소설의 트로이카를 구성하는 작품이다. 그가 『구토』를 쓴 건 최소한 31세ᴵ⁹³⁶ᴺ 이전이지만 처음엔 갈리마르 출판사로부터 출판을 거부당하는 바람에 1938년에서야 출간된다. 그래도 33세 때의 일이다. 고등학교 때 그의 단편집을 읽고 또 대학에 와서 『문학이란 무엇인가』*, 『실존주의는 휴머니즘이다』* 같

은 책들을 탐독한 이후로 작가이자 철학자로서 사르트르는 나의 '영웅'이었다. 그래서 그에 대해서는 '나름대로' 많이 읽고 많이 떠들어대기도

했지만, 특이하게도 『구토』만큼은 읽지 않았다. 헤세의 『데미안』처럼 몇 번 읽다가 그만두는 식이었다. 그건 소설에서 주인공 로캉탱이 롤르봉에 대한 연구를 포기하는 것과 마찬가지라는 계산이었고, 『구토』는 굳이 다 읽지 않아도 이해되는 소설이라는 논리였다.

『문학이란 무엇인가』에서 사르트르 자신이 주장하는 바이지만, 산문은 앙가주망의 장르이며 분명한 '메시지'를 갖고 있다. 그러니까 그의 소설에서 중심이 되는 것은, 언어학자 로만 야콥슨이 제시한 6가지 언어 기능 중에서 '시적 기능'이 아니라 '지시적 기능'이다(물론 사르트르가 이 작품을 헌정한 보부아르와의 관계에서는 '친교적 기능'이 지배적이겠지만). 메시지의 언어적 구성 자체에 주목하게 하는 것이 아니라 그것이 지시하는 상황에 주목하도록 하는 것이 그가 말하는 산문이고 산문의 임무다. 그러니까 우리는 '달'만 보면 되는 것이지 그것을 가리키는 '손가락'(언어)은 볼 필요가 없다는 얘기다.

그럼에도 안면이 있는 한국인 가정에 들렀을 때 서가에 한국어로 된 『구토』가 꽂혀 있는 걸 보고 며칠 빌려보겠다는 이야기를 하지 않을 수 없었다. 그러고는 집에 돌아와 초반 몇 페이지를 다시 읽어보았다. 한국에서 많이 읽히는 판본은 아니었지만, 번역서는 갈리마르와 정식으로

판권 계약을 맺고 1999년에 초판이 나온 것이었다. 다른 출판사들에서 나온 『구토』의 판권은 어떻게 되는 것인지 일단 궁금했지만, 내가 관여할 바는 아니었다. 또 정식 판권 계약을 맺고 나온 책이라고 해서 자동으로 신뢰할 만한 번역서가 되는 것도 물론 아니고. 러시아어본과 대조해보니 유감스럽게도 번역서에는 셀린느에게서 따온 제사와 보부아르에게 바친다는 헌사가 빠져 있었다. 시작부터 말썽인 셈이었다. 객지에서 같은 한국인을 만날 때 보통 '반갑거나 불편하거나'인데, 책은 후자 쪽으로 급격하게 기울었다. 초장부터 역자나 출판사가 몰상식하다는 걸 알게 된 이상 사시斜視로 책을 읽게 되는 건 자연스러운 이치다.

아나나 다를까, 곧 사달이 나고 만다. 드 롤르봉 후작의 행적과 관련한 대목들에서 번역서는 줄곧 '표트르 1세'(표트르 대제)를 들먹이고 있는데(가령, "그는 러시아에 모습을 나타내고 표트르 1세의 암살 사건에 약간 가담했다" 등), 1750년생인 롤르봉이 1725년에 죽은 표트르 대제1672~1725의 암살 사건에 어떻게 가담할 수 있는가? 더군다나 표트르 대제는 암살된 게 아니고 나름대로 장수하다가 죽었는데 말이다! 다시 러시아어본을 확인해보니, '파벨 1세'를 '표트르 1세'로 오역한 것이다. 파벨 1세는 예카테리나 2세의 아들로 1796년 제위에 오르지만 1801년에 암살당하며 그의 뒤를 잇는 이가 아들 '알렉산드르 1세'재위 1801~1825다. 참고로, 1812년 나폴레옹과의 전쟁에서 승리를 거두게 되는 알렉산드르 1세의 별명은 '스핑크스'였다. 내심을 알 수 없다고 해서 붙여진 별명이다.

사실 파벨 1세에 대한 대략적인 정보는 룸메이트가 갖고 있던 『이야기 러시아사』를 참고한 것인데, 이 한국어 책은 러시아 인명들을 줄곧 영어식으로 표기한데다가 '파벨 1세'를 '바벨 1세'로 오기해놓았다. 안에서 새는 바가지가 밖에서도 샌다고 책들이 하나같이 그 모양이었다. 사정이 그러하니, "롤르봉이 표트르 1세의 암살에 참가했는가 안 했는가?

그것은 오늘의 문제다. 나는 여기까지는 처리해왔으나 그것을 결정하지 않고서는 더 계속할 수가 없다"는 대목에 이르면, 이걸 계속 읽어야 하나 말아야 하나를 결정하지 않을 수 없게 되고, 나는 아쉽지만 책을 덮었다. 그만한 사실 확인이나 상식 없이 작품을 번역한 역자라면 주인공 로캉탱이 도대체 무슨 일을 하고 있는 건지 별로 관심이 없다는 얘기인데, 그런 그에게서 로캉탱 얘기를 듣는다는 것은 로캉탱에 대해서도 예의가 아닐 것이다.

결과적으로 나는 또 한 번 『구토』를 다 읽지 않았다. 아니 읽지 못했다. 하지만, 이 소설의 테마는 이미 읽었다. 시작부터 등장하니까. 시작부터 등장하는 건 '잉크병'에 대한 명상이다.

이제 생각이 난다. 지난날 내가 바닷가에서 그 조약돌을 손에 들고 있었을 때 느꼈던 것이 뚜렷하게 생각난다. 그것은 시크무레한 일종의 구토증이었다. 그 얼마나 불쾌한 것이었던가! 그런데 그것은 그 조약돌 탓이었다. 확실하다. 그것은 조약돌에서 손아귀로 옮겨졌었다. 그렇다. 그것이다. 바로 그것이다. 손아귀에 담긴 일종의 구토증.

이런 구토증이야말로 작품의 주제이자 핵심이 아니던가! 로캉탱에게 구토를 불러일으키는 조약돌에 해당하는 게 내겐 '엉터리 책'이다. 그 얼마나 불쾌한 것인가! 그런 책들은 독자를 화려한 '정신의 맨션'으로 안내하는 것이 아니라 '맨땅에 헤딩'하게 만든다. 하여 "책은 인류가 산출해낸 가장 위대한 정신들의 거처이자 가장 아름다운 양식들의 창고"라고 한 발언은 사실이 아닌 당위에 대한 진술이다. 즉 모든 책이 그렇다는 것이 아니라, 책이라면 모름지기 그러해야 한다는 취지다.

여기까지 쓰고 나니 독서의 중요성에 대해 환기하고자 한 글이 읽지 않은 책에 대한 푸념으로 채워졌다. 하지만 책에 대한 뒷담화도 결국은 책 얘기다. 읽지 않고도 이렇게 떠들어댈 수 있으니 정작 읽고 나면 얼마나 할 말이 많겠는가. 거의 목을 매달고 싶은 지경에 이르지 않을까. 하여 부러운 것은 책 읽기가 '옵션'인 사람들의 여유로운 시간이다. 책만 읽기에도 인생은 너무 짧다. 자자손손 읽어도 다 읽지 못할 책들이 아닌가. 앞에서 적은 시의 나머지 두 연을 마저 옮긴다.

생명은 진실한 고백
하여 나의 머리카락 한 올에서 마지막 피 한 방울까지
당신을 향한 나의 순수

절대를 지키는 스핑크스의 비애로
하여 나는 튼튼한 단두대의 칼날을 얻기 위해
여기까지 오다

거창하게 생각할 것 없이, 이런 시는 고등학교 때 카뮈와 사르트르를 읽은 '후유증'이라 할 만하다. 그리하여 스무 살이 됐을 때, '존재' '무' '부조리' '구토' '실존' '책임' 같은 유행어가 치어들처럼 머릿속을 헤집고 다녔다. 나는 한참 동안 '자유'니 '의미'니 하는 문제와 씨름했던 듯싶다. 그렇게 책은 사람의 마음을 움직이고, 인생의 방향을 결정짓는다. 직업을 갖겠다는 생각은 뒷전으로 하고 내가 문학을 전공으로 택한 것도 어쩌면 '책'을 너무 읽은 탓인지도 모르겠다. 그렇다고 마냥 좋기만 하겠는가. 삶이 때로 싫증나는 것처럼 책도 물릴 때가 있다. 등짝을 발로 차주고 싶을 때가 왜 없겠는가.

하지만 돌이켜보면 가장 두려웠을 때는 책에 짓눌려 있을 때가 아니라 책을 읽을 수 없을 때였다. 책이 눈에 들어오지 않고, 읽어도 머릿속에 한 글자도 남지 않을 때였다. 책장을 갉아먹고 사는 책벌레에게 책이 맛없어질 때보다 더 끔찍한 순간은 없지 않겠는가. 그럴 때마다 나는 '단두대'를 향한 나의 자세를 상기한다. 신은 인간에게 자유를 주셨지만, 유감스럽게도 그것은 책을 읽을 자유였다. 그리고 분명 책은 인간이 만든 것이지만, 나는 가끔 책이 인간보다 위대해 보인다. 《책&》, 2010. 3)

자유냐
자비냐

『미토콘드리아』 닉 레인, 김정은 옮김, 뿌리와이파리, 2009
『윤리적 노하우』 프란시스코 바렐라, 박충식 외 옮김, 갈무리, 2009

지난 연말에 마지막으로 손에 들었던 책 중의 하나는 '권력, 섹스, 자살'이다. 제목만으로는 세간을 들썩이게 했던 고 장자연 씨 자살 사건을 바로 떠올리게 하지만, 아직 그 사건을 다룬 '책'은 나오지 않았다. 경찰의 재수사 결과 전 소속사 대표와 매니저가 불구속 기소되고 성상납 의혹을 받은 이른바 '장자연 리스트'의 인물들은 모두 무혐의 처리됐다. 한국 사회에서 익숙한 '사법 불의'이다.

'권력, 섹스, 자살'이라는 '미래의 책' 대신에 내가 읽은 건 '진화의 숨은 지배자'를 다룬 닉 레인의 『미토콘드리아』. 이 책의 원제가 '권력, 섹스, 자살Power, Sex, Suicide'이다. 내심 '올해의 책'의 하나로 꼽아두었지만 여유를 갖지 못하다가 읽은 흉내라도 내야겠다는 생각에 부랴부랴 책장을 펼쳤다. 이런 경우 보통은 서론 정도를 읽어두는데, 그 정도라도 성과가 없진 않다. 미토콘드리아에 대한 지식을 업데이트할 수 있었기 때문이다.

'미토콘드리아'라고 하면 바로 연상하게 되는 것은 린 마굴리스의 '세포 공생설'이지만 그게 어느덧 '1970년대' 이야기다. 하지만, 최근 20여 년 사이 과학계에서는 미토콘드리아의 새로운 면들이 속속 밝혀졌다고 한다. 그중 가장 중요한 것이라고 저자가 일러주는 것은 예정된 세포자살, '아포토시스apoptosis'다. 모든 세포가 더 큰 이익, 즉 몸 전체를 위해 하는 자살을 가리키는 말이다. 1990년대 중반 무렵부터 과학자들은 이 아포토시스를 결정하는 것이 핵 유전자가 아니라 미토콘드리아라는 사실을 발견했다고. 이게 단순히 '과학적 발견' 정도의 의미만을 갖는 게 아니다. 세포들이 알아서 죽지 않는 것, 곧 아포토시스가 일어날 상황에서 일어나지 않는 것이 암의 근본 원인이기에 우리의 삶과 아주 밀접한 '의학적 발견'이기도 하다. 조금 인용해보자.

> 암에 걸린 세포는 한 생명체의 일부라는 의무에서 벗어나 자유로워지고 싶어한다. 진화의 초기단계에서 이런 속박은 분명 견디기 어려웠을 것이다. 자유롭게 살 수 있는 세포가 죽음이라는 형벌을 감수하면서까지 더 커다란 세포집단의 일원으로 살고자 한 이유는 무엇이었을까? 왜 둘 중 하나를 선택할 수 있을 때 독립생활을 하지 않았을까? 아포토시스가 없었다면 세포들을 연결해 다세포 생물로 만들어주는 결속력은 생기지 못했을 것이다. 그리고 아포토시스는 미토콘드리아에 의해 일어나기 때문에 다세포 생물은 미토콘드리아가 없으면 존재할 수 없다.

단적으로 말하면, "지구상의 모든 생명체가 세균 수준을 넘어 진화하는 일은 미토콘드리아 없이는 불가능했다는 결론"이다. 상상력을 조금 발휘해보자면, "둘 중 하나를 선택할 수 있을 때" 세포 집단의 일부로 예속되기보다는 자유로운 독립생활을 선택한 세포도 있었으리라. 다만 오랜 진화의 과정에서 승자가 되지는 못한 것이리라. 즉 '가지 않은 길'이라기보다는 '가다 끊긴 길'이지 않을까. 하지만, 그 '자유'에 대한 그리움은 오늘날에도 여전히 암세포들에 흔적을 남기고 있다. 물론 숙주인 유기체가 죽으면 결과적으로 암세포 자신 또한 죽음을 맞게 되므로 그의 '독립생활'도 자살과 다를 바는 없어 보인다. 하여, 공생을 위한 자살이냐 자유를 위한 자살이냐가 세포들의 두 갈래 길이다.

두 갈래 길에 대한 명상은 프란시스코 바렐라의 『윤리적 노하우』에서도 빌미를 얻을 수 있다. 사회성 곤충들에 대한 연구가 1970년대에 많이 진행되었는데, 그중 네오포네라 아피칼리스라는 개미 집단에 관해서는 이런 것이 밝혀졌다고 한다. 가장 유능한 보모개미들만 모아서 새로운 작은 개미 집단을 만들어놓았더니 보모개미들의 사회적 역할이 급격히 달라져서 양육하는 대신에 먹이를 구하는 일에 나서더라는 것. 원래의 개미 집단에서는 반대로 낮은 등급의 보모개미들이 양육 활동을 많이 하게 됐다. 무엇을 말해주는가?

일단 전체 개미 집단이 어떤 구성적인 정체성을 갖고 있다는 것. 즉 개체의 정체성이 상대적 배치에 따라 정해진다는 점이다. 한데, 문제는 이 개미 사회는 전체를 조정하는 '중앙 통제적인 자아'를 갖고 있지 않다는 점. 그럼에도 전체는 마치 하나의 유기체인 것처럼, 전체의 중앙에서 조정하는 행위자가 있는 것처럼 움직였다. 생물학자이자 인지과학자인 바렐라는 이것을 '무아적 자아' 혹은 '가상적 자아'라고 부른다. 말하자면 '자아 없는 자아'이고, "간단한 구성 요소들의 활동으로부터 창발하는 정합적 전체 패턴이 마치 중심부에 있는 것 같지만 어느 곳에서도 발견되지 않는" 경우다.

바렐라는 한 걸음 더 나아가 이러한 '자아 없는 자아'가 대뇌의 뉴런 앙상블에도 적용된다고 말한다. "우리가 느끼는 중심적이고 개인적인 자아" 또한 '중심'에 대한 환상이라는 것이다. 이렇듯 자아가 가상적이고 비어 있다는 '깨달음'은 동양적, 특히 불교적 전통에서 보자면 낯설지 않다. 이 비어 있음을 채우는 것이 곧 자비다. 이때 자비란 무조건적이고 무자비한 자발적 연민을 가리킨다. 다른 말로 하면, "주체와 객체의 비이원적 드러남 속에서 자아의 비어 있음의 실현을 체화하고 표현하는 행동"이다. 정신분석학의 용어로 말하면, 자아라는 환상의 횡단이 되겠다. 때문에 비어 있음(공성) 자체가 부정적인 것이 아니며, 그것은 무조건적인 자비라는 긍정적인 상태의 예비 단계일 뿐이다.

그렇다면, 보모개미들이 자신의 상대적 배치에 따라서 자발적으로 양육에 종사하기도 하고 먹이를 구하러 나서기도 하는 것은 윤리적 숙련의 높은 단계에 이미 도달한 것이라고도 볼 수 있겠다. 그들은 이미 불성佛性을 체현하고 있는 것이다. 개미와 인간은 진화의 여정에서 각기 다른 진로를 선택하긴 했지만, 그러한 불성과 자비를 통해서 만난다. 만날 수 있다.

무엇을 해야 하나? "우리는 어떤 형태의 지속되고 훈련된 수련 또는 주체의 변화를 위한 수련"에 전념해야 하고 "개인 스스로 발견하고 가상 자아에 대한 자신의 느낌을 키워야 한다."

그런 생각으로 다시 한 해의 책 읽기를 시작한다. 미토콘드리아와 개미를 머릿속에 넣고서 '자유냐 자비냐'를 오래 저울질해볼 참이지만, 한 가지만은 분명하다. 책 읽기 또한 '숙련'의 문제라면 그것은 '자아실현'과는 무관하다는 사실. 고로 '나는 책을 읽는다'는 맞지 않다. 그냥 '책을 읽는다'. 자비로 세상이 가득할 때까지. (온라인 당비의생각, 2010. 1)

책을 읽을 자유

청춘에게 고함 :
강상중의 청춘적 독서

『청춘을 읽는다』● 강상중, 이목 옮김, 돌베개, 2009

강상중 교수와의 첫 만남은『오리엔탈리즘을 넘어서』● 이산, 1997를 통해서였다. 나는 강상중이라는 이름보다는 '오리엔탈리즘'이라는 주제에 이끌려 책을 집어 들었다. 속표지엔 날카롭고 이지적인 모습의 일러스트가 저자의 사진을 대신하고 있었는데, 간략한 저자 소개는 그를 '정치사상사를 전공한 재일동포 지식인' 정도로 분류하게 했다. 나는 그가 도쿄 대학 교수이면서 일본 이름이 아니라 '강상중'이라는 한국 이름을 쓰고 있다는 점에 주의를 기울이지 않았고, '재일동포'라는 정체성에도 관심을 갖지 않았다. 저자의 개인사보다는 '근대 문화 비판'에 더 관심이 있었고, 베버와 푸코, 그리고 사이드에 대한 생각이 궁금했을 뿐이다.

돌이켜보면, 나의 무관심은 '적극적인' 무관심이었다. 한국어판 서문에서 저자가 이렇게 써놓은 것을 애써 간과한 것이기 때문이다.

> 일본에서 태어나고 자란 재일 한국인 2세인 나는 학생 때부터 언제나 한 가지 질문을 줄곧 던져 오지 않았던가 싶다. 그것은, 왜 내 나라는 식민지로 전락하여 근대화의 낙오자로서 엄청난 희생을 강요받게 되었던 것일까 하는 물음이다. 『오리엔탈리즘을 넘어서』 한국어판 서문

나는 그의 물음을 나의 물음으로 간주하지 않았다. 그냥 눈으로만 읽었을 것이다. 사실 저자와 같은 세대라 할지라도 이러한 물음을 던지는 한국인은 많지 않을 것이다. '식민지 근대화'가 여전히 학술적 논쟁의 대상이 되곤 하지만, 젊은 세대에게 그것은 정서적인 한恨으로까지 경험

되지는 않는다. 역사적 경험이자 공동체의 아픈 기억이긴 하지만 현실
에서의 자기 체험은 아니기 때문이다. 단적으로 말해서, 나는 '일본에서
태어나고 자란 재일 한국인' 세대에 무관심했다.

생각이 조금 달라진 건 『고민하는 힘』 *사계절, 2009을 읽으면서다. 그사
이에 강상중과 같은 세대의 '재일 조선인' 서경식 교수의 책들을 즐겨 읽
은 것도 재일 지식인들의 개인사에 관심을 갖게 된 계기가 되었다. 문체
로만 분류하자면 유려한 에세이들을 통해서 소개된 서경식이 '소프트'
했고, 오리엔탈리즘을 비롯하여 내셔널리즘과 세계화 등 주로 '이즘'과
'이슈'에 관한 책들이 소개된 강상중은 '하드'했다. 『고민하는 힘』은 그
런 강상중에 대한 인상을 바꾸어놓았다. 그건 '소프트한' 강상중이었기
때문이다. 그가 텔레비전 토론 프로그램에 자주 등장하는 대중적 지식
인이면서 "일본 사회에 대한 비판적 발언 때문에 강연회를 할 때마다 극
우파의 공격에 대비해 배에 신문지를 넣고 다니는 것으로 유명하다"는
사실도 알게 됐다.

내친김에 나는 그의 자서전 『재일 강상중』 *삶과꿈, 2004까지 찾아서 읽
었다. 일본 와세다 대학에 재학 중이던 1972년 처음 한국을 방문하고
일본 이름 '나가노 데쓰오' 대신에 '강상중'이라는 본명을 쓰게 된 사연
과 독일 유학 시절에 대한 회고 등이 흥미로웠다. "일본에서 태어나고
자란 재일 한국인 2세인 나는 학생 때부터 언제나 한 가지 질문을 줄곧
던져 오지 않았던가 싶다"고 한 그의 말을 다시 읽을 수밖에 없었다.

당연한 말이지만, 재일동포 2세로서 강상중은 한국인으로 태어나 자
란 우리와는 다른 처지에 놓여 있었다. 그에게 피식민 지배의 굴욕적인
역사는 현실에서 그가 겪는 직접적인 모욕과 소외의 원인이자 원흉이었
고, 따라서 그러한 역사를 낳은 '근대화'의 문제를 깊이 탐문하지 않을
수 없었다. 그리고 그 연장선에서 그는 근대화 이론의 태두라 할 사회학

자 막스 베버에 대한 연구로 나아간다. 그 방향성을 규정한 것이 '개인' 강상중이 아니라 '재일' 강상중이라는 점에서 그의 학문적 선택은 동시에 '자유로운 선택'이자 '필연적인 선택'이기도 했다.

되짚어보면, 강상중에게서 실존적 물음과 학문적 과제는 서로 분리되지 않았다. 그는 자신에게 가장 절실한 실존적 물음에 학문의 보편적 언어를 통해서 기술하고 해명하며 답하고자 했다. 나로서는 뒤늦게 깨닫게 된 것이지만, 말하자면 그런 것이 강상중의 학문하는 태도라고 할 수 있다. 개인적으로 나는 그런 태도가 강상중에게서 배울 만한 부분이라고 생각한다. 자신의 삶과 학문을 일치시키려는 태도 말이다. 이제 우리 앞에 놓인 『청춘을 읽는다』를 읽으면서도 나는 그의 그러한 태도를 다시금 읽는다.

청춘을 읽는다? 나쓰메 소세키의 『산시로』에서 출발하여 막스 베버의 『프로테스탄티즘의 윤리와 자본주의 정신』에 이르는 여정이기도 한 이 책을 손에 들면서 독자들이 제일 처음 던질 법한 질문이다. 한국어본의 부제가 된 책의 원제도 '강상중의 청춘 독서노트'이다. 하지만 이미 『고민하는 힘』을 읽어본 독자라면 '청춘은 아름다운가?'라는 장을 자연스레 떠올릴 수 있을 것이다.

사실 일본에서도 거의 같은 시기에 발표된 『청춘을 읽는다』와 『고민하는 힘』은 서로 짝이 될 만하다. 『고민하는 힘』이 '고민의 바다'에서 헤엄치는 이들을 자극하고 격려하는 '멘토'로서의 강상중과 만나게 해준다면, 『청춘을 읽는다』는 독서노트의 형식을 빌려서 강상중의 성장사와 함께 시대에 대한 성찰을 보여준다. 그렇다, 이것은 독서록이면서 자서전이고 동시에 한 시대에 대한 증언이다. 그것을 뭉뚱그려서 강상중은 '청춘'이라고 말한다. 대단한 청춘 아닌가!

강상중은 나이와 무관하다는 의미에서 '청춘'을 '젊음'과는 구별되는 의미로 사용한다. 그가 말하는 청춘은 미숙하고 서툴더라도 진지하게 무언가를 찾아서 계속 방황하는 마음이다. 그러니 청춘은 단순히 '피부'와 '근육'의 문제로 따질 것이 아니다. 강상중의 청춘론이 문제 삼는 것은 고민의 함량이고 방황의 진정성이다. '고민하는 힘'을 잃지 않을 때 우리는 여전히 청춘이다. 반대로 한눈팔지 않고 열심히 공부해서 일류 기업에 얼른 취직하는 것을 인생의 목표로 친다면, 비록 나이는 청춘이더라도 청춘이 버거운, 이름만 청춘인 경우가 된다.

『고민하는 힘』에 따르면, "타인과 깊지 않고 무난한 관계를 맺고, 가능한 위험을 피하려고 하며, 세상에서 일어나는 일에 별로 휘말리지 않으면서 모든 일에 구애되지 않으려고 행동하는", 한마디로 '요령이 뛰어난' 젊음은 젊음이긴 하되 청춘은 아니다. 기껏해야 탈색된 청춘이다. 이런 생각에서 강상중은 심지어 '청춘적으로 원숙함'이라는 표현까지 쓴다. 나이를 먹더라도 청춘의 문제의식과 태도를 그대로 유지하고 보존하는 원숙함이다. 그리고 그것과 반대되는 것을 강상중은 '표층적으로 원숙함'이라고 부른다. 고민 없이 나이만 먹은 경우다. 『청춘을 읽는다』는 '청춘적 원숙'에 이르기 위한 길잡이이자 '청춘적 독서'의 모범적인 사례담이다.

사실 이 책에서 저자는 고등학교 때부터 대학 시절까지, 곧 '청춘기'에 저자가 읽은 다섯 권의 책을 소개하고 또 추천하고 있기도 하므로 '청춘'이라는 말은 일차적으로 그 시기를 가리킨다. 하지만 그것만으로 '청춘'의 의미가 종결되지는 않는다. 왜냐하면 그 청춘을 되새기며 이야기하는 현재의 시간 또한 '청춘'이기 때문이다. 그는 한 걸음 더 나아가 현재라는 시간이 그의 청춘 시대와 무척 닮았다고도 느낀다. 그런 의미에서, 책을 마무리하며 그가 "나는 지금 제2의 청춘을 살아가고 있는 듯한 느낌이 든다"고 고백한 것도 일방적인 생각이나 믿음만은 아닐 것이다.

그렇게 반복되는 시간이면서 우리가 되사는 시간으로서의 청춘은 언제 시작되는가? 열일곱이다. 열입곱은 구마모토의 현립 고등학교에 다니던 강상중이 야구선수의 꿈을 접게 된 나이면서 '은둔형 외톨이' 시절을 보내며 보들레르의 『악의 꽃』을 접한 나이다. 일본의 고등학교 국어 교과서에도 실려 있다는 강상중의 글 「어른으로 향하는 외나무다리, 움츠리지 말고 건너가보자」가 가리키는 나이도 열일곱이다.

그가 열일곱에 맞닥뜨린 아쿠다가와 류노스케의 경구는 지금의 우리에게도 인상적인데, 이 걸출한 일본 작가는 이렇게 말했다. "인생은 한 갑 성냥을 닮았다. 소중하게 다루는 건 어리석다. 소중하게 다루지 않으면 위험하다." 강상중은 이 경구가 마치 '하늘의 계시'와도 같은 선물이었다고 회고한다.

아쿠다가와의 경구는 인생의 모순, 인생을 고민하는 청춘의 모순을 집약해주고 있다. '인생을 너무 소중히 다루는 것은 어리석다', 그러니 '인생을 소중히 다루지 말라'는 명제와 '인생은 소중하게 다루지 않으면 위험하다', 곧 '인생을 소중히 다루라'는 명제는 서로 모순된다. 하지만 이 모순을 두 다리로 삼아서 우리는 깊은 계곡에 가로놓인 외나무다리를 건너갈 수 있다. 중요한 것은 어느 한 가지 태도에만 의지해서는 안 된다는 점이다. 인생이 너무 소중하다면, 우리는 그 위태로운 다리를 감히 건너갈 생각도 하지 못할 것이다. 반대로 인생을 함부로 다룬다면, 우리는 신중하지 못하게 다리를 건너다 추락하고 말 것이다. 짐작컨대, 이것이 열입곱 살 강상중의 깨달음이지 않았을까.

흥미로운 건 이 깨달음이 이후에 그의 정치적 입장과 활동에도 그대로 적용되는 듯싶다는 것이다. 그것은 한마디로 자신을 '전위'가 아닌 '후위'에 위치시키는 입장이다. 후위라는 것은 물론 '재일', 곧 '자이니치'로서의 정체성과도 관련되는 것이지만, 동시에 "현실에 적극적으로 참여하라"와 "자신을 너무 앞세우지 말라"는 상충적인 요구 사이에서 균형을 잡은 결과이기도 할 것이다. 이러한 입장은 강상중 자신의 표현을 빌면, 현상과 거리를 유지하면서 어떠한 '주의'나 '도그마'에도 붙들리지 않는 '리버럴'의 입장이기도 하다. 그러한 입장을 강상중은 이렇게 요약해놓고 있다.

언제나 나는 나 자신을 후위라고 생각한다. 그러나 불현듯 정신을 차리고 보면 내 앞에 아무도 없고 어느새 내가 전위가 된 것처럼 보이기도 하지만, 나는 언제까지나 후위라고 생각하거니와 후위라는 사실을 영광으로 여긴다. 그럼에도 내가 마치 전위인 것처럼 보이는 것은, 그만큼 일본이라는 사회가 변해버렸기 때문일 것이다.

바로 그런 의미에서, 강상중은 하나의 척도가 될 수도 있겠다. '후위'에 놓인 그의 입장이 전위로 보이는 만큼 한국 사회도 일본의 변화를 따라잡은 것으로 볼 수 있을 것이기에. 그러한 변화 속에서 '척도'의 역할을 할 수 있다면, 그것은 강상중 자신이 변화하지 않았다는 증거가 되지 않을까. 따라서 '청춘의 독서'라고 하지만 이 책은 그에게 '일생의 독서'를 기록한 책이기도 하다. 사실 그럴 만하지 않은가. 그의 일생을 결정한 책들과의 만남이었으니까.

강상중의 『청춘을 읽는다』를 통해서 우리는 "나는 야구도 못해. 친구도 없어. 사람들은 왜 이렇게 정신없이 일하고 있는 걸까?"라고 묻던 '시골뜨기'이자 『산시로』의 주인공과 마찬가지로 '길 잃은 양'이었던 한 재일 대학생이 어떻게 성장해가는가, 격동의 한 시대를 살아가면서 자신이 던진 물음에 대한 해답을 어떻게 찾아나가는가를 엿볼 수 있다.

그 자세한 내막은 독자가 읽어나갈 몫으로 남겨놓는 것이 나의 소임인 듯싶지만, 한 가지 감상만은 덧붙이고 싶다. 그가 맺음말에서 이 책이 "청춘 독서노트인 동시에 또 하나의 도쿄, 또 하나의 일본을 모색하는 출발점이기도 하다"라고 적을 때, 우리 또한 자연스레 "또 하나의 서울, 또 하나의 한국"을 모색하는 우리의 '청춘 독서노트'를 떠올리게 되리라는 것. 그럴 때만 우리는 아직 청춘이리라. (『청춘을 읽는다』 해제, 2009. 10)

로쟈의 리스트 1 | '문제적 인간' 시리즈 읽기

이번주에 출간된 가장 놀라운 인물 평전은 마쓰모토 겐이치의 『기타 잇키』교양인, 2010다. 저자는 『일본 우익사상의 기원과 종언』문학과지성사, 2010으로 이미 소개된 바 있는 일본의 평론가. 『기타 잇키』는 30여 년에 걸친 그의 기타 잇키 연구의 결정판이라 한다. 국역본의 분량만 1220쪽. '문제적 인간' 시리즈의 다른 책들처럼 '문제적 두께'를 자랑한다(히틀러와 스탈린, 괴벨스 등의 평전이 포함돼 있다). 간단한 소개는 이렇다.

"『기타 잇키』는 1936년 일본 전역을 뒤흔든 2·26 쿠데타의 정신적 지도자 기타 잇키의 삶과 사상을 끈질긴 추적과 철저한 고증으로 되살려낸 전기이자 역사서이다. 쿠데타의 배후라는 이유로 역사의 무덤에 깊숙이 매장당한 기타 잇키는 박정희와 5·16 쿠데타의 사상적 배경으로 알려지기도 했다."

기타 잇키는 2차 문헌에서만 몇 차례 이름을 접해본 인물인데, 이 책을 통해 그 '거대한' 실체를 접할 수 있지 않을까 기대된다. 일본 사상계의 천황 마루야마 마사오는 기타 잇키에 대해서 이렇게 평했다 한다. "기타 잇키의 『일본개조법안대강』은 쇼와 시대 초국가주의 운동의 『나의 투쟁Mein Kampf』이었다." 그 『일본개조법안대강』도 마땅히 소개되면 좋겠다. 이럴 땐 대체 우리가 일본에 대해서 무엇을 알고 있는 것인지 궁금해진다. 『기타 잇키』는 '문제적 인간' 시리즈의 여섯 번째 책인데, 그 리스트를 소개한다(히틀러와 괴벨스도 기회가 닿는 대로 구해봐야겠다). (2010. 7. 3)

2

책 읽기와 글쓰기

한 권의 책을 읽느라고 다른 열 권의 책을 놓치게 되는 것이 현실인 상황에서 '독서의 기술' 이상으로 중요한 것이 '비독서의 전략'이다. 물론 이때의 비독서는 책을 전혀 읽지 않는 '무독서'와는 구별되어야 한다. 비독서란 "무수히 많은 책들 속에서 침몰당하지 않기 위해 그 책들과 체계적으로 관계를 맺고자 하는 하나의 진정한 활동"이기 때문이다.

내가 생각하는
서평

『이데올로기라는 숭고한 대상』 슬라보예 지젝, 인간사랑, 2002
『향락의 전이』 슬라보예 지젝, 인간사랑, 2002

바늘 가는 데 실 간다고 책이 있는 곳에 서평이 따라붙는 것은 자연스럽다. 서평은 말 그대로 책의 됨됨이에 대한 평이니까 책이라는 물건이 존재하는 이상 서평은 불가피하다. 책에 대한 평이라고 했지만 이때 평評은 좋고 나쁨 따위를 평가하는 말이다. 그럼으로써 값을 매기는 일이다. 책도 모양새를 갖추고 있는 것이니까 풀어서 말하자면 한 책에 대해 품평한다는 것은 그것이 어원적 의미 그대로 '꼴값'을 하고 있는지를 판별하는 것이다. 그러한 판별을 위해서 보통은 책을 한 번 읽고 마는 게 아니라 한 번 더 읽어야 한다. 적어도 넘겨보기라도 해야 한다. 그래서 리뷰re-view다.

이 '리뷰'라는 말 자체에 '비평'이라는 뜻도 포함돼 있지만 나는 서평의 존재론적 위치는 책에 대한 '소개'와 '비평' 사이가 아닌가 싶다. '소개'의 대표적인 유형은 출판사에서 제공하는 '보도자료'와 언론의 '신간 소개 기사'일 것이다. 그것은 주로 어떤 책의 '존재'에 대해서 말한다. 그래서 "어, 이런 책이 나왔네!"라는 반응을 유도한다. 반면에 '서평'은 그것이 한번 읽어볼 만한 책인가를 식별해줌으로써 아직 책을 접하지 못한 독자들의 선택에 도움을 준다. 그것은 일종의 길잡이다. "이건 읽어봐야겠군"이라거나 "이건 안 읽어도 되겠어"가 서평이 염두에 두는 반응이다. 그에 대해 '비평'은 책을 이미 읽은 독자들을 향하여 한 번 더 읽으라고 독려한다. 그것은 독자가 놓치거나 넘겨짚은 대목들을 짚어줌으로써 "내가 이 책 읽은 거 맞아?"라는 자성을 촉구한다.

물론 소개-서평-비평은 일종의 스펙트럼을 형성하는 것이어서 경계를 확정지을 수 있는 것은 아니며, 책에 관한 담화와 담론들은 이 세 요소들을 약간씩이라도 모두 포함하기 마련이다. 다만 분류는 그 비율과 방점에 따라 이루어질 것이다. 서평의 존재론적 위치가 그렇게 가늠될 수 있다면 서평의 바람직한 역할이란 자기 역할을 충실히 하는 것이라고 말할 수밖에 없겠다. 적어도 일반론적인 차원에서는 그렇다. 하지만 보다 세분해서 서평의 유형학을 가정할 경우에는 초점이 조금씩 달라질 수 있다.

서평의 유형은 다양한 기준에 따라 나뉠 수 있는데, 먼저 그 서평의 주체에 따라서 일반 독자, 전문 독자, 전문가 서평으로 구분될 수 있을 것이다. 일반 독자란 자신의 관심과 흥미에 따라 책을 사서 읽게 되는 보통의 독자를 가리키며, 전문 독자는 주로 출판평론가나 도서평론가라는 직함을 달고 여러 매체에 정기적으로 북리뷰나 칼럼을 게재하는 이들이나 언론의 출판 면 담당 기자들이 지목될 수 있다. 그리고 전문가란 서평을 정기적으로 담당하지는 않지만 해당 분야의 전공자로서 식견과 조예를 갖고 있는 이들을 말한다. 물론 이러한 독자 유형 또한 중복 가능하다. 한 사람이 모든 분야의 전문가인 것은 아니니까. 그리고 서평의 주체가 이렇게 구분될 수 있다면 바람직한 것은 이들이 유기적인 분업 체계를 구축하는 것이겠다.

두 번째로, 서평의 또 다른 분류 기준은 분량이다. 원고지 매수로 따지자면 5매, 10매, 20매, 30매 등의 분류가 가능하다. 분량의 제한이 없는 자유 서평이 아닌 이상 대개의 '공식적인' 서평들은 분량의 제한을 요구받으며 이러한 분량 자체가 서평의 내용을 상당 부분 한정한다. 어느 정도로 자세하게 평하느냐는 전적으로 이 분량에 의해 결정되기 때문이다. 물론 서평의 질을 높이기 위해서는, 비평만큼은 아니더라도 보다 많은 분량이 확보될 필요가 있다. 주요한 학술서나 교양서를 평하면서 원고지 10매 분량도 할애하지 않는 것은 '서평 문화' 자체의 피상성을 양산할 따름이다.

그리고 세 번째로, 서평을 다루는 매체 또한 서평의 분류 기준이다. 이것은 서평의 주체와도 얼추 상응하는데, 주로 일반 독자들의 서평이 올라오는 온라인서점이나 개인 블로그, 그리고 전문 독자들의 리뷰들이 게재되는 일간지, 주간지 등의 언론매체, 끝으로 전공자들의 학술서평이 실리는 학술지 등이 서평의 매체 역할을 한다. 여기서도 물론 바람직한 것은 각 매체별 서평들의 역할 분담이고 특화이다. 매체에 따라서 요구되는 서평의 성격과 내용이 다르기 때문이다.

네 번째로 거론할 수 있는 것이 그 성격과 내용에 따른 분류다. 서평은 대상 도서의 학술적·사회적 의의를 거론할 수도 있고, 도서 상태의 문제점과 오류들에 대한 지적으로 채워질 수도 있다. 그것은 곧 책에 대한 권유/만류와도 맞물리는데, '반드시 읽어보시길' 권할 수도 있지만 다른 한편으로는 '시간낭비하지 마시길'이라고 충고를 던질 수도 있다. 물론 그 두 가지 양 극단 사이에 다양한 스펙트럼이 존재하며 독자의 관점에서 볼 때 바람직한 서평이란 그러한 권유/충고가 요긴하게 사용되는 것이다.

몇 가지 기준에 따라 나열한 대로 우리의 '서평 문화'는 다양한 층위의 서평들로 구성되며 따라서 일률적으로 이렇다, 저렇다 말할 수는 없다. 다만 사회적으로 가장 큰 영향력을 갖고 있는 것으로 보이는 언론서평의 경우에 신간들 위주의 표면적인 소개보다는 일정 분량 이상이 전제된 깊이 있는 리뷰들이 보다 많이 다뤄지기를 기대해볼 수는 있겠다. 이런 정도의 소감밖에 피력할 수 없는 것은 '주요 서평자'로 거명됐음에도 불구하고 내가 주로 해온 일이 본격적인 서평이라기보다는 주변적인 서평 혹은 책에 대한 수다 정도이기 때문이다.

책을 좋아하다 보니 책에 관한 잡다한 이야기들을 모아놓거나 늘어놓는 일을 즐겨 하게 됐고 덕분에 본의 아니게 얻은 직함이 '인터넷 서평꾼'에다 '북리뷰어'다. 자임한 직함은 아니기에 정확한 규정 근거는 모르겠지만 '서평꾼'은 아무래도 '서평가'나 '서평자'와는 급이 좀 다르다(무슨 학술서평에 '서평꾼'이 등장할 리는 없지 않은가). 그래서 하는 일도 약간 좀스럽다. 가령 나는 이런 지적들을 늘어놓는다.

국내에 다수의 책이 번역 소개된 철학자 슬라보예 지젝의 대표작 『이데올로기라는 숭고한 대상』의 한 대목이다. "모든 이데올로기적인 보편성은, 그 통일성을 깨트리며 그 허위성을 드러내는 어떤 특별한 경우를 필연적으로 포함하고 있는 이상理想, 또는 '허구'이다." 이 경우 나의 의문은 "모든 이데올로기는 이상 또는 허구이다" 같은 '이상한' 주장이 어떻게 나오는가이다. 저자가 멍청이라서? 대개 그런 경우는 없다. 문제는 역자 혹은 편집자의 부주의다. '이상理想'으로 번역된 것은 실상 영어의 'so far as'(~인 한에서)를 옮긴 것이다.

짐작에, "모든 이데올로기는 어떤 특별한 경우를 포함하고 있는 이상, '허구'이다'라는 번역문에 편집자가 부적절한 개입을 한 것으로 보인다. 바로 다음 문단에 '시장의 이상理想'(이때는 'ideal'을 번역한 '이상'이다)이라는 말이 나오는 것을 보아서도 그렇다. 알고 보면 정상 참작이 가능한 실수긴 하지만 순진한 독자들을 골탕 먹이거나 자학하게 만드는 '오류'다.

같은 저자의 『향락의 전이』도 마찬가지다. 국역본은 초판의 오역들을 교정한 개역판까지 나와 있지만 대중문화에 대한 무지에서 나온 영화감독과 제목의 오역을 어느 정도 바로잡았을 뿐 근본적인 교정은 이뤄지지 않았다. 영화 제목과 주인공도 '시라노'를 여전히 '키라노'로, 그의 여인 '록산느'는 '로잔느'라고 옮기고, 유고의 영화감독 '쿠스투리차'는 '쿤스투리카'로 개명하고 거기에 'Kunsturica'라고 엉뚱하게 병기까지 해놓았다.

이런 지적은 빙산의 일각에 불과한데, 정작 문제적인 것은 서평이다. 허다한 오류와 오역이 속출함에도 불구하고 이 책에 대해서 한 일간지 서평은 "지젝은 라캉 정신분석학 이론에 충실하면서도 독창적이고 '재미있게' 글을 쓰는 사람으로 이미 국내에도 널리 알려져 있다. 독자들은 지젝의 이 책을 통해 인간의 비밀인 향유의 세계를 탐험하는 모험을 만끽할 수 있을 것이다'라고 해놓았다(서평자들이 자주 잊어먹는 것은 서평의 대상이 원저가 아니라 번역서라는 사실이다). 물론 지면의 성격과 분량의 제약이 서평의 일차적인 한계로 작용한다. 그럼에도 가장 중요한 것은 읽을 만한 책을 판별해내고 엉터리 책들을 감시하는 서평의 고유한 자기 역할을 망각하지 않는 것이다. 서평을 통한 학문적 교류에 이르기까지 아직 갈 길이 멀다. (《교수신문》, 2008. 1)

책을 읽지 않아야
교양인이다?

『읽지 않은 책에 대해 말하는 법』 피에르 바야르, 김병욱 옮김, 여름언덕, 2008

세 가지 두려움에 대한 질문. 당신은 독서를 의무라고 느끼십니까? 당신은 책은 정독해야 한다고 생각하십니까? 또 당신은 읽은 책에 대해서는 정확하게 이야기해야 한다고 믿으십니까? 비록 다수는 아니겠지만 이 질문들에 어느 정도 '그렇다'라고 답할 수밖에 없다면 강추할 만한 책이 있다. 프랑스의 문학 교수이자 정신분석학자 피에르 바야르의 『읽지 않은 책에 대해 말하는 법』. "책이라곤 거의 읽지 않는 환경에 태어나서 독서에 그다지 취미를 들이지 못했고 독서할 시간도 별로 없었"지만 그럼에도 책을 읽고 책에 대해 말할 수밖에 없는 직업을 갖게 된 저자가 도달하게 된 '독서론'이다. 혹은 독서에 대한 강박과 무의식적인 죄책감에서 벗어나자고 제안하는 '비독서론'이다. 아니 궁극적으로는 진정한 '독서이론'이고자 한다.

재기발랄한 저자가 먼저 문제 삼는 것은 독서와 비독서 사이의 경계다. 당신은 자신이 읽은 책과 읽지 않은 책을 얼마나 명확하게 구별할 수 있는가? 독서의 실상을 조금만 둘러보아도 그 경계가 모호하다는 걸 알 수 있다. '책을 읽었다'는 말이 매우 다양한 수준의 의미를 갖기 때문이다. 저자가 이 책에서 사용하고 있는 범례들을 참고해보면, '전혀 접해보지 못한 책' '대충 뒤적거려본 책' '다른 사람들의 이야기를 듣고 알게 된 책' '읽었지만 내용을 잊어버린 책' 등이 우리가 저마다 읽은 책의 목록을 구성한다. 엄밀한 독서론의 관점에서 보자면 '읽었다고 말할 수 없는 책' '제대로 읽지 않은 책'의 목록이기도 하다. 하지만 '제대로' 읽는다는 건 무슨 의미일까? 독서의 과정 자체가 책을 읽어나가는 중에도 이미 앞에서 읽은 것을 망각하기 시작하는 과정일진대 말이다.

게다가 이러한 소극적인 비독서만 있는 것도 아니다. 무질의 방대한 소설『특성 없는 남자』*(아직 우리말로 완역되지 않았으니 대부분의 독자들에게 '거의 접해보지 못한 책'이겠다)에 등장하는 도서관 사서를 저자는 예로 드는데(저자는 '대충 뒤적거려본 책'으로 분류한다), 이 사서는 자신의 책들을 좀더 잘 알기 위해서 일부러 어떤 책도 읽지 않는다. 350만 권에 달하는 장서들을 알기 위해서 그가 정한 원칙은 자신이 맡은 모든 책들에서 제목과 차례 외에는 절대로 읽지 않는 것이다. 그래야만 '총체적 시각'을 가질 수 있기 때문이다. 그리고 그런 관점에서 보자면 "책 속으로 코를 들이미는 자는 교양에는 물론이요 심지어는 독서에도 틀려먹은 사람"이다. 그렇지 않은가? 교양이란 무엇보다도 '오리엔테이션'의 문제이며, 저자의 주장대로 중요한 것은 이런저런 책을 읽었다는 것이 아니라 그것들 전체 속에서 길을 잃지 않는다는 것일 테니까.

요컨대, 책을 읽는 게 교양이 아니라 책을 읽지 않는 게 교양이다. 한권의 책을 읽느라고 다른 열 권의 책을 놓치게 되는 것이 현실인 상황에서 '독서의 기술' 이상으로 중요한 것이 '비독서의 전략'이다. 물론 이때의 비독서는 책을 전혀 읽지 않는 '무독서'와는 구별되어야 한다. 비독서란 "무수히 많은 책들 속에서 침몰당하지 않기 위해 그 책들과 체계적으로 관계를 맺고자 하는 하나의 진정한 활동"이기 때문이다. 그러니까 비독서가는 책에 무관심한 사람이 아니라 오히려 정반대다. 어떤 책이 다른 책들과의 관계 속에 처한 상황을 파악하기 위해서 책 읽기를 스스로 자제하는 사람, 그가 비독서가다.

오늘날 천장까지 가득 채우고도 남을 고전들의 목록과 매일같이 쏟아지는 신간들의 홍수 속에서 길을 잃지 않고 교양을 유지해나간다는 건 쉬운 일이 아니다. '죽기 전에 꼭 읽어야 할 책 1001권'을 들이대기도 하지만, 독서를 위해서는 여전히 짧은 것도 인생이다. 어떻게 해야 할 것인가? 저자의 충고는 이렇다. "중요한 것은 책 얘기를 하는 것이 아니라 자기 얘기를 하는 것, 혹은 책들을 통해 자기 얘기를 하는 것"이라는 점. 자신이 읽지 않은 많은 책들에 대한 얘기를 통해서 정말로 그는 '읽지 않은 책에 대해 말할 수밖에 없는 곤란한 상황'을 멋지게 돌파하고 있다! (《시사IN》, 2008. 3)

P.S. 몇 주 전에 읽어서인지 이미 내용이 기억에서 삭제되기 시작했지만 책에서 가장 재미있게 읽은 부분은 '선생 앞에서'라는 장에서 다루어지고 있는, 서아프리카 티브 족의 『햄릿』 읽기에 관한 것이다. 미국의 여성 인류학자가 이 원주민 부족에게서 셰익스피어 극작품의 '보편성'을 확인하고자 했을 때 벌어진 이야기다. 바야르는 이것을 『햄릿에 관한 앙케트. 귀머거리들의 대화』2002에서 자세히 다뤘다고 하는바, 그의 책들 가운데 가장 먼저 읽고 싶은 책이다.

한편, 책의 만듦새는 아쉬움을 남긴다. 곳곳에 오타들이 남아 있고 오역도 몇 군데 눈에 띈다. 가령 174쪽에서 "그는 불확실성을 견딜 수가 없고, 그래서 떠맡을 수밖에 없는 그 이미지는 사실 그 자신에게는 그리 파괴적인 것이 아니다"에서 '파괴적인'은 영역본에 따를 때 "unsettling" 을 옮긴 것이다("He succeeds, on his own terms, in assuming this image that is less unsettling to him, because it is less ambiguous"). 그는 자신에게 '덜 불안정적인'(=덜 모호한) 이미지를 떠맡는다고 옮겨야 하지 않을까.

"단 한 권의 책밖에 읽지 않은 사람을
경계하라!"

『책, 열 권을 동시에 읽어라』* 나루케 마코토, 홍성민 옮김, 뜨인돌, 2009

열 권을 동시에 읽어라? 이건 '내 얘기'다 싶어서 손에 든 책인데(그래서 '열 권' 속에 포함된 책인데) 시작부터 거침없는 말투가 인상적이다. 『부자 아빠 가난한 아빠』나 『마시멜로 이야기』, 『시크릿』처럼 내가 읽지 않았고 읽을 생각도 없는 책들을 편식하는 독자들에게 "당신은 구제불능이다!"라고 일침을 놓는 것도 '내 말이!'라는 동감을 얻기에 충분하다. 거기에 저자는 내가 갖고 있지 않은 가공할 무기까지 들이미는데, 만약 그런 식으로 책을 읽는다면 당신은 "장담하건대 중산층 이하의 삶에서 벗어나기 어렵다"는 단언이 그것이다(흠. 한 번에 열 권씩 읽는 건 마찬가지인데도 '중산층 이하'인 경우는 무엇인지?).

저자의 약력이 궁금한 대목인데, 사실 그게 이 책의 또 다른 핵심이기도 하다. 간략히 말하면 이렇다. 1955년생. 대학 졸업 후 마이크로소프트 사 입사. "탁월한 업무 능력과 통찰력, 조직력을 인정받아 35세의 젊은 나이에 마이크로소프트 사 일본 법인의 사장 취임." 더불어, "일본 비즈니스계를 통틀어 자타가 공인하는 최고의 독서가 중 하나." 그러니까 그는 재벌 2세가 아니면서 30대에 CEO가 된 신화적 인물이자 샐러리맨들의 '로망'적 인물인 것. 그 '비결'로 꼽는 것이 특이하게도 자기만의 독서법이다.

내가 서른다섯 살이라는 젊은 나이에 마이크로소프트 일본 법인의 사장이 될 수 있었던 것도 철저하게 남과 다른 방식으로 살고 남이 읽는 방식으로 책을 읽지 않으려 했기 때문이다. 8쪽 흥미로운 건 모든 부분에서 남과의 차별화가 이루어져야 한다고 주장하는 그에게 "인생에서 가장 큰 차이를 만드는 것은 바로 독서법"이라는 것. 거기에 이런 부추김. 책을 읽는 방법만 바꿔도 인생이 백팔십도 달라질 수 있다! 이건 거의 '협박' 수준인데, 솔직히 나로서는 부러운 감마저 없지 않다("단 한 권의 책밖에 읽지 않은 사람을 경계하라!"는 영국 정치가 디즈레일리의 경구가 이 책의 에피그라프이다).

책에 관한 블로그를 운영하면서 이름이 알려지는 바람에 서평도 자주 끼적이는 형편이지만 나는 한 번도 '인생역전'이라거나 '책을 읽지 않는 사람은 원숭이다!'는 말을 입에 담아보지 못했다. '인문학 강사'라는 타이틀이 말해주는바, 나는 책 읽고 떠드는 게 직업인 '특이한 독서가'이지 '부러운 독서가'는 아닌 것이다(흠, '인터넷 서평꾼'이라는 타이틀과 운을 맞추자면 '인터넷 독서꾼'이라고도 부름 직하다). 그래서 저자의 어조가 부럽기도 하고 통쾌하기도 하다.

> 자신이 원하는 삶을 살고 싶다면 '남과 비슷하게 살면 된다'는 지금까지의 구태의연한 사고방식부터 버려야 한다. 남이 가는 곳에는 가지 않고, 남이 먹는 것은 먹지 않으며, 남이 읽는 책은 읽지 말아야 한다. 그것을 철저히, 꾸준히 실천하면 된다. 7~8쪽

사실 이 책의 핵심적인 아이디어는 이러한 주문에 다 집약돼 있는 듯싶다. 남들이 읽는 책을, 남들이 읽는 방식으로는 절대로 읽지 말라는 것. 이것이 나루케 마코토 식의 '자기에의 배려'이면서 존재미학이다. 그렇다면, '당신은 지금 어떤 책을 읽고 있는가?'라는 물음은 그러한 배려와 미학을 당신은 갖고 있는가에 대한 물음이기도 하다.

많이 알려진 경구이지만(출처가 프랑스의 미식가 브리야 사바랭이라는 건

이 책에서 알았다) "당신이 어떤 음식을 먹는지 말해보라. 그러면 당신이 어떤 사람인지 맞혀보겠다"는 책에도 그대로 적용된다. 그것이 저자의 대전제다. 그러니 남과 같은 걸 먹으면 남들과 똑같은 사람이 되고, 남과 같은 책을 읽으면 역시 남들과 구별되지 않는 인간이 된다는 게 자연스런 귀결이다.

그렇다고 유독 나만 읽는 책, 나만 읽을 수 있는 책이 따로 존재할 수는 없다. 그래서 저자의 방점은 '남다른 독서법'에 찍히며, 그것이 '열 권을 동시에 읽는' 초병렬 독서법이다. "물리학, 문학, 전기 및 평전, 경영학, 역사, 예술 등 전혀 다른 장르의 책을 적극적으로 넘나들며 동시에 읽는 것을 말한다." 개개의 책은 특별하지 않을 수 있지만, 동시에 읽는 책의 조합은, 그것도 열 권의 조합 정도 되면 거의 무한대에 가까워진다.

나도 당장 책상 주변에 있는 책들을 꼽아보았다. 읽고 있거나 당장 이번 주에 읽어야(들춰봐야) 하는 책들이다(절반은 강의나 원고와 관련하여 읽는 책이다). 파스테르나크의 『의사 지바고』와 몇 권의 관련서+폴 벤느의 『푸코, 사유와 인간』과 푸코에 관한 책 몇 권+밀란 쿤데라의 『농담』과 몇 권의 관련서+후카사와 나오토 등의 『슈퍼노멀』+지젝의 『잃어버린 대의를 옹호하며』와 지젝의 책 몇 권+도스토예프스키의 『지하생활자의 수기』+『20세기 러시아소설』(영어본)+오이겐 핑크의 『니체 철학』과 니체 관련서 몇 권+대니얼 데닛의 『자유는 진화한다』+박홍규의 『그리스 귀신 죽이기』 등. 이런 식으로 각자가 열 권의 조합을 만들어보면, 누구와도 같지 않은, 유일무이한 '독서'를 경험하게 될 것이다.

물론 내가 이런 걸 제안하면 저자도 염두에 둔 의문들이 쏟아질 것이다. "하루하루 너무 바빠서 한 달에 책 한 권 읽기도 벅찬데요."(한국인의 평균 독서량이 딱 그렇다!) "동시에 여러 권을 읽으면 집중력이 떨어지지 않을까요?" "그런 터무니없는 방법으로 효과가 있겠어요?" 이런 반문에 대해서 나라면 "하긴 그렇기도 해요"라고 맞장구를 치고 말 텐데, 나루케 마코토는 당당하다. "초병렬 독서법을 실천하면 경쟁력 있는 사람으로 자신을 변화시킬 수 있을 뿐만 아니라 인생 자체가 풍요로워진다"(굳이 나의 사례를 덧붙이자면, '경쟁력 있는 사람'으로 자신을 변모시킬 수 있는지는 극히 의문스럽지만, 그래도 『로쟈의 인문학 서재』● 같은 책은 각자가 쓸 수 있을지도 모른다).

사실 초병렬 독서법 자체는 나대로도 하고 있는 것이므로 이 책에서 특별히 건질 건 많지 않았다. 그럼에도 개인적으로 인상적인 대목은 저자의 궁핍했던 시절에 대한 회고다. 아마도 독서가들이 공통적으로 겪을 법한 궁상이고 궁핍일 것이다.

대학을 졸업한 뒤 나는 자동차 부품 회사에 입사했다. 그리고 3년간 옷도 거의 사 입지 않고 술 담배나 유흥비도 일절 돈을 쓰지 않았다. 당시만 해도 박봉이었던 터라 재정적인 여유가 없어 매달 받는 월급의 대부분을 책을 사는 데 투자했기 때문이다. 80쪽

입사 2년째에 결혼을 했으니 아마도 아내가 많이 힘들었을 것이다. 아내는 주로 카레나 두부 등 재료비가 싼 음식 위주로 식단을 꾸려야 했고, 100원이라도 더 생활비를 아끼기 위해 안간힘을 썼다. 외식이라고는 결혼한 첫해 12월에 딱 한 번 집 근처의 횟집에서 식사한 것이 전부였다. 그러는 와중에도 책만큼은 악착같이 사서 읽었다. 생각해 보면, 그런 시간이 있었기에 지금의 내가 있는 것이라고 생각한다. 81쪽

이 정도면 '나루케 마코토 만세!'다(그의 아내도 존경스럽다!). 하지만, 그럼에도 책에 별점을 인색하게 줄 수밖에 없는 건 문학 작품을 '인생의 식량이 되지 않는 책'으로 분류하고 있기 때문이다.

책을 읽을 자유

간혹 문학작품에는 인생을 풍요롭게 하는 지혜가 담겨 있다고 거창하게
말하는 사람을 만나곤 한다. 그러나 사실 나는 대부분의 문학작품은 읽을
가치가 없다고 생각한다. 명작만큼 '인생의 식량'이 되지 않는 것도 드물
다. 165쪽

　다치바나 다카시의 경우도 그렇지만, 이런 게 일본 독서가들의 '성공
노하우'인 것도 같다. 하지만, 이렇게 공개적으로 '일급비밀'을 털어놓아
도 된다는 것인지? 책의 서문만 읽고 덮어두었으면 더 좋았을 뻔했다
(나도 일단은 자동차 부품 회사에 들어갔어야 했던 것일까?). (2009. 10)

독서 강국으로의
길

『독서력』　사이토 다카시, 황선종 옮김, 웅진지식하우스, 2009

해마다 비슷한 통계가 나오지만, 작년 한국 성인의 연평균 독서량은
11.9권이었다. 한 달 평균 한 권 정도의 책을 읽는 셈인데, 주로 읽는 책
이 소설(21.4퍼센트)과 수필/명상집(7.4퍼센트), 경제/경영서(5.9퍼센트) 순
이었다. 대학생이라면 사정은 좀 나을지 모르겠지만, 평균적으로 한국
인의 독서량은 '경제 수준에 걸맞은 문화 국가'와는 거리가 멀다. 이명박
대통령의 말대로, "우리 민족의 유전자엔 강한 문화적 기질과 욕구가 있
다"고 한다면 독서에 대한 욕구 또한 부족하진 않을 것이다. 그렇다면
문제는 혹 그러한 기질과 욕구를 억압하는 잘못된 사회적 제도와 여건
에 있는 건 아닐까.

올해도 대학수학능력시험이 얼마 남지 않았지만, 예년의 경우 시험을 치른 수험생들은 하고 싶은 일들 가운데 하나로 '읽고 싶었던 책을 읽는 것'을 꼽았다. 학교 시험과 수능시험 등에 매달리다 보니 정작 책을 읽을 시간을 내지 못하는 게 학생들의 현실이라는 얘기다. 사정은 일본도 비슷한 모양이어서 교육심리학자 사이토 다카시의 『독서력』에 보면, 저자 또한 독서가 부정되는 입시에 대한 강한 불만을 토로하고 있다. 그는 아예 독서력을 묻고 평가하는 것이 입사시험이나 대학입시의 중요한 전형 방식이 되어야 한다고까지 주장한다. 시험 방식이 공부 방식을 결정하는 현실에서라면 그의 제안을 우리의 처지에 맞게 적극적으로 고려해봄 직하다. "대학, 특히 문과 계열의 공부는 책을 읽는 것이 핵심이다. 설사 이과 계열이라도 논리적인 사고를 단련하는 데 독서는 필수다." "대학에서 가르치는 입장에서 보면 고등학교를 졸업했을 때 높은 수준의 독서력을 갖추고 있으면 그만이다" 같은 그의 주장을 우리도 반박하기 어렵다면 말이다.

교육 현장에서 사고력과 상상력은 언제나 강조돼왔다. 하지만 독서력의 경우는 어떨까? 독서가 자아 형성을 위한 양식이고 커뮤니케이션의 기초로서 우리의 세계관을 확장시킨다고 보는 사이토 다카시는 '독서력 형성'이 학교 교육의 최대 과제라고까지 말한다. 하지만 우리도 그렇다고 말할 수 있을까? 만약 그렇지 못하다면, 교육의 목표와 과제를 다시 설정해볼 필요가 있다. 공부와 독서를 따로 분리시키는 시험 방식을 고수하면서 독서를 권장하는 것은 입바른 소리에 지나지 않을 것이며, 궁극적으로는 학생들을 "세상에는 두 부류의 인간이 있다. 책을 안 읽는 인간과 책을 못 읽는 인간"김경욱, 『위험한 독서』이라는 분류법에서 못 벗어나게 만들 것이다.

물론 제도적인 차원의 개선이 이루어지는 것은 당장에 기대할 수 있는 일이 아니다. 하지만 독서력의 기준을 제시하고 독서를 장려하는 일은 어렵지 않아 보인다. 사이토 다카시는 '문고본 100권과 신서본 50권'을 독서력의 기준으로 제시하는데, 우리의 상황에 맞게 바꿔보자면 '문학 작품 100권과 교양서 50권' 정도가 된다. 여기서 '문학 작품'은 가벼운 읽을 거리가 아닌 '고전' 수준의 작품을 말하고, '교양서'는 과학 교양서를 포함한 인문·사회과학 서적을 가리킨다. 이런 분량의 책을 4년 정도의 기간 안에 독파하는 것이 독서력 형성의 지름길이라고 사이토 다카시는 말한다. 우리의 경우에도 각 대학별로 필독 고전의 리스트는 많이 제시하고 있다. 다만 독서를 학생들의 자발적인 의지에만 내맡겨두는 것은 효과가 적지 않나 싶다. 관련 강좌를 개설하거나 여러 유인책을 통해서 학생들의 독서 의지를 적극적으로 북돋워줄 필요가 있다.

사이토 다카시의 강의 사례도 그런 경우다. 그는 자신의 강의실을 학생들이 '동아리'로 생각하도록 유도한다고 한다. '독서부'에서 제대로 된 지도자에게 지도를 받으면 꽤 높은 수준의 책도 읽게 되더라는 것이 그의 경험담이다.

내 강의실은 운동부 학생들로 붐빈다. 그들 중 상당수가 책을 거의 잡아본 적이 없다. 그래도 역시 대학생인 만큼 나와 함께 독서토론회를 하다 보면 석 달 안에 도스토옙스키나 니체 등 500페이지가 넘는 책을 일주일 안에 너끈하게 읽게 된다.

독서 경험이 축적되는 가운데 독서력이 붙고 독서에 자신감을 갖게 되면, 대학에서의 공부는 평탄해진다. 다양한 수준의 독서를 통해서 자신의 독서력을 지속적으로 단련시켜나가는 일이 남을 뿐이다.

이 독서력의 마지막 단계는 무엇인가? 음식에 패스트푸드와 풀코스

요리가 있는 것처럼 책에도 한번 훑어보기만 해도 충분한 책과 천천히 음미하며 읽어야 하는 책이 있다. 그리고 같은 책이라 하더라도 건너뛰면서 읽어도 좋은 부분과 천천히 정독해야 하는 부분이 있다. 때문에 독서의 속도 조절이 필요하다. 이러한 단계까지 거친다면, 마지막으로는 여러 권의 책을 동시에 읽는 수준이 된다. 여러 권의 책을 기어를 바꿔가면서 읽을 수 있다면 대학생의 독서력으로는 더 바랄 게 없다. 그들은 사회인이 돼서도 꾸준히 자신의 독서력을 단련하고 세계관을 확장해나갈 수 있을 것이다. 그럴 때 비로소 한국인의 연평균 독서량도 조금 다른 수치를 보여주게 되지 않을까. 독서 강국으로서의 문화 국가를 잠시 꿈꾸어본다. 《교수신문》, 2009. 11)

누구나 글을 쓰는 시대

『전방위 글쓰기』 김봉석, 바다출판사, 2008
『내 인생의 첫 책쓰기』 오병곤·홍승완, 위즈덤하우스, 2008
『치유하는 글쓰기』 박미라, 한겨레출판, 2008
『창조적 글쓰기』 애니 딜러드, 이미선 옮김, 공존, 2008

글쓰기를 권하는 책들이 쏟아지고 있다. '글쓰기' 자체는 전혀 새로울 게 없지만 그 글쓰기의 주체를 '누구나'로 전제한다는 점이 새롭다. 예전의 '작문론'이나 시·소설 작법 등과는 성격이 좀 다른 것이다. 바야흐로 "누구나 글을 쓰고, 써야만 하는 시대"가 되었다. 물론 이 새로운 시대적 조건을 만들어낸 것은 인터넷이다. 온라인상의 블로그, 미니홈피, 카페

책을 읽을 자유

와 클럽, 그리고 토론광장 등 글쓰기의 공간은 차고 넘친다. 그에 따라 글쓰기에 대한 유혹 또한 전면적이며 전방위적이다.

　　대중문화평론가 김봉석의 『전방위 글쓰기』의 착안점이 그렇다. 인터넷은 생산자와 소비자 사이의 일방적인 관계를 무너뜨렸다는 것. "따라서 21세기의 글쓰기는 특정한 과정을 거쳐 작가가 된 사람들만의 전유물에서 벗어났다." 비록 글쓰기가 인간의 가장 근원적인 욕구라 하더라도 그 욕구의 현실화는 멀티미디어 시대, 미디어믹스 시대를 배경으로 한다. 누구라도 글을 쓸 수 있게 된 시대, 이제 문제는 어떻게 하면 좀더 잘 쓸 수 있을까이다. 글쓰기가 타자와의 소통이고 유희라면, 더 잘 소통하고 더 잘 즐기는 법을 아는 것이 유익하지 않겠는가.

　　『전방위 글쓰기』는 이미 다방면의 글쓰기를 실천하고 있으며 현장에서 '전방위 글쓰기'를 강의하고 있는 저자의 노하우를 담고 있다. 글쓰기의 필수 교양 세 가지로 철학적 사고와 경제 상식, 그리고 역사에 대한 관점을 드는 것을 '저자만의 노하우'라고 말하긴 어렵겠지만, 대중문학에서 영화, TV, 만화, 음악, 시사비평까지 다루면서 친절하게 요령을 짚어주는 것은 저자만의 강점이다. 그러한 요령과 비법을 습득한 후에 자기만의 '색다른 정보'를 가미한다면 "누구나 비평가, 전문가가 될 수 있다. 자신의 특별한 경험을 살려 얼마든지 특정 분야의 비평가가 될 수 있는 것이다." 요컨대 책은 그러한 비평적 글쓰기의 매뉴얼이다.

　　물론 전방위 문화비평가가 다 짚어준다고 해서 누구나 저절로 그처럼 글을 쓸 수 있게 되는 것은 아니다. '최소한의 강제'는 필요하다. 이를테면 반드시 일주일에 원고 2, 3매라도 꾸준하게 쓰는 일이 중요하다고 저자는 말한다. 그렇게 보면 인터넷 시대라고 하여 특별한 글쓰기 노하우가 있는 건 아닌 듯싶다. 그의 결론 또한 우리 귀에 익은 것이다. "많이 생각하고 많이 읽고 그리고 꾸준하게 쓰는 것, 그것이야말로 글쓰기의 정도다."

뭔가 자기만의 주제에 대해서 꾸준히 쓸 수 있게 된다면 그다음에는 어떻게 해야 하는가? 간단하다. 책을 쓰면 된다. 어떻게? 오병곤과 홍승완이 지은 『내 인생의 첫 책쓰기』*는 제목 그대로 '첫 책 쓰기'의 노하우를 전수하는 책이다. 저자들이 직장인으로서 실제로 자신의 첫 책을 쓰는 데 성공한 경험을 풀어놓고 있어서 그 노하우는 자못 구체적이다. 책을 출판하기 위한 '좋은 출판사를 고르는 3가지 기준'까지 제시하고 있을 정도다. "첫 책을 낸 사람이라면 누구나 한 번쯤 출판 거절을 경험한다. 우리 역시 마찬가지였다"라는 구절은 이 책이 얼마나 '실전적'인가를 말해준다.

저자들이 '첫 책 쓰기'에 도전해보도록 권유하는 독자층은 직장생활 10년차 직장인들이다. "대략 3년에 한 번 꼴로 현재 알고 있는 지식의 3분의 1을 새로운 지식으로 대체하지 않으면 시대에 뒤처지게" 되기에 열심히 공부할 수밖에 없는 요즘 직장인들의 10년 공력이면 책 한 권은 너끈하다는 판단이다. "자기만의 노하우나 전문성을 담은 책을 쓰면 자신의 브랜드 가치를 높일 수 있다"고 저자들은 격려한다. 하지만 이런 대목을 읽게 되면 책 쓰기가 '선택'이 아닌 '의무'처럼도 여겨진다. "전문가 1.0 시대가 학위나 자격증에 의해 전문성을 인정받았다면 전문가 2.0 시대에는 책쓰기에 의해 판별될 것이다. 따라서 전문가가 되려면 자신의 책을 써야 한다."

비록 웹2.0 시대, 전문가 2.0 시대라고는 하지만 글쓰기의 목표가 비평가나 전문가 되기일 수만은 없다. 박미라의 『치유하는 글쓰기』*는 보다 보편적인 차원에서 글쓰기의 '치유의 힘'을 편안하게 풀어나간다. 기본 전제는 상처받은 마음을 치유하는 다양한 방법들이 글쓰기 안에 모두 담겨 있다는 점. 곧 나를 표현하기, 거리두기, 직면하기, 명료화하기,

나누기, 사랑하기, 떠나보내기, 수용하기가 모두 글쓰기를 통해서 이루어진다. 이런 글쓰기의 노하우는 머리에 있는 것이 아니라 가슴에 있다. 그래서 저자는 몸으로 쓰고, 심장으로 쓰라고 권한다.

가령 열다섯 살에 가출하여 '양아치 오빠들'을 만나 성매매업소에서 일하다 18세에 귀가한 한 여성은 자신의 경험을 이렇게 직설적으로 털어놓는다. "집에 들어갔다. 큰오빠한테 좆나게 맞고 작은오빠한테도 좆나게 맞았다. 하루종일 맞았나보나. 맞다가 오빠들한테 그랬다. 씨발 죽었어. 다시는 집에 안 들어와. 씨발, 하고 나는 다시 집을 나갔다. 할머니는 집에 들어오라고 했는데 나는 오빠들이 나를 때려서 정말 미웠다." 고상한 어휘를 구사하고 있지는 않지만 그녀의 처지와 가출의 배경 등을 이해할 수 있도록 해준다. 마음의 문을 열고 상처를 어떤 식으로든 글로 표현해내는 것, 그것이 치유하는 글쓰기의 시작이다. 이 치유하는 글쓰기의 목표는 우리가 조금 덜 불행해지고, 조금 더 행복해지는 것이다.

글쓰기에 소질이 좀 있다면, 그리고 열정도 갖추고 있다면 보다 '본격적인' 경지로 나아갈 수도 있겠다. 이른바 '글을 쓰는 삶'의 경지다. 미국의 퓰리처상 수상 작가 애니 딜러드의 『창조적 글쓰기』*는 그런 삶의 다채로운 면모를 그리고 있다. 그녀는 창조적인 글을 쓰는 삶을 '가장 자유로운 상태의 삶'으로 규정한다. 물론 자신의 포부대로 글을 쓰는 것은 전문적인 글쟁이들에게도 언제나 어렵고 복잡한 일이다. 헨리 소로의 말대로 젊은 시절엔 궁전이나 사원을 지을 재료들을 모으지만 중년이 되면 나무 헛간 정도를 짓기로 마음을 고쳐먹는 것이 다반사다. 하지만 작가에게는 그것이 그의 평생의 작업이며 보람이다. 글쓰기는 그렇게 다양한 방식으로 우리를 구제하며 고양시킨다. 《한겨레21》, 2008. 12)

로쟈의 리스트 2 | 한겨레지식문고 1차분

지난주에 한겨레 강의가 끝나서 7월 첫주까지는 목요일 저녁이 자유로워졌다. 대학 강의도 내일이면 일단 종강하게 된다(기말시험과 성적 처리가 남는다. 소위 '뒤치다꺼리'가 남는다). 그래봐야 미뤄진 일들과 '본격' 대면해야 할 시간이 된 것에 불과하지만 기분은 한숨 돌리는 것 같다. 귀가길에 이번에 나온 한겨레지식문고 두 권을 먼저 손에 들었는데, 내친김에 1차분 다섯 권의 리스트를 만들어놓는다. 번역 대본은 옥스퍼드대학출판부의 'A Very Short Introduction' 시리즈로 현재 수백 권이 나와 있다. 개인적으로는 예전에 한 출판사에 선별해서 시리즈를 내보자고 제안했다가 '퇴짜'를 맞은 적이 있다. 이후에 강유원의 번역으로 나온 『제국』뿌리와이파리, 2007, 『파시즘』뿌리와이파리, 2007 등이 바로 이 시리즈의 책을 옮긴 것이다. 이번에 나온 한겨레판은 휴대형 문고본이어서 훨씬 더 원저의 컨셉에 잘 부합한다. 꽤 알차게 구성된 시리즈인지라 나도 원서를 몇 권 갖고 있다.
(2010. 6. 10)

3

교양이란 무엇인가

자신이 배운 것, 자기가 옳다고 공감하는 것을 실천·실습할 때, 곧 가르칠 때의 기쁨이 '학습'의 기쁨이다 (어린 새들이 날갯짓하는 걸 바라보는 기쁨!). 이 때문에 '학습'은 혼자만의 '공부'로는 얻을 수 없는 '배움의 변증법'을 달성한다. 물어서[問] 배우고[學] 이를 실천하라[習]! 인간의 길이고 인문 학습의 길이다.

문제는
학습이다

『공부의 달인, 호모 쿵푸스』[*] 고미숙, 그린비, 2007

『장정일의 공부』 장정일, 랜덤하우스, 2006

『몸으로 하는 공부』 강유원, 여름언덕, 2005

『강의 — 나의 동양고전 독법』 신영복, 돌베개, 2004

지난주가 '인문주간'이었다. "인문학에 대한 대중적인 관심과 참여를 끌어올려 인문학의 부흥을 꾀하자"는 취지로 지난해부터 정부기관에서 열고 있는 행사로 올해의 주제는 '열림과 소통의 인문학'이었다. 거꾸로 짚어보자면, 한국 사회가 닫힌 사회이고 소통이 차단된 사회라는 문제의식을 담고 있는 것인지? 아니면 인문학이 그동안 닫힌 학문이자 불통인 학문이었다는 것인가? 진의는 모르겠으나, 덕분에 인문학 공부와 관련된 책들을 몇 권 들추게 된다. 대저 학문이란 무엇이고 공부란 무엇인가를 되새겨보기 위해서다.

거꾸로 거슬러 올라가자면 '공부하거나 존재하지 않거나! 인문학 인생역전 프로젝트'라는 부제를 단 고미숙의 『공부의 달인, 호모 쿵푸스』부터다. 호모 쿵푸스? '쿵푸工夫하는 인간', 곧 '공부하는 인간'의 재기발랄한 명명이다. 저자가 제시하는 호모 쿵푸스의 또 다른 이름은 '호모 부커스'이니 이는 또한 '책 읽는 인간'을 가리킨다. 달리 말하면, 책을 읽고 공부하는 일이 인간의 인간다움을 규정해주고 인간과 동물 간의 차이를 지정해주는 종차種差라는 것이다. 그러니 돈과 출세를 위한 공부가 아니다. 존재와 자존自尊을 위한 공부다. 그래서 '인생역전'은 이 사태를 지시하는 문구로 부족해 보인다. 공부는 '그저 인간'인가, 곧 '제3의 원숭이' 혹은 '털 없는 원숭이'에 불과한 것인가 아니면 '인간다운 인간'인가를 판별해주는 기준이기 때문이다. 그 중간은 없다.

중용이란 "그저 아무것도 아는 게 없는 것을 뜻할 뿐"이라는 문제의식으로 그러한 무지와 대중 기만에서 탈피하기 위해 책 읽기에 나선 장정일의 '인문학 부활 프로젝트'『장정일의 공부』도 같은 메시지를 전한다. 그가 인용하고 있는 이탁오의 말. "나이 50 이전에 나는 정말 한 마리 개와 같았다. 앞의 개가 그림자를 보고 짖어대자 나도 따라 짖어댄 것일 뿐, 왜 그렇게 짖어댔는지 까닭을 묻는다면, 그저 벙어리처럼 아무 말 없이 웃을 뿐이었다." 장정일은 이 글을 보고 핑, 눈물이 돌았다고 적었다. 당신 또한 영문도 모르고 앞사람을 따라 짖어댔다면 '한 마리 개'와 다를 바 없다. 그렇다면 어찌할 것인가? 저자의 고백대로, 부끄러움을 무릅쓰고서라도 새삼 '호모 쿵푸스'로 진화하는 수밖에. 마흔이 넘었더라도 말이다.

그렇다면 공부는 어떻게 하는가? 몸으로 한다. 강유원의 잡문집 『몸

으로 하는 공부』*에서 저자가 강조하는 것은 "머리로 익힌 것을 몸으로 해봐서 할 줄 아는 단계로까지 가는" 것이다. 이 '지행합일知行合一'의 정신은 사실 저자의 지적대로 『논어』의 첫머리에 새겨져 있는 것이기도 하다. 학이시습지 불역열호學而時習之 不亦說乎라, 배우고 때로 익히면 즐겁지 아니한가, 에서 배우는 '학'은 정신의 일이고 익히는 '습'은 몸의 일이다. 즉 머리로 배우고 몸으로 익힌다. 이것이 이론(배움)과 실천(실습)의 합일이고 일치다. 그런 의미에서라면, 인문학의 위기는 '인문 학습'이 되지 않는 데서 비롯되는 것이기도 하다.

인문 학습의 가장 모범적인 사례는 신영복의 『강의-나의 동양고전 독법』*이다. 통혁당 사건으로 구속돼 무기징역을 선고받은 저자는 감옥에서 같은 감방지기인 노촌 이구영 선생에게서 동양 고전과 한학을 배운다. 『강의-나의 동양고전 독법』은 경제학자인 저자가 그러한 인연으로 얻은 배움을 학생들에게 풀어서 나누어준 기록이다. 그의 풀이를 따르면, '習'이라는 글자는 부리가 하얀白 어린 새가 날갯짓羽을 하는 모양을 나타낸다. 자신이 배운 것, 자기가 옳다고 공감하는 것을 실천·실습할 때, 곧 가르칠 때의 기쁨이 '학습'의 기쁨이다(어린 새들이 날갯짓 하는 걸 바라보는 기쁨!). 이 때문에 '학습'은 혼자만의 '공부'로는 얻을 수 없는 '배움의 변증법'을 달성한다. 물어서問 배우고學 이를 실천하라習! 인간의 길이고 인문 학습의 길이다. (《한겨레21》, 2007. 10)

CEO와 노숙자
사이의 인문학

『인문학의 즐거움』 커트 스펠마이어, 정연희 옮김, 휴먼&북스, 2008

『저항의 인문학』 에드워드 사이드, 김정하 옮김, 마티, 2008

지난 10월 6일부터 12일까지 한국학술진흥재단 주최의 인문주간 행사
가 열렸다. 2006년 '인문학 위기'에 대한 대응의 하나로 마련된 행사가
세 번째를 맞았고, 올해의 주제는 '일상으로서의 인문학'이었다. 학술제
와 대중 강연, 답사, 문화 체험, 공연·전시 등의 프로그램은 예년과 다
르지 않았지만 참여 기관 수가 늘어나면서 행사의 규모도 조금 커졌다
고 한다. 이렇게 간접적으로 말할 수밖에 없는 건 직접 참여해보지는 못
했기 때문이다. 대신에 '인문주간'을 보내면서 인문학을 주제로 한 책 두
권을 떠올려보았다. 미국 러트거스 대학에서 교양 과정의 작문 프로그
램을 이끌고 있다는 커트 스펠마이어의 『인문학의 즐거움』과 컬럼비아
대학에 오래 몸담았던 저명한 문학비평가 에드워드 사이드의 『저항의
인문학』이 그 두 권의 책이다.

'21세기 인문학의 재창조를 위하여'라는 거창한 부제를 달고 있는 『인
문학의 즐거움』은 사실 '즐거움'과는 다소 무관한 책이다. 원제가 'Arts
of Living'이니까 '삶의 기술'이나 '삶의 예술'로 번역될 수 있겠지만, 그
건 어디까지나 저자가 제시하고자 하는 바람직한 인문학 상(像)일 뿐이고
실제로 그의 초점은 현재의 인문학에 대한 비판에 놓여 있다. 차례에 적
힌 '거대한 분리-시민사회와 전문가'나 '이론이 치른 대가-인문학의 고
립과 지식' 같은 장 제목이 암시해주는 대로 저자의 비판은 주로 '인문학
의 엘리트 프로페셔널리즘'을 향한다. 사유의 핵심이 단지 생각을 바꾸
는 것이 아니라 실제 생활을 바꾸는 데 있다고 믿는 그는, 인문학의 목적

책을 읽을 자유

이 전문지식과 일상적인 생활세계를 연결시키는 것이라고 주장한다.

그런 관점에서 보자면 인문학은 '교양'이 아닌 '과학'을 표방하면서, 전문가를 위한 학문으로 스스로를 자리매김하면서 고립과 소외를 자초했다. 인문학자들이 자신의 입지를 고수하기 위한 방책으로 과학에서와 같은 정확성을 모색해왔지만 그 결과는 시민 대중과의 단절을 대가로 치른 유사-과학이었다. 인문학은 과학의 방법론을 모방함으로써 과학의 경쟁자가 되려고 했지만 실패했다. 과연 그러한 상황에서 "나는 인문학 전반이 우리의 실제 생활에는 그다지 영향력을 미치지 않는 연구에 너무 많은 자원을 쏟아 붓고 있다고 생각한다"는 저자의 공격을 방어할 수 있을까?

한 걸음 더 나아가 저자는 예술의 가치를 존중하기 위해서라면 영문학 같은 학문을 후원할 것이 아니라 예술을 직접 후원하는 게 더 낫지 않느냐고 말한다. 예컨대, 그는 '1900년까지의 영국 소설' 같은 과목을 의사, 공학자, 웹마스터 등과 같은 비전공자들에게 문화적 소양을 길러준다는 이유로, 혹은 정치적 견해를 수정하기 위해 가르치는 것보다는 수강생들이 실제로 소설을 '쓰고' 리놀륨 판화를 '만들고' 사진을 '찍는' 경험을 갖게 하는 것이 더 바람직하다고 본다. 물론 대부분 대학 제도에 의존하고 있는 우리의 인문학자라면 결코 동의하지 않을 주장이지만, 인문학이 보다 더 시민 가까이 다가서고 보다 더 예술 지향적이어야 한다는 저자의 주장은 음미해볼 만하다.

『인문학의 즐거움』의 저자보다는 전통적인 인문학과 인문주의를 옹호하는 편이지만 『저항의 인문학』에서 사이드가 강조하는 것도 인문학의 사회적 책임과 작가와 지식인의 공적 역할이다. 그 또한 인문학의 토대와 인문학을 둘러싼 정세가 변화했으며, 그에 따라서 인문학의 정체성과 역할 또한 도전에 직면해 있음을 인정한다. 오리엔탈리즘을 비판한 탈식민주의 이론가로서 사이드가 주로 비판하는 것은 근대 인문학의 유럽중심주의다. 이 점에서는 세계체제론자인 이매뉴얼 월러스틴과 견해를 같이하는데, 그들에 따르면 근대 사회과학과 인문학은 역사적으로 유럽이 전 세계를 지배하던 특정 시점에 유럽의 문제, 특히 프랑스, 영국, 독일, 이탈리아, 미국이라는 다섯 나라가 직면한 문제에 대한 반응으로 출현했다. 당연한 일이지만, 주제 선택이나 이론화 방식, 방법론, 인식론 등에서 이들 학문은 그것이 태동했던 시대의 제약을 떠안게 되었다. 그러한 제약과 편견으로부터 탈피하기 위해서 사이드는 교양 교육의 주요 과목을 서구 정전으로 제한하는 일, 세계를 이해하는 유럽중심주의적 관점과 태도, 제3세계의 전통과 언어에 대한 무관심 따위를 폐기해야 한다고 주장한다. 인문주의의 새로운 관심과 역할이 요청되는 것이다.

사이드에게서 그러한 인문주의와 나란히 가는 것이 '민주적 비판'이며, 이것이 작가와 지식인의 공적 역할이다. 그는 지식인을 가리키는 아랍어의 두 단어에서 영감을 끌어낸다. 그 두 단어는 '무타카프muthaqqaf'와 '무파키르mufakir'인데, 무타카프는 문화/교양을 뜻하는 '타카파thaqafa'에서, 무파키르는 사유를 뜻하는 '키프르kifr'에서 온 단어다. 곧 지식인이란 교양을 가진 인간이면서 사유하는 인간이다. 오늘날 지식사회의 전문화가 낳은 부정적인 양상은 이러한 전통적 지식인의 단절이고, 학계와 공적 영역의 분리다. 이러한 현실에서 사이드가 강조하는 작가-지식인의 역할은 사회정의와 경제적 평등, 그리고 '자유로서의 발전'(아마티아 센)을 요구하는 것이다. 그것은 사회학자 부르디외의 말을 빌면, "현실주의적 유토피아를 집합적으로 생산하기 위한 사회적 조건의 창출"을 돕는 역할이다.

인문학 위기 담론의 유행 이후에 한국 사회에서는 CEO 인문학, 노숙자 인문학이 새로운 인문학의 희망처럼 번져가고 있다. 하지만, 뭔가 허전하다. 중요한 것은 CEO도 아니고 노숙자도 아닌 'CEO와 노숙자 사이'가 아닐까? 바로 민주주의의 주권자로서 일반 시민들이 공부하고 향유해야 할 중간층 인문학의 상이 보이지 않는 것이다. 누구를 위한 인문학인가? 인문학은 무엇을 할 수 있고 또 해야 하는가? '인문학의 즐거움'을 맛보기 전에, '저항의 인문학'을 실천하기 전에 우리가 먼저 통과해야 할 질문처럼 보인다. (《한겨레21》, 2008. 11)

"인간은 돼지가
아니다"

『행복한 인문학』* 임철우·우기동·최준영 외, 이매진, 2008

"누군가 내게 인문학 공부를 하면서 어땠느냐고 묻는다면 나도 다른 사람들처럼 참 좋았어요, 행복했어요, 그리고 많이 배웠어요, 라고 말할 것이다. 그러나 그 값지고 소중한 시간들을 내 입에서 너무 쉽게 가볍게 내뱉는 것만 같아 침묵으로써 모든 말을 대신하고 싶다."

이 소박하면서 지극한 인문학 예찬론은 대학의 인문학자나 인문학도의 것이 아니라 자활지원센터 인문학 과정 졸업자의 것이다. 가난한 살림 때문에 일찍부터 생활전선에 뛰어들어야 했던 이분의 최종 학력은 초등학교 3학년이다. 뒤늦은 배움과 글쓰기를 통해서 자신의 정체성을 알게 되었고 공부에 대한 열정도 지피게 되었다고 말한다.

2006년 방한하기도 했던 미국의 교육자 얼 쇼리스의 '가난한 이들을 위한 인문학 강좌', 곧 '희망의 인문학'을 모델로 하여 국내에 여러 인문학 강좌가 만들어졌다. 노숙자를 위한 인문학, 교도소 수용자를 대상으로 한 재소자 인문학, 자활근로자와 지역 주민을 위한 인문학 등 갈래는 다양하지만 공통적인 것은 모두가 사회적 빈곤층이면서 인문학 소외계층에 속하는 사람들을 대상으로 하고 있다는 점이다.

책은 그 인문학 강의를 수강한 사람들의 사연과 성취에 대해서도 들려주지만 오히려 이들로부터 더 많은 것을 배운 '교수님'들의 체험담으로 구성돼 있다. 당장 한때의 끼니가 절실한 사람들에게, 그저 남들처럼 평범하게 살아보는 것이 소망인 사람들에게 한 줄의 시가 무슨 의미가 있을까. 모두들 그런 의문과 함께 강의를 시작했지만 인문학의 희망과 새로운 가능성을 깨닫게 되었다고 입을 모은다. 어떤 깨달음인가. 다른 삶과 다른 사회를 꿈꾸려는 근원적인 충동은 누구에게나 있다는 점, 그리고 사람은 타인의 시선을 통해서, 다른 사람과의 관계를 통해서 자신의 존재감과 삶의 의미를 찾는다는 점 등이다.

흔히 인간의 욕구에는 위계가 있어서 생리적 욕구와 소속감 및 자존심에 대한 욕구 등이 먼저 충족된 이후에야 비로소 자아실현에 관심을 갖는다고 말한다. 도덕적인 삶과 문화적 향유는 경제적 성장 이후에 생각해보자는 '성장 이데올로기'가 기대는 것도 그런 단계론이다. 불만의 소크라테스보다는 배부른 돼지가 먼저라는 얘기다. 과연 품위 있는 삶에 대한 욕구는 다른 기본적인 욕구들이 충족된 이후에야 기대할 수 있는 것일까. '세상과 소통하는 희망의 인문학 수업' 참여자들은 생각이 다를 듯싶다. 시인을 꿈꾸는 한 노숙인이 이런 전화를 걸어오기도 했다니까 말이다. "교수님, 제가 시를 썼는데, 여기에 쉼표를 찍어야 할까요, 마침표를 찍어야 할까요?" (《시사IN》, 2009. 1)

책을 읽을 자유

'지식인'의 시대는
종언을 고했는가?

『지식인을 위한 변명』 장 폴 사르트르, 박정태 옮김, 이학사, 2007

지식인이란 무엇인가? 지식인에 관한 '고전적인' 정의는 철학자 장 폴 사르트르가 1966년의 일본 강연에서 내린 것이다. 그에 따르면, 지식인 이란 "자신과 무관한 일에 쓸데없이 참견하는 사람"을 가리킨다. 분명 비난의 어조를 담고 있는 부정적인 정의지만 사르트르는 그것을 액면 그대로 수용한다. '맞는 말'이기 때문이다. 지식인이란 어떤 명분을 내걸면서 사회와 기존의 권력을 비판하기 위해 전문가로서의 자신의 명성을 '남용'하는 부류들이다(예컨대, 번듯한 직함을 달고서 이런저런 지면에 칼럼을 '남발'하는 자들이다). 사르트르의『지식인을 위한 변명』은 이런 부류들의 역사적 운명에 대해 잠시 생각해보게 한다.

그러한 상념에 한 가지 동기를 제공하는 것은 최근 몇 년간 한국 사회에서도 유행하고 있는 '지식인의 종언' 담론이다(그리고 최근 한 변호사 의 양심고백이다). 그것이 유행어가 되었다면 이제 지식인이라는 부류들 이 역사의 무대에서 모두 퇴장했거나 퇴장할 때가 되었다는 의미일까? 일견 그런 듯이 보인다. 한데, 이 종언의 사태를 부추기는 것이 자신의 명성을 남용할 수 없을 만큼 지식인들의 형편이 더 열악해졌기 때문이 아니라 더 두둑해졌기 때문이라면? 오늘날 지식인의 입을 막는 국가의 손은 더욱 커지고 자본의 발은 더욱 넓어진 것처럼 보인다면?

다시 사르트르에 따르면, 지식인은 "본성적으로 약자"였다. 그 자신 이 아무것도 '생산'해내지 않기에 경제적 또는 사회적 권력을 갖지 못하 며 따라서 지식인이란 "무능하고 불안정한 자"다(지식인은 일단 기식인이 다!). 하지만 지식인의 도덕주의와 이상주의는 그러한 무기력한 상황에서 비롯된다는 것이 사르트르의 진단이다. 그가 말하는 '무기력한 상황'이란 무엇인가? 지배계급에 대한 예속적 상황이다.

지식인은 '실천적 지식을 가진 전문가'이지만 이런 전문가가 모두 지식인이 되는 건 아니다. 즉 그러한 전문가가 되는 것은 지식인의 필요조건이지만 충분조건은 아니다. 지배계급은 '실천적 지식을 가진 전문가'에게 두 가지 역할을 가르치고 강요한다. 하나는 지배적 헤게모니의 봉사자 역할이고, 상부구조의 관리자 역할이 다른 하나다. 즉 이들에게는 지배계급의 가치관을 전파하면서 그와 대립적인 가치관들은 타파하는 기능이 부과되는 것이다. 지식인이란 이러한 예속적·기생적 상황에서 탈피하여 '숙주'로서의 지배계급에 반기를 들고 저항할 때 탄생한다. 알다시피, 이러한 반항의 신화적 형상이 프로메테우스이며, 지식인의 시대는 그러한 프로메테우스들의 시대였다.

하지만 오늘날 상황은 달라진 듯하다. 지식정보사회, 지식경영시대의 지식인은 더 이상 '불만의 소크라테스'가 아니다. 적어도 '지식자본을 가진 자'로서 새롭게 규정되는 지식인은 "단지 봉급으로만 생활하는 자" 이상의 사회적 지위를 획득한다. 그리고 그에 따라 그들의 허세는 언제부턴가 위세가 되었다. 사정이 이러하므로 '지식인의 종언'은 지식인의 불우한 처지가 아니라 배부른 처지를 이르는 말로도 이해되어야 한다. 우리 시대는 '실천적 지식을 가진 전문가'들은 점점 더 발을 빼기가 어려워진 시대이다. 그들은 이렇게 말한다. "나는 내가 무겁다."

사실 지식인의 사회적 위치는 모호했다. 지배계급도 아니고 피지배계급도 아니었기 때문이다. 이 무능력하면서도 불안정한 위치의 '모호함'이 지식인의 계급적 토대였다. 지식인의 '자유'는 그 토대의 상부구조였던 것이고. 하지만 오늘날 '지식계급'은 단일한 대오가 아니다. 그것은 정규직과 비정규직으로 분할된 노동계급이 단일한 대오를 구성하지 않는 것과 마찬가지다. 지식인의 위치는 더 이상 모호하지 않으며 각각의 지식분자들은 지배계급이나 피지배계급으로 분류된다. 이런 상황에서 더 이상 '약자'가 아닌 지식인, 혹은 '약자'가 아니고자 하는 지식인이 득세할 때 '지식인의 시대'는 종언을 고한다. 사회는 이들이 비워놓은 자리를 다만 '사이비 지식인'(혹은 '집 지키는 개')들로 채워놓을 따름이다. '지식계급'은 '지식층'으로 용해되고, '지식층'은 또 자연스레 사회 '지도층'으로 편입된다. 이것은 애도할 만한 일일까? 그나마 아직은 '양심고백'과 '지지선언'이라는 이름으로 얼마간 남아 있는 지식인의 시대의 흔적을 다행스러워해야 할까? (《시사IN》, 2007. 11)

아래로부터의 지성사

『대중지성의 시대』 천정환, 푸른역사, 2008

"경계 허문 총체적 지식이 새로운 부와 권력 낳는다."

2008년 10월 서울의 한 특급호텔에서 개최된 '세계지식포럼'의 화두였다. 세계적인 석학들과 정부 및 비정부기구 대표, 기업 대표를 비롯하여 3천 명이 넘는 사람들이 275만 원씩의 참가비를 내고 '세계 최고의 지식을 공유하는 자리'인 이 '지식 축제'에 참여했다고. 저자는 지식과 지식경제, 그리고 지식의 문화사와 근대적 지식 주체의 문제를 종횡하기 위한 서두에서 먼저 이 행사의 의미에 대해 따져본다. '지식은 돈이다'라는 우리 시대의 지배적 발상과 사고, 그리고 그 실행이 '앎의 문제'에 대한 사회사적 관심을 부추기기 때문이다. 그런 발상을 뒤집으면, 돈이 안 되면 지식도 아니라는 얘기 아닌가.

하지만 지식이 언제나 돈이 되고 권력이 되었던 건 아니다. 학자의 대명사인 괴테의 파우스트만 하더라도 무대에 처음 등장하자마자 이런 한탄을 늘어놓지 않나. "아! 나는 철학도, 법학도, 의학도, 심지어는 신학까지도 온갖 노력을 다 기울여 철저히 공부하였다. 그러나, 지금 여기 서 있는 나는 가련한 바보. 전보다 똑똑해진 것이 하나도 없구나!" 요컨대 파우스트가 보기에 지식은 쓸모가 없으며 헛되고 헛되다. 그렇지만 지금의 시각에서 보자면, 파우스트는 시대를 잘못 만났을 따름이겠다. 이 대단한 '석학'은 철학가(철학자가 아니다!)에다 변호사에다 의사, 게다가 목사까지 겸업할 수 있을 테니 대번에 부와 권력을 쥐고 세계지식포럼의 초빙 강연자로 나설 수도 있을 것이다. 이렇듯 지식의 가치는 역사적으로 변화해왔으며 또 지식이라고 해서 모두 같은 값이 매겨지는 것도 아니다.

저자가 그려내는 '문화사로서의 지식사'는 이러한 지식 가치의 변동 과정을 다루면서 동시에 지식 가치의 이분법을 넘어선 지식 주체의 문제, 곧 '누구의 지식인가'를 문제 삼는다. 천재적인 개인과 권력의 시혜를 통해 이루어진 '지성사'가 아니라 "다양한 다수의 사람들이 소유한 지식과 그 앎-문화의 변동"에 초점을 맞춘다. 소위 '아래로부터의 지성사'다. 이 새로운 지성사가 드러내주는 바에 따르면 '대중지성'은 인터넷 시대의 전유물도 그 부산물도 아니다. 1900년대의 민간학교와 1920년대의 독서회와 야학, 그리고 1970년대 노동야학과 1980년대 대학가의 '학회'와 '세미나'의 전통을 저자는 '자율적인 앎의 네트워크'를 구성하고자 했던 대중지성의 역사로 새롭게 자리매김한다. 이 땅의 대중은 "책을 불태우고, '표현'을 금지하며, 문체를 억압하고, 시키는 대로만 글을 쓰게 했던" 봉건 왕조와 일본 제국주의, 군부독재에 맞서 끊임없이 대중지성의 공간을 확보해왔다. 부와 권력을 낳는 지식만이 아닌 소통과 연

대를 위한 지식도 있다는 걸 책은 웅변한다. (《시사IN》, 2008. 11)

교양이란 무엇인가라는
질문

『교양이란 무엇인가』* 도쿄대 교양학부, 노기영 외 옮김, 지식의날개, 2008
『지식의 쇠퇴』* 오마에 겐이치, 양영철 옮김, 말글빛냄, 2009

종강 시즌이다. 한 학기 강의를 마무리하면서 다시금 원론적인 질문을 던진다. 교양이란 무엇인가. 러시아 문학에 대한 교양 강의를 끝내자니 "현대의 교양은 도스토예프스키나 실존철학이 아니라 아인슈타인이고 뇌과학"이라는 일본 저술가 다치바나 다카시의 일갈이 다시금 떠올랐고, 새로운 IT문화가 주도하는 시대에는 문·사·철이 아닌 '새로운 교양'이 필요하다는 주장도 일리가 없지 않다는 생각이 새삼 들어서다.

일본인 저자들의 책을 뒤늦게 몇 권 펼쳐보았다. 실상 우리가 쓰는 '교양'이라는 말도 따져보면 일본에서 건너온 말이고, 교양주의의 '원조' 또한 일본의 '다이쇼 교양주의'가 아니던가. 부국강병의 논리에 휘둘렸던 메이지 시대와는 달리 '다이쇼 데모크라시' 시기에는 철학이나 문학, 역사 등의 인문서 독서를 강조한 새로운 문화가 고학력 엘리트들을 중심으로 형성되고 그것이 '교양주의'라 불리게 된다. 일본에서는 이 새로운 문화적 흐름이 이와나미 출판사에 의해 주도됐다고 하여 '이와나미 문화'라고도 부르는 모양이다. 가령 '세계문학전집'이나 '세계사상전집' 등은 '교양주의'의 가장 대표적인 표상이다. 교양의 지표가 『카라마조프 가의 형제들』이나 『차라투스트라는 이렇게 말했다』의 독서 유무였던 시절이 있었던 것이다. 하지만 1970년대 대중사회가 성립되면서 이러한 교양주의는 쇠퇴하기 시작한다. 일본의 경우는 '지식인 시대의 종언'과 맞물리는 것이 바로 '교양주의의 쇠락'이었다. 이런 '역사적 교양주의'가 지식대중화사회에서, 그리고 '대졸자 주류사회'에서 여전히 예전과 같은 위상과 의의를 보존할 수 있을까?

도쿄대 교양학부에서 엮은 『교양이란 무엇인가』에 실린 좌담에서 교수들이 토론하고 있는 문제의식도 한국 대학의 현실과 별반 다르지 않다. '학생생활실태조사' 설문에서 '어떤 고민을 하고 있는가'라는 질문 항목에 대한 대답을 보면, 1960~70년대 학생들이 주로 '인생의 의미'라든가 '자아의 확립'이라고 적었던 데 반해서 요즘 학생들은 취업이나 졸업, 교우관계 등 고만고만한 문제들을 적어낸다고 하며, 학생들의 이런 고민을 교양학부와 어떻게 연결시킬 것인가가 말하자면 교양학부 교수들의 '고민'이다. 거기에 덧붙여, 다이쇼적 교양주의가 너무 근대적인 자의식에만 얽매여 인간의식의 문제에만 초점을 맞춘 탓에 자연과학 쪽 지식은 등한시했다는 지적, 따라서 21세기 교양의 과제 중 하나는 자연과학적인 식견을 어떻게 교양 안으로 도입해나갈 것인가 하는 문제라는 제안도 우리에게 낯설지 않다. 인문교양 대신에 과학교양에 압도적인 비중을 할애해야 한다는 다치바나의 주장과도 통하는 대목이다.

『교양이란 무엇인가』가 대학 안의 고민과 모색을 담고 있다면, 대학 밖의 시각은 좀더 신랄하다. 일본의 경영컨설턴트 오마에 겐이치는 『지식의 쇠퇴』에서 이제 교양은 더 이상 "칸트나 헤겔, 데카르트와 같은 철학자나 도스토예프스키, 톨스토이와 같은 고전문학을 중심으로 한 문화"가 아니라고 말한다. "마르크스나 케인스와 같은 경제학의 대가나 뉴턴, 아인슈타인과 같은 과학자"도 아니고, "정치학자 마루야마 마사오나 이와나미신서"도 아니다. 과거에는 클래식이나 고전문학, 고전미술에 관한 소양이 비즈니스 생활에서 여권이나 소개장 역할을 했지만 이제는 통하지 않게 됐다는 것이다. 어째서인가.

이유는 사뭇 단순한데, 이른바 '글로벌 리더'들이 전통적인 교양을 잘 모르기 때문이다. 대신에 그들의 관심은 "당신은 지구시민으로서 구체적으로 어떻게 생각하고 어떤 행동을 하고 있는가?" 같은 문제에 쏠려 있다는 지적이다. 과거에는 문학이나 음악 등에 일반인보다 깊은 조예를 갖고 있는 사람이 교양인의 모델이었지만, 지금은 사회 공헌과 환경 문제에 대한 관심이 훨씬 더 중요한 척도다. '지적 기반의 공유'가 교양의 중요한 기능이라면 시대의 변화에 따라 교양의 내용도 달라질 수밖에 없을 것이다. '철학'과 '그리스 신화'에 관한 지식 대신 '인터넷 사회의 최첨단 동향'이 21세기 교양이라는 지적은 '교양이란 무엇인가'라는 질문이 왜 다시 던져져야 하는지 시사해준다.

애초에 '교양'이라는 말의 기원은 독일어 '빌둥Bildung'이었다. 흥미롭게도 일본 저자들의 교양론은 이 점을 한 번 더 상기시켜준다. 『교양이란 무엇인가』에서 생명과학 전공의 한 교수는 독일 대학에 근무하던 시절 동료들이 일본 문화와 문학에 대한 깊이 있는 질문을 자주 던졌던 일을 회상하면서 이른바 교양이 없으면 그들과의 대화가 성립되지 않는다는 것을 통감했다고 고백한다. 오마에 겐이치 또한 '지구에 무엇을 돌려줄 수 있는가?'라는 현재적 교양의 문제를 가장 열심히 고민하는 사람들이 독일인이라고 말한다. 독일의 경영자들은 뜬금없이 "당신은 터키를 위해 무엇을 하고 있습니까?"라는 질문을 던지는데, 그러한 이슈에 제대로 답하는 것이 그가 생각하는 '교양'이다. 시대의 변화에도 불구하고 변하지 않는 교양의 핵심은 '독일인의 질문에 답하는 것'인가 보다.

(〈교수신문〉, 2010. 6)

로쟈의 리스트 3 | 이삭 바벨 읽기

스탈린 시대에 숙청된 러시아 작가 이삭 바벨1894~1940의 삶을 모티프로 한 소설이 번역돼 나왔다. 트래비스 홀랜드의 『사라진 원고』난장이, 2009. 출판사 소개를 잠시 옮겨보면, "『사라진 원고』의 모티프가 되어준 이삭 바벨. 그는 유대인 출신 러시아의 작가다. 그가 쓴 『적군기병대』는 20세기의 가장 참혹했던 전쟁 가운데 하나인 러시아-폴란드 전쟁의 단면을 40개의 단편으로 그려낸 소설이다. 바벨은 1920년 6월부터 9월까지 약 3개월가량 부조니 장군의 제1기병대에 배속되어 우크라이나의 갈리치아 일대에서 복무하는데, 이 시기의 경험을 바탕으로 쓰인 소설이 바로 『적군기병대』이다. 이 소설은 1926년 모스크바에서 출간되었고, 곧이어 독일어 번역판이 나오기도 했는데, 이후 나치 시대에 이 책은 금서목록에 오른다. 1920년대 이삭 바벨은 소련에서 가장 인기 있는 작가 가운데 한 명이었다."

『적군기병대』는 국내에 『기병대』라고 번역 소개됐다. 오래전에 '소련동구문학전집'중앙일보사의 한 권으로 출간됐었고, 작년엔 발췌본이 역시 『기병대』지만지, 2008라는 제목으로 나왔다. 20세기 러시아 문학사의 중요한 작가이지만(특히 '장식체'라는 문체가 유명하다), 한국어로는 마르크 슬로님의 『소련의 작가와 사회』열린책들, 1985, 마셜 버먼의 『맑스주의의 향연』이후, 2001 등에서 간략한 전기적 스케치를 읽을 수 있는 정도다. 그의 단편 전집과 평전 정도는 소개되면 좋겠다. 개인적으로 절친했던 친구의 전공이 '바벨'이었고, 그가 남긴 번역 원고도 갖고 있다. 손을 보아서 책을 내기로 했는데, 차일피일 미뤄져 안타까운 마음도 든다. 살아 있다면 『사라진 원고』의 출간을 꽤나 반가워할 텐데…… (2009. 6. 19)

4

고전은 왜 읽는가

고전은 한 번 읽고 마는 작품이 아니라 읽고 또 읽어야 하는 작품이다.
여러 해설과 강의들은 이러한 '다시 읽기'의 길잡이이자 자극제가 되어준다.

"삶아놓은
돼지머리 같은 놈아!"

『슈바니츠의 햄릿』 디트리히 슈바니츠, 박규호 옮김, 들녘, 2008
『나의 '햄릿' 강의』 여석기, 생각의나무, 2007
『세계문학의 천재들』 해럴드 블룸, 손태수 옮김, 들녘, 2008

『교양—사람이 알아야 할 모든 것』이라는 책으로 우리 독서계에 '교양'
열풍을 선사해주었던 디트리히 슈바니츠의 유작이 출간됐다. 『슈바니
츠의 햄릿』이 제목이다. 원래는 '셰익스피어, 그리고 그를 문화적 기념
비로 만든 모든 것'이라는 제목을 붙이려고 했으나 집필 단계에서 저자
가 일찍 세상을 떠나는 바람에 우리에게는 '모든 것' 대신에 '햄릿'만이
남게 되었다. 그리고 '모든 것'이라고 하기엔 분량이 『교양』처럼 두툼하
지 않고 단출하다. 책의 원제목은 조금 다른 '셰익스피어의 햄릿, 그리

고 이 작품을 문화적 기념비로 만든 모든 것'인데, 이걸 보면서 저자가 영문학자였다는 것에 주의를 두게 됐다. 때맞춰 나온 원로 영문학자 여석기 교수의『나의 '햄릿' 강의』와 같이 느긋하게 읽어봄 직하다.

단, 전제는 "번역을 통해서라도 이 작품을 한 번 이상을 통독하였고, 가능하다면 영문 텍스트를 대강이나마 훑어본 경험이 있어야 한다는 것."『나의 '햄릿' 강의』에 나오는 말이지만,『슈바니츠의 햄릿』도 다르지 않다. 그건 두 책 모두 단순한 입문서가 아니라 한 단계 높은 수준의 교양서를 의도하고 있기 때문이기도 하고, 한편으로는『햄릿』자체가 고전이기 때문이기도 하다. 아마도 전 세계에서 가장 많이 읽히고 가장 많이 공연된 극작품은『햄릿』일 것이다. 하지만 한 연구자의 말대로 "이 극의 의미에 대한 영원하고도 깊게 자리 잡은 문제들은 여전히 남아 있다"고 할 수밖에 없는 것이 또한『햄릿』이다. 때문에 고전은 한 번 읽고 마는 작품이 아니라 읽고 또 읽어야 하는 작품이다. 여러 해설과 강의들은 이러한 '다시 읽기'의 길잡이이자 자극제가 되어준다.

가령, 셰익스피어를 '세계문학의 천재들' 가운데 단연 가장 앞자리에 놓고 있는 미국의 문학비평가 해럴드 블룸의 해석은 어떤가. 그는『세계문학의 천재들』에서 이 작품을 햄릿이 자신의 두 '아버지'가 남긴 유물들 사이를 왔다갔다하는 걸로 이해한다. 그 두 유물이란 1막에 등장하는 부왕의 유령과 5막에 나오는, 부왕의 어릿광대 요릭의 해골이다. 블룸의 주목에 따르면, 요릭은 아무도 돌보지 않았던 어린 햄릿의 실질적인 아버지 역할을 했던 인물이다. "어린 햄릿이 사랑을 받았고, 그 사랑을 돌려줄 유일한 대상은 바로 요릭이었다"고까지 그는 말한다. 우리가 부왕의 '유령'에만 너무 주목하지 말고 광대의 '해골'에도 신경을 좀 쓸 것을 제안하는 것이다.

이런 고전을 왜 읽어야 하는가? 슈바니츠는 자신의 경험담을 통해서 우리가 고전 읽기를 통해 단지 교양 획득 차원을 넘어서 '사회적 존경'까지 얻을 수 있음을 보여준다. 그가 '셰익스피어에게 진 빚'이라고 털어놓는 대목인데, 어릴 적 스위스 산골에서 독일로 이사와 처음 들어간 학교에서 겪은 일이다. 거기선 아이들 사이에서 '욕 경연대회'가 자주 벌어졌고 쌍스러운 욕을 누가 더 잘하느냐에 따라 서열이 매겨졌다고. '임마' '짜식' 수준으로는 웃음거리나 될 뿐이었는데, 어느 날 펼쳐든 셰익스피어의 사극 『헨리 4세』에서 그는 '화약고'를 발견한다. 그러고는 결투에 나가 뚱보 녀석에게 수준 높은 교양의 욕을 퍼붓는다.

"이 삶아놓은 돼지머리 같은 놈아, 헛바람만 들어찬 똥자루, 지 다리도 못 보는 한심한 배불뚝이, 물 먹인 비계, 물러터진 희멀건 두부살, 푸줏간에 통째로 내걸린 고깃덩이, 푸딩으로 속을 채운 출렁거리는 왕만두, 버터를 접시째 퍼먹는 게걸딱지……" 그리고 옆에 끼어든 빼빼 마른 녀석에게는 "꺼져버려, 이 피죽도 못 얻어먹은 몰골아, 뱀장어 껍데기, 말린 소 혓바닥, 북어 대가리 같은 놈, 수수깡, 뜨개바늘보다 더 가늘어서 치즈 구멍으로 술술 빠지는 놈아, 갑자기 성난 비둘기라도 된 거냐? 아니면 세상에서 제일 용감한 생쥐?"

당연한 일이지만 슈바니츠는 욕 경연대회의 챔피언으로 등극했다. 그리고 아이들이 그를 존경의 눈빛으로 바라본 이후 그는 평생 셰익스피어를 존경하게 된다. 생각건대, 욕도 이 정도는 돼야 '교양'으로 쳐줄 수 있겠다. 요즘 아침저녁으로 확성기에서 쏟아지는 고리타분한 수사와 막말들을 귓전으로 접하고 있다. 고역이다. '고전 읽는 정치' '교양 있는 정치'가 그립다. (《한겨레21》, 2008. 4)

참고로, 『헨리 4세』는 시중에 두 가지 번역본이 있다. 형설출판
사판2004으로 1, 2부가 번역돼 나온 건 대역본이고, 이전에 나
온 건 이태주 교수가 옮긴 『셰익스피어 4대 사극』범우사, 1999에 실려 있다.

『슈바니츠의 햄릿』은 비교적 잘 읽히지만 간혹 미심쩍은 대목들도
있다. 가령 "키에르케고르는 자신의 저서들 중 하나에 『죽음에 이르는
병』이라는 제목을 붙였고, 하이데거는 실존을 '죽음으로 가는 예선경
기'로 규정했다"90~91쪽에서 '죽음으로 가는 예선경기'라는 말은 생경하
다. '실존'에 대한 정의라면 낯설지가 않을 텐데 '예선경기'라는 말은 들
어본 적이 없어서다. 원어가 무엇인지 궁금하다. 더불어, 죽음이라는 주
제를 다루고 있는 책으로 슈바니츠가 소개하고 있는 책이 하나 있다.
"필립 아리스Philipp Aries의 『죽음에 대한 서양의 태도』"이다. 슈바니츠는
영역본1974으로 거명하고 있는데, 여기서 '필립 아리스'는 '필립 아리에
스'라고 표기되어야 한다. 그리고 『죽음에 대한 서양의 태도』는 『죽음의
역사』동문선, 1998로 국역돼 있다.

해럴드 블룸의 『세계문학의 천재들』의 경우, 900쪽이 넘는 분량의
이 국역본은 소장 가치가 충분한 가히 기념비적인 책이 될 뻔했다. 하지
만 유감스럽게도 나로서는 도서관에서 대출해 보는 걸로 만족할 작정이
다. 그건 역자도 후기에서 적어놓은 '아쉬운 점' 때문이다.

마지막으로 한 가지 아쉬운 점은, 애초에 원문 814쪽에 이르는 방대한 양
을 출판해야 하는 사정 때문에 출판사와의 협의에 따라 부득이 일부 내용
을 담지 못했다는 사실이다. 중복되는 설명이나 예문, 혹은 본문과 직접
적인 관계가 없는 블룸의 개인적인 일화나 정치적인 견해 등은 일부 생략
한다. 독자의 양해를 구한다. 896쪽

하지만 그게 양해할 만한 성질의 것이 아니다. 내가 읽어본 몇몇 작가의 경우 "중복되는 설명이나 예문, 혹은 본문과 직접적인 관계가 없는 블룸의 개인적인 일화나 정치적인 견해"가 아님에도 임의로 누락된 부분이 적지 않았다. 일부 오역이야 이만한 번역서라면 불가피하다손 치더라도 임의로 발췌 번역하는 것은 바람직해 보이지 않다. 다른 사정이 있는 게 아니라면 제대로 완역한 책이 다시 나오기를 기대한다.

헤라클레스와 순리
사이의 햄릿

『햄릿의 수수께끼를 풀다』 가와이 쇼이치로, 임희선 옮김, 시그마북스, 2009

가와이 쇼이치로의 『햄릿의 수수께끼를 풀다』를 흥미롭게 읽었다. 저자는 영국의 케임브리지 대학에서 박사학위를 받고 현재는 도쿄 대학의 교수로 재직 중인 셰익스피어 전문가다. 셰익스피어만큼 유명한 작가가 없고, 또 『햄릿』만큼 유명한 작품이 없는데 '무슨 수수께끼란 말인가?'라고 생각하기 쉽지만, 실상은 이 작품이 품고 있는 수수께끼가 아직 다 풀리지 않았기 때문에 여전히 독자나 관객을 매혹시키는 게 아닐까.

저자는 '우유부단하고 허약한 철학 청년'이라는 햄릿에 대한 고정관념을 '허상'으로 치부하면서 그를 헤라클레스 신화와 연관지어 새롭게 해석한다. 단적으로 말해서 헤라클레스라는 키워드가 없다면 『햄릿』을 제대로 이해할 수 없다는 것이 그의 주장이다. 저자에 따르면 이러한 해석은 일본뿐만 아니라 국제 셰익스피어학계에도 제출된 적이 없는 독창적인 견해라 한다.

사실 단서가 없지는 않았다. 1막 2장에 나오는 독백에서 햄릿은 자신의 숙부이자 계부인 클로디어스를 평하면서 "내 아버지의 동생. 그러나 아버지와는 너무도 다르다. 나와 헤라클레스의 차이만큼이나"라고 말하기 때문이다. 이 대목을 근거로 흔히 햄릿을 헤라클레스와는 대척점에 놓인 인물로 인지하게 되지만 저자는 이를 뒤집어서 읽는다. 애초에 '나는 헤라클레스와 다르다'고 시인한 햄릿이지만 차츰 헤라클레스처럼 행동해야 하는 상황에 빠지게 된다는 것이다. 즉 이 작품에서 햄릿은 숙부의 범죄를 알게 된 이후에 헤라클레스와 같은 영웅이 되고자 하며, 그에 따라 변신하게 된다.

하지만 어째서 그의 결심은 자꾸 유예되었는가? 사실 햄릿은 격정의 인간이기도 하다. 3막 4장에서 왕비인 어머니의 침소 휘장 뒤에 숨어 있던 폴로니어스를 "어, 이건 뭐야? 쥐새끼냐?"라고 외치며 칼로 찔러 죽이는 장면은 그의 제어되지 않은 격정이 표출된 사례다. 햄릿은 그러한 격정이 잘못된 상상과 판단, 그리고 행위를 낳을까 염려한다. 그래서 이성에 따라 참을 것인가To be, 격정에 따라 행동할 것인가not to be를 고민한다. 유령의 정체에 대한 의구심도 거기에서 비롯한다. 때문에 그가 진정한 행동으로 나서는 데는 또 한 번의 변신이 요구된다. 그 변신은 그가 헤라클레스와 같은 행동을 포기하고 모든 일을 신의 뜻에 맡기고자 할 때 달성된다. 그것을 잘 말해주는 것이 "참새 한 마리가 떨어지는 데에도 하느님의 섭리가 있는 법"이라는 햄릿의 대사다.

이러한 관점에서 저자는 햄릿이 아버지의 죽음에 대한 개인적인 원한 때문에 복수를 하는 것이 아니라 다만 '신의 채찍'이 되어 천벌을 내리는 역할을 하는 것으로 이해한다. 만약에 이 작품이 진정한 복수극이라면 마지막 장면에서 한 번 더 유령이 등장하는 것이 합당할 테지만, 셰익스피어는 그렇게 처리하지 않았다. 햄릿은 헤라클레스가 되려는 시도를 포기하며 모든 것을 다만 순리에 맡기고자 한다Let be. 그리고 이러한 변신에 따라 'To be, or not to be'라는 햄릿의 고민은 'Let be'라는 깨달음으로 바뀐다고 저자는 주장한다. 셰익스피어가 말하는 진정한 '고귀함'은 인간이 가진 한계를 아는 데, 그리고 그 운명을 받아들이는 데 있다는 것이 그의 결론이다.

데리다가 『마르크스의 유령들』 이제이북스, 2007에서 자세히 분석하고 있는 햄릿의 저 유명한 대사 "The time is out of joint"를 다시금 환기하자면, 우리는 시간이 경첩에서 빠진 시대, 이음새에서 풀려난 시대, 그래서 제멋대로 가고 있는 시대를 살고 있다. 이를 바로잡기 위한 고민도 깊어지고 있다. 가와이 쇼이치로의 새로운 해석에 기대면, 그렇다고 우리에게 헤라클레스적인 노력이 필요한 것은 아니다. 다만 순리에 따라 행동하면 될 따름. 그리고 "나머지는 침묵." 《교수신문》, 2009. 6)

'논어'를 읽었다는 자
누구인가

『논어는 진보다』 박민영, 포럼, 2008

『논어금독』 리쩌허우, 임옥균 옮김, 북로드, 2006

"논어를 뒤집는다. 공자를 바로 본다, 다시 본다"라는 문구가 눈에 띄어 집어 든 책은 박민영의 『논어는 진보다』이다. 일반인들이 공자에 대해 알고 있는 상식(혹은 편견)을 바로잡고자 하는 게 저자의 의도인데, 제목으로 미루어 그가 문제 삼는 건 공자와 논어를 '보수'로 보는 태도다. 비록 '공자가 죽어야 나라가 산다'는 주장에 박수친 바 없으나, 크게 보아나 또한 그런 태도에서 예외가 아니었으니 정확히 책이 목표로 하는 독자이겠다. '공자님 말씀'을 모아놓은 고전이니 기꺼이 여러 종의 번역본을 모셔두긴 하지만 진지하게 읽어볼 생각은 하지 못한 독자 말이다.

사실 유교 문화권에서 공자와 『논어』가 가진 영향력은 기독교 문화권에서 『성경』이 가진 영향력에 비견될 만큼 크고 방대한 것이다. 『논어금독』*을 펴낸 리쩌허우에 따르면, 서양 문명과 다르게 중국에는 진정한 종교전쟁이 없었던 것도 유학의 포용성과 큰 관계가 있으니 그 영향은 '말씀'으로만 끝나는 것이 아니었다. 유가와 법가가 혼용된 윤리적·정치적 규범 혹은 법칙이 중국 역사 2천 년을 지배해왔다고도 말해지는 것이니, 자세를 바로하고 좀 진지하게 '선생님'의 말씀에 귀 기울여볼 필요가 있다.

그렇게 예의를 갖춰서 『논어』를 대할 때, 두 가지 점이 우리를 놀라게 한다. 먼저, 리쩌허우의 지적대로 기원전 500여 년에 공자가 한 말을 기록한 내용(말하자면 어록)의 대부분을 오늘날에도 읽고 이해할 수 있다는 점. 물론 한문에 대한 기본 지식을 갖고 있는 독자의 경우지만 한국인이 중세 국어를 더듬더듬 읽을 수밖에 없는 것과 비교하면 분명 놀라운 일이다. 저자에 따르면 『논어』에 쓰인 한문은 "약간의 한문학적 지식만 있으면 누구나 해석할 수 있을 만큼 쉽다."

하지만 그렇듯 평이하게 읽힘에도 『논어』의 번역과 주석이 각양각색이며 심지어는 모순적이기까지 하다는 게 두 번째로 놀라운 점이다. 역시나 리쩌허우에 따르면 "고대문자는 간단하면서도 포괄적이어서 오늘날의 언어로 정확하고 분명하게 바꾸어야만 잘 파악할 수 있다." 문제는 '정확하고 분명하게' 바꾸는 일이 생각만큼 쉽지는 않다는 데 있다. 『논어』의 이름난 주석자만 하더라도 2천 명이 넘는다는 사실이 이를 증명한다.

예컨대 '학이시습지學而時習之'라는 첫 구절만 하더라도 무엇을 배우고 무엇을 익힌다는 의미인지, '시時'의 의미가 '때에 따라'인지 '때때로'인지 아니면 '계속'인지 저마다 의견들이 다른 것이다. 저자에 따르면 이 구절은 "(仁을) 배워서 때에 따라 (禮를) 익히니"로 해석되어야 한다. '위정'편 16장에 대한 해석은 더 현격한 차이를 드러낸다. '공호이단, 사해야이攻乎異端, 斯害也已'라는 구절을 "이단을 전공하는 것은 해로울 뿐이다"로 읽는 게 전통적인 해석이었지만, 저자는 "이단을 공격하는 것은 그 자체가 해로운 것이다"로 새긴다. 이 모두가 가능하다고 친절하게 소개해주는 번역서도 있지만 전혀 상반되는 해석이 양립 가능하다면 공자가 한 입으로 두말한 것이 되는가?

저자는 "공자의 본래 문제의식이 무엇이었는지, 공자가 어떤 사람인지를 알기 위해서는 직접 원문을 읽어보아야 한다"고 주장하지만 동시에 "논어를 제대로 읽어내기 위해 필요한 것은 한문학적 지식보다는 오히려 광범위한 인문학적 지식과 철학적 사고능력"이라고 덧붙인다. 사실 『논어』의 허다한 번역과 주석들이 모두 원문 읽기에서 나온 것이니 '원문 읽기'만으로 그간의 오해와 편견이 모두 불식되기를 기대할 수는 없는 노릇이다(리쩌허우조차도 모호한 대목들은 그대로 놔두는 수밖에 없다고 한다).

송나라의 유학자 정이程頤는 이렇게 말했다고 한다. "『논어』를 읽는데, 『논어』를 읽기 전에도 이런 사람이고 『논어』를 읽고 난 다음에도 여전히 이런 사람이라면 읽지 않은 것과 같다." 우리의 문제는 이렇다. "『논어』를 이렇게도 읽을 수 있고, 저렇게도 읽을 수 있다면 우리는 무엇으로 읽었다고 말할 수 있을까?"(《한겨레》, 2008. 1)

"목숨이 붙어 있다면
개혁가가 아니다"

『한비자, 권력의 기술』* 이상수, 웅진지식하우스, 2007

중국에 '내법외유內法外儒'라는 말이 있다고 한다. "겉으로는 유학의 대의
명분을 내세우는 척하면서 속으로는 법가의 사상과 학술과 방법론을 신
봉"하는 걸 가리킨다. 이른바 표리부동이다. 스스로를 진시황에 빗대기
도 한 마오쩌둥이 제자백가 가운데 가장 숭상한 것도 법가라고 하니 중
국사를 이해하는 데 유가, 도가보다도 더 중요한 것이 법가가 아닌가도
싶다. 하지만 중국만 그러할까? '동방예의지국'은 어떠한가?

얼마 전 대선에서 40퍼센트 가까운 유권자들이 자신의 정치적 의사
를 '침묵'으로 표시했다. 일부 정치적 냉소주의자들을 제외한다면 마땅
한 후보가 없다는 불편한 심기의 표현이겠다. 마땅한 후보? 국민을 움
직이고 국가 조직을 이끌 진정한 리더가 눈에 띄지 않았다는 것이다. 하
지만 그게 후보들만의 탓이겠는가. 자업자득은 아닌가. 한국 사회의 개
혁을 바라는 유권자들이, 그리고 진보 진영이 진정한 정치적 리더를 양
성하는 데 소홀하거나 인색했던 것은 아닌가.

이상수의 『한비자, 권력의 기술』을 새해 벽두에 읽으며 여러 차례 무
릎을 쳤다. 저자는 제왕학과 리더십의 교과서로서의 한비자, '법가의 집
대성자'로서의 한비자를 리더십의 관점에서 다시 읽으며 재구성해놓았
는데, 그게 우리의 당면한 고민들과 무관하지 않다. 전국 시대의 한 사
상가가 했던 고민들이 피부에 와 닿는 걸 보면 사회의 기본 구조는 별로
달라진 게 없어 보인다.

무엇이 기본 구조인가? 권력 커뮤니케이션의 구조다. 한비자가 살았
던 절대군주 치하의 궁정 사회에서 이 구조는 군주와 개혁가, 권세가라

는 세 항으로 구성된다(오늘날의 민주주의 체제 아래에서는 군주의 자리에 '국민'을 갖다놓으면 되겠다). 대망을 품은 개혁가라면 자신의 뜻을 펼쳐보기 위해서 일단 군주의 마음을 얻어야만 한다. 그러기 위해서 유세해야 한다. 그런데, 이때 필요한 것이 권력의 심리학이다. 군주가 무엇을 바라는지 모르는 상태에서라면 아무리 좋은 말을 늘어놓아도 귀에 들어갈 리가 없기 때문이다. 때문에 "한비자는 유세객 또는 개혁가가 무엇을 알고 있느냐보다 그 지식을 어떻게 세상에 내놓아 실행되도록 하느냐가 더 중요하다고 생각한다."

하지만 그게 만만치가 않다. 개혁가와 권세가, 곧 기득권 세력 사이에는 모순이 존재하기 때문이다. 그리고 대개 군주는 이러한 권세가들에게 둘러싸여 있다. 그것을 뚫고 군주의 마음을 얻어야 하지만 모함과 누명을 뒤집어쓰기 일쑤다. 한비자는 형리의 처벌에 죽지 아니하면 반드시 자객의 칼에 죽게끔 되어 있는 게 개혁가의 운명이라고 단언해놓았다(한비자 또한 진시황과 대면할 기회를 가졌지만 곧 모함을 받아 자진했다). 개혁을 말하는 이들이 아직 목숨이 붙어 있다면 "제대로 된 진정한 개혁론이 아직 헌정되지 않았기 때문"이라는 게 한비자의 일갈이었다.

이러한 곤란 속에서도 개혁가에게 기회가 없지 않은 건 군주와 권세가들의 이해 또한 상충하기 때문이다. 한비자가 보기에 신하들은 오로지 사리사욕만을 추구하는 존재이며 여차하면 세력을 규합해 군주의 자리까지 넘보는 자들이다. 군군신신君君臣臣이니 군신유의君臣有義니 하는 건 유가의 한담에 지나지 않는다. 이렇듯 군주와 권세가의 이해관계가 일치하지 않기 때문에 벌어지는 작은 틈새를 비집고 들어가야 하는 것이 개혁가의 생존전략이다.

왜 구태여 그런 어려움을 자처하는가? 예컨대 공자는 군주가 나의 말을 들어주느냐 마느냐에 노심초사하지 않았다(알다시피 공자는 남이 나를 알아주지 않아도 성내지 않는 게 군자라고 하였다). '아니면 말고'가 공자의 유세관이었던 것이다. 하지만 한비자는 달랐다. '목숨 걸고'가 그의 유세관이다. 그는 5백 년에 한 번 나온다는 유가의 '성인 대망론'을 믿지 않았다(우리는 5년에 한 번씩 대선을 치른다!). 한비자는 '중간치 수준의 통치자' 혹은 '평범한 지도자'가 나라를 통치할 수 있는 '현실적인' 방법을 모색했다. 우리가 가지 않은 길이 혹 여기에 있는 건 아닐까?

《한겨레21》, 2008. 1)

P.S. 책은 고전 '리라이팅'의 탁월한 모델이 될 만하지만 약점도 없지는 않다. '리더'라는 말이 '개혁가'를 가리키기도 하고 '군주'를 가리키기도 해서 빚어지는 혼선이 그것이다. 가령, 각 장별 주제이기도 한, 리더에 대한 일곱 가지 요구 가운데 첫째, "리더는 용의 등에 올라탄다"에서 리더는 개혁가를 가리키지만, 둘째, "리더는 상황을 탓하지 않는다"에서는 그냥 모호하게 '지도자'를 뜻하고 일곱째, "리더는 마지막까지 책임을 진다"에 이르면 주로 군주를 모델로 한다. 이 책의 흥미로운 대목은 '용'이 아니라, '용'의 등에 올라탄, 올라타야 하는 개혁가-리더를 다루는 장들이다. 그 개혁가-리더와 군주-리더가 그냥 똑같이 '리더'로서 동일시될 수 있을까? 개혁가의 유세론을 다룬 전반부를 나는 '한비자의 발견'이라고 일컬으며 흥미진진하게 읽었다(나는 이런 대목에서만큼은 『한비자』가 마키아벨리의 『군주론』보다 앞선다고 생각한다). 군주의 리더십을 다룬 후반부는 상대적으로 덜 흥미롭다.

토정 이지함을
말한다

『이지함 평전』[●] 신병주, 글항아리, 2008

기축년己丑年 새해를 맞는 만큼 어김없이 토정비결을 찾아보는 이들이
많을 듯싶다. 무슨 사자성어처럼 쓰이고 있지만 '토정비결'은 '토정의 비
결'이라는 뜻이다. 흙으로 지은 정자를 가리키는 '토정土亭'은 알다시피
이지함1517~1578의 호이니 고유명사다. 『토정비결』은 이지함판 『시크릿』
이라고 할 수 있을까.

베스트셀러 『시크릿』이 "수 세기 동안 단 1퍼센트만이 알았던 부와
성공의 비밀"을 알려주려 한다면, 『토정비결』은 자력구제가 가능하지
않은 평범한 이들에게 한 해의 운세를 일러준다. 흥미로운 건 이지함이
상식과는 다르게 『토정비결』의 저자가 아니라는 사실. 확정된 것은 아
니지만, 『토정비결』이 이지함 사후에 유행하지 않고 19세기 후반에 널
리 퍼진 점을 고려할 때 토정이라는 이름을 빌려 썼을 거라는 얘기다.
그 이유로 저자는 이지함이 점술과 관상에 능했을 뿐만 아니라 민간에
친숙한 민중 지향적 지식인이었다는 점을 든다.

사화士禍의 회오리에서 한 발짝 비껴서 처사處士의 삶을 살다 갔지만
이지함은 세상을 잊은 채 현실을 외면한 은둔거사가 아니었다. 현실 정
치에 대한 비판 세력으로서 '처사형 학자'는 다양한 학문과 사상에 관심
을 갖고서 민생 현실의 문제를 해결하고자 애쓴 실천적 지식인이었다.
이지함 또한 천거를 받고 1573년에 포천현감에, 1578년에는 아산현감
에 부임하여 민생을 안정시키고 정치적 이상을 펴보고자 했다.

그의 핵심적인 사회경제사상은 무엇이었나? 경제적으로 매우 곤궁한
포천현의 문제를 타개하기 위해 조정에 올린 상소문에서 그는 상·중·

하 세 가지 대책을 제시한다. 상책은 국왕이 도덕성을 갖추는 것이고, 중책은 국왕을 보좌하는 이조와 병조의 관리들이 청렴성을 갖추는 것이다. 그리고 하책은 땅과 바다를 적극적으로 개발하고 활용해야 한다는 주장으로 농업이 본업이던 사회에서 상업과 수공업의 중요성을 강조한 것이다.

이지함은 덕이 본本이고 재물이 말末이지만 본말은 상호보완적이며, 백성들에게 도움이 되는 것이라면 '이利'도 적극적으로 도입해야 한다고 생각했다. 시대를 앞선 그의 적극적인 국부 증대책과 해상통상론은 이러한 생각에서 비롯되며, 이것은 18세기 북학파 실학자들에게도 큰 영향을 끼치게 된다. 하지만 정작 이지함의 건의는 받아들여지지 않았고 그는 벼슬을 사직했다.

『주역』에 따르면 변혁에는 시기와 지위와 능력이 필요하지만, 저자는 이지함의 경우 뛰어난 자질에도 불구하고 시기를 찾지 못했고 현감이라는 지위도 이상을 펴기에는 적합하지 않았다고 평한다. 민중을 위한 '토정의 비결'은 언제 실현될 수 있을까? (《시사IN》, 2009. 1)

P.S. 원고를 쓰다가 찾아보니 이문구 선생의 소설 『토정 이지함』 랜덤하우스코리아, 2004이 눈에 띄었다. 테마로 글을 쓴다면 읽어보고 싶다. 소설 토정비결류 외에 김서윤의 『토정 이지함, 민중의 낙원을 꿈꾸다』 포럼, 2008도 소설로 『이지함 평전』과 비슷한 면모를 다루고 있을 듯싶다. 사실 『이지함 평전』은 서두를 읽으면서 가졌던 기대치는 충족시키지 못하는 책이었다. 가령 저자가 그리고자 하는 이지함의 이미지는 이런 것이었다.

국부의 증대와 민생에 유용한 것이라면 어떤 산업도 개발해야 한다는 신념과 유통경제의 중요성을 강조한 그의 사상은 근대 경제학자들의 논리와도 유사성을 갖는다. 이러한 점을 고려한다면 이지함을 조선중기를 대표하는 경제학자, 나아가 조선시대의 대표적인 경제 이론가이자 실천가라 칭해도 지나치지 않을 것이다. 5쪽

이지함은 16세기의 개방적이고 다양한 학문 경향을 보여주는 핵심적 인물이며, 특히 적극적인 국부 증진책을 제시한 그의 사상은 역사적으로 큰 의미가 있다고 판단했기 때문이다. 우리는 서양의 경제학자 애덤 스미스가 쓴 『국부론』은 잘 알고 있으면서, 막상 우리 선조인 이지함이 애덤 스미스보다 훨씬 이른 시기에 그러한 사상을 제시했던 사실에는 별다른 관심이 없었다. 애덤 스미스보다 앞선 시기에 적극적인 국부론을 주장하고 실천한 학자 이지함, 그것 하나만으로도 이지함은 재평가되어야 할 인물이다. 15쪽

인용문만 놓고 보자면 이지함은 서양 경제학의 아버지 애덤 스미스에 견줄 만한, 아니 그보다 앞선 조선 중기의 대표적인 '경제학자'이다. 하지만, 본론에서 이러한 주장에 대한 '입증'은 몇 가지 에피소드로 대체되고 있다. '북학 사상의 원조 이지함'에 대한 '본격 재조명'이라고 하기에는 미흡하다는 인상을 받는다.

책을 읽으며 알게 된 것인데 조선 중기 정치적 혼란기에 '비결'류의 책들이 여럿 나왔다고. 『남사고비결』, 『북창비결』이 『토정비결』과 마찬가지로 민간에서 유행한 '예언서'였다고 한다. 여하튼 나로서는 토정비결을 보는 셈 치고 읽은 책이다(책을 읽고 나서 처음으로 인터넷 토정비결을 봤는데, 두 곳의 운세가 서로 달랐다. 그냥 모른 체하기로 했다).

로쟈의 리스트 4 | 유르스나르 읽기

마르그리트 유르스나르의 대표작 『하드리아누스 황제의 회상록』민음사, 2008이 다시 번역돼 나왔다. 예전 번역은 『하드리아누스의 회상록』세계사, 1995으로 남수인 교수의 번역이었다. 이미 아는 사람은 다 아는 걸작인데, 책이 출간됐을 때는 미처 읽어볼 생각을 하지 못하다가 재작년에 출간된 작가론, 오정숙의 『마르그리뜨 유르스나르』중심, 2007를 읽으면서 책을 구하려고 애를 쓴 적이 있다. 도서관에서 영역본과 같이 대출했다가 새 번역본이 나온다는 소식을 듣고 독서를 미뤄두었는데, 이번에 그 책이 나온 것. 지난 연말에 출간됐지만 2009년을 여는 책으로 손색이 없다. 기쁜 마음으로 손에 든다(개인적으로는 김훈의 『남한산성』과 겹쳐 읽으려고 했던 책이기도 한데, 언젠가 사석에서 이 책에 대해 물으니 김훈 선생은 대단한 걸작이라며 격찬을 했다).

참고로 이 작품은 〈엑스칼리버〉1981, 〈제너럴〉1998의 노장 감독 존 부어맨에 의해 영화화될 예정이다. 한 인터뷰에서 그는 이렇게 말했다.

– 프랑스 작가 마르그리트 유르스나르의 장편소설인 『하드리아누스의 회상록』을 영화화한다고 들었다. 이 작품은 로마 제국의 오현제 중 한 명인 황제 하드리아누스의 회상을 담고 있는 소설 아닌가. 그의 삶을 통해 무엇을 이야기하고 싶은 건가.

= 주인공 하드리아누는 조화調和, 발언의 자유, 종교, 행복의 추구를 기반으로 한 제국을 건설하려고 노력했던 몽상가였다. 그중에서도 그는 특별히 조화로 이루어진 사회를 염원했다. 영화는 그의 목표가 어떻게 현실 정치나 서로에게 폭력을 가하고 전쟁을 일으키려는 인간의 본능과 격돌하는지를 보여줄 것이다. 세상은 그때로부터 변한 것이 별로 없다. (2009. 1. 2)

5

행복이란 무엇인가

다섯 식구가 바구니와 양동이를 들고서 반찬거리를 사러 다녀오곤 했다. 그냥 가족 산책이어도 좋았다. 들녘 사이로 난 큰길을 걸으며 해 저물어가는 저녁 하늘을 보던 일이 지금도 기억에 남아 있다. 부모님이 아직 젊은 나이였고, 나는 여덟 살, 아래로는 두 살 터울의 두 동생이 있었다. 행복을 위해서 무엇이 더 필요했을까.

생존보다
더 중요한 것

「인간의 운명」* 미하일 숄로호프

『고요한 돈 강』이라는 작품으로 1965년 노벨 문학상을 수상한 러시아 작가 미하일 숄로호프의 유명한 중편소설에 「인간의 운명」1957이 있다. 영화감독 세르게이 본다르추크가 직접 주연까지 맡아 1959년에 영화로도 발표한 사회주의 리얼리즘의 대표작이다. 줄거리만 보자면 한 사내의 쓰라린 운명을 들려주는 작품이다.

1900년생인 주인공 안드레이 소콜로프는 러시아 혁명과 내전을 겪었지만 나름대로 평범한 삶을 살던 중년의 가장이었다. 부모와 누이가 1922년의 대기근 때 굶어 죽는 바람에 외톨이 신세가 됐어도 고아원에서 자란 아내를 만나 단란한 가정을 꾸렸다. 숙취 때문에 아무것도 먹지 못하는 날 아침에는 잔소리 대신 절인 오이 안주에 보드카 한 잔 따라주는 아내였다. 그러던 차에 제2차 세계대전이 터진다. 눈물로 밤을 지새운 아내와 자녀들을 남겨두고 소콜로프는 전선으로 향한다.

기차역에서 아내는 반쯤 실성한 상태로 그들이 다시는 만나지 못할 거라고 말하고 소콜로프는 부아를 내지만, 사실 일은 아내의 불길한 예감대로 진행된다. 트럭 운전사로 배치된 소콜로프는 독일군의 포로가 되고, 아들을 제외한 아내와 두 딸은 독일군의 폭격으로 폭사한다. 그들의 오두막집이 비행기 공장 옆에 있었기 때문이다. 그런 영문도 모른 채 가족들과의 재회만을 꿈꾸며 소콜로프는 불굴의 의지로 혹독한 포로 생활을 버텨낸다. 어떤 생활인가? 호송 중 교회에서 머물게 됐을 때 용변을 밖에서 보게 해달라고 애원한 포로가 경고를 무시했다는 이유로 즉각 난사당하는 생활이다. 어떠한 일이 있어도 성전을 더럽힐 수 없다는 한 신실한 정교도의 믿음이 '문화'라면, 그를 둘러싼 '세상'은 최소한의 문화도, 인간적 품위도 허용하지 않았던 것이다.

과연 그런 세상에서도 문화적 삶은 가능할까? 죽을 고비를 넘기면서 인간 이하의 포로 생활을 전전하던 소콜로프도 포로들의 과중한 노동량에 불평을 터뜨렸다가 결국은 수용소 소장에게 불려간다. 그는 자신의 죽음을 예감하지만 두려움을 내비치진 않으리라고 다짐한다. 권총을 만지작거리던 소장은 그를 직접 사살하기 전에 마지막으로 독한 술 한 잔과 비계를 얹은 빵 한 조각을 안주로 건넨다.

하지만 '독일군의 승리를 위해' 건배하라는 제안에 소콜로프는 술을 마시지 못한다고 거절한다. 소장은 '너 자신의 죽음을 위해' 마시라고 다시 제안하고 소콜로프는 단숨에 술을 들이켠다. 하지만 안주에는 전혀 손대지 않았다. 첫 잔을 비운 후엔 안주를 먹지 않는다는 것이 이유였다. 소장은 둘째 잔도 따라주지만, 소콜로프는 둘째 잔을 비운 후에도 안주에는 손대지 않았다. 둘째 잔 후에도 안주를 먹지 않는 것이 그의 규칙이었다. 그는 셋째 잔을 비우고 나서야 빵 한 조각을 조금 베어 물 뿐이었다. 굶어 죽을 지경이었지만 그는 그렇게 러시아인의 품위와 자존심을 지켰다. 처음엔 씨근덕거리던 독일군 소장도 그런 소콜로프를 보고서는 용감한 군인이라고 칭찬을 아끼지 않았다. 목숨을 살려준 건 물론이고 빵 한 조각과 비곗덩어리까지 손에 쥐어주었다.

문화란 무엇인가? 소콜로프의 경우에 기대어 말한다면, 아무리 비참한 조건 아래에서도 처음 두 잔까지는 안주를 먹지 않는 것이다. 그런 고집으로써 품위와 자존심을 지키는 것이다. 생존도 중요하지만 그보다 더 중요한 가치도 있다는 것을 아는 것이다. 물론 그렇다고 해서 잔혹한 인간의 운명을 피해갈 수는 없을지라도 말이다. 기구하고도 슬픈 소콜로프의 뒷얘기가 궁금하신가? 안주로 남겨놓는다. (《경향신문》, 2009. 12)

무상으로 내린
폭설이 반갑다

'포틀래치'라는 게 있다. 북미 원주민의 말로 '선물'이라는 뜻인데, 보통은 선물을 주면서 크게 벌인 잔치를 가리킨다. 많은 손님을 초대해 생선과 고기, 모피와 담요 따위를 나누어줌으로써 자신의 사회적 지위를 인정받고 과시하는 데 목적이 있었다. 선물을 받은 사람은 또 더 큰 포틀래치를 열어서 자기도 못지않다는 걸 보여주어야 했다. 일방적으로 받기만 한다면 예의에 어긋날뿐더러 선물을 준 사람에게 예속된다는 걸 뜻하기에 과도한 잔치를 경쟁적으로 벌였다고도 한다.

선물 교환 양식이긴 하지만, 포틀래치는 선물이나 교환과 구별된다. 선물은 정의상 아무런 대가를 바라지 않고 베푸는 관대한 행위이다. 반면에 교환은 반드시 뭔가를 반대급부로 기대하면서 주는 호혜적 행위이다. 포틀래치는 이 두 가지 행위의 교집합 같다. 즉 대가를 바라지 않고 자발적으로 한턱을 내는 것이지만 동시에 받는 쪽에서도 아무 대가를 바라지 않고 한턱을 내야만 한다. '자발적 의무'를 진다고 말할 수 있을까.

철학자 지젝이 정리한 바에 따르면, 인류학자 모스는 이 수수께끼 같은 교환 방식 속에서 뭔가 신비로운 것이 순환한다고 보았다. 레비-스트로스는 그 핵심을 호혜적 교환 자체에서 찾았다. 서로 주고받음으로써 사회적 관계를 형성하는 것이 그 상호교환의 의미라고 했다. 사회학자 부르디외까지 가세해서는 포틀래치의 핵심이 선물과 답례 사이의 시간적 간격이라고 주장했다. 적당한 간격이 있어야만 대칭적인 두 행동이 서로 연관이 없는 것처럼 보인다는 것이다. 그렇잖은가. 누군가 선물을 받은 즉시 상대방에게 답례를 하려고 한다면, 그것은 선물을 거절한다는 인상을 줄 테니까. 모욕적인 행동이 될 수 있는 것이다. 때문에 포틀래치는 호혜적 교환처럼 비치면 안 된다.

교환의 호혜성은 왜 거부감을 불러일으킬까? 또 다른 인류학자 살린스에 따르면, 교환은 사회적 결속을 파괴하며 받은 대로 되갚는 보복의 논리가 될 수도 있기 때문이다. 그런 오해를 사지 않기 위해서 각각의 선물 주기는 자유롭고 자발적인 척해야 한다. 그것이 포틀래치라는 선물경제의 특징이라면, 이와 대조적인 것이 자본주의 시장경제이다. 화폐를 매개로 한 등가교환 말이다. 거기엔 관대함도 베풂의 호의도 관여하지 않는다. 선물이 주인의 행위이고 포틀래치가 주인들 사이의 행위라면, 교환은 노예에게 속하는 행위이다.

오래전 일화가 떠오른다. 대학 1학년생이던 나는 서울의 기숙사에서 생활하면서 한 달에 한 번씩 지방의 부모님께 다녀오곤 했다. 하루는 늦은 저녁 그렇게 돌아오던 길에 세탁소에 들렀다. 양복 상의의 떨어진 단추를 달기 위해서였다. 세탁소 주인이 특이한 요구라는 표정으로 바느질을 하는 동안 나는 이 품값을 어떻게 치러야 할까 꽤 고민했다. '무상의 호의'일 수도 있는 일을 두고 "얼마예요?"라고 묻는 것은 너무 무례한 일인 듯싶었다. 결국 옷을 받아 들고 엉거주춤하게 목례를 하고 나서려다가 그냥 가느냐는 타박을 받았다. 품값으로 5백 원을 냈다. 주변머리가 없어서 속내를 말하진 못했다. 대신 나의 짧은 생각을 자책했고, '서울 인심'에 대한 쓸쓸함을 곱씹었다. 그런 등가교환을 통해서 그날 세탁소 주인과 나는 서로에게 노예처럼 행동한 것이 아니었을까. 그는 호의를 베푸는 대신에 노동을 했고 나는 고마운 마음 대신에 돈을 지불했다. 돈이 없으면 살 수 없지만, 돈이 모든 걸 대신할 수 있는 세상은 노예들의 세상이다. 무상으로 내린 폭설이 반갑다. 《경향신문》, 2010. 1)

P.S. 포틀래치에 대해서는 지젝의 『잃어버린 대의를 옹호하며』, 마르셀 모스의 『증여론』, 부르디외의 『실천이성』 등을 참고했다. 물론 결정적인 아이디어를 제공한 건 지젝의 정리다. 한데, 지젝이 말하는 선물경제의 주인은 선물을 주는 사람이 아니라 주는 것 없이 받는 사람을 가리킨다. 짧은 글에 그런 내막까지 자세히 적을 수는 없어서 약간 비튼 결과가 됐지만, 또 비튼 대로 말은 통하는 듯싶다.

행복은
나비와 같다

"행복한 가정은 모두 서로 닮았지만, 불행한 가정은 제각각으로 불행하다."

장편소설 『안나 카레니나』*의 서두를 여는 톨스토이의 말이다. 행복한 가정이 서로 닮을 수밖에 없다면, 그건 행복의 조건으로 생각하는 바가 사람들마다 비슷하기 때문일 것이다. 경제적으로 궁색하지 않고 식구들이 건강하며 가정이 화목하다면 보통은 더 바랄 것이 없다. 그리고 이 정도가 행복에 대한 통념이라면 우리는 충분히 행복했다. 어느 한때였더라도 말이다.

가장 행복했던 때가 언제였던가를 한번 헤아려보시라. 나로서는 먼저 생각나는 것이 초등학교 1학년 때 온 가족이 가끔씩 콩나물 공장에 가던 일이다. 동네에서 멀지 않은 곳에 콩나물 공장이 있었고, 우리는 다섯 식구가 바구니와 양동이를 들고서 반찬거리를 사러 다녀오곤 했다. 그냥 가족 산책이어도 좋았다. 들녘 사이로 난 큰길을 걸으며 해 저물어가는 저녁 하늘을 보던 일이 지금도 기억에 남아 있다. 부모님이 아직 젊은 나이였고, 나는 여덟 살, 아래로는 두 살 터울의 두 동생이 있었다. 행복을 위해서 무엇이 더 필요했을까.

그렇게 치자면 초등학교 3학년 때의 어느 날도 행복했다. 월세를 살던 우리 집에 주인집에도 없는 세탁기가 들어온 날이다. 최신 세탁기를 아버지가 면세품으로 사오셨는데, 마땅히 놓을 자리가 없어서 방에 들여놓았다. 한데 호스가 짧았다. 다른 호스를 사다가 잇대고 나서야 처음 세탁기를 돌리게 됐다. 하지만, 호스의 연결 부분이 수압을 견디지 못해 그만 터져버리고 말았다. 집 안 바닥과 천장이 졸지에 물벼락을 맞은 꼴이 됐지만, 그래도 다들 유쾌했다. 이런 엇비슷한 기억이야 대개들 갖고 있을 법하다. 그건 적어도 우리가 행복했다는 얘기고, 또 행복이 인생의 목표라면 초과달성했다는 뜻이기도 하다. '더 많은 콩나물'과 '더 좋은 세탁기'가 있어야만 우리가 행복해지는 게 아니라면 말이다.

행복에 대한 얘기를 꺼낸 건 김정일 국방위원장이 얼마 전 김일성 주석의 유훈을 상기시켜주었기 때문이다. 그는 정치사상 면이나 군사 면에서 북한이 강국의 지위에 올라섰지만 아직 인민들에게 '흰쌀밥에 고깃국'을 먹게 하지는 못하고 있다고 자평했다. 그러고는 최단 기간 안에 '인민 생활' 문제를 풀어서 유훈을 관철하겠다는 의지를 피력했다. 말하자면 '흰쌀밥에 고깃국'이 북한식 사회주의의 과제이자 목표다. 북한의 경제난과 현실에 대한 이 '예외적인 시인'을 어떻게 받아들여야 할까? 우리는 이미 LA갈비에 비프스테이크도 먹고 있다고 응수해야 할까?

남한 또한 '흰쌀밥에 고깃국'이 부의 척도이자 행복의 조건이던 시절이 있었다. 하지만 어느덧 옛날 얘기가 됐다. 아직도 저소득 빈곤층이 적잖게 남아 있지만 국민 대다수에게 '흰쌀밥에 고깃국'으로 한 끼를 때우는 건 크게 어려운 일이 아니다.

무슨 의미인가? 북한식 사회주의의 과제를 우리는 이미 달성했다는 뜻이다. 더불어 행복은 더 이상 미래의 몫이 아니라는 의미다. 여전히 '더 많은 행복'과 '더 높은 성장'을 위해서 허리띠를 졸라매야 하고, 한마음으로 함께 노력해야 한다면, 김일성의 유훈을 관철하기 위해 노력하겠다는 태도와 오십보백보다. 우리가 적어도 북한보다는 더 낫다고 으스대고 싶다면, '무지개 너머'를 좇는 일부터 재고해볼 필요가 있다. 『주홍글자』의 작가 호손은 이렇게 말했다. "행복은 나비와 같다. 잡으려 하면 항상 달아나지만, 조용히 앉아 있으면 너의 어깨에 내려와 앉는다."(〈경향신문〉, 2010. 2)

P.S. 애초엔 김일성의 유훈을 한국식 '먹고사니즘' 이데올로기나 벤야민의 역사철학테제('역사의 개념에 대하여')와 연관지어보려고 했으나 너무 거창한 듯싶어서 호손의 '행복=나비'론으로 마무리지었다.

행복은 경제 성장과 무관하다

『소비의 사회』 장 보드리야르, 이상률 옮김, 문예출판사, 2002

『무소유』 법정, 범우사, 2004

중국의 부유층 사이에서 티베트의 토종개 '짱아오' 열풍이 불고 있다 한다. 사자의 갈기처럼 긴 털로 덮여 있어서 일명 '사자개'라고도 불리는 이 희귀종 개는 원래 유목민들의 양치기개였다고 한다. 하지만 중국의 신흥 부자들이 부를 과시하기 위한 목적으로 사육하면서 몸값이 한국 돈으로 십수억 원까지 치솟았고, 중국의 고가품 10대 아이템에서도 1위로 꼽혔다는 소식이다. 사치품 과소비의 전형적 사례로 이제 자본주의 중국도 본격적인 '소비사회'로 진입했다는 의미일까.

소비사회란 상품의 사용가치, 곧 도구적 용도보다는 행복이나 위세 같은 기호적 가치가 소비의 고유한 영역이 되는 사회다. 사람들은 과시적 소비 행위를 통해서 자신이 남들보다 더 대단한 존재라는 걸 인정받고 싶어 한다. 더 행복하다는 걸 보여주고 싶어 한다. 소비사회에서 행복은 구원과 동의어다. 하지만 행복에 대한 이런 갈망은 인간의 타고난 성향에서 유래한 것이 아니라 사회적·역사적 조건에 의해 배태된 것이다.

사회학자 보드리야르가 『소비의 사회』1970에서 내민 통찰에 따르면, 행복의 신화는 근대의 정치혁명이 표방한 평등의 신화를 구체화한 것이다. '모두가 평등한 사회'라는 이념이 '모두가 평등한 사회'로 전이된 것이다. 문제는 이러한 평등이 실현되기 위해 행복이 계량 가능한 것이 되어야 했다는 점이다. 사실 눈에 보이지 않는 내면적인 즐거움은 평등의 척도로 부적합하지 않겠는가. 때문에 행복은 무엇보다도 측정 가능한 복리와 물질적 안락이라는 내용을 갖게 되었다. 모든 인간이 욕구와 충족의 원칙 앞에서 평등하다는 것이 그 전제. 그렇게 해서 똑같이 유행하는 옷을 입고 똑같은 TV 프로그램을 보고 하는 생활수준의 민주주의가 형식적 민주주의의 짝이 되었다. 더 높은 성장은 더 나은 민주주의를 보장해줄 수 있을 것으로 기대되었다. 하지만 '행복의 신화'는 한갓 '신화'에 불과하다.

　제2차 세계대전이 끝난 뒤 멜라네시아의 원주민들은 미군의 보급기지를 본떠 어설픈 활주로를 만들었다. 물자를 잔뜩 싣고 드나들던 화물기가 자신들의 '비행장'에도 착륙하기를 고대했기 때문이다. 당연히 그들의 '화물 숭배'는 아무런 효력을 보지 못했다. 원주민들의 주술적인 미신이었을 뿐일까? 하지만 이것은 소비라는 활주로를 만들어놓고 그곳에 행복이 착륙하기를 필사적으로 기다리는 소비사회의 우화이기도 하다고 보드리야르는 꼬집는다. 개발과 풍요가 우리에게 행복을 가져다줄 것이라는 믿음이 대책 없는 신화에 불과하다는 것은 최빈국의 하나인 방글라데시 국민의 행복지수가 언제나 세계 최고 수준이라는 사실만으로도 입증된다. 그들은 쓰레기를 뒤지며 살더라도 마실 물과 먹을 것이 있으면 감사하며 행복해한다고. 이것은 '행복지수'라는 말 자체가 난센스이면서 동시에 행복은 경제 성장이나 정치적 진보와는 무관하다는 걸 시사해준다.

절판 유언에 따라 품귀 현상이 벌어진 법정 스님의 대표작『무소유』의 중고판이 20억 원대까지 경매가가 치솟았다가 110만 5천 원에 낙찰됐다고 한다. '무소유'라는 가치조차도 소유의 대상이 되는 소비사회의 자연스러운 풍경이지만 뒷맛은 씁쓸하다. 하지만 다른 한편으로는 무소유에 대한 이러한 붐이 행복에 대한 '무관심'으로도 이어진다면, 다가오는 정치의 계절에 혹 더 나은 선택을 할 수 있지 않을까라는 기대도 해본다. 적어도 '7·4·7' 같은 구호에는 더 이상 현혹되지 않으리라는 기대다. 사회적 진보는 오히려 행복에 대한 무관심에서 비롯되지 않을까.

〈경향신문〉, 2010. 3)

P.S. 보드리야르의『소비의 사회』문예출판사, 1991/2002는 강의를 할 기회가 있어서 자세히 들여다본 책인데, 그의 중요한 논쟁 상대가『풍요한 사회』*한국경제신문, 2006의 저자 갤브레이스라는 점이 흥미로웠다.『풍요한 사회』의 초판은 1958년에 나왔으며, 보드리야르는 갤브레이스의 성장사회론에 대한 검토와 비판에 많은 분량을 할애한다. 갤브레이스의 책으로는 1967년에 나온『새로운 산업국가』홍성사, 1979도 다뤄진다. 모두 당시에 프랑스어로 번역된 책들이다. 리포베츠키의『행복의 역설』*알마, 2009 또한『소비의 사회』의 연장선에 있는 책으로 같이 읽어볼 만하다.

파레토 법칙과
20 대 80의 사회

'파레토 법칙'이라는 게 있다. 경제학 상식이긴 한데, 20퍼센트의 원인이 80퍼센트의 결과를 가져온다는 내용이다. 이탈리아의 사회학자이자 경제학자 빌프레도 파레토가 발견했다고 하여 그의 이름을 땄다. 일설에 따르면 그는 이 법칙을 개미 관찰을 통해서 착안했다. 경제학자가 어쩌다 개미 관찰까지 하게 됐을까 의문스럽지만, 사과가 나무에서 떨어지는 걸 보고 만유인력을 착상했다는 뉴턴의 '전설'도 있으니 넘어가기로 한다. 여하튼 이야기인즉, 파레토가 개미들을 관찰해보니 모두가 열심히 일하는 건 아니더란다. 20퍼센트만 열심히 일하고 나머지 80퍼센트는 빈둥대며 놀더라는 것이다. 그 일하는 개미 20퍼센트만 따로 분리하여 통 속에 넣고 관찰하니까 신기하게도 다시 20퍼센트만 일하고 80퍼센트는 놀았다. 그럼 빈둥대던 80퍼센트를 분리시켜놓으면? 그중 20퍼센트는 '정신 차리고' 또 열심히 일했다. 결과적으로는 아주 오묘하게도 항상 20 대 80이 유지됐다. 그래서 '법칙'이다.

이 '20 대 80 법칙'은 여러 분야에서 활용된다. 마케팅 쪽에서 "백화점 매출액의 80퍼센트는 20퍼센트의 단골손님에서 나온다"는 것이 대표적 사례다. 이 법칙에는 정치적 색깔도 보태질 수 있는데, '파레토 우파'라고 부를 만한 진영에선 "20명의 엘리트가 평범한 80명을 살린다"고 주장한다. 개미 사회에서도 '엘리트 개미'와 '평범한 개미'가 나뉘는지 모르겠지만, 20 대 80이라는 비율의 의미를 그렇게 엘리트주의로 해석하고 정당화한다. "한 사람의 천재가 10만 명을 먹여 살린다"는 삼성 이건희 회장의 '천재론'은 아예 '파레토 극우파'라고 이름 붙일 수 있을까.

반면에 '파레토 좌파'가 관심을 갖는 건 차등적 소유와 분배 문제다.

'어떤 사회든 전체 부의 80퍼센트는 20퍼센트가 소유한다'는 파레토의 통찰에 주목하는 것이다. 이러한 불평등은 전 지구적 자본주의 체제 아래에서는 더욱 심화되어 세계 인구의 11퍼센트를 차지하는 49개 최빈국의 부가 세계 최고 부자 세 사람의 소득 합계 정도에 지나지 않는 것이 오늘의 현실이다. 과연 개미 사회에서도 그러한 불평등한 분배와 소유의 독점이 이뤄지는지 의문스러우면서, 동시에 이런 현실이 얼마나 지속 가능할까 궁금하지 않을 수 없다. 신흥 경제성장국인 중국과 인도, 브라질 등이 미국과 서유럽 수준의 안락함을 누리기 위해서는 지구 3개분의 자원이 필요하다는 지적을 고려하면 더욱 그렇다.

그런 우려와 무관하게 바야흐로 '20 대 80 사회'가 도래할 것이라 한다. 세계 자본주의 경제는 단지 20퍼센트의 노동력만으로 모든 일이 가능해지고, 나머지 80퍼센트의 사람들은 쓸모없는 존재라는 것이다. 80퍼센트가 노는 사회가 아니라 80퍼센트를 놀게 만드는, '쓰레기'로 만드는 사회의 도래다. 이미 징후가 없지 않다. 청년실업이 낳은 자조적인 용어 '잉여'는 80퍼센트의 실존적 위기감을 표현해주고 있지 않은가. 어떤 선택이 가능한가. 20퍼센트 안에 들기 위한 경쟁에서 악착같이 승리하는 일? 하지만 개미의 사례에서 볼 수 있듯이 이 '20 대 80'은 개개인의 능력이나 인격과 무관한 '구조적인' 것이다. 어떤 사회가 80퍼센트의 탈락자를 만들어냄으로써만 유지될 수 있다면, 사실 그런 사회 체제 자체가 '쓰레기' 아닌가? 자학이야말로 '삶의 기쁨'이라고 고집하지 않는 한, 80퍼센트가 유의미한 노동에 참여할 수 있는 사회를 '유토피아'로 치부할 수만은 없는 노릇이다. 한편으로 '20 대 80 사회'가 비관적인 전망만을 제시하는 건 아니다. 20퍼센트의 노동력만으로도 경제가 유지된다면, 우리는 적절한 로테이션을 통해서 80퍼센트가 놀고 먹을 수 있는 '개미들의 유토피아'를 실현할 수도 있다. 우리에게 그럴 용의와 의지가

있는지가 문제다. (《경향신문》, 2010. 7)

납작하다고
다 홍어는 아니다

『이기적 유전자』* 리처드 도킨스, 홍영남 옮김, 을유문화사, 2006/2010

평소 별로 말이 없는 성격임에도 자주 들먹이던 얘기가 있다. 리처드 도
킨스의 『이기적 유전자』에 나오는 홍어洪魚와 광어廣魚 얘기다. 한자 이
름에서 보이듯이 둘 다 바다 밑바닥 쪽에 사는 '납작한' 물고기다. 그 동
네에서 사는 데는 몸을 납작하게 만들어 바다에 엎드리는 편이 유리하
기에 그런 모양새로 진화했다. 하지만 닮은 점 못지않은 것이 차이점이
다. 둘은 몸을 납작하게 만들어온 방식이 전혀 다르다. 상어와 가까운
종류인 가오리과의 홍어는 '정규 과정'을 거쳐 몸을 납작하게 만들었다.
녀석은 몸을 양 옆으로 늘려서 커다란 날개를 만든 것이다. 그래서 마치
압착기를 통과한 상어와 같은 모양을 갖게 되었고 좌우가 대칭이다. 하
지만 가자미목에 속하는 광어(넙치)는 다른 방식으로 몸을 납작하게 만
들었다. 경골어류인 이 녀석은 상어와 다르게 세로로 납작하다. 따라서
광어의 조상이 바다 밑바닥에 엎드릴 때, 홍어의 조상처럼 배를 깔고 엎
드리는 것보다는 몸을 한쪽으로 눕히는 것이 자연스러운 행동이었겠다.

　하지만 이런 방식은 아래를 향한 눈 하나가 항상 모래 속에 파묻히게
되어 결과적으로는 외눈박이를 만드는 문제점을 낳았다. 이 문제는 진
화 과정에서 아래로 내려간 눈이 위쪽으로 돌아가는 것으로 해결됐다.
눈이 돌아가는 과정은 광어의 어린 새끼가 자라는 동안 재연된다고 한

다. 그래서 어느 정도 자란 광어는 양쪽 눈이 모두 위로 향한, 마치 피카소의 그림과도 같은 우스꽝스러운 모습을 하고 바다 밑바닥에서 살아간다. 기이하게 뒤틀린 두개골은 이 임기응변적 적응 방식이 추가적으로 지불한 대가다. 물론 광어에게도 홍어와 같은 방식으로 납작해지는 것이 가장 이상적이었을지 모른다. 하지만 광어의 조상이 그와 같은 진화 경로를 따랐다면, 단기적으로는 한쪽으로 눕는 종과의 경쟁에서 뒤졌을 것이다. 우리의 넙치는 나름대로 다급했던 상황에 적응한 셈이다. 삶의 품위나 따질 여가가 없었다. 게다가 이젠 두개골마저 뒤틀려버렸으니 무얼 차근차근 제대로 생각할 만한 여건도 안 된다. 어떻게 해야 할까? 한 시인의 말대로 "이왕 잘못 살았으면 계속 잘못 사는 방법도 방법"(오규원)일까?

홍어와 광어 얘기를 자주 들먹인 건 그것이 압축 정리판 '세상의 이치'로 여겨졌기 때문이다. 세상의 이치란 왜 저들은 그 모양이고 우리는 이 모양일까를 설명해주는 것일 테니까. 그런 세상의 이치를 새삼 떠올린 건 6·2 지방선거를 앞두고 기초단체장들의 갖가지 비리가 터지고 있어서다. 얼마 전 여주군수가 지역 국회의원에게 현금 2억 원을 건네려다 현장에서 체포되더니, 며칠 전 당진군수는 건설업자로부터 아파트와 별장을 뇌물로 받은 혐의가 포착되자 위조여권을 이용해 해외로 도피하려다 적발됐다. 활극이 따로 없지만, 그간 '흔하게' 벌어진 일이어서 크게 놀랍지는 않다. 그렇게 놀랍지 않다는 사실이 오히려 씁쓸함을 자아낸다. 민선 4기 기초단체장 중 절반에 가까운 42퍼센트가 비리로 기소됐음에도 놀랍지 않다니!

지방자치제란 지역 주민 스스로 선출한 기관을 통하여 지방의 정치와 행정을 맡게 함으로써 국민주권이라는 민주주의 원리를 실현하고자 하는 제도이다. 하지만 그건 '홍어형'의 이상이고, 단기간에 제도의 안착을 기대한 우리의 현실은 '광어형'에 가깝지 않나 싶다. 유권자 앞에 정직하게 엎드리기보다는 앞뒤 가리지 않고 일단 한쪽으로 드러누워 한 몫 잡으려는 인사들이 판을 치는 한 우리 정치문화에 미래는 없다. 납작하다고 다 홍어는 아니다. (《경향신문》, 2010. 4)

P.S. 선거 시즌을 앞두고 읽어볼 만한 민주주의 이론서로 최근에 나온 『민주주의는 죽었는가?』*난장, 2010와 데이비드 헬드의 『민주주의의 모델들』*후마니타스, 2010을 들고 싶다.

전자는 조르조 아감벤부터 슬라보예 지젝까지 여덟 명의 쟁쟁한 철학자들이 저마다 민주주의에 대한 성찰을 펴 보이는 책으로, 오늘날 세계 지성계에서 막대한 영향력을 발휘하고 있는 사유의 거장들이 민주주의와 관련하여 도발적인 질문을 던진다.

데이비드 헬드의 책은 두툼한 교재형 책이다. '민주적 자치'에 대해서도 한 장이 할애돼 있어서 참고해볼 만하다.

낚시질하는 물고기

내가 쓰고자 하는 것 중의 하나는 '너 자신을 세라'는 제목의 책이다. 자기 자신을 포함하는, 자기 반영적인 지식의 문제를 다루고자 하는데, 그런 관심사에서 『책 읽는 뇌』(원제는 '프루스트와 오징어'이지만)나 뇌과학, 그리고 인지주의에 관한 책들도 조금 들춰본다. 아무래도 조금씩은 준비를 해두어야 할 것 같아서이다. 맛보기로 삼자면 아래와 같은 '드루들'이 내가 생각하는 컨셉이다. 예전에 로저 프라이스의 『낚시질하는 물고기』창해, 1994라는 책이 소개된 바 있다.

표제작이기도 한 이 드루들의 제목이 'Fish fishing', 곧 '낚시질하는 물고기'다. 저자는 이렇게 적어놓았다.

시끄럽게 굴기 좋아하는 많은 사람들이 이 드루들droodle은 자연스럽지 못하다고 시비를 걸었다. "왜 낚싯바늘에 미끼가 달려 있지 않은가?" 혹은 "어떻게 낚싯줄을 묶을 수 있었는가?" 등등. 그 대답은 이렇다. 이 물고기는 영리하므로 걸렸는지 안 걸렸는지 곧바로 알 수 있기 때문에 미끼는 필요 없다. 게다가 물고기를 잡는 데에는 그다지 흥미가 없고, 낚시질하는 그 자체에만 흥미가 있다. 이 드루들에 가까이 다가가서 잘 살펴보면, 낚싯줄은 그 물고기의 할아버지가 단정하게 세로매듭으로 만들어준 것임을 알 수 있을 것이다.

예전에 나는 이렇게 적었더랬다. "'8월에 내리는 눈'과 같은 책, 나는 언젠가 그런 걸 쓰고 싶다." 8월이어서 문득 그 생각이 났다. 허진호 감독의 〈8월의 크리스마스〉1998는 그 이후에 나온 영화였다. (2009. 8)

로쟈의 리스트 5 | 스티븐 제이 굴드 읽기

지난 2002년 세상을 떠난 미국의 고생물학자이자 저명한 과학 저술가(미국에서의 얘기겠지만 그는 '찰스 다윈 이후 가장 잘 알려진 생물학자'로도 불린다) 스티븐 제이 굴드의 에세이집 『레오나르도가 조개화석을 주운 날』세종서적, 2008이 출간됐다. 반가운 마음에 퇴근길에 종로의 대형서점들에 들렀지만, 젠장, 허탕이었다. '대형서점'이라는 타이틀이 아깝다!(으레 갖다놓았을 거라고 생각한 내 잘못인가?). 하는 수 없이 동네서점에 주문을 넣었다. 주말을 끼고 있기 때문에 그게 가장 빠를 듯해서다. 그동안 '포식'할 준비나 해둬야겠다.
내가 제일 처음 읽은 굴드의 책은 『다윈 이후』범양사, 1988다. 지금은 절판됐고 흔적도 남아 있지 않지만, 어쨌거나 '다윈 이후'에는 스티븐 제이 굴드다. (2008. 10. 23)

P.S. 『다윈 이후』는 다행히 2009년에 사이언스북스에서 다시 출간되었다.

6

인간의 본성에 대하여

다원주의에서는 기본적으로 인간의 본성이 이타적이기 않을 가능성이 크다고 보지만 그것만이 전부는 아니다. 자연의 도태 압력 속에서 살아남은 우리의 본성에는 경쟁 성향뿐만 아니라 협동하려는 성향 또한 새겨져 있기 때문이다.

천한 것과
돼먹잖은 놈의 진화

『다윈의 대답 1— 변하지 않는 인간의 본성은 있는가?』

피터 싱어, 최정규 옮김, 이음, 2007, 원제는 『다윈주의 좌파』

다윈주의 좌파? 그렇다, 우파가 아니라 좌파다. 세계적인 윤리학자이자 동물해방론자인 피터 싱어가 『다윈의 대답 1-변하지 않는 인간의 본성은 있는가?』에서 제안하고자 하는 것은 '다윈주의 좌파'의 가능성이다. 그 가능성은 두 가지 남용과 오류에 대한 교정에서 성립한다. 남용은 '사회적 다윈주의'라는 이름으로 불린 다윈주의 우파의 것이고, 오류는 인간의 본성에 대해서 너무 안이하게 생각한 '전통적인 좌파'의 것이다.

각기 다른 전제에서 출발하지만 다윈주의 우파와 전통적인 좌파는 다윈주의에 대한 이미지를 공유한다. '경쟁에 기초한 적자생존'이라는 이미지다. 인간의 본성은 기본적으로 이기적이라는 관점이 공통적인 전제다. 다만 다윈주의 우파가 보기에 그 이기성은 변하지 않는 본성으로서 구제불능이며, 전통적인 좌파가 보기에 그 이기성은 본성이라기보다는 사회적 관계의 산물이다(이 경우 그 사회적 관계들을 변혁한다면 본성이라는 것은 얼마든지 변화 가능하며 심지어 개조해낼 수 있다). 즉 인간 본성은 변화 가능한가, 그렇지 않은가에 대한 믿음을 기준으로 좌·우의 스펙트럼은 나뉘어왔다.

그러한 분류에서 고려되지 않은 것은 진화생물학이 발전해감에 따라 확인된 새로운 '사실들'이다. 다윈주의에서는 기본적으로 인간의 본성이 이타적이지 않을 가능성이 크다고 보지만 그것만이 전부는 아니다. 자연의 도태 압력 속에서 살아남은 우리의 본성에는 경쟁 성향뿐만 아니라 협동하려는 성향 또한 새겨져 있기 때문이다.

이미 리처드 도킨스의 『이기적 유전자』개정판 등에서도 자세히 설명된 것이지만 "너 죽고 나 살자"라는 식의 극단적인 이기주의 전략은 "너도 살고 나도 살자"라는 협력적 전략에 비해 덜 효과적이다("나 죽고 너 살자"라는 이타주의는 진화되기 어려운 성향이다). 극단적인 상황에서가 아니라면 생존에 불리하다는 것이다. '협동의 진화론'을 주장한 로버트 액설로드 등이 컴퓨터 시뮬레이션을 통해서 보여준 것은 '눈에는 눈, 이에는 이' 같은 게 가장 효과적인 생존전략이라는 사실이다.

가령 휴가철을 맞이해서 피서지 바가지요금을 생각해보자. 피서지별로 '바가지요금 근절'을 내세우지만 피서객들을 '등쳐먹는' 바가지 상술이 올해도 여전히 극성을 부리고 있다고. 숙박업소 상인들은 '한철 장사'라는 생각에 화장실도 없는 방을 15만 원이라고 내놓고 숙소를 구하지 못한 일부 피서객들은 울며 겨자 먹기 식으로 그런 바가지요금을 감수하기도 한다. 그렇다면 피서객은 봉인가? 적어도 한 해만을 놓고 보자면 그렇다. 하지만 장사 한두 해 하는 것 아니다. 그리고 휴가철은 해마다 찾아온다(우리의 진화적 본성은 장구한 시간을 거치면서 형성된 것이다). "차비나 숙박비 생각하면 차라리 비슷한 금액이니까 동남아시아나 해외로 가죠"라는 관광객들의 푸념을 볼멘소리로만 간주할 수는 없을 것이다.

다윈주의 좌파는 인간 본성이 존재한다는 것을 받아들인다(그래서 다윈주의다). 그렇지만 그러한 바탕에서도 상호 협력을 촉진하는 사회 구조를 만들고 경쟁이 사회적으로 바람직한 목표를 향해 작동할 수 있도록 노력함으로써 약자, 빈자, 억압받는 자의 편에 설 수 있다고 믿는다(그래서 좌파다).

흔히 말하기에, 우파는 교양을 따지고 좌파는 품성을 논한다. 우파는 좌파가 무식하다고 욕하고("천한 것들!"), 좌파는 우파가 돼먹지 않았다고 비난한다("돼먹잖은 놈들!"). 하지만 그 둘 사이에 적대적인 관계만 설정될 수 있는 것은 아니다. 우리는 '유식하고 돼먹은 인간'으로 진화할 만한 충분한 시간을 가져왔기 때문이다. "우파적 교양을 기본으로 갖추고 거기서 좀더 나아가서 골고루 먹고사는 문제, 그러니까 평등의 문제를 고민하면 좌파인 거다"(강유원)라는 정의를 이어받자면 "다윈주의라는 교양을 기본적으로 갖추고 거기서 좀더 나아가서 상호 협력의 문제를 고민하면 다윈주의 좌파가 된다."(《한겨레21》, 2007. 8)

P.S. '뒷담화'도 간추려놓는다. 두 가지인데, 하나는 『다윈의 대답 1』의 번역에 관한 것이고, 다른 하나는 '다윈주의 좌파의 숙제'에 관한 것이다. 이 숙제가 제기되는 것은 싱어의 책이 '다윈주의 좌파'와 관련한 여러 문제들을 '풀스케일'로 다루고 있지 않기 때문이다(최소한 300쪽은 써주었어야 하지 않을까?). 문제의 윤곽 정도만을 그려놓고 있

기에 나머지는 독자가 알아서 챙겨야 한다. 이 문제는 다소 견적이 나올 듯해서 나중으로 미루어놓고 번역 문제만을 언급해둔다.

이미 이덕하 님도 알라딘의 리뷰에서 지적한 바 있지만, 국역본은 이런저런 오역/오류들 때문에 무성의하다는 인상을 준다. 바쿠닌의 책『국가주의와 무정부성』1873을 마르크스가 이듬해인 1874년에 읽고서 코멘트를 붙인 대목들을 싱어는 서두에서 인용하고 있는데, 국역본에서는 바쿠닌의 첫 문장부터가 잘못 번역됐다.

국가 지도자들과 대표들이 주장하는 전체 인민에 의한 보통선거권. 이것이야말로 마르크스주의 진영과 민주주의적 진영에서 절대로 받아들여서는 안 되는 슬로건이다. 11~12쪽

원문은,

Universal suffrage by the whole people of representatives and rulers of the state this is the last word of the Marxists as well as of the democratic school. 3쪽

문제가 되는 건 'last word'의 번역이다. 이덕하 님의 지적대로, "'절대로 받아들여서는 안 되는'은 엉터리 번역이다. 'last word'는 '최종 발언' '유언' '결정적 발언'을 뜻한다. 바쿠닌은 결국 마르크스가 내세울 것이 보통선거권밖에 없다고 비판하는 것이다." 나대로 다시 옮기면, "전체 인민의 보통선거를 통한 국가 대표자와 통치자의 선출—이것이 민주주의 진영뿐만 아니라 마르크스주의자들이 말끝마다 내놓는 구실이다."

무정부주의자 바쿠닌이 주장하는 것은 마르크스주의자나 민주주의

자나 '국가주의'라는 틀 안에서는 똑같이 '대의제'를 명분으로 독재를 한다는 것이고(가령 북한의 정식 명칭도 '조선민주주의인민공화국'이다), 그들은 그걸 '보통선거'에 의해서 정당화한다는 것이다('대중독재'라는 말이 이 경우엔 적절하겠다. 우리가 왜 독재냐? 대중이 우리를 뽑아줬는데?). 이런 식의 정당화에 대한 바쿠닌의 비판은 이렇다.

이 슬로건은 소수 지배자들의 전제정치를 교묘히 은폐시키는 거짓말이며, 자신들의 지배를 소위 전체 인민의 의지의 표현인 것처럼 가장한다는 점에서 아주 위험한 거짓말이다.

계속 이어지는 그의 신랄하고 예리한 비판.

일단 국가라는 저 높은 곳에 안착하게 되면 그들은 노동자들이 사는 속세를 경멸하게 될 것이다. 그렇게 되면 그들은 더 이상 인민을 대변하지 않을 것이고, 오직 자신들의 이익만을 대변할 것이다. 그들은 인민들을 지배, 통치하려고만 할 것이다. 이러한 사실을 부정하는 사람은 인간의 본성에 대해 아무것도 모르는 사람이다. 12~13쪽

이러한 바쿠닌의 우려에 대해 마르크스가 붙인 코멘트.

바쿠닌 선생이 노동자 협동조합에서 관리자가 차지하고 있는 지위가 어떤 건지를 조금만 이해했더라도, 권력에 대한 쓸데없는 걱정과 악몽은 갖지 않았을 텐데.

그리고 저자 싱어가 바쿠닌이나 마르크스에게는 미래의 세기였지만

이젠 과거가 돼버린 지난 20세기를 돌이켜보며 내린 결론.

지난 한 세기 역사의 가장 비극적인 아이러니는 마르크스주의를 자처했던 정부들이 위의 논쟁에서 마르크스가 한 말이 틀렸고, 바쿠닌이 가졌던 '권력에 대한 쓸데없는 걱정과 악몽'이 섬뜩할 정도로 예언적이었음을 보여주었다는 것이다. 13쪽

당신 또한 이러한 판단에 동의한다면 『다원주의 좌파』는 일독의 가치가 있다.

윤리적 노하우와
가상적 인격

『윤리적 노하우』* 프란시스코 바렐라, 박충식 외 옮김, 갈무리, 2009

책을 읽는 중요한 목적이 배움이라면, 『윤리적 노하우』는 제목부터 그러한 목적에 충실하다. 조합은 새롭다. 윤리적 노하우? 노하우가 '기술'이나 '비법'을 뜻하는 말이니 윤리적 행위의 기술이나 비법을 전수해준다는 말일까? 힌트가 되는 건 '윤리의 본질에 관한 인지과학적 성찰'이라는 부제다. 윤리의 본질을 다룬 책은 많으므로 이 책의 방점은 '인지과학적 성찰'에 두어진다. 그것이 '노하우'와 연결되는 것이겠다.

저자 프란시스코 바렐라는 칠레 출신의 저명한 생물학자이자 인지과학자다. 과학자로서 생각하는 윤리 사상을 세 차례 강의를 통해 풀어나가고 있는데, 일단 그가 보기에 윤리는 '노홧know-what'의 문제가 아니라

'노하우know-how'의 문제다. 즉 이성적 판단의 문제가 아니라 자발적 대처의 문제다. 전체가 그런 것은 아니더라도 대부분의 일상적인 윤리적 행위는 반사적이면서 즉각적인 성격을 갖는다는 것이다. 그에 따르면, 윤리는 규칙보다는 습관을 따른다. 이것은 흔히 윤리적 행위를 윤리적 판단과 결부시켜서 이해하고자 하는 서구적 전통에 대한 도전을 함축한다.

이러한 저자의 입장은 '구성적 인지주의' 혹은 '구성주의'에 토대한다. 그것은 같은 인지과학 내에서도 '계산주의'와는 대조되는 입장이다. 초기 인공지능 연구를 주도했던 계산주의는 지식을 추상적 논리의 대응물로 간주한 반면에 구성주의는 구체적 상황의 산물이라고 본다.

간단히 말하면 이 세계는 우리에게 주어진 그 어떤 것이 아니고 우리가 움직이고 만지고 숨 쉬고 먹으면서 만들어가고 있는 그 어떤 것이다.

저자는 이런 예를 든다. 하루 일과가 끝나고 당신이 느긋하게 길을 걷고 있다고 생각해보자. 가두판매대에서 담배 한 갑을 사고 느긋하게 가던 길을 계속 가는데, 주머니에 손을 넣는 순간 불현듯 지갑이 없어진 것을 안다. 당연한 일이지만, 느긋했던 상태는 단숨에 산산조각이 나고 생각은 뒤죽박죽이 될 것이다. 곧 바쁘게 가두판매대로 되돌아가보는 당신에게 주변의 가로수와 행인들은 더 이상 관심사가 될 수 없다. 새로운 상황으로 진입해 들어간 것이니까. 이렇듯 우리는 '항상' 주어진 상황에 즉각적으로 대응하는 방식으로 움직이며 살아간다. 이때 상황에 맞도록 적절하게 행동할 수 있는 능력은 반복적인 행동이 체화된 것이다. 저자가 보기에 윤리적 행위 또한 그런 노하우의 산물이다.

윤리적 노하우의 관점에 서면, 중요한 것은 윤리적 인식이 아니라 윤리적 숙련 혹은 훈련이다. 앎이 아니라 습관, 더 나아가 성향이 문제가 되기 때문이다. 구성적 인지주의는 그런 맥락에서 윤리에 대한 동양의 전통적 관점과 만난다. 바렐라는 특히 맹자의 인간 본성론에 주목한다. 알다시피 맹자는 인간에게 선한 본성이 내재돼 있다고 보았다. 중요한 것은 그것을 계발하고 상황에 맞도록 적절하게 확장해나가는 것이다. 그리하여 "진정으로 덕이 있는 사람이란 오랜 수신修身을 통해서 형성된 품성을 바탕으로 자연스럽게 행동이 이루어지는 사람이다."

이 정도의 '윤리적 노하우'라면 별로 새로운 것이 아닐지 모른다. 하지만 우리의 '상황적' 행위자의 행동이 중앙 통제적인 자아가 없이도 이루어질 수 있다고 하면 어떨까? 즉 우리의 자아라는 것이 실체성을 갖지 않는 '가상적 인격'에 불과하다면 조금 놀랄 만하지 않을까? 바렐라가 일러주는 바에 따르면, 자아가 가상적이고 비어 있다는 것이 현대 서구 과학의 발견이다. 이것은 통일된 중심 자아를 부정하는 정신분석의 윤리와 만나면서, 자아에 대한 집착을 경계해온 불교적 관점과도 조우한다.

사실 무아無我에 대한 불교의 오랜 가르침을 고려하면 그것은 '오래된 발견'이다. 대승불교의 핵심적인 교리가 '비어 있음'(공성)과 '자비'라고 하면, 인지과학은 긴 우회를 거쳐서 같은 결론에 도달한다(이쯤 되면 저자가 티베트 불교도이기도 하다는 사실이 어색하지 않다). '윤리적 노하우'가 열어줄 새로운 실천에 대한 명상으로 한 해를 시작해보는 것은 어떨까.

〈한겨레21〉, 2010. 1)

P.S. 인지과학에서 말하는 무아 혹은 가상적 인격으로서의 자아에 대해서는 좀더 공부해볼 생각인데, 좀 어려운 분야이긴 하다. 바렐라의 동료 마투라나의 『있음에서 함으로』●갈무리, 2006 외 『자유는 진화한다』●동녘사이언스, 2009 같은 데닛의 책 몇 권, 그리고 지젝의 『시

책을 읽을 자유

차적 관점』마티, 2009이 읽어볼 책들이다. 『시차적 관점』에서는 4장 '자유의 고리'가 이 문제를 다루고 있다.

호모 무지쿠스가 부르는
여섯 가지 노래

『호모 무지쿠스』 대니얼 J. 레비틴, 장호연 옮김, 마티, 2009
『뇌의 왈츠』 대니얼 J. 레비틴, 장호연 옮김, 마티, 2008

"음악은 '귀로 듣는 치즈케이크'다?"

음악은 왜 존재하는가? 인지심리학자이자 레코드 프로듀서이기도 한 대니얼 레비틴의 『호모 무지쿠스』보다 먼저 읽은 전중환의 『오래된 연장통』사이언스북스, 2010에서 진화심리학자인 저자가 던진 물음이다. "음악은 인간 문화의 중추를 이루고 있지만, 정작 음악이 어떤 목적을 수행하기 위해 진화했는가는 거의 완벽한 미스터리"라는 게 그 물음의 출발점이다. 음악이 인간의 삶에서 행해온 역할과 음악과 인간의 공진화 과정을 살펴보는 『호모 무지쿠스』의 여정에 들어서기 전에 미리 문제의 윤곽을 살펴보는 게 좋겠다.

"인류학자, 고고학자, 생물학자, 심리학자 모두 인간의 기원을 연구하지만, 음악의 기원에 대한 관심은 상대적으로 적다"는 게 레비틴의 문제의식이지만, 예외적인 인물도 있었다. 『언어본능』, 『마음은 어떻게 작동하는가』 등의 저작으로 유명한 진화심리학자 스티븐 핑커다. 그는 음악을 "귀로 듣는 치즈케이크"라고 주장하는 바람에 음악 애호가와 음악학자들에게 큰 파문을 던졌다. 맛있는 치즈케이크라면 좋다는 말일까?

그게 아니다. 전중환의 설명에 따르면, "입으로 맛보는 치즈케이크를 폭식하는 행위가 생존과 번식에 도움이 되지 않듯이, 귀로 듣는 치즈케이크를 애써 만들거나 감상하는 행위도 생존과 번식에 별 도움이 되지 않는다"는 뜻이다. 즉 음악은 진화의 산물이 아니라 우연적인 부산물(스팬드럴)일 따름이라는 것이다.

　상황을 조금 자세히 들여다보자. 『호모 무지쿠스』의 전작이자 레비틴의 데뷔작 『뇌의 왈츠』의 마지막 장 '음악본능'에 나오는 얘기다. 음악 지각과 인지를 연구하는 학자들의 1997년 학술대회가 MIT에서 열렸고 스티븐 핑커가 개막 연설자로 초대됐다. 그는 언어는 명백히 진화적 적응인 반면에 음악은 부산물이라는 주장을 펴면서 "음악은 인간이 수행하는 인지작용 가운데 가장 흥미롭지 않은 연구 주제"라고 못을 박았다. 자신의 『언어본능』●동녘사이언스, 2008을 인용하여 그는 이렇게까지 선언했다.

　　생물학적 인과관계로 볼 때 음악은 무용지물이다. 오래 살거나 자손을 보거나 세상을 정확하게 지각하고 예측하려는 목표를 위해 설계되었다는 징후가 전혀 없다. 언어, 시각, 사회적 추론, 신체 능력과 달리 음악은 우리 종에서 사라진다 해도 우리의 삶의 양식에 사실상 아무런 변화도 가져오지 않을 것이다.

　이 도발적인 주장에 레비틴과 그의 많은 동료들은 당혹스러워했고, '음악의 진화적 기원'에 대해 재고하면서 핑커의 주장이 틀렸다는 것을 입증하고자 했다. 그들의 생각으로는 첫째, 음악이 비적응이라면 음악 애호가에겐 진화적인 불이익이 있었을 것이고, 둘째, 음악은 오랫동안 있어온 현상이 아니어야 했다. 하지만 음악은 인간의 문명과 역사를 같이 이해왔고 보편적일뿐더러 영속적이지 않은가. 그렇다면 음악은 어떤 점에서 '진화적 적응'이라 할 수 있는가? 여러 가설들이 제시된 가운데, 전중환은 음악이 사회적 결속을 강화하는 기능을 한다, 음악은 남성이 여성을 유혹하기 위한 구애행동이다, 음악은 엄마가 갓난아이를 달래는 자장가에서 기원했다 등 세 가지 가설을 간단히 소개한다.

"음악은 '부산물'이 아니다. '진화적 적응'의 산물이다"

레비틴은 『뇌의 왈츠』의 마지막 장에서 조금 더 자세하게, 그리고 강하게 음악이 진화의 산물임을 주장하는데, 요점은 이렇다. 모든 인간에게서 발견되며(하나의 종에 널리 퍼져야 한다는 생물학자의 기준을 충족시킨다), 오랫동안 존재해왔고(청각적 치즈케이크에 불과하다는 주장을 반박한다), 특별한 뇌 구조와 관련된 전담 기억 체계가 있으며(모든 인간에게서 관련 뇌 체계가 발달할 때 우리는 진화적 기초를 갖는 것으로 본다), 다른 종의 음악 활동과 유사한 면이 있다. 그러므로 음악은 진화적 적응의 산물이다. 그의 두 번째 저작인 『호모 무지쿠스』는 이러한 주장의 확장판이다.

'여섯 가지 노래의 세상The World in Six Songs'이라는 원제대로, 저자는 인류 역사가 시작된 이래로 전 세계 모든 사람들의 일상에서 중요한 역할을 해온 음악의 갈래를 여섯 가지 유형으로 나눈다. 우애의 노래, 기쁨의 노래, 위로의 노래, 지식의 노래, 종교의 노래, 사랑의 노래가 그 목록이다. 보기에 따라서는 '급진적인' 이 유형 분류의 근거를 그는 노래가 갖는 진화적 기능과 역할에서 찾는다.

왜 우애의 노래가 필요했던가? 근육과 동작을 서로 일치시키는 노래와 춤을 통해 초창기 인류 사이에는 강한 유대감이 형성되었을 터이므로 노래는 우애와 사회적 유대의 수단이었다. 왜 기쁨의 노래가 필요했던가? 즐거운 음악을 들으면 신경전달물질인 세로토닌의 수치가 증가하여 기분을 좋게 하고 활기를 불어넣으며 스트레스를 줄이고 면역계를 튼튼하게 만들어주었다. 왜 위로의 노래가 필요했던가? 슬픈 노래는 신경안정 호르몬인 프롤락틴을 배출시켜 우리의 기분을 전환해주었다. 왜 지식의 노래가 필요했던가? 노래와 집단 가창은 지식과 정보를 전수해주어 생존과 번식에 이득을 부여했다. 왜 종교의 노래가 필요했던가? 의식과 종교의 음악은 궁극적으로 개인에게 안전하다는 인식을 주고 자신이 행동의 주인이라는 느낌을 갖게 했다. 왜 사랑의 노래가 필요했던가? 사랑의 노래는 인간의 가장 큰 열망과 고매한 품성을 이야기함으로써 자신보다 다른 사람을 우선적으로 돌보도록 했다. 물론 이러한 능력이 없었다면 오늘 같은 사회는 만들어질 수 없었으리라는 것이 저자의 생각이다.

이러한 요지를 전달하기 위해서 저자가 동원하는 것은 뇌신경과학, 진화심리학 지식과 함께 음악 애호가이자 프로듀서로서의 풍부한 경험이다. 사실 그의 주장의 많은 부분은 믿음과 추정에 의존하고 있으며, 음악의 진화적 기원은 아직 과학적으로 확실하게 입증된 것이 아니다. 하지만 그가 책에서 예시하는 수많은 노래들은 우리가 '음악적 인간'(호모 무지쿠스)이며, 친구인 올리버 색스가 명명한 대로 '뮤지코필리아', 곧 '음악사랑'이 인간의 본성을 이룬다는 점을 잘 입증해준다(인용된 노래들은 이 책의 인터넷사이트 http://www.sixsongs.net/에서 들을 수 있다). 대개의 사랑이 그렇지만 음악에 대한 사랑도 못 말리는 사랑이다. (문화웹진 〈나비〉, 2010. 2)

P.S. 개인적인 발견은 저자가 맨 마지막에 '역사상 가장 완벽한 사랑 노래'로 꼽은 마이크 스코트(아일랜드 밴드 워터보이스의 보컬리스트)의 〈모두 가져와Bring' Em All In〉이다. 현란한 기타 스트러밍과 함께 흥얼거리는 노래의 가사는 이렇다.

모두 가져와, 모두 가져와, 모두 가져와

모두 가져와, 모두 가져와, 내 마음속에 받아들이게

잔챙이도 좋고 상어도 좋아

밝은 곳에 있는 녀석도, 어두운 곳에 있는 녀석도 다 가져와

(……)

용서할 수 없는 것, 되찾을 수 없는 것을 가져와

잃어버린 것, 이름 없는 것을 가져와, 모두가 볼 수 있도록

추방당한 것, 잠들어 있는 것을 가져와

입구에 가져와, 발 옆에 놓아두게

음악을 끔찍이 아끼고 좋아하는 이라면 자신이 사랑하는 음반들 옆에 나란히 꽂아두어야 할 책이다.

아버지의 역사,
아버지들에 대한 찬사

『아버지들에 대한 찬사』 시몬느 코르프-소스, 김택 옮김, 해피스토리, 2010

『노아의 외투』 필리프 쥘리앵, 홍준기 옮김, 한길사, 2000

"장모님 질문은 제가 합니다. 제 애라고 하던데요. 이봐요. 당신 딸이 낳아야만 내 애인 것 같습니까?"

임상수 감독의 영화 〈하녀〉에서 재벌 사위 훈(이정재)이 장모에게 던지는 말이다. 말 그대로 '훈훈한' 분위기가 물씬 배어나온다. 비록 아내의 '빤스나 빠는' 여자가 가진 아이라 하더라도 자신의 애라면 다른 사람

들이 간섭하지 말라는 것이다. 아침마다 베토벤의 피아노 소나타를 연주하는 부드러운 남자로 묘사되지만, 장모를 면박하는 그의 대사는 그가 요즘 시대에 보기 드문 가부장적 권위의식 또한 갖고 있다는 걸 보여준다. 이 경우에는 근육질 몸매가 뿜어내는 남성적 권위가 아니라 '아버지로서의 권위'다.

아버지란 무엇일까. 보통은 잊고 지내지만, 초등학교 4학년인 딸아이가 밤에 자기 전에 뜬금없이 "아빠는 왜 아빠야?"라고 물어올 때가 있다. "아빠니까 아빠지"라고 대충 얼버무리는데, 막상 진지하게 "왜 아빠일까?"를 따져보려면 머리가 복잡해진다. 그러니 제목부터 눈길을 끈, 프랑스의 정신분석가 시몬느 코르프-소스의 『아버지들에 대한 찬사』를 손에 든 건 뭔가 도움을 얻을 수 있지 않을까라는 기대에서였다. '찬사'까지는 바라지 않더라도 말이다.

저자는 서문에서 아버지라는 존재가 혹 '부정적인 환각'이 아닌가라는 질문부터 던진다. 프랑스도 우리와 사정이 비슷한 듯한데, "아버지는 더 이상 존재하지 않는다"는 확신이 널리 퍼져 있지만 그건 과학적 기초가 결여된 이데올로기에 불과하며 "나는 이런 호들갑스러운 견해들에 반대한다"는 것이 저자의 기본 입장이다. 사실 "아빠 힘내세요, 우리가 있잖아요!" 같은 노래가 아빠들을 힘나게 하지만, 뒤집어 생각해보면 그만큼 아버지의 위상과 권위가 예전 같지 않다는 뜻도 된다. 대략 IMF 이후라고 봐야 하나? 그 무렵 해서 '우리'가 직면한 도전은 이렇다.

오늘날 우리는 부성의 과거 모델이 더 이상 작동하지 않지만 새로운 모델을 찾아내지는 못한 위기의 시대를 살고 있다. 부성은 재구성되고 있는 제도이다. 이것은 현재의 아버지들이 직면해야 하는 도전이다.

저자는 그런 관점에서 먼저 왜 아버지들이 '기능부전의 존재'가 되었는가를 살펴보는데, '부성의 과거 모델'이 어떤 것이었나를 알려면 역시나 프랑스의 정신분석가인 필리프 쥘리앵의 『노아의 외투』가 요긴하다. 부제가 '아버지에 관한 라캉의 세 가지 견해'인 만큼 다소 딱딱한 저작이긴 하지만, '아버지란 무엇인가'에 대해서 깔끔하게 정리해놓은 책이다.

쥘리앵에 따르면, 먼저 아버지는 '아이에 대한 권리'를 가진 사람이다. 원래 아버지로 불린 것은 한 여자의 남편이 아니라 지배자, 즉 국가를 이끄는 사람이었다고 한다. 즉 아버지의 일차적인 의미는 '정치적·종교적 아버지'였으며, 가족적 의미의 아버지는 그로부터 파생된 개념이다. 말하자면 정치적·종교적 지배자라는 것이 아버지가 갖는 권위의 기원이겠다. 이런 경우에는 아들을 낳았기 때문에 아버지가 되는 것이 아니라 아버지이기 때문에 아들을 낳는다. 그리고 '아버지임'에 대한 이러한 정의에서 아이에 대한 아버지의 권리, 즉 자녀를 살리거나 죽일 수 있고 벌하거나 가둘 수 있는 권리, 그들의 결혼을 결정할 수 있는 권리들이 따라 나온다. 하지만 이러한 '아버지'는 18세기에 커다란 전환을 맞는다. 루이 16세의 처형은 그 전환을 말해주는 사회적 증상이었다. 말그대로 '부친 살해'였던 것이다.

이런 변화가 낳은 결과는 두 가지다. 첫째, 정치·종교·가족의 영역 모두를 포함하여 광범위하게 적용되던 아버지의 권위가 가족에 대한 권리로 축소되었다. 이제 아버지의 권리는 한 여자를 데려와 그녀를 통해 아이를 낳을 수 있는 남자의 권리일 뿐이다. 둘째, 절대왕정이 쇠퇴하면서 정치적 절대주의 및 '가정의 왕권'이 배척되기 시작했다. 더불어 아이에 대한 아버지의 권리만을 말하던 시기는 지나가고, '아이의 권리'라는 새로운 관심사가 등장하게 되었다. 이에 따르면 모든 어린아이는 자신의 행복과 이익, 안락함을 위해 점점 더 많은, 그리고 세분화된 권리를 가지며 이로써 '아버지임'의 새로운 정의가 생겨난다. 곧, 아버지는 실제로 어린아이를 돌보는 사람, 즉 단지 삶을 보호해줄 뿐만 아니라 아이를 문화 세계로 편입시킴으로써 어른들의 사회로 통합될 수 있는 권리를 충족시켜야 할 사람이 되었다. 그리고 이러한 이미지의 아버지가 19세기 도시에 거주하는 부르주아 핵가족 속에 뿌리를 내렸다. 이제 아버지는 어린아이가 직접 말을 걸고 '아빠'라고 부르는 사람이 되었다.

문제는 '아이의 권리'로서의 아버지는 몰락하기 쉬운 아버지라는 점이다. 그때의 아버지란 어린아이에게 이익과 행복, 안락함을 제공하는 과제를 수행하는 아버지에 불과하기 때문이다. 쥘리앵은 아버지의 역할이 점점 약화되는 요인으로 두 가지를 덧붙인다. 첫째는, 시민사회가 어린아이의 복지와 관련하여 아이와 아버지 사이에 끼어든다는 점이고, 둘째는, 민법상 어머니의 권리가 강화되었다는 점이다. 이러한 사정이 아버지의 사회적 몰락을 더 촉진한다. 그리하여 마지막에 남은 건 정자 제공자로서의 생물학적 아버지뿐이다.

이런 식으로 쥘리앵이 '아버지의 역사'를 거시적으로 간추려준다면, 코르프-소스는 1950년대부터 특히 70년대에 생겨난 변화에 주목한다. 양성평등, 동성애 운동, 감성적 결합에 입각한 부부, 자유로운 합의에 따른 공동 보조를 취하는 탈제도화된 가족 등이 이 시기에 등장한 변화의 양상이다. 게다가 생물학적 부성을 과학적으로 증명할 수 있는 가능성이 열리면서 전통적인 모델은 커다란 타격을 받게 됐다. 전통적으로 어머니는 확실한 사람Mama's baby인 반면에 아버지는 항상 불확실한 사람Papa's maybe이었다. 모성은 물질적인 증거를 통해 확인할 수 있지만 부성은 가설을 통해서만 확인할 수 있었던 것이다. 하지만 지금은 DNA를 통한 친부확인검사가 가능해진 시대다. 아버지가 아니라는 생물학적 증거는 자연스레 법적인 부성을 제거하게끔 된 것이다. 이렇듯 평가절하된 '아버지'를 저자는 어떻게 구제하고자 하는가.

가부장의 종말은 새로운 아버지의 행동이 광범위하게 등장한 다음 일어난 사회적 현상이다. 그것은 출산, 가계, 교육, 부부의 삶, 남성과 여성의 역할 등을 근본적으로 바꿀 것이다. 현재 우리가 원하든 원하지 않든 부성의 영역에서 근본적인 변화가 일어나고 있는 것으로 보인다. 이것은 진화라기보다는 진정한 인류학적 혁명이라고 할 수 있을 것이다.

이것이 결론이라면 '아버지들에 대한 찬사'는 대체 어떤 의미일까. 애초에 '찬사'라는 말은 '그동안 수고하셨습니다!'라는 뜻이었을까?

(《기획회의》, 2010. 6)

P.S. 《기획회의》의 취지와 무관하게 서평감으로 잘 소개되지 않은 책을 주로 고르는데, 대개는 그럴 만한 이유가 한두 가지씩 있는 책이다. 『아버지들에 대한 찬사』도 저자명이 앞면에는 '시몬느 코르프-소스', 저자 소개란에는 '시몬 코르크-소스', 그리고 판권에는 시몬 코르프-소스'라고 기재돼 있다. 저자명만 세 가지 버전이 있는 셈인데(본문 각주의 '시몬느 코르프 소스'까지 포함하면 네 가지 표기 방식이다), 한 번이라도 교정을 본 것인지 의문스럽다. 교정을 안 보았다는 쪽에 내기를 걸 수 있는 건 이런 대목도 나오기 때문.

클라인의 오이디푸스가 위치하는 의 이프로이트의 오이디푸스 보다 훨씬 이전의 심리적인 삶이다. 145쪽

뭔가 빠져 있고, 띄어쓰기도 엉터리다. 이런 기본적인 교정도 안 돼 있다면, "남성은 아기를 분만해줄 수 없다. 그는 수태를 시킬 수는 있지만 나을 수는 없다"134쪽에서 '나을 수'는 '낳을 수가 되어야 한다는 건 감히 지적할 수 없겠다. 과연 더 나은 책이 나올 수는 없는 것일까?

남성과 여성
그리고 소통

『남자를 토라지게 하는 말, 여자를 화나게 하는 말』●

데보라 태넌, 정명진 옮김, 한언출판사, 2001

『남자다움에 관하여』● 하비 맨스필드, 이광조 옮김, 이후, 2010

여성의 언어와 남성의 언어가 따로 있는가? 사회언어학자들에 따르면 그렇다. 언어에도 성차가 있다. 『당신은 이해하지 못한다』의 저자 데보라 태넌에 따르면, 여성들은 남성보다 부드러운 감탄사를 사용하며 '귀엽다' 같은 별다른 의미 없는 형용사를 더 많이 쓴다. 그리고 자기 주장 끝에다 "그렇지 않니?"라는 질문을 자주 덧붙인다. 남성보다 주장을 다소 완곡하게 표현하며 더 정확한 문법을 구사한다. 밋밋한 표현을 피하기 위해 다양한 음역과 억양을 사용하며 "당신은 어떻게 생각하실지 모르겠지만" 같은 공손한 표현을 즐겨 쓴다. 이런 것이 말하는 방식의 차이라면 더 중요한 차이는 대화의 목적에 있다. 간단히 말하면, 남자는 '독립'을 원하는 데 반해서 여자는 '친교'를 원한다. 저자는 이런 예를 든다.

남편 조쉬가 옛날 고등학교 동창에게서 전화를 받았다. 비즈니스 문제로 조쉬가 사는 도시에 내려올 예정이라는 말에, 조쉬는 대뜸 주말에

자기 집으로 오라고 초대했다. 하지만 그 말을 전해들은 아내 린다는 화가 머리끝까지 치밀었다. 자신도 출장을 갔다가 주말에 돌아올 예정인데 한마디 상의도 없이 혼자 결정을 내리고 일방적으로 통고해도 되느냐고 따졌다. 그러자 조쉬가 버럭 소리를 지른다. "어떻게 친구와 약속을 하면서 마누라한테 허락을 받아야 한다고 말을 해!"

조쉬를 'K씨'로, 린다를 '부인 L씨'로만 바꾸면, 우리 자신과 주변에서도 흔하게 볼 수 있는 풍경 아닌가. 남편은 아내와 상의하는 일을 '허락'을 구하는 일로 보아 자신의 '독립성'에 대한 침해로 간주한다. 그는 마누라 앞에서 벌벌 떠는 못난 사내라는 평을 듣고 싶어 하지 않는다. 반면에 아내는 가급적 모든 일은 상의해야 하며 그것이 서로에 대한 존중이라고 생각한다. 부부란 가장 '친밀한' 관계이기에 그렇다. 태넌의 주장대로, 친교가 "우리는 아주 밀접해서 똑같다"는 뜻이고 독립이 "우리는 떨어져 있는 만큼 각각 다르다"는 뜻이라면 둘을 조화시키는 것은 생각만큼 쉽지 않은 문제다. 이들은 각기 다른 두 개의 '세계'를 구성하기 때문이다.

각각 세상의 절반을 차지하고 있는 이 두 세계 사이에서 과연 연대와 소통은 어떻게 가능할까? 가장 흔한 대증요법은 서로 입장을 바꿔 생각해보라는 것이다. 물론 상대방의 입장이 돼볼 수 있는 기본적 상상력이 이 경우엔 요구된다. 『정의론』의 철학자 존 롤스라면 '원초적 입장'이라는 걸 대안으로 제시할 법하다. 남성과 여성이라는 각자의 편파적 입장에서 벗어나 '성별 없음'이라는 입장에서 문제를 생각해보자는 것이다. 즉 각자가 자신의 성이 무엇인지 모른다고 가정한 상태에서 공정한 합의를 모색한다. 원리적으로는 그럴듯해 보이는 주장이지만, 모두가 동의하는 건 아니다. 『남자다움에 관하여』를 쓴 정치철학자 하비 맨스필드는 우리가 자기 성별을 알고 있을 때의 선택과, 알고 있지 못할 때의 선택은 별개라고 주장한다. 게다가 '성별 없음'이라는 입장은 어떤 결정에서 성이 중요하지 않다는 판단을 전제로 하는데, 성이 중요하지 않다는 걸 우리가 어떻게 아느냐는 것이 그의 반론이다. 오히려 남자는 남자답게, 여자는 여자답게 행동하는 것이 더 바람직하다고 그는 본다. 성별 간의 자연적 차이를 부인할 수 없다면 언어적 차이 또한 부인해서는 안 된다는 쪽이다.

그런 경우 해법은 우리가 감수해야 할 불편을 경탄의 대상으로 만드는 것인지도 모른다. "당신은 어떻게 혼자서 다 결정하고 통보만 하실 수 있지요? 너무 귀여운 거 아녜요?" "어떻게 모든 걸 당신 허락을 받으라는 거요? 가슴이 떨려서 매번 그렇겐 못하오!" 아무래도 날이 너무 더운가 보다. (〈경향신문〉, 2010. 8)

P.S. 칼럼에서 언급한 데보라 태넌의 『당신은 이해하지 못한다』는 『남자를 토라지게 하는 말, 여자를 화나게 하는 말』한언출판사, 2001로 번역돼 있다. 처음엔 『남자의 말, 여자의 말』한언출판사, 1999이라는 제목으로 나왔던 책이다.

하비 맨스필드의 『남자다움에 관하여』는 알다시피 얼마 전에 출간된 책이다. 데보라 태넌에 대해서는 이 책에서 남성의 언어와 여성의 언어를 다룬 대목에서 알게 됐다. 『하버드, 철학을 인터뷰하다』돌베개, 2010에 실린 그의 인터뷰도 참고했다. 칼럼에서 언급한 내용이 좀 부정확하게 번역돼 있다.

7

언어의 종말과 이야기의 향연

인간의 물질적 속성은 다른 비인간 물체들의 속성과 다르지 않다. 가령, 창문 밖으로 뛰어내린 사람은 다른 물체와 똑같은 가속도로 낙하하게 될 것이다. 인간의 유기체적 기능 또한 다른 생물체와 다른 특별한 차이점을 갖고 있지 않다. 오직 의미 영역만이 인간 존재의 고유한 영역이다. 그리고 내러티브는 바로 이 의미 영역의 작용 가운데 하나다.

거꾸로 바벨탑
이야기

『언어의 종말』* 앤드류 달비, 오영나 옮김, 작가정신, 2008

저들은 한 민족이며 하나의 동일한 언어를 사용하고 있다. 그래서 저들이 이런 일을 시작하였으니 앞으로 마음만 먹으면 해내지 못할 일이 없을 것이다. 자, 우리가 가서 저들의 언어를 혼잡하게 하여 서로 알아듣지 못하게 하자.

잘 아는 대로 성서에 나오는 바벨탑 이야기다. 사람들은 하늘에까지 닿을 탑을 쌓고자 했지만 이에 분노한 여호와께서 세상의 언어를 혼잡하게 하자 일은 무산되었다. 그렇게 '보편 언어'를 상실한 인류의 언어는 이후에 분화를 거듭하였다. 가령 원시 인도-유럽어만 하더라도 사템어와 켄툼어로 분화되며, 켄툼어에 속하는 게르만어는 다시 서게르만어, 동게르만어, 북게르만어 등으로 분화되었다. 그리고 북게르만어는 스웨덴어, 노르웨이어, 덴마크어, 페어로어, 아이슬란드어, 그리고 사어^{死語}가 된 노른어 등으로 또다시 나뉘었다. 언어의 다양성은 이러한 분화 과정의 산물이다. 그런데, 이 분화는 무한정 계속되는 것일까?

그렇지는 않다. 오히려 반대다. 『언어의 종말』의 저자 앤드류 달비에 따르면, 언어 분화의 역과정, 곧 언어의 통합이 진행되고 있으며 이것이 현재 인류의 언어가 처해 있는 위험이다. 보다 구체적으로 제시하고 있는 통계를 보면, 현재 제1언어로 사용되고 있는 언어는 약 5천 개이며 이 중 21세기에만 2천 5백 개가량의 언어가 사라질 것이라고 한다. 평균 2주에 1개꼴이다. 그리고 장기적으로는 2백 년 이내에 전 세계적으로 2백 개 정도의 언어만이 남게 될 것으로 전망된다. 이 200이란 숫자는 국가의 수와 대략 일치한다. 곧 앞으로 국가어 외의 소수 언어들은 대부분 소실될 것이라는 예측이다. "단일한 언어를 사용하는 집단은 국민이라고 여겨지며, 국민은 국가를 구성해야 한다"는 언어 민족주의 명제가 이러한 통합과 소실 과정의 중요한 배후다.

그런데, 언어의 운명이 이렇듯 국가권력과 밀접하게 관련돼 있다면 국가어들의 운명조차 자신할 수 없는 것 아닐까? 정치적·경제적 세계화에 따라 국민국가의 경계를 넘어서 소통될 수 있는 세계어 혹은 국제어에 대한 요구가 점차 강화되는 것은 필연적이기 때문이다. 이미 현실에서 영어는 많은 나라에서 국가어로, 또 전 세계적으로는 제2언어, 제3언어로 급속하게 확산되어가고 있다. 따라서 소수 언어 대부분이 사라진 이후에 벌어질 '언어전쟁'은 개별 국가어들과 영어와의 전쟁이 될 것이고 어쩌면 영어만이 사용되는 시점에 이르게 될지도 모른다. 바야흐로 언어 제국주의, 보다 구체적으로 영어 제국주의 시대가 도래할 가능성을 배제할 수 없다.

중세 때만 하더라도 앵글로-색슨의 한 부족어였던 영어가 어떻게 세계적인 언어로 성장했을까? 앤드류 달비는 영어와 로마 제국의 공용어였던 라틴어의 확산 과정에 세 가지 경로의 유사성이 있다고 지적한다. 첫 번째 경로는, 식민화다. 로마와 마찬가지로 영국은 미국, 캐나다, 오스트레일리아 등에 걸친 방대한 식민지를 경영했고, 영어는 식민지 이주자들의 유일한 링구아 프랑카(공통 언어)였다. 두 번째 경로는, 제국과 속국 사이의 관계가 초래한 것으로 제국의 속국에서 사람들이 실질적으로 자기 발전과 부를 얻는 최선의 경로는 영어를 아는 것이었다. 고위관리가 되거나 상업적으로 성공하기 위해서는 영어 구사 능력이 필수였고, 모든 고등교육은 영어로 이루어졌다. 세 번째 경로는, 원거리 교역, 특히 해상 교역이다. 영어로 이루어지는 교역이 활발해지면서 영어와 영어의 친척어인 피진 영어가 점점 확산되어갔다.

그리하여 현재 영어 사용자는 '유창한' 사용자를 기준으로 전 세계적으로 7억 명에 이르며, '충분한 정도로 구사하는' 영어 사용자는 18억 명을 넘어선다. 게다가 인도를 포함하여 약 70개국에서 국가어 혹은 공용어로 쓰이고 있으며 영어 학습자 수가 세계 인구의 약 3분의 1에 육박하리라는 통계도 나온다. 그리고 이런 영어 집중화의 이면이 소수 언어의 소실과 언어적 다양성의 상실이다. 이것은 어떤 문제점을 낳는가?

언어학자로서 저자가 우려하는 것은 세계의 각 언어로 전승되고 보존되어온 지식을 우리가 잃어버릴지도 모른다는 점이다. 그에 따르면, 우리는 번역할 때 한 언어에서 다른 언어로 직접 건너갈 수 없으며 항상 현실 세계를 거쳐서 가야만 한다. 이때 각 언어는 세계를 보고 나누고 구분하는 각기 다른 관점을 갖고 있으며 이에 따라 그것이 그려내는 현실 세계의 지도도 다를 수밖에 없다. 즉 각 언어는 사물이 존재하는 방식에 대해서 각기 다른 통찰력을 제공해주며 우리에겐 그러한 대안적인 세계관이 필요하다. 한 언어의 소실은 곧 인간의 경험을 이해할 수 있는 한 가지 대안의 상실이다. 게다가 보다 중요하게는 다른 언어와의 상호작용만이 우리 각자의 언어를 더욱 유연하고 창조적으로 만들어준다. 영어만 하더라도 새로운 단어와 리듬과 생각 들을 다른 언어들에서 언어옴으로써 활력을 얻고 번영을 구가해왔다. 하지만 영어 제국주의와 함께 전체 언어의 숫자가 급격하게 줄어든다면 영어의 창조성과 유연성 또한 시들어버릴 것이라고 저자는 경고한다.

그런 맥락에서 보자면, 성서의 바벨탑 이야기를 우리는 어쩌면 거꾸로 읽어야 할는지도 모르겠다. "자, 우리가 가서 저들의 언어를 혼잡하게 하여 서로 알아듣지 못하게 하자"는 신의 저주는 오히려 축복이 아니었을까? 그러한 언어적 혼잡성과 다양성 덕분에 인류는 바벨탑보다 더 높은 성공의 탑을 쌓아온 것인지도 모르니까. 하지만 언제부턴가 전세는 역전돼가고 있다. "처음에 세상에는 하나의 언어만 있었고, 단어도 몇 개 되지 않았다"라고 바벨탑 이야기는 시작한다. 종말의 이야기는 이러할 것이다. "종말에 세상에는 하나의 언어밖에 없었다. 모두가 하나의 언어를 사용했지만, 바로 그 때문에 서로 알아듣지 못했다."(《한겨레21》, 2008. 10)

P.S. 주제에 대한 관심 때문에 부랴부랴 훑어본 책이지만 『언어의 종말』은 내용에 비해 너무 두껍다는 인상을 준다. 비슷한 주제를 다루고 있는 다른 책들에 견주어도 그렇다. 게다가 뭔가 '한방'이 부족하다는 생각을 내내 갖게 한다. 가령, 영어와 라틴어의 확산 과정 사이의 세 가지 유사성을 지적한 대목에서 두 번째 경로를 "제국과 속국 사이의 관계가 초래한 것"이라고 나는 적었지만, 실제 책에는 달랑 "정부와 정부가 초래한 것"이라고만 돼 있다. 국내에는 지방대 도서관 두

곳에만 소장돼 있어서 미처 원문을 확인하지 못했는데, 설사 원문이 그렇게 돼 있더라도 너무 모호하고 뭉툭하다. 생각해보니 그런 모호함/뭉툭함이 책을 두루 관철하고 있는 게 아닌가 싶다.

더불어 놀란 것이 있다면 이 주제 분야의 책으로 국내에 소개된 몇몇 저자들이 서로에 대해 전혀 참조하지 않는다는 사실. 앤드류 달비를 비롯하여 『사라져가는 목소리들』이제이북스, 2003의 공저자 다니엘 네틀/수잔 로메인(수잔 로메인은 얼마 전 방한한 바 있다), 그리고 『언어전쟁』한국문화사, 2001과 『언어와 식민주의』유로서적, 2004의 저자 루이-장 칼베, 『언어 제국주의란 무엇인가』돌베개, 2005에 「영어 제국주의의 어제와 오늘」을 싣고 있는 로버트 필립슨 등은 서로 교차 참조할 법하지만, 서로에 대한 아무런 인용도 하고 있지 않았다(참고문헌에 나타나지 않는다). 마치 각기 다른 언어를 사용하는 탓에 말이 통하지 않는 것처럼. 이 분야가 원래 그런 것인지, 단지 부분적인 우연일 뿐인지 의아하게 여겨졌다. 덧붙여, 참고문헌을 훑어보다가 관심을 갖게 됐는데, 로버트 필립슨의 『언어 제국주의』1992 같은 책은 다소 오래됐더라도 소개가 되면 좋겠다. 루이-장 칼베의 『세계 언어의 생태학』2006 같은 신간과 함께.

이야기 탐구의
철학적 향연

『서사철학』 김용석, 휴머니스트, 2009

'문화적인 것과 인간적인 것'을 아우르면서 유례없는 '깊이와 넓이'의 인문학적 사색을 펼쳐온 철학자 김용석의 새로운 책이 출간됐다. 이번

엔 아주 묵직하다. 제목부터가 한 푼의 에누리도 없다. 서사철학! 일단
육중한 책의 무게가 월척의 손맛을 느끼게 한다. 마치 거대한 향유고래
가 수면으로 솟아오르는 걸 보는 기분이랄까. 이건 '책'이라기보다는 그
냥 '강적'이다!

'서사'에다 '철학'이 붙었다. 무엇을 다루는 것인가? 사실 이야기에
대한 저자의 관심은 틈틈이 보아온 것이어서, 제목을 통해 나는 '이야기
에 대한 본격적인 철학적 탐구' 정도를 떠올렸다. 그러고는 폴 리쾨르의
『시간과 이야기』문학과지성사, 1999나 노에 게이치의 『이야기의 철학』한국출판
마케팅연구소, 2009을 얼핏 상기했다. 하지만, 저자의 스케일은 이 두 사람을
훨씬 뛰어넘는다. 그가 다루는 일곱 가지 이야기 장르 가운데 '만화'와
'영화'는 물론 '진화'까지 포함된 걸 보고서 나는 저자의 상대가 그 자신
밖에 없음을 알아차렸다.

저자 또한 그런 자부심이 없지는 않을 것이다. 철학자들이 지혜를 사
랑하는 '필로소피아'의 정신으로 찾고자 한 세상의 이치가 크게 '원리'와
'윤리' '진리'라고 말하면서 이제 네 번째 탐구의 대상으로 '설리說理'를
내세울 때 그는 독보적인 영역을 개척하고 있는 것이니까 말이다. 철학
의 제4영역이라고 말할 수 있을까? 요컨대 그는 '이야기의 철학'을 주창
하며, '설리의 철학자'를 자처한다.

물론 계보가 없는 건 아니다. 저자는 아리스토텔레스의 『시학』을 '이
야기 철학' 또는 '서사철학'의 원조로 꼽는다. 하지만 알다시피 『시학』은
'비극'이라는 한 가지 장르만을 분석의 대상으로 삼았다. 즉 아리스토텔
레스가 제시한 것은 서사철학의 가능성이지 그 전모가 아니다. 그 서사
철학이 거대한 윤곽을 드러내면서 이름에 걸맞은 규모를 자랑하게 된
것은 전통적인 서사 장르뿐만 아니라 대화와 혼화, 만화까지 포괄하여
서사철학의 집대성을 시도한 『서사철학』에 와서다. "이야기에 대한 철

학적 관심과 연구를 총괄하여 서사철학이라고 부른다"는 정의 그대로다. 과연 저자가 그어놓은 서사철학의 경계 바깥이 가능할지 궁금할 정도로 저자는 다양한 장르와 범위에 걸친 이야기들을 다룬다.

'서사' 또는 '이야기'라고 했지만 요즘 뜨는 말로는 '스토리텔링'이다. "이야기를 좋아하면 가난하게 산다"는 옛말이 있지만, 그건 말 그대로 옛말이다. 요즘 이야기는 상종가다. 어디서나 주문하고 이야기를 보챈다. 사실 우리는 언제 어디에서건 이야기를 말하며 이야기와 만난다. 리쾨르의 말을 빌면, 우리의 정체성 자체가 이야기로 구성되는 것이니 더 말할 것도 없다. 서사 장르에 한정하더라도 우리의 주변은 온갖 신화적 이야기와 중세적 판타지와 마술적 이야기들로 넘쳐난다. 우리의 주인공은 해리 포터이고, 우리의 연대기는 나니아 연대기이며, 우리의 성공담은 언제나 모든 난관들을 극복해 나가는 모험 서사다. 이런 관점에서 저자는 "우리는 이야기를 지어내면서 누군가가 만들어내는 이야기 속에 살고 있는지도 모른다"고 말한다. 세상 자체가 이야기의 중층 구조다. 『서사철학』은 이러한 이야기들의 세계, 이야기들의 우주에서 무엇을 읽을 수 있고, 무엇을 해석할 수 있는지 시범적으로 보여준다. 한마디로 장관이다.

비록 아직 불안정하며 불완전한 '시론試論'일 뿐이라고 저자는 말하지만 지나친 겸손이자 과소평가다. 자신의 텍스트 읽기를 여러 스토리텔링이 품고 있는 철학 콘텐츠를 발굴하는 작업 정도로 정의하고 있는 것도 그렇다. 허구를 필요로 하는 존재로서의 인간, 곧 '서사적 인간'에 대한 본격적인 탐구의 길을 개척하고 있다는 점에서 『서사철학』은 서사철학을 넘어선다. 그것은 '서사적 인간학'을 창출한다. 그런 의미에서, 일곱 가지 특색을 지닌 장르에 대한 연구로 구성된 『서사철학』이 '이야기 탐구의 아이리스'가 되기를 바란다는 저자의 기대는 이미 이루어졌다. 단, 내가 염두에 둔 '아이리스'는 그리스 신화에 나오는 무지개의 여신

아이리스가 아니라 요즘 뜨고 있는 블록버스터급 드라마 〈아이리스〉다.
『서사철학』은 오랜만에 등장한 인문서의 블록버스터다.

(〈휴머니스트 북리뷰〉, 2009. 11)

P.S. 『서사철학』에서 이채로운 것 중의 하나는 저자가 '서사'를 'tale'의 번역어로 쓰고 있다는 점이다. 그래서 '서사철학'의 영어 표현은 'Philosophy of Tale'이다. 나는 '서사'가 서사학의 대상인 '내러티브'를 염두에 두었을 것으로만 생각했다. 그런데 'story'도 'narrative'도 아닌 'tale'이었던 것. 이게 어떤 차이가 있는지는 개인적으로 더 따져보려고 한다. 마침 서사학의 원조라 할 블라디미르 프로프의 『민담의 형태론』 박문사, 2009이 새로 번역돼 나왔다. 이번이 세 번째이지 싶다. 그리고 보니 『서사철학』에서 다루고 있는 아이리스(무지개), 곧 신화, 대화, 진화, 동화, 혼화, 만화, 영화라는 일곱 장르에 하나가 더 들어가야 하는 게 아닌가 싶다. 신화만큼이나 오래된 이야기인 민담, 곧 민화民話가 그것이다. 물론 대개의 민화는 동화적 요소를 갖고 있기에 그렇게 포괄될 수도 있을 테지만……

내러티브적 인식과
인문과학

　　　『내러티브, 인문과학을 만나다』 도널드 폴킹혼, 강현성 옮김, 학지사, 2009

대형 서점 서가의 한구석에서 우연히 건진 책이다. "이 책은 Donald E.

　　　　　　　　　　　　　　　　　　　　책을 읽을 자유

Polkinghorne이 집필한 Narrative Knowing and the Human Sciences1988를 우리말로 옮긴 것이다"라고 「역자 서문」에 적혀 있다. Polkinghorne을 '폴킹혼'으로 옮기지 않고 영문 알파벳을 그대로 드러낸 것은 짐작에 교육학계의 '관행'인 듯싶다. 하지만 본문에서 다른 고유명사는 '시모어 사라손Seymour Sarason'이라는 식으로 병기해주고 있으므로 아무래도 좀 튀는 관행이다.

도널드 폴킹혼이라는 저자명은 생소하지만, '내러티브, 인문과학을 만나다'라는 제목이 눈길을 끌었다. 부제는 한술 더 떠서 '인문과학 연구의 새 지평'이다. 대학 도서관에서 따로 구한 원서에는 부제가 붙어 있지 않은 걸로 보아 국역본의 부제는 역자들의 기대를 적어놓은 것인 듯싶다. 역자와 저자의 서문을 참고해보면, 이 기대는 어떤 문제의식과 연관돼 있다.

이 책을 "인간 존재의 문제에 주목하는 인문사회과학이 새로운 렌즈로 어떻게 학문을 하는지를 보여주는 역작"이라고 평하는 역자는 지금까지의 인문사회과학이 '양적인 연구 방법'에 치중해왔으며 '연구와 실천 간의 분리' 문제에 대해 심각하게 고민하지 않았다고 비판한다. 그것이 "인문과학 연구들의 빈약성 혹은 방법론의 부적절성"을 낳고 있으며 인문과학에 대한 신뢰를 점점 떨어뜨리고 있다는 진단이다. 반면에 심리치료사, 카운슬러, 조직 컨설턴트 등 다양한 실천가들에게 도움을 요청하는 사람들은 지속적으로 증가하고 있다. 어떤 차이 때문일까? 다름 아니라 "실천가들이 내러티브적 지식으로 일을 한다는 것", 곧 '내러티브'가 핵심이고 변수다. 그리하여 "이러한 내러티브를 가지고 연구와 실천에 임하는 것이 매우 중요하다"는 결론에 도달한다. 이것은 저자 폴킹혼의 문제의식이기도 하다.

저자의 강점은 그가 상담학과 교수이면서 동시에 임상의학자라는 데 있다. '학문적인 연구자'와 '실천적인 심리치료사'라는 두 가지 역할을 병행해오면서 그는 임상의학자로서의 경험에 실질적으로 도움을 주는 학문적 연구 결과를 찾을 수 없었다는 문제점에 봉착한다. 인문사회과학에 거액의 공공 자금이 투자되었음에도 불구하고 사회적 문제를 해결하는 데 별로 진전을 보이지 못한 것도 '인간에 대한 학문'의 연구 능력에 대한 신뢰를 잠식한다. 때문에 그는 자연과학의 모델이나 수리적 형식과학의 방법론이 인문과학에 과연 적합한 것인지 의문을 품게 되었다. 그리고 "인간 존재의 유일한 특성에 대해 좀더 특별히 민감한, 추가적이고 보완적인 접근 방법"이 필요하다는 생각에 이른다.

인간 존재의 유일한 특성이란 무엇인가? 저자가 보기에 인간은 세 가지 존재 영역으로 이루어진다. 물질 영역과 유기체(생물체) 영역, 그리고 정신(의미) 영역이 그것이다. 인간의 물질적 속성은 다른 비인간 물체들의 속성과 다르지 않다. 가령, 창문 밖으로 뛰어내린 사람은 다른 물체와 똑같은 가속도로 낙하하게 될 것이다. 인간의 유기체적 기능 또한 다른 생물체와 다른 특별한 차이점을 갖고 있지 않다. 오직 의미 영역만이 인간 존재의 고유한 영역이다. 그리고 내러티브는 바로 이 의미 영역의 작용 가운데 하나다.

의미 영역과 관련하여 저자는 기존의 '의미의 철학'보다 한 단계 진전된 생각을 전개하는데, 그것은 의미의 영역이 어떤 사물이나 실체가 아니라 '활동'이라는 점이다. 의미 영역에 대한 철학적 혼란은 대부분 의미를 실체로서 규정하려고 시도했기 때문이다. 집짓기와 글쓰기가 어떤 수행이지 실체가 아닌 것처럼 활동으로서의 의미 영역도 명사가 아닌 동사의 형태로 기술된다. 그러한 활동에서 "마음의 정신적 영역을 통해 만들어진 의미의 한 유형"으로서 내러티브는 "특별한 성과를 내는 사건들의 기여에 주목함으로써 그 의미를 창안해내고, 그래서 이러한 부분들을 전체적인 에피소드 속으로 잘 배열하여 의미를 형성하게 한다."

의미 영역이 물질 영역과 다른 특징을 갖는다면 의미 영역에 대한 연구 또한 물질을 연구하는 자연과학적 방법과는 차별화될 필요가 있다. 이때 새로운 참조점이 돼주는 것은 역사학과 문학비평이다. 이들 분야는 언어 표현을 통한 의미의 영역, 특히 내러티브를 연구하는 절차와 방법을 이미 오래전부터 발전시켜왔기 때문이다. 따라서 인문과학은 이제라도 자연과학보다는 그런 쪽으로 더 천착해야 한다는 것이 저자의 판단이다. 내러티브를 매개로 하여 역사/문학 이론과 인문과학의 만남의 장이 마련되는 것이다.

물론 임상심리학자인 저자가 이때 염두에 두고 있는 인문과학은 주로 '심리학'이다. 때문에 역사학과 문학이론 분야에서 내러티브 연구의 성과를 개관하는 '역사와 내러티브' '문학과 내러티브' 두 장에 이어지는 것이 '심리학과 내러티브'다. 이러한 검토를 바탕으로 폴킹혼은 인문과학을 위한 내러티브 이론의 종합을 '시간성'과 '행위' 그리고 '자아'와 내러티브의 관계를 통해서 달성하고자 하며, 심리치료의 이론적 기초를 타진하는 '실천과 내러티브'로 마무리한다. 저자가 내리는 결론은 이렇다.

내러티브 형식의 설명은 아직 초기 단계에 있다. 그것은 구성 구조 속에 시간적 차원을 포함하고 있기 때문에 '사실'을 범주화하는 형식적 구성과는 매우 다르다. 자아 이해를 위한 시간 질서의 중요성은 아직 명확하게 이해되지 않았다. 내러티브는 도처에 있는 것임에도 불구하고, 우리는 우리의 경험을 생성하고 구성하기 위한 내러티브의 중요성을 이제 겨우 인정하기 시작했다.

'인문과학 연구의 새 지평'을 찾아서 인내심을 갖고 따라온 독자에겐 다소 불만스러운 대목이다. 바로 이어서 저자는 "내러티브의 역할에 관한 의식은 최근에야 인문과학에서 부상했다. 이러한 의식은 인문과학이 의미 영역을 향하도록 방향을 재설정할 수 있으며 미래의 연구를 위한 초점을 제공할 수 있다"고 밝히는데, 그 '최근'의 시점이 1988년이다! 유감스럽게도 20년도 더 전인 것이다.

물론 어느 분야에서건 고전적인 저작은 시간을 뛰어넘어 존재 의의를 갖지만, 어떤 이론서나 학술서가 20년의 세월을 버텨낸다는 건 여간 드문 일이 아니다. 과연 이 책이 그러한 고전의 반열에 오를 만한가. 인문과학의 '내러티브적 전환'을 가리키는 저작 정도가 아닐까. 참고로, 저자도 인용하는 월리스 마틴의 『내러티브에 관한 최근 이론*Recent Theories of Narrative*』1986이 『소설이론의 역사』현대소설사, 1991라는 제목으로 출간됐던 게 벌써 20년쯤 전이다. 이미 절판된 지 오래다. 내가 궁금한 건, 그리고 읽고 싶은 건 그 20년 후의 이야기다. 서사학 분야에서도 새로운 책이 소개될 때가 됐다. (〈기획회의〉, 2010. 2)

P.S. 국내에서는 소강상태지만, 서사학narratology 관련서는 영어권에서 꾸준히 출간되고 있다(개인적으로는 다원주의 서사학에 관심을 갖고 있다). 찾아보니 국내에도 소개된 미케 발의 입문서는 작년에 3판이 출간됐다. 번역본이 좀 부실한데, 이참에 재번역되면 좋겠다.

8

"너희가 한국어를 믿느냐?"

"앞으로 100년을 내다본다면 한국어는 경쟁력이 없다"라는 인식과 판단이 한국어 번역에 대한 우리 사회의 지배적 태도가 된다면 인문 고전 번역의 미래는 없다. 이미 자연과학에서 한국어가 학문어로서의 의미를 상실한 것처럼 인문학에서도 한국어는 변방의 언어, 기지촌의 언어로 전락하고 말 것이다.

이것이
번역이다

『번역의 탄생』 이희재, 교양인, 2009

우리가 읽는 책의 태반은 번역서이다. 〔……〕 그러나 현실을 돌아보면 우리의 번역문화는 척박하기 그지없다. 예나 지금이나 오역과 비문으로 가득한 번역서들은 독자들에게 좌절과 환멸을 수시로 안겨주고 있으며, 동서양의 주요 고전들 중 상당수는 아예 번역·소개조차 안 되어 있는 것이 현실이다.

우리 번역 현실에 대한 본격적인 문제 제기로 관심을 모았던 박상익 교수의 『번역은 반역인가』 푸른역사, 2006에 나오는 지적이다. 나는 그러한 문제의식을 이어받으면서 번역 문제에 대한 사회적 관심과 함께, 번역 텍스트를 교정하고 번역을 둘러싼 현실적 조건, 곧 번역의 콘텍스트를 탈바꿈시켜야 한다고 주장한 바 있다. 이 책의 150쪽 「"너희가 한국어를 믿느냐?"」뼈아픈 지적이고 고민을 담은 주장이긴 하지만, 사실 새삼스러운 것은 아니었다. 알 만한 사람은 다 아는 것이 우리의 척박한 번역 문화가 아니었던가. 다만 그간에 부족했던 것은 이 문제의 사회적 공론화였고 문제 해결을 위한 적극적인 의지였다. 무엇이 어떻게 달라져야 할 것인가에 대한 구체적인 고민과 제안이 뒤따라야 하는 것은 물론이고.

전문 번역가 이희재 씨의 『번역의 탄생』은 이런 맥락에서 매우 반갑고 고무적인 노작이다. 20여 년 동안 번역을 해온 전문 번역가가 번역 현장에서 느낀 문제점과 깨달음을 생생하게 정리한 결과물이라고 책에 대한 소개를 대신할 수 있겠지만, 이 책의 가치는 단지 번역의 방법론 차원에 한정되지 않는다. 저자의 표현으로는 '문화사적 맥락'에서의 의의까지도 포함하기 때문이다. "번역을 하면서 나는 한국어에 눈떴다"라는 저자의 고백을 확장해서 미리 말하자면, 독자로서 우리는 이 책을 통해서 새삼 한국어에 눈뜰 수 있다. 그것이 이 책의 일차적인 의의다. 더 나아가 번역을 통해서만 우리가 인지하고 이해할 수 있는 한국어의 특징이 있다는 걸 이 책은 알려준다. 그것이 이차적인 의의다. 이것은 번역 작업, 혹은 번역 행위가 갖는 보편적인 의의와도 연관됨 직하다.

이러한 의의를 좀더 살피기 전에, 먼저 필자가 잘 정리해주고 있는 번역의 딜레마에 대해서 짚어보는 것이 좋겠다. 어떤 딜레마인가? '들이밀까, 아니면 길들일까'의 딜레마이다. 직역과 의역 사이의 딜레마를 저자 나름대로 표현한 것인데, 알다시피, 출발어(원어)에 충실한 번역을 직역이라 하고, 도착어(번역어)에 충실한 번역을 의역이라 한다. 가령, "a political hot potato"라는 표현을 "정치적인 뜨거운 감자"라고 옮기는 것이 직역이고, "정치적으로 골치 아픈 문제"라는 식으로 옮겨주는 것이

의역이다. 지금에야 '뜨거운 감자'라는 표현이 좀 익숙해져서 "시장 개방 문제가 정치적인 뜨거운 감자가 되었다"라는 문장이 나와도 무슨 의미인지 알아들을 수 있지만, 처음엔 상당히 낯설었을 것이다. '시장 개방 문제'가 '뜨거운 감자'라니? 하는 식으로 말이다. 그렇듯 좀 생소하더라도 원어의 표현을 그대로 옮겨주는 것이 '들이밀기'다. 번역에서 독자 편의 가독성이나 이해 가능성보다는 원어에 대한 충실성을 더 중요한 기준으로 삼는 것이다.

다시 말해서, 저자에게 충실한 번역이 직역이라면, 독자에게 보다 충실한 번역이 의역이다. 충실하다는 건 더 많이 배려한다는 뜻이다. 물론 놓여 있는 맥락이 서로 다른 작가와 독자 모두에게 충실하기는 어려운 법이다. "번역은 반역"이라는 경구는 그런 곤경을 표현하는 것일 텐데, 어느 한쪽에 충실하자면 다른 쪽에는 충실하기 어려운 번역가의 딜레마를 드러내주는 것이기도 하다. 이러한 딜레마를 드러내주는 것으로, 프랑스에서 건너온 표현으로는 '부정한 미녀Belles Infidéles'가 있다. 주로 의역을 가리키는데, 아름답지만 원문이나 저자에게는 충실하지 않다는 뜻을 함축한다. 반대로 원문이나 저자에게 충실하긴 하나 독자가 읽기에는 딱딱하고 어색한 직역투의 번역에 대해서는 '정숙한 추녀'라는 말을 쓴다. 이 두 가지 경우를 번역학에서는 '자국화domestication'와 '이국화foreignization'라는 전문 용어로 표현하는데, 이것을 '길들이기'와 '들이밀기'라고 옮긴 것에서 번역에 대한 저자의 입장을 미리 간취해볼 수 있다. 원론적으로 보자면 직역과 의역이 모두 일장일단을 가지며 무엇이 더 바람직하다고 말하기는 곤란하지만 저자는 일단 의역의 손을 들어주고 싶어 하는 것. 왜인가? 그건 우리가 그간에 너무 '들이대왔다'고 판단하기 때문이다. 그래서 좀 길들이는 쪽으로 가보자는 것이 저자의 제안이기도 하다.

저자의 소개에 따르면, 사실 '길들이기'는 영미권에서 다른 언어권의 책을 영어로 번역·소개할 때 으레 해오던 것이다. 그런 전통이 너무 강해서 번역학자나 이론가들이 그런 '길들이기'가 함축하는 자기중심주의에서 벗어나 가능하면 원문의 표현이나 구조를 살려주는 '들이밀기'의 필요성을 강하게 주장하기도 한다. 예컨대, 최인훈의 『광장』 영역본은 "빛나는 4월이 가져온 새 공화국에 사는 작가의 보람"을 느낀다고 쓴 작가의 서문을 영어권 관례에 따라 누락했다는 것. 옳고 그름을 떠나서 소설 작품에 서문을 잘 붙이지 않는 것이 그들의 '전통'이고 번역본의 경우에도 예외를 두지 않은 것이다. 이런 것이 소위 '길들이기'다. 일본의 경우만 하더라도 개항 이후에 외국 문물을 받아들일 때는 원문 중심의 딱딱한 직역투가 주로 쓰였는데, 1970~80년대를 거치면서 경제가 비약적으로 성장하고 사회·문화적으로 자신감이 커지면서 원문에 충실한 번역보다는 일본어로 가독성이 높은 번역을 선호하게 됐다고 저자는 일러준다. 각국의 이런 사정들을 고려하면 '들이밀까, 길들일까'의 문제는 단순히 번역 방법론상의 문제가 아니다. 그것은 보다 넓은 사회적·문화적 맥락은 물론이고 자국어와 자국 문화에 대한 자신감과도 밀접한 관련을 갖는다. 요컨대, 번역에서 '길들이기'의 필요성에 대한 문제 제기는 우리가 그렇게 해도 좋을 만한 문화적 수준에 도달해 있다는 사실을 전제로 하는 것이다.

저자가 전해주는 흥미로운 사실은 이러한 '길들이기'가 어떤 면에서는 우리의 '오래된 미래'라는 점이다. 그에 따르면, 초창기 영어사전에서는 풀이어에 외래어가 전혀 나오지 않았으며 가급적이면 기존의 어휘를 동원하려고 했다. 예컨대, 지금은 한국어로 통용되는 '발코니balcony'와 '치즈cheese'를 당시엔 '툇마루'와 '소젖메주'라고 옮겼다. 여기서 'cheese'를 '소젖메주'로 옮기는 것이 '길들이기'이고, 다시 '치즈'로 옮기는 것이 '들이밀기'라면, 우리의 번역 문화사는 '길들이기'에서 '들이밀기' 쪽으로 흘러갔다고도 말할 수 있겠다. 그것은 어쩌면 서구어와 서구 문화에 대한 모방과 동경의 풍조 속에서 우리말과 문화에 대한 자신감이 차츰 엷어져간 세태와도 관련되는 것이 아닐까? 심지어는 '오렌지'라는 한국어를 영어의 'orange'와 똑같이 '어륀지'로 읽어야 한다는 발상까지 '들이밀며' 한쪽에서는 영어 발음을 위해 혀까지 수술하는 세태 말이다.

사정이 그렇다면 직역(들이밀기) 자체가 문제인 것은 아니지만, '직역'이 보다 바람직한 번역 방법론이라고 고집하는 직역주의는 반성의 대상이 될 만하다. "영어 책을 한국어로 번역하는 이유는 영어를 모르는 독자를 위해서이고 한문 고전을 현대 한국어로 번역하는 이유는 한문을 모르는 독자를 위해서라는 당연한 상식이 통하지 않을 만큼 원문을 존중하는 직역주의가 한국에는 아직 강하게 남아 있습니다"30쪽라는 저자의 진단대로 그런 상식을 배제하는 것이 '직역주의'라면 말이다. 저자가 반복해서 강조하는 것은 "번역은 저자를 위해서 하는 것이 아니라 독자를 위해서 하는 것"234쪽이라는 점이다.

여기서 독자는 물론 '한국어 독자'를 말하는 것이니, 독자를 위한 번역이란 보다 알기 쉬운 한국어 단어와 문장으로 번역하는 것을 뜻한다. 이런 점에서는 영일사전을 베끼다시피 한 우리의 영한사전보다는 북한의 영조사전이 오히려 시사하는 바가 크다. 저자의 소개에 따르면, 가령 'sabre-toothed tiger'를 영한사전은 영일사전의 풀이어 '劍齒虎'를 그대로 한국어로 읽어서 '검치호'라고 풀어주지만, 영조사전은 '칼이범'이라고 옮겼다. "No mill, no meal"이라는 영어 속담을 영일사전은 "열심히 노력하지 않고는 먹을 자격이 없다"라고 옮기고, 영한사전도 이와 비슷하게 옮겼지만 영조사전은 "부뚜막의 소금도 집어넣어야 짜다"라고 기존의 속담을 이용하여 번역했다. 북한의 영조사전은 '주체적 번역'을 적극적으로 실천하는 것이라 말할 수 있을까. 때로는 억지스러울 정도로 말이다. 그런 북한의 태도를 반드시 따라야 할 필요는 없지만, 남한의 사대주의적 태도와 비교는 해볼 수 있을 것이다. 가령 우리말을 학대하는 듯한 직역투의 문장에서 원문과 외국어에 대한 '사대주의적' 태도를 읽을 수 있다면 과장일까?

물론 이런 사대주의적 태도는 중화주의에 물들어 세종의 한글 창제를 극력으로 만류했던 당시 대신들의 태도를 떠올리게 하므로 '뿌리'가 깊다. 알다시피 그렇게 중국을 숭배하다가 일제 때는 일본에 고개를 숙이고, 해방 이후엔 '코쟁이'들의 말과 문화에 사족을 못 쓴 것이 우리의 역사가 아니었던가. 지금도 미국식 문화, 미국식 학문은 당연한 모델처럼 받아들여지며, 같은 말이라도 가급적이면 영어나 다른 외국어로 말하는 것이 유행이다. '조리법' 대신에 '레시피'라고 하듯이 말이다. 물론 언어라는 것이 기본적으로는 서로 섞이고 스며드는 것이기 때문에 이런 현상 자체가 부정적인 것만은 아니다. 하지만 너무 편중됐고 일방적이며 균형이 맞지 않는다. 이런 풍토에서 저자가 내세우는 '길들이기'로서의 의역은 우리 멋대로 창조적인 번역을 하자는 얘기가 결코 아니다. 한국어에 잘 맞지 않는 부자연스런 조어나 구문을 최대한 피하고, 반대로 한국어의 특징을 최대한 살려서 쓰자는 것이다. 그것은 우리말과 전통에 대한 뿌리 깊은 열등감에서 벗어나 문화적 자존심과 자신감을 되찾자는 뜻이기도 하다.

"번역이란 외국어를 옮기는 작업이 아니라, 한국어를 바로세우는 작업이다"라는 저자의 주장은 이런 맥락에서 읽을 수 있다. 그리고 그러한 주장이 빛을 발하는 것은 역자가 다양하면서도 풍부한 사례들을 통해서 한국어의 특징을 이모저모 짚어주고 있는 대목들이다. 특히 조사와 어미가 발달한 한국어의 특징을 어떻게 잘 살릴 수 있는가에 대한 저자의 설명은 한국어의 다양한 활용 가능성을 실감하게 해주어 인상에 남는다. 단순한 예를 들자면 가령 "He took the trouble to see me, though he was very busy"라는 문장을 어떻게 옮길까? "굉장히 바쁨에도 불구하고 일부러 와주었다" 정도가 아닐까. 저자는 그것 대신에 "굉장히 바쁜데도 일부러 와주었다"라고 옮기는 것이 더 한국어답다고 말한다. "Even if I fail, I won't give up"의 경우도 "비록 실패한다 할지라도 포기하지 않겠다"보다는 "실패할망정 포기하지 않겠다"라고 옮겨주는 것이 더 맵시 있고 윤기 있다. 즉 접속사가 발달한 영어 문장을 그대로 일대일 대응이 되게 옮기기보다는 어미가 발달한 한국어 표현으로 옮겨주자는 것이며, 나는 이것이 '부정한 미녀'의 사례라고는 생각하지 않는다. 오히려 '단정하고 소박한 미녀'에 가깝지 않을까.

번역 방법론에 대한 얘기를 주로 늘어놓았지만, 간단한 사례에서 짐작해볼 수 있듯이 사실 이 책의 가장 큰 미덕은 독자가 미처 의식하지 못했던 한국어의 특징이나 아름다움, 유용성 등을 직접 발견하도록 해준다는 데 있다. 그런데, 그러한 발견은 저자의 오랜 번역 경험이 없었다면 가능하지 않았을지도 모른다. 우리끼리는 잘 몰라도 외국인과 같이 서면 한국인다운 특징이 바로 눈에 띄는 것처럼, 우리말도 다른 언어와 나란히 놓일 때 도드라진다. 명사 중심의 언어인 영어에 맞춰 동사 중심 언어인 한국어에 맞지 않게 명사 위주의 번역문을 만드는 것은 '글로벌 스탠더드'에 따른다며 검역주권까지 내놓는 것만큼이나 어리석어 보인다. 외국인을 위한 번역, 남들 보기 좋으라는 번역이 아닌 이상, 번역에서도 '들이미는' 일은 이제 그만 했으면 싶다. 한국인이 이해할 수 있는, 한국어다운 한국어로 옮기면 더없이 좋지 아니할까?

사족을 덧붙이자면, 책은 쉽게 씌어져 있으므로 중고등학생도 읽어봄 직하다. 물론 번역가들뿐만 아니라 번역 문제에 관심을 갖고 있는 일반 독자들, 특히 잘 안 읽히는 번역서를 붙들고 읽으면서 그동안 불만을 쌓아두었던 독자들은 필독해볼 만하다. 《《황해문화》, 2009년 여름호》

"너희가 한국어를 믿느냐?"

《번역비평》 창간호 * 고려대학교출판부, 2007

최근에 나온 《번역비평》 창간호를 흥미롭게 읽었다. 작년에 발족한 한국번역비평학회의 연간 학술지인데, 특히 공감하며 읽은 글들은 '번역 출판과 현장'의 목소리들이다. 인문서 번역의 실태와 문제점을 짚어보는 데 유익한 길잡이로 삼을 만하다. 사실 한국에서 출간되고 있는 인문 번역서들의 현황에 조금이라도 눈길을 줘본 이라면 이미 박상익 교수가 『번역은 반역인가』푸른역사, 2006에서 고발한 여러 고질적인 문제들에 대해서 둔감하기 어렵다.

"번역이 중요하다 말하지 말라"라고 일갈한 출판평론가 표정훈의 말을 빌면 그 문제들은 '번역 적대적' 상황이 낳은 문제들이다. 그에 따르면, 번역료가 번역에 적대적이며, 서평의 제도와 현실이 번역에 적대적이고, 번역을 위한 자료 접근 및 이용 현실이 번역에 적대적이며, 번역의 지형도가 번역에 적대적이고, 학문 제도와 구조가 번역에 적대적이다. 이만하면 번역에 총체적으로 적대적인 상황이라 할 수밖에 없는데, 과연 이러한 상황의 개선·타개책을 찾을 수 있을까?

번역료가 번역에 적대적이라는 사실은 인문서 번역의 경우 더욱 실제적이다. 표정훈은 매절 원고료 장당 4천 원 혹은 인세율 5퍼센트를 기준으로 번역료 수입을 계산했는데, 요즘 인문서 번역의 대세는 인세 계약인 것으로 안다. 그 경우 보통 역자가 받을 수 있는 최대치는 8퍼센트 정도다. 정가 2만 원인 책 2천 부를 초판으로 찍는다고 할 때 역자의 손에 떨어질 수 있는 최대 수입은 320만 원이 되는 셈. 대개 인문학 석·박사학위를 가진 '고급 인력'이 최소한 두세 달을 꼬박 투자하여 얻을 수 있는 수익으로서는 결코 내세울 만한 수준이 못 된다. 게다가 고급 인문서의 독자층이 갈수록 엷어지고 있는 현실은 사정을 더욱 나쁘게 만든다. 이런 상황에서 '불만의 번역자'를 자처하고 나설 인문학도들이 얼마나 될 것인가? 물론 학술진흥재단에서 동서양명저번역사업을 지원하고는 있지만, 박상익 교수의 지적대로 이 사업에 배정되는 1년 예산은 서울 강남의 아파트 한 채 값에 불과하다. '언 발에 오줌 누기'라는 표현이 과하지 않다.

번역서 서평 문화도 척박하긴 마찬가지다. 표정훈의 비교에 따르면 《뉴욕 타임스 북리뷰》의 프런트 면이 국내 신문 북리뷰 프런트 면의 서평 양보다 3배 많다. 이런 서평란이 《뉴욕 타임스》의 경우 30~40면으로 이루어져 있는 데 반해서 국내 주요 신문의 북리뷰는 5~8면이다. 게다가 책을 꼼꼼히 읽고 평할 만한 충분한 시간이 주어지지 않는 상황에서 양산되는 국내의 서평들이 양적으로나 질적으로 만족스러울 수 없다는 것은 당연한 이치다. 한국출판인회의나 한국간행물윤리위원회 같은 유관 기관에서 문제가 많은 오역서를 '이달의 책'으로 선정하는 일이 간혹 빚어지는 것도 이런 사정과 무관하지 않을 것이다.

뿐만 아니라 논문과 달리 서평은 학술 업적으로 인정되지 않기 때문에 중요한 학술·교양 서적이 번역되어도 이에 대한 본격적인 서평은 학술지에서조차 잘 다루어지지 않는다. 그리고 설사 다루어진다고 해도

'한국적인' 인간관계가 고려되는 탓에 실질적인 '번역비평'이 이루어지는 일은 매우 드물다. 돈독한 인간관계 속에서 번역 문화만 낙후돼가는 것이다.

이러한 문화를 어떻게 개선해가야 하나? 번역을 위한 자료 접근의 어려움도 '가난한' 번역자들이 자주 호소하는 것인데, 이에 대해서는 대학 도서관이나 공공 도서관 이용의 편익을 확대하는 방안을 고려해봄 직하다. 고전 번역서들의 번역이 아직 미흡하여 '지식의 지형도'를 제대로 그려볼 수 없다는 불만은 현재로서는 감수하는 수밖에 없겠다. 단, 이러한 불만을 다음 세대에까지 물려주지 않기 위해서는 인문학도들이 저마다 한 권의 번역서를 책임진다는 각오를 다져야 할는지도 모르겠다.

이번에 발족한 한국고전번역원의 경우 우리의 고전과 각종 관찬 사료들의 번역을 체계적으로 추진한다고 하는데, 관계자에 따르면 고전 문헌 가운데 우선적으로 6천 4백여 책을 번역자를 양성해가며 다 번역하려면 40년 정도 걸릴 것이라고 한다. 2003년에 창립된 한국키케로학회에서 30권으로 기획하고 있는 키케로 전집 번역에는 50년이 소요될 예정이라고 한다. 각 학회나 전공 분야에서 그 정도의 장기적인 계획을 세우고 향후 반세기 정도 혼신의 열정을 쏟아 붓는다면 일찍이 '번역 대국'의 길에 들어선 일본과의 격차를 좀 좁힐 수 있을지 모르겠다.

물론 열정만으로 해결될 수 있는 문제는 아니다. 그러한 계획이 실현되기 위해서 무엇보다도 필요한 것은 번역의 중요성에 대한 사회적 합의다. "번역이 힘든 건데, 그럼 일본어/영어로 읽으면 쉽지 않은가?" 혹은 "앞으로 100년을 내다본다면 한국어는 경쟁력이 없다"라는 인식과 판단이 한국어 번역에 대한 우리 사회의 지배적 태도가 된다면 인문 고전 번역의 미래는 없다. 이미 자연과학에서 한국어가 학문어로서의 의미를 상실한 것처럼 인문학에서도 한국어는 변방의 언어, 기지촌의 언어로 전락하고 말 것이다(과연 인문학도 자연과학과 마찬가지로 언어의 국적을 갖지 않는 것일까?). 이미 대학 사회에서 영어가 공용어로 '강요'되고 있는 현실은 징후적이지 않은지? 만약 그것이 우리가 바라는 미래상이 아니라면 번역을 구조적으로 배제시키며 번역 업적의 평가에는 인색하기 짝이 없는 학계의 제도와 관행을 이제부터라도 바꾸어야 한다. 대학원생들에게 과제로 제출 받은 원고를 짜깁기하여 교수 이름으로 내던 관행부터 타파되어야 하는 것이다(이런 관행에 익숙한 이들이 번역을 학술 업적으로 인정할 리는 없지 않은가?).

우리의 번역 현실을 조금 둘러보았지만 사실 모두가 다 아는 현실이다. 어떤 현실 말인가?

> 우리가 읽는 책의 태반은 번역서이다. 〔……〕 그러나 현실을 돌아보면 우리의 번역문화는 척박하기 그지없다. 예나 지금이나 오역과 비문으로 가득한 번역서들은 독자들에게 좌절과 환멸을 수시로 안겨주고 있으며, 동서양의 주요 고전들 중 상당수는 아예 번역·소개조차 안 되어 있는 것이 현실이다. 박상익, 『번역은 반역인가』

그리고 표정훈의 정당한 지적대로 문제는 번역자나 번역 텍스트이기에 앞서서 번역 텍스트를 둘러싼 현실이다. 즉 문제는 번역 텍스트가 아니라 번역의 콘텍스트이다. 이것이 바뀌지 않는다면 독자들의 좌절과 환멸은 지속될 수밖에 없다. "너희가 한국어를 믿느냐?"는 시험에 계속 들지 않을 수 없다. 과연 무엇이 우리의 현실이어야 할까.

〈〈창비주간논평〉, 2007. 12〉

학문의 주체성과
예속성에 대하여

'학문의 주체성' 혹은 '주체적 학문'의 정립이라는 과제는 학문의 길에 들어선 이들이 한번쯤 부닥치게 되는 요구다. 하지만 무엇이 주체적 학문이고, 학문적 주체성은 어떻게 발휘될 수 있는지 명쾌하게 답하기는 어렵다. '학문 사대주의'를 극복하자는 구호와 함께 우리 고유어나 고유한 개념을 적극적으로 되살려 써야 한다거나 한국적 현실의 특수성에 맞는 우리 이론을 창출해내야 한다는 주장들을 더러 만날 수 있었지만, '우리 학문'과 '주체적 학문'을 바로 동일시하기는 어려울 것이다.

일단 마음에 걸리는 말은 '주체'다. 알다시피 이 '주체主體'는 '객체'에 대응하는 (철학) 용어로서 '사물의 작용이나 어떤 행동의 주가 되는 것'을 가리킨다. 참고로, 사전에는 '북한어'로서 "혁명과 건설의 주인으로서의 인민 대중을 이르는 말"이라는 정의도 첨가돼 있다. 어떤 행동의 '주主가 된다'는 말 자체가 또 다른 설명을 필요로 하지만 대략 '주도하는 자' 정도로 '주체'의 뜻을 가늠할 수 있을 것이다. 곧 주인이냐 하인이냐, 상전이냐 머슴이냐는 구도에서 주인 노릇 하고, 상전 노릇 하는 것이 바로 주체다.

한데, 학문 용어로서 이 '주체'가 영어 subject(프랑스어 sujet, 독어 Subjekt 등)의 번역어라는 점을 고려하면 사정은 좀 복잡해진다. 북한의 '주체사상'을 'juche ideology'라고 옮기는 예외적인 경우를 제외하면 '주체'는 대부분 'subject'로 옮겨지는데, 그렇다고 이 'subject'가 항상 '주체'로 옮겨지는 것은 아니기 때문이다. 몇 가지만 간추려도 'subject'는 주제, 주어, 신민, 주체 등의 뜻을 갖는다. 곧 주체와 subject는 서로 비대칭적이다. 이러한 비대칭성에서 가장 문제가 되는 것은 'subject'가 주체(주인)이면서 동시에 신하나 국민 같은 피지배자를 뜻하기도 한다는 점이다. 이것이 'subject'가 갖는 의미의 이중성이고 모호성이다.

이 '주체'의 문제를 따져보기 위해 프랑스 철학자 에티엔 발리바르를 따라서 니체의 한 문단을 읽어봐도 좋겠다. 니체는『선악의 저편』에서 이렇게 말했다.

> 의지하는 인간은 자기 안에 있는 복종하거나 복종한다고 믿는 그 무엇에 명령을 내린다. 〔……〕 여기에서 우리는 주어진 상황에서 명령하는 자이면서 동시에 복종하는 자이다.

니체에게서 주체는 '명령하는 주체'와 '복종하는 주체'로 분열된다. 사실 '명령하는 주체'가 동어반복이라면, '복종하는 주체'는 모순형용이다. 중요한 것은 분열돼 보이는 이 둘이 궁극적으로는 하나라는 사실이다. 그리고 그 결과, 그것이 바로 '나'다.

니체는 원문에서 마지막 문장 "그 결과, 그것이 바로 나다"를 독어가 아닌 프랑스어 "L'effet, c'est moi"로 썼다. "짐이 곧 국가"라는 루이 14세의 유명한 말 "국가, 그것이 바로 나다Etat, c'est Moi"를 그대로 패러디한 것이다. "지배계급은 자신과 사회 공동체의 성취를 동일시하는 것이다"라고 니체는 덧붙였다. 이러한 정치적 비유는 '주체'라는 말의 본질과도 무관하지 않다. 절대군주는 법과 행정이라는 국가의 권력을 통해서 스스로를 설립하고 행사하는 권력이고, 그의 신민들은 그러한 '권리 속의 주체'라고 발리바르는 말한다. 거기에 덧붙여 장 보댕의 이런 말도 음미해볼 만하지 않을까.

> 우리는 모든 시민이 주체라고 말할 수 있다. 왜냐하면 그의 자유는 그가

복종하는 주권권력에 의해 제한받기 때문이다.

원래적 의미에서건 통용되는 의미에서건 주체subject의 자유와 강제, 의지와 복종은 동전의 양면이다. 이러한 사실이 '주체적 학문'이라는 요구에 시사해주는 바는 무엇일까. 먼저, 우리가 '주체적'이라는 말로는 온전한 의미의 자유나 독립이라는 뜻을 표시할 수 없다는 점을 지적할 수 있다. 서양 학문과는 다른 독자적인 학문을 지향하면서 그것을 '주체적 학문'이라고 지칭한다면, 그때의 '주체적'이라는 말은 'subjective'라고 번역될 수 없을 것이다. 어원적 의미에 충실하자면 '주체적 학문'은 자기 정립적인 자유와 예속이 교차하는 양다리 걸치기식 학문이다. 마치 자신의 자유로운 의지에 따라 선택한 권력에 다시금 예속되는 시민의 처지에 견주어볼 수 있겠다.

사정이 그렇다면, 우리가 흔히 쓰는 '주체'나 '주체적'이라는 말은 기만적이다. 이 말들이 갖는 의미의 이중성과 양면성을 다 드러내주지 않기 때문이다. 그것은, 학문 사대주의는 아니더라도 서양 학문에 대한 우리의 예속성을 극복한다는 것이 얼마나 지난한 과제인가를 잠시 잊게 만든다. 사실 '주체적 학문'에 대한 문제의식 자체가 우리의 자발적인 문제의식인가도 의문이다. 우리의 의지가 복종에 근거한다는 점을 고려해보면 말이다. 따라서 '학문의 주체성'과 '주체적 학문' 정립에 매진하기 전에 '학문의 예속성'과 '객체적 학문'이라는 현실에 대해서 더욱 깊이 성찰해보는 노력이 필요하지 않나 싶다. '인민 대중'으로서나 '시민'으로서나 우리에겐 '자유'라는 이념보다 '복종'이라는 현실이 더 무겁게 느껴지기 때문이다. (《교수신문》, 2009. 9)

번역가의 겸손
혹은 소명의식

『번역, 권력, 전복』 로만 알바레즈 외, 윤일환 옮김, 동인, 2008

몇 주 전 서점에 들렀다가 우연히 손에 든 책은『번역, 권력, 전복』이다. 제목에서 나열된 키워드가 눈길을 끌었고, '번역하기: 정치적 행위'라는 서론의 문제의식이 마음에 와 닿았다. 그렇다고 바로 책을 읽을 만한 여유는 없어서 독서를 미뤄두다가 '눈도장'이나 찍어둘 요량으로 몇 쪽을 읽었다.

번역 문제를 다룬 책의 번역이라고 해서 특별히 유려하게 번역됐을 거라는 기대는 갖지 않았다. 책은 여타의 번역서에서 흔히 읽을 수 있는 딱딱한 문장들로 구성돼 있었다. 물론 딱딱하다는 게 흠이 될 수는 없지만, 경험상 이런 경우에 사소한 오류들도 동반하기 마련이다. 가령 리오타르의 'Grand Recits'는 '메타서사'라고 옮겼는데, 일반적으로는 '거대서사'(혹은 '큰 이야기')라고 옮겨지는 표현이다. 'xenophobia and racism'도 '배타주의와 민족 우월감'으로 '의역'했는데, '외국인 혐오증과 인종주의'라는 '직역'을 왜 기피했는지는 의문이다.

이런 정도야 의견 차이라고 볼 수도 있을 것이다. 정작 흥미로운 오역은 따로 있었다. 번역상의 어려움을 야기하는 문제들을 언급하면서 저자는 "때때로 어떤 공백이 있을 수 있다. 왜냐하면 어떤 것은 다른 문화에 존재하지 않을 수도 있고 또 어떤 것은 매우 다른 의미를 띠고 있기 때문이다"라고 지적한다. 같은 의미를 담은 대응어가 없거나 마땅하지 않은 경우를 가리키겠다. 원천 언어(출발어)와 목표 언어(도착어)를 저울에 올려놓았을 때 한쪽으로 기우는 경우다.

그러한 지적을 보충하기 위해 저자는 "에스키모인의 '횃불의 신'은 잘 알려진 예이다"라고 덧붙였다. 무슨 말인가? 원문을 찾아보니 이렇다. "thus, the well-known example of 'Lamb of God' in the case of the Eskimos." 여기서 'Lamb of God'이 어떻게 '횃불의 신'이라는 뜻이 되는지를 한참 들여다보다가 깨닫게 된 건 번역 과정에서 두 단계의 치환이 있었으리라는 점. 먼저 역자는 'Lamb of God'(하느님의 어린 양)을 'Lamp of God'(신의 횃불)으로 잘못 보았고, 이어서 'God of Lamp'(횃불의 신)라고 어순을 뒤집어 읽지 않았을까?

극지방에 사는 에스키모인들이 '양'이라는 동물을 구경해봤을 리 없다. 따라서 번역어를 찾기 어려웠을 것이고, 유목민족의 표현인 '하느님의 어린 양'을 이해하기도 난감했을 것이다(그런 경우엔 '하느님의 물개'라고 옮겨야 할까?). 이것이 문화적 차이와 그 '공백'이 낳는 문제이고 에스키모인의 언어로 '하느님의 어린 양'을 번역해야 하는 상황의 곤경이다.

결과적으로 '횃불의 신'이라는 번역은 '잘 알려진 예'를 잘못 옮긴 예가 되었다. 흥미로운 것은 저자의 글이 번역가의 역할과 함께 번역에서의 조작 문제도 중요하게 언급하고 있다는 점이다. "그러므로 언어를 조작하는 데에 따른 결과와 번역이 가져다줄 수 있는 힘의 남용 문제를 인식하는 것이 중요하다"고 그는 주장한다. '번역이 가져다줄 수 있는 힘'이란 실상 번역 과정에서 행사되는 '번역가의 힘'이다. 번역가는 단어를 선택하고 배치하고 또 추가하고 생략하면서 자신의 힘을 행사한다. 그런 점에서 그는 또 다른 '저자'이며 '신'이다!

'하느님의 어린 양'은 본래 예수 그리스도를 가리키지만, '횃불의 신'이라는 오역 덕분에 상기하게 되는 신은 프로메테우스다. 번역가는 인간(독자)에게 횃불을 가져다준 프로메테우스와 닮지 않았는가. 번역의 목적이 '소통과 나눔'이라고 할 때, 그것의 절반(소통)은 헤르메스의 일이며, 나머지 절반(나눔)은 프로메테우스의 일이다.

나는 헤르메스-번역가들의 겸손을 존중하며, 프로메테우스-번역가들의 소명의식을 존경한다. 그러나 한편으로는 이러한 신적인 힘과 의지의 오용이나 남용을 경계할 필요도 있지 않나 싶다. 헤르메스-번역가들의 겸손이 혹 자신의 책임에 대한 방기는 아닌지, 프로메테우스-번역가들의 소명의식이 혹 도취적 자기만족에 불과한 것은 아닌지 염려되기도 하는 것이다. 왜 아니겠는가, 우리가 읽는 책의 태반이 번역서이거늘!

(《교수신문》, 2009. 3)

니체와 문체의
속도

『번역이론』* 라이너 슐테 외 엮음, 이재성 옮김, 동인, 2009

번역이론은 번역이란 무엇이며, 어떤 번역이 바람직한가에 대한 성찰을 포함한다. 그렇다면 번역이론의 번역은? 그 이론의 간접적인 전달이면서 동시에 직접적인 제시 아닐까? 즉 번역이론의 번역은 번역에 대한 성찰의 실천이자 견본이다. 그것은 자기 언급적 발화와 닮은꼴이면서 이론과 실천 사이의 시간차가 제거된 독특한 사례라고 할 것이다. 그런 면에서 흥미를 끄는 책이 드라이든에서 데리다까지의 번역론을 모아놓은 『번역이론』이다. 벤야민의 「번역가의 과업」처럼 국내에 여러 차례 소개된 글도 실려 있지만(대개 '번역가의 과제'라고 번역됐다) 대부분은 처음 소개되는 글들이 아닌가 싶다.

개인적으로는 푸슈킨의 『예브게니 오네긴』을 영어로 옮긴 나보코프의 번역담(「번역의 난관」)에 눈길을 줄 수밖에 없는데, 그럼에도 제일 처음 읽은 건 니체의 「번역의 문제점에 관하여」이다. 니체가 따로 번역에 대한 글을 쓴 건 아니고, 『즐거운 학문』과 『선악의 저편』에서 한 대목씩 발췌한 것이다.

『즐거운 학문』에서 니체는 "한 시대가 지니는 역사적 감각의 수준은 그 시대에 번역이 어떻게 이루어지는지, 그리고 과거와 과거의 책들을 어떻게 그 시대의 것으로 융합하고자 하는지를 보면 가늠할 수 있다"고 말하고, 『선악의 저편』에서는 "한 언어를 다른 언어로 번역하는 데 가장 어려운 것은 그 문체의 속도이다"라고 주장한다. 이 속도에 관한 니체의 성찰을 잠시 따라가보는 것도 흥미롭지 않을까.

문체의 속도가 종족의 성격, 그 종족의 '신진대사'의 평균 속도에 근거한다고 보는 니체는 독일어의 경우 '빠른 템포presto'를 거의 표현할 수 없다는 점을 유감스러워한다. 독일인들은 장중하고, 엄숙하고 둔중한 모든 것, 느리고 지루한 온갖 종류의 문체를 풍부하고 다양하게 발달시켰지만, 부포buffo나 사티로스satyr는 그들의 감각에 잘 맞지 않고 낯설다는 것이다. 즉 익살스러우며 해학적인 세계는 그들에게 이질적이며, 따라서 독일어로는 아리스토파네스나 페트로니우스를 번역하기가 힘들다는 게 니체의 주장이다.

그런 맥락에서 니체는 『군주론』에서 피렌체의 건조하고 맑은 공기를 마시게끔 해주면서도 가장 진지한 내용을 '아주 빠르게allegrissimo' 표현한 마키아벨리의 속도를 독일어로는 따라갈 수 없다고 아쉬워한다. '매우 빠른presto' 속도의 진정한 장인이었던 페트로니우스를 감히 독일어로 번역할 수 있을까라고 의심한다. 그의 존재만으로도 고대 그리스의 모든 것을 용서할 수 있도록 해주는 아리스토파네스는 또 어떤가.

니체는 다행스럽게도 전해져온, 플라톤에 관한 'petit fait'를 언급하는데, 프랑스어 표현을 쓴 이 대목을 책세상판 전집에서는 "다행스럽게도 보존되어온 소품petit fait"이라고 옮겼고, 『번역이론』에서는 "운 좋게 받아들일 수 있었던 petit fait(작은 일)"라고 옮겼다. 내용인즉 플라톤이 임종한 침상의 베개 밑에서 아리스토파네스가 발견됐다는 사실을 가리 키므로 '사소한 사실' 정도의 뜻이겠다. 그렇다, 플라톤이 임종에 이르러 서 가장 가까이에 두었던 책이 『성서』도 아니고, 이집트의 책도 아니고, 피타고라스도 아닌, 그렇다고 플라톤 자신의 책도 아닌 아리스토파네스 였다는 것. 이것이 플라톤의 비밀을 알려주는 건 아닐까라고 니체는 생 각한다. "아리스토파네스가 아니었다면 플라톤은 자신이 부정했던 그리 스적 삶을 어떻게 견딜 수 있었겠는가?"

여기까지 읽게 되면 우리도 아리스토파네스나 페트로니우스를 머리 맡에 두고 싶지 않은지? 부정하고픈 삶이 어디 그리스적 삶뿐이겠는가. 다행스러운 건 페트로니우스의 『사티리콘』과 아리스토파네스의 희극집 이 한국어로도 번역돼 있다는 점. 게다가 한국인 '신진대사'의 평균 속도 는 어느 종족보다도 빠를 것이니 니체도 부러워한 이 속도의 장인들을 따라잡을 수 있을지도 모른다. 익살과 해학은 또 우리의 장기가 아닌가. 그런 즐거움마저 없다면 한국적 삶을 우리는 어떻게 견뎌야 할까?

"우리, 적어도
'말인'은 되지 말자!"

『차라투스트라는 이렇게 말했다』* 프리드리히 니체
『얼굴 찌푸리게 하는 25가지 인간유형』 류짜이푸, 이기면 옮김, 예문서원, 2004

국내에서 출간되는 인문사회과학서의 절반 이상이 번역서이며, 학술교 양서의 경우에는 번역서의 비중이 60퍼센트를 넘는다. 어지간한 독자에게 '번역서 읽기'는 독서의 일상이고 다반사다. 비일비재한 일에 대해 굳이 정색한다면 그건 우리의 독서를 좀 '의식화'해보자는 뜻이다. 최소한 절반의 독서는 '번역서 읽기'라는 점에 주의를 환기해보자는 것이다. 번역이란 한 언어를 다른 언어로 옮기는 일이니 필연적으로 차이를 낳는다. 의미의 불가피한 변형과 왜곡이 빚어지며 경우에 따라서는 새로운 의미가 생산된다. 그래서 번역서 읽기는 변형된 의미를 보정하는 읽기이고, 새로운 의미를 음미하는 읽기이다.

다수의 번역본이 나와 있는 니체의 『차라투스트라는 이렇게 말했다』를 사례로 읽어보자. 주목하고 싶은 것은 두 구절이다. 청하판 니체 전집●최승자 옮김에서 각각 "보라, 나는 너희에게 초인을 가르친다"와 "그러므로 나 그들에게 가장 경멸스러운 인간에 대해 말하려니, 그것은 곧 최종 인간이다"라고 옮겨진 대목이다. 여기서 '초인'과 '최종 인간'은 대립적인 개념으로 독일어의 '위버멘쉬Übermensch'와 'der letzte Mensch'를 옮긴 것이다. 영어로는 보통 '슈퍼맨/오버맨superman/overman'과 '라스트맨last man'으로 옮긴다. 인간은 극복되어야 할 존재라고 말할 때 차라투스트라가 지향으로 삼는 것이 '초인'이다. 반면에 '최종 인간'은 "우리는 행복을 만들어냈다!"고 자위하고 현실에 안주함으로써 차라투스트라의 경멸을 사는 인간 유형이다.

이 두 단어를 책세상판 니체 전집●정동호 옮김은 각각 '위버멘쉬'와 '비천하기 짝이 없는 인간'으로 옮겼다. '위버멘쉬'는 음역한 것이고 '비천하기 짝이 없는 인간'은 의역한 것에 가깝다. '초인'이라는 관례적 번역어가 '슈퍼맨'을 연상시킨다고 하여 전공자들은 '위버멘쉬'라는 음역을 선호하는데, 사실 니체의 '위버멘쉬'를 가장 오용한 사례가 나치 독일이었던 걸 고려하면 궁색한 선택이다. '비천하기 짝이 없는 인간'과 구색을 맞춘다면 차라리 '넘어가는 인간'(김진석) 같은 '파격'을 선택하는 게 낫

책을 읽을 자유

지 않을까.

세계문학전집에 포함돼 있는 민음사판[●]장희창 옮김에서는 '초인'과 '말 종 인간'을 상대어로 골랐고, 펭귄클래식판[●]홍성광 옮김에서는 '초인'과 '최 후의 인간'으로 짝을 이루게 했다. 다른 번역본을 더 살펴보아도 '위버멘 쉬'의 번역은 대략 '초인'으로 합의가 돼 있지만, 'der letzte Mensch'는 번역어가 딱히 정착돼 있지 않은 형편이다. 독자들에겐 다소 불만스러 운 상황인데, 개인적으로는 중국의 문예이론가 류짜이푸의 『얼굴 찌푸

리게 하는 25가지 인간유형』[●]에서 해법을 찾을 수 있었다. 저자가 말하 는 '25가지 인간유형'의 하나가 바로 '초인'의 대응개념인 '말인末人'이었 다. 그에 따르면 "일반인들보다 하급으로 퇴화하여 위축되고 창조력이 라고는 거의 찾아볼 수 없는 보잘것없는 인간들"을 가리키는 말이다. 그

들은 천박한 짓을 할 만한 능력도 갖고 있지 않다는 점에서 '소인'과도 구별된다.

흥미로운 것은 이 '말인'이라는 번역어를 루쉰이 만들어냈다는 사실 이다. 루쉰의 '아Q'가 사실 그런 '말인'이었다. 중국에서도 '최후의 인간 最後的人'으로 번역된 사례가 있는데, '초인'의 대응어가 되기에는 그 의미 가 모호하다. 반면에 '말인'은 우리에게도 그 의미가 전달되기에 '초인' 의 상대어로는 최적이다. 니체의 초인사상이 어렵다고들 하지만, '초인 과 말인'이라는 짝으로 접근하면 조금은 쉽게 다가갈 수 있지 않을까. 차라투스트라는 이렇게 말했다. "우리, 초인 되는 거 어렵지만, 말인은 되지 말자!"(《한겨레》, 2010. 6)

 '말인'에 대한 류짜이푸의 설명을 조금 더 보태자면(그는 초인 이 '백조'라면 말인은 '까마귀'와 같다는 비유까지 든다), "'소인'은 생

리적이거나 지적인 면에서 일반 사람과 동일하지만 품격이 떨어지고 인격이 보잘것없는 사람들이다. 그들의 영혼은 살아 숨쉬지 않는 게 아니라 그저 지저분할 뿐이다. 그러나 '말인'은 대부분 우매하면서 선량하다. 그들에게는 천박한 짓을 할 만한 능력이 없다."

니체가 말하는 '말인'은 무엇이 사랑이고 무엇이 창조인지, 무엇이 희망이고 무엇이 별인지도 모르는 사람이다. 이들은 위대함을 추구하는 사람들과는 반대쪽에 있으면서 작은 것에 만족하고 앎이 없는 사람들이다.

'말인'이라는 번역어를 만든 루쉰은 니체와 달리 이들을 '멸시'하는 대신에 동정 어린 시선으로 바라보았다. 하지만 동시에 개탄했다. 사실 우리의 처지를 돌아보더라도 그러한 개탄에 이유가 없지 않다. 류짜이푸의 결론은 이렇다.

'말인'은 지혜가 없는 대신 어느 말에나 순종한다. 힘은 없는 대신 상대방의 기분을 잘 맞춘다. 이렇게 되면 사회적으로 대량의 '바보 언니'가 세세대대로 뒤를 이을 것이며 미래 사회는 말인이 좌지우지하는 사회가 될 것이다. 이러한 사회의 미래에 멸망의 어두운 그림자가 짙게 드리워질 것은 누가 봐도 자명한 일이다. 우리들이 한사코 말인의 대량 출현을 막아야 하는 이유가 여기에 있다. 106쪽

니진스키의 고백

나는 러시아인에 대해 능글맞기도 하지만 괜히 잘 우는 사람들이라는 고정관념을 갖고 있다. 물증을 대라고 하면 내가 만났던 러시아인이 아니라 내가 읽은 러시아인을 떠올릴 수밖에 없다. 실제로 그들이 눈물을 흘리는 것을 직접 보지는 못했으니까. 하지만, 가령 전설적인 무용가 니진스키는 일기에 이렇게 적었다.

> 나는 울고 싶은데 신은 내게 쓰라고 명령한다. 그는 내가 아무것도 하지 않는 걸 바라지 않는다. 아내는 울고 또 운다. 나 역시 운다.

『니진스키 영혼의 절규』 푸른숲, 2002라는 책에서 인용한 것이다. 이 제목은 조금 과장된 것이다. 정신질환을 앓으며 요양원에 입원해 있던 니진스키가 아예 정신을 놓기 전에 쓴 일기이기 때문이다. 오래전에 나온 같은 역자의 첫 우리말 번역본에는 그냥 『니진스키의 고백』이라는 제목이 붙어 있었다. 그리고 몇 년 전 모스크바에서 구한 러시아어본의 제목은 『감정』이다. 물론 이 제목들이야 편집자의 작품일 것이다.

20대 초반의 어느 날 나는 지방의 한 시립도서관에서 『니진스키의 고백』을 빌려 읽은 적이 있다. 이렇게 시작했다. "나는 울고 싶은데 신은 내게 계속 쓰라고 명령한다. 그는 내가 빈들거리는 걸 원하지 않는다. 내 처는 줄곧 울고 있다. 나 역시 운다." 이건 뭐 달리 대책이 없다. 읽으면서 같이 우는 수밖에.

니진스키는 고기를 먹으면서 울고, 사랑의 시를 적으면서 울고, 아내의 울음 때문에 또 운다. 그는 사람들이 생각하는 '위대한 예술가'이기 이전에 '너무나 많은 고통을 받은 단순한 사람'이라고 스스로 생각한다. 그 고통은 모든 인간을 사랑하고자 하기에 신조차도 가여워한 한 영혼의 고통이다. 어느 시인을 위해 울어주던 버드나무처럼 그는 모든 사람들을 위해서 운다. 그 생각만 하면 나도 눈물이 난다.

아직 능글맞은 중년의 경지에는 이르지 못했지만 빈들거리는 일은 잦은 나는 그런 때마다 반쯤 정신 나간 무용가의 눈물을 떠올리곤 한다. 사실 내가 좋아하는 러시아 문학은 그런 눈물의 바다이기도 하다. 그들은 삶을 너무 사랑한 것이 아닐까? (《한국일보》, 2008. 9)

9

"어머니가 나를 사랑한다니까!"

그는 자신이 어머니를 미친 듯이 사랑하고 있으며, 어머니가 사랑해주기를 전심전력으로 열망해왔다는 걸 깨닫는다. 동시에 항상 그 사랑의 가능성을 의심해왔다는 것도. 아들 카뮈의 운명은 바로 그 어머니의 침묵과 사랑 사이에서 진동한다고 말해도 좋겠다.

'수레바퀴 밑에서'와
'데미안'의 차이

『수레바퀴 밑에서』 헤르만 헤세

『데미안』 헤르만 헤세

"지금까지 읽은 책 중에서 가장 충격적이었던 책은?"이란 질문에 "단연 헤르만 헤세의 『수레바퀴 밑에서』"라고 답한 적이 있다. "아마도 중2 때 읽었던 듯하고 그때 요절했다면 '이 한 권의 책'이 될 뻔했다"고 덧붙였다. 그때보다 훨씬 나이를 더 먹은 지금은 물론 '내 인생의 책'도 달라졌다. 하지만 충격의 '원체험'을 찾자면 아무래도 '수레바퀴 밑'으로 기어내려가는 수밖에 없다. 그 시절에 읽은 세계문학전집판은 다시 구할 수 없기에 나는 『수레바퀴 아래서』●라고 새로 번역된 책을 책상머리에 두고 있지만, 아무래도 '아래서'보다는 '밑에서'가 더 강한 정서적 울림을 갖는다. 그 '밑'은 '밑바닥'의 '밑'이기도 하니까.

더듬어 보면 『수레바퀴 밑에서』는 내 독서 체험의 밑바닥이다. 성냥팔이 소녀도 죽고, 인어공주도 죽었지만, 그리고 『삼국지』에선 허다한 영웅호걸들이 비장하게도 죽고, 어처구니없게도 죽어나갔지만, 『수레바퀴 밑에서』에서 주인공 한스 기벤라트가 죽었을 때만큼은 슬프지 않았던 듯싶다. 헤세의 분신이었던 한스는 곧 나의 분신이기도 했기 때문이다. 눈물까지 흘렸던가는 잘 기억이 나지 않지만, 나는 책을 읽은 후유증으로 한동안 고의적으로 공부를 소홀히 했다. 그것이 죽은 한스에 대한 연대감의 표시이면서 '가정과 학교'에 대한 나대로의 반항이었다. 반항치고는 건전했다. 방과 후에 급우들과 탁구를 치러 다닌 것이 고작이었으니까. 한스만큼 허약하긴 했어도, 덕분에 한스처럼 신경쇠약에 걸리지는 않았다. 연이어 다른 책들을 읽은 것도 한스의 죽음이 가져온 충격에서 벗어날 수 있도록 도와주었을지 모른다.

하지만 헤세의 또 다른 대표작이자 한국에서 가장 많이 읽히는 작품 『데미안』*에 대해서 나는 데면데면했다. 중학교 때 읽었는지 대학교에 들어와서 읽었는지도 가물가물할 정도다. 하긴 이 책을 얼마 전에야 완독했으니 이전에는 읽은 게 아니라 읽다가 덮은 거였다. 두껍지도 않은 책을 그것도 몇 번씩이나 읽다가 그만둘 정도였다면 뭔가 사연이 있을 법하다. 기억에 나는 크로머에게 괴롭힘을 당하던 주인공 싱클레어에게 데미안이 등장하여 구해주는 대목까지를 읽고 또 읽었다. 그걸로 충분하다고 여겼는지도 모르겠지만, 그 이상은 진도가 나가지 않았다. 그건 똑같이 헤세의 자전적인 이야기라곤 하지만, '에밀 싱클레어의 이야기'와 '한스 기벤라트의 이야기'는 뭔가 달랐다는 뜻이다.

둘 다 성장기 소년의 이야기인데, 무엇이 다르다고 여겼던 것일까? 집안이 좀 달랐을까? 다시 책을 뒤적여보니 한스의 아버지 요제프 기벤라트는 중개업과 대리업을 하는 인물로 결코 가난한 축에 들지 않는다. "가난한 사람들에게는 가난뱅이라고, 부유한 사람들에게는 졸부라고 욕설을 퍼부어댔다"고 하니까, 말 그대로 중산층이다. 싱클레어도 당시의 기준으로는 중산층에 속하는지 모르겠지만, 내 기준으로는 '부잣집 도련님'이었다. 무엇보다도 프란츠 크로머와 비교해보면 그렇다. 크로머는 술꾼인 재단사가 아버지였고 온 가족이 악명이 나 있었다고 소개된다. 반면에 싱클레어의 집은 너무 밝다 못해 광채가 나는 세계였다.

물론 『데미안』에는 또 하나의 세계에 대한 이야기도 들어 있다.

또 하나의 세계가 이미 우리 집 한가운데에서 시작되고 있었는데 그것은 완전히 다른 세상이었다. 냄새도 달랐고, 말도 달랐고, 약속하고 요구하는 것도 달랐다. 그 두 번째 세계 속에는 하녀들과 직공들이 있고 유령 이야기들과 스캔들이 있었다. 무시무시하고, 유혹하는, 무섭고 수수께끼 같은 물건들, 도살장과 감옥, 술 취한 사람들과 악쓰는 여자들, 새끼 낳는 암소와 쓰러진 말들, 강도의 침입, 살인, 자살 같은 일들이 있었다.

이 얼마나 흥미진진한 세계인가! 바야흐로 이 두 세계가 어떻게 맞닿아 있고, 어떻게 교차하며 그래서 어떤 사건들을 빚어낼는지 기대되지 않는가?

가장 기이했던 것은, 그 경계가 서로 닿아 있다는 사실이었다. 두 세계는 얼마나 가까이 함께 있었는지! 예를 들면 우리 집 하녀 리나는, 저녁 기도 때 거실 출입문에 앉아, 씻은 두 손을 매끈하게 펴진 앞치마 위에 올려놓고, 밝은 목소리로 함께 노래 부르는데, 그럴 때 그녀는 아버지와 어머니, 우리들, 밝음과 올바름에 속했다. 그 후 곧바로 부엌에서 혹은 장작을 쌓아둔 광에서 내게 머리 없는 난쟁이들 이야기를 들려주거나 푸주한의 작은 가게에서 이웃 아낙네들과 싸움을 벌일 때 그녀는 딴사람이었다. 다른 세계에 속했다. 비밀에 에워싸여 있었다.

사실 내가 『데미안』에서 읽고 싶은 건 그 '다른 세계'의 이야기였다. 새는 알에서 나오려고 투쟁한다는 이야기보다 머리 없는 난쟁이들 이야기와 이웃 아낙네들의 싸움판 이야기가 더 '소설적'이며 흥미진진하지 않을까? 두 세계 사이에 낀 주인공을 다루는 거라면 싱클레어 대신에 하녀 리나를 주인공으로 삼아도 좋았겠다. 하지만 헤세는 그런 이야기를 쓰지 않았다. 나중에 크로머가 '다른 세계'에서 온 인물의 대표 격으로 등장하지만, '유복한 미망인의 아들' 데미안에게 바로 제압당한다.

소위 '교양소설'에서 주인공은 진정한 자기되기의 과정을 완수하기 위해 자신이 아닌 것을 경험해야 한다. 노발리스의 말을 빌면, 거기서 근본적인 타자성을 경험하는 게 아니라면 경험이란 단지 허울에 불과하게 된다. 그렇다면 싱클레어는 과연 그러한 '타자성'을 경험한 것일까? 이런 물음에 대해서 싱클레어가 꾸는 꿈은 시사적이다.

크로머에게 괴롭힘을 당할 무렵 싱클레어의 꿈에는 크로머가 자주 등장하는데, 그의 환상은 크로머가 현실에서 저지르지 않은 것조차 꿈 속에서 자행하게 했다. 그의 사주를 받아서 아버지를 살해하는 꿈을 자주 꾼 것이다. 이것이 말하자면, 싱클레어에게서 타자 경험의 극대치이다. 하지만, 이 경험은 현실이 아니라 환상(꿈) 속에서 이루어진다. 『데미안』 전체의 이야기에 환상성이 짙게 드리워져 있는 점도 이와 무관하지만은 않을 것이다.

『데미안』 번역자의 한 사람이었던 전혜린은 "데미안은 하나의 이름, 하나의 개념, 하나의 이데아이다. 그러나 어떤 현실의 인간보다도 더 살아 있고 더 생생하고 가깝게 느껴지는 무엇이다"라고 1960년대에 적었다. 이 평가는 곧 신화가 됐다. 그리하여 짐작에 전 세계에서 『데미안』을 가장 많이 읽는 학생들은 한국 학생들이다. 하지만 나는 "독일의 전몰학도들의 배낭에서 꼭 발견되었다는 책, 누구나 한번은 미치게 만드는 책"의 마력이 여전히 미심쩍다. 『수레바퀴 밑에서』와는 달리 『데미안』은 '나의 이야기'가 아닌 것이다. (《출판저널》, 2009. 10)

P.S. 나중에 기회가 되면 전혜린판 『데미안』도 찾아서 읽고 싶다. 루이저 린저의 『생의 한가운데』와 함께(전혜린이란 이름이 떠올려주는 두 작품이다). 기억엔 삼중당문고의 『데미안』이 그녀의 번역이었던 듯싶다.

헤세의 차라투스트라 vs. 니체의 차라투스트라

『차라투스트라는 이렇게 말했다』 • 프리드리히 니체

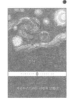

헤세가 열세 살 때 아버지에게 보낸 편지에는 이런 구절들이 들어 있었다고 한다.

저는 니체의 추종자가 아닙니다. 그의 철학의 핵심은 말하자면 도덕의 살해인데요, 그것은 저에게 별다른 영향을 끼치지 않았습니다. 왜냐하면 제 관점은, 제 종교는 경건하지만 도덕으로부터는 자유롭기 때문입니다.

저는 니체가 철학자로서 결코 오래갈 것 같지 않다고 믿습니다.

하지만 이러한 그의 태도는 오래 지속되지 못한 듯하다. 그의 자전적 소설 『데미안』에는 대학생이 된 싱클레어가 니체를 탐독하는 것으로 나오기 때문이다.

대학에서의 '공장식' 강의에 실망한 싱클레어는 교외의 낡은 집에서 자기 자신만을 위해 모든 시간을 쓰기로 한다.

내 책상 위에는 니체가 몇 권 놓여 있었다. 니체와 함께 살았다. 그의 영혼의 고독을 느꼈다. 그를 그침 없이 몰아간 운명의 냄새를 맡았다. 그와 함께 괴로워했다. 그토록 가차 없이 자신의 길을 갔던 사람이 존재했다는 것이 행복했다.

여기서 싱클레어-헤세가 느낀 행복은 니체의 운명에서 자기 자신만의 길을 걸어간 '개인주의자'를 발견한 행복이 아닐까? 어떤 개인주의인가? 그가 『데미안』의 서문에 적어놓은 의미에서의 개인주의다. "한 사람 한 사람의 삶은 자기 자신에게로 이르는 길이다." 하지만, 니체의 교훈이 과연 그렇게만 정리될 수 있을까?

싱클레어의 책상에도 놓여 있었을 책 『차라투스트라는 이렇게 말했다』에서 니체는 그 자기 자신에 이르는 길을 세 단계로 묘사했다. 낙타와 사자와 어린아이가 그것이다. 니체는 다윈의 진화론에 크게 고무되었지만 종의 진화라는 관점, 곧 하나의 종으로서 다수의 인간 무리가 오랜 세월에 걸쳐 아무런 목표점 없이 진화한다는 다윈의 생각은 받아들일 수 없었다. 그에게 진화는 선택된 개인의 진화였고 그 목표는 인간의 자기 극복으로서의 초인(위버멘쉬)이어야 했다. 그 초인에 이르는 길로 제시한 것이 낙타가 사자가 되고, 사자가 다시 어린아이가 되어야 하는 정신의 세 단계 변화다.

낙타란 짐을 지는 정신이다. 무거운 짐을 기꺼이 짊어지고 총총히 사막으로 들어간다. 낙타는 "너는 해야 한다"는 주인의 명령에 순응하는 정신이다. 반면에 사자는 "나는 하고자 한다"라고 말하는 정신이다. 비록 새로운 가치를 창조해내지는 못하지만 사자는 그러한 창조를 위한 자유는 쟁취해낸다. 그리고 마침내 어린아이. 어린아이는 순진함이자 망각이고, 새로운 시작이자 놀이이며 저절로 굴러가는 바퀴이고, 최초의 운동이자 신성한 긍정이다. 여기서 니체는 신성한 긍정이야말로 창조의 놀이를 위해서는 반드시 필요하다고 강조한다. 그것은 무엇에 대한 긍정인가? 운명에 대한 긍정이고 영원회귀에 대한 긍정이다.

역설적인 일이지만 『차라투스트라는 이렇게 말했다』는 니체의 가장 널리 알려진 책이면서 동시에 가장 난해한 책이다. 그 난해함은 니체가 '모든 사람을 위한, 그러나 그 누구를 위한 것도 아닌 책'이라는 부제를 통해서 스스로 예견한 것이기도 하다. 특히나 초인 사상과 함께 이 책의 핵심적인 메시지를 구성하는 영원회귀 사상은 많은 독자를 당혹스럽게 만들기에 충분하다. 흥미로운 것은 그것이 차라투스트라 자신에게도 수수께끼로 등장한다는 점이다.

3부의 두 번째 장인 '환영과 수수께끼에 대하여'에서 차라투스트라는 중력의 영靈인 난쟁이가 "진리는 모두 곡선이며 시간 그 자체는 원을 이루고 있다"는 순환론적 시간관을 먼저 들먹이자 그가 너무 쉽게 생각한다고 화를 낸다. 난쟁이는 그런 시간의 순환이 함축하는 영원회귀의 심오한 의미에 대해서 아직 이해하지 못한다고 본 것이다. 영원회귀란 무엇인가? 우리 모두가 이미 존재했었으며, 이제 또 시간의 오솔길을 달려가서 다시금 영원히 되돌아올 수밖에 없다는 것이다! 차라투스트라는 이러한 자신의 사상 자체에 대해 섬뜩한 두려움을 느낀다. 그때 갑자기 들려오는 개 짖는 소리에서 그는 까마득한 어린 시절에 들었던 개 짖는 소리를 상기해낸다. 그러고는 일찍이 본 적이 없는 무서운 환영을 본다.

차라투스트라는 황량한 달밤에 험한 절벽 사이에 서 있다가 젊은 양치기 하나가 누워 있는 걸 본다. 곁에서는 도움을 청하기 위해 개가 울부짖고 있다. 젊은 양치기는 구역질을 하면서 크고 묵직한 검은 뱀을 입에 물고 있고, 역겨움과 공포에 질린 그의 얼굴은 잔뜩 일그러져 있다. 차라투스트라가 아무리 손으로 뱀을 잡아당기려고 해도 소용이 없다. 그때 그의 안에서 "물어뜯어라! 대가리를 물어뜯어라!"라는 외침 소리를 듣는다. "나의 두려움, 나의 미움, 나의 구역질, 나의 연민, 나의 선과 악이 한꺼번에 내 안에서 소리를 질러댔다." 양치기는 그가 일러준 대로 뱀을 물어뜯어서 뱀 대가리를 멀찌감치 뱉어내고는 자리에서 벌떡 일어선다. "그는 이제 더 이상 양치기도 인간도 아닌 자, 변화된 자, 빛에 둘러싸인 자로 웃고 있었다! 지금껏 지상에서 그처럼 웃은 자는 아무도 없었다!"

이것이 차라투스트라가 본 환영의 내용이다. 그것은 환영이면서 동시에 예견이다. 그럼 수수께끼는 무엇인가? 차라투스트라는 '더없이 고독한 자'가 본 환영에 대해서 설명해달라고 부탁한다. "그대 비유 속에서 나는 무엇을 보았던가? 그리고 언젠가 오고야 말 그 자는 누구인가? 뱀이 입속으로 들어간 양치기는 누구인가? 그러니까 가장 무섭고 가장 검은 것이 목구멍으로 기어 들어갈 인간은 누구인가?" 이것이 그가 묻는 수수께끼다.

이 수수께끼에 대한 답은 3부의 후반부에 들어 있는 '건강을 회복하고 있는 자'에서 확인할 수 있다. 그가 "더없이 깊은 심연의 사상"이라고 부른 영원회귀 사상에 대한 구역질 때문에 쓰러진 차라투스트라는 일주일 동안 창백한 얼굴로 몸을 떨면서 앓아눕는다. 마치 젊은 양치기가 목구멍을 문 뱀 때문에 공포감에 질려 쓰러져 누워 있었던 것처럼. 일주일 후에야 기운을 차린 차라투스트라는 목구멍으로 기어 들어와 자신을 질식시킨 괴물의 머리를 물었다가 뱉어버렸다고 말한다. 그리고 그렇게 자신을 구제하느라 지쳐서 병이 났다고. 이제 병상에서 자리를 털고 일어난 차라투스트라에게 그의 동물들은 이렇게 예찬한다.

보라, 그대는 영원회귀를 가르치는 자다. 그것이 이제 그대의 운명이다. 그대가 최초로 이 가르침을 행해야 한다는 것, 이 크나큰 운명이 어떻게 그대의 가장 커다란 위험이자 병이 아닐 수 있겠는가!

니체는 『차라투스트라는 이렇게 말했다』가 다섯번째 복음서가 될 것이라고 말했다. 실제로 그리스도의 복음이 '구원'이라면, 차라투스트라의 복음은 '초인'이다. 그리고 그리스도의 십자가에 비견될 수 있는 것이 차라투스트라에게선 영원회귀가 아닐까? 그리스도의 십자가가 구원에 이르는 문이라면, 영원회귀에 대한 긍정은 초인으로 넘어가기 위한 문턱이다.

다시 헤세로 돌아가면, 제1차 세계대전이 끝난 직후 독일 청년들에게 용기를 북돋워주기 위해 쓴 『차라투스트라의 귀환』에서 그는 차라투스트라의 입을 빌려서 단지 자기 자신이 되어야 한다고만 말했다.

차라투스트라는 여러 가지 일을 보고 겪으며 힘에 부치는 문제들을 해결하려 노력했고 그러다가 여러 번 상처를 입기도 했네. 하지만 그가 배운 것은 단 한 가지뿐일세. 그는 바로 자기 자신이 되는 것을 배웠네. 이 깨달음이 바로 그의 진리이며 긍지일세. 자네들이 그로부터 배워야 할 점도 바로 이러한 깨달음일세.

요컨대, 헤세는 니체의 추종자가 아니었다. 《출판저널》, 2009. 11)

카프카 문학의
기원

『아버지에게 드리는 편지』* 프란츠 카프카, 이재황 옮김, 문학과지성사, 1999

프란츠 카프카의 「변신」이나 『성』을 읽고서 도대체 이 작자는 어떤 사람이었을까, 라는 궁금증을 가졌던 독자라면 『아버지에게 드리는 편지』는 더없이 요긴한 자료다. 작가가 육성으로 고백하고 있는 아버지와의 관계(나는 이것이 그의 문학의 기원이라고 생각하는데)는 너무나 적나라해서 그의 '벌거벗은 영혼'을 훔쳐보는 듯한 죄의식(!)마저 느끼게 한다. 거기에 비하면 카프카 문학의 온갖 해설서들은 왜소하고 초라하게 보일 지경이다.

그의 문학이 부조리한가? 그의 '원체험'으로 제시되고 있는 이런 장면은 어떤가. 아주 어린 나이의 카프카는 한밤중에 일어나 물을 달라고 칭얼거린다. 하지만, 엄한 자수성가형 아버지는 그를 파블라취(복도)로 끌고 나가 혼자 세워두는 벌을 준다.

한밤중에 물을 달라고 졸라댄다는 것이 터무니없게도 보이지만 저로서는 너무도 당연한 일이었다는 것, 그리고 그만한 일로 집밖으로 내쫓겨야 한다는 것이 참으로 끔찍한 일이었다는 것, 저로서는 이 두 가지를 어떻게 연결시켜야 할지를 몰랐습니다. 그로부터 몇 년이 지나서까지도 저는 고통스러운 관념 속에 시달려야 했습니다. 26쪽

바로 여기에 「법 앞에서」의 카프카, 『성』 앞에서의 K의 모습이 아른 거리지 않는가. 이러한 체험의 제시는 너무도 노골적이어서 얼핏 그의 문학 전체를 싱겁게 만들어버린다(적어도 덜 신비롭게 만든다).

그런 아버지 밑에서 카프카가 할 수 있었던 일이란 자신이 아버지가 되든가 아버지로부터(아버지라는 자리로부터) 가능한 멀리 도주하는 것이 었으리라. "결혼하고, 가정을 이루고, 애가 생기면 낳고, 그애들이 이 험한 세상 속에서 잘 건사하고, 나아가 바른 길로 좀 이끌어주기도 하는 등의 일은 한 인간이 대체적으로 해낼 수 있는 최대한"130쪽이라고 그는 생각하지만, 그것은 그의 길이 아니었다. 왜냐하면 결혼을 하고 가장이 되는 일은 '아버지가 이루신 최고의 것'이었기 때문이고, 그 자신은 그 아버지를 결코 능가할 수 없었기 때문이다. 즉 결혼은 '아버지의 고유한 영역'148쪽이므로 그에게는 막혀 있는 것이다. 그의 가슴 저미는 상상을 보라.

때때로 저는 세계 지도가 펼쳐져 있고 그 위에 아버지가 사지를 쫙 뻗고 누워 계신 모습을 상상해봅니다. 그러면 마치 저한테는 아버지가 가리고 계시지 않거나 아버지의 손이 미치지 않는 지역만이 저의 생활공간이 될 수 있을 것처럼 여겨져요. 그런 지역은 결코 많을 수 없으며 무엇보다 결혼은 그런 지역에서 벗어나 있습니다. 148쪽

그리고 그 많지 않은 지역이 바로 문학의 공간이었으며, 그 공간을 방어하기 위해 카프카는 전력을 기울이고 많은 것을 희생한다. 이러한 고백을 담고 있으니 일컬어 '카프카 문학의 기원'이라 하여도 결코 모자람이 없을 것이다.

그럼에도 불구하고 글을 쓰는 일은 저의 의무입니다. 아니 그 일을 지키고, 제가 막아낼 수 있는 어떠한 위험도, 나아가 그런 위험의 기미조차 그 일에 접근하지 못하도록 하는 것에 제 인생의 성패가 걸려 있다고 할 수 있지요. 151쪽

그의 일기들도 곧 완역되기를 기대해본다. (2001. 4)

"어머니가 나를
사랑한다니까!"

『최초의 인간』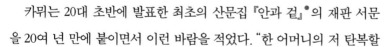 알베르 카뮈, 김화영 옮김, 열린책들, 2009

한여름의 뜨거운 태양과 마주하게 되면 꼭 생각나는 작가는 알베르 카뮈다. 작품에서 접했을 뿐이지만 그가 찬양한 알제리의 태양과 바다가 왠지 친근하게 느껴질 정도다. '『이방인』의 작가'라는 게 카뮈에게는 그림자처럼 따라붙는 소개 문구지만, 그는 '『최초의 인간』의 작가'로 기억되기를 원했을지도 모르겠다. 불의의 교통사고로 죽는 바람에 미완으로 남겨진 유작이다. 아마도 완성되었다면 이 소설은 어머니에게 바쳐졌을 것이다. "이 책을 결코 읽지 못할 당신에게"라는 헌사가 초고에는 남아 있다. 남의 집 '하녀' 일을 했던 그의 어머니는 귀가 어두운데다가 문맹이었다. 노벨상 수상 작가의 이 자전적 소설은 그 어머니에 대한 예찬이자 '기이한 사랑'의 고백으로 읽힌다.

카뮈는 20대 초반에 발표한 최초의 산문집 『안과 겉』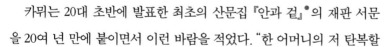의 재판 서문을 20여 년 만에 붙이면서 이런 바람을 적었다. "한 어머니의 저 탄복할

만한 침묵, 그리고 그 침묵에 어울릴 수 있는 정의, 혹은 사랑을 찾으려는 한 사나이의 노력"을 다시 한 번 더 그려보겠다고.『최초의 인간』은 바로 그런 노력의 소산이기에, 이 작품에서도 가장 궁금한 대목은 '어머니의 침묵' 장면이다.

일찍이 남편을 전쟁터에서 여읜 카뮈의 어머니는 두 아들을 데리고 자기 어머니, 그리고 남동생과 같이 살았다. 집안에서는 카뮈의 외할머니가 군주처럼 군림했고 모든 일을 결정했다. 아이들의 훈육도 할머니의 몫이어서 잘못을 할 때마다 회초리질을 했는데, 너무 아프게 때릴 때면 어머니는 말리지는 못한 채 "머리는 때리지 마세요"라고만 말하는 정도였다.

『안과 겉』에 묘사된 바에 따르면, 어머니에겐 의자에 앉아 멍하니 마룻바닥을 들여다보거나 해질 무렵 발코니에 의자를 놓고 앉아서 지나가는 사람들을 바라보는 습관이 있었다. 그럴 때 어린 카뮈가 집에 돌아와서는 그런 모습을 보고 슬픔에 잠겼다. 그의 어머니는 한 번도 그를 쓰다듬어준 일이 없었다. 어머니는 자식들을 사랑했지만 그 사랑을 내보이진 않았다. 그래서 아들 또한 우두커니 서서 어머니를 바라보고만 있었다.

이렇듯 침묵하고 있는 두 사람의 모습이 카뮈 문학의 모태적 풍경이자 원초적 이미지다. 그것이 모태적이고 원초적이라는 것은『최초의 인간』에서 늙은 어머니가 수십 년 동안 고된 노동을 해왔음에도, 주인공 코르므리가 어린 시절 뚫어지게 바라보며 탄복해 마지않았던 그 젊은 여인의 모습을 고스란히 간직하고 있다는 점에서도 암시된다. 카뮈의 문학 전체는 어머니의 침묵과 '기이한 무관심'이라는 이 '수수께끼'와의 대결이 아니었을까.

『최초의 인간』에서 가장 감동적인 대목 또한 그 '수수께끼 풀이'의 한 장면이다. 어린 코르므리가 부른 노래를 이웃 아주머니가 칭찬하자 그의 어머니는 "그래요 좋았어요. 쟤는 똑똑해요"라고 말한다. 어머니의 부드럽고 뜨거운 시선을 느끼면서 아이는 머뭇거리다가 밖으로 도망쳐 나온다. 그러고는 이렇게 중얼거린다. "어머니가 나를 사랑하고 있어, 나를 사랑한다니까."

그는 자신이 어머니를 미친 듯이 사랑하고 있으며, 어머니가 사랑해주기를 전심전력으로 열망해왔다는 걸 깨닫는다. 동시에 항상 그 사랑의 가능성을 의심해왔다는 것도. 아들 카뮈의 운명은 바로 그 어머니의 침묵과 사랑 사이에서 진동한다고 말해도 좋겠다. 조금 일반화하자면, 카프카 문학의 비밀이 그의 아버지와의 관계에 놓여 있듯이 카뮈 문학의 경우는 어머니와의 관계를 밑바탕으로 한다. 작품에서 '최초의 인간'은 '아버지 없이 자란 인간'을 가리키지만, 그 '최초의 인간'에게도 어머니는 마치 바위처럼 존재했다. 《한겨레》, 2010. 7)

P.S. 한편, 아버지 없이 자란 '최초의 인간' 카뮈에게 아버지는 사형(단두대형) 집행을 보러 갔다 와서 구토를 하며 앓아누웠다는 '이야기' 속의 아버지다. 이 이야기는 『이방인』에서도 뫼르소의 아버지 이야기로 등장하며 『단두대에 대한 성찰』에서도 서두를 장식한다. 사형제도에 대한 카뮈의 끈덕진 성찰과 문제 제기는 이러한 체험에 근거한다. 카뮈의 『이방인』과 『페스트』를 다시 읽으며 새삼 이 문제에 주목하게 됐는데, 이 주제에 대해서는 기회를 만들어 자세하게 분석해보고 싶다……

IO

참을 수 없는 존재의 가벼움

영원회귀의 삶이 너무도 무거운 삶이라면, 단 한 번의 삶은 깃털만큼이나 가벼운 삶이다. 짐이 무거울수록 우리의 삶은 지상에 더 가까워지면서 생생한 현실감을 갖게 될 테지만, 반면에 짐이 전혀 없다면 우리의 존재는 참을 수 없을 만큼 가벼워지면서 자유롭다 못해 무의미해질 것이다. 그리하여 쿤데라는 묻는다. "그렇다면 무엇을 선택해야 할까? 무거움, 아니면 가벼움?"

단 한 번뿐인 삶 vs.
영원회귀

『참을 수 없는 존재의 가벼움』* 밀란 쿤데라, 이재룡 옮김, 민음사, 1990 / 2009

영원회귀란 신비로운 사상이고, 니체는 이것으로 많은 철학자들을 곤경에 빠뜨렸다. 우리가 이미 겪었던 것이 어느 날 그대로 반복될 것이고 이 반복 또한 무한히 반복된다고 생각하면! 이 우스꽝스러운 신화가 뜻하는 것이 무엇일까?

밀란 쿤데라의 화제작 『참을 수 없는 존재의 가벼움』1982은 니체의 영원회귀 사상에 대한 성찰로 시작한다. 이 수수께끼 같은 사상에 대해선 다양한 해석이 제시되었지만 쿤데라는 자신만의 해석을 더 보탠다. 곧 "영원회귀라는 사상은, 세상사를 우리가 알고 있는 그대로 보지 않게

IO

참을 수 없는 존재의 가벼움

영원회귀의 삶이 너무도 무거운 삶이라면, 단 한 번의 삶은 깃털만큼이나 가벼운 삶이다. 짐이 무거울수록 우리의 삶은 지상에 더 가까워지면서 생생한 현실감을 갖게 될 테지만, 반면에 짐이 전혀 없다면 우리의 존재는 참을 수 없을 만큼 가벼워지면서 자유롭다 못해 무의미해질 것이다. 그리하여 쿤데라는 묻는다. "그렇다면 무엇을 선택해야 할까? 무거움, 아니면 가벼움?"

단 한 번뿐인 삶 vs.
영원회귀

『참을 수 없는 존재의 가벼움』* 밀란 쿤데라, 이재룡 옮김, 민음사, 1990 / 2009

영원회귀란 신비로운 사상이고, 니체는 이것으로 많은 철학자들을 곤경에 빠뜨렸다. 우리가 이미 겪었던 것이 어느 날 그대로 반복될 것이고 이 반복 또한 무한히 반복된다고 생각하면! 이 우스꽝스러운 신화가 뜻하는 것이 무엇일까?

밀란 쿤데라의 화제작 『참을 수 없는 존재의 가벼움』1982은 니체의 영원회귀 사상에 대한 성찰로 시작한다. 이 수수께끼 같은 사상에 대해선 다양한 해석이 제시되었지만 쿤데라는 자신만의 해석을 더 보탠다. 곧 "영원회귀라는 사상은, 세상사를 우리가 알고 있는 그대로 보지 않게

해주는 시점을 일컫는 것이라고 해두자"는 것이 그의 제안이다. '있는 그대로의 세상사'란 어떤 것인가? 단 한 번뿐인 삶, 오직 순간성만을 갖는 세상사다.

쿤데라가 보기에 영원회귀 사상이 역으로 주장하는 바는, 한 번 사라지면 두 번 다시 돌아오지 않는 삶이란 그림자에 불과하며 아무런 무게도 갖지 않는 무의미한 삶이라는 것이다. 그래서 그것은 '한 번의 실수'처럼 정상 참작의 대상이 되며 노스탤지어까지 불러일으킨다. 하지만 반대로 인생의 매 순간이 영원히 반복된다면? 우리는 마치 그리스도가 십자가에 못 박힌 것처럼 영원성에 못 박힌 형국이 된다. 더불어 우리의 행동 하나하나는 엄청난 무게의 책임을 짊어지게 될 것이다. 영원회귀의 삶이 너무도 무거운 삶이라면, 단 한 번의 삶은 깃털만큼이나 가벼운 삶이다. 짐이 무거울수록 우리의 삶은 지상에 더 가까워지면서 생생한 현실감을 갖게 될 테지만, 반면에 짐이 전혀 없다면 우리의 존재는 참을 수 없을 만큼 가벼워지면서 자유롭다 못해 무의미해질 것이다. 그리하여 쿤데라는 묻는다. "그렇다면 무엇을 선택해야 할까? 무거움, 아니면 가벼움?"

『참을 수 없는 존재의 가벼움』에서 '가벼움과 무거움'이라는 쿤데라의 탐구 주제는 주로 주인공 토마스에게 할당돼 있다. 프라하의 한 병원에서 근무하는 의사 토마스는 아내와 이혼하면서 아들까지 떼어주고 부모와도 절연한 채 자유분방한 삶을 사는 바람둥이다. 여자를 갈망하는 한편 두려워하는 그는 그 두려움과 갈망 사이에서 '에로틱한 우정'이라는 타협점을 고안해낸다. 감상을 배제하고 상대방의 인생과 자유에 대해서 간섭하지 않는 조건 아래에서 에로틱한 관계를 유지하는 것을 말한다. 이 '에로틱한 우정'이 혹시나 '공격적인 사랑'으로 발전하지 않을까 우려하여 그는 '3의 규칙'까지 만들어낸다. 짧은 기간 동안 연달아 한 여자를 만날 수 있지만 3번 이상은 안 되며, 수년 동안 한 여자를 만날 수 있지만 적어도 3주 이상의 간격을 두어야 한다는 것이 그가 권장하는 규칙의 내용이다.

하지만 테레사를 만나면서 토마스의 규칙은 흔들린다. 그는 보헤미아의 한 작은 마을에 진료차 내려갔다가 우연히 카페의 여종업원 테레사를 잠깐 만난 적이 있는데, 열흘 후에 테레사는 토마스를 만나기 위해 톨스토이의 소설 『안나 카레니나』를 손에 들고 무작정 프라하로 찾아온다. 그들은 그날로 동침을 하지만 테레사가 독감을 앓게 된 탓에 바로 떠나지 못하고 그의 집에서 일주일을 더 머물다가 내려가게 된다. 어떤 여자든 간에 한 여자와는 살 수 없고 오직 독신일 경우에만 자기 자신답다고 확신하던 토마스였지만 테레사가 떠난 뒤에는 아파트 창가에 서서 망연자실한 표정으로 고민에 빠진다. "테레사와 함께 사는 것이 나을까, 아니면 혼자 사는 것이 나을까?"

이러한 선택이 반복적인 것이라면 우리는 비교를 통해서 어떤 결정이 옳은가를 판정할 수 있을 것이다. 가령 토마스는 우주 어디엔가 우리가 두 번째 태어나는 행성이 있다고 가정해보기를 제안한다. 지구에서 보낸 전생과 거기에서의 경험을 완전하게 기억하면서 두 번째의 삶을 살게 되는 것. 더 나아가 두 번의 전생 체험을 갖고 세 번째로 태어나는 행성도 가정해볼 수 있겠다. 이것이 토마스가 생각하는 영원회귀이다. 그런 경우에 매번 다시 태어나면서 우리는 더 현명해지고 더 완숙한 경지에 도달할지도 모른다. 하지만 지구라는 이 '무경험의 행성'에서는 그런 이점을 기대할 수 없다. 모든 것이 일순간, 아무런 준비도 없는 상태에서 들이닥치기 때문이다. 그리하여 마치 아무런 리허설 없이 무대에 오른 배우처럼 우리는 선택해야만 한다. 이러한 선택에 직면하여 토마스가 중얼거리는 독일어 속담이 "아인말 이스트 카인말^{Einmal ist Keinmal}"

이다. 한번 일어난 일은 전혀 없었던 것과 마찬가지라는 뜻이다. 쿤데라는 토마스라는 인물 자체가 바로 이 한 문장에서 태어났다고 알려준다. 말하자면 그는 "아인말 이스트 카인말"의 소설적 육화이자 구현이다.

토마스에게서 '참을 수 없는 존재의 가벼움'은 대충 2백 명쯤 될 거라는 그의 여성 편력에도 반영된다. 특이한 것은 그를 여성에 대한 추구로 내모는 것이 관능적 욕구가 아니라 세계를 정복하려는 욕망이라는 점. 그는 한 여자를 다른 여자와 구별해주는 백만분의 일의 차이에 사로잡혀서 이 객관적인 여성 세계가 지닌 무한한 다양성을 수중에 넣고자 한다. 강박적인 여성 편력에 사로잡힌 바람둥이를 쿤데라는 여자들에게서 자기 자신을 찾으려고 하면서 매번 실망하는 '서정시적' 유형과 모든 것에 관심을 가지면서 언제나 만족하는 '서사시적' 유형으로 구분하는데, 토마스는 이 가운데 후자에 속한다.

하지만 테레사와의 동거는 그의 여성 편력에도 변화를 가져온다. 비록 한 여자와 정사를 나누는 것과 함께 잔다는 것은 서로 전혀 다른 두 가지 열정이라고 생각하지만, 테레사를 알고부터 그는 술의 도움 없이는 다른 여자와 사랑을 나누지 못하게 된다. 그런 토마스의 모습을 보고 사비나는 바람둥이 토마스의 그림자 위에 낭만적 사랑에 빠진 연인의 모습이 비친다고 말한다. 즉 돈 주앙 토마스는 한편으로 테레사만을 생각하는 트리스탄이기도 하다. 테레사에 대한 토마스의 특별한 사랑과 동정은 소설에서 "에스 무스 자인 Es muss sein"이라는 또 다른 독일어 문장으로 표현된다. "그래야만 한다"는 뜻의 이 말은 베토벤의 마지막 4중주에 쓰인 가사다.

'어려운 결단'의 표현이기도 한 "그래야만 한다"는 여성 편력 때문에 자신을 떠난 테레사에게 다시 돌아가기로 한 그의 결단을 대변해준다. 그것은 자신의 운명을 짊어지기로 한 결단이기도 하다. 이러한 결단과 함께 토마스는 가벼움의 세계에서 무거움과 필연성의 세계로 돌아온다. 이렇듯 가벼움과 무거움 사이에서 진동하는 토마스의 삶은 "한 번뿐인 것은 아무것도 아니다"와 "그래야만 한다" 사이에 걸쳐 있는 삶이기도 하다. 어느 쪽이 옳은가? 오직 단 한 번밖에 살지 못한다면 그러한 가치판단은 우리의 몫이 아니다. 그것이 영원회귀 사상이 던져주는 메시지다.

(〈출판저널〉, 2009. 12)

밀란 쿤데라의
보헤미안적 삶과 성찰

『커튼』* 밀란 쿤데라, 박성창 옮김, 민음사, 2008

내게 있어 미래가 아무런 가치도 표상해주지 않는다면 나는 무엇에 집착해 있는 것인가? 신? 조국? 민족? 개인?

스스로가 던진 이러한 질문에 체코의 망명 작가 밀란 쿤데라는 이렇게 답한다.

내 답은 우스꽝스러운 만큼이나 진지한 것이다. 나는 세르반테스의 절하된 유산 말고는 그 어떤 것에도 집착해 있지 않다.

'세르반테스의 절하된 유산'이란 세르반테스 이후의 서구 근대 소설을 가리킨다. 바로 그 '소설'이 자신의 유일한 집착 대상이라고 고백한다. 그렇다면 그는 '소설가' 외에 다른 '소속'을 가지고 있지 않은 셈이다. 이런 소속감은 쿤데라의 문학을 이해하는 데 중요하며 핵심적이다. 그에게 '조국' 혹은 '국적'은 어떤 의미를 가지는 것일까?

쿤데라는 단편집 『우스꽝스러운 사랑』과 장편소설 『농담』 등을 1960년대에 발표하여 체코 작가로서 명성을 얻지만, 1975년 아내와 함께 프랑스로 망명한다. 체코 국적을 상실한 이후에 1981년 미테랑 정부 시절 프랑스 국적을 취득한다. 그렇다면 그는 '프랑스' 작가인가? 사실 『불멸』1990 이후의 작품들은 체코어가 아닌 프랑스어로 써서 발표하고 있으므로 엄연한 '프랑스 작가'이기도 하다. 하지만 그에 대한 대우는 좀 모호하다. 이 이중언어 작가가 1981년 이후에는 '프랑스인'이고 '프랑스어' 작품을 발표하고 있지만 프랑스 서점에서 그의 소설은 '프랑스 소설'이 아닌 '외국 소설'로 분류된다고 한다. '동시대 프랑스 소설'이 아니라 '프랑스어로 표현된 외국 소설'이라는 것이 프랑스 독자들의 판단이다. 반면, 체코에서 쿤데라는 "세계적으로 가장 널리 알려지고 가장 많이 번역된 체코 출신 작가"로 소개된다. '체코 출신 작가'라는 말에서 망명 작가인 쿤데라와 체코 정부 간의 불편한 관계를 엿볼 수 있다.

이렇듯 쿤데라는 체코 작가이기도 하지만 체코 작가가 아니고 프랑스 작가이지만 프랑스 작가가 아니다. 흥미로운 것은 이런 모호한 정체성이 그의 예술론의 중요한 주장과도 연관된다는 점이다. 소설에 관한 에세이집 『커튼』2005에서 쿤데라는 한 예술작품을 평가하는 데 두 가지 다른 맥락(콘텍스트)이 있다고 주장한다. 그 작품을 산출한 '국민국가의 역사'가 '작은 맥락'이라면, 그 작품이 속한 초국가적 예술의 역사가 '큰 맥락'이다. 그리고 국민문학 범주에 해당하는 '작은 맥락'과 세계문학으로 대표될 수 있는 '커다란 맥락' 사이에 중간적인 맥락을 덧붙여 상정하는데, 일종의 문화권을 가리킬 수 있는 이 중간 맥락이 가령 '중부 유럽' 같은 것이다.

'동유럽 작가'가 아닌 '중부 유럽 작가'를 자처하는 쿤데라는 '체코'라는 국명이 지시하는 정치적 정체성보다는 '보헤미아'라는 지역적 정체성을 더 선호한다. 그리스 역사가 헤로도토스에 따르면, 기원전에 살았던 켈트 족이 프라하의 정착민들을 '보헤미아'라고 불렀다. '보헤미아인'이라는 또 다른 정체성은 거기에서 생겨났다. 쿤데라의 소설에서 등장하는 인물들의 행위와 사건은 체코슬로바키아에서 일어나지만, 그는 '체코슬로바키아'라는 이름을 사용하지 않는다. '체코슬로바키아'는 1918년에야 생겨난 말이며 1993년 체코와 슬로바키아, 두 국가로 분리된 것이니 '체코'에 대한 그의 태도도 다르지 않다. 그것은 역사적 뿌리도 없고 아름답지도 않다는 것이 쿤데라의 생각이다. 대신에 그는 '보헤미아'를 인물들의 국적으로 사용한다. 쿤데라에게 프라하는 체코의 수도가 아니라 그 보헤미아의 수도이다.

쿤데라의 대표작 『참을 수 없는 존재의 가벼움』1984은 이 도시 프라하의 운명을 바꾸어놓은 1968년의 '프라하의 봄'을 다룬다(이 소설을 원작으로 한 동명의 영화가 국내에는 〈프라하의 봄〉으로 소개되었다). 그는 한 정치적·역사적 사건이 어떻게 한 세대의 삶을 좌절과 파멸로 이끌었으며 개개인의 인생 행로를 뒤바꾸어놓았는가에 대한 소설적 명상을 시도한다. 소설의 주요 등장인물은 토마스(의사), 테레사(사진작가), 사비나(화가), 그리고 프란츠(교수)이다. 많은 여자와 자유분방한 관계를 갖던 이혼남 토마스는 어느 날 보헤미아의 한 작은 마을에서 카페의 여급 테레사를 만나며 그녀는 다시 프라하로 그를 찾아온다. 토마스는 자신의 애인인 사비나에게 부탁하여 테레사가 사진작가가 될 수 있도록 도와주고, 두 사람은 결국 결혼까지 하게 된다.

그러던 중에 터진 것이 '프라하의 봄'으로 일컬어지는 1968년의 체코 사태다. 스탈린 사망 이후 1956년 소련에서 흐루시초프의 스탈린 격하

운동이 일어난 뒤에도 체코슬로바키아에서는 스탈린주의 정권의 집권이 계속되었고, 경제까지 침체되자 국민들의 불만이 높아진다. 이에 사회주의 개혁파인 두프체크의 주도로 '인간의 얼굴을 한 사회주의'를 추진하게 되지만 체코의 자유화 운동이 낳을 결과를 두려워한 소련과 바르샤바 동맹국들이 탱크를 앞세워 체코를 침공한 사태가 바로 '프라하의 봄'이다. 소련군의 침공이 시작되자 토마스와 테레사는 취리히로 가며, 제네바로 간 사비나는 그곳에서 만난 프란츠와 잠시 사랑을 나누고 파리로 떠난다. 얼마 후 테레사는 프라하로 돌아가며 그녀의 뒤를 따라 토마스 역시 프라하로 돌아간다. 동시대를 산 네 인물의 사랑과 성을 따라가면서 인간 존재의 의미를 성찰해나가는 작품은 토마스와 테레사가 시골에서 자동차 사고를 당해 죽는 것으로 마무리되는데, 사실 이러한 마무리 자체가 제목에서 시사하는 '존재의 가벼움'을 한 번 더 강조해주는 것이기도 하다.

쿤데라에게 소설은 그렇듯 깃털처럼 가벼운, 바람에 날리는 먼지처럼 가벼운 인간 존재에 대한 성찰이며, 그 존재의 의미를 발견하고 탐구하는 형식이다. 너무도 가벼운 존재로서의 인간에게 신과, 조국, 민족은 너무도 무거운 존재이고 가치임을 그는 폭로한다. 쿤데라에게 삶의 자연스런 모습이란 어쩌면 세속의 관습이나 규율 따위에 구속되지 않는 자유분방한 삶, 바로 '보헤미안'의 삶일는지도 모른다. 《모닝 캄》, 2009. 5)

서정적 바람둥이와
서사적 바람둥이

『참을 수 없는 존재의 가벼움』 밀란 쿤데라, 송동준 옮김●, 민음사, 1988

"영원한 회귀란 신비로운 사상이고, 니체는 이것으로 많은 철학자를 곤경에 빠뜨렸다." 이미 눈치 챈 독자들이 있겠지만, 체코 출신의 망명작가 밀란 쿤데라의 대표작 『참을 수 없는 존재의 가벼움』의 서두다. 쿤데라는 1981년에 프랑스 국적을 취득했지만 '프랑스 작가'라고 부르는 건 여전히 어색하다. '세르반테스의 절하된 유산'(소설)의 특별한 예찬자인 그에게 특정 국적은 별로 의미가 없을 것이니 차라리 그의 조국은 '소설'이라고 해야 할까. '중부 유럽의 작가'를 자임하는 쿤데라는 체코어판과 프랑스어판을 동시에 '정본'으로 인정한 드문 작가이기도 하다. 때문에 『참을 수 없는 존재의 가벼움』도 정본이 둘이다. 독어 중역본으로 처음 출간된 한국어본도 체코어본, 프랑스어본 번역 등이 추가되어 그간에 네댓 종 이상이 나왔다. 현재는 프랑스어본 번역만이 통용되고 있어서 아쉬운데, 다양한 번역본을 음미하면서 읽을 수 없다는 점에서 그러하다. 그것은 어떤 의미인가?

일단 복수의 번역본은 번역의 차이와 변화 양상에 주목하게 해준다. 한두 가지 예를 들면, 먼저 주인공들의 이름이 바뀌어왔다. 체코어본 번역에서 '토마스'와 '테레자'라고 표기된 주인공의 이름이 독어본 번역과 프랑스어본 번역에서는 '토마스'와 '테레사'가 됐고, 프랑스어본 번역 개정판에서는 '토마시'와 '테레자'가 됐다. '테레사'가 '테레자'가 된 것은 교정 사례라고 할 수 있지만, '토마스'가 '토마시'로 바뀐 것은 근거를 찾기 어렵다. 독일 작가 '토마스 만'이 덩달아 '토마시 만'으로 바뀐 걸 보면 유머를 의도한 건가 싶기도 하다.

그리고 '바람둥이의 유형'도 달라졌다. 쿤데라는 두 가지 범주로 나누는데, 한쪽은 '서정적' 유형으로 모든 여자에게서 자신의 이상을 찾으려고 애쓰고, 다른 한쪽은 '서사적' 유형으로 수집가적인 열정을 갖고서 여성적 세계의 무한한 다양성을 추구한다. 전자는 항상 이상 찾기에 실패함으로써 동정을 사기도 하지만, 후자는 항상 만족한다는 이유로 비난을 산다. 작품에서 토마스는 후자에 속한다. 이 두 유형이 독어본과 체코어본 번역에선 '서정적 바람둥이'와 '서사적 바람둥이' 정도로 번역됐지만, 프랑스어본 번역에서는 '낭만적 호색한'과 '바람둥이형 호색한'으로 옮겨졌다.

어째서 이런 차이가 빚어졌는지 궁금할 법한데, 쿤데라의 『소설의 기술』을 참고하면 '내막'을 짐작해볼 수 있다. 자기 소설의 '열쇠어' 중 하나로 '서정성'을 풀이하면서 그는 '서정적인 것'과 '서사적인 것'은 미학의 영역을 넘어서 "자신과 세계와 타인에 대한 인간의 두 가지 태도"를 표상한다고 말한다. 문제는 이런 생각이 프랑스인들에게는 아주 낯설다는 점이다. 그는 타협책으로 프랑스어판에서 '서정적 바람둥이'를 '낭만적 한량'으로, '서사적 바람둥이'를 '자유주의적 한량'으로 바꾸는 것에 동의할 수밖에 없었다. "가장 좋은 해결 방법이었지만, 그럼에도 나는 조금 서글펐다"고 그는 덧붙였다. 요컨대 체코어본이나 독어본, 영어본과는 달리 유독 프랑스어본에서는 '서정적 바람둥이'와 '서사적 바람둥이'라는 유형학이 허용되지 않은 것이다. 그에 따라 프랑스어본을 정본으로 삼은 한국어본은 쿤데라의 '서글픔'까지도 옮기게 되었다. 더불어 서정적인 것과 서사적인 것이라는 이분법은 우리에게도 낯선 것이 되고 말았다. (《한겨레》, 2010. 7)

P.S. 『참을 수 없는 존재의 가벼움』의 최초 번역본은 송동준 교수
의 독어본 번역이다(이 번역본에서는 '서정적 난봉꾼'과 '서사적 난
봉꾼'이라고 옮겼다). 김규진 교수의 체코어본 번역은 중앙일보사간 소련
동구문학전집판(『존재의 견딜 수 없는 가벼움』)과 한국외대출판부판(『참을
수 없는 존재의 가벼움』) 두 종이 출간됐었다.

쿤데라의 안나 카레니나와
비인칭적 열정

『안나 카레니나』*, 『소설의 기술』*, 『커튼』

『참을 수 없는 존재의 가벼움』에서 테레사가 예고도 없이 토마스를 찾
아 프라하에 온 날 그녀가 겨드랑이에 끼고 있던 책은 『안나 카레니나』
였다. 덕분에, 두 사람이 친구에게서 얻은 강아지의 이름이 '카레닌'이
됐다. 처음에 토마스는 '톨스토이'라 부르자는 제안을 하지만, 테레사는
암캉아지이기 때문에 '안나 카레니나'가 더 낫겠다고 한다. 하지만 토마
스는 강아지의 장난기 있게 생긴 얼굴에는 '카레닌'이라는 이름이 더 적
당하다면서 카레닌으로 정한다. 남자 이름이 붙여진 때문인지 카레닌은
토마스보다 테레사를 더 따른다. 그리고 쿤데라는 두 사람의 전원생활
과 카레닌의 죽음을 다룬 소설의 마지막 장 제목을 아예 '카레닌의 미
소'라고 붙인다. 작가 톨스토이와 그의 걸작 『안나 카레니나』에 대한 오
마주라고 할 수 있을 것이다.

　『안나 카레니나』의 애독자 쿤데라에게 '책 속의 한 장면'을 골라달라
고 하면 어떤 선택을 할까? 아마도 안나의 자살 장면을 꼽지 않을까 싶

다. 이미 에세이집 『소설의 기술』에서 "안나 카레니나는 왜 스스로 목숨을 끊는가?"라는 물음을 던지고 "전혀 뜻밖의 충동"에서 비롯된 것이라고 그는 답한 적이 있다. "이것은 그녀의 행위가 뜻 없는 짓이라고 말하는 것이 아니다. 다만 이 뜻은 합리적으로 이해할 수 있는 인과성 너머에서 찾아진다"는 것이 그의 견해다.

또 다른 에세이집 『커튼』에서는 이 장면에 대한 조금 더 자세한 설명을 내보인다. 요지는 안나가 자살하기 위해서가 아니라 브론스키와 재회하기 위해서 기차역으로 가지만 플랫폼에서 갑자기 브론스키와 처음 만나던 날 기차에 깔려 죽은 인부를 기억해내고서야 비로소 자신도 무엇을 해야 할지 깨닫게 된다는 것이다. 즉 그녀는 자살을 통해서 자신의 사랑 이야기에 아름답고 완전한 형식을 부여하고자 했다. 그런 의미에서 안나의 자살은 도덕적 자살이 아니라 심미적 자살이다. 그녀는 자살을 통해 삶을 응징하려고 한 것이 아니라 구제하려고 했던 것이다. 안나의 이러한 자살은 분명 도스토예프스키의 『악령』에 등장하는 키릴로프의 자살과 대비된다. 그 차이를 쿤데라는 『소설의 기술』에서 이렇게 대비시킨다.

도스토예프스키는 자기 논리의 끝까지 가기를 고집하는 이성의 광기를 포착한다. 톨스토이는 그 반대다. 그는 비논리적인 것, 비합리적인 것의 개입을 드러내 보여준다.

이 '비논리적인 것' 혹은 '비합리적인 것'은 소설에서 어떤 생기의 '과잉'으로 묘사된다. 브론스키가 기차역에서 안나와 처음 조우하는 장면에서 그가 갖는 느낌을 묘사한 대목을 보라.

마치 과잉된 뭔가가 그녀의 몸속에 넘쳐흐르다가 그녀의 의지에 반해서 때론 그 눈의 반짝임 속에, 때론 그 미소 가운데 나타나는 것만 같았다. 그녀는 일부러 눈 속의 빛을 꺼뜨리려 했다. 그러나 그 빛은 그녀의 의지를 거슬러 그 엷은 미소 속에서 반짝반짝 빛을 냈다.

이렇듯 브론스키를 매혹시킨 것은 그녀의 의지에 반하여 흘러넘치던 생기였고 '과잉된 뭔가'였다. 그것은 안나라는 '주체'를 넘어선 어떤 것이면서, 안나라는 '장소'에서 일어나는 비인칭적 생명의 운동이다.

안나의 그러한 생기는 오빠의 가정불화를 중재하기 위해 갔던 모스크바에서 오랜만에 활짝 꽃피지만 남편이 있는 페테르부르크로 다시 돌아온 이후에는 자취를 감춰버린다.

그녀는 옷을 벗고 침실로 들어갔다. 하지만 모스크바에 머무는 동안 그녀의 눈동자와 미소에서 뿜어져 나온 생기는 더 이상 그녀의 얼굴에서 찾아볼 수 없었고, 오히려 지금은 그녀 안의 불꽃이 꺼져버렸거나 어딘가 멀리 숨은 것처럼 보였다.

말하자면 카레닌과의 결혼생활이 그녀에겐 '살아 있는 삶'이 아니라 '죽어 있는 삶'이었던 것이다. 삶과 죽음 사이의 선택이라면 따로 고민할 필요가 없을 것이다. 하지만 브론스키와의 만남 이후에 안나에게 가로놓인 건 '도덕적이지만 죽어 있는 삶'(결혼)과 '부도덕하지만 살아 있는 삶'(불륜) 사이의 양자택일이다. 그녀는 어떤 선택을 할 수 있을까? 혹은 어떤 선택을 해야만 할까?

안나의 곤경을 가장 잘 말해주는 건 그녀의 소망을 적나라하게 보여주는 꿈이다. 브론스키와 남편 사이에서 갈등하던 그녀는 밤마다 같은 꿈을 꾸는데, 꿈속에서는 두 사람 모두가 그녀의 남편이고 두 사람이 동시에 그녀에게 애무를 퍼붓는다.

알렉세이 알렉산드로비치는 그녀의 손에 입을 맞추고 울면서 이렇게 말했다. "아아, 난 지금 정말 행복하오!" 그리고 알렉세이 브론스키도 거기에 있었으며 마찬가지로 그녀의 남편이었다.

두 명의 알렉세이 모두 만족스럽고 행복하다면 이보다 더 간단한 해결책이 없을 테지만, 그것은 불행하게도 안나의 꿈속에서나 가능한 일이다.

현실의 안나는 결국 남편에 대한 의무 대신에 브론스키에 대한 열정을 선택하고, 이 선택은 그녀를 사회적으로 고립시킨다. 비밀스런 불륜은 당시 러시아 상류사회에서 흔한 일이었지만 문제는 안나가 자신의 불륜을 굳이 숨기고자 하지 않았다는 데 있었다. 그러한 솔직함을 사교계는 용납하지 않았다. 더불어, 사교계는 안나가 갖고 있는 대단한 열정, 혹은 두 사람 몫의 생기도 이해할 수 없었을 것이다. 사실 꿈속에서처럼 두 남자, 두 명의 알렉세이에게서 동시에 사랑받기 위해서라면 안나 또한 두 사람 몫의 열정을 갖고 있어야 하지 않을까. 브론스키의 아이를 낳은 후 산욕열로 죽어가던 안나가 열에 들떠서 남편 카레닌에게 이렇게 고백하는 장면을 보라.

"내 안에 다른 여자가 있어요. 난 그녀가 무서워요. 그녀는 그 남자와 사랑에 빠졌어요. 그래서 난 당신을 증오하려고 했지만, 그래도 예전의 나를 잊을 수 없었어요. 그 여자는 내가 아니에요. 지금 내가 진짜예요."

말하자면 두 명의 안나가 있는 셈이다. 죽음의 문턱을 넘나들던 안나는 카레닌에게 용서를 구하고, 한술 더 떠서 곁에 있던 브론스키까지 용서해달라고 부탁한다. 두 손으로 얼굴을 가리고 있는 브론스키에게는 "얼굴을 보여줘요. 이분을 봐요. 이분은 성자예요"라고 말한다. 브론스키는 고뇌와 수치로 얼굴이 일그러지고, 카레닌은 눈물을 흘리며 브론스키에게 손을 내민다. 예사 소설이라면 이러한 화해의 장면으로 마무리될 수도 있었을 것이다. 하지만 안나는 의사들의 예측과 달리 되살아난다. 그리고 다시금 전혀 '다른 여자'가 된 안나는 브론스키와 함께 아예 외국 여행을 떠나버리며, 소설은 아직도 절반의 이야기를 남겨놓게 된다. 안나 스스로도 주체할 수 없는 생기 혹은 과잉의 자기 운동이라고 할 수 있을까. 쿤데라가 '자살의 산문성에 대한 톨스토이의 탐구'라고 부른 『안나 카레니나』는 '비인칭적 열정'의 자기 전개를 다룬 드라마이기도 하다. (《출판저널》, 2010. 1)

로쟈의 리스트 6 | 비평의 고독

문학평론가 정홍수의 첫 평론집 『소설의 고독』창비, 2008이 신간으로 올라와 있다. 등단 이후 12년 만에 묶은 것이라고 하니 과작의 소산에 가깝다. 덕분에 떠올리게 된 것이 지난봄부터 출간된 몇 권의 평론집들이다. 예전과 달리 요즘은 뛰어난 감식안과 유려한 문체를 자랑하는 평론집들이 출간되어도 주목의 대상이 되는 일은 거의 없는 듯하다. 그런 탓인지 중견 비평가들의 평론집이 나오는 일도 점점 뜸해지고 있다. '근대문학의 종언'론에 대한 반론은 만만찮게 제시되었지만, 최근 몇 년간 가라타니 고진의 『근대문학의 종언』도서출판b, 2006보다 더 많이 팔린/읽힌 국내 비평서가 있는지 궁금하다. 이래저래 고독은 소설만의 것이 아니다. '비평의 소외'라고도 부름 직한 이러한 고독이 말년의 증상인지 신생의 진통인지는 좀더 지켜볼 일이다. 그럼에도 몇 권의 평론집은 기억해두면서…… (2008. 6. 26)

P.S. 놀랍게도 『근대문학의 종언』 이후 더 많이 팔린/읽힌 국내 비평서가 출현했다. 바로 신형철의 비평집 『몰락의 에티카』문학동네, 2008이다.

II

푸슈킨과 고골의 나라

'롤리타'라는 이름의 호명에서 시작된 소설은 '나의 롤리타'를 다시 호명하는 것으로 끝난다. 그리고 이 여정에 불멸성을 부여하는 것이 바로 '예술이라는 피난처'이다. 그런데, 그 '피난처'는 누가 창조한 것인가?

나보코프와
예술이라는 피난처

『롤리타』 블라디미르 나보코프, 권택영 옮김, 민음사, 1999

톨스토이의 열렬한 예찬자로 러시아의 망명 작가 나보코프를 빼놓을 수 없다. 러시아 문학의 선구자인 푸슈킨과 레르몬토프를 제쳐놓는다는 단서를 달고서, 그가 꼽은 가장 위대한 러시아 작가는 1위가 톨스토이, 2위가 고골, 3위는 체호프, 그리고 4위가 투르게네프 순이다. 무슨 학교 석차 같은 인상을 주지만 도스토예프스키와 살티코프가 교무실로 찾아와 항의하더라도 하는 수 없다고 말한다(그는 도스토예프스키를 이류작가로 평가 절하한다).

그럼 나보코프가 생각하는 톨스토이의 걸작은 무엇인가? 당연히 『안나 카레니나』이다. 「이반 일리치의 죽음」을 가장 위대한 단편소설로 덧

붙여 거명하고는 있지만, 『안나 카레니나』에 대한 나보코프의 예우는 파격적이다. 고골부터 고리키까지 여섯 명의 러시아 작가와 그 대표작을 다룬 『러시아 문학 강의』*에서 그가 『안나 카레니나』 해설에 할애한 분량이 전체의 3분의 1이나 될 정도다. 하지만 이런 선택이 나보코프의 독단은 아니다. 지난 2007년 영어권의 대표적 현역 작가들이 뽑은 최고의 문학 작품으로도 『안나 카레니나』가 선정됐기 때문이다. 2위는 플로베르의 『마담 보바리』였으며, 3위는 다시 톨스토이의 『전쟁과 평화』, 그리고 4위가 나보코프의 『롤리타』였다. 이 정도 순위라면 나보코프도 유감스럽지는 않았을 법하다.

『롤리타』의 작가는 어떤 이유에서 『안나 카레니나』를 높이 평가했을까? 사실 그가 정리한 작품의 도덕적 '메시지'는 상식에서 벗어나지 않는다. 레빈과 키치의 결혼이 육체적 사랑뿐만 아니라 형이상학적인 사랑, 그리고 자기희생과 상호존중에 기반하고 있는 데 반해서 안나와 브론스키의 관계는 오직 육체적 사랑에만 기초하고 있으며 바로 거기에 파국이 깃들어 있다고 나보코프는 지적한다. 육체적 사랑에만 한정되면 사랑은 불가불 이기적인 형태로 귀결되며 창조 대신에 파멸을 초래한다는 것이 톨스토이의 교훈이다. 그리고 "이 핵심을 예술적으로 가능한 한 명확하게 제시하기 위해서 톨스토이는 비범한 형상의 흐름 속에서 안나-브론스키 커플의 육체적 사랑과 레빈-키치 커플의 진정한 기독교적 사랑을 생생하게 대조시켰다"는 것이 나보코프의 평가다.

그런 '메시지'의 차원에서 보자면, 사실 『롤리타』는 『안나 카레니나』와는 대척점에 놓인 작품이다. 물론 『롤리타』도 도덕적 교훈을 전달하려는 모양새는 갖추고 있다. 살인 혐의로 체포돼 재판을 받던 '험버트 험버트'가 관상동맥 혈전증으로 사망하기 직전에 남긴 원고를 출간하면서 쓴 서문에서 편집자인 존 레이 주니어 박사는 이 작품이 과학적 중요성과 문학적 가치를 가질뿐더러 "우리에게 더 중요한 것은 그 책이 진지한 독자에게 끼칠 윤리적 영향력이다"라고 일러주고 있으니까. 하지만 존 레이 박사가 가상의 인물일 뿐만 아니라, 문학 작품을 윤리적 잣대로 재단하는 입장이야말로 나보코프에겐 언제나 통렬한 조롱의 대상이었다. 때문에 "『롤리타』는 우리 모두가 한층 조심스럽게 더 큰 비전으로 더 나은 세대를 더 안전한 세상에서 키워내도록 경종을 울릴 것이다"라는 서문의 마지막 문장은 작가의 아주 짓궂은 아이러니로 읽어야 한다.

하지만 이 아이러니는 제대로 전달되지 않았고, 순진한 독자들에게 존 레이는 작가인 나보코프와 동일시되었다. 그들은 '저자의 목적은 무엇인가'를 질문했고, 작품의 '메시지'를 끄집어내기 위해 애썼다. 또 작품에서 '도덕적 경종'을 찾지 못한 이들은 작가를 비난하기에 이르렀다. 이런 '바보 같은 비난'을 보다 못한 나보코프는 『롤리타』라고 제목이 붙은 책에 관하여'라는 작가의 말을 후기로 붙였다. 그로서는 아주 예외적인 일이다. "어느 나라나, 사회계급 또는 저자에 관해 알기 위해서 소설을 읽는 것은 유치한 일"이라는 것이 나보코프가 독자들에게 던진 일갈이다.

나보코프는 어떤 작가였던가? 그 자신에게서 정의를 찾자면, "나는 책을 쓰기 시작할 때 이 책을 끝내버리겠다는 것 외에 달리 생각이 없는 그런 작가이다." 그런 의사를 존중하자면, "롤리타, 내 인생의 빛, 내 허리의 불꽃, 나의 죄, 나의 영혼. 롤-리-타. 혀끝이 입천장을 세 단계로 톡톡 치며 내려오면서 세 번째에는 이빨에 가닿는 여정. 롤. 리. 타"라고 시작한 소설을 마무리하는 『롤리타』의 마지막 문장들은 주의 깊게 음미할 필요가 있다. 작가는 이렇게 끝냈다.

그리고 클레어 큐를 동정하지 말아라. 사람은 그와 험버트 험버트 사이에서 어느 쪽을 선택해야만 했고, 또 험버트가 몇 달이라도 더 살기를 원했다. 그렇게 해야 험버트가 너를 후세 사람들의 마음속에 심어놓을 게 아니냐. 나는 들소와 천사들, 오래가는 그림물감의 비밀, 예언적인 소네트, 그리고 예술이라는 피난처를 생각한다. 그리고 이것이 너와 내가 나눌 수 있는 단 하나의 불멸성이란다, 나의 롤리타.

'롤리타'라는 이름의 호명에서 시작된 소설은 '나의 롤리타'를 다시 호명하는 것으로 끝난다. 그리고 이 여정에 불멸성을 부여하는 것이 바로 '예술이라는 피난처'이다. 그런데, 그 '피난처'는 누가 창조한 것인가? 험버트의 수기로 돼 있지만, 험버트는 '나'라는 1인칭으로도, '험버트'라는 3인칭으로도 불린다. 그것은 이 작품에서 험버트 험버트가 작가이자 동시에 주인공이기도 하다는 걸 암시한다. 저자 행세를 하고 또 저자를 참칭하지만, 그는 한갓 꼭두각시이자 허수아비에 불과하다. 그렇다면 누가 진정한 저자이고 신인가? 험버트가 자기 역할을 할 수 있도록 또 다른 허수아비, 곧 유사 작가인 클레어 킬티(클레어 큐)보다 몇 달 더 살게 만든 '사람One', 바로 숨겨진 저자 나보코프다. 그렇듯 나보코프는 등장하지 않으면서도 이 작품에 자신의 인장印章을 새겨 넣는다.

『안나 카레니나』를 끝낸 이후에 소설 쓰기를 중단한 지 오래인 톨스토이가 만년의 어느 울적한 날 아무 책이나 한 권 꺼내 들고 중간부터 읽기 시작했다. 너무나 재미있어서 표지를 보았더니 자신이 쓴 『안나 카레니나』였다고. 자신의 작품과도 멀어진 불우한 톨스토이를 보여주는 에피소드일까? 정반대다. 톨스토이가 진정한 예술가이자 그 자신이 곧 예술이었다는 걸 웅변해주는 에피소드이다. 나보코프는 자신이 좋아하는 이 에피소드의 톨스토이이고자 했다. 《출판저널》, 2010. 3)

나비의 변태를 거친
기억의 아상블라주

『말하라, 기억이여』 블라디미르 나보코프, 오정미 옮김, 플래닛, 2007

나보코프의 자서전 『말하라, 기억이여』는 제목만 따라가자면 프루스트와 함께 '잃어버린 시간을 찾아서' "나는 기억한다, 고로 존재한다"는 명제를 입증해주는 것처럼 보인다. 어떻게 이토록 정밀한 기억을 간직할 수 있을까라는 경탄을 자아내는 '기억의 예술가' 나보코프! 하지만 그의 '기억'은 '기예'가 아니다. 나보코프는 서문의 첫 문장에서 "이 작품은 개인적인 기억의 단편들을 그러모아 상호연관된 조직을 이루도록 조립해놓은 아상블라주"라고 규정해놓았다. '개인적인 기억의 단편들'이야 물론 작가이기 이전에 한 개인으로서 나보코프의 고유한 자산이겠지만 자서전은 그러한 단편적 자산들의 모음이 아니다. 그것들의 체계적인 아상블라주, 곧 배치이고 구성이다. 그리고 이 작업의 작업반장은 기억력만이 아니다.

나보코프는 한 비평가와의 대담에서 자신이 "기억력이 형편없는 열렬한 메모리스트"라고 말한 적이 있다. '메모리스트'는 '기억력이 뛰어난 사람'을 가리키지만 역설적이게도 나보코프의 기억력은 '형편없다'. 그렇다면 어떻게 '메모리스트'가 되는가? 그가 에세이집 『강한 의견』에서 털어놓는 바에 따르면 "상상력이란 기억력의 한 형식"이다.

나보코프가 보기에, 생생한 기억에 대한 예찬은 기억에 단편들을 저장해두었다가 나중에 창조적 상상력이 회상과 창작을 결합하여 쓸 수 있도록 해주는 기억의 여신, 므네모시네에 대한 예찬이다. 그가 자서전의 영국판 제목을 원래는 '말하라, 므네모시네'라고 지으려고 했던 이유가 거기에 있다(발음이 어렵다는 이유로 제외되었다). 그리고 그에게 '기억의 여신'은 기억력과 상상력을 포괄한다. 이 둘은 서로 형제다. 그리고 기억과 상상이 하는 일이 모두 '시간의 부정'이라는 점에서 그들은 동업자이기도 하다.

나보코프에게서 기억과 상상이 한통속이며 서로 대립되지 않는다는 점은 그의 자서전을 이해하는 데 핵심적이다. 전체 15장으로 이루어진 이 자서전에서 프랑스어로 가장 먼저 씌어진 5장 '마드무아젤 오'는 나중에 영어로 번역되어 단편집에 수록되었고 7장 '콜레트' 또한 '첫사랑'이라는 제목의 단편소설로 발표되었다. 이 자서전 자체는 '비소설'로 분류되지만 '소설'과 '비소설'의 경계가 나보코프에게서는 명확하지 않은 것이다.

그의 지론에 따르면, 모든 사건의 객관적 존재 자체가 하나의 '불순한 상상'의 형식이며 창조적 상상력의 도움이 없다면 우리의 정신은 아무것도 파악할 수 없다. 그러니 '순수한 객관적 현실'이나 '순수한 기억'이라는 개념이야말로 오히려 '픽션'일 따름이다. 따라서 진실은 언제나 기억과 상상의 창조적인 합성물이다.

나보코프가 이 자서전의 글들을 잡지에 연재하기 직전에 발표한 최초의 영어 소설 『세바스천 나잇의 참인생』1938에서 주인공 브이는 러시아 태생의 영국 작가인 자신의 이복형 세바스천 나잇의 전기가 결함투성이인 것을 발견하고 형의 '참인생'이 무엇이었는지 직접 찾아 나선다. 그리고 그 과정에서 영혼이란 오직 존재의 방식에 불과하며, 한 영혼의 맥박을 발견하여 그대로 따라간다면 어떤 영혼도 당신의 것이 될 거라는 깨달음을 얻는다. 그리고 그것은 브이 자신이 곧 세바스천 나잇이라는 인식으로 이어진다.

두 명의 '작가'가 등장하여 각각 기억과 상상을 통해서 자신의 진실을 찾아가는 『말하라, 기억이여』 또한 마찬가지의 도식을 보여준다. 이때

두 작가란 자서전의 주인공으로서의 '나'와 그의 이야기를 기억하고 기록하는 '나'를 가리킨다. 가령, 출발점이 된 '마드무아젤 오' 이야기에서 나보코프는 어린 시절 늙은 여가정교사 마드무아젤 오의 매력이 '소설가 나보코프'가 다른 작품에서 그려낸 초상에서는 사라져버린 것을 애석해한다. 그에게 자서전은 "가련한 마드무아젤에 대한 남은 이야기를 살려보려 하는" 필사적인 노력이다. 그 노력을 통해서 복원/창조해내고자 하는 것은 어떤 사건과 인물의 유기적 진실이다. 그것은 시인이 발견하고 창조해내는 진실이다. 그리고 그 진실은 시간의 흐름을 거슬러 올라가 시간을 정지시키는, 그리하여 무력화하는 작업을 통해서 얻어진다.

나보코프의 문학관이라 할 만한 대목에서 그는 이렇게 말한다. "과학자들은 공간의 한 지점에 존재하는 모든 것을 살피는 반면에 시인들은 시간의 한 지점에 존재하는 모든 것들을 느낀다." 11장의 '첫 시'에 나오는 이 대목을 그는 자신의 철학적 친구 비비언 블러드마크의 말이라고 인용하지만, '비비언 블러드마크'는 『롤리타』에 등장하는 '비비언 다크블룸'과 마찬가지로 '블라디미르 나보코프'의 아나그램이다. 즉, 철자들을 재배열하여 만든 이름이다. 그러니 비비언 블러드마크는 나보코프의 철학자 분신이겠다. 이 '두 사람'이 한목소리로 말하는 시의 의의란 이런 것이다. "어떤 의미에서 모든 시는 위치에 대한 것이라 할 수 있다. 즉 의식으로 포용하는 세계에 관련하여 한 사람의 자리를 나타내고자 함은 태곳적부터 있어온 충동이다."

나보코프의 『말하라, 기억이여』는 바로 그러한 '태곳적 충동'에 따라 자신의 위치(자리)를 표시하려는 작가의 '필사적인 노력'이라고 할 수 있을까? 이 자서전은 그의 망명작가로서의 이력을 그대로 반복하고 있다는 점에서도 '자서전'답다. 그는 연재한 글들을 1951년 『결정적 증거』라는 제목으로 출간한다(자신의 존재에 대한 결정적 증거!). 첫 번째 영어판이다. 그리고 1954년 아내의 도움을 받아 많은 단락들을 수정하고 보완한 러시아어판 『피안』을 낸다. 최종판으로서 『말하라, 기억이여』1966는 이 러시아어판을 다시 영어로 바꾼 '악마적인 작업'의 소산이다. 마치 "나비들에게 친숙한 몇 겹의 변태 과정"을 닮은 이러한 작업은 나보코프의 자부대로, 다른 어떤 인간들에 의해서도 시도된 적이 없다. 그런 점에서도 이 자서전은 나보코프의 '위치'를 정확하게 가리키고 있다.

《《연세대학원신문》, 2008. 6)

예브게니 오네긴과
차이코프스키

『예브게니 오네긴』* 알렉산드르 세르게비치 푸슈킨, 석영중 옮김, 열린책들, 2009

러시아 문학 최고 걸작의 하나로 꼽히는 알렉산드르 푸슈킨1799~1837의 운문 소설 『예브게니 오네긴』1823~1831은 러시아의 국민시인 푸슈킨의 예술적 천재와 삶에 대한 통찰을 응축해놓은 작품이다. 당대 최고의 비평가였던 벨린스키는 '러시아 삶의 백과사전'이라고 격찬을 아끼지 않았고 작가 도스토예프스키는 여주인공 타치야나에 대해서 '러시아 영혼의 정수精髓'라고 일컬었다. 차이코프스키의 〈예브게니 오네긴〉은 이러한 작품의 명성을 오페라라는 다른 장르를 통해서도 확인시켜주는 그의 걸작이다. 물론 그렇다고 해서 푸슈킨의 원작 소설과 그것을 각색한 차이코프스키의 오페라가 완전히 일치하는 것은 아니다. 많은 대사들이 푸슈킨의 시행을 그대로 옮겨오고 있지만, 오페라 공연의 여러 가지 속성상 분량의 축약이 불가피하고 작품의 초점 또한 조금 달라질 수밖에 없기 때문이다.

　그렇다면 푸슈킨의『예브게니 오네긴』은 어떤 작품인가? 주인공 오네긴과 타치야나의 엇갈린 사랑이라는 기본 골격은 동일하다. 전체 8장으로 구성된 작품에서, 타치야나의 구애와 오네긴의 거절4장, 오네긴의 구애와 타치야나의 거절8장은 정확하게 대칭을 이룬다. 그리고 이렇듯 단순화된 플롯은 독자로 하여금 등장인물의 성격과 운명에 보다 관심을 갖도록 한다. 오네긴은 과연 누구인가? 타치야나는 왜 그를 사랑하면서도 구애는 거절하는가? 등등의 질문은 그러한 관심에서 제기된다. 그리고 그 질문들은 이 경쾌한 보폭을 가진 작품의 말미에 이르러 삶에 대한 결코 가볍지만은 않은 성찰과 대면하게 된다.

　사실 푸슈킨의『예브게니 오네긴』은 '사랑에 관한 소설'이라기보다는 '삶의 소설'이며 '삶에 대한 성찰을 담은 소설'이다. 이러한 성찰의 길잡이는 작품 속에서 오네긴의 친구이자 화자로 등장하는 푸슈킨 자신이다. 이 화자-푸슈킨의 형상은『예브게니 오네긴』을 다른 장르의 작품으로 각색·변형시킬 때 많은 경우 제거되는데, 이 점은 차이코프스키의 오페라에서도 마찬가지다. 하지만 소설에서 화자 '푸슈킨'은 렌스키와 오네긴, 그리고 타치야나와 같은 등장인물들과 나란히 삶의 소설을 직조해나가며 동시에 자신의 소설에 대해서 논평한다. 이 작품에서 이렇듯 허구 세계와 사실 세계의 구분이 명확하지 않다는 점은 소설의 열린 결말을 미리 예견하게 해주는 것이기도 하다.

　작품에서 렌스키와 오네긴, 그리고 '푸슈킨'은 삶에 대한 각기 다른 태도 혹은 단계를 대변한다. 오페라 〈예브게니 오네긴〉은 라린 가※의 모녀들인 라린 부인과 올가, 타치야나, 그리고 유모가 나누는 대화로 막을 여는 반면에, 푸슈킨의 원작 소설은 주인공 오네긴에 대한 소개로 시작된다. 숙부의 죽음과 유산 관리 문제로 시골에 내려와 있던 오네긴은 페테르부르크의 상류사회에 싫증을 느끼고 있었고, 새롭게 시작해보려던 시골에서의 생활도 무료함에 있어서는 다를 바가 없다는 걸 곧 깨닫게 된다. 그러던 차에 칸트의 숭배자이자 괴팅겐 정신에 충만한 시인 렌스키가 이웃 영지로 내려온다. 차가운 권태와 열정적 몽상이라는 대극적인 개성의 소유자들이었지만 두 사람은 따로 할 일이 없었기 때문에 친구가 된다.

오네긴은 렌스키를 자신과 대등한 동료로서가 아니라 한수 아래의 풋내기 정도로 대한다. 그래서 그들의 대화는 마치 '늙은 상이용사'가 '젊은 병사'의 무용담을 들어주는 식이다. 인생을 한발 먼저 경험한 오네긴은 세계와의 불화와 권태를 냉랭하게 견뎌낼 뿐, 소란스런 세상일에 참여하거나 간섭하지 않으며 시로써 노래하지도 않는다. 단지 하품만 할 뿐이다. 올가의 연인인 렌스키는 그런 오네긴을 라린 가에 소개하고, 이로써 오네긴과 타치야나의 운명적인 만남이 이루어진다. 하지만 이 만남은 불행한 만남, 적어도 불운한 만남이었다.

과거 사교계의 '멋쟁이'(댄디)였던 오네긴의 젊은 시절을 사로잡은 건 '달콤한 사랑의 기술'이지만 타치야나를 만날 무렵의 그는 '우울증 벌레'에 덜미를 잡혀서 모든 유혹과 열정으로부터 이미 거리를 둔 터였다. 그런 오네긴에 대한 타치야나의 열정이 어떤 결과를 낳을지는 안 봐도 알 수 있는 일이다. 사실 타치야나의 사랑의 감정은 그녀의 어머니와 마찬가지로 리처드슨이나 루소의 감상주의 소설을 읽고 암시받은 것이다. 말하자면, 그녀의 마음속에서 이미 사랑의 씨앗이 자라고 있었고, 오네긴의 남다른 이미지는 다만 '봄의 불길'이 되어주었을 뿐이다. 타치야나의 이러한 사정을 잘 이해하고 있었기에 그녀에 대한 오네긴의 '설교'가 가능하였다. 오네긴으로서는 안타까운 노릇이지만 그녀의 사랑을 받아들일 수 없었던 것이다.

이들과 대비되는 것이 렌스키와 올가의 사랑이다. 시인 렌스키의 사랑은 전형적인 낭만주의자의 사랑이며 올가는 그의 '뮤즈'이다. 그는 '영원한 사랑'을 노래한다. 하지만 그의 운명은 그것이 한갓 몽상이었다는 걸 알려준다. 올가는 그가 결투에서 죽자마자 곧 다른 남자와 결혼하기 때문이다. 사실 오네긴과 렌스키의 운명적인 결투가 일어나게 된 계기는 지극히 사소하다. 타치야나의 명명축일 파티에 렌스키가 오네긴을 꼬드겨서 데려가고, 소란스런 파티에 짜증이 난 오네긴이 올가를 상대로 연이어 춤을 춤으로써 렌스키를 화나게 만든 것이 이유의 전부다. 하지만 젊은 혈기의 시인 렌스키는 분격하여 결투를 신청한다. 이 결투가 무모하다는 사실을 잘 알고 있음에도 불구하고 오네긴과 렌스키, 두 사람은 모든 것을 필연이라 여기며 운명에 내맡겨버린다. 결투 당일에도 늦잠을 자는 오네긴은 결국 운명의 방관자이면서도 자진해서 운명의 노예가 된다. 비록 그가 렌스키보다는 성숙한 면모를 갖추고 있지만 삶에 대한 이러한 무관심한 태도는 진정한 성숙과는 다소 거리가 있다.

차이코프스키의 오페라는 이 결투 이후에 바로 마지막 3막에서 공작부인이 된 타치야나와 오네긴이 재회하는 모습을 보여주지만, 푸슈킨의 원작에서는 타치야나의 '여행'이 다루어진다. 그녀는 오네긴이 렌스키와의 결투 후 여행을 떠난 뒤 그의 서재를 찾아가 책들을 뒤적여보며 정작 오네긴이 어떤 인물이었던가를 이해하게 된다. 오네긴의 서재를 찾아간 이 '여행'은 타치야나의 자기 발견의 여정이기도 하다. 어머니의 청을 못 이겨 타치야나가 모스크바의 사교계에 데뷔하고 장군과 결혼하게 되는 것은 이러한 자기 발견 이후의 일이다.

푸슈킨의 원작에서나 차이코프스키의 오페라에서나 미스터리한 것은 오네긴의 갑작스런 태도 변화다. 타치야나의 말대로 더 젊고 더 아름다웠던 시절, 그녀의 간절한 구애를 거절했던 오네긴은 왜 뒤늦게, 귀부인이 된 타치야나에 대한 열정에 빠진 것일까? 타치야나의 의혹대로 사교계의 '멋진 명성'을 위해서일까? 혹은 뒤늦은 질투심? 하지만 안타까운 것은 그의 열정이 타치야나의 '정해진 운명'을 바꾸어놓기에는 너무 뒤늦은 열정이라는 사실이다. 타치야나는 오네긴에게 자신의 사랑과 행복보다도 정신적·도덕적 원칙이 더 중요하다고 울면서 말한다. 그녀에게 성숙이란 자신의 원칙과 운명에 순종하는 일이다. 그렇게 하여 결국 두 사람의 사랑은 정확히 엇갈린다. 하지만 엇갈리지 않았다면 과연 두 사람은 행복했을까?

　푸슈킨은 타치야나를 자신의 뮤즈로 하여 『예브게니 오네긴』을 썼지만, 차이코프스키에게도 타치야나는 '뮤즈'였다. 사실 푸슈킨 문학의 다양한 세계와 풍부한 음악성은 여러 러시아 작곡가들에게 예술적 영감이 되었고, 이 영감의 리스트는 무소르그스키의 〈보리스 고도누프〉, 림스키코르사코프의 〈모차르트와 살리에리〉〈금계金鷄〉, 라흐마니노프의 〈알레코〉, 스트라빈스키의 〈마브라〉 등으로 계속 이어지기에 푸슈킨*과 차이코프스키*의 만남 자체가 유별난 것은 아니다. 하지만 차이코프스키에게 『예브게니 오네긴』은 운명적인 작품이었다. 그가 이 작품을 구상하던 시기에, 타치야나로부터 구애의 편지를 받는 주인공 오네긴과 마찬가지로 자신의 제자인 안토니나 밀류코바로부터 열렬한 구애의 편지를 받고서 고민하게 되었기 때문이다. 타치야나의 구애 편지를 거절한 오네긴을 비난해 마지않았던 차이코프스키는 제자의 구애를 받아들인다. 하지만 동성애자였던 차이코프스키에게 이 결혼은 비참하리만치 불행한 것이었다. 〈예브게니 오네긴〉의 작곡은 이러한 배경 아래에서 이루어졌다. 그럼에도 차이코프스키는 이 작품을 자신의 대표작이라 자부했고 〈예브게니 오네긴〉은 그의 가장 유명한 오페라가 되었다. 이래저래 운명은 알 수 없는 것인가 보다. (〈예브게니 오네긴 콘체르탄테〉 공연 해설, 2008. 6)

"우리는 모두
고골의 「외투」에서 나왔다"

「외투」 고골

대학에서 러시아 문학을 강의하는 탓에 매 학기 고정적으로 읽는 작품들이 있습니다. 이른바 '러시아 명작'들입니다. 보통은 '러시아 문학의 아버지'로 불리는 푸슈킨부터 시작해 도스토예프스키와 톨스토이를 거쳐서 불가코프나 솔제니친까지 '투어'를 합니다. 이 거장들 가운데 빼놓을 수 없는 작가가 고골1809~1852입니다. 올해가 그의 탄생 200주년이 되는 해이니 더더구나 그렇지요.

많은 작품을 남겼지만 단편으로만 치자면 고골의 가장 유명한 작품은 「외투」입니다. 페테르부르크의 한 하급관리가 어렵게 마련한 외투를 강탈당하고 죽은 후에 유령이 되어 다시 나타난다는 줄거리를 갖고 있습니다. 개인적으로는 매년 다시 읽으면서 매번 경탄하게 되는 걸작입니다. 흔히 "우리는 모두 고골의 「외투」에서 나왔다"고 한 도스토예프스키의 말을 인용하기도 하지요. 그만큼 러시아 문학사에서는 압도적인 의의를 갖는 작품입니다.

한데, 「외투」는 한편으로 자주 오해받는 작품이 아닌가도 싶습니다. 인도적 박애주의와 관련지어 이해하는 것이 대표적입니다. 그런 시각에서는 이 작품의 주제가 주인공 아카키 아카키예비치 같은 '작은 인간'에 대한 동정과 연민이라고 말합니다. "나도 당신들의 형제요"라는 아카키의 말을 인용하면서요. 하지만 그렇게 이해하는 쪽에선 주인공이 자신의 일에서 발견하고 있는 지극한 즐거움을 간과하는 듯합니다.

하급관리로서 아카키의 일이란 문서를 깨끗하게 정리해서 쓰는 정서淨書입니다. 그런데 이 정서가 단순한 직무가 아니라 사랑의 대상이자 자족적인 즐거움의 세계였습니다. 그는 정서 외에는 아무것도 거들떠보지 않아서, 길거리를 걸으면서도 글씨들만을 떠올리고, 근무가 끝나 집에 돌아와서도 음식에 파리가 붙었거나 말거나 요기만 하고는 다시 정서에 매달렸습니다. 정서하다가 자신이 좋아하는 글자들이 나오면 너무 기뻐하는 모습은 마치 딴사람처럼 보일 정도였습니다.

하지만 그런 그에게 불행이 닥치게 됩니다. 겨울이 되어 페테르부르크에 사나운 북풍이 휘몰아치자 그의 낡은 옷은 더 이상 바람막이가 돼주지 못했기 때문입니다. 하는 수 없이 새 외투를 장만하게 됩니다. 이게 문제였습니다. 새 외투에 대한 욕망을 갖게 되면서 아카키는 '욕망의 주체'로 변신하게 된 것입니다. 가령, 아카키는 외투 값을 마련하기 위해 그가 향유하던 모든 즐거움을 유보하고 포기합니다. 그렇게 하여 그는 충만한 만족의 세계에서 영속적인 결여의 세계로 옮겨가게 됩니다. 욕망은 언제나 채울 수 없는 결여를 전제로 하는 것이니까요.

아카키가 새 외투를 마련하고 얼마 안 있어 강도들에게 강탈당하는 것은 그런 점에서 필연적으로 보입니다. 「외투」는 저에게 욕망이 몰고 가는 파국을 보여주는 섬뜩한 이야기로 읽힙니다. 고골은 이렇게 말하는 듯합니다. 우리가 욕망 없이 살 수 없다면, 우리의 파멸 또한 필연적이라구요. 무섭지요? (《주간한국》, 2009. 12)

책을 읽을 자유

도스토예프스키와
돈

『도스토예프스키, 돈을 위해 펜을 들다』[*] 석영중, 예담, 2008

세계적인 대문호 도스토예프스키의 가장 속물적인 돈 이야기? 표지의 문구가 그렇다. 사실 '위대한 작가' 도스토예프스키의 전기나 소설들을 몇 권 읽어본 독자라면 '도스토예프스키와 돈'이라는 주제가 낯설게만 느껴지지는 않을 것이다. 도스토예프스키 입문서로도 제값을 할 만한 석영중의 『도스토예프스키, 돈을 위해 펜을 들다』는 이 주제에 관한 종합적인 보고서이자 흥미로운 뒷담화다.

사실 도스토예프스키의 데뷔작이 『가난한 사람들』[*]이라는 것부터가 이 '잔인한 천재'의 앞날을 예고해주는 듯한데, 우리에게 가장 널리 읽히는 『죄와 벌』만 하더라도 가난한 대학생 주인공이 전당포 노파를 살해하는, '돈에 죽고, 돈에 또 죽고' 하는 이야기였다. 또 만년의 걸작 『카라마조프 가의 형제들』은 호색한 아버지와 불한당 아들 사이의 주된 갈등이 3천 루블이라는 돈을 놓고 빚어진다. 아예 "『카라마조프 가의 형제들』은 3천 루블에 관한, 3천 루블에 의한, 3천 루블을 토대로 하는 소설"이라고 말해질 정도다.

그렇다면 이 러시아 작가는 왜 그토록 돈 얘기를 주저리주저리 늘어놓는가? 저자가 작가의 어린 시절로 거슬러 올라가 보여주는 것은 '낭비가'의 초상이다. 빈민구제병원의 의사인 아버지가 근면과 성실을 삶의 보증으로 삼은 전형적인 자수성가형 인간이었다면 아들 도스토예프스키는 책 읽기를 좋아한 조숙한 소년이면서 동시에 부잣집 동급생들의 눈에 혹시라도 가난하게 보일까봐 '과시용 소비'를 일삼은 미숙한 속물이었다. 공병학교에 다니던 시절부터 그는 끊임없이 돈을 요구하는 내용의 편지를 '울먹이는 문체'에 담아서 아버지에게 보내며 그렇게 받은 돈은 들어오기가 무섭게 다 써버렸다. 한술 더 떠서 앞으로 들어올 돈을 상상해가며 당겨썼다. 이런 식의 턱없는 지출 때문에 그는 항상 쪼들렸고 언제나 주변 사람들에게 돈을 꾸어달라고 간청해야 했다.

그런 낭비벽의 소유자가 작가가 됐다. 그런 자기 기질을 숨겨놓을 방도는 없어서 그의 작품에 등장하는 인물들 대부분이 '가난한 사람들'이고 '모욕당한 사람들'이며 '돈을 구걸하는 사람들'이다. 도스토예프스키는 톨스토이나 투르게네프 같은 귀족 출신의 동시대 작가들과는 창작의 명분이 달랐다. 그는 돈을 위해 썼고 생존을 위해 써야 했다. "문학은 돈이 아닐지 모르지만 원고는 확실히 돈"이라는 사실을 그는 알고 있었고 언제나 의식했다. 때문에 그는 '팔리는' 소설을 쓰고 싶어 했고 써야 했다. 그래서 어떻게 했는가? 신문을 읽었다. 그는 '광적인 신문 애독가'로서 당대의 신문과 잡지를 게걸스럽게 읽었다. 대작 장편소설들의 아이디어를 대부분 신문의 사회면에서 얻었을 정도이고 그런 탓에 살인과 자살 같은 자극적인 사건들과 통속적인 요소들이 그의 작품에는 많이 포함돼 있다. 그의 궁여지책이 어떤 의미에선 활로였던 셈이다.

평생 돈에 쪼들리면서 비록 돈을 위해 펜을 들기는 했지만 도스토예프스키는 돈에 모든 걸 걸지는 않았다. 『백치』의 여주인공 나스타샤가 구애자금으로 받은 거금 10만 루블을 벽난로의 불구덩이에 집어넣는 장면 등에서 볼 수 있듯이 그의 인물들은 돈보다 우선하여 자신이 자존심을 가진 인간임을 보여주기 위해 애쓴다. 저자가 마지막 장편 『카라마조프 가의 형제들』*을 다룬 장의 제목을 '돈을 넘어서'라고 붙인 것은 그래서 시사적이다. 저자는 이렇게 정리한다.

도스토예프스키는 돈을 잘 이해했고, 돈을 읽었고, 절실히 아주 절실히 돈을 필요로 했지만, 돈을 원하지는 않았던 것 같다. 그는 오로지 돈을 필요로만 했지, 원하지도 사랑하지도 아끼지도 않았다.

왜 돈만으로는 충분하지 않은가? 사람이란 배가 부르면 배고팠던 시절은 떠올리지 않기 때문이다. 『미성년』에 등장하는 한 인물의 말을 빌면, 인간이라는 족속은 "자, 이제는 배가 부릅니다. 이번에는 무엇을 해야 하지요?"라고 질문하게 되는 것이다. 돈은 그러한 질문과 맞닥뜨리게 해줄 뿐이지 그 질문에 해답을 제시해주지는 않는다. '도스토예프스키와 돈'에 대해 배부르게 읽고 나니 이런 질문이 생겨난다. 이번에는 무엇을 읽어야 하지요? (《시사IN》, 2008. 4)

사냥개 같은
시대의 증언

『회상』 나데쥬다 야코블레브나 만델슈탐, 홍지인 옮김, 한길사, 2009

늑대를 쫓는 사냥개 같은 시대가 내 어깨 위로 달려들지만,/ 내게는 늑대의 피가 흐르지 않는다./ 차라리 털모자처럼 나를/ 시베리아 벌판의 따뜻한 털외투 소매에 끼워 넣으라.

20세기 러시아 시의 거장 오십 만델슈탐1891~1938의 시 「늑대」1931의 한 대목이다. 시의 원제목은 「다가오는 시대의 울려 퍼지는 위업을 위해」이지만, 그냥 「늑대」라고 불렸다. '다가오는 시대'를 시인이 "늑대를 쫓는 사냥개 같은 시대"라고 불렀기 때문이다. 그러한 시대에 동참하지 않겠다는 '의지'를 밝힌 지 몇 년이 지나지 않아 1934년 5월의 어느 날 밤 시인의 집에는 '초대받지 않은 손님들'이 들이닥쳤다. 만델슈탐은 스탈린을 풍자한 시를 써서 사람들 앞에서 낭송한 일이 있었고, 그 한 달 전에는 공개석상에서 아내를 모욕한 한 작가의 뺨을 때린 적이 있었다. 그것만으로도 그는 자신의 운명을 어느 정도 예감하고 급하게 가장 절친한 동료 시인 아흐마토바를 모스크바로 불러들였다.

마침내 그날 밤 '초대받지 않은 손님들'은 아무것도 묻지 않고 아무 대답도 기다리지 않은 채 아파트를 수색하고서 시인을 체포해갔다. 시인의 아내 나데쥬다와 아흐마토바만 덩그러니 남겨놓고서. 그렇게 체포되어 3년간의 유형 생활을 한 만델슈탐은 1938년에 아무런 이유 없이 두 번째로 체포되어 시베리아의 강제수용소로 이송되던 중 사망했다. 만델슈탐의 시신을 본 사람은 아무도 없었지만 그의 죽음이 1940년 5월 사망인 명부에 기록되었다. 그것이 가족들이 알 수 있는 사실의 전부였다. 악명 높은 강제수용소에서의 더딘 죽음보다는 그래도 덜 끔찍한 일이었다고 그의 아내는 자위했다.

'사냥개 같은 시대'에 대한 증언으로서 『회상』은 시인의 미망인 나데쥬다 만델슈탐의 회고록이다. "무슨 이유로 그를 잡아갔지?"라는 질문은 금기시되었지만, 누군가 그런 질문을 던지면 아흐마토바는 격분하여 소리쳤다고 한다. "무슨 이유가 있겠어? 아무 이유 없이 사람들을 잡아들인다는 걸 아직도 모르겠어?" 바로 그 시대의 목격담이자 증언이다. 한 시대의 증인으로서 나데쥬다는 자신이 겪은 삶과 고통을 면밀하게 기록한다. 그녀의 생존 목표는 두 가지였다. 하나는 남편의 출판되지 않은 시들을 보존하는 것, 그리고 그녀가 겪은 부조리한 시대가 다시는 반복되지 않도록 후세를 위해 증언하는 일이 다른 하나였다. 오직 이 두 가지 목표를 위해서 그녀는, 다시 모스크바에 정착해도 된다는 허가를 받을 때까지 소련 전역을 떠돌아다니며 공장 노동자와 학교 교사, 번역가로서의 삶을 전전해야 했다.

만델슈탐은 자신의 원고에 대해 평소 무관심한 태도를 취해서 아무것도 보존하지 않았다. 아내 나데쥬다는 그런 남편의 원고를 보존하여 나중에 미국에서 전집이 출간될 수 있도록 했으니 첫 번째 목표는 이룬 셈이고, 『회상』 이후에도 두 권의 회고록을 더 집필함으로써 20세기를 통틀어서도 기념비적인 기록을 남겨놓았으니 두 번째 목표도 달성했다. 문제는 그녀가 겪은 시대가 다시 반복되지 않도록 후세가 애쓰는 일이다. 그것은 어떻게 가능한가?

동구권 철학자 슬라보예 지젝의 지적이 떠오른다. 그에 따르면, 주민 천만 명이 사는 구舊동독에 사람들을 통제할 상근 비밀경찰요원이 십만 명이나 있었지만, 나치의 게슈타포는 독일 전체를 만 명의 상근요원들로 관리했다. 그래서 공산주의 사회가 더 억압적이었느냐 하면 정반대다. 시민들의 적극적인 협조와 고발 네트워크에 의지할 수 있었기에 게슈타포는 굳이 많은 수의 요원을 필요로 하지 않았을 따름이다. 반대로 공산주의에서는 많은 사람들이 동료를 고발하는 데 저항했던 것이며, 따라서 훨씬 더 많은 요원들을 필요로 했다. 이러한 도덕적 감각은 정확히 공산주의 이데올로기 자체에 의해 유지된 것이라고 지적은 말한다. 나데쥬다 만델슈탐의 『회상』에는 음모를 꾸미는 자들 못지않게 그러한 도덕으로 무장한 이들도 자주 등장한다. '나데쥬다'는 러시아어로 '희망'을 뜻한다. 그것은 고통 속에서도 품위를 잃지 않은 삶의 기록이 전해주는 역설적인 '희망'이기도 하다. 《한겨레21》, 2009. 10)

로쟈의 리스트 7 | 시학을 읽기 위하여

아리스토텔레스의 『시학』을 필요 때문에 다시 읽는다. 수년 전에 강의를 하느라 읽었고 그 이전에도 읽은 적
이 있으니 최소한 서너 번은 읽은 듯하다. 사실 분량 자체는 얇기 때문에 본문만 읽는 거라면 누구라도 한두
시간이면 충분히 읽을 수 있다. 다만 자세히 음미하면서 읽는 건 다른 문제다. 게다가 여러 번역본을 대조해
가면서 읽을 수도 있는 것이고, 더 나아가 '시학' 일반에 대한 독서로 확장해나갈 수도 있겠다. 그래서 이미
읽었고 지금 읽고 있지만 언젠가 다시 읽게 될 것이다. 번역서는 여럿이 나온 데다가 올해도 하나 더 추가된
다고 하지만 시학을 공시적으로나 통시적인 맥락에서 어떻게 읽어야 할지에 대한 안내서는 아직 부족한 듯
하다. 언젠가 다시 읽을 때는 이런 부족함이 해소되기를 기대해본다. (2009. 1. 18)

한국 문학에 대한 믿음과 불신 사이

오늘날 문학의 무능과 부덕에 대해서, 불륜에 대해서, 몰락에 대해서 누가 모르겠는가. 하지만, 다시금, '핏
빛 어두운 조수'가 퍼져나가는 시대에 우리에게 필요한 것은 문학에 대한 '가장된 순진한 믿음', 곧 '참된 위
선'의 회복처럼 보인다. 우리는 문학을 좀더 진지하게 믿는 척할 필요가 있다.

한국 문학에 대한
믿음과 불신 사이

모든 질문이 질문의 계기와 질문하는 자리를 갖듯이 그에 대한 대답도
마찬가지다. 하지만 그 질문과 대답의 자리는 비대칭적이다. 나는 '한국
문학의 과잉과 결핍'을 묻는 자리의 속사정을 헤아리지 못한다. 대답을
마련해야 하는 자에게 질문하는 자는 마치 심문자처럼 언제나 대타자의
자리에 놓인다. 그리고 이런 경우엔 대타자의 앎에 대한 두려움만이 나
의 몫이다. 그런 의미에서 나는 밀알이다. 아니, 자신이 하나의 낱알이
라고 생각했던 환자다.

정신분석학의 유명한 사례가 된 이 환자는 의사들의 노력으로 겨우
치료가 됐다. 즉 자신이 낱알이 아니라 사람이라는 걸 확신하게 되었고
이제 퇴원해도 좋다는 허락까지 받았다. 하지만 문밖에 닭 한 마리가 있

는 걸 보고는 두려움에 떨면서 즉시 되돌아왔다. 닭이 자신을 먹을까봐 겁이 났던 것이다. "당신은 자신이 낱알이 아니라 사람이란 걸 잘 알고 있잖은가?"라고 의사가 물었다. 환자의 대답은 이랬다. "네, 물론 저는 잘 알고 있습니다. 하지만 닭이 그걸 알까요?"

물론 이 사례담은 우스개로 간주될 수도 있다. 하지만, 슬라보예 지젝처럼 기독교의 신에까지 사안을 고양시키게 되면 이건 '진지한 우스개'이자 '숭고한 우스개'이다. 즉 그리스도가 십자가에서 죽어가며 "아버지시여, 왜 저를 버리시나이까?"라고 말할 때 신은 그 자신을 잠시 믿지 않는다. G. K. 체스터튼은 그런 의미에서 기독교는 "신이 잠시 동안 무신론자로 보이는 유일한 종교"라고 말했다. 그리고 지젝은 그런 맥락에서 우리 시대야말로 과거 어느 시대보다도 '덜 무신론적'이라고 진단한다. 모두가 회의주의자의 포즈를 취하며 냉소적 거리를 유지하고 타인들을 착취하며 윤리적 제한들을 뛰어넘는다. 신의 무지에 대한 '믿음' 때문이다. 문학에 대한 '믿음' 또한 그렇지 않을까?

오늘날 한국 문학에 대한 믿음에도 세 가지가 있는 듯싶다. 한편에는 여전히 문학에 대한 진지한 믿음, 철석같은 믿음을 견지한 문학의 사제와 신도들이 있다. 반면에 마치 '신은 죽었다'고 선포하는 것과 같은 태도로 '문학은 죽었다'라고 공언하는 종말론자들이 있다. 그들은 문학에 대한 전통적인 믿음을 제도적 관성에 의지하고 있는 것이라 의심한다. 하지만 이 두 가지 태도 모두 문학의 생산 조건이 변화했다는 점은 인정한다. '문학이란 영구혁명 중에 있는 사회의 주체성'(사르트르)이라는 정의 자체를 오늘날의 문학이 감당하기는 어렵다는 것. 다만 문학의 변신을 새로운 가능성이라는 이름으로 수용하느냐, 아니면 변절로 간주하여 내치느냐에 따라 의견은 갈리는 것처럼 보인다. 하지만, 그런 차이에도 불구하고 이 두 입장은 문학의 존재/부재를 '믿는다'. 결코 덜 믿지 않는다. 그들은 자신의 믿음을 유지하기 위해서 눈에 보이는 것을 부인하거나 반대로 눈에 보이는 것만을 믿는다. 여기서 문학에 대한 믿음의 과잉과 결핍은 '사변적 동일성'으로 묶인다.

반면에 제3의 입장은 '믿음 자체에 대한 믿음'이라는 형식을 취한다. 이들은 불합리하기 때문에 믿는다. 자신의 눈을 믿지 않고 그(녀)의 말을 믿으며 그래서 속는다. 문학에 속아 넘어간다. 즉 문학의 현실을 믿는 것이 아니라 현실 너머의 어떤 것을 믿는다. 대타자를 믿는다. 이들은 '닭'의 존재를 믿는 '낱알'들이다. 지젝은 그 '낱알들'의 사례로 제2차 세계대전 중에 벌어진 유대인 학살에도 불구하고 자신의 일기에서 인간의 궁극적인 선에 대한 믿음을 표현한 안네 프랑크와 함께 스탈린 식 공산주의의 소름끼치는 공포를 알고 있었지만 정치적 신념을 끝까지 견지한 채 매카시즘의 희생양이 된 미국의 공산주의자들을 든다.

이러한 세 가지 유형은 다시 W. B. 예이츠의 시구에서도 식별해볼 수 있다.

The blood-dimmed tide is loosed, and everywhere

The ceremony of innocence is drowned;

The best lack all conviction, while the worst

Are full of passionate intensity.

핏빛 어두운 조수가 퍼져, 도처에

순결한 의식이 침몰하고

최선의 무리는 확신이 없고

최악의 무리만이 열광적으로 날뛰고 있네.(「제2의 강림The Second Coming」)●

● 슬라보예 지젝,
『시차적 관점』
(마티, 2009),
678쪽에서 재인용

오늘날 '최선의 무리'들조차도 문학의 '상징적 순수함'에 대한 확신을 유지하지 못하며 냉소적·회의적 포즈로 물러나 앉는다(대학의 문학 강의실이나 문학인들의 뒤풀이 자리에서 흔히 볼 수 있는 풍경이다). 반면에 '최악의 무리'(군중)는 온갖 광신적 행동에 동참한다. 문학이라고 포장된 온갖 것들에 재미를 붙이고 의견을 보탠다. 남은 선택지는 '침몰해가는' 순결한 의식'이다. 이 순결함의 사례로 지젝은 이디스 워튼의 『순수의 시대』에 등장하는 뉴랜드의 아내를 든다. 그녀는 남편이 오렌스카 백작부인과 정열적인 사랑에 빠졌다는 걸 잘 알지만 그런 사실을 품위 있게 무시하고 그의 충실함에 대한 믿음을 보여주었다. 오늘날 문학의 무능과 부덕에 대해서, 불륜에 대해서, 몰락에 대해서 누가 모르겠는가. 하지만, 다시금, '핏빛 어두운 조수'가 퍼져나가는 시대에 우리에게 필요한 것은 문학에 대한 '가장된 순진한 믿음', 곧 '참된 위선'의 회복처럼 보인다. 우리는 문학을 좀더 진지하게 믿는 척할 필요가 있다.

이것이 답변인가? 그렇다. 해서 결국 나는 병원 바깥으로 나가지 못한다. 나는 질문이 요구하는 답변의 언저리에도 가보지 못했다. '한국문학의 과잉과 결핍'에 대해서 말하지 못했다. 하지만 이런 건 말할 수 있다. 나도 이름을 보탠 한 선언이다.

이곳은 아우슈비츠다. 민주주의의 아우슈비츠, 인권의 아우슈비츠, 상상력의 아우슈비츠. 이것은 과장인가? 그러나 문학은 한 사회의 가장 예민한 살갗이어서 가장 먼저 상처 입고 가장 빨리 아파한다. 문학의 과장은 불길한 예언이자 다급한 신호일 수 있다. 「작가선언 6·9」에서

내가 보태지 못한 말은, 이 선언이 미처 챙기지 못한 말이기도 하다. 문학은 가장 예민한 살갗일뿐더러 가장 질긴 살갗이어야 한다는 것. 그래서 가장 먼저 상처 입지만 가장 늦게까지 아물지 않는다는 것. 가장

빨리 아파하지만 동시에 가장 늦게까지 아파한다는 것. 이제 그런 문학이 '존재'하도록 모두가 애써 연기할 필요가 있겠다. "나는 당신의 정절을 믿어요."(《문학동네》, 2009년 가을호)

한국 문단문학의 종언

『한국문학과 그 적들』[•] 조영일, 도서출판b, 2009

『한국문학과 그 적들』은 가라타니 고진 전문 번역자로 이름을 알린 평론가 조영일의 두 번째 평론집이다. 첫 평론집『가라타니 고진과 한국문학』도서출판b, 2008과는 불과 몇 개월의 시차밖에 두고 있지 않다는 점에서 알 수 있지만 원래는 거의 같은 시기에 씌어졌고 함께 출간될 예정이었다고 한다. 저자는 한 걸음 더 나아가 곧 작품론 위주로 구성된 세 번째 평론집을 냄으로써 '한국 문학 비판 3부작'을 완결지을 것이라고 한다. 그의 제안이기도 한 '장편비평의 활성화'를 시범적으로 보여주려는 듯싶다.

'한국 문학 비판'이라는 전체 기획과 제목에서 이미 시사되고 있지만, 그의 평론집을 주로 채우고 있는 것은 현재의 한국 문학 시스템에 대한 주저 없는 단언과 비판, 그리고 쓴소리다. 그 비평적 입각점에 해당하는 것이 가라타니 고진의 '근대문학의 종언'론이다. 이른바 그의 '종언 테제'에 대해서는 일본보다도 오히려 한국에서 더 많은 논란이 벌어졌다고 한다. 주로 가라타니의 주장이 성급하고 일면적이며, 적어도 한국 문학의 현실에는 잘 맞지 않는다는 반론이 대세였지만,『근대문학의 종언』[•]도서출판b, 2006의 번역자이기도 한 조영일은 그의 주장을 적극적으로

옹호하고 대변한 축에 속한다.

하지만 그의 '종언 테제' 수용은 좀 특이한 방식으로 이루어진다. "지겨운 오해를 위해 확실히 말하지만, 나는 한국문학이 끝났다고 생각하지 않는다. 내가 끝났다고 보는 것은 '한국의 문단문학'이다"라는 것이 그의 입장이기 때문이다. 그가 말하는 '한국 문단문학'은 창비, 문사, 문동이 장악하고 또 관리하고 있는 하나의 '생산관리 시스템'이다. 이 '시스템'의 토대는 문예지를 출간하는 출판사와 편집동인들의 '아름다운 협력' 체제다. "작품이 상품이라면 비평은 화폐"인바, 편집동인 비평가들은 "4·19세대의 위대한 문학적 발명품"인 '작품 해설'을 통해서 개별 작품에 '보편적 교환 가능성'을 부여한다. 즉 문학시장에서 작품이 팔리게 하는(인정받게 하는) 것이 비평의 몫이다. 문제는 문학시장도 시장인 만큼 속성상 '과장된 호명(비평적 베팅)'이 이루어진다는 것이고, 이것이 "신용의 붕괴, 즉 공황(근대문학의 종언)"을 가져온다는 것이 조영일의 분석이다.

그렇다면, 문학의 위기는 문학 시스템이 불가피하게 봉착할 수밖에 없는 필연적 현상이다. 저자가 보기에 이로 인해서 빚어지는 것이 문학에 대한 불신과 비평 그 자체(이론)에 대한 몰두이며, 한국 문학시장에서 일본 문학의 부흥은 그러한 문학적 공황의 산물이다. 이러한 '공황'에서 벗어날 수 있는 길은? 당연히 현재의 문학 시스템을 해체하는 것일 수밖에 없다. 문학편집과 문학비평이 분리되어야 한다는 조영일의 주장이 그런 맥락에서 나온다. "비평권력의 원천이라 할 수 있는 잡지편집권을 회수하여 출판사의 전문편집자에게 주어야 한다"는 것이 그의 제안이다.

하지만 현실은 조금 다른 방향으로 전개됐다. 독자의 외면으로 한국 문학 시스템에서 시장이 위축되자 국가가 문학판에 끼어들었고 이것이 사태를 더욱 나쁘게 만들었다는 것이 조영일의 판단이다. 문화예술위원회에서 작가들에게 주는 창작지원금이 문화예술을 보호/육성하기보다는 창작자 개개인의 우울증 치료에나 머물고 있다는 것이다. 저자는 독일의 경우에도 문예창작 지원 시스템이 잘 갖춰진 이후에는 쓸 만한 작품이 나오지 않았다는 가라타니 고진의 말을 덧붙인다. 가난 속에서 단련될 작가의 패기에 더 기대를 거는 것이다. 이후에 그의 관심이 이 문학 시스템과 국가 지원의 '바깥'으로 향하게 되는 것은 자연스러운 경로일 것이다.

　'한국 문학과 그 적들'에 대한 조영일의 분석과 비판은 분명 논쟁적이며 유익하다. 하지만 가라타니 고진의 '근대문학의 종언'론과는 초점이 다른 것도 사실이다. 가라타니의 '종언 테제'에서 요점은 이 시대의 문학이 더 이상 '영구혁명'이라는 사회적 의무와 도덕적 과제를 떠맡지 않게 됐다는 데 있다. 그러한 역할이 근대 문학을 한갓 오락이나 상품과는 구별되도록 만들었지만, 이젠 그런 시대가 지나간 듯하다는 것이다. 그렇다면 '근대문학의 종언'과 '한국 문단문학의 종언'은 바로 등치될 수 있는 것이 아니다. 조영일은 자신만의 '종언 테제'를 새롭게 제시한 것이라고 해야겠다. 《문학수첩》, 2009년 가을호)

백전백패의 운명을
찬양함!

『자전거 여행』* 김훈, 이강빈 사진, 생각의나무, 2000

나는 김훈의 애독자다. 이미 고등학교 때부터 《한국일보》 지면에 실렸던 그의 「문학기행」을 챙겨 읽곤 했었다. 그가 유난히 기행문/여행문에 강하다는 사실은 짐작하고 있었지만, 이번에 펴낸 『자전거 여행』은 그 압권이라 할 만하다. 물론 책에 실린 글들 중 절반 이상을 나는 이미 신문 지면에서 읽었지만, 한데 모아놓으니까 그 파워가 막강하다. 그가 그 막강한 파워를 가지고도 백전백패를 운운하며 책 머리에 내세우고 있는 것은 무엇인가?

살아서 아름다운 것들은 나의 기갈에 물 한 모금 주지 않았다. 그것들은 세계의 불가해한 운명처럼 나를 배반했다. 그러므로 나는 가장 빈곤한 한 줌의 언어로 그 운명에 맞선다. 나는 백전백패할 것이다.

내가 그의 운명에 공감할 수 있는 것은 나 자신도 무수한 패배를 경험했기 때문이다. 아름다운 사람도, 아름다운 풍광도, 더듬거리는 언어로는 한순간도 더 붙들어둘 수 없었다! 오래전 얘기지만, 10월에 영동고속도로를 따라가다 창문 밖으로 비치는 빨갛게 물오른(?) 단풍들을 보며 아찔했던 기억이 있다. 나는 3초 이상 창밖을 내다볼 수 없었다. 내가 감당하기엔 너무나 아름다웠기에(릴케의 천사들이 그리 아름다웠나?). 그 아름다움과의 싸움은 비전 없는 싸움이다.

문장가(!) 김훈이 그 비전 없는 싸움에 목을 매고 있는 것은 그가 허무주의자이기 때문이리라. 그리하여 백전백패했으되, 그가 잃을 것은 별로 없으리라는 생각도 든다. 이런 생각을 하면, 그의 더 많은 패전보들을 기다리게 되는 심사에 부담이 좀 준다.

그가 낸 책을 거의 다 사 모았으니 그의 자전거 값 월부 말고도 다른 씀씀이에 도움이 되었을지 모르겠다. 어느 책에서 그는 아들에게 사내는 돈을 벌어야 한다고 잔뜩 훈계를 하고 있었는데, 얼마 전 딸아이가 생기면서 나 또한 그 훈계를 뒤집어쓰게 되었다. 아무리 허무주의자라도 돈과의 싸움에서마저 백전백패하는 것은 좀 이미지가 구겨지는 일인데⋯⋯

한마디만 더. 김훈의 책을 읽는 가장 좋은 장소는 어디일까? 내 경험에 의하면 저녁 시간에 좀 한산한 시내버스다. 나는 십 년도 더 전에, 『풍경과 상처』에 맨 처음 실린 글이 책으로 묶이기 전에 바로 그 저녁 버스 안에서 읽었고, 읽으면서 황홀했다. 지방 소도시에서 방위병 생활을 하다가 퇴근길에 서점에 들러서 산 책의 말미에 그 글이 붙어 있었다. 그사이에 얼마나 많은 시간이 흘렀던 것인지. 나는 『자전거 여행』의 마지막 부분을 에어컨이 고장 나 창문을 열어놓고 달리는 저녁 버스의 형광등 불빛 아래에서 읽었다. 창으로 들어오는 바람에 책장을 넘기며 그의 글들을 읽을 때, 나는 이 세상에서 그만 사라져도 좋을 듯했다. (2000. 8)

기형도의
보편문법

『기형도 전집』 기형도, 문학과지성사, 1999

보통은 12월 23일이 동지인 걸로 알고 있었는데, 어젯밤 자정 뉴스를 보니 어제가 동지였다. 뒤늦게 지난 주말 사다놓은 즉석 팥죽을 먹어볼까 하다가 야식도 이미 먹은 터라 참았다. 그리고 오늘 아침에야 (맛은 없지만) 구색을 차리느라 '동지 팥죽'을 먹었다(해서 이 글은 죽 먹은 힘으로 쓰는 것이다). 문득 머릿속에 떠오른 건 "저 동지의 불빛 불빛 불빛"이라는 시구였는데, 기형도1960~1989의 시 「위험한 가계家係·1969」에 나오는 것이다. 생각난 김에 몇 자 적어둔다.

제목 그대로 '위험한 가계·1969'는 초등학교 2학년쯤이었을 어린 시절 가족사에 대한 회상으로 구성돼 있다. 6개의 절로 돼 있는데, 동지의 불빛이 언급되는 건 맨 마지막 절이다.

그해 겨울은 눈이 많이 내렸다. 아버지, 여전히 말씀도 못 하시고 굳은 혀. 어느만큼 눈이 녹아야 흐르실는지. 털실뭉치를 감으며 어머니가 말했다. 봄이 오면 아버지도 나으신다. 언제가 봄이에요. 우리가 모두 낫는 날이 봄이에요? 그러나 썰매를 타다 보면 빙판 밑으로는 푸른 물이 흐르는 게 보였다. 얼음장 위에서도 종이가 다 탈 때까지 네모 반듯한 불들은 꺼지지 않았다. 아주 추운 밤이면 나는 이불 속으로 해바라기 씨앗처럼 동그렇게 잠을 잤다. 어머니 아주 큰 꽃을 보여드릴까요? 열매를 위해서 이파리 몇 개쯤은 스스로 부숴뜨리는 법을 배웠어요. 아버지의 꽃 모종을요. 보세요, 어머니. 제일 긴 밤 뒤에 비로소 찾아오는 우리들의 환한 家系를. 봐요 용수철처럼 튀어오르는 저 冬至의 불빛 불빛 불빛. 「기형도 전집」, 95쪽

기형도의 많은 시들이 그의 유년 시절과 불행한 가족사에 바쳐졌다는 것은 잘 알려진 것이다. 「위험한 가계·1969」는 그 사정을 가장 직접적으로 그려내고/진술하고 있는 시인데, 그 시작은 아버지의 병환이다. 시의 서두에 진술된 대로, "그해 늦봄 아버지는 유리병 속에서 알약이 쏟아지듯 힘없이 쓰러지셨다." 그리고 이어진 건 이 가족의 '동지', 즉 '긴 밤'이고 '아주 추운 밤'이다. 유년의 화자가 희원하는 건 "우리가 모두 낫는 날", 곧 아버지가 건강을 회복하는 것이고, 가족이 다시 '봄'을 맞이하는 것이다. 올해처럼 눈이 많이 내렸다는 1969년 겨울의 일이다.

시의 이 마지막 대목에서 유년의 화자는 그래도 봄에 대한 희망의 끈을 놓지 않으며 '환한 가계'에 대한 꿈을 포기하지 않는다. 지금은 '해바라기 씨앗'처럼 웅크리고 자지만, 언젠가 '아주 큰 꽃'을 어머니에게 보여드릴 거라고 다짐해보는 것이다. 언젠가는 '용수철spring'처럼 튀어오

를 '아주 큰 꽃'과 '환한 가계'!

1968년 하면 떠오르는 건 '68혁명'이지만, 1969년이 내게 떠올려주는 건 한 시인의 불행한 가족사다(그런데 이 구체적 가족사는 '그토록 쓰라린 삶' 이라는 보편성을 상기/환기시켜주는 힘을 갖고 있다. 그게 시의 힘이고 문학의 힘이 다). 시인의 요절 10주년을 맞이하여 지난 1999년에 『기형도 전집』이 출 간되었는바, 우연찮게도 그건 이 시에서 제시된 가족사의 불행 30주년 을 상기시켜주기도 했다(그 1999년 12월 말에 나는 한 독서대학에서 기형도의 시에 대해 강의할 기회가 있었다). 1969년의 겨울, 이후로 시인은 20년의 삶 을 더 살았을 뿐이다. 그는 어머니께 '아주 큰 꽃'을 보여드렸을까? 그는 자신의 꿈을 이루었을까?

기형도가 유년에 가졌던 꿈이 특이한 것은 그것이 단순한 '가상'으로 만 설정돼 있는 것이 아니라 구체적인 방법론을 동반하고 있다는 점이다. 이 점이 여타의 유년시들과 기형도의 시를 차별화하는 것일 듯싶은데, 시 에서 그 방법론은 "열매를 위해서 이파리 몇 개쯤은 스스로 부숴뜨리는 법을 배웠어요. 아버지의 꽃 모종을요"라고 제시돼 있다. 『기형도 전집』 을 읽으면서 새삼 주목하게 된 것이지만, 기형도 특유의 '식물적' 상상력 을 구성하는 핵심은 이 '모종'과 '전정'이다(내 견문에 이 '전정'에 최초로 주목 한 비평가는 정과리다. 기형도에 대한 그의 평문은 『무덤 속의 마젤란』* 문학과지성사, 1999의 가장 중요한 꼭지를 이룬다. 기형도에 관한 필수적인 참고문헌이지만, 나는 그가 이 '전정'을 기형도의 시적 세계관의 근간으로 명확하게 제시하지는 못했다는 인상을 받았다. 그것은 '모종'이라는 다른 짝에 주목하지 않아서라고 생각한다).

전정剪定은 『기형도 전집』에 포함돼 있는 그의 일기 중 한 대목에 등 장하는데1982. 6. 16, 그는 먼저 '가치치기'라는 뜻의 전문용어인 '전정trim- ming'을 정의하는바, "관수 재배에 있어서 균일한 발육과 수형樹形의 정리 를 목적으로 가지의 일부를 잘라내는 일"이 전정이다. 그것은 삶에 어떻

무덤 속의 마젤란
정과리 비평집

게 적용되는가?

인간에게도 누구나 잎이 주렁주렁 달린 가지가 서너 개 이상 있다. 그 개별적 가지들은 시간의 묶음이며 그 시차인 공간인 가지 안에는 썩은 잎부터 부활해가는 잎, 돋는 잎 등이 달려 있다. 그 잎들은 나무의 물관, 체관의 관다발로부터 양분 및 수분을 공급받으며 또 외적인 요소, 즉 햇빛을 이용하여 녹색 동화작용을 일으켜 내적 에너지를 확충한다. 고로 잎은 나무自我와 햇빛外界의 유기적 매체이다. 개별 인간과 보편 세계의 이질성을 이어주는 것은 '동일인으로서의 인칭'이다. 우리는 그러한 인칭을 2인칭화(사랑, 친구, 가족)한다. 그러나 과수뿐 아니라 인간의 사육 기간 중에서 우리의 관계들 속에는 엄연히 칼날 같은 전정이 가해진다. 그것은 소극적으로 타의에 의한 단절의 전정과 적극적(주관성) 전정으로 구분한다. 『기형도 전집』, 321~22쪽

이틀 전에 군대에 입대한 자신의 친구 조병준(내가 알기로는 『제 친구들하고 인사하실래요?』의 저자. 더불어, 성석제, 원재길 등이 일기 속에도 자주 등장하는 기형도의 절친한 친우들이었다)과의 관계(가지)에 대한 상념을 채워나가는 일기인데, 마지막 문단에는 이런 내용도 보인다. "자네가 보여준 믿음이나 우려는 정말 값진 것이므로. 너와의 가지는 나의 전정이 환상 그 밖으로의 소멸임을 내가 인식함으로써 톱날의 부위에서 벗어나야 함을 안다. 이러한 또 하나 나의 성찰이 순간적 긍휼이나 동정의 잔해로써 기억되지 않아야 함을 기원한다."324쪽 20대 대학생의 관념성(미숙함)이 엿보이는 문장이긴 한데, 내가 주목하는 것은 기형도의 인식론적 구도이며, 그것은 '가지/전정(가치치기)'이라는 틀을 갖고 있다.

그의 시들에서도 두드러지지만 다른 날짜의 일기들에서 빈번하게 출

몰하는 식물성 은유들은 이 '가지/전정'의 틀이 기형도의 세계 인식과
언어 운용의 '보편문법'이 아닌가라는 생각마저 갖게 한다. 가령, "또 하
나 내 청춘의 필름이여, 유리컵 속으로 곧게 뿌리를 내린 둥근 파의 유
약함이여"라거나 "기차 소리여, 나는 아예 네 앞에서 소리 죽여 울고 있
는 캄캄한 정전의 필라멘트였지. 아니 하나의 전율로서 소스라치는 일
년초 식물이었는지 몰라" 같은 대목들이 그렇다.

  이러한 기형도식 식물(나무)의 자기 규정과 생존 방식이란 무엇인가?
(1) 나는 식물/가지이다. (2) 나는 열매/성장을 위해서 가지치기(=아픔,
상실, 희생)를 해야 한다. (3) 나는 (가지) 모종을 통해서 삶을 다시 회복
한다. 여기서 핵심은 물론 전정(가지치기)과 모종(옮겨심기)이다. 이런 구
도를 전제로 할 때, 앞에서 인용한 "열매를 위해서 이파리 몇 개쯤은 스
스로 부숴뜨리는 법을 배웠어요"라는 시구는 그가 어린날에 깨달은 '삶
의 방법론'을 집약하고 있다. 이러한 관점으로 읽을 경우, 그의 시 「식목
제」의 마지막 대목이 보다 명료하게 와닿지 않는가?

    보느냐, 마주보이는 시간은 미루나무 무수히 곧게 서 있듯
    멀수록 무서운 얼굴들이다, 그러나
    희망도 절망도 같은 줄기가 틔우는 작은 이파리일 뿐, 그리하여 나는
    살아가리라 어디 있느냐
    植木祭의 캄캄한 밤이여, 바람 속에 견고한 불의 立像이 되어
    싱싱한 줄기로 솟아오를 거냐, 어느 날이냐 곧이어 소스라치며
    내 유년의 떨리던, 짧은 넋이여

  여기서 앞에 인용한 대목의 "개별 인간과 보편 세계의 이질성을 이어
주는 것은 '동일인으로서의 인칭'이다"라는 문장을 음미해보자. '개별 인

간'과 '보편 세계'의 매개자로 기형도가 설정하고 있는 것이 '동일인으로서의 인칭', 곧 그가 '사랑, 친구, 가족'이라고 토를 달고 있는 '2인칭'이다. 그리고 이때의 2인칭이야말로 기형도적 세계의 핵심이다. 그것은 개별적 자아의 테두리 바깥으로 가지치기되는 존재이면서 아직 3인칭적 보편 세계로는 편입되지 않은 상태의 무엇을 지칭한다. 「이 겨울의 어두운 창문」이라는 시에서 그 2인칭은 고드름이라는 형상으로 응집돼 있다. "어느 영혼이기에 아직도 가지 않고 문밖에서 서성이고 있느냐. 네 얼마나 세상을 축복하였길래 밤새 그 외로운 천형을 견디며 매달려 있느냐"라고 2인칭으로 호명되는 그 고드름(그런 의미에서 기형도의 시는 '2인칭의 시'이며, 이것은 1인칭적 고백이나 3인칭적 묘사와는 차별적인 시이다).

흔히 처마밑에 매달려 있는 고드름은 문밖에서 '외로운 천형'을 견디며 서 있지만 결코 바깥세계로 '도주'하거나 하는 '즐거운 액체'의 형상이 아니다. 한 자리에 붙박혀/꽂혀 있어야 한다는 점에서 그것은 식물적이며, 공중에 매달린 '가지 모종'을 연상시킨다. 기형도의 시에서 반복적으로, 어쩌면 강박적으로 나타나는 것은 전정된 이후의 가지가 새로 모종되는 것처럼 어딘가에 꽂혀 뿌리를 내리고 싱싱한 줄기로 솟아올라 '불의 입상立像'이 되고자 하는 자기 암시적 갈망이다. 하지만 그러한 갈망에도 불구하고 새로운 자기 정립을 현실화하기엔 그는 너무 연약한 '작은 이파리'였다(줄기가 아니라). 마치 이런 아버지의 운명을 따르는 것처럼. "봐라, 나는 이렇게 쉽게 뽑혀지는구나. 그러나 아버지, 더 좋은 땅에 당신을 옮겨 심으시려고."

다시 1969년으로 돌아가보자. 반장이었던 유년의 시인에게 담임선생님이 가정방문을 나서겠다고 하나, 시인은 만류한다. "선생님, 가정방문은 가지 마세요. 저희 집은 너무 멀어요." 선생님은 말한다. "그래도 너는 반장인데." 시인은 다시 말한다. "집에는 아무도 없고요. 아버지 혼

책을 읽을 자유

자, 낮에는요." 방과 후에 시인은 긴 방죽을 걸어오며 몇 번이고 책가방 속에 들어 있는 월말고사 상장을 생각한다. 그러고는 풀밭에 잠시 '꽂혀서' 잠을 잔다. "둑방에는 패랭이꽃이 무수히 피어 있었다. 모두 다 꽃씨들을 갖고 있다니. **작은 씨앗들**이 어떻게 **큰 꽃**이 될까. 나는 풀밭에 꽂혀서 잠을 잤다."(강조는 나의 것)

'작은 씨앗들'이 '큰 꽃'을 피워내는 게 생명의 미스터리이고, 삶의 미스터리이다. 유년의 시인 또한 "어머니 아주 큰 꽃을 보여드릴까요?"라고 대견스레 물을 때 그러한 미스터리를 자신의 것으로 할 수 있으리라는 소망과 의지를 동시에 피력한 것이리라. 하지만 유감스럽게도 그 미스터리는 그가 "끝끝내 갈 수 없는 생生의 벽지僻地"였다. 그는 다만, "저 고단한 등피燈皮를 다 닦아내는 박명薄明의 시간, 흐려지는 어둠 속에서 몇 개의 움직임이 그치고 지친 바람이 짧은 휴식을 끝마칠 때까지" 자신의 죽음을 잠시 유예하던 '마지막 한 잎'이었기에…… (2005. 12)

P.S. 이상이 내가 기형도의 시에 대해 갖고 있는 대략적인 구도(말하자면 '매트릭스')이다. 자세한 분석은 따로 자리를 마련해야 할 것이나, 핵심적인 얘기는 갈무리돼 있다. 끝으로 중학교 국어 교과서에 수록돼 있는 그의 시를 옮겨놓는다. 어제 김춘수의 시를 다루며 '울다'라는 동사 얘기를 했었는데, 나를 울리는 건 '밤새 울었다'류의 그런 상투형이 아니라 그냥 한 어린아이의 홀쩍거림이다(나는 딸아이를 몇 번 홀쩍거리게 한 기억이 있다. 그런 생각을 하면 나도 홀쩍거리고 싶어진다). 당신 또한 '유년의 윗목'에서 한번쯤 홀쩍거려보았다면, 시는 그냥 이와 다른 게 아니어도 무방할 것이다.

열무 삼십 단을 이고

시장에 간 우리 엄마

안 오시네, 해는 시든 지 오래

나는 찬밥처럼 방에 담겨

아무리 천천히 숙제를 해도

엄마 안 오시네, 배춧잎 같은 발 소리 타박타박

안 들리네, 어둡고 무서워

금 간 창 틈으로 고요히 빗소리

빈방에 혼자 엎드려 훌쩍거리던

아주 먼 옛날

지금도 내 눈시울 뜨겁게 하는

그 시절, 내 유년의 윗목

– 「엄마 걱정」

13

"너 책이야? 나 장정일이야!"

어쨌든 처음 두 권의 시집 이후로 저는 장정일의 책을 대부분 사들여서 읽은 것 같습니다. 그게 1980년대 말 90년대 초인데 당시에 가장 인기 있었던 작가는 장정일도 좋아하는 밀란 쿤데라였죠. 개인적으로 매번 작품이 나올 때마다 사서 읽은 두 작가여서 언제나 두 사람을 짝으로 떠올리게 됩니다.

"너 책이야?
나 장정일이야!"

『장정일의 공부』[●] 장정일, 랜덤하우스, 2006
『장정일의 독서일기 7』[●] 장정일, 랜덤하우스, 2007

낮에 퍼슨웹 주최의 북포럼에 패널로 참여해 작가 장정일 씨와 흥미로운 만남을 가졌다. 화제는『장정일의 공부』(이하『공부』)와『장정일의 독서일기 7』(이하『독서일기 7』) 두 권의 책이었고 나의 몫은 "단순한 작가 강연회나 독자와의 대화 수준이 아닌 독특한 지점의 논의를 이끌어"내는 것이었는데, 어젯밤에 KBS에서 지난 1월에 방영된 〈TV, 책을 말하다〉라는 프로그램을 인터넷에서 다시 보면서(이 방송분에서 작가의 답변은『독서일기 7』말미에 수록돼 있다)『공부』에 대해 '재탕' 질문을 던지는 건 별로 의미가 없겠다는 생각이 들었다. 해서 '작가 장정일의 지난 20년'

에 대한 독자로서의 감회부터 먼저 적기 시작했는데, 토론문은 그걸로 그냥 분량이 다 차버렸다(하기야 오전에 쓴 것이니 더 쓸 시간도 없었다). 그걸 약간 간추려서 옮겨놓는다.

먼저, 이 자리에 패널로 초대해주신 퍼슨웹과 북포럼 여러분께 감사드립니다. '책'이나 '공부'라면 늘 접하는 것이고("당신이 그거 말고 잘 아는/잘하는 게 뭐 있어?"라는 게 자주 듣는 소리죠!) 특히 오늘 독서 토론의 대상이 평소 제가 즐겨 읽고 좋아하는 작가 장정일 선생님이라고 해서 제 역량과는 무관하게 초대에 흔쾌히 응하게 되었습니다.

그냥 가볍게 시작하겠습니다. 가볍게 시작하자면 개인사부터 들추게 되는데, 사실 장정일의 첫 시집 『햄버거에 대한 명상』*1987부터가 '파격'이 아니었나요?(게다가 이 시집은 '김수영문학상' 수상 작품집입니다. 수상자의 면면을 보자면 장정일은 이성복, 황지우의 뒤를 잇는 '우리 시대의 시인'이었던 것이죠). 그때가 저로서는 대학 1학년 때인데 '근엄한' 시들만 읽어오다가 이런 시를 맞닥뜨렸을 때의 '쾌감'은 요즘 다시 맛보기 어려운 것입니다. 시는 이런 식이었지요.

오늘 내가 해 보일 명상은 햄버거를 만드는 일이다
아무나 손쉽게, 많은 재료를 들이지 않고 간단히 만들 수 있는 명상
그러면서도 맛이 좋고 영양이 듬뿍 든 명상
어쩌자고 우리가 〈햄버거를 만들어 먹는 족속〉 가운데서
빠질 수 있겠는가?
자, 나와 함께 햄버거에 대한 명상을 행하자
먼저 필요한 재료를 가르쳐 주겠다. 준비물은

책을 읽을 자유

햄버거 빵 2

버터 1 $\frac{1}{2}$ 큰 술

쇠고기 150g

돼지고기 100g

양파 1 $\frac{1}{2}$

달걀 2

빵가루 2컵

소금 2작은 술

후춧가루 $\frac{1}{4}$ 작은 술

상추 4잎

오이 1

마요네즈소스 약간

브라운소스 $\frac{1}{4}$ 컵

그렇게 해서 "이 얼마나 유익한 명상인가?"로 마무리되는데, 시에 대한 고정관념을 깨는 데 이보다 더 유익한 시는 많지 않습니다. 그렇게 등장한 장정일은 제게 문학의 모든 아우라를 제거한 말 그대로 '포스트모던' 시인이었습니다(제 생각에 장정일은 시작의 패러다임을 '시 쓰기'에서 '타이핑하기'로 바꾼 '혁명가'입니다). 앞에 적은 이성복, 황지우의 '모더니즘'과 비교해보아도 그 차이는 확연합니다(작가의 흥미로운 전언에 따르면 『햄버거에 대한 명상』에 실린 몇몇 시편들 덕분에 북한에서 '장정일'은 '반미시인'으로 문학사에서 거명되고 있다는군요).

그런 의미에서 저는 시인 장정일을 언제나 『무림일기』1989의 시인 유하와 나란히 떠올리게 됩니다(장정일 & 유하). 두 사람은 진즉에 '시의 종언'을 보여주었다는 생각이 드는데, 우연찮게도 두 사람은 모두 시를 떠나게 됩니다(한 사람의 소설은 자주 영화화되었고, 다른 한 사람은 자기 영화를 만드는 길로 접어들었다는 점에서도 친연성이 없지 않네요).

어쨌든 처음 두 권의 시집 이후로 저는 장정일의 책을 대부분 사들여서 읽은 것 같습니다. 그게 1980년대 말 90년대 초인데 당시에 가장 인기 있었던 작가는 장정일도 좋아하는 밀란 쿤데라였죠. 개인적으로 매번 작품이 나올 때마다 사서 읽은 두 작가여서 언제나 두 사람을 짝으로 떠올리게 됩니다(장정일 & 쿤데라). 무라카미 하루키도 유행이었지만 저는 별로 좋아하지 않았고 나중에 『독서일기』를 통해서만 간접 독서를 하게 됩니다. 해서 시대를 대표하는 작가로 '쿤데라-하루키-장정일'이라는 계열을 떠올리게 되는데 앞의 두 사람은 노벨 문학상의 단골 후보 아닙니까?(장정일은 "내 소설은 쓰레기"라고 토로하지만, 개인의 기억 속에서 그가 차지하는 위상은 좀 다른 것이죠.)

21세기가 시작되자 '행복한책읽기'라는 출판사에서 '우리시대의 인물 읽기'라는 기획서를 내는데, 그 첫 권이 『장정일-화두, 혹은 코드』 2001 였습니다(그 이전에 《작가세계》 1997년 봄호가 '장정일 특집'이었습니다). 장정일 문학에 관한 아주 유익한 자료가 되는 책이고 저는 바로 사서 읽은 책입니다(그사이에 '거짓말 사건', 『내게 거짓말을 해봐』 때문에 빚어진 필화가 있었는데, 분량상/시간상 생략합니다. 이때의 프레임은 '장정일 & 마광수'입니다. 이른바 '사회적 공모에 의해 암살된 '수난자 장정일'인 것이고, 그가 마광수에 비유한 표현을 빌면 "우리 시대의 모차르트"였던 것이죠).

그 책의 기획자는 이렇게 적었습니다.

우리 문학사에서 그렇게 낯설었으면서도 또 그렇게나 빨리 새로운 세대에게 전파된 것이 장정일이었고 장정일의 문학이었다. 장정일 이후의 문학은 독자적으로 이미 상당히 세를 굳힌 듯하다. 그리고 어느새 그가 문학 논의의 중심에서 슬그머니 밀려난 듯한 이즈음 우리가 그에 대한 책 한 권에 이르는 조명을 새삼 시도하는 것은 그가 일으킨 파장이 아직도 한때의 소동이 아니라 제대로 탐구되어야 할 사건이라고 여기는 까닭이 다. 구광본_소설가

요는 그가 세기말/세기초 한국 사회의 '문제적 인물'이었다는 것이죠 ('우리 시대의 인물'이었다는 것이고요). 그건 이 시리즈의 두 번째 책이 『노무현-상식 혹은 희망』2002이었다는 것에서도 알 수 있습니다(아시다시피 그 는 그해 겨울 대통령에 당선됩니다). 그리하여 '장정일 & 노무현'이 되는데(대 단한 거 아닙니까?), 장정일이 노무현과 함께, 노무현보다 먼저 다루어졌 다는 사실을 혹 『공부』로 장정일을 처음 만나는 (87학번이 아닌) 87년생 독자들은 실감할 수 있을까요?

아무려나 두 사람은 '비주류'의 코드를 공유하는 우리 시대의 화두였 음을 부인할 수 없습니다(아시다시피 이 비주류성은 '장정일 & 김기덕'이 공유 하는 것이기도 합니다). 흥미로운 건 작가가 『공부』를 쓰게 된 직접적인 계 기도 '노무현'이었다는 사실입니다.

제가 이런 책을 내게 된 것은 2002년 대선 때 있었던 일 때문입니다. 그 때 저는 집필실을 얻어 글을 쓰고 있었는데, 옆 사무실의 중년들이 "노무 현 그거 빨갱이 아닌가?"라며 성토하는 대목에서 깜짝 놀랐습니다.

그렇게 시작한 장정일의 '공부'가 궁극적으로 지향하는 건 우리 사회 의 '상식 혹은 희망'을 부활시키는 것이 아닐까요?(출판사 문구로는 '인문 학 부활 프로젝트'라고 돼 있지만, 우리 사회에 언제 '인문학'이 만개하고, '상식 혹 은 희망'이 만발했었는지는 얼른 떠오르지 않습니다만) 그건 작가 자신에게도

그렇지 않을까 싶은 게, 요즘 가장 많이 팔리는 책은 그의 문학이 아니라 그의 『공부』입니다!

『공부』로 아주 넘어가기 전에 '소설가 장정일'도 잠깐 언급해두고 싶습니다. 개인적으로 『너희가 재즈를 믿느냐?』*나 『보트하우스』* 같은 작품을 좋아하고(『보트하우스』는 특히나 러시아 문학과의 관련성이 많은 작품이기도 합니다) 『중국에서 온 편지』를 문제적이라고 생각하는데(소위 장정일을 읽기 위한 코드를 다 '드러낸' 게 아닌가라는 생각을 합니다), 유감스럽게도 그의 소설 대부분은 이젠 『선집』을 통해서만 읽어볼 수 있습니다(그래도 그는 '2만 부 작가'였는데 말입니다!).

『중국에서 온 편지』* 이후에 뜻밖에도(아주 뜻밖은 아니었지만) 작가는 『삼국지』로 나아갑니다. 그는 "40세 때부터 『삼국지』를 쓰기 시작했는데, 중년이라는 나이와 『삼국지』라는 역사 장르가 저의 독서 습관을 많이 바꾸어놓았습니다"라고 적습니다. 《문화일보》에 연재되는 걸로만 가끔 읽었을 뿐 저는 그의 『삼국지』를 완독하지는 않았습니다만(당연한 것이기도 하지만 무려 10권이고, 저로서는 꽂아둘 만한 서재가 없습니다), 이게 기본적으로 80년대 주류 작가였던 이문열의 『삼국지』를 겨냥하고 있다는 건 분명하게 알 수 있습니다(장정일 vs. 이문열).

이 구도에 황석영의 『삼국지』가 끼어드는 바람에 작가로서는 '물 먹은' 경우가 된 게 아닌가 싶지만(판매가 상당히 저조합니다) 어쨌거나 우리 시대의 『삼국지』 작가로서도 장정일은 앞 세대의 두 작가와 어깨를 나란히 합니다(이문열-황석영-장정일). 하지만, 다른 작가들이 가지 않은 장정일만의 길을 그는 개척했는데, 그건 바로 '의사pseudo 저자'로의 길입니다.

지난 1994년 『독서일기』 1권을 처음 내면서 그는 이렇게 적었습니다.

어린 시절의 내 꿈은 이런 것이었다. 동사무소의 하급 공무원이나 하면서 아침 아홉시에 출근하고 오후 다섯시에 퇴근하여 집에 돌아와 발 씻고 침대에 드러누워 새벽 두시까지 책을 읽는 것. 〔……〕 시인·소설가라는 꿈에도 원치 않았던 개똥같은 광대짓과 함께 또 한 권의 책을 출간하고자 머리말을 짜내고 있는 나는 '불행한 저자'이다. 〔……〕

내가 한 권의 낯선 책을 읽는 행위는 곧 한 권의 새로운 책을 쓰는 일이다. **이렇게 해서 나는 내가 읽는 모든 책의 양부가 되고 의사**pseudo **저자가 된다. 막연하나마 어린 시절부터 지극한 마음으로 꿈꾼 것이 바로 이것이다.** 오늘날 누가 얼굴을 똑바로 하고 자기 자신을 쾌락주의자라고 말할 수 있겠는가? 나는 그 단어가 가진 엄밀한 의미를 좇는 쾌락주의자가 되고 싶다.(강조는 나의 것)

그러한 그의 독서관은, 하지만 변화하게 됩니다. 재즈에서 클래식으로 음악에 대한 그의 취향이 변화한 것과 마찬가지로. 『독서일기』 10년째인 2004년에 낸 6권*의 서문은 이렇습니다.

보혁갈등이 첨예하게 부딪치는 지난 몇 년간을 보내면서, 나의 독서관은 개인적으로 내밀한 쾌락을 좇아가는 독서에서 약간 다른 것으로 진화했다. 〔……〕 시민이 책을 읽지 않으면 우중愚衆이 된다. 책과 멀리하면 할수록 그 사람은 사회 관습의 맹목적인 신봉자가 되기 십상이고 수구적 이념의 하수인이 되기 일쑤다. 책을 읽지 않는 사람은 내밀한 정신의 쾌락을 놓치는 사람일 뿐 아니라, 나쁜 시민이다. 〔……〕 독서는 민주사회를 억견臆見과 독선으로부터 보호하기 위해 시민들이 행하지 않으면 안 되는 의무라고까지 말할 수 있다.

여기서 대립쌍은 '시민 vs. 우중' 혹은 '좋은 시민 vs. 나쁜 시민'으로 설정돼 있습니다. '쾌락주의적 독서'에서 민주주의와 시민 교육을 위한 '계몽(주의)적 독서'로 변화한 것이라고 할 수 있을 텐데, 우리의 질문은 여기에서부터 시작되어야 할 거 같습니다. 『공부』와 『독서일기 7』에서 읽을 수 있는 작가의 집필 계획은 두 가지입니다(저로서는 가장 관심을 갖는 대목입니다).

(1) 선정해놓고 못다 쓴(혹은 날려먹은) 30여 가지 주제로 『공부』를 한 권 더 쓰기(하지만 그는 "공부는 저의 평생 친구입니다. 이 말은 무지가 평생 저를 따라다닐 것이란 뜻입니다"라고 적었습니다. 그는 『공부』의 길로 가는가, 다시 『독서일기』의 길로 가는가, 혹은 둘 다인가? 그는 또 "한 주제로 묶는 게 성실로 여겨졌다"라고 적었죠. 가령 그가 "의식적으로 포기했던" 문학 작품 읽기는 다시 시작되는가?)

(2) 2002년 대선 이후의 한국 '풍속'을 관찰한 소설(가제는 『서울 금병매』로 돼 있습니다. 그에게 2002년과 곧 있을 2007년의 대선은 어떤 의미를 갖는 것일까요? 『공부』의 마지막 마무리 또한 우연찮게도 2007년의 '아마겟돈'에 관한 것입니다).

이른바 독서/공부론과 인문서평의 자리에 오게 되면 작가의 경쟁 상대는 달라집니다(흔히 리뷰어로 통칭되지만, 여기엔 '서평가-서평자-서평꾼'의 급이 있습니다). 장정일과 유사한 포지션을 점유하는 이는 도서/출판평론가 '표정훈&이권우'가 아니라 『몸으로 하는 공부』2005의 강유원입니다(둘은 1962년생 동갑내기입니다). 요컨대, '장정일&강유원'. 작가도 읽어보았을 텐데, 먼저 포문을 연 건 강유원입니다. 그는 1996년에 나온 『장정일의 독서일기 2』에 대한 독후감에서 이렇게 적었습니다(그의 비판은 일리가 없는 건 아니지만 작가에 대한 사전이해가 거의 백지 상태라는 걸 보여줍니다).

두 번째 독서일기를 읽고 난 후 계속해서 독서일기를 사는 것은 책을 모으는 취미는 만족시켜줄지언정 더 이상의 지식은 줄 수 없으리라는 짐작을 하게 되〔었다〕. 〔……〕 첫 번째 독서일기를 읽었을 때나 두 번째 독서일기를 읽은 지금이나 놀라운 것은 장정일이 참으로 책을 많이 읽는다는 것이다. 그러나 조금만 더 생각해보면 그건 그리 놀라운 일이 아니다. 그는 하루 종일 책만 읽어도 먹고살기에 별로 어려운 처지가 아니기 때문이다. 〔……〕

장정일의 독서는 아주 폭넓은 듯하지만 사실은 별로 그렇진 않다. 자신이 소설가이므로 당연히 소설을 가장 많이 읽는다. 가끔 인문사회과학이 끼어 있다. 어쩌면 인문사회과학 서적은 '젊은 시절'에 많이 읽었을 테니까 이제는 별로 안 읽는지도 모르겠다. 〔……〕 장정일은 많은 분량의 책을 읽지만 그것이 지식으로 축적되는 것 같지는 않다. 다시 말해서 구슬은 많지만 그것을 꿰어서 이론적 줄거리를 만들어내지는 못하는 듯하다. 〔……〕 또한 인문사회과학 서적에 대해서는 단순한 내용 요약만을 하고 있는 것도 그가 책읽기를 통해서 많은 것을 얻고 있지는 않다는 점을 보여준다. 장정일은 객관적인 데이터에 상당히 무관심한 사람임을 알 수 있다. 『책』

물론 우리는 『공부』와 『독서일기 7』의 장정일이 더 이상 강유원이 비판하고 있는 장정일이 아니라는 걸 압니다(그 변화의 분기점은 『삼국지』인가, 혹은 2002년 대선인가요?) 그는 이렇게 적었습니다. "부끄러움을 무릅쓰고, 마흔 넘어 새삼 공부를 하게 된 이유는 우선 내 무지를 밝히기 위해서다. 극단으로 가기 위해, 확실하게 편들기 위해, 진짜 중용을 찾기 위해!" 하지만 그 공부 때문에 부당하게 폄하되는 것은 없는 걸까요?

내 무지의 근거를 가만히 들여다보니, 상급학교 진학을 하지 않았다는 걸

점도 있지만, 그것보다는 한때 내가 시인이었다는 사실이 더 도드라져 보인다. 시인은 단지 언어를 다룬다는 이유만으로 최상급의 지식인으로 분류되어 턱없는 존경을 받기도 하지만, 시인은 그저 시가 좋아서 시를 쓰는 사람일 뿐으로, 열정적인 우표 수집가나 난이 좋아 난을 치는 사람과 별반 다를 게 없다. 그들의 열정에는 경의를 표하는 바이지만, 미안하게도 나는 우표 수집가나 난을 치는 사람을 지식인으로 존경할 수 없다. 「공부」, 머리말

그럼으로써 장정일은 지식인으로서 거듭나고자 하는 것일까요? 그리하여 그의 공부론과 지식인론에 대한 질문에서부터 토론을 시작해볼 수 있겠습니다. 이제 겨우······ (2007. 10)

P.S. 곁가지 멘트들이 빠져서 토론문이 다소 싱겁게 읽힐 수는 있겠다. 작가에 따르면 시는 더 이상 쓸 수가 없고(그가 어느 책에선가도 적어놓은 것이지만, 그가 보기에 모든 시인에게 첫 시집이 곧 '유고시집'이다. 이후엔 그보다 더 뛰어난 시집을 낼 수 없기 때문에. 고로, 두 번째 시집을 내면서부터 시인은 '현역'이 아닌 '명예시인'이 된다. 전 세계에 12마리쯤인가 있다는 시마詩魔가 빠져나간), 생계 때문에 쓰기 시작한 소설은 그나마 괜찮을 걸 쓰게 될 때쯤 문학판이 파장 분위기가 돼버렸다. 그가 가장 욕심을 부리는 건 '정식'으로 데뷔한 부문이기도 한 희곡 쪽(언젠가는 걸작을 써주길 기대한다).

나는 장정일의 이 세 가지 자기상이 모두 의미가 있고 우리 문학에 기여한 바가 있으며 따라서 존중받아야 한다고 말했다(나도 우표 수집가를 존경하지는 않지만 시인은 존경한다. 명함에 '시인'이라고 새겨서 다니는 시인들

말고 진짜 시인들). 포럼이 끝나고 잠시 나눈 사담에서 작가는 러시아 작가 불가코프의 『거장과 마르가리타』와 희곡들에 대해서 격찬을 아끼지 않았다. 『거장과 마르가리타』[*]의 경우 러시아에서는 연극으로도 공연된다고 알려주자 놀라워하기도 했다(이 작품은 곧 새 번역본이 출간된다). 그가 한번쯤 러시아에서 불가코프의 작품들이 어떻게 무대화되는지 볼 수 있기를 기원하지만(사실은 나도 못 본 거 아닌가!) 여행을 싫어한다고 하니 실현될 가능성은 희박해 보인다.

너희가 독서를
아느냐?

『장정일의 독서일기 5』[*]　장정일, 범우사, 2002

장정일이 대한민국에서 가장 책을 많이 읽는 작가인지는 모르겠지만, 적어도 자신이 읽은 책을 가장 지속적으로 공개하고 있는 작가임은 분명하다. 2, 3년 간격으로 묶어내는 독서일기가 벌써 5권째니까, 그는 온전히 책 읽기를 통해서 30대를 건너왔다고 할 수 있을까? 재즈와 독서, 그리고 소설 쓰기를 제외한다면 그의 일상생활은 자투리 시간들로 채워져 있을 듯하다.

　2백여 권에 대한 독후감을 담고 있는 이 책을 나는 전철에서 읽거나 걸어 다니면서 읽었다. 그가 감상을 적어놓은 책들의 대부분을 나는 읽지 않았고 또 몇몇을 빼면 읽을 계획도 없지만, 그의 책을 읽는 일은 재미없거나 지루하지 않다. 오히려 반대다. 일부 인문/사회과학 서적을 제외하면 그가 읽은 책들은 대부분 번역 소설들이거나 재즈 관련서들이고, 나는 관광지의 여행객처럼 이들에 대한 소개와 감상을 맞나게 읽은 것. 더불어 사 모은 책들을 처분하는 요령도 암시받을 수 있다(그에 따르면 도서관에서 빌려볼 수 있는 책들을 제일 먼저 버려야 한다. 가령 쿤데라의 소설 같은 명작들). 베르꼬르의 『바다의 침묵』과 파스칼 레네의 『레이스 뜨는 여자』에 대한 감상과 함께 특별히 인상에 남는 대목들을 여기에 기록해 두고 싶다.

이청준의 『서편제』에 대해.

당신을 4·19 세대라고도 하고 그것을 형상화하는 작가라고도 하던데, 잠든 어린 딸의 눈에 청강수를 찍어 넣는 애비를 마땅히 그 좆대가리를 잘라 씹어버려야 하지 않나? 60쪽

소위 '한恨의 예술적 승화'라는 그 소설/영화의 내용은 조금만 제정신으로 (읽어)본다면 얼마나 엽기적인가! (이른바 남도엽기전?) 문제는 이 소설이 고등학교 국어 교과서에도 실려 있다는 사실.

박정희의 창씨개명에 대하여.

그러니 박정희를 박정희라고 부르는 결례를 더 이상 저지르지 말고 다카키 마사오나 오카모토 미노루라고 부르자. 그가 얼마나 일본인이 되고 싶어했는지를 그의 생애가 너무도 생생히 증언하기 때문이다. 하여 긴급제 안한다. 박정희기념관을 지어야 한다는 정신 나간 무리들이 있는데 그들이 박정희기념관을 짓자고 시도하든 말든, 그것을 반대하는 사람들이라도 온전히 정신을 차려 박정희기념관반대국민연대라는 이름을 당장 다카키 마사오기념관반대국민연대로 바꾸어야 한다. 248~49쪽

진즉에 DJ가 박정희기념관 건립을 대선공약으로 내걸었다면 나는 그를 대통령으로 뽑지 않았다.

소설의 잠언에 밑줄 긋는 독자들에 대하여.

잠언에 밑줄을 긋는 한, 우리나라의 소설 독자들은 아직 소설을 취급할 줄 모른다고 말해야 한다. 확실히 알 수 없는 일이지만, 잠언에 밑줄을 치는 소설 독자는 소설 속에서 교훈을 발견하도록 편향된 질 낮은 문학 교육의 희생자들일지도 모른다. 나아가 잠언에 밑줄을 치는 독자는 소설나부랭이를 읽는 일에 긍지를 느끼지 못하고 부끄러워하는 사람일지도 모른다. 다시 말해 소설 가운데서 잠언을 발견하고자 하는 안쓰러운 노력은 소설나부랭이를 읽는 소모적인 일을 뜻있게 만들자는 보상심리에서 나오는 것인지도 모른다. 161쪽

내가 두 주 전에 읽은 책에 대해서 이렇듯 뒤늦게 감상을 덧붙이는 것은 어떤 보상심리에서일까?(2002. 2)

장정일 문학의 변죽

『정열의 수난―장정일 문학의 변주』 문광훈, 후마니타스, 2007

일간지 칼럼 등에서 자주 접하던 문광훈 교수의 책을 처음 읽었다. 하지만 보론까지 포함하여 본문 365쪽의 책을 한 시간 만에 읽었으니까 그냥 넘겨본 수준이다. 이유가 없지는 않다. 읽으려고 책장을 넘기기 시작

했지만 읽을 만한 구석이 별로 없고 또 잘 읽히지도 않았기 때문이다. 아무래도 저자와는 코드가 전혀 맞지 않는 듯한데, 서점에서 거의 살 뻔 했으나(재고도서에는 있었지만 매장에는 없었다) 구하지 못하고 도서관에서 대출해 읽은 게 그나마 다행으로 여겨진다.

일단 '장정일 문학의 변주'라는 부제를 달고 있어서 나는 의당 '작가론' 정도의 책인 줄 알았지만 『정열의 수난-장정일 문학의 변주』는 내가 기대한 것과는 전혀 다른 책이다(물론 '역사-서사-권력-문화의 관계'도 속표지에는 부제로 돼 있다). 장정일을 다루고는 있으나 주로 『중국에서 온 편지』라는 중편을 대상으로 하고 있기에(이 작품은 나도 재미있게 읽은 기억이 있다) 온전한 작가론은 아니며, 그렇다고 작품에 대한 분석과 해석을 제시하고 있는 '작품론'도 아니다. 아니 애초에 그러한 것은 책의 관심사가 아니다.

> 다시 말하거니와 이 글은 작품에 대한 단순한 해설이나 해석을 의도하지 않는다. 오히려 그의 소설 언어를, 그 언어의 권력 성찰적 본성을 우리 사회의 이념적-문화적 갈등의 문제 지평에 놓고, 그것이 가치의 개방과 삶의 해방이라는 관점에서 어떤 의미를 갖는지, 이때 감각과 사고의 갱신은 어떻게 일어나는지를 다루어 보고자 한다. 23쪽

라는 게 의도이기에(하지만 나는 저자의 문제의식 자체가 너무 추상적이라고 생각한다).

그럼 왜 장정일인가? 저자가 묻고 답하는 바에 따르면, 일단은 "기질적으로 유사하게 느껴져서"라고 한다. 그리고 그걸 보충해서 "내가 그를 읽는 가장 중대한 이유는 그의 글이 내가 말하고 싶은 바를 내 스스로 생각하고 표현하는 데에 가장 유쾌한 성찰 재료가 되기 때문이지 싶다"

13~14쪽라고 적는다. 거기에 정답이 있지 싶다. 책은 '문광훈이 말하고 싶은 바'를 늘어놓을 따름이지 장정일에 대해서는 별로 얘기해주는 바가 없다(그냥 저자의 '지리한' 예술론만 나열된다). 나로서는 '중국'에서 온 편지만큼이나 해독하기 난해하다.

이제나저제나 하고 책장을 넘겼지만 정작 『중국에서 온 편지』가 다루어지기 시작하는 것은 전체 8장 중 5장148쪽에 가서다(책의 절반이 서론이다!) 아무리 '에세이'라고 쳐도 상식적으로 이해가 되지 않는다. 이런 게 저자의 스타일인 것인지? 그냥 이 작품에 대해서라면 『독서일기 7』랜덤하우스, 2007에서 장정일 자신이 말해놓은 게 훨씬 짧고 유익하다(그는 이 소설을 『일월』이라는 희곡으로도 각색했는데 그에 대한 소개글이다).

그렇게 좀 허무하게 본론이 다 끝나면 '한국 사회에서 장정일 읽기'라는 보론이 나오는데, 이 또한 내가 기대했던 것과는 너무 거리가 멀다. 나는 '장정일이 어떻게 읽혔는가, 내지는 어떻게 읽히고 있는가'에 초점을 맞춘 글을 기대했지만 저자는 '한국 사회에서 장정일을 읽는다는 것'에 주안점을 둔 듯하다. 그의 결론은 무엇인가?

결론적으로 필자가 말하고자 하는 것은 다음과 같다. 민주적 사회질서는 위로부터가 아니라 아래로부터, 강제가 아니라 스스로, 외부로부터가 아니라 내부로부터, 엘리트 중심의 협소한 정치 행위가 아니라 시민 중심의 광범한 참여로부터, 불신과 배제의 원리가 아니라 인정과 포용의 원리로부터 시작되어야 한다. 347쪽

너무 지당하신 말씀이라 종이가 아깝게 여겨진다.

저자의 예술론. "예술은 논리와 개념으로 삶이 비틀어지기 전의 정치 이전적 세계─원형적이고 근원적 진리가 비유적으로 현현하는 장소이

다." 그리고 이러한 예술작품에 대한 감상, 곧 심미적 경험이 '민주주의를 내실화'하는 데 기여한다고 한다. 왜인가?

민주주의가 제대로 작동하기 위해서는 이것이 지지하는 평등, 자유, 박애, 인권, 생명, 평화와 같은 보편 가치들이 나날의 생활 안으로, 개개인의 습관과 사고, 행동과 양식 안으로 육화되어야 한다. 작가는 바로 이런 일에 자신의 표현을 통해 참여하는 대표적 존재이다. 353쪽

요컨대, 사회주의 예술론의 민주주의 버전 같다. "문학예술은 민주적 가치를 생활에서 육화하기 위한 상상력의 의미화이다"라는 단정적인 규정은, 하지만 민주적인 규정인 것인지?
아무튼 내가 요약할 수 있는 저자의 입장은 이런 정도다.

세상을 좀더 낫게 만들지 못한다면, 그리하여 예술의 힘에 대한 신뢰가 없다면 어떻게 글을 쓸 것이고, 이렇게 쓰인 글을 어떤 믿음으로 읽을 것이며, 또 이렇게 읽은 것이 어떻게 나날의 자양이 될 수 있겠는가? 그러므로 예술-아름다움-반성과 자유-평등의 세계공화국, 이 둘 사이의 거리는 그다지 멀어 보이지 않는다. 〔……〕 장정일의 소설 『중국에서 온 편지』가 보여주는 문제의식도, 그 문학적·문화적 의미도 이 점에 닿아 있지 않나 여겨진다. 356쪽

이런 결론에 도달하기 위해서 350쪽이 넘는 책을 읽어야 한다는 건 말 그대로 '수난'이지 않을까.
저자로서의 변명 내지는 자긍심.

글을 쓰는 것이 간단하지 않지만, 나는 글을 쓰지 않을 때보다 쓸 때 더한 행복을 느낀다. 103쪽

그의 '행복'을 탓하거나 말리고 싶지는 않다. 하지만 그렇게 쓸 경우에라도 '구체적으로' 쓰는 게 좋지 않을까? 2장의 제목을 "'욕됨'을 견디다': 나, 문광훈의 경우"라고 달아놓았지만 저자는 자신이 두세 해 전부터 '나이 마흔이 무엇인가'라는 문제에 골몰해왔다는 것 말고는 그 자신의 실존에 대해서, 그리고 '욕됨'에 대해 아무것도 말하지 않는다('종암경찰서의 전경들' 정도가 유일하게 구체적인 '지표'이다). 근래 드물게 읽은 기이한 책이고 저자이다. 아무래도 '마흔'이 문제였던 듯하다. (2007. 9)

목이 쉬어 남아 있는 날들

날씨만큼이나 우중충한 기분이 계속되고 있는데, 과거 일기를 잠깐 들
춰보다가 딱 10년 전 기록을 발견하고 약간의 감상에 젖는다. 우연찮게
도 어제 귀가길 좌석버스에서 읽은 책이 가라타니 고진의 『정치를 말하
다』도서출판b, 2010였는데, 10년 전에 읽던 책도 고진이었다. 그해 봄 『탐
구』 시리즈를 읽었던 듯하다. 고골 작품에 대한 강의를 하게 돼 있는 일
정도 얼추 비슷하다. 그러고 보면 10년간 크게 달라진 것도 없는 모양이
다. 그사이에 『이것이냐 저것이냐』만 재출간됐는데, 낮에 찾아서 조금
들춰보고 싶다. 잠시 시간여행을 해본다. (2010. 3. 21)

2000. 3. 21

고진의 책으로 『탐구2』를 읽고 있다. 에세이식이지만, 이론적인 논의
라서 찬찬히 집중해서 읽어야 한다. 현대 서양 철학의 중요한 주제에 대
한 비서양권의 개입으로서는 유례없이 탁월하다는 느낌을 준다. 김상환
교수의 리뷰는 고진의 특장과 '자만'을 잘 지적하고 있지만, 그럼에도 그

의 글은 유혹적이다. 타자와 텍스트의 바깥을 말하는 부분에서 그가 약간은 과장하고 있지 않나 하는 느낌은 갖는데, 어쨌든 새로운 돌파구를 찾아서 자신만의 힘(논리)으로 밀고나가는 모습은 인상적이다.

아침 신문 문학기행란에 윤대녕의 「상춘곡」이 실렸다. 읽어보진 않았지만, 선운사 동백을 다룬 작품이다. 문득 모든 일에서 떠나버리고 싶어 하루 종일 아무 일도 하지 않았다.

> 선운사 골째기로
> 선운사 동백꽃을 보러 갔더니
> 동백꽃은 아직 일러 피지 안했고
> 막걸리집 여자의 육자배기 가락에
> 작년 것만 상기도 남었습디다
> 그것도 목이 쉬어 남었습디다

어딘가 목이 쉬어 남아 있는 날들이 나를 어지럽게 하였다……

키르케고르1813~1855 42세의 죽음. 『이것이냐 저것이냐』1843. 30세부터 굉장한 다작, 다산성의 저자. 물론 고진의 키르케고르 읽기에 이끌려 다시 집어 들었다.

내일 강의는 고골의 「외투」이다. 딱히 더 준비할 건 없지만, 버먼의 『현대성의 경험』에서 고골에 관한 장(주로 「넵스키 거리」를 다루고 있다)을 읽고, 연구서에서 부분부분, 그리고 작품을 다시 읽고 있다. 그런데 벌써 두시다. 세상이 무언가 달라졌으면 싶은데, 참……

로쟈의 리스트 8 | 에리히 프롬 읽기

성탄 전야에 손에 들고 있는 책은 에리히 프롬의 「소유냐 존재냐」까치, 1996/2009이다. 맹자와 함께 프롬이 어제오늘 관심 저자다. 꼬투리를 따지자면 얘기가 길지만, 맹자는 프랑수아 줄리앙의 「맹자와 계몽철학자의 대화」한울아카데미, 2004를 읽으면서 다시금 흥미를 갖게 됐고, 프롬은 며칠 전에 문득 20년 전 베스트셀러였지만 요즘 안 읽히는 책 중 하나가 「소유냐 존재냐」가 아닐까라는 생각에 다시 읽고 싶어졌다(바쁜 일이 없는 건 아니지만 그래도 종강 이후라고 '여유'를 부리는 중이다). 그래서 「소유냐 존재냐」와 함께 「에리히 프롬의 현대성」영림카디널, 2003을 며칠 전에 주문해서 어제 받았고, 오후에 동네 도서관에서 대출해온 책도 백민정의 「맹자: 유학을 위한 철학적 변론」태학사, 2005과 박홍규의 「우리는 사랑하는가: 에리히 프롬의 생애와 사상」필맥, 2004이다. 「소유냐 존재냐」는, 당연한 일이겠지만, 20년 전에 읽을 때보다 훨씬 이해하기 쉽고 재미있다. 그리고 그의 제자인 라이너 풍크가 프롬의 사상에 관해서는 권위자라는 것과 국내에도 풍크의 책이 소개돼 있다는 사실도 덤으로 알게 됐다. 「우리는 사랑하는가」를 가이드북 삼아서 프롬의 책 두어 권을 이참에 읽어보려고 한다. 겸사겸사 리스트도 만들어놓는다. (2009. 12. 24)

14

기적에 이르는 침묵

일주일 동안 나는 당신의 영화를 네 번이나 보았습니다. 단순히 영화만을 보려고 극장에 간 것은 아니었습니다. 내게 중요했던 것은, 적어도 몇 시간 동안은 긴장한 삶을 산다는 것, 진정한 예술가 그리고 인간들과 함께 산다는 것이었습니다……

기적에 이르는
침묵

『봉인된 시간』 안드레이 타르코프스키, 김창우 옮김, 분도출판사, 2005

얼마 전 스웨덴의 전설적인 촬영감독 스벤 닉비스트1922~2006가 세상을 떠났다. 생전에 세계 3대 촬영감독의 한 사람으로 꼽히던 이 '빛의 사제'는 잉마르 베리만 감독의 둘도 없는 파트너로서 두 차례나 아카데미 촬영상을 수상하기도 했다. 하지만 그가 부린 빛의 마술을 내가 처음 접한 것은 안드레이 타르코프스키1932~1986의 유작 〈희생〉1986을 통해서였다.

이탈리아에서 〈노스탤지어〉를 찍고서 망명의 길을 택한 타르코프스키가 결과적으로는 자신의 마지막 영화가 될 〈희생〉을 스웨덴에서 찍게 된 배경에는 제작을 맡은 스웨덴영화연구소의 안나-레나 위봄과의 오랜 우정이 놓여 있다. 위봄의 제안을 받은 타르코프스키는 얼란드 요셉슨1923~ 을 염두에 두고 씌어진 〈희생〉을 스웨덴에서 찍기로 결정한다. 베리만 영화의 단골 배우 얼란드 요셉슨은 〈노스탤지어〉에서 세상 사람들의 각성을 호소하면서 로마의 광장에서 분신자살하는 도메니코 역을 열연한 바 있었다.

거기에 같은 '베리만 패밀리'로서 요셉슨과 절친한 친구였던 닉비스트는 시드니 폴락의 영화 〈아웃 오브 아프리카〉의 촬영을 제안 받은 상태였지만 타르코프스키와의 공동 작업을 선택한다. 닉비스트의 회고록에 따르면 그는 러시아 중세의 성상화가를 다룬 〈안드레이 루블료프〉1966를 본 이래로 타르코프스키에 대한 존경심을 가져왔다고 한다. 자신의 회고록에서 닉비스트는 베리만과는 또 다른 타르코프스키의 연출 방식에 대해서 기술하면서 빛(조명)과 배우들에게 상대적으로 관심을 덜 갖는 대신에 타르코프스키의 주요한 관심사는 장면의 구성과 카메라의 움직임, 말 그대로 운동 이미지에 두어졌다고 털어놓는다.

두 사람은 촬영에 들어가기 전에 서로의 영화를 많이 보면서 작업의 윤곽을 그리고 의견을 조율해나갔다고 하는데, 영화에 대한 타르코프스키의 생각을 집약해놓은 책 『봉인된 시간』독어본 1986을 닉비스트가 접할 수 있었더라면 아마도 공동 작업은 훨씬 수월하지 않았을까 싶다. 그리고 그건 이젠 더 이상 타르코프스키와 대화를 가질 수 없는 시점에서 그를 이해하고자 하는 우리에게는 더더욱 그러할 것이다.

'영화예술의 미학과 시학'이라는 국역본의 부제가 지시해주듯이 『봉인된 시간』은 부분적으로 타르코프스키의 연출 노트이면서 영화와 예술 전반에 대한 그의 독자적인 사고와 통찰을 보여주는 유례없는 책이다. 사실 대개의 감독들이라면 자신의 '영화미학'을 글로 표현하기보다는 영화의 이미지로 보여주는 방식을 선택했을 것이다. 그건 타르코프스키도 마찬가지였다. 하지만, 러시아에서의 작업 환경은 순조롭지 못했다.

장편 데뷔작인 〈이반의 어린 시절〉1962에서부터 주관적이고 난해하다는 평을 들은 타르코프스키는 내내 당국과의 마찰을 경험해야 했고, 실제로 작품과 작품 사이에 '고통스럽고 긴 휴식'을 경험해야만 했다. 그 '강요된 휴식' 속에서 그는 자신이 영화의 창작 과정 속에서 추구하는 목적에 대해 숙고할 수가 있었고 『봉인된 시간』은 그 산물이다.

시적 연결의 윤리학

그렇다면, 그가 말하는 영화예술의 본질은 무엇인가? "그것은 시간을 빚어내는 것"이다.

> 마치 조각가가 자신의 마음의 눈으로 자신이 만들어낼 조각품의 윤곽을 보고 이에 걸맞게 대리석 덩어리의 모든 필요 없는 부분을 쪼아버리는 것과 흡사하게 영화예술가 역시 삶의 사실들로 이루어진 거대하고 정리되지 않은 혼합물들 속에서 모든 불필요한 것들을 제거하고 〔……〕 예술적인 전체 형상의 없어서는 안 될 모든 순간들만을 남겨두는 것이다.

그것이 '봉인된 시간'이라는 말의 뜻이다.

그리고 그러한 영화적 순간들을 창조하고 구성하는 데 있어서 타르코프스키가 유난히 강조하는 것은 윤리적 이상이다. 실상 이 책의 결론은 마치 〈노스탤지어〉●에서 도메니코가 분신하기에 앞서서 사람들에게 던지는 절박한 윤리적 호소를 연상케 하는데, 어쩌면 『봉인된 시간』 자체가 영화 〈희생〉과 마찬가지로 암으로 투병 중이던 타르코프스키가 인류에게 건네는 마지막 호소이자 유언인지도 모른다. 영화미학을 타이틀로 내걸고는 있지만 도스토예프스키에게서와 마찬가지로 타르코프스키에게도 미학은 곧 윤리학이라는 걸 우리는 상기할 필요가 있다.

그러한 윤리학의 미적 실천을 위해서 타르코프스키가 특별히 강조하는 것은 시적, 혹은 정서적 연결이다. 이 '시적 연결'은 같은 러시아인으로서 영화사의 걸출한 족적을 남긴 세르게이 에이젠슈테인1898~1948의 몽타주론이 지향하는 '논리적 연결'과 정면으로 충돌하는 것이기도 하다. 에이젠슈테인 식의 논리적 연결은 미리 계산된 미학적 효과와 의미를 창출해내고자 하는데, 타르코프스키가 보기에 그렇게 인위적으로 짜맞추어진 결과는 삶의 진실을 배제하며 관객을 감동으로부터 격리시킨다. 그가 보기에 삶의 양상 중에는 오직 주관적으로만 이해되고 시적인 수단을 통해서만 적절하게 묘사될 수 있는 것들이 있기 때문이다.

미장센: 삶의 순간들과 영혼의 상태들

딥포커스와 롱테이크를 자주 사용하기에 흔히 몽타주론과 대비되는 미장센론자로 분류하게 하지만 타르코프스키의 미장센이 테크닉적인 고려가 아니라 윤리적인 관심에서 출발하고 있다는 점은 아무리 강조해도 지나치지 않다. 삶의 순간순간들에 대한 관찰을 강조하는 타르코프스키가 실제의 일화로 들려주는 이야기들은 가령 이런 것이다.

한 무리의 사람들이 사형 집행 명령 위반으로 총살을 당하게 되었다. 그들은 어느 병원의 담벼락 앞 더러운 물구덩이 한가운데에서 기다리고 있었다. 때는 마침 가을이었다. 사형수들에게 외투와 구두를 벗으라는 명령이 내려졌다. 무리 중의 한 명이 무리에서 벗어나 구멍투성이의 양말을 신은 채 한참을 물구덩이 속을 걸어 나가고 있었다. 그는 일 분이 지나면 전혀 필요가 없게 될 자기 외투와 장화를 내려놓을 마른 땅을 찾고 있던 것이다.

이러한 삶의 장면을 어떻게 몽타주로 분할하고 또 나눠 찍을 수 있겠는가? 타르코프스키가 관심을 갖는 장면은 이처럼 어떤 '불일치'를 담고 있는 미장센들이다. 그가 자주 예로 들고 있는 도스토예프스키의 작품들 가운데 가령 『악령』*에서 스타브로긴과 광신도 샤토프와의 대화 장면은 어떠한가?

"나는 당신이 진정으로 신을 믿고 있는지 알고 싶다"고 스타브로긴이 말하자 샤토프는 이렇게 대답한다. "나는 러시아와 러시아 정교를 믿습니다…… 나는 예수의 성체를 믿습니다…… 나는 그리스도의 재림이 러시아에서 이루어질 것이라고 믿습니다…… 믿습니다." 샤토프는 정신이 나간 채로 더듬거리며 말하는데, "신을 믿느냐구요, 신을?"이라고 스타브로긴이 재차 질문하자 "저…… 저…… 믿어보겠습니다"라고 (미래시제로) 말한다. 타르코프스키가 이 장면에서 지적하는 것은 "어찌할 바 모르는 당황한 영혼의 상태"를 포착하고 있는 천재적인 수법이다.

이와 같은 삶의 순간들과 영혼의 상태를 드러내고자 하는 타르코프스키의 영화는 사실 정적이지 않으며 대단히 격렬하다. 예컨대 〈노스탤지어〉의 분신 장면과 〈희생〉의 방화 장면 같은 걸 떠올려보라. 카메라는 인물들의 행동을 숨죽인 관찰자처럼 따라가며 단지 보여주기만 하지만 그 조용한 화면에 비춰지는 것은 격렬한 감정의 폭발이기도 하다.

죽은 나무 한 그루가 가져온 기적

한없이 느리게만 전개되는 것 같은 〈희생〉에서도 주인공 알렉산더의 내면을 뒤흔드는 건 3차 대전이 발발했다는 소식을 듣고서 갖게 되는, 자신의 가족과 세상에 대한 걱정과 두려움이다(그러니까 〈희생〉은 타르코프스키 버전의 〈그날 이후〉이다. 이것은 남의 일일까?). 그는 세상을 구원할 수만 있다면 자신의 모든 것을 바치겠다고 신에게 기도한다. 그런데, 그 구원이란 것은 다른 게 아니다. 단지 내일도 오늘과 같은 일상적인 하루가 지속되는 것. 그 단순한 소망을 위해서 알렉산더는 묵언을 결심하고 다음날 자신의 집을 모두 불태운다.

아주 먼 옛날에 한 수도원에 늙은 수도승이 살고 있었단다. 그는 산에 죽은 나무 한 그루를 심었단다. 그리고 제자에게 말했지. 나무가 다시 살아날 때까지 매일같이 물을 주도록 하라고. 제자는 매일 아침 산으로 올라가서 물을 주고는 저녁녘이 되어서야 수도원으로 돌아왔지. 이 일을 3년 동안 되풀이한 그 제자는 끝내 죽은 나무에 꽃이 만발했음을 보았어. 끝없이 노력하면 결실을 얻게 되는 거야. 만약 매일같이 정확히 같은 시간에 같은 행동을 반복한다면 늘 꾸준하게 의식과도 같이 말이다. 그러면 세상은 변하게 될 거다. 암, 변하지. 변할 수밖에 없어.

영화의 도입부에서 바닷가에 나무를 한 그루 심으며 알렉산더가 아들 고센에게 들려주는 이야기인데(나는 이야기를 축약하지 않았다), 세상의 궁극적인 변화를 가져오는 것은 "매일같이 정확히 같은 시간에 같은 행동을 반복"하는 것이다. 비록 매일같이 변기에 물을 붓는 일이라 하더라도 그것이 언젠가 세상의 변화를 가져오는 것이라면 그 얼마나 스펙터클하며 기적적인 일인가!

전하는 바에 따르면 스벤 닉비스트는 치매로 인한 실어증으로 치료받던 한 요양원에서 생을 마감했다고 한다. 그의 죽음은 〈희생〉에서 침묵 서언을 한 알렉산더(요셉슨)를 떠올리게 하고 또 바로 20년 전에 세상을 떠난 타르코프스키를 기억하게 한다. 우리에게 남아 있는 건 그의 영화들과 한 권의 미학, 그리고 한 권의 일기『타르코프스키의 순교일기』, 두레, 1997뿐이다. 하지만, 그의 영화를 보고 편지를 보낸 러시아의 한 여성 노동자의 흥분을 우리의 것으로 하는 데는 충분한 것일 수도 있다.

　　일주일 동안 나는 당신의 영화를 네 번이나 보았습니다. 단순히 영화만을
　　보려고 극장에 간 것은 아니었습니다. 내게 중요했던 것은, 적어도 몇 시
　　간 동안은 진정한 삶을 산다는 것, 진정한 예술가 그리고 인간들과 함께
　　산다는 것이었습니다……　《연세대학원신문》, 2006. 10)

타르코프스키의
'순교일기'에 대하여

　　　　　　『타르코프스키의 순교일기』[●] 안드레이 타르코프스키, 김창우 옮김, 두레 1997

작년 4월에 『타르코프스키의 순교일기』(이하『순교일기』)를 몇 페이지 들
춰보면서 '도스토예프스키와 타르코프스키'라는 페이퍼를 쓴 적이 있
다. 이후에 타르코프스키에 대한 자료들을 나는 더 긁어모았고(그에 관한
논문이나 책을 쓰는 것이 나의 목표이자 핑계이다), 어제는『순교일기』의 영역
본『시간 속의 시간Time within time』1994까지 손에 넣을 수 있었다. 도서관
에 주문한 책을 얼마 전에 대출해서 복사한 것이다.
　　집에까지 들고 온 김에 몇 페이지만 다시 읽어보았다. 영역본은 국역
본과 마찬가지로 지난 1989년에 나온 독어판『순교일기Martyrolog』를 대
본으로 한 것인데, 이 책의 러시아어본을 나는 아직 본 적이 없다(짐작엔
아직 출간되지 않은 듯하다. 좀더 검색을 해보니 출간은 이미 기획돼 있고 원래는
작년 말 정도를 목표로 했다고 한다. 적어도 올해는 나올 수 있지 않을까 기대해본
다). 독어본 일기는 1권1970~1986, 2권1981~1986 두 권으로 돼 있는데, 「편

집자의 말」에 보면 "1권이 출간되고 난 뒤 그의 부인조차도 몰랐던 많은 양의 일기와 방대한 자료가 새롭게 발견되었기 때문이다." 그래서 시기적으로는 1권과 부분적으로 중복되는 2권이 다시 출간되었던 것.

짐작할 수 있지만 독어본 두 권은 716쪽에 이르는 방대한 분량이다. 본문 370쪽이 되지 않는 국역본은 당연히 발췌본이고 이에 대해서는 역자가 해명해놓았다.

이 일기를 모두 우리말로 옮겨 출판하는 것이 바람직한 일이겠으나 그것은 너무 벅찬 일이어서 그중에서도 가장 중요하다고 판단되는 부분만을 골라서 책을 엮게 되었다. 일기의 선택 기준은 타르코프스키의 인생관, 세계관과 관련되어 있는 것들, 그가 어떤 사람인가 인간적인 모습을 보여주는 것, 그의 영화예술론, 작품의 구상에서 완성에 이르기까지 그의 영화가 만들어지는 과정을 보여주는 것, 그의 예술이 소련의 이데올로기 및 영화당국, 관제예술과 어떤 충돌을 빚어내고 그래서 어떻게 박해받았는가를 보여주는 것, 그가 즐겨 읽었던 작가, 예술가, 사상가는 누구이며, 가장 많은 감명을 받은 글은 어떤 것인가를 나타내주는 것 등을 중심으로 하여 글을 골랐다. 400쪽

『봉인된 시간Sculpting in Time』과 마찬가지로 키티 헌터-블레어Kitty Hunter-Blair가 옮긴 영역본은 색인까지 포함해서 407쪽 분량이니까 국역본과 큰 차이는 나지 않으며 짐작에는 독어본의 제1권(만)을 번역한 듯하다. 부제가 '일기 1970~1986'이라고만 붙어 있는 것도 그런 심증을 갖게 한다. 하지만 조금 읽어보니까 국역본에 누락된 대목들도 군데군데 포함하고 있다. 국역본보다는 조금 자세한 게 아닐까라는 짐작을 해보게 된다. 겸사겸사 국역본에 몇 가지 교정 사항(의문사항)이 있어서 적

어둔다. 현재 품절되었다고 하니까 혹 재출간 시(완역본이 나오면 더 좋겠고) 교정 사항이 반영되었으면 하는 바람과 함께.

『순교일기』의 첫 문장은 1970년 4월 30일 일기의 것으로 다음과 같이 시작된다. "우리는 다시 한 번 〈도스토예프스키〉를 영화화하는 작업에 관해 사샤 마사린과 이야기했다"이다. 여기에 나는 "역주에도 있지만, 마사린은 영화 〈거울〉의 시나리오 작업을 타르코프스키와 함께 했었다"라고 덧붙였었는데, 영역본을 보니까 '사샤 마사린'이 아니라 '사샤 미슈린Sasha Mishurin'이다. 사샤가 '알렉산드르'의 애칭이므로 공식 이름은 '알렉산드르 미슈린'이다. 국역본의 '등장인물 해설'에는 또 '알렉세이 미샤린Aleksei Mischarin'이라고 표기돼 있다374쪽. 이게 왜 이리 왔다갔다하는 건지.

나타샤 시네씨오스가 쓴 작품 해설 「거울」2001을 보니까 각본은 타르코프스키와 함께 'Alexander Misharin'이 맡은 것으로 기재돼 있다. 그래서 나의 결론은 '알렉산드르 미샤린(사샤 미샤린)'이라 해둔다('미샤린'이 '미슈린'으로도 불릴 수 있나?). 국역본의 '알렉세이 미슈린1912~1982'은 다른 러시아 영화감독의 이름이다.

「편집자의 말」에 보면 "등장인물의 표기는 독어판과 영어판을 대조해가면서 정확을 기하려 했으나 러시아어판을 사용하지 않았기 때문에 잘못된 곳이 적지 않을 것이다"403쪽라고 했는데, 첫 문장부터 그런 사례가 나오고 있는 것. 재판이 나온다면『봉인된 시간』처럼 그냥 다시 찍어내는 것이 아니라 오류들을 정정하여 보다 정확한 번역본이 나왔으면 좋겠다.

이어지는 대목. 타르코프스키는 어쨌든 도스토예프스키의 작품들이 아닌 도스토예프스키 자신에 관한 영화를 찍어야 한다고 말하면서 이렇게 적는다.

도스토예프스키의 성격, 그의 신, 그의 악령들, 그가 이룩한 일들에 관한
영화를 만들어야 할 것이다. 톨야 솔로니친은 도스토예프스키 역할을 훌
륭하게 해낼 수 있을 것이다.

'톨야 솔로니친'은 '톨랴 솔로니친'이라고 표기하는 게 맞다. '톨랴'는
'아나톨리'의 애칭이며 아나톨리 솔로니친1934~1982은 〈안드레이 루블료
프〉에서 주역을 맡았던 그 배우다. 타르코프스키는 이 솔로니친을 도스
토예프스키의 배역으로 염두에 두고 있었다는 것(옆의 사진 *은 〈안드레이
루블료프〉의 솔로니친과 도스토예프스키).

이제 나는 우선 도스토예프스키 자신이 쓴 글을 모조리 읽어야만 하겠다.
그리고 그에 관해 쓴 모든 글들 그리고 러시아 종교철학자들인 솔로비요
프, 베르쟈예프, 레온체프의 글들도 모두 읽어야겠다. 도스토예프스키는
내가 영화 속에서 실현시키고자 하는 이 모든 것들의 총체가 될 수 있을
것이다. 25쪽

여기서도 표기 하나. 레온체프는 영어로 'Leontiev'이며 러시아 철학
자 콘스탄틴 레온티예프1831~1891를 가리킨다(러시아 출신의 저명한 경제학
자는 바실리 레온티예프이다). 발음대로 하면 '레온찌예프'가 되지만, 관행
에 따라 '레온티예프'라고 해둔다. 여기까지가 4월 30일의 일기다.
　그리고 이어지는 5월 10일자 일기. "1970년 4월 24일 우리는 므야스
노예에 집 한 채를 구입했다"26쪽고 나오는데, '므야스노예Myasnoye'의 바
른 표기는 '먀스노예'이고 타르코프스키 가족의 별장이 있던 곳이다. 다
음의 사진은 타르코프스키의 아들 안드레이가 먀스노예에서 찍은 사진
이며 영어본 폴라로이드 사진첩 『순간의 빛Instant Light』2004에 들어 있다.

책을 읽을 자유

타르코프스키 영화의 분위기가 사진에서도 묻어난다. 사진에 나오는 여인이 타르코프스키의 아내이자 안드레이의 어머니 라리사이다.

아들 안드레이는 1970년 8월 15일 일기에 보면 "라리사가 8월 7일 6시 25분 아들을 낳았다. 안드류슈카(안드레이)라고 이름을 지었다"라는 구절에서 처음 이름이 등장한다. 아버지의 이름도 안드레이여서, 이 부자는 둘 다 '안드레이 타르코프스키'이다. 타르코프스키는 유작 〈희생〉에서 자신의 영화를 아들 '안드류슈카에게 바친다'라고 나중에 적게 될 것이다.

여하튼 그런 식으로 러시아 고유명사의 표기는 거의 매 페이지 문제가 된다. 가령 5월 25일 일기에서는 "바스카코프 집에 갔었다"라고 시작하지만, 영역본을 보면 "바자노프 집에 갔었다"고 돼 있다. 둘 다 일기에 등장하는 이름들이어서 오타 문제도 아니다(러시아본이 빨리 출간됐으면 싶다!). 한 가지 덧붙이자면, 같은 날짜 일기에서 "점차 일이 진행되고 있다"로 시작되는 문단은 영역본에 6월 4일 일기로 돼 있다. 국역본이 있는 것만으로도 고마운 일이지만 타르코프스키의 독자로서 '정독'하려고 하면 아쉬운 부분들이 많다. (2007. 2)

존재론적 살인과
정치적 살인

『데칼로그 ─ 십계, 키에슬로프스키, 그리고 자유에 관한 성찰』[*]

김용규, 바다출판사, 2002

『영화관 옆 철학카페』의 저자이기도 한 김용규의 신작 『데칼로그─십계, 키에슬로프스키, 그리고 자유에 관한 성찰』(이하 『데칼로그』)은 전작과 마찬가지로 영화를 소재로 한 '무거운' 신학/철학 이야기다. 사실 저자가 분석 대상으로 삼고 있는 키에슬로프스키의 연작 〈데칼로그〉[*] 또한 십계가 새겨진 모세의 돌판만큼이나 결코 가볍지 않은 영화들이다.

일주일에 한 편씩/한 장씩 읽기로 한 이 책에서 내가 제일 처음 읽은 대목은 다섯 번째 계명 '살인하지 말지니라'이다(물론 다 유쾌하지 않은 요즘의 정세 탓이다). 내용은 단순하다. 음울해 보이는 청년 야첵이 바르샤바 거리를 배회하다가 한 택시 운전사를 아무런 원한도 없이 잔인하게 살해하고 자신도 교수형에 처해진다는 줄거리. 흔히 불법적인 살인(=죄)을 응징하기 위한 합법적인 살인(=벌)은 과연 정당한가를 묻는 영화로 이해된다.

저자는 이 영화를 통해서 '살인하지 말지니라'는 계명을 모든 인간에 대해 '그 영혼을 죽이지 말라', 즉 '존재론적 살인을 하지 말라'라는 뜻으로 확장 해석한다. 그리고 그 존재론적 살인을 '소외─시킴'으로써 재정의한다. 그렇게 되면, "이 영화는 철저하게 소외되어 발광하고 타인을 파괴함으로써 결국 자기 자신까지 파멸시키는 한 청년에 관한 이야기" 203쪽다.

물론 여기서 더 중요한 지적은 '야첵에 의한 살인'이 있기 전에, 이 '야첵에 대한 살인'이 있었다는 점이다. 즉 사회가 야첵을 '소외─시킴'

(=존재론적 살인)으로써 자신의 존재 의미를 상실한 야첵이 그러한 무의미한 살인을 저지르도록 방조했다는 것. 그렇다면, 이 문제에 대한 해결은 단순히 살인범 야첵을 다시 살인함으로써는 얻어질 수 없다. '소외-시킴' 때문에 악이 나온다면, '사랑-함'을 통해서 그 소외된 이들을 끌어안아야 한다. 결론적으로 제5계명은 '소외시키지 말지니라'는 뜻이며 더나아가 '서로 사랑할지니라'는 뜻으로 확대된다209쪽.

저자는 야첵의 살인을 해명하기 전에 소외된 인간의 한 전형으로『이방인』의 주인공 뫼르소를 분석한다. 이 둘은 모두 세계로부터는 물론 자기 자신으로부터 '소외된 사람들'187쪽이라는 공통점이 있다. 하지만, '살인하지 말지니라'는 계명과 함께 내가 먼저 떠올리게 되는『죄와 벌』의 라스콜리니코프의 경우는 어떨까? 전당포 노파에 대한 라스콜리니코프의 살인은 야첵이나 뫼르소의 경우처럼 아무 생각 없이 저질러진 것이 아니라 너무 많은 생각 끝에 나온 것이다. 모든 사람들에게 벌레 같은 존재를 해치우는 것이 공공의 이익에 부합한다는 생각. 때문에 그의 살인은 지극히 합리적이고 계획적이다.

물론 작가 도스토예프스키는 그러한 계획의 실행에 여러 우발적인 요인들이 개입되는 과정도 예리하게 묘파하고 있지만, 기본적인 것은 그것이 논리(변증법)에 근거한다는 점이다. 작가는 그의 진정한 속죄와 갱생의 배경으로 숨 막힐 듯한 도시 페테르부르크가 아닌 광활한 시베리아를 설정한다. 작품의 에필로그에 와서야 우리의 주인공은 비로소 사람들로부터의 자신의 소외를 발견하고, 소냐의 사랑을 발견하며, 복음서를 손에 든다. 작가는 그러한 과정을 '변증법 대신에 삶'809쪽이 도래했다는 말로 표현한다. 즉 라스콜리니코프의 살인에서의 문제틀은 존재론적 살인에서의 '소외-사랑'이 아니라, 정치적 살인에서의 '변증법-삶'이다.

최근 미국에서 벌어지고 있는 연쇄살인사건의 범인이 정신병자인지 정치적 확신범인지 아직 밝혀지지 않았지만, 각각의 경우에 따라 해법은 달라질 수 있을 것이다. 만약에 그가 전자라면 그를 소외시키지 말라, 그에게 사랑을 주라. 그리고 만약 그가 후자, 즉 테러리스트라면, 그에게 삶을 주라, 제발 그의 조국을 못살게 굴지 말라. 더불어 대테러 전쟁을 통해 수만의 인명을 살육할, 자신이 비범한 나라인 줄 착각하는, 남들 못지않게 비정상적인 나라 미국의 사전범죄pre-crime에 대해서는, 두 가지 처방이 있을 것이다. 미국을 따돌리지 말지니라, 우리 모두 미국을 사랑할지니라. 그리고, 부시 행정부는 제발 선-악의 변증법에서 헤어날지니라. 그것이 너희가 갱생할 길이니라! 《텍스트》, 2002. 10)

이미지가 들려주는 것

곰브리치의 "미술이란 존재하지 않고, 다만 미술가만이 있을 뿐이다"라는 문구로 우리의 미술 교과서가 시작된다면 얼마나 멋질 것인가! 존재하지 않는 미술을 배우며, 또 미술의 얼굴이 바닷물에 씻겨져 가는 걸 보며 싱긋이 미소 지을 수 있을 텐데!

"러시아에도
미술이 있어?"

『러시아 미술사』 • 이진숙, 민음인, 2007

"러시아에도 미술이 있어?"『러시아 미술사』의 저자 이진숙 씨가 러시아에서 미술사를 공부하겠다고 했을 때 사람들이 보인 한 가지 반응이었다고 한다. 러시아에 발레와 음악은 있지만(곧 볼쇼이 발레와 차이코프스키는 있지만), 어인 미술인가라는 반응이었겠다. 이번에 나온『러시아 미술사』는 미술과는 아무런 인연이 없었던 저자가 러시아어 알파벳도 모르고 갔던 러시아에서 러시아 그림들을 보고 받은 '충격'을 적어놓은 보고서이면서 러시아 미술에 흠뻑 취해 늘어놓은 취중록醉中錄이다.

흔히 러시아라는 나라에 대해 이야기할 때 자주 인용하는 시구는 도스토예프스키와 동시대 시인 츄체프의 "러시아는 이성으로 이해할 수 없다"

인데, 저자가 러시아 미술 세계에 대한 길잡이로 인용하고 있는 것은 민속학자 르보프의 말이다. "우리 러시아인들 사이에는 격렬한 삶이 있다." 어째서 격렬한가? 러시아 역사 자체가 격렬했기 때문이다. 이 '격렬한 삶'과 무관한 미술, 오직 미술만을 위한 미술은 러시아 미술이 아니었다.

저자는 러시아 중세의 이콘화에서부터 소비에트 시기 사회주의 리얼리즘과 사회주의 이후의 현대 미술에 이르기까지 러시아 미술사 전체를 여섯 장으로 나누어 서술하고 있다. 이 중 러시아 미술만의 특징을 가장 잘 보여주는 것은 역시나 이콘화와 19세기 이동파, 그리고 20세기 초반의 아방가르드 등이 아닌가 싶은데, 개인적으로는 특히 19세기 미술에 관심을 갖게 된다. 그건 이 그림들의 일부가 최근 몇몇 아방가르드 작품들과 함께 '칸딘스키와 러시아 거장'전에서 전시되고 있기 때문이기도 하다.

'이동파'란 민중들에게 예술작품을 직접 감상할 수 있는 기회를 주기 위해서 여러 도시를 옮겨 다니며 전시회를 열고자 했던 유파를 가리키는 이름이다. 그런 의미에서 이동파 화가들은 러시아 미술의 인텔리겐치아들이었다고 할 수 있다. 이동파의 가장 대표적인 화가는 요즘 국내에서도 어느 정도 지명도를 얻고 있는 일리야 레핀이다. 〈볼가 강의 배를 끄는 인부들〉*1873은 그의 대표작으로 배를 끄는 인물들의 절망과 다양한 표정을 포착한 이 그림은 러시아 미술사의 한 기념비적인 작품이 된다('칸딘스키와 러시아 거장'전에는 이 그림의 에스키스 하나가 전시돼 있다).

이 그림과 함께 개인적으로 떠올리게 되는 그림은 〈도스토예프스키의 초상〉1872으로도 유명한 화가 바실리 페로프의 〈트로이카〉*1866다. 몇 년 전 모스크바의 트레티야코프미술관에서 오랜 동안 걸음을 멈추게 했던 그림이기도 한데, 추운 겨울날 물동이를 나르는 세 아이의 모습을 담고 있다. 그들의 팍팍한 삶이 한눈에 들어오지만 표정은 의외로 어둡지만은 않다. 저자는 이 그림에 대해서 "지금 그들은 행복하지는 않지만 완전히 절망에 빠진 것은 아니다. 도스토예프스키가 절망 속에서도 어린 소년 같은 순수한 마음과 러시아적인 어떤 것에서 끊임없이 희망을 부여했듯이 말이다"라고 적었다.

그러한 희망은 톨스토이의 『사람은 무엇으로 사는가』에서 직접적으로 영감을 받아 그렸다는 니콜라이 야로셴코의 〈삶은 어디에나〉*1888에서도 읽을 수 있다. 죄수 호송열차를 타고 가는 사람들이 잠시 정차한 사이에 창살 너머로 비둘기들이 모이를 먹는 걸 보고 있는 모습을 그린 그림이다. 비록 러시아 미술이 이 몇몇 그림들만으로 포괄될 수는 없지만 러시아 미술의 메시지만은 확인할 수 있다. 그것은 삶의 고통과 분노, 비애와 절망에 대한 연민이면서 그럼에도 끝까지 버릴 수 없는 희망에 대한 송가이다.

참고로, 국내에는 러시아 미술사를 통시적으로 다룬 조토프의 『러시아 미술사』동문선, 1996, 아방가르드 미술사로 캐밀러 그레의 『위대한 실험』시공사, 2001, 그리고 최초로 국내 필자가 쓴 현장감 있는 러시아 미술관 안내서로 이주헌의 『눈과 피의 나라 러시아미술』학고재, 2006이 출간돼 있다. 이진숙 씨의 책은 이 모두를 종합한 가장 이상적인, 러시아 미술사 입문서이면서 동시에 러시아 미술로의 뿌리치기 어려운 초대장이다.

(《시사IN》, 2008. 1)

추의 이미지는
미의 이미지보다 다채롭다

『추의 역사』● 움베르토 에코, 오숙은 옮김, 열린책들, 2008
『미의 역사』● 움베르토 에코, 이현경 옮김, 열린책들, 2005

소설 『장미의 이름』으로 잘 알려진 움베르토 에코는 소설가이기 이전에 세계적인 기호학자이고 철학자이지만 본래의 전공 분야는 중세 철학과 문학이다. 국내에도 소개된 『중세의 미와 예술』열린책들, 1998은 토마스 아퀴나스 연구로 박사학위를 받은 그가 26세 때 쓴 중세 미학 연구서이기도 하다. 지난 2004년에 이탈리아에서 출간된 이후 전 세계적인 화제를 모으며 27개국에서 번역된 『미의 역사』만 하더라도 그가 자료를 모으기 시작한 건 40년도 더 전인 1960년대 초반이었다고 한다. 게다가 수십 년간 대학에서 미학을 가르치고 있으므로 그가 『미의 역사』의 저자로 나선 것은 아주 자연스럽다. 오히려 뒤늦은 감이 들 정도다.

사정은 『미의 역사』에 이어서 출간된 『추의 역사』의 경우에도 마찬가지다. 에코는 유사한 책의 출판을 요청받고 '추의 역사'를 바로 떠올렸다고 하는데, 그렇게 해서 완성된 책이 그런 주제를 다룬 책으로는 거의 최초라고 하니까 조금 놀랍기까지 하다. 『미의 역사』에서 에코는 '미'의 관념이 고대에서 현대에 이르기까지 어떻게 변화돼왔는지 추적한다. 예상할 수 있는 바이지만, 미는 시대와 문화에 따라서 다르게 규정되고 표상되었다. 에코는 그러한 변화의 양상과 차이의 파노라마를 보여주었다. 그리고 이제는 추의 역사를 상대해주겠다는 것.

미학에서 '미'와 '추'가 짝이 되는 개념인 만큼 『추의 역사』가 『미의 역사』의 짝이 되는 것은 당연해 보인다. 한데, 이 추의 역사는 어떻게 구성될 수 있을까? 얼핏 미의 역사와 마찬가지 방식으로 재구성될 수 있지 않을까 생각해볼 수 있다. 철학자들과 예술가들이 정의 내린 추의 관념을 역사적으로 재구성하는 것 말이다. 에코도 처음엔 그렇게 생각했던 듯하다. 하지만 자료를 수집하고 작업을 진행하면서 그가 깨닫게 된 것은 추가 미보다 훨씬 더 다양하다는 사실이었다. "모든 행복한 가정은 서로가 엇비슷하지만, 불행한 가정은 제각기 나름대로의 불행을 안고 있다"는 『안나 카레니나』의 서두를 흉내 내자면, 모든 아름다움은 서로가 엇비슷하지만, 추함은 저마다 제각각이다. 이 제각각의 다양성이 양적인 차원을 넘어서 미의 역사와 추의 역사라는 두 가지 역사의 질적인 차이를 낳는다.

에코의 말을 직접 빌자면, 미에 대한 개념이 시대에 따라 달라지기는 하지만, 그래서 루벤스의 그림 속에 등장하는 여인이 오늘날 곧바로 패션쇼 무대에 설 수는 없지만, 미는 대체로 비례와 균형 같은 몇 가지 기준을 충족시켜야 했다. 즉 세기의 미녀로 꼽히던 은막의 스타 브리지트 바르도와 그레타 가르보의 코는 분명 크기와 모양새가 서로 달랐지만 일정한 길이를 넘지는 않았다. 반면에 추한 코는 피노키오의 코에서부터 넓적코, 매부리코, 비뚤어진 코, 콧구멍이 셋인 코, 종기가 많이 난코, 술주정뱅이의 붉은 코 등 아주 다양하다. 따라서 『추의 역사』를 가득 채우고 있는 갖가지 추의 이미지는 미의 이미지보다 훨씬 다채롭고 풍부하다. 그러니 추는 미와 비대칭적이라고 말할 수 있겠다.

윤리학에서 악의 개념을, 법학에서 불법의 개념을, 종교학에서 원죄의 개념을 다룰 수 있듯이 미학에서 추를 '부정적 미'로서 다루는 것은 정당하다고 주장한 로젠크란츠는 1853년에 출간한 주저 『추의 미학』•나남, 2008에서 추를 '미의 지옥'이라 규정했다. 하지만 이 경우에도 그가 사례로서 실제로 분석하고 있는 형식의 결여와 불균형, 부조화, 외관 손상, 변형, 불쾌함의 다양한 형상들은 너무도 방대해서 단순히 미의 반대라고만 말할 수는 어렵다는 것이 에코의 지적이다. 결과적으로 추에 대한 규범적 정의와 기술은 불가능하다. 다만 가능한 것은 고대 세계의 추에서부터 중세와 바로크, 근대 세계와 아방가르드를 거쳐서 오늘날에 이르기까지 그러한 불가능성을 낳는 다양한 추의 사례들을 제시하는 것이다. 이 경우 우리가 읽게 되는 것은 '추의 역사'가 아니라 차라리 '추의 분류학'에 가깝다(번역의 대본이 된 영어본은 『추에 대하여On ugliness』라는 제목을 갖고 있다).

에코 스스로가 이미 서문에서 미적 관념의 역사를 재구성하는 것 같은 일을 추에 관해서는 할 수 없었다고 시인한 만큼 명태 두름 꿰듯이 일이관지一以貫之하는 '추의 역사'를 책에서 읽어볼 수는 없다. 아쉽지만 이것은 저자 에코의 한계가 아니라 추의 특수성이다. 그럼에도 추에 대한 두 가지 태도 정도는 추에 대한 원형적인 관념으로서 유효하지 않을까 싶다. 한 가지는 고대 그리스의 관념인데, 그들은 미를 일종의 '완벽함'으로 정의하기에 미와 추는 상대적이었다. 예컨대, 제법 단련된 복근이라도 '보다 더 완벽한' 복근과 비교되면 추로 간주되는 식이다. 반면에 우주 전체를 신의 작품으로 간주한 그리스도교에서는 추란 존재할 수 없다. 이 신학적 형이상학에서 추는 다만 예전에 좋았던 것이 손상되었음을 의미할 따름이다. 소위 '범미주의'적 관점이다. 우리는 과연 무엇을 추라고 보는 것일까. (〈공간〉, 2009. 3)

미술의
고고학

『이것은 미술이 아니다―미술에 대한 오래된 편견과 신화 뒤집기』

메리 앤 스타니스제프스키, 박이소 옮김, 현실문화연구(현문서가), 1997/2006

오래전에 사둔 책을 불쑥 끄집어내어 뒤적거린다, 『이것은 미술이 아니다』. 원제는 『믿는 것이 보는 것이다』인데, 이것은 아사 버거의 『보는 것이 믿는 것이다』를 뒤집은 것이다. 믿는 것^{believing}이란 우리가 가진 고정관념과 선입견이고, 그걸 가능하게 하는 인식틀이자 제도이며, 이데올로기이다. 저자 스타니스제프스키는 우리가 보기^{seeing} 전에 이미 작용하고 있는 믿음^{believing}들에 대해서 폭로하고자 한다.

사실 번역서의 제목인 『이것은 미술이 아니다』 또한 이런 문제의식을 담고 있다. 르네 마그리트의 〈이것은 파이프가 아니다〉와 같은 제목의 푸코의 마그리트론을 패러디한 것인데, 마그리트/푸코가 문제 삼은 것 또한 이미지와 재현 사이의 불일치이기 때문이다. 그것들 사이의 자연스러운 일치를 가정하는 것이 바로 우리의 선입견이자 이데올로기가 아닌가!

지면의 대부분을 차지하고 있는 상당수의 도판을 통해서(도판이 흑백이란 것이 좀 아쉽다) 저자가 입증하고자 하는 것은 비교적 간명하다.

우리가 아는 미술은 상대적으로 최근에 나타난 현상으로, 미술관에 전시되고, 박물관에 보존되며, 수집가들이 구매하고, 대중매체 내에서 복제되는 그 무엇이다. 미술가가 미술작품을 창조한다 하더라도 그 자체로서는 아무런 소용이나 가치가 없다. 그러나 이 미술작품들은 미술의 여러 제도들 내로 순환하면서 비로소 [……] 깊은 의미와 중요성을 획득하고 그 가치가 증폭된다. 38쪽

이러한 주장을 저자는 논증한다기보다는 많은 사례들을 동원해 암시하고 있는데, 가령 마르셀 뒤샹이 화장실 변기를 미술 전시회의 좌대 위에 올려놓고 〈샘〉이라고 명명함으로써 변기를 미술로 바꾼 것은 미술사가들이 2천 5백 년 전의 인물상을 박물관에 전시하여 〈비너스〉라 명명한 것(빌렌도르프의 비너스)과 마찬가지라고 지적하는 대목들이 그렇다41쪽. 그런 점에서 이 책은 보다 본격적인 본론을 아직 남겨놓고 있다. 좀더 빽빽하고 무게 있는 책이 기다려진다.

존 버거의 『이미지』 동문선, 1990(원제는 『보는 방법』)와 함께(버거의 책도  어렵지만 흑백 도판이다) 미술에 대한 유용한 입문서인 이 책에서 저자가 도달하는 결론. "미술은 근대—지난 200년간—의 발명품이다."38쪽 여기서 미술을 '인간'으로 바꾸면, 『말과 사물』에서 푸코가 도달하고 있는 결론과 동일하다. 즉 거꾸로 말하면 이 책은 일종의 미술(개념)의 고고학인 것이다. 하여간에 그런 저자의 도발적인 문구, 혹은 곰브리치의 "미술이란 존재하지 않고, 다만 미술가만이 있을 뿐이다"라는 문구로 우리의 미술 교과서가 시작된다면 얼마나 멋질 것인가! 존재하지 않는 미술을 배우며, 또 미술의 얼굴이 바닷물에 씻겨져 가는 걸 보며 싱긋이 미소 지을 수 있을 텐데! (2002. 8)

책을 읽을 자유

곰브리치가 우리에게
들려주는 것

『이미지가 우리에게 들려주는 것』 [●] 에른스트 곰브리치 외, 정진국 옮김, 민음사, 1997

아주 오래전에 『장난감 말에 대한 명상』이라는 에세이가 내가 접한 곰브리치의 유일한 글이었다. 얼마 전 필요 때문에 곰브리치의 『예술과 환영』을 찾았는데, 뜻밖에도 절판이었다. 국내에서는 『서양미술사』 [●] 예경, 2003로 번역된 그의 『미술 이야기』*The Story of art*가 스테디셀러로 팔려나가고 있는 것에 견주어볼 때 의아한 일이지만, 어쨌든 그 책을 서점에서는 구할 수 없었다. 그래서 일단 대신 손에 든 것이 이 책 『이미지가 우리에게 들려주는 것』이다. 책은 미셸 푸코의 전기로 우리에게 잘 알려진 디디에 에리봉과 곰브리치와의 대화이다. 그러니 보다 정확하게는 '곰브리치가 우리에게 들려주는 것'이라고 해야 할까.

그가 들려주고자 하는 것은 미술사가로서 자신의 학문적 자화상이다. 세 장으로 구성된 책의 1장에서 다루어지고 있는 것은 오스트리아 빈에서의 그의 어린 시절과 학창 시절, 그리고 제2차 세계대전 당시 영국 런던에서의 피난 생활 등이다. 전시에 그는 영국 BBC의 독일 방송 통역원으로 일했는데, 히틀러의 사망 소식을 다우닝 가의 처칠에게 전달하는 메신저 역할을 했다고. 안정된 직장이 없던 차에 우연한 계기로 쓰게 된 『미술 이야기』가 뜻밖의 베스트셀러가 되면서 그의 삶을 완전히 바꾸어놓는다(청소년을 위한 미술사로 기획된 대중적인 그 책을 그의 동료들은 거의 읽지 않았다고 한다!). 옥스퍼드 대학의 교수로 임명된 것. 이후의 삶은 비교적 탄탄대로였다.

2장, 3장에서는 "미술이란 존재하지 않고, 다만 미술가만이 있을 뿐이다"라는 표현으로 시작되는 『미술 이야기』에서부터 대화가 진행되면서 그의 학문적 관심과 방법에 관한 얘기들이 오고간다. 특이하게도 그는 동물행동학자인 로렌츠와 틴버겐의 영향을 언급하는데, 미술사학자로서는 유일하게 동물학자의 영향을 받은 것이라고 한다. "내 접근 방식은 항상 생리학적인 것입니다. 나는 항상 모든 것의 뿌리를 잡고 싶습니다"149쪽(조류의 '각인행동'을 '자취'로 옮긴 것은 옥에 티다). 더불어서 그는 독일적 미술사의 전통을 대변했던 파노프스키와 자신과의 차이점에 대해서 친절하게 해명하고 있는데, 예술을 어떤 시대정신으로 환원하려는 시도에 대해서 그는 끝까지 반대한다. 그가 보기에 예술은 창조적 개인의 소산이다. 포퍼주의자Popperian로서 그는 방법론적 개인주의를 지지하는 듯하다.

역사가로서 그는 역사가 '정확한 과학'(엄밀한 과학)이 될 수 없음을 시인한다(그런 의미에서 그의 주저가 그냥 『미술 이야기』라는 제목을 달고 있는 것은 겸양이 아니다). "사실상, 나는 동료들에게 우리가 아직도 미술사를 지니지 못하고 있다고 말하고 싶습니다."209쪽 다만 합리적 포퍼주의자로서 그가 기대하는 것은 위대한 예술가들에 대해 감탄하면서 예술작품을 더 잘 보는 법을 배우는 것이다. 과연 우리는 아는 만큼 감동받는 것인지?

이 책에서 가장 인상적인 대목은 에필로그에서의 그의 마지막 말이다. 미술사가로서 수호하려는 가치가 무엇인가라는 질문에 그는 '서유럽의 전통 문명'이라고 간단히 말한다.

미술가는 우리 문명의 대변인입니다. [……] 위대한 예술에서 위로를 받지 못한다면 삶은 참을 수 없는 것이 되겠지요. 이런 과거의 유산과 접촉할 수 없는 사람들을 안타깝게 생각해야겠지요. 모차르트를 들을 수 있고 벨라스케스를 볼 수 있다는 것에 감사해야 하고 또 그렇게 할 수 없는 사람들을 측은히 여겨야 하겠지요. 213쪽

책을 읽을 자유

측은한 축이 아닌 감사하는 축에 들기 위해서라도 우리는 곰브리치를 좀 읽어야겠다! (그런데 이 책도 절판인가?) (2002. 6)

철학자
마그리트

『르네 마그리트』 수지 개블릭, 천수원 옮김, 시공사, 2000

"오늘 아침 푸줏간에서 한 여인이 좋은 콩팥 두 점을 달라고 요구했습니다. 내 차례가 되었을 때 나는 끔찍한 콩팥 두 점을 달라고 요구하고 싶었습니다." 17쪽

마그리트의 말이다. 그의 그림들이 감동을 주지는 않지만 우리를 놀라게 하는 이유가 절반은 숨어 있지 않을까? 나머지 절반은 장담컨대, 저자인 수지 개블릭이 책임지고 있다.

그녀는 마치 '당신이 마그리트에 대해 알고 싶었던 모든 것, 하지만 차마 옆 사람에게 물어보지는 못한 것'에 대해서 답해주려고 작정이라도 한 듯이 마그리트와 그의 철학과 그의 회화에 대해서 폭넓고 깊이 있게 쓰고 있다. 그래서 뒤표지에 실린 "확실히 마그리트 연구의 모범이 될 것"이라는 《타임스》의 서평이 허사만은 아니지 싶다.

의미심장하게도 책의 시작은 '철학과 해석'이다. 사실 재현을 거부하는 그의 그림들에서 중요한 것은 이미지-개념들의 낯선 병치와 그것이 거두는 효과다. 이런 사실은 그가 일생 동안 '우울증'에 시달렸다는 걸 알게 되면 아주 자연스레 이해된다.

요컨대 "회화작품에서 그는 거의 천부적인 싫증을 보여주었으며, 권태, 피로, 혐오감 사이에 존재하는 무언가를 꾸며냈다."9쪽 그에게 회화가 가지는 의미? "그에게 있어서 회화란 정신이 지닌 두세 가지 기본적인 문제들을 끊임없이 변화하는 빛으로 표현하는 효과적인 수단이었고, 존재의 평범함에 대항하는 영원한 반란"9쪽이었다.

그는 일생을 두고 자신의 생각(정신)을 그림으로 그렸던 것이리라. 그런 의미에서 그는 화가의 특이한 유형이면서 동시에 철학자의 특이한 유형에 속한다. 넓은 의미에서 초현실주의 계열에 속하면서도 브르통 등과 결별했던 것도 그런 기질상의 차이가 빌미를 제공하지 않았을까 싶다.

저자는 마그리트와 초현실주의 회화의 선구자로 데 키리코와 시인 로트레아몽을 들어 자세히 설명하고 있고, 마그리트의 영향을 받은 팝 아트와 마그리트의 관계에 대해서도 요령 있게 설명한다.

하지만 그녀가 무엇보다도 자세하게 분석하고 있는 것은 회화에서의 '재현의 위기'를 주제화하고 있는 마그리트 회화의 특징과 그 전략이다. 그녀는 파이프를 그려놓고 밑에다 '이것은 파이프가 아니다'●라고 써놓아 어깃장을 놓는 그의 심보(?)를 아주 유려하게 해설해 보이는 것이다.

마그리트의 전략을 아주 간단하게 요약하자면 이렇다138~140쪽. (1) 회화에서 단어는 이미지와 본질적으로 동일하다(단어=이미지), (2) 회화에서 오브제는 단어나 이미지와 동일하지 않다(오브제≠단어, 이미지). 그리하여 이제 더 이상 재현적 회화란 가능하지 않으며 유효하지도 않다.

재현으로부터 해방된 회화는 무한한 가능성과 함께 회화적 불가능성에 직면한다. 무엇을 그린다는 것이 더 이상 가능하지도 의미 있지도 않지만, 그럼에도 불구하고 화가는 무언가를 그리는 사람이기 때문이다. 이 모순으로부터 현대 회화의 희소한 가능성과 과제가 동시에 산출된다는 점을 고려할 때, 이 책은 비단 마그리트를 이해하는 데 있어서뿐만 아니라 현대 회화를 조망하는 데 있어서도 아주 유익한 지침이 되어줄 것이다. (2001. 6)

베이컨이란 무엇인가

『베이컨 — 회화의 괴물』* 크리스토프 도미노, 성기완 옮김, 시공사, 1998

'베이컨'이라는 이름을 듣고 가장 먼저 연상되는 것이라면 돼지 뱃살을 훈제한 바로 그 베이컨일 것이다. 거기에 인문학적 소양이 좀 있고 약간 배가 부른 사람이라면 영국의 경험철학자 프란시스 베이컨을 떠올려볼 수도 있겠다. 나는 오래전에 '아는 것이 힘!'이라는 붉은 고딕체 페인트 글씨가 흰 벽면을 장식하고 있는 고등학교를 3년 동안 다닌 적이 있다. 그 학교 또한 한국의 대부분의 고등학교와 마찬가지로 베이컨 계열의 학교였던 것.

자, 여기까지가 '베이컨'이라는 기호가 가지고 있는 외연적·내포적 의미들이다. 그런데, 몇 년 전부터 나에겐 돼지고기 베이컨을 물리치고 '베이컨'의 외연적 의미(디노테이션)를 차지하고 있는 강적이 등장했으니 그가 바로 '회화의 괴물' 프란시스 베이컨1909~1992이다. 철학자 베이컨과 동명이인이겠거니 했는데, 알고 보니 베이컨 가문의 후손이고, 프란시스라는 이름을 그의 아버지가 일부러 붙여주었다고 한다. 이 베이컨이 가장 좋아하는 작가에 셰익스피어가 있는데, 한때는 셰익스피어의 작품들을 철학자 베이컨이 쓴 게 아닐까 하는 의혹이 있었던 만큼 그의 셰익스피어 선호에는 농담 반 진담 반의 이유도 있는 셈이다.

아일랜드 태생으로 한 번도 미술 교육을 받아보지 못했던 베이컨은 엄마의 속옷을 입어봤다가 열여섯 살에 집에서 쫓겨난다(나중에 그는 동성애자가 된다). 그리고 전전했던 여러 직업 가운데는 요리사도 포함돼 있다고 하니 그의 생활고를 짐작케 한다. 하지만, 1927~1929년 사이의 파리 생활을 통해 그는 인생의 전환기를 맞게 되고 자수성가한 화가가 된다(그는 20세기에 가장 잘 팔린 화가의 한 사람이다).

여기에 결정적인 영향을 끼쳤던 인물이 바로 파블로 피카소(정확히는 그의 그림들). 미술의 문외한인 나로서는 처음 그의 그림들을 보고(들뢰즈의 『감각의 논리』에서 처음 보았는데) 입체파라고 해야 하나, 표현주의라고 해야 하나 헷갈렸는데, 그건 좀 무식한 생각이었고, 그의 비틀린 육체의 형상들은 좀더 고차원적인 의미를 갖는다는 걸 이 책을 통해 알 수 있었다. 들뢰즈의 표현을 빌면, 그는 형상적인 것에서 '형상Figure'을 빼내고자 한다. 더 쉽게 말하자면, 그는 외치는 사람들이 아니라 외침 그 자체를 그리고자 한다. 한 대목을 인용하자면,

베이컨에게 이 고통받는 육체는 보편적 존재의 체험과 자기 자신의 삶의 경험을 뒤섞어준다. 너무나 자주 그려진, 고통의 보편적 상징으로서의 예수의 이미지와 푸줏간의 도마 앞에서, 그리고 쉽게 부패하는 고기 앞에서 느끼는 구체적 감각이 그 안에 섞여 있다. 가죽이 벗겨지고 피 흘리고 퍼렇게 멍든 그 육체를 그려 베이컨은 고집스럽고 친절하게 이를 일깨우려

한다. 베이컨의 잔혹함은 모든 애정이나 감정뿐 아니라 혐오스러움마저 초월한 바로 이 급진적인 유물론에서 나온다. 『감각의 논리』, 90~93쪽

다시 들뢰즈의 말을 빌면, 현대 회화는 두 가지 조건에 직면해 있다. 우선 사진이 회화적이고 자료적인 기능을 떠맡게 되었고, 다음으로 작품에 회화적 의미를 부여했던 종교로부터 자유로워졌다. "이처럼 종교적 감정을 거부하고 사진에 포위당한 현대 미술은 회화에 잔존해 있는 것으로 보이는 비참한 영역인 '구상성'과의 관계를 끊어야"121쪽 했으며 추상회화는 그 사례이다. 그리고 베이컨이 제시하는 건 그 또 다른 사례이다. 그 또 다른 사례에 대한 입문서로서 이 책은 더할 나위 없다. 134개의 각종 도판과 사진이 그 증거다. 그래서 아셍보와의 대담집 『화가의 잔인한 손』, 강, 1998과 더불어 적극 추천할 만하다. 그 대담집에 있는 거지만, 베이컨은 영화감독도 되고 싶었다고 한다.

어쨌거나 베이컨의 그림들은 강렬한 몰입의 기회를 제공해준다. 그리고 '느끼는 것이 힘!'이란 걸 정말 느끼게 해준다. 이것이 내가 돼지고기 베이컨이나 철학자 베이컨보다 화가 베이컨을 더 좋아하는 이유다.

(2001. 4)

기술합성 시대의
예술작품

『미디어아트』 진중권 엮음, 휴머니스트, 2009

20세기에 사진과 영화라는 복제기술이 벤야민으로 하여금 새로운 미학을 구상하게 했듯이, 21세기에 컴퓨터와 디지털이라는 합성기술 또는 기

술생성 역시 우리에게 새로운 미학을 구성할 과제를 제기한다.

'예술의 최전선'이라는 부제를 갖고 있는 책 『미디어아트』의 편자가 서문에 적어놓은 문제의식이다. 세계적인 미디어아티스트 8명의 인터뷰를 모은 이 책은 그러한 과제가 아직 완전한 형태로는 아니더라도 어떤 관점에서, 어떤 방식으로 구성될 수 있을지 가늠해보게 한다. 디지털 예술 현장에서 활동하고 있는 예술가들의 직접적인 목소리를 통해서 미디어아트의 이론과 실천에 관한 다양한 주장과 현 단계의 성취를 엿볼 수 있는 기회이기도 하다.

벤야민의 「기술복제 시대의 예술작품」*에 상응하는 미디어아트의 구호는 '기술합성 시대의 예술작품'이다. 소위 정보혁명의 생산 패러다임이 가능하게 만든 '기술합성'은 오늘날 현실과 가상이라는 이분법을 넘어서는 대신 '혼합현실'이라는 새로운 차원이 가능하게 했다. 그리고 당초 군사·산업 용도에서 개발된 영상 기술은 '뉴미디어아트' 혹은 '디지털 예술 실천'을 낳았다. 이것은 전통적인 예술의 성격을 얼마만큼 바꿔놓을 수 있을까? 몇 사람의 주장을 따라가본다.

텔레마티크 아트의 선구자인 로이 애스콧은 디지털 아트가 창출해낸 '가변현실'이 우리의 자아에도 적용될 수 있을 것이라고 말한다. 즉 우리가 여러 개의 인격과 정체성을 갖는 일이 가능해졌다는 것이며, 이러한 변형적 인격의 추가가 미디어아트의 목표이기도 하다는 것이다. 그에 따르면, 우리는 많은 자아, 많은 현존, 많은 세계, 많은 의식의 수준 중에서 하나를 고를 수 있게 될 것이다. 만약 네트net 위의 모든 파이버fiber와, 노드node, 서버server가 우리 자신의 일부이고 잠재성이라면, 이 네트와의 상호작용은 분명 우리 자신을 재구성하는 일이 될 것이다. 우리는 통합된 자아 대신에 다중자아를 갖게 될 것이며 그 결과로 '자아의 감옥'에서 해방될 것이라는 게 애스콧의 낙관주의다.

컴퓨터게임의 열광자인 도널드 마리넬리는 지금 셰익스피어가 살아 있다면 "세계는 비디오게임이고, 모든 인간은 그저 아바타에 불과하다"고 말했으리라 생각한다. 그는 초당 100메가바이트의 속도로 어디서나 무선 접속이 가능해지는 현실은 우리의 삶 전체를 바꿔놓을 수 있을 것이라고 말한다. 그런 관점에서 그는 북한 전역에 비행기로 닌텐도 DS 시스템을 대량으로 뿌린다면 어떤 일이 벌어질까 궁금해한다.

인터랙티브 아트 작업을 하는 사이먼 페니는 신체와 공간과 사물 사이의 '교섭', 곧 오브제와의 신체적 인터랙션을 화두로 삼는다. 흥미롭게도 그는 아직까지 많은 미디어아트가 사람들에게 불편하고 만족스럽지 않다는 점도 인정하는데, 작업의 목적과 거기에 사용되는 기술이 잘 융합되지 않는 데 원인이 있다고 본다. 하지만 장기적으로는 그 역시 낙관주의의 대열에 선다. 20세기가 영화의 세기였다면 21세기는 게임의 세기가 될 것이며, 게임의 멜리에스나 뤼미에르가 등장하고 있는 만큼, 언젠가는 모바일 게임의 셰익스피어도 탄생하리라고 보기 때문이다(인터랙티브 아트에서도 '작가'는 전통적 예술에서와 같은 의의를 갖는 것일까?).

새로운 3D 디스플레이를 발전시켜온 일본의 가와구치 요이치로는 자기복제를 하는 인공생명의 창조를 예술적 과제로 삼고 있는데, 그에게 예술이란 한마디로 '생존'이다. 그는 궁극적으로 자신과 동등하게 소통할 수 있는 생명체를 만들고 싶어 하지만, 컴퓨터그래픽이나 로봇의 형태로 아직까지 고안해낼 수 있는 유전적 알고리듬은 5억 년 전의 생명체 수준이다. 진짜 생명체의 신비로운 부분은 아직 밝혀지지 않은 상태이며, 새와 물고기와 나비와 지네, 바퀴벌레에 대해서도 모르는 것이 더 많다.

키네틱 아트 작업에서 로보틱 아트로 넘어가고자 하는 한국의 작가

최우람은 기계에 인간과 동등한 욕망이나 욕심, 잠재욕구까지 불어넣고 싶어 한다. 마치 조물주처럼 기계 생명체들의 생태계까지 만드는 것이 그의 예술적 야심이다. 작업을 구상하는 시간의 30~40퍼센트는 동물과 식물을 바라보는 데 바친다고 한다. 그것들이 너무도 자연스럽고 완결된 형태를 보여주기 때문이란다.

미디어아티스트들이 공통적으로 갖고 있는 관심은 예술과 기술의 공조이고, 공진화다. 예술가들은 새로운 첨단 기술을 통해 표현의 가능성을 확장시켜나가고, 기술자(엔지니어)들은 그러한 예술에서 더 나은 기술을 위한 영감을 얻는다고 한다. 그렇다면, 근대 미학을 관장해온 칸트적 미학은 더 이상 유효하지 않을 듯하다. '미적 자율성'이나 '무목적의 목적성' 같은 개념이 예술과 기술의 극단적인 결합 형태인 미디어아트에는 들어맞지 않기 때문이다. 그것은 오히려 '예술'과 '기술'을 모두 뜻하던 '아트Art'라는 말의 기원으로 거슬러 올라가는 듯싶다. **'예술의 최전선'은 그렇게 '예술의 기원'과 만난다.** 《공간》, 2009. 8)

16

무미함을 예찬하다

더 이상 특정 작가나 그룹이 아니라 미술관 운영자들이 움직여가는 미술, 그것이 '현대적 미술'의 상황이다. "오늘의 세계에서 미술은 무엇이고, 또 어떤 역할을 맡고 있는가?"라는 질문이 '크레이지'하게 다시금 던져져야 할 지점이다.

무미함을
예찬하다

『무미 예찬』 프랑수아 줄리앙, 최애리 옮김, 산책자, 2010

무미 예찬無味禮讚. 그러니까 '맛없음'에 대한 예찬이다. 말이 안 되는가? 그런 염려는 저자도 염두에 두고 있다. "처음에는 역설로만 여겨질 것이다. 무미無味를 예찬한다는 것, 맛이 아니라 맛없음을 높이 평가한다는 것은 우리가 느끼는 가장 즉각적인 판단에 위배되는 일이다"라고 처음에 적고 있기 때문이다. 주의할 점은 그가 말하는 '우리'의 정체성이다. 프랑스의 저명한 중국학자인 저자에게서 '우리'란 일차적으로 프랑스인이고 서구인이다. 따라서 무미에 대한 그의 예찬이 '즉각적인 판단에 위배'된다는 판단은 한국인 독자라면 보류해야 할 판단이다. 그럼에도 '무미 예찬'에서 어떤 역설을 감지한다면, 그만큼 우리의 미각과 사고가 서구화되었다는 반증으로 보아도 틀리지 않겠다.

우리말로 '무미'라고 옮겨진 단어는 저자가 불어로 'fadeur'(영어로는 'blandness')라고 옮긴 중국어의 '담淡'이다. '담백하다'고 할 때의 '담'으로 묽다, 싱겁다, 부드럽다, 자극이 적다 등의 의미를 갖는다. 저자가 보기엔 이 '담=무미'가 중국의 문화와 미학적 전통에서 중심적인 가치이자 바탕을 이루는 가치다. "그것은 유儒·불佛·선仙 모든 사상의 지원을 받으며, 시, 음악, 회화 등 다양한 예술에 공통된 이상을 환기한다." 이러한 주장을 저자는 강하게 논증하지 않고 여러 예시를 통해서 담백하게 그려내고자 한다. 의미를 직접 전달하는 것이 아니라 '우러나게' 하는 것이 또한 무미의 기술이다.

담의 소리, 담의 느낌, 담의 그림과 시 등 "은미隱微하면서도 아주 구체적인 것"으로서의 무미함에 대해 살펴나가는 저자가 무미의 전범으로 예시하는 것은 중국 원나라 때의 화가 예찬倪瓚의 문인화*다. 그림의 전경에는 잎이 성글고 가느다란 나무들이 몇 그루 서 있는 것이 전부다. 듬성듬성한 바위들이 물가의 윤곽을 드러내고 그 텅 빈 공간 건너편에 야트막한 언덕들이 밋밋한 원경을 이룬다. 네 개의 기둥으로 버텨놓은 초막이 아래쪽에 있지만 인기척은 전혀 없다. 전체적으로는 윤곽선들조차 분명치 않을 정도로 연한 먹물로 그려졌다. 그래서 "도무지 사람의 눈길을 끌고 유혹하는 것이라고는 없지만, 그런데도 이 풍경은 풍경으로서 충만하게 존재한다." 바로 무미의 풍경이다.

화가 예찬은 사십대까지는 막대한 재산 덕분에 지극히 고상한 세계에서 유유자적한 삶을 살았다고 한다. 하지만 몽골 지배기로 접어들면서

그는 모든 재산을 버리고 생애의 마지막 몇 십 년은 방랑으로 소일하며 무엇에도 구속받지 않는 초연한 삶을 살았다. 그가 평생 그린 풍경의 무미함은 곧 '무미한 삶'이라는 그의 이상을 표현한 것이기도 하다고 저자는 덧붙인다. 풍경의 무미함이 내적 초탈함이라는 삶의 태도와도 연결되는 것이다. 그렇듯 '담'은 주체와 객체를 구별 없이 가리킨다.

무심하고 무감각하며 무위無爲한 것이 삶의 기조가 된다고 하면, 이러한 태도는 서양의 주류적 가치관과 대비된다. 가령 "너희는 세상의 소금이다. 그러나 소금이 맛을 잃으면 무엇으로 짜게 하겠느냐? 아무짝에도 쓸모없어 밖에 던져져 사람들의 발에 밟힐 따름이다"라고 제자들을 다그친 예수의 경우와 비교해볼 수 있다. 확실한 자기 '맛'을 드러내는 것, 곧 주장과 분별을 분명하게 드러내는 것이 서양의 미덕이라면 중용적 태도를 이상으로 간주한 중국인들의 생각은 달랐다. 공자는 이렇게 말했다. "남들과 다르게 살려고 하는 것이나 기적을 행하려 하는 것, 그럼으로써 후세가 자기에 대해 말할 거리가 있게 하려는 것이야말로, 내가 가장 삼가는 것이다!"

바로 그런 관점에서 "군자의 사귐은 물과 같고, 소인과의 사귐은 단술과 같다"는 교훈도 나온다. 남에게 잘 보이려 할 뿐인 소인과 달리 군자는 말보다 행동을 중요시하며 말을 행동으로 뒷받침할 수 없을 때에는 남을 위하는 척하지 않는다. 흥미로운 것은 이러한 '담백함'이 시詩·서書·화畵를 평가하는 기준일 뿐만 아니라 인재의 자질을 판단하는 잣대이기도 했다는 점이다. "대체로 사람의 재질에서 가장 높이 평가되는 것은 균형과 조화이다. 그런데 성격이 균형 잡히고 조화롭기 위해서는 반드시 평범하고 담백하며 아무런 맛이 없어야 한다"는 것이 그 이유다. 때문에 어떤 사람을 판단할 때는 평범함과 담백함이라는 자질을 먼저 고려한 후에야 그가 총명한지 따졌다. 한 가지 덕목에만 빠지지 않아야 모든 덕을 지닐 수 있고, 또 그래야만 공직 생활에서 부닥치게 되는 가변적 상황에 적절하게 대처할 수 있으리라고 본 것이다.

그런 시각에 공감하게 되면 "완벽한 성격에는 이렇다 할 성격이 없으며, 충만함은 곧 평범함이다"라는 말도 더 이상 역설이 아니다. 왜 그런가? 모든 자질을 고루 갖춘 사람이라면 어떤 특징도 다른 특징보다 두드러지지 않을 것이므로 그의 사람됨은 남 보기에 특기할 만한 점이 없을 테니까. 마찬가지로, 저자의 '무미한' 『무미 예찬』을 특기할 만할 것이 없는 책이라고 평한다면 최고의 칭찬이 될 것이다. 《공간》, 2010. 3)

P.S. 개인적으로는 프랑수아 줄리앙의 책을 접한 지는 몇 년 됐다. 『운행과 창조』케이시, 2003를 도서관에서 발견하고 그의 다른 책들을 바로 검색하여 『불가능한 누드』2007의 번역 출간을 한 출판사에 제안한 바도 있다(이 책이 나의 첫 소장품이다). 나는 『무미 예찬』이 번역된다는 소식을 듣고 한동안은 『불가능한 누드』가 나오는 걸로 혼동하고 있었다. 제목은 선정적일지 몰라도 중국 미술에 대한 책이다. 그의 최신간 또한 중국 미술을 다룬 『위대한 이미지에는 형태가 없다』2009이다. 이 두 권 정도는 더 번역돼도 좋지 않을까 싶다.

가난한 예술가의
초상

『왜 예술가는 가난해야 할까』 한스 애빙, 박세연 옮김, 21세기북스, 2009

'젊은 예술가의 초상'이라는 제목의 소설도 있지만, '예술가'를 가장 빈번하게 수식하는 형용사가 있다면 '가난한'이 아닐까 싶다. '가난한 예술가의 초상'이야말로 예술가에 대한 우리의 고정관념을 구성한다. 비록 '부유한' 예술가들이 아주 없는 건 아니지만, 가끔씩 발표되는 예술가들의 경제 형편에 대한 설문 결과는 그러한 고정관념과 배치되지 않는다. 대다수 예술가들의 평균소득이 최저생계비에도 미치지 못하며, 창작만으로는 한 푼도 벌지 못하는 '소득 제로' 예술가도 적지 않다. 반면에 생존 작가의 그림이 100억 원이 넘는 가격에 팔리기도 하고 구스타프 클림트나 반 고흐의 그림은 아예 1억 달러가 넘는 가격에 낙찰되기도 한다.

상위 5퍼센트의 스타급 예술가들이 전체 소득의 95퍼센트를 가져간다고 하니 예술 사회 또한 전형적인 '승자독식 사회'이지만, 어째서 이런 일이 벌어지는지는 이해하기 어렵다. 경제학적 관점에서 보자면 뭔가 특이한 사회라고 할 수 있을까? 예술가들의 소득 수준이 낮은 이유는 뭘까? 왜 낮은 소득 수준에도 불구하고 많은 사람들이 예술가가 되려고 하는 것일까? 또 왜 예술 분야에서는 각종 지원이나 기부 등의 후원 영역이 큰 비중을 차지하는 것일까? 네덜란드의 예술가이자 경제학자인 한스 애빙은 『왜 예술가는 가난해야 할까』에서 바로 그런 질문들을 던진다.

책의 부제는 '예술경제의 패러독스'인데, 간단히 말하자면 예술은 두 얼굴을 갖고 있다는 것. 멋들어진 오페라하우스와 화려한 오프닝, 엄청나게 부유한 예술가와 부유한 후원자들의 세상이 한 가지 얼굴이라면,

자기 돈을 써가면서 작품 활동을 하고 다른 부업과 여러 가지 지원금을 통해서만 생계를 유지할 수 있는 가난한 예술가들이 또 다른 얼굴이다. 한편에서는 예술의 신성함을 주장하며 상업성을 외면하고 혐오하지만 그 이면에서는 오히려 그러한 외면/혐오를 상업적 수단으로 활용하기도 한다. 대관절 예술이 무엇이기에?

사회학적 관점에서 저자가 내리고 있는 예술의 정의는 이렇다. "예술이란 사람들이 예술이라 부르는 것이다." 즉 무엇이 예술인지를 결정하는 것은 사람들의 사회적 인식이라는 것이다. 물론 이 정의에서 '사람들'이 가리키는 건 대중이라기보다는 '예술계'에 속하는 일부 사람들이다. 즉 보다 구체적으로 정의하자면 "예술이란 일부 사람들이 예술이라고 부르는 것이다." 이 정의가 의미하는 바는 예술이 특정한 사회적 계층이 갖고 있는 예술적 취향과 긴밀하게 연관돼 있으며 예술을 정의하는 힘은 사회적으로 불평등하게 분포돼 있다는 점이다.

사람들은 보통 사회적 계층에 따라 각기 다른 예술적 취향을 갖고 있다. 우월한 예술과 열등한 예술, 상위 예술과 하위 예술의 구분은 그러한 취향의 차이가 낳는다. 그럼에도 예술이 무엇인가에 대한 합의가 어느 정도 이루어져 있다면 그건 한 그룹의 예술적 취향은 무시되는 반면에 다른 그룹의 예술적 취향은 존중된다는 뜻이다. 이것을 저자는 '문화적 비대칭성'이라고 부른다. 알다시피 부와 명예, 사회적 지위는 일부 계층이 독점하며, 예술은 그들의 부와 사회적 지위를 표시하는 수단이다. 다른 사람들은 그들처럼 되고자 '신분 상승'을 꿈꾼다. 즉 '사회적 사다리'에 올라타고자 하는 것인데, 상징적인 차원에서 그 '사다리'에 해당하는 것이 상위 계층의 예술적 태도와 취향이다. 곧 상위계층은 하위 예술을 무시하지만, 하위 계층은 상위 계층을 동경한다. 예술에 대한 신화와 일반적 숭배는 그렇게 탄생한다.

예술은 실용품이라기보다는 사치품이다. 어떤 실용적인 용도를 목적으로 갖고 있는 것이 아니라 예술적인 경험 그 자체가 목적이기 때문이다. 하지만, 이렇듯 비실용적이고 사치스러운 예술이 진정한 예술로 정의되고 인정받는다. 왜냐하면 예술의 그러한 존재 방식 자체가 귀족적이기 때문이다. 예술의 비실용성은 실용성에 크게 개의치 않는 부유한 사람들에게는 오히려 매력이 된다. 자신의 지위와 우월성을 과시할 수 있는 수단이 되기 때문이다. 따라서 예술 시장은 문화적 우월성을 차지하기 위한 경쟁의 장이 되며, 특정한 톱 아티스트에 대한 주목과 과잉 경쟁은 그렇게 해서 생겨난다. 결과적으로 예술 시장은 극소수의 아티스트들이 천문학적 수입을 올리는 승자독식 시장이 되며, 마치 복권에서처럼 '당첨자'를 제외한 대다수 예술가들은 빈곤을 감수할 수밖에 없는 처지가 된다.

　　그렇다고 가난한 예술가들에게 아무런 보상도 주어지지 않는 것은 아니다. 물론 여러 가지 통로를 통해서 후원을 얻을 수도 있지만, 무엇보다도 강한 예술 창작의 동인이 되는 것은 금전적인 보상을 대신한 '심리적 소득', 혹은 '비금전적 내적 보상'이다. 바로 자신이 재능이 있고 뛰어난 인간이라는 자만심과 자기기만이 그들로 하여금 자발적인 가난을 선택하도록 만든다. 예술가들의 가난과 예술 세계의 구조적인 빈곤이 지속되는 이유다. 상위 예술과 하위 예술의 경계가 점차 사라지게 되면 예술경제의 특수성이 감소할 것이라고 예측하면서도 사회적 계층이 존재하는 한 예술경제의 특수성도 지속될 것이라는 게 저자의 결론이다.

〈공간〉, 2009. 6)

슈퍼노멀,
평범함 속에 숨겨진 감동

『슈퍼노멀』[●] 재스퍼 모리슨·후사카와 나오토, 박영춘 옮김, 안그라픽스, 2009

슈퍼노멀? 일단 제목이 '노멀'하지 않다. '규칙'이나 '규범'을 뜻하는 라틴어 '노르마^{norma}'에서 나온 '노멀'은 표준적인, 정상적인, 평범한 것을 가리킨다. '슈퍼'는 '위의'나 '너머의'라는 뜻이니까 '슈퍼노멀' 자체가 조어상으로는 모순형용이다. 보통 특별하면 평범하지 않고 평범하면 특별하지 않은 법인데, '특별한 평범함'이라니? 『슈퍼노멀』은 후카사와 나오토와 재스퍼 모리슨, 두 명의 제품 디자이너가 안내하는 이 '특별한 평범함'의 세계다. 책의 부제가 '평범함 속에 숨겨진 감동'인데, 덧붙이자면 그 감동에는 예기치 않은 놀라움도 포함되어 있다.

책에는 저자들이 발견한 '슈퍼노멀' 오브제 50여 점이 작품 설명과 함께 수록되어 있다. 전시장에 진열된 '작품'이기도 한 이 슈퍼노멀 제품들이 첫눈에 주는 인상은 소박함과 단순함이다. 사람들이 쓰레기를 던지는 방향으로 살짝 기울어진 쓰레기통과 철사를 조금 두껍게 하고 간격을 기능에 맞게 조정한 과일 바구니, 공기 환기구의 창살을 빼다 박은 공기청정기와 과장된 아치가 다리 부분에 포함된 욕실 의자, 그리고 모든 모서리를 둥글게 처리하여 사용자가 손을 다치지 않게끔 배려한 쇼핑 바구니 등 우리 일상에서 흔하게 볼 수 있는 물건들이 대부분이다. 그렇다면 무엇이 이 '노멀한' 물건들에 '특별함'을 부여할까?

이 슈퍼노멀의 특별함을 저자들은 일본의 전통적인 미의식을 드러내주는 용어로 '와비사비^{侘寂}'와 '슈타쿠^{手澤}'라고도 표현한다. '와비사비'는 어떤 물건이 시간이 가면서 갖게 되는 고요한 상태를 가리키는 것으로, 실용적인 미를 통달한 이후에 나타내는 아름다움이다. 물건을 오래 사

책을 읽을 자유

용하다 보면 물건 속에 깃든 혼이 자연스레 진가를 드러내고 광채를 나타내지 않는가. '슈타쿠'는 '손으로 윤을 낸'이라는 뜻이다. 사용하면서 자연스레 만지고 또 만지다 보니 윤기가 흐르게 된 것을 가리킨다. 모두가 시간이 지나가면서 발생하고 또 얻게 되는 아름다움이다.

시간의 풍화작용 속에서도 남아 있는 아름다움이라면 장식적이라기보다는 기능적인 아름다움일 수밖에 없다. 슈퍼노멀은 한번 쓰고 버리는 것이 아니라 일상생활에서 반복적으로 사용하게 되는 것이고, 그런 과정에서 사용자와 어떤 일체감을 얻게 된다. 주방의 도마가 그렇고 병따개와 스탠드 옷걸이, 종이클립과 디지털카메라가 그렇다. 이런 것들은 우리 생활의 일부로 늘 우리 곁에 존재하는 것들이다. 저자들이 든 예로, 간디가 살았을 적에 그가 기거하던 방에서 사용하던 단출한 물건들, 즉 안경 한 벌과 밥그릇 하나, 옷 한 벌이 간디에게는 슈퍼노멀이었다고 할 수 있다.

요컨대, 두 저자가 정의하는 슈퍼노멀은 이렇다.

"슈퍼노멀은 우리가 무언가를 사용할 때 나타나는 아름다움의 메아리입니다."(후카사와)

"슈퍼노멀은 즉각적으로 인지되는 아름다움이 아니라 다른 수준의 아름다움에 대한 논의와 관계있다고 봅니다. 즉, 알아차리는 데 오랜 시간이 걸리고, 사용하다 보니 아름다워지는 아름다움, 매일 일상에서 느끼는 아름다움, 볼품없지만 실용적이고 오래가는 아름다움 말예요."(모리슨)

이런 슈퍼노멀이 왜 새삼 주목받고 있는가? 그것은 저자들의 지적대로 새롭거나 아름답거나 혹은 특별한 것을 고안해내는 것이 디자인이라는 통념에 대한 도전이기 때문이다. 디자이너는 흔히 기존의 것을 개선하고 획기적으로 변화시키고자 하지만, 그의 과도한 의욕은 기존의 좋은 디자인마저 무시하거나 간과하도록 만든다. 새롭고 획기적인 것을 기대하는 입장에서라면 이미 알고 있고 오래 쓰고 있는 물건들이 평범하고 추하게 보일 수밖에 없다. 즉 노멀만 보고 노멀 안에 존재하는 슈퍼노멀의 가능성은 보지 못하는 것이다.

그런 관점에서 보면, 일본의 디자이너들이 주창한 슈퍼노멀은 지각의 자동화에 맞서 우리의 지각을 새롭게 갱신하는 것이 예술이라고 본 러시아 형식주의자들의 미학론과도 닮았다. 후카사와와 모리슨은 슈퍼노멀이 '이론'이 아니라고 말하지만 "이미 알고 있던 것을 새롭게 자각하는 것"이 슈퍼노멀이라면, 그것은 "지각을 어렵게 하고 지각에 소요되는 시간을 연장함으로써 지각의 과정 그 자체가 미학의 목적이 되어야 한다"고 주장한 러시아 이론가 슈클로프스키의 입장과 먼 거리에 있지 않기 때문이다.

물론 차이는 있다. 형식주의 예술론에서는 지각 과정을 지연시키기 위해 대상을 '낯설게 하는' 예술적 기법과 예술가의 창조적 개입이 중요하지만, 슈퍼노멀은 그런 '창조적 자아'를 필요로 하지 않는다. 곧 슈퍼노멀은 우리에게 너무도 친숙하기 때문에 누가 만들었을까라는 궁금증도 갖게 하지 않는다. 디자이너의 생각과 예술가의 손길을 관심 대상에서 지워버리는 것이 바로 슈퍼노멀의 고유한 특징이기도 하다. 특별한 기교나 장인의 솜씨 없이도 특별해질 수 있다는 것, 가장 평범한 것이 비범함을 품고 있다는 슈퍼노멀의 발견은 일상 속에 파묻혀 지내는 우리를 뿌듯하게 한다. (《공간》, 2009. 11)

내 주변에도 '슈퍼노멀'이 없을까 둘러보다가 생각이 미친 건 애용하는 형광펜이다. 풀네임은 모나미 에딩 '슈퍼형광'.* 요즘은 태국산으로 판매되는데, 그런 탓인지 가격이 저렴하다. 개당 200~250원. 책을 읽으며 줄을 긋기 위해 주로 활용한 게 몇 년쯤 된 듯싶다 (주로 초록색만 쓴다). 가장 저렴하고 가장 단순하지만, 내겐 필수품이어서 항상 가방에 넣고 다닌다. 그 정도면 슈퍼노멀로 손색이 없지 않을까.

오늘의 미술은 과거의 미술과
어떻게 다른가

『이것이 현대적 미술』* 임근준, 갤리온, 2009

『크레이지 아트, 메이드 인 코리아』갤리온, 2006를 통해서 "바로 지금 대한민국에서 어떤 종류의 현대 미술이 펼쳐지고 있는가?"라는 질문에 대한 '보고서'를 작성한 바 있는 미술평론가 임근준 씨가 세계 미술의 동향으로 시야를 좀더 넓혔다. 『이것이 현대적 미술』은 동시대 작가들이 무슨 생각으로 어떤 작업을 하고 있는가를 소개하고 있는 그의 두 번째 보고서다.

왜 '현대 미술'이 아니라 '현대적 미술'인가? '현대 미술'이라는 말이 좀 모호하므로 개념을 잠시 정리해보자. 미술계에서 '모던 아트modern art'의 번역어로 쓰이는 '현대 미술'은 폴 세잔 이후의 미술을 통칭하지만 보통은 20세기 전반의 미술만을 지칭한다. 제2차 세계대전이 끝난 1945년 이후의 미술은 '전후 미술post-war art'이라는 이름으로 불렸고, 1980년대 이후의 미술을 가리키는 이름이 '당대 미술contemporary art' 혹은 '포스트-모던 미술'이다. '전후 미국 현대 미술의 영웅' 로버트 라우센버그에 대한 조명에서 시작하고 있으므로 이 책이 다루는 '현대적 미술'은 '전후 미술'과 '당대 미술'을 포함하는 '오늘의 미술'이다.

'오늘의 미술'은 과거의 미술과 어떻게 다른가? '오늘의 미술'이 지닌 여러 문제의 기원을 저자는 전후 미술의 새로운 상황을 지탱한 두 가지 축, 곧 교육 제도와 전시 제도에서 찾는다. 일단 미술이 대학 제도와 결합됐다. 거기에 현대 미술 혹은 전후 미술만을 수집하는 미술관과 갤러리가 늘어나면서 전시 기회가 확대됐고 많은 작품이 유통됐다. 그리고 비엔날레/트리엔날레 등의 전시가 유행처럼 늘어나면서 작가들에 대한 수요도 그만큼 커졌다. 그 결과 현대 미술에는 현대 문학이나 현대 음악, 혹은 현대 무용 등의 분야와 비교하여 '황당할 정도로' 주요 작가가 많다. 이 책에서도 60여 명을 다루고 있지만, 저자가 처음에 작성한 목록의 절반에도 못 미친다고 한다!

하지만 이러한 양적 팽창은 1980~90년대를 거치면서 부작용을 낳기 시작한다. 미술 학교 수가 너무 많아지면서 자연스레 예비 작가의 수가 천문학적으로 늘어났으며, 갤러리 수도 지나치게 많아지고 국제 비엔날레는 난립하고 있는 중이다. 2000년대 들어서 미술 시장이 과열 양상으로 치닫자 많은 작가들이 '유행 논리'와 '시장 논리'에 휩쓸리게 되고 점차 예술적 혁신성을 잃어가게 됐다는 것이 저자의 진단이다.

두 미술가의 반응이 이러한 상황을 잘 짚어준다. 먼저 전직 록 가수이기도 한 마이크 켈리의 말.

이제, 학생이 미술대학을 졸업하고 바로 개인전을 열지 못하면, 자신을 낙오자라고 여긴다. 그들은 작가 생활로 먹고살 수 있기를 전적으로 기대한다. 나는 쓸모없는 놈이 되고 싶어서 미술가가 되기로 결심했다. 내가 젊었을 땐, 미술가 노릇이란 사회에서 정말 자신을 배척시키고 싶을 때나 하는 일이었다.

그리고 현대 회화의 태두로 불리는 게르하르트 리히터의 탄식.

미술 시장은 개들에게 넘어갔다. 러시아, 중국 등의 신흥 부자를 상대해야 하는데, 그들에겐 문화가 없다. 좀 느끼려면, 최소한 뭘 이해할 필요가 있는데.

바로 이런 현실을 배경으로 하여 저자는 "현대 예술로 우리는 무엇을 할 수 있을까?"라는 질문을 던진다. 그리고 "전후 미술의 금자탑을 세운 작가, 아니면 당대 미술의 승자로 미술사적 위상을 확립한 작가, 아니면 바로 지금 현대 미술의 전선에서 각축을 벌이며 문제적 지점을 확보하는 데 성공작 작가"들의 사례를 통해서 답하고자 한다. 그 '너무 많은' 사례들 가운데 하나는 1976년생으로 2002년 말에 〈관찰을 통한 프랭크〉라는 첫 개인전을 통해 일약 스타덤에 오른 여성 화가 데이나 슈츠이다. '관찰을 통한 프랭크' 연작은 "지구에 프랭크라는 백인 남자 한 명만 남았을 경우"라는 가정에서 출발한 회화 실험으로 폐허가 된 암울한 상황에서 원시적 삶을 연명해가는 마지막 생존자의 모습을 그림에 담고 있다. 이 '엉뚱한' 연작을 통해서 작가가 던지는 '진지한' 물음들은 이렇다고. "프랭크가 유일한 관객이라면, 나의 그림은 여전히 예술일까?" "나의 그림을 통해서만 자아를 반추할 수 있는 프랭크는 과연 어떻게 반응할까?" "이런 극단의 상황에서 문화란 무엇일까?"

저자의 정의에 따르면, '오늘의 미술'은 "세계를 보는 방법에 관한 성찰을 담은 예술"이다. 여기서 '세계'란 일차적으로는 미술이 처한 현재의 상황, 혹은 미술 세계의 현실이 아닐까라는 생각이 책을 덮으면서 들었다. 한 미술 월간지의 설문조사에 따르면 2009년에도 '한국 미술계를 움직이는 인물' 1위는 홍라희 전 삼성미술관 리움 관장이었다. 2005년 첫 조사 이후 5년 연속 1위다. 2, 3위는 각각 박명자 갤러리현대 회장과 유희영 서울시립미술관장. 더 이상 특정 작가나 그룹이 아니라 미술관 운영자들이 움직여가는 미술, 그것이 '현대적 미술'의 상황이다. "오늘의 세계에서 미술은 무엇이고, 또 어떤 역할을 맡고 있는가?"라는 질문이 '크레이지'하게 다시금 던져져야 할 지점이다. (《공간》, 2010. 1)

앤디 워홀의
비누 상자

『일상적인 것의 변용』[●] 아서 단토, 김혜련 옮김, 한길사, 2008

'예술의 종말'이라는 말을 들어보셨는지? 그거 뭐 유행 아닌가? (근대) 문학, 철학, 역사 가릴 것 없이 떼로 종말을 고했다고 하는데, 예술이 끝났다는 게 굳이 새로운 소식은 아니지 않느냐고 반문할 수 있다. 그럼 보다 구체적인 질문을 재차 드린다. 예술은 언제 종말을 고했다고 보시는지? 그리고 그 종말의 의미는 무엇이라고 보시는지? 너무 과한 질문인가? 얼핏 이런 질문에 답하려면 나름대로의 예술관과 예술철학으로 무장해야 할 듯싶다. 하지만 미국의 철학자이자 미술비평가 아서 단토에 따르면, 너무도 유명한 팝아티스트 앤디 워홀과 함께 박스 하나만 잘 기억해두면 된다. 비누 상자다.

'예술'이라고 흔히 번역되는 '아트^{Art}'가 여기서는 좁은 의미의 '미술'

을 뜻하므로 엄밀하게 말하자면 '미술의 종말'이라고 해야겠지만, 어쨌거나 단토가 '예술의 종말'을 충격적으로 경험하게 되는 것은 1964년의 한 전시회에서다. 그는 당시 뉴욕 이스트 74번가의, 마치 재고품 창고 같은 모양새의 스테이블 갤러리에서 슈퍼마켓에나 진열돼 있을 법한 '브릴로 상자'가 층층이 쌓여 있는 걸 보고 미적 혐오감을 넘어서는 철학적 흥분을 느낀다('브릴로'는 청소용 세제의 브랜드다. 이 비누 상자 옆방에는 켈로그 상자들도 쌓여 있었단다).

물론 워홀이 마켓에서 이 상자들을 사다가 미술관으로 그냥 옮겨놓기만 한 것은 아니다. 이 상자들은 그가 브릴로 상자를 모방해서 직접 제작한 것이다. 즉 진짜 브릴로 박스는 골판지로 만들어졌지만 워홀의 브릴로 박스는 합판으로 만들어졌다. 문제는 이 재질의 차이가 육안으로는 식별이 가능하지 않다는 점이다. 해서 겉보기에는 똑같은 두 종류의 박스가 존재하게 되었다. 하나는 단순한 상품 상자로서의 브릴로 상자, 그리고 다른 하나는 워홀의 팝아트 작품으로서의 브릴로 상자. 하지만 이 두 상자는 보는 것만으로는 식별되지 않는다. 무엇이 예술작품인가는 '보면 안다'고 흔히 말하지만 이 경우엔 '봐도 모른다'. 이것이 결정적이다. 미술이 시각(눈)의 문제에서 사고(머리)의 문제로 전환된 것이기 때문이다. 이로써 미술은 더 이상 외관의 문제가 아니라 철학의 문제가 된다.

그렇다면 철학적으로 따져보자. 똑같이 보이는 두 상자가 어떻게 해서 하나는 그냥 상자이고 다른 하나는 예술작품이 되는가? 어떤 사물이 예술작품인가 아닌가는 대체 누가 어떤 기준으로 결정하는가? 이 새로운 문제에 직면하여 단토가 내놓은 대답이 '예술의 종말론'이다. 그리고 이 주장은 1965년에 발표한 「예술계」라는 논문과 1981년에 출간되고 최근 번역돼 나온 『일상적인 것의 변용』을 통해서 제시된다. 그가 말하는 예술의 종말이란, 워홀의 브릴로 상자가 말해주듯이 무엇이든 예술이 될 수 있기에 이제는 예술에 대한 정의가 가능하지 않다는 인식에서 제기된다. 예술에 대한 정의가 더 이상 가능하지도 또 유효하지도 않다면 거기서 예술의 역사가 종말에 이르는 것은 당연하다. 이것은 나쁜 소식일까? 그렇지만도 않다.

사실 국내에는 단토가 1995년에 이 문제를 다시금 총정리해서 내놓은 『예술의 종말 이후』* 미술문화, 2004가 먼저 소개됐다. 이 책에서 단토는 헤겔주의자로서 예술의 종말이 갖는 의미를 이렇게 정리했다.

> 예술의 종말은 예술가들의 해방이다. 그들은 이제 어떤 것이 가능하지 않은지를 확증하기 위해 실험에 매달릴 필요가 없다. 우리는 그들에게 '모든 것이 가능하다!'고 미리 말해줄 수 있다. 예술의 종말에 대한 나의 생각은 오히려 역사의 종말에 대한 헤겔의 생각과 비슷하다. 그의 견해에 따르면, 역사는 자유에서 종말을 고한다. 그리고 이것이 오늘날 예술가들의 상황이다.

헤겔에 따르면 역사는 하나의 중대한 목적을 갖는다. 곧 자유의 확장이다. 모든 인간이 자유로운 시대에 도달하게 되면 역사는 종언을 고한다. 그것은 달리 역사의 완성이기도 하다. 예술 또한 마찬가지여서 모든 일상적인 것들이 예술작품으로 변용될 수 있고 누구나 예술 창작자가 될 수 있다면 예술은 종말에 이른다. 예술의 민주주의가 곧 예술의 완성이다. (《한겨레21》, 2008. 5)

 애초에 단토의 책을 글감으로 삼은 건 '한길그레이트북스'의 100번째 책이라는 상징성을 고려해서였다. 최신간이라 다 읽

책을 읽을 자유

어볼 여력은 없었고 한두 장 정도 읽어보고 간단하게 감상을 적으려고 했는데, 유감스럽게도 서문에서부터 책은 막히기 시작했다. 기념 띠지까지 두르고 나온 책으로서는 좀 민망한 일인데, 가령 단토가 '일상적인 것의 변용'의 선구적인 예로 뒤샹의 예술 세계를 언급하고 있는 대목을 보라.

> 나는 먼저 뒤샹을 살펴보아야 한다고 생각한다. 왜냐하면 일상적 존재의 생활세계Lebenswelt에 속하는 대상—빗자루, 병걸이, 자전거 바퀴, 소변기 등—을 예술작품으로 변화시키는 미묘한 기적을 처음으로 행한 사람은 미술사의 선구자인 바로 그이기 때문이다. 그의 행위는 하찮은 대상들을 모종의 미적 거리 안에 배치했고, 그 결과 그것들이 미적 향수享受에 부적합하다는 것을 보여주었다고 간단하게 평가할 수도 있다. 즉 가장 가당치 않은 곳에서 모종의 아름다움이 발견될 수 있다는 것을 실제로 입증하려던 시도로 볼 수 있다. 『일상적인 것의 변용』, 57쪽

뒤샹의 작업이 갖는 의의를 설명하고 있는 부분인데, 얼핏 읽어도 셋째 문장과 넷째 문장은 서로 모순 아닌가? 그에 따르면, 뒤샹은 (1) 일상의 하찮은 대상들이 미적 향수에 부적합하다는 것을 보여주었다, (2) 가장 가당치 않은 곳에서 아름다움이 발견될 수 있다는 것을 입증하였다, 는 것이 되니까. 어느 쪽이 맞는 말일까? 이 두 문장의 원문은 이렇다.

> It is (just) possible to appreciate his acts as setting these unedifying objects at a certain aesthetic distance, rendering them as improbable candidates for aesthetic delectation: practical demonstrations that beauty of a sort can be found in the least likely places.

내가 보기에 일상의 하찮은 대상들이 "미적 향수에 부적합하다"는 건 "improbable candidates for aesthetic delectation"을 잘못 옮긴 것이다. 'improbable'은 물론 '있음 직하지 않은' '사실 같지 않은'이라는 뜻이지만, 중요한 것은, 그리고 여기서의 강조점은 그럼에도 'candidates for aesthetic delectation', 즉 미적 향수(감상)의 후보(대상)가 되었다는 것이다. 바로 뒤샹에 의해서 말이다. 어떻게 "그것들이 미적 향수享受에 부적합하다는 것을 보여주었다고 간단하게 평가할 수" 있는지는 역자만이 알 것이다.

미술관에서 만난
인문학

『미술관에서 인문학을 만나다』 박이문 외, 미술문화, 2010

『미술관에서 인문학을 만나다』의 부제는 '4인의 철학자가 들려주는 통섭 강의'다. 아르코미술관 주최로 네 명의 인문학자가 참여한 강좌 '현대미술과 인문학'을 책으로 묶어낸 것이다. 전반적으로는 미술사와 현대 미술에 대한 철학적 성찰의 성격을 띠고 있는데, '강의록'이라고는 하지만 '강의'는 빠지고 '기록'만 남았다. 강의의 현장감이 반영돼 있지 않은 탓인데, 독자에게 '들려주는' 청각적 텍스트가 아니라 여전히 독자가 '읽어야 하는' 시각적 텍스트에 머물고 있는 점이 흠이다. 무엇을 읽을 수 있나?

먼저, '둥지의 예술철학'을 주제로 삼은 박이문 교수는 예술에 대한 개념적 정의가 예술철학의 가장 기본적인 과제라고 전제하고 기존의 정의들을 검토한다. 예술을 '재현'과 '표현' '형식' '제도' 등으로 규정해온 전통적 정의들이 어떤 점에서 만족스럽지 못한가를 지적한 후에 그는 '예술의 종말'론으로 유명한 아서 단토의 예술에 대한 정의를 검토하고 비판한다. 단토의 정의가 "눈으로 보아서는 어떤 것이 예술작품인지 아닌지를 구별하는 근거가 없다"는 이유에서다. 실제로 그런가?

단토는 1964년 앤디 워홀이 뉴욕의 한 갤러리에 '브릴로 상자'를 전시한 것을 보고서 충격을 받는다. 당시 워홀이 흔한 비누 상자를 모방하여 제작한 이 '작품'은 적어도 육안으로는 기성품과 구별되지 않았다. 단토는 '지각적 식별 불가능성'이라는 문제를 도출해내며 지각이 더 이상 예술작품을 식별해주는 준거가 될 수 없다는 결론에 이른다. 미술이 '눈'의 문제가 아니라 '머리'의 문제가 된 것이고, 이것은 감성학으로서 미학의 종언을 뜻하는 사건이기도 했다. 그렇다면, 단토에 대한 비판은 다른 근거에서 이루어져야 할 듯싶다. 대신에 박 교수는 예술작품의 양태적 정의를 제안하며 예술작품의 구조적 모델로서 '둥지'를 제시한다. 새들의 둥지가 가장 바람직한 예술적 언어의 모델이 될 수 있다는 주장으로 "둥지는 생태학적이며 친환경적이고, 미학적으로 아름답고, 건축공학적으로 견고하며, 감성적으로 따뜻하고, 영적으로 행복하다"는 것이 그 이유다.

중국 철학 전공자인 임태승 교수는 '예술적 상상력과 동양의 사고'라는 강연에서 동아시아 미학의 구조와 성격을 밝히고 디지털 미학을 위한 제언을 보탠다. 그에 따르면, 동아시아 미학에서 가장 중요한 것은 패턴과 원리이며 동아시아 예술은 철학적인 원리와 미학적인 범주 사이의 관계를 통해 구현된다. 그러한 전통에서 압도적인 비중을 차지하는 것은 유가儒家 미학이다. 격물格物에서 수신修身을 거쳐 평천하平天下에 이르는 유가적 알고리즘이 미학에도 어김없이 적용된다. 그래서 '물로써 덕성을 비유한다'는 뜻의 이물비덕以物比德, 줄여서 '비덕'이 가장 전형적인 심미론 또는 창작론이 된다. 자연계의 물상이 모두 인간의 도덕적 정감과 관련되기에 '재현再現'보다는 훨씬 더 중요한 의의를 갖는 것이 '사의寫意'다. 실경實景보다 상징이 중요한 것은 이 때문이다. 아예 임 교수는 동아시아 예술에서 '예술을 위한 예술'은 존재할 수 없었다고 단언한다. 이러한 동아시아 미학이 디지털 미학에 어떤 도움을 줄 수 있을까? 동아시아 신화와 역사의 수많은 내러티브들이 디지털 기술에 스토리보드를 구축해주리라는 것이 임 교수의 기대다.

'현대미술과 철학의 이중주'에서 이광래 교수는 서양 미술사가 재현이라는 패러다임에서 벗어나 탈재현(차이의 발견)과 반재현(차이의 생산)으로 변신해가는 과정을 기술한다. 푸코에 기대어 말하자면, 재현에서 재현을 통해 재현을 부정하는 탈재현으로, 그리고 그것마저도 거부하는 반재현으로 이행해가는 과정이 서양 미술사의 전개 과정이었다. '재현미술의 종언' 이후의 미술은 곧 '엔드게임'으로서의 미술이다. 이 게임은 결코 끝나지 않고 다른 게임, 즉 메타게임으로 대체되며 게이머들만 바뀐다. '미술의 종말놀이'라고까지 부르는 이유다. 급속하게 변화해가는 매체 환경 속에서 미술 작품도 무한변신을 시도할 수밖에 없으며 "마침내 '확장미술 시대'를 맞이할 미래의 사이버서퍼들은 스펙터클 엔드게임에 빠져들 것"이라는 게 이 교수의 전망이다.

조광제 철학아카데미 상임위원은 '철학의 눈으로 본 매체'에서 매체변화와 혁명이 가져온 의식 및 사회 변화의 양상을 기술하고 디지털 시대 새로운 형이상학의 밑그림을 그린다. 근대의 개인적 주체, 자본주의적 대량 상품 시장 체제, 목적론적인 진보적 역사관 등의 확립이 모두인쇄술의 발명으로 인한 문자문화의 정착과 무관하지 않다면, 사진술의 발명은 또 하나의 거대한 변화를 가능하게 했다. 모든 시각적 세계가 '인간의 눈'으로 본 세계였지만 사진술의 발명 이후에 인류는 '기계의 눈'을 갖게 되었다. 이렇듯 새로운 매체의 등장은 우리의 감각 비율과 지각 패턴을 바꾸고 문화예술뿐 아니라 사회 전반의 흐름을 바꾸어놓는다. 아직 진행 중인 디지털 혁명이 이미 존재 질서를 재편하고 우리의 정체성마저 변화시켰다는 주장은 그래서 가능하다. 아마도 우리가 인문학을 다시 또 만난다면 '미술관'이 아니라 '사이버미술관'에서이지 않을까. (《공간》, 2010. 7.)

P.S. '앤디 워홀 이야기' 유감

저녁을 잘 먹고 소화 안 되는 기사를 읽었다. 미국의 철학자이자 미술평론가 아서 단토의 신작이 출간된 건 반갑고, 게다가 그 책이 지난달에 기대를 표한 『앤디 워홀』이라면 놀라울 정도인데, 정작 '번역서'라고 나온 『앤디 워홀 이야기』●명진출판, 2010는 엉뚱하게도 '청소년 롤모델' 시리즈의 하나로, 앤디 워홀의 전기를 소설처럼 꾸며서 간추린 책이다.

한 신문에서는 "미국 원로 미술평론가이자 예술철학자 아서 단토가 일상과 예술, 그리고 산업 사이를 가로막는 벽을 허문 '팝 아트'의 대가 앤디 워홀의 창조적 인생 속으로 청소년들을 초대하고 있다'라고 소개하고 있는데, 이 말은 '작문'이거나 '거짓말'이다. 원저의 서문을 읽어보니(물론 번역본엔 번역돼 있지도 않다) 단토는 그런 걸 의도하지도 않았다. 여러 훌륭한 전기를 토대로 자신의 예술철학에 영감을 준 워홀의 작품 세계를 재조명하는 것이 책의 취지다.

그렇게 해야 '팔리는' 것인지는 모르겠으나 정식으로 원저자와 판권 계약을 한 책인지, '아서 단토 지음'이라는 말은 무슨 의미인지 궁금하다. 편집자주에 따르면, "원저작물에 어려운 부분이 많아 엮은이를 따로 두었"다. 차라리 편집자를 '저자'로 해서 책을 냈으면 훨씬 좋았을 거라는 생각이 든다. 어차피 원저와는 관계가 없는 책이니까. 청소년 롤모델로서 '앤디 워홀'이 불만스럽다는 얘기가 아니다. 그런 책은 얼마든지 나올 수 있고, 나는 말릴 생각이 전혀 없다. 하지만 불만은 왜 엉뚱한 저자의 책을 망쳐놓느냐는 것이다(정식 계약을 한 책이라면, 단토의 이 책은 다시 번역될 수 없다. 최소한 수년간은). 이런 게 출판의 '롤모델'인가?

기대했던 책이 어이없게 출간돼 더없이 불쾌하다…… (2010. 8)

이런 책을 읽고 싶다

다윈 탄생 200주년이기는 했지만, 개인적으로 2009년에 가장 읽고 싶었던 책은 '1989년'에 관한 것이었다. 하지만 연말에야 크리스 하먼의 『1989년 동유럽 혁명과 국가자본주의 체제의 붕괴』 책갈피, 2009가 출간된 정도였고, 이마저도 재간본이다. 영어권에서 동유럽과 소련의 현실 사회주의 붕괴 과정을 다룬 책들이 다수 쏟아져 나온 것과 비교하면 우리의 관심사는 그들과 전혀 다른 건가 싶기도 하다. 한 박자 늦은 것이긴 하지만, 2010년에라도 읽어볼 수 있을까.

특정 연도에 대한 역사서에 관심을 갖게 된 건 인문학자 한스 굼브레히트의 주저가 『1926년: 시대의 가장자리에서 살아가기』 1997라는 걸 알게 되면서다. 500쪽이 넘는 이 두툼한 책을 읽어볼 엄두는 내지 못했지만 이런 종류의 책이 번역되면 좋겠다는 생각은 들었다. 아, 더듬어 올라가면 국내에 소개된 책 가운데는 중국사학자 레이 황의 『1587 아무 일도 없었던 해』 가지않은길, 1997도 꼽아볼 수 있겠다. 명나라 만력제의 한 치세를 다루지만 한 시대와 국가체제에 대한 총체적인 조감도를 매혹적으로 펼쳐 보이는 책이다.

　우리의 경우 '1950년대'나 '1960년대' 같은 식으로 한 시대를 다룬 책들은 더러 있었다. 여전히 '시대'나 '체제'가 우리의 주된 코드이자 키워드이다. 하지만 조금 더 세밀하게 접근해볼 수도 있지 않을까. '1960년'에 대한, '1980년'에 대한 책, 개인의 일상적인 삶의 감각과 시대정신과 국제사회의 변동이 어떻게 맞물려 돌아가는지 보여주는 '시대의 벽화'와도 같은 책을 이제는 우리도 가져봄 직하다. 당장 올해에 그런 걸 읽을 수 있느냐는 별개의 문제로군. 《한겨레21》, 2010. 1)

17

전체를 고민하는 힘

민주주의 사회에서 모든 사회적 행위자는 자신의 의견과 주장이 갖는 특수성과 한계를 인정할 때 더 '민주적'이 될 수 있다. 민주적 사회는 사회적 관계의 완벽한 조화가 실현된 사회가 아니다. 국민 전체의 '승리'나 '행복'은 가능하지 않으며, 그것을 말하는 것은 반민주적인 기만이다. 민주적이라는 것은 어떠한 사회적 행위자도 전체를 대표할 수 없다는 사실에 대한 승인을 가리킬 뿐이기 때문이다.

전체를 고민하는 힘

『고민하는 힘』 강상중, 이경덕 옮김, 사계절출판사, 2009
『쓰레기가 되는 삶들』 지그문트 바우만, 정일준 옮김, 새물결, 2008
『승자독식사회』 로버트 프랭크 · 필립 쿡, 권영경 외 옮김, 웅진지식하우스, 2008

필요 없는 것을 생각할 여가가 있으면 전문지식을 익히고 유용한 정보를 가능한 한 많이 획득하기. TOEIC이 900을 넘지 않으면 취직이 힘들다며 한눈팔지 않고 열심히 공부하기. 이런 각박한 분위기 속에서 미국식 프로그램을 필사적으로 소화하기. 재일 정치학자 강상중 교수가 엿본 한국 대학생들의 모습이다. "분명 그런 학창시절을 보내면 일류 기업에 취직할 수 있고 높은 월급을 받는 엘리트가 될지도 모르겠습니다. 그러나 그 대신에 청춘이기 때문에 마음의 내면에서 솟아나는 열정을 잊어버리는 것은 아닐까요?"라는 것이 『고민하는 힘』에서 내비치는 그의 염려다.

하지만 경제 불황과 취업 대란 시대를 살고 있는 지금의 대다수 한국 대학(원)생들을 사로잡고 있는 것은 열정의 상실에 대한 염려보다는 '루저loser'로 전락하지 않을까라는 불안일 것이다. "싸구려 커피"를 마시며 "눅눅한 비닐장판에 발바닥이 쩍 달라붙었다 떨어"지는 생활에서 탈출할 수만 있다면 '청춘'이라도 담보로 내놓으려 하지 않을까. 물론 문제는 장래를 담보로 학자금을 대출받고 청춘을 불사르며 학업에 매진하여 기적적으로 '성공의 사다리'에 올라탄다 한들 "거기에 남는 것은 이상하게 부풀린 오만과 영혼을 잃어버린 사고"밖에 없다는 데 있을 것이다("소고기 협상은 미국이 우리에게 준 선물"이라고 주장하는 오만과 사고를 사례로 떠올릴 수 있겠다). 무엇이 문제이며 우리의 고민이어야 할까.

막스 베버는 일찍이 『프로테스탄티즘의 윤리와 자본주의 정신』에서 이러한 '마지막 인간'이 도달하게 될 지점을 이렇게 기술했다. "영혼이 없는 전문가, 가슴이 없는 향락자. 이 공허한 인간들은 인류가 과거에 도달하지 못했던 단계에 도달했다고 자화자찬할 것이다." 강상중 교수에 따르면, 베버의 '마지막 인간'은 더 이상 '의미'에 대해 생각하기를 그만둔 사람들을 가리킨다. 언어학적 의미를 넘어서 대저 '의미'란 무엇인가? 아니 '의미의 의미'란 무엇인가? 자기 자신에 대한 집착을 벗어나 '우리'를 거쳐서 관심과 고려의 범위를 '그들'에게까지 확장하는 걸 뜻하지 않을까. "당신 없는 내 인생은 아무런 의미가 없어요"라는 노래 가사를 조금 비틀어 말하자면, "그들까지도 행복하지 않다면 내 인생은 아무런 의미가 없어요"라고 말할 때의 그 '의미' 말이다. 그건 '다 살리는 일'을 뜻하는 우리말 '다스림'과도 상통한다. 한나 아렌트의 표현으로는 '함께 살아감living together'이다. 이 '다 살리는 일'과 '함께 살아감'이 정치의 본래적 목적이고 의의다. 그것을 달리 '전체에 대한 관심'이라고 말해도 좋겠다.

무엇이 '전체'인가? 무엇보다도 '인류 전체'를 가리키지 않을까. 흔히 쓰는 말로는 '전체 인구'다. 『쓰레기가 되는 삶들』에서 지그문트 바우만이 인용하는 바에 따르면, 2002년 기준으로 세계 인구는 62억 명을 넘어섰으며 매년 7,700만 명씩 증가하고 있다. 증가율은 불균등해서 '선진국들'의 출산율은 떨어지고 있는 반면에 아프가니스탄이나 앙골라 같은 최빈국의 인구는 가장 빠르게 증가하고 있다. 이것이 '인구 과잉'이라는 당면한 문제다. 하지만 이보다 더 큰 문제는 '너무 많은 부자들'이 양산해내는 것이다. 비교적 인구가 적은 부국들이 전 세계 에너지의 3분의 2를 소모한다. 이런 과소비적 생활 방식을 전 지구적 차원에서 유지하려면 현재의 부존자원은 턱도 없이 모자란다. 때문에 식민주의에 바탕을 두고 발전해온 근대 자본주의의 '성장의 열매'는 결코 모두에게 공유될 수가 없다.

아프리카에 에이즈가 만연하면서 기대수명이 절반으로 떨어져도 선진국의 제약 회사들은 적당한 가격의 약을 공급하는 데 난색을 표하며 그들의 죽음을 방치했다. 장기간의 빈곤과 분쟁의 여파로 아프리카를 떠난 이주자들이 '유러피언 드림'을 꿈꾸며 밀항을 시도하다가 여러 차례 지중해에서 수장水葬됐지만 이에 대한 적극적인 대처 방안은 마련되지 않는다. 어차피 '그들'이 너무 많다고 생각해서일 것이다. 이제 그만 '사다리'를 걷어차는 것이 '우리'의 기득권을 지키는 안전한 방책이라고 믿어서일 것이다. 하지만, 그것이 정말로 안전을 보장해줄 수 있을까?

경제의 불안정성과 사회적 불평등은 근대 자본주의 체제의 필연적인 산물이지만, 신자유주의 혹은 금융자본주의의 도래와 함께 그 불안전성/불평등은 더욱 심화되고 있다. 문제가 되는 것은 경제 선진국과 후진

국 간의 격차만이 아니다. '두 국민 사회'라는 말이 나올 정도로 국민국
가 안에서의 계층 간 소득 격차와 그에 따른 사회적 위화감이 위험 수준
으로 치닫고 있다. 이미 마르크스가 160여 년 전에 자본주의 하에서 "딱
딱한 모든 것은 녹아 사라진다"(『공산당선언』)라고 공언한 바 있지만, 바
우만이 '유동적 근대'라고 명명한 오늘날 그 유동성은 우리의 삶에 거대
한 공포를 드리우고 있다. 『유동하는 공포』산책자, 2009에서 바우만은 아
예 "다가오는 세기(=21세기)는 궁극적인 재앙의 시대가 될 것이다"라고
예언했다. 그러면서 그 재앙의 근원을 직시하는 것만이 유일한 치료법
이 될 수 있으리라고 전망했다.

그러한 근원을 직시하는 데 리처드 세넷의 『뉴캐피털리즘』•위즈덤하우
스, 2009도 도움을 준다. 세넷은 19세기 후반 독일의 철혈재상 비스마르
크가 민간 부문에 군대의 조직 원리를 도입한 일에서 소위 '사회자본주
의social capitalism'의 기원을 찾는다. 사회자본주의적 관료제는 사람들에
게 예측할 수 있는 '합리화된 시간' 관념을 심어주었다. 사람들은 자신의
경력에 비추어 앞으로의 승진 경로와 늘어날 재산 규모를 그려볼 수 있
었다. 내 집 마련의 꿈을 키우면서 노후를 설계해나갈 수 있었다. 비록
베버는 이러한 관료제 하의 삶을 '쇠창살'에 갇혀 지내는 것에 비유했지
만, 세넷이 보기에 베버의 비판은 일면적이다(작년 조사에서 한국의 대학생
들이 가장 선망하는 직업 1위가 공무원이었으며, 그들이 꼽은 이상적 배우자 직업
도 공무원이었다).

오늘날 다수의 노동자들이 관료제적 '쇠창살'에서 해방되었지만 그들
을 들씌우고 있는 것은 '비정규직'이라는 더 잔혹한 올가미다. 사회자본
주의는 과거의 이름이 되었다. 피라미드적 관료제 사회를 대신하여 들어
선 것은 무한경쟁을 독려하는 '승자독식 사회'다. 1퍼센트의 승자가 모든
걸 다 차지하고 나머지 99퍼센트가 퇴출되고 사회적 낙오자가 되는 사

회가 과연 얼마나 지속될 수 있을까? 『승자독식사회』는 개인이 아니라 우리의 시스템에 대해서 다시금 고민해보도록 한다. "이제는 아무렇지 않아"라고 말하기엔 아직 젊다. 아직은 '전체'를 생각해야 할 나이다.

〈연세대학원신문〉, 2009. 4)

우리는 어떤 혁명을
원하는가

『예수전』* 김규항, 돌베개, 2009

『예수 없는 예수 교회』 한완상, 김영사, 2009

진정한 혁명가는 영성가이지 않을 수 없고 진정한 영성가는 혁명가이지 않을 수 없다.

자칭 'B급 좌파' 김규항은 『예수전』에서 그렇게 주장한다. 그가 말하는 '혁명'이란 내 밖의 적과 싸우는 일이고, 내 안의 적과 싸우는 일이 영성이다. 김규항이 보기에 영성 없는 혁명가가 만들어낼 새로운 세상은 위험하며, 혁명 없는 영성가가 얻을 수 있는 건 개인의 심리적 평온뿐이다. 「마르코복음」 읽기를 통해서 그가 제시하고자 하는 예수의 참모습은 영성과 함께하는 혁명가의 모습이다. 예수는 한 사람의 변화가 우주의 변화인, 그리고 우주의 변화가 한 사람의 변화인 그런 변화와 혁명을 꿈꾸었다고 그는 적는다.

그렇게 보자면, 개인의 자발적인 변화를 도외시한 현실 사회주의의 몰락은 그러한 영성을 갖추지 못한 데 있다. 즉 사회주의 패망이 말해주는 것은 '영성 없는 혁명'의 필연적인 실패일 뿐이다. 우리에겐 아직 시험되지 않은 가능성이 남아 있는 것이니 그것은 '영성과 함께하는 혁명'이다. 그것이 바로 2천 년 전에 '갈릴래아에서 온 메시아'가 우리에게 전해준 메시지이며, 하느님의 아들로 여겨지게 된 한 '시골 청년'이 꿈꾼 '하느님 나라'이고 새로운 세상이다. 그것은 어떤 세상인가? "지배와 피지배가 없는, 모든 사람이 차별 없이 서로를 존중하는, 이기심이 아니라 우애에 의해 운영되는 세상"이다. 모든 억압과 착취, 불평등이 사라지고 모든 사람이 인간적인 조화를 회복하는 세상은 말할 것도 없이 아름다운 세상이지만 그것이 아무런 과정이나 절차 없이 가능하지는 않을 것이다. 과연 그 세상은 어떻게 오는가? 가령, 가장 기초적이고 당연한 문제로서 '정치적인 해방'은 어떻게 달성될 수 있을까?

김규항은 「마르코복음」 5장에서 돼지 떼에게 귀신이 들게 하여 호수에 빠져 죽게 했다는 에피소드가 복음서를 통틀어 가장 또렷한 정치적 메시지를 담고 있다고 말한다. '돼지 같은 로마군들'에게 돌격 명령을 내려 모조리 물에 빠져 죽게 했다는 것이 로마인들은 알아차리지 못할 이 이야기의 숨겨진 메시지이자 익살이라는 것이다. 하지만, 거기에 '예수의 정치성'이 분명하게 드러난다고 하더라도 "예수의 생각이나 태도로 볼 때 그가 로마에 대해 아무런 적대감을 갖지 않았다는 건 상상할 수 없는 일" 정도로밖에 말할 수 없다는 것은 좀 허전하다. 로마는 예수의 분명한 적이었을 테지만 정작 이 로마의 지배 체제를 어떻게 극복할 수 있는지 우리는 알 수 없는 것이다(김규항은 진정한 변화란 '작고 보잘것없어 보이는 사람들의 끈기 있는 노력'에 의해 일어난다고 적어놓긴 했다. 그는 혁명과 변화를 동일시하는 듯하다).

대신에 복음서에서 예수의 분노는 주로 '위선자' 바리사이인들을 향한다. 그러한 예수의 방식을 따라서 김규항도 가장 중요한 사회적 비판

책을 읽을 자유

의 대상은 '가장 악한 세력'이 아니라 '그 사회의 변화를 가로막는 가장 주요한 세력'이라고 주장한다. 그들은 'NGO' '시민운동' '개혁운동' 그리고 '실현 가능한 진보' '최소한의 상식의 회복' 따위를 표어로 내걸고 활동한다. 이들은 배운 만큼 배운 사람들로서 나름대로 안정된 경제력을 가진 '양심적인 시민들'이다. 그들은 언제나 현실이 변화되어야 한다고 말하지만 대개는 현실의 근본적인 변화가 아니라 현실의 외피를 덜 추악하게 만드는 일 정도에 머문다. 이들은 결코 자본주의가 극복되길 바라지 않는 '완고한 마음'을 가진 자들이다. 그렇다면, 사회의 근본적인 변화를 가로막는 적대 세력으로서 이 '완고한 마음'을 가진 '양심적인 시민들'을 어떻게 할 것인가? 그들을 비판하고 미워하는 것으로 충분한가? 과연 그들의 '자발적인 변화'를 기다리면 되는 것일까?

　　한완상의 『예수 없는 예수 교회』*를 보면 문제는 더 복잡해진다. '사회의 변화를 가로막는 가장 주요한 세력'으로 '완고한 신앙'을 가진 대다수 한국 교회도 포함해야 할 듯싶기 때문이다. 저자에 따르면 '믿사오니'를 외치는 예수 신자로서 예수 '믿으미'는 많아졌으나, 그의 명령을 올곧게 따르는 예수 '따르미'는 적어진 것이 한국 교회의 성장사다. 물론 이러한 왜곡이 한국 교회만의 문제는 아니다. 기독교가 제도화되면서 '역사적 예수'는 증발하고 대신에 그리스도에 대한 교리만 더 강화된 기독교 역사의 필연적인 귀결이기도 하기 때문이다. 그럼에도 세계에서 제일 큰 교회가 한국에 있고, 주요 개신교 교파마다 세계 제일의 교회를 갖고 있다고 자랑하는 판국이라면 "예수의 이름으로 예수를 괴롭히지 말라"는 저자의 충고가 새삼스럽지 않다. 그가 보기에 한국 교회는 신앙을 말하면서도 실제로는 돈의 힘과 조직의 힘을 숭배하며, 그런 교회일수록 예수의 이름을 크게 외치지만 실상과 이름과 현실이 따로 노는 위선적인 행태일 따름이다. 따라서 무엇보다도 먼저 이루어져야 하는 것은 "예수 이름을 잘못된 지배 이데올로기로 변질시켜온 우리 자신을 회개해야" 하는 일이다. 과연 한국 교회는 그러한 회개를 통해서 거듭날 수 있을까?

하지만 과연 우리가 진정한 혁명을 원하면서도, 그것을 위해 치러야 할 대가는 피하는 것이 가능할까? 우리의 손을 더럽히지 않고도 변화를 창출할 수 있을까? '자발적인 변화'와 '회개'에 대한 기대가 미덥지 않다면 프랑스 혁명에 대해 다시 숙고해보는 것도 좋을 듯싶다. 그것은 근대 혁명의 원점으로서 "모든 역사는 현재의 역사"라는 걸 가장 확실하게 입증해주는 사례이기 때문이다. 『로베스피에르-덕치와 공포정치』* 프레시안

북, 2009를 참조하여 단도직입적으로 말하자면, 우리는 로베스피에르의 '공포정치'를 어떻게 받아들여야 할 것인가? "평상시에 인민정부를 움직이는 동인이 미덕이라면, 혁명의 시기에 그 동인은 미덕과 공포 양쪽 모두입니다"라고 이 혁명가는 말했다. 그에 따르면, 공화정의 가혹함은 미덕을 바탕으로 한 것이며 인류의 압제자를 용서하는 것이 아니라 응징하는 것이 자비다.

보수주의의 '원조'로 평가되는 에드먼드 버크는 1790년에 쓴 『프랑스 혁명에 관한 성찰』* 한길사, 2009에서 이러한 파괴가 새로운 질서를 만들어내기보다는 무정부 상태를 초래하고 결국엔 군사적 독재자를 출현시킬 것이라고 예언했다. 한나 아렌트 또한 1963년 작 『혁명론』* 한길사, 2004에서 프랑스 혁명을 실패한 혁명으로 규정짓고 미국 혁명을 혁명의 새로운 모델로 추켜세웠다. 프랑스의 철학자 장-프랑수아 르벨은 1970년에 펴낸 『마르크스도 예수도 없는 혁명』법문사, 1972에서 20세기의 혁명은 미국에서만 일어날 수 있다고 못 박았다. 유혈과 폭력이 없는 혁명, 곧 '혁명 없는 혁명'이 바람직한 혁명의 조건이라면 '자본주의 혁명'이야말로 그에 부합하는 게 아닐까? 우리는 무엇을 원하는가? 《연세대학원신문》, 2009. 6)

공적인 것과
사적인 것

『공적 선^善 사적 선^善』 • 레이몬드 고이스, 조승래 옮김, 기파랑, 2010

인문서에 대한 관심은 보통 저자에 대한 관심이거나 책의 주제에 대한 관심이다. 레이몬드 고이스의 『공적 선^善 사적 선^善』의 경우는 후자인데, 책을 읽고 난 감상으로는 전자로 이행해도 좋겠다는 쪽이다. 얇은 분량이지만 여러모로 유익했다는 판단에서다. 얇다고는 해도 저자가 일반 독자들을 고려한 것 같지는 않다. 학술서의 문체에다 많은 각주를 거느리고 있어서 예상보다는 읽는 데 시간이 많이 걸렸다.

책의 맨 앞에 배치된 「옮긴이의 말」이 일단은 전체적인 윤곽을 잡아준다. 저자가 케임브리지 대학의 철학과 교수로 정치철학이 전문 분야라는 것과 니체의 영향을 받았다는 것.

그는 니체의 영향을 받아 사람들이 지극히 당연하고 필연적인 것이라고 받아들이는 교리나 이데올로기들을 해체하는 데 주력했다. 니체에게 그것이 기독교였다면 고이스에게 그것은 바로 자유주의다.

말하자면 '자유주의라는 교리'의 비판과 해체가 저자의 주된 관심 분야라는 것이다.

자유주의의 핵심적인 교리는 무엇일까? 공과 사, 곧 공적인 것과 사적인 것의 구분 아닐까? 거기에 덧붙여 개인의 프라이버시는 최대한 보호받고 존중되어야 한다는 것. 한데 "고이스는 이 책에서 이러한 우리의 태도에 의문을 제기한다. 그것은 타인을 경쟁자로 인식하도록 요구하는 자유주의가 만들어낸 환상일 뿐이라는 것이다." 더불어, 공적인 것과 사적인 것이 그리 깔끔하게 구분되지 않는다는 것도 저자의 주된 논지다. 저자가 서론에서 밝히고 있는 입장은 이렇다.

나는 공적인 것과 사적인 것이 그렇게 분명하게 구분되지는 않으며, 일련의 대조적인 사항들이 중첩되어 있을 뿐이라고 생각한다. 따라서 오늘날 공적인 것과 사적인 것의 구분은 생각과는 달리 그리 중요한 것이 아니라고 주장하고 싶다.

공과 사의 명확한 구분이라는 환상을 해체하기 위해서 저자가 동원하는 것은 니체 식 계보학이다(실제로 그는 니체의 『비극의 탄생』과 『초기 유고』의 비평판 편집에도 관여한 바 있다). 미셸 푸코도 방법론으로 이용한 적이 있지만, 계보학적 고찰이란 어떤 사상이나 관념의 역사를 거슬러 올라가 그것이 특정한 사회적 관계의 산물이며 역사적 우연이라는 걸 보여주는 식이다. 니체가 『도덕의 계보』에서 기독교적 선/악이라는 것이 나쁨/좋음이라는 귀족적 윤리가 전도된 것에 불과하다고 폭로한 것이 좋은 예다. 고이스는 공公 사私 구분의 역사성과 우연성을 드러내주기 위해 세 가지 인물의 사례를 검토한다. 디오게네스와 카이사르, 그리고 아우구스티누스가 그들이다.

기원전 4세기 사람인 디오게네스는 아테네의 시장 한복판에서 자위 행위를 하는 습관이 있었다고 한다. 물론 아테네는 그런 행위가 통제되지 않는, 문화적 진화의 수준이 낮은 사회가 아니었다. 사람들이 디오게네스의 행위에 불쾌감을 느끼고 그를 비판한 건 당연하다. 하지만 디오게네스 자신은 그러한 행위가 배가 고프면 배를 쓰다듬어서 허기를 달래는 것처럼 단순한 행위일 뿐이라고 답했다 한다. 여기서 공적인 것과 사적인 것은 '못 본 체함의 원리'의 적용 유무에 따라 결정된다. 즉 공적 공간은 못 본 체함의 원리가 적용되는 곳이고, 반면에 사적 공간은 못 본 체함의 원리를 어겨도 걱정할 필요가 없는 곳이다. 당시 아테네에는 공적/사적이라는 개념에 해당하는 단어가 없었지만, 디오게네스는 사적으로 해야 할 일을 공적으로 행함으로써 비판을 받았다고 말할 수 있다.

아테네인들과는 달리 로마인들은 공적인 것publicus과 사적인 것priva-tus에 대한 좀더 명확한 구분을 갖고 있었다(영어의 구분 자체가 라틴어에서 유래한 것만 보아도 알 수 있다). 로마 공화국 말기였던 기원전 50년 말 원로원은 갈리아(골)의 총독 카이사르를 소환했다. 여러 정치적인 변칙행위를 문제 삼은 것인데, 만약 지휘권을 후임자에게 넘겨주고 '사적인 시민'으로 돌아와 재판을 받지 않으면 카이사르는 '공공의 적'으로 선포될 처지였다. 이때 '공공의 것'을 뜻하는 '레스 푸블리카res publica'라는 말이 흥미롭다. 오늘날 '공화국republic'이라는 말의 어원이기도 하지만, 저자에 따르면 당시 로마인들에게는 공동선에 대한 관념만 있었지 추상적 권력 구조로서 국가라는 개념은 없었다(즉 '로마 국가'라는 표현은 잘못된 것이라 한다).

일단 publica는 populus(인민)에서 유래했는데, 이는 수액이 풍부한 나무처럼 활기찬 성인 남자와 소년, 곧 군대에 갈 수 있었던 남자를 가리켰다. '군단을 형성할 남자들' 혹은 '무장할 수 있는 남자들의 집합'이 인민이었다. 그리고 공적인 것이란 '전체 인민에게 속하는 것'이라는 뜻이었다. 거기서 차츰 '공공의 것'이 갖는 다의적 의미가 형성되는데, 저자는 네 가지로 간추린다. 첫째, 군대의 재산, 둘째, 로마인 사이에 존재하는 권력관계의 현상 유지, 셋째, 로마인의 공동 관심사, 넷째, 로마인의 공동선.

여기서 공동 관심사라는 것은 군대의 모든 구성원에게 개별적으로 영향을 미칠 뿐만 아니라 군대라는 집단에도 영향을 미치는 걸 뜻했다.

그리고 공동선은 각각의 시민이 소유한 가축의 수가 늘어나는 것이 아니라 공동으로 사용할 수 있는 사원과 교량의 수가 늘어나는 걸 의미했다. 공동의 관심사가 존재한다면 특수한 개인이나 집단을 지명하여 그 문제에 전념하도록 할 수 있다. 로마인들은 그런 공직을 맡은 사람을 '정무관'이라고 불렀다. 그리고 '사적인privatus'이라는 단어는 그런 정무 관직을 보유하고 있지 않아서 공적 권위나 권력이 없는 사람을 가리킬 때 쓰였다. 원로원의 소환에 맞서 카이사르는 군대를 이끌고 루비콘 강을 건너면서 이런 말을 남겼다 한다. "내가 이 강을 건너지 않는다면, 나는 곤경에 처한다. 내가 이 강을 건너면, 세계가 곤경에 처한다." 그는 공동선에 앞서 자신의 사적 이익을 선택한 것이었다.

한편 아우렐리우스 아우구스티누스에게서 사적인 것은 내면의 삶을 뜻했다. 디오게네스의 경우에 사적인 것이란 다른 사람들을 역겹게 하지 않기 위해서 피해 들어가야 할 장소였다면, 아우구스티누스에게는 자기 마음에서 찾아낸 존재론적으로 특권적인 장소였다. 카이사르에게서 지위가 공동선과 갈등을 빚어내는 사적인 내용을 품고 있었더라도 아우구스티누스의 내면성과 같은 의미에서의 사적인 것은 아니었다. 그렇다면 오늘날 사적인 것이란 무엇인가? "내 은행 잔고"이다. 요컨대 공과 사에 대한 단 하나의 구분은 존재하지 않는다. 저자는 공적인 것/사적인 것의 계보학적 고찰을 통해서 현대 자유주의가 사적 영역의 핵심으로 침해받을 수 없다고 주장하는 사유재산권 등을 상대화한다. '민주공화국'에 사는 시민으로서 숙고해볼 만한 문제다. (〈기획회의〉, 2010. 3)

P.S. 저자의 책으로는 프랑크푸르트학파를 다룬 『비판이론의 이념』서광사, 2006이 먼저 출간돼 있다. 'Raymond Geuss'가 '레

이몬드 게스'라고 표기됐고 얼추 그렇게 읽음 직한데, '레이몬드 고이스'가 맞는 표기인지는 모르겠다. 애초에 리뷰를 기획하면서는 미조구치 유조의 『중국의 공과 사』신서원, 2004도 같이 읽어보려고 했지만, 사정이 여의치 않았다. 윌리엄 시어도어 드 배리의 『중국의 '자유' 전통』이산, 1998까지 관심권에 두었지만 책을 구해놓는 데 그쳤다. 실상은 마감에 쫓겨 쓰느라 『공적 선 사적 선』의 문제 제기도 충분히 다룬 건 아니다.

'공적인 것과 사적인 것'이라는 주제는 찰스 테일러의 『근대의 사회적 상상』이음, 2010에서도 한 장을 할애하고 있기 때문에, 기회를 보아 한 번 더 '공부'해볼 참이다. 게스/고이스와 같이 읽을 저자는 같은 케임브리지 대학에서 정치사상사를 강의하는 퀜틴 스키너이다. 그는 『자유주의 이전의 자유』푸른역사, 2007에서 이사야 벌린 등의 '자유주의 자유론' 대신에 '공화주의 자유론'을 옹호하는데, '자유주의 비판'이라는 점에서 게스/고이스와 입장을 같이한다(역자도 같다). 두 사람은 케임브리지 대학에서 나오는 '정치사상사' 시리즈의 공동 편집자이기도 하다.

"문화로는 국가에 대항할 수 없다"

『국민을 그만두는 방법』• 니시카와 나가오, 윤해동 외 옮김, 역사비평사, 2009

국민을 그만두는 방법? 이런 제목에 눈이 번쩍 뜨이는 독자도 있을 법하다. 게다가 "당신은 계속 '국민'이고 싶은가, 아니면 '국민'을 그만두고 다른 존재가 되기를 바라는가?"라는 둔중한 물음까지 표지에는 붙어 있다. 어떤 '노하우'일까 궁금해서 책을 손에 들었다. 미리 말해두자면, 잘

못 골랐다! 저자의 물음은 책의 첫 문장이 아니라 맨 마지막 문장이었기 때문이다. 그렇다고 소득이 전혀 없지는 않다. '국민'을 그만두려면 '국민문화'에서도 벗어나야 한다는 요지 정도는 감지할 수 있으니까. 사실 책의 초점은 국민이 아니라 바로 그 국민문화에 두어진다.

'국민국가론'의 권위자로 알려진 니시카와 나가오의 저작은 이미 여러 권 소개돼 있는데, 쓰인 순서에 따르면 『국민을 그만두는 방법』은 『국경을 넘는 방법』●일조각, 2006과 『국민이라는 괴물』●소명출판사, 2002 사이에 위치한다. 연작으로 읽어도 좋을 만한 이 저작들의 토대가 되는 건 '문명civilization'과 '문화culture'에 대한 개념사적 통찰이다.

저자가 잘 정리해놓은 걸 다시 정리하자면, 일단 문명과 문화 모두 유럽에 기원을 둔 개념이다. '고대 문명'이나 '고대 문화'라는 말도 쓰지만, 두 용어는 모두 18세기 후반에 프랑스에서 만들어진 발명품이다. 문명은 아예 신조어이고 원래 '경작'을 뜻하던 문화는 현재와 같은 의미로 쓰임새가 바뀌었다. 라틴어 어원 civitas에서 알 수 있듯이 문명은 고대 도시국가와 연결된 말로서 도시 생활을 모델로 하고, 문화는 농촌 생활을 모델로 한다. 농작물과 가축을 기른다는 어원적 의미 덕분에 문화는 인간의 마음과 정신을 기른다는 의미의 교양도 뜻하게 됐다. 더불어 문명은 인류의 보편성을 강조하면서 물질적인 진보를 예찬하는 반면에, 문화는 생활의 다양성과 개별성을 강조한다. 물질적 진보를 중요시하는 문명이 미래 지향적이라면, 정신의 우월성을 앞세우는 문화는 과거의 전통을 중요시한다.

흥미로운 것은 이 두 개념의 전파 양상이 다르다는 점. 문명은 프랑스 및 영국과 미국 등 주로 선진국으로 전파됐고, 문화는 독일을 중심으로 폴란드, 러시아 등 후진국으로 퍼져나갔다. 곧 '문명＝선진국 모델', '문화＝후발국가 모델'이었다. 프랑스 혁명과 함께 국민국가가 형성되는 프랑스에서는 문명이 국민적 이데올로기로 정착된다. 프랑스 혁명이 곧 인류의 해방이고 프랑스인은 그러한 진보의 선두에 있다는 자각이 거기엔 반영돼 있다. 반면에 프랑스에 대항하여 성장한 독일의 국민사는 기본적으로 문화사다. 독일의 지식인과 시민 계급은 자신들의 독자적 가치관을 문화라는 말을 통해서 표명하고자 했다. 이러한 차이 때문에 근대 이후 프랑스와 독일 사이에서 반복된 전쟁은 한편으로는 문명과 문화 사이의 투쟁이라는 양상도 갖는다고 저자는 말한다.

그렇다고, 문명과 문화 사이에 차이점만 있는 것은 아니다. 두 개념은 각각 유럽의 선진국과 후발국의 국익과 가치관에 부합했다는 공통점이 있다. 게다가 근대 국민국가 형성 과정이라는 동일한 모태에서 샴쌍둥이처럼 태어난 둘의 관계는 고정적이지 않다. 한 문화가 자기의 우월성을 확신하게 되면 문명적 보편주의로 나아가려는 경향을 보이고, 반대로 패권을 잃어버릴 경우에는 문화주의로 전환하는 양상을 드러내기 때문이다.

그러한 맥락에서 볼 때, 일본이 패전 이후에 '문화국가'라는 슬로건을 내건 것은 기묘한 일이었다고 니시카와는 지적한다. 야마토 다마시^{大和魂}라는 일본의 정신문화가 미·영의 물질문명에 패했음에도 국가주의와 밀접한 관련을 갖는 '문화'가 문책받기는커녕 오히려 평화의 동의어로 유행했기 때문이다.

요컨대, 국가이데올로기로서 '문화' 개념은 '민족'이나 '국체' 개념과 일체였기 때문에 문화로는 국가에 대항할 수는 없다는 것이 저자의 관점이다. 비록 개념은 시대에 따라 변화하기 마련이지만 그럼에도 사고가 특정한 방향성을 갖도록 한다는 것이 그의 문제의식이다. '한국 문화'는 사정이 다를 수 있을까? (《한겨레21》, 2009. 12)

사상으로서의
일본 우익

『일본 우익사상의 기원과 종언』 마쓰모토 겐이치, 요시카와 나기 옮김, 문학과지성사, 2009

우익이란 무엇인가? 역사적 고찰이건 이념에 대한 분석이건 한국의 '우익'을 전면적으로 다룬 책은 드물다. 우익이라면 민족주의나 보수주의보다는 곧장 반공주의를 먼저 떠올리게 되는 것이 한국적 현실이다. 이러한 특수성이 우익의 본질에 대한 진지한 물음까지도 봉쇄해버린 것은 아닐까? 일본의 평론가 마쓰모토 겐이치의 『일본 우익사상의 기원과 종언』을 접하면서 갖는 궁금증이다.

1976년에 첫 출간된 이후 여러 차례 개정판이 나왔다고 하므로 일본에서도 우익 사상에 관한 대표적인 저작에 속하는 이 책의 원제는 '사상으로서의 우익'이다. 초점이 우익의 활동과 역사보다는 사상적 본질의 해명에 두어졌다는 걸 시사한다. 물론 그러한 해명을 위해서는 우익의 성립과 전개 과정에 대한 고찰도 필수적으로 요구된다.

마쓰모토가 독특하게 주장하는 바에 따르면, 근대 일본에서 권력을 장악한 지배계급은 좌익도 우익도 아닌 리버럴^{liberal}이었다. 원래 자유주의자를 뜻하는 리버럴이 일본에서는 보수주의자로 나타났다고 한다. 그는 이 리버럴 세력이 좌우 양익 사이에서 균형을 맞추면서 지배계급으로 군림했다고 본다. 즉 프랑스 혁명 이후에 나타난 유럽의 좌파/우파와는 성격이 좀 다르다. 그것은 선진 자본주의 열강 밑에서 일본이 뒤늦게 근대화를 추진해야 했던 특수한 사정에서 비롯됐다.

입헌정치를 시도한 이토 히로부미 내각이 출현하면서 리버럴은 근대 일본의 지배계급이 되며, 이들은 메이지 국가 체제의 근대화 노선을 적극적으로 주도해간다. 그리고 이때 이러한 노선에 반대하는 '반체제'로

책을 읽을 자유

서 좌익과 우익은 마치 쌍생아처럼 태어났다. 좌익은 '계급'의 입장에서, 그리고 우익은 '민족'의 입장에서 근대화 노선에 반대했다. 사정은 전후에도 마찬가지여서 여전히 일본의 지배 권력은 진주군(미군) 및 진주군과 결탁한 리버럴이었으며 이들이 처음에는 민주화를, 그리고 이후에는 우경화를 추진했다는 것이 저자의 시각이다.

그렇다면 우익 사상의 본질은 무엇인가? 좌익은 '마르크스교'이고 우익은 '천황교'라고 단순하게 정의하는 안이한 관점에서 벗어나야 한다고 주장하면서, 저자는 우익의 사상을 '가장 높이 도달한 지점'에서 해명하고자 한다. 그가 제일 먼저 제시하는 것은 우익의 사생관이다. 사상이란 궁극적으로 논리가 아니라 어떻게 살아가느냐의 문제, 곧 주체의 에토스의 문제라는 생각에서다. 한마디로 말하면, 우익의 사생관은 일본의 전통적인 산화散華의 미학, 곧 '아름다운 죽음'의 미학 위에 형성된다. 삶의 극치에서 죽어야 하며 그렇게 죽는 것이 아름답다는 식이다. 또 일본의 우익은 리얼리스트를 자임해온 좌익과는 달리 언제나 낭만주의자들이었다. 그들은 낭만(浪)을 위해 목숨을 거는 일도 결코 주저하지 않았다. 더불어 그들은 반자본주의를 지향하는 농본주의자들이었다. 벼농사를 기반으로 형성된 일본의 사직을 관장하는 사제司祭가 천황이기에 천황론도 자연스레 우익의 기본 사상이 된다. 다만 천황을 장악하여 국가 지배의 원리로 만든 것은 우익이 아니라 언제나 리버럴이었다.

일본 우익은 또한 내셔널리즘(민족주의)과 아시아주의를 동시에 주창했는데, 아시아주의란 서구 열강에 대항하여 아시아 민족의 내셔널리즘과 연대하는 것을 뜻했다. 하지만 정작 일본 자신이 제국주의화되면서 우익의 내셔널리즘과 아시아주의는 충돌하게 된다. 일본의 제국주의 또한 아시아 내셔널리즘의 타도 대상이 되었기 때문이다. 이때 우익은 아시아주의를 포기한다. 그런 사실을 공표하지 않고 우익이 체제에 편입하면서 타락한 형태로 아시아주의를 표방한 것이 '대동아공영권'이라는 저자의 지적이 흥미롭다.

한국어판의 머리말에서 저자는 내셔널리즘을 대의명분으로 한 일본 우익과 한국의 우익은 어떤 차이가 있을까 궁금해하는데, 실상 공통점보다는 차이점이 더 많은 게 아닌가도 싶다. 민족주의보다는 국가주의적 내셔널리즘을 견지하고 있는 한국 우익의 견고한 반공주의와 현실주의가 떠올라서다. '사상으로서의 한국 우익'이란 무엇일까?

(《한겨레21》, 2009. 11)

18

거대한 고통의 기원을 찾아서

그렇게 해서 성공한 '우리'와 낙오된 '그들'이 나뉜다. 한편에는 성공한 소수로서의 '우리', 곧 '대한민국 1퍼센트'나 '최소한 20퍼센트'에 턱걸이한 '우리'가 있다면, 다른 편에는 빈곤층과 몰락한 중산층이 구성하는 '그들'이 있다. '우리'는 항상 '그들'의 무능력과 게으름을 질타한다. 그런 '그들'이 너무 많다고 불평하고, 억울하면 성공하라는 충고도 보낸다. 그렇게 '우리'의 특권을 정당화한다.

유동적 근대와
쓰레기가 되는 삶

『유동하는 공포』 지그문트 바우만, 함규진 옮김, 산책자, 2009

2008년 5월 8만 명 이상의 인명을 앗아간 중국의 쓰촨성 대지진이 진앙지 주변에 있던 지핑푸 댐의 물 무게 때문일지도 모른다는 연구 결과가 최근에 보도되었다. 쓰촨성 지진광물국과 미국 컬럼비아 대학 연구진에 따르면 쓰촨성이 지진 다발 지역이긴 하지만 지난 수백 년 동안 대규모 지진 활동이 없었다. 그럼에도 강력한 지진이 일어난 것은 수력발전용 댐에 가두어진 엄청난 무게의 물이 지하 단층에 압력을 가한 때문이라는 지적이다.

지진대에 4백 개에 이르는 댐을 건설하고 있는 중국 정부는 이런 추측을 진화하기 위해 부심하면서 쓰촨성 지진의 연구 자료에 대한 접근도 차단하고 나섰다 한다. 하지만 정확한 진상 조사와 대비책이 마련되지 않는다면 향후 또 다른 지진 피해의 가능성도 배제할 수 없는 것 아닐까. 아니 어쩌면 대비 자체가 불가능하거나 너무 늦은 것인지도 모른다. 비록 댐을 건설한 것은 인간의 이성이고 합리적 계산 능력이지만 그것이 초래할 수 있는 재앙은 더 이상 인간이 통제할 수 없는 어떤 것이다.

이 '통제 불가능한 것'에 대한 공포가 폴란드 출신의 사회학자 지그문트 바우만이 말하는 '유동하는 공포'의 한 양상이다. 최근에 나온 『유동하는 공포』는 그의 '유동적 근대성liquid modernity' 시리즈의 하나인데, 바우만에 따르면 우리는 '유동적 근대'에 살고 있다. '유동적'이라는 말은 모든 것이 가변적이고 불확실하여 예측과 통제가 불가능하다는 뜻을 함축한다. 그리고 '유동적 공포'란 자연적 악이건 도덕적 악이건 그 공포의 대상이 되는 악이 불규칙하고 불확실하여 제대로 인식할 수도 없고 대처하기도 어려운 공포를 말한다. 이러한 유동성의 양상은 물론 단단한 '고정적 근대성solid modernity'과 대비된다. 바우만의 통찰은 '유동적 근대성'을 '고정적 근대성'의 부정적 결과이면서 그 필연적 귀결이라고 보는 데 있다.

『근대 사상에서의 악』2002의 저자 수잔 니먼을 따라서 바우만은 근대 철학이 시작되는 기점을 1755년 포르투갈 리스본의 대지진에서 찾는다. 도시는 폐허가 되고 수만 명이 사망한 이 재난은 당대의 신학자와 철학자들을 당혹스럽게 했다. 무자비한 자연의 재앙과 전지전능하신 신의 섭리는 도저히 조화를 이룰 수 없었기 때문이다. 흔히 자연재해는 죄인들에 대한 신의 징벌이라는 것이 기독교적 믿음이었지만 "이 피할 수 없는 충격에는 무고한 자나 죄인이나 똑같이 희생되었다"(볼테르). 이러한 모순에서 비롯된 악에 대한 성찰이 결국엔 자연을 신의 섭리로부터 분리시키는 '탈주술화'를 가져왔다. 자연에서 신의 가면을 벗겨낸 것이다.

물론 그렇게 탈주술화되었다 하더라도 자연은 여전히 거대하고 압도적이며 가공할 만한 위력을 보여준다. 하지만 기도 대신에 과학과 기술을 새로운 대응책으로 선택한 근대인은 도덕적 악이 이성에 의해 교정될 수 있는 것과 마찬가지로 자연적 악도 이성에 의해 예측과 예방이 가능하게 될 거라고 믿었다. 이것이 근대성의 기획이자 견고한 희망이었다. 하지만 지금까지의 경험은, 바우만이 보기에 정반대의 방향으로 진행되었다. 자연재해는 '원칙적으로 관리 가능'한 것이 되지 못했고, 거꾸로 도덕적 비리가 '고전적인' 자연재해에 가까운 것이 돼버렸다.

불행하게도 인간의 부도덕한 행동에서 빚어지는 악보다도 더 관리가 불가능한 것은 합리적 행동이 산출하는 악이다. 바우만이 드는 대표적인 예가 근대 관료제다. 그것은 '도덕적 판단'이 아닌 '규칙에의 복종'만을 요구한다. 그리고 관료의 도덕성은 명령에 대한 복종과 빈틈없는 업무 수행으로만 판단된다. 사실 20세기의 역사는 그러한 '합리성'이 얼마나 큰 비극을 낳을 수 있는지 역사적 교훈으로 보여주지 않았던가. 바우만은 아우슈비츠와 굴락(소련의 강제수용소), 히로시마의 교훈을 우리가 철조망 안에 갇히거나 가스실에 들어갈 수 있다는 사실에서 찾지 않는다. 그러한 사례들이 진정으로 충격적인 것은 '적당한 조건이라면' 우리도 가스실의 경비를 서고, 그 굴뚝에 독극물을 넣고, 다른 사람들의 머리 위로 원자폭탄을 떨어뜨릴 수 있다는 점이라고 말한다. 아무도 '책임'이 없지만 사람들은 죽어나가는 것이 바로 유동적 근대의 공포인 것이다.

게다가 문제적인 것은 이 유동적 공포에도 차별이 있다는 점. 2005년 미국의 뉴올리언스를 강타한 허리케인 카트리나는 분명 부자와 빈자를 구별하지 않았지만 이 자연재해가 모든 희생자들에게 똑같이 '자연스럽게' 받아들여지지는 않았다. 피해를 입은 사람들 대부분이 가난한 흑인이었다는 사실이 말해주듯이 "허리케인 자체는 사람이 만든 것이 아니었지만, 허리케인의 결과는 분명 사람의 작품이었다." 가장 심각한 피해를 입은 사람들 대부분은 카트리나가 덮치기 이전에 법질서에 버림받고 근대화에 뒤처진 사람들이었다. 그런 사정을 미리 고려해서인지 연방정부는 홍수 대비 예산을 마구 삭감했고, 이해할 수 없을 만큼 늑장 출동한 주 방위군은 구호 활동에 나서기보다는 '법질서' 유지에 더 주력했다.

법질서 유지와 경제 발전은 근대화의 두 가지 모토이지만 그것은 사람들을 '배려할 가치가 있는 부류'와 '가치가 없는 삶'(쓰레기가 되는 삶)으로 구분하며 공포 또한 그에 따라 차등적으로 분배된다. 바우만이 보기에 이러한 차별은 근대성의 오작동이 아니라 본질이다. 안락한 근대 부르주아적 삶은 결코 보편적 삶의 방식이 될 수 없다. 그것은 극히 일부가 누리고 있는 '특권'일 따름이다. 세계 무역의 절반 이상이 세계 인구의 14퍼센트에 불과한 22개국에 집중돼 있으며, 세계 인구의 11퍼센트를 차지하는 49개 최빈국의 부는 세계 최고 부자 세 사람의 소득 합계 정도에 지나지 않는 것이 그러한 특권의 현주소다. 신흥 경제 성장국인 중국과 인도, 브라질 등이 미국과 캐나다, 서유럽 수준의 안락함을 누리기 위해서는 지구 세 개분의 자원이 필요하다. 그렇다면, 유동적 공포란 지속될 수도, 보편화될 수도 없는 근대화와 세계화가 불가피하게 불러들일 수밖에 없는 공포다. "다가오는 세기는 궁극적인 재앙의 시대가 될 것이다." 바우만의 예언이 예사롭지 않게 들린다. (《한겨레21》, 2009. 3)

책을 읽을 자유

'그들'이
너무 많은가?

『쓰레기가 되는 삶들』 지그문트 바우만, 정일준 옮김, 새물결, 2008

요즘 부모들의 관심은 온통 아이들의 성적과 키에 쏠려 있는 듯하다. 부유층과 서민층을 가리지 않기에 '평균적인' 관심사라고 해야겠다. 그렇다고 대한민국 아이들의 평균적인 학력과 키에 대한 관심은 아니다. 중요한 건 '내 아이'의 성적이고, 다른 아이와의 성적 '차이'다. 키 또한 그렇다. 성장기 아이의 키가 '상위 90퍼센트'(성장도표 백분위수 기준)라고 하면 부모는 우쭐댄다. 그렇게 아이가 잘 자라기를 바라고 남보다 뛰어나길 열망한다. 그래야만 성공할 수 있다고 믿어서일 것이다.

그렇게 해서 성공한 '우리'와 낙오된 '그들'이 나뉜다. 한편에는 성공한 소수로서의 '우리', 곧 '대한민국 1퍼센트'나 '최소한 20퍼센트'에 턱걸이한 '우리'가 있다면, 다른 편에는 빈곤층과 몰락한 중산층이 구성하는 '그들'이 있다. '우리'는 항상 '그들'의 무능력과 게으름을 질타한다. 그런 '그들'이 너무 많다고 불평하고, 억울하면 성공하라는 충고도 보탠다. 그렇게 '우리'의 특권을 정당화한다. '그들'은 '쓰레기'다.

『쓰레기가 되는 삶들』은 전 지구적 차원에서 '우리'와 '그들'의 문제를 생각해보게 한다. 부유한 선진 자본주의 국가들이 '우리'이고 빈곤한 저개발 국가들이 '그들'이다. 문제는 '그들'이 없다면 '우리의 생활 방식'을 유지할 수 없으며 '우리'가 존립할 수도 없다는 점. 책상 앞에 앉아 '우리'가 키보드를 두드리는 동안 우리 임금의 10분의 1만 받으면서 화장실을 청소해주는 '그들'이 없다면 '우리'의 안락과 품위는 어떻게 유지될 수 있을까? 그러니 '우리'는 기식자다. 성장의 한계를 넘어 거인증에 걸린 지구는 '기식자'와 '쓰레기'로 넘쳐나고 있다. 무엇을 할 것인가를

다시 묻는다. (《경향신문》, 2009. 3)

P.S. "책상 앞에 앉아 '우리'가 키보드를 두드리는 동안 우리 임금의 10분의 1만 받으면서 화장실을 청소해주는 '그들'이 없다면 '우리'의 안락과 품위는 어떻게 유지될 수 있을까?"라는 구절은 바우만『쓰레기가 되는 삶들』, 90쪽에게서 간접 인용한 것이고, 바우만은 리처드 로티의『철학과 사회적 희망』에서 인용한 것이니까 일종의 간접 재인용이다.

바우만이 이 인용문의 앞뒤에서 하고 있는 얘기는 '그들'의 과잉에 대한 부국들의 대처다. 1994년 카이로에서 열린 '인구와 개발에 관한 국제회의'에서 20개년 계획의 '인구와 건강 프로그램'이 출범하게 되었다. 그에 따르면 '그들'(개발도상국)이 비용의 3분의 2를 부담하고, '기증자' 국가들이 나머지를 부담하기로 돼 있었다. 하지만 '그들'과 달리 '우리'(부유한 국가)는 약속을 이행하지 않았고, 1994~2000년 사이에 1억 2천 2백만 명의 여성이 임신을 하게 됐다. 그런 상황에서 '우리'를 걱정시키는 '그들'의 과도한 출산에 맞서는 싸움에 예기치 않은 동맹군이 등장했는데, 다름 아닌 에이즈다. 예컨대 보츠와나에서는 같은 기간에 기대수명이 70세에서 36세로 떨어졌고, 2015년 예상 인구는 28퍼센트나 떨어졌다. '우리'의 제약 회사들은 '지적 재산권'을 수호한다는 이유로 필요한 약을 적절한 가격에 공급하는 데 소극적이었다.

하지만, 문제는 '그들'의 과잉을 억제하는 것이 또 다른 일면을 갖는다는 사실이다. "단지 '우리의 생활 방식'을 현 상태로 유지하기 위해서라도 더 적은 수가 아니라 더 많은 수의 '그들'을 수입해야 한다는 냉엄한 전망"이 그것이다.

책을 읽을 자유

우리가 기부해야 하는
이유

『물에 빠진 아이 구하기』* 피터 싱어, 함규진 옮김, 산책자, 2009

"나는 독자 여러분께 바란다. 1천 8백만 명의 생명이 매년 죽어가는 세계, 충분히 살릴 수 있는 생명이 덧없이 꺼져가는 이 세계에서, 과연 어떻게 살아야 올바르게 사는 것인지 한번쯤 생각해보시기를!"

동물해방론자이자 세계적인 실천윤리학자 피터 싱어가 『물에 빠진 아이 구하기』에서 던지는 제안이다. 과연 어떻게 살아야 할까? 싱어의 대답은 간명하다. 절대 빈곤의 덫에 걸린 사람들을 도우며 살아야 한다. 저자는 그렇게 남을 돕지 않는 한 우리는 윤리적으로 올바르게 살 수 없다는 걸 입증하고자 하며, 우리 모두가 더 많은 소득을 가난한 사람을 위해 써야겠다는 생각을 갖도록 일깨우고자 한다.

책의 원제는 '당신이 구할 수 있는 생명The Life You Can Save'이다. 책의 취지에 맞추자면, '당신도 구할 수 있는 생명'이라는 뜻으로 새겨도 좋겠다. 가령 출근길에 항상 지나는 작은 연못에 한 아이가 빠졌다. 주위에는 아무도 없다. 아이는 몇 초 동안만 고개를 내밀 수 있는 위급한 상황이다. 물에 들어가는 것은 어렵지 않고 위험하지 않다. 단지 며칠 전에 산 새 신발과 양복이 더러워지고 출근길이 늦어질 것이다. 당신이라면 어떻게 할 것인가? 이런 경우 "그냥 돌아가겠다"고 답하는 사람은 거의 없다. 다들 한 아이의 생명을 구하는 일에 비하면 신발이나 지각은 대수롭지 않다고 생각하기 때문이다. 하지만 바로 그와 같은 일이 벌어지고 있는 게 현재의 지구촌 현실이라고 싱어는 말한다. 먹고살 만한 사람들이 신발이 젖는다고, 지각한다고 죽어가는 아이를 모른 체 방치하고 있다는 것이다.

유엔아동기금 자료를 보면, 아직도 매년 970만 명의 5세 이하 어린이가 빈곤 때문에 사망한다. 이들의 목숨 하나를 살리는 데 신발 한 켤레 값 정도밖에 들지 않는데도 말이다. 우리가 자주 사서 마시는 생수를 비롯해 외식, 옷, 영화, 콘서트, 휴가 여행, 집 단장에는 돈을 쓸지언정 죽어가는 아이에 대해선 모른 체한다고 싱어는 꼬집는다.

물론 그런 '무관심'에도 뭔가 합당한 이유가 있을 것이다. 싱어는 기부를 주저하게 만드는 이유를 6가지로 분석한다. 인식 가능 희생자 효과(눈에 보여야 돕는다), 헛수고라는 생각, 왜 나만 도와야 하느냐는 생각 등이다. 더불어, 우리의 진화적 본성은 다수보다는 특정 개인에, 멀리 떨어진 곳의 사람보다는 가까운 사람을 대할 때 더 예민하고 신속하게 반응한다. 하지만 그러한 도덕적 직관이 그 자체로 정당화되는 것은 아니며 현재와 같은 지구 공동체 사회에서는 우리의 책임 범위를 더욱 확장시켜야 한다는 것이 싱어의 주장이다.

물론 이제까지 구호의 손길이 전혀 없었던 것은 아니다. 지난 50년 동안 서방 세계에서 구호에 쏟은 비용이 2조 3천억 달러라고 한다. 연간 460억 달러이며, 1인당 매년 60달러를 부담한 것이 된다. 총소득의 0.3퍼센트이다. 하지만 이러한 기부에도 아직까지 빈곤 퇴치에 성공하지 못했다면, 그건 그동안 너무 조금만 퍼주었기 때문이라는 게 저자의 판단이다.

그건 우리 자신의 처지를 돌아봐도 마찬가지다. 한국어판 서문에서 싱어가 밝히고 있는 한국의 대외 원조 규모는 국민총소득의 0.09퍼센트로 유엔이 권장하는 대외 원조액(국민총소득의 0.7퍼센트)에 한참 못 미친다. 경제 규모에 걸맞지 않게 최하위권에 속하는 미국과 일본도 한국의 두 배 수준이다. 대외 원조에서 한국만큼 인색한 나라도 드문 것이다. "우리도 먹고살기 힘들다"는 푸념을 입버릇처럼 늘어놓지만, 싱어의 말

대로 "우리 상황이 최악의 최악이라도, 절대 빈곤에 떨어져 있는 사람들
보다는 낫다"는 인식의 전환이 필요하지 않을까.

정부가 더 많은 대외 원조를 하도록 압력을 행사하는 일 외에도 개개
인이 자기 소득의 5퍼센트 이상을 기부해야 한다는 것이 저자의 핵심적
인 제안이다. 거기에 덧붙여 제도적으로는 적절한 형태의 '넛지'를 활용
하는 방안도 모색해봄 직하다. 가령 봉급에서 일정 비율을 기부의 디폴
트(초기조건)로 지정하는 것인데, 우리가 알지만 실천하지 않는 올바른
행동을 실천할 수 있게 해주는 방책이 될 수 있다. 이 경우 올바른 행동
이란 물에 빠진 아이를 당장은 건져놓는 일이다. 《한겨레21》, 2010. 7)

'거대한 고통'의 기원을
찾아서

『거대한 전환』* 칼 폴라니, 홍기빈 옮김, 길, 2009

칼 폴라니의 『거대한 전환』의 부제는 '우리 시대의 정치·경제적 기원'
이다. 그가 우선 염두에 둔 '우리 시대'는 책이 출간된 1940년대를 포함
한 20세기 전반기일 터이다. 무슨 일이 있었던가? 제1차 세계대전이 터
졌고, 러시아 혁명이 일어났으며 경제대공황에 빠져들었고, 파시즘의
광풍이 몰아치다가 급기야는 다시 제2차 세계대전이 발발했다. 대체 이
런 전대미문의 사건들이 어찌하여 일어난 것일까? 폴라니는 이 '거대한
고통'의 기원을 19세기 초 영국의 산업혁명과 그로 인해 나타난 자기조
정 시장경제의 출현이라는 '거대한 전환'에서 찾는다.

문제는 이 '거대한 전환'의 동력이자 이념인 '자기조정 시장'이라는 것

이 실상은 어디에도 존재하지 않는 '적나라한 유토피아', 곧 '완전한 망상'이라는 점이다. 가령, 노동을 상품화하여 필요에 따라 팔고 살 수 있으며, 이러한 매매가 오직 시장 가격에 의해서만 결정된다는 '이상적인' 노동시장은 결코 자연적으로 형성되지 않았다. 폴라니는 산업혁명 초기의 백인 노동자와 함께 식민지 원주민을 노동자의 원형으로 들었다. 식민주의자들은 원주민을 노동자로 만들기 위해서 인위적으로 식량 부족 사태를 일으켰다. 굶주림에 빠뜨려야만 원주민들의 노동력을 끄집어낼 수 있었기에 그들은 빵열매 나무도 베어 넘어뜨렸다. 세금을 징수함으로써 원주민들이 화폐 벌이에 나서도록 강제했다. 그렇게 하여 앉아서 굶을 것인가 아니면 노동을 시장에 내놓을 것인가라는 선택지로 내몰았다.

왜 굶주림이라는 징벌적 수단만이 사용되었나? 임금이 높아질 경우에 원주민은 기를 쓰고 일할 이유를 느끼지 않기 때문이다. 식민지 원주민이나 백인 노동자나 일정한 체벌로 위협을 당하지 않는 한 자발적으로 노동에 매달리지 않았다. 때문에 공장주들은 "노동자들을 과로 상태로 몰아넣고 완전히 밟아버릴 필요가 있다"고 주장했다. 그래야만 동료들과 작당하지 않고 고분고분한 몸종처럼 따르게 된다는 것이다.

협박과 강압에 의해 형성되고 유지된다는 점에서 노동시장은 수용소를 떠올리게 한다. 가령 제2차 세계대전 당시 독일군의 포로가 돼 채석장에서 강제노동을 해야 했던 한 러시아군 포로는 "저들에겐 4입방미터의 돌을 캐낼 필요가 있지만, 우리는 각자의 무덤을 위해 1입방미터의 돌만 캐내도 충분하다"고 불평을 토로했다. '1입방미터'로 충분하지만 '4입방미터'의 돌을 캐내야 했던 이유는 물론 총구를 들이대고 있는 독일군의 감시 때문이다. 이러한 강압에 누구도 굶주려서는 안 된다는 전통사회의 원칙 또한 파괴된다. 영국의 경우에도 1834년에 빈민구제법이 폐지됨에 따라 임금노동으로만 생계 유지가 가능하게 되면서 노동시장이 형

334

성되었다는 사실은 시사적이다.

폴라니는 이런 방식으로 노동이 다른 활동으로부터 분리되어 시장법칙에 종속되면 인간들 간의 유기적 관계는 소멸되고 대신에 전혀 다른 형태의 조직, 원자적 개인주의의 사회 조직이 들어서게 된다고 말한다. 바로 우리가 살고 있는 현실 자본주의 사회의 모습 아닌가? 따라서 문제는 시장경제의 비인간성이나 비합리성이 아니다. 모든 것을 상품화할 수 있다는 불가능한 믿음이다. 그런 믿음이 가져온 파행적 현실이 주기적으로 반복되고 있다. 『거대한 전환』은 2009년 또한 폴라니의 '우리 시대'임을 말해주면서 진정한 전환으로의 결단을 우리에게 요구한다.

(〈시사IN〉, 2009. 12)

인류학적 가치이론과
자본주의의 외부

『가치이론에 대한 인류학적 접근』◦ 데이비드 그레이버, 서정은 옮김, 그린비, 2009

영국의 사회인류학자 데이비드 그레이버의 『가치이론에 대한 인류학적 접근』은 제목에서부터 전형적인 학술 담론을 떠올리게 한다. 600쪽에 이르는 국역본의 두툼한 분량부터가 일반 독자들에게는 거리감을 불러일으킬 텐데, '인류학적 접근'이라니! 아예 독자의 접근을 원천봉쇄하는 듯하다. 그렇다면, 인류학 전공자도 아닌 처지에 이런 '원천봉쇄'까지 뚫고서 이 책에 접근해보려고 한 것은 순진한 것일까, 무모한 것일까. 나대로 변명을 찾자면, 서문에서 내비친 저자의 지적 패기에 이끌린 것이라고 해야겠다. 요즘 점점 드물어져가는 것처럼 보이는 것이 그러한 패기 아닌가.

저자는 "위대한 사상가들의 기념비를 세우거나 각 학파의 신념과 입장을 방어하는 논쟁의 생산에만 몰두"하는 학계나 "아리스토텔레스에서 데카르트와 하이데거로 이어지는 대륙의 정통 교육 코스를 거친 소수의 엘리트만이 사유체계와 개념을 생산해낼 수 있고 그 외의 사람들은 모두 그들에 대한 주석가가 되고 마는" 지적 풍토를 비판하면서, "인류학이야말로 이런 식의 고루한 헤게모니에 맞서 싸우면서 사유와 개념의 전 지구적 민주화를 도모할 수 있는 최적의 학문 중 하나라고 생각한다." 이 정도면 유혹으로서 충분히 강력하다. 제국주의 학문에 불과한 것 아니냐는 식의 인류학에 대한 선입견을 단숨에 날려버리는 것이니까 말이다.

그렇게 해서 저자를 따라 책장을 넘기기 시작하면 가치에 대한 이론이 최근 인류학의 주요 관심사가 되었다는 소개를 읽게 된다. 일단 '가치'라는 말 자체가 복수적 의미를 갖는다. 최소한으로만 잡아도, 사회학적 가치, 경제학적 가치, 언어학적 가치가 각기 다른 의미로 정의된다. 이러한 의미의 애매성을 제거하고 '가치' 혹은 '가치체계'에 관한 인류학적 사회이론을 정립할 수 있을까. 선구적인 시도는 1940년대 후반과 1950년대 초반 인류학자 클라이드 클럭혼이 출범시킨 일련의 연구 프로젝트다.

서로 다른 다섯 부족에 대한 비교연구를 통해서 클럭혼은 가치에 대한 정의를 발전시켜나가는데, 가치에 대한 그의 기본적인 정의는 "사람들이 여러 다른 행위의 가능성 중 하나를 선택하게 만드는 바람직한 무언가에 대한 개념'이라는 것이었다. 즉 가치를 추상적인 삶의 철학이 아니라 사람들의 실질적인 행동에 직접 영향을 미치는 개념들로 파악하고자 한 것이다. 여기서 핵심은 '바람직한'의 의미를 밝히는 것이지만, 클럭혼의 프로젝트는 더 진행되지 않았고, 가치에 대한 인류학적 접근은 유예되었다. 그리고 이러한 상황에서 '가치'는 경제학의 점령 아래 들어가게 되었다.

경제학은 개인의 행동을 예측하는 것과 관련된 만큼 집단적 차이를 이해하고자 하는 인류학과는 대척 관계에 놓여 있으며 가치에 대한 접근도 그만큼 상이하다. 알다시피 경제학의 전제는 간단하다. 사회는 개인으로 구성돼 있고, 모든 개인은 자신이 삶에서 무엇을 원하는지 알고 있다. 즉 그들은 최소한의 희생과 노력을 통해서 최대한의 만족을 얻으려고 한다. 이것이 말하자면 경제학의 '최소/최대' 접근법이다. 이러한 접근에서 인간의 모든 행동은 욕망과 쾌락에 연결돼 있는 것으로 이해된다.

가령, 초콜릿치즈케이크는 당신에게 만족감을 줄 수 있다(만족감 A). 하지만 다른 사람들이 당신을 날씬하다고 생각하는 평판도 당신에게 만족감을 준다(만족감 B). 경제학에서 말하는 합리적 행위자는 이렇듯 상충하는 만족감을 서로 비교하여 자신에게 보다 이익이 되는 쪽을 선택하면 된다. 즉, '만족감 A-만족감 B'의 값이 0보다 클 경우엔 초콜릿케이크를 먹어도 되고, 0보다 작을 경우엔 안 먹으면 된다. 이것이 합리적 선택이다. 문제는 이러한 선택 과정을 모델화하는 경제학에서 '사회'라는 존재는 무의미하거나 걸림돌만 된다는 사실. 왜 세계의 어떤 지역에서는 초콜릿케이크 대신에 소금에 절인 자두 음료가 더 큰 만족감을 주고, 또 어떤 지역에서는 비만으로 간주되는 체형이 다른 지역에서는 매력적인 몸매로 간주되는지 경제학자들은 답하기 어려워한다. 가치의 기본 대상이 사물이 아니라 행위라고 보는 새로운 시각의 도입이 필요하지 않을까. 화폐와 상품의 교환만을 다루는 시장경제 바깥의 다른 교환방식에 대해서도 주목해볼 필요가 있지 않을까.

그런 관점에서 그레이버가 '인류학의 역사에서 가장 중요한 단 하나의 업적'으로 꼽는 것이 『증여론』 한길사, 2002의 저자 마르셀 모스의 이론적 작업이다. 알려진 대로 모스는 자본주의 체제 바깥의 부족들에 대한 연구를 통해서 그들이 전혀 다른 가치 체계를 갖고 있다는 걸 보여주었다. 비록 경제학과 인류학이 서로 상반되는 이론적 시각을 갖고 있지만, 저자는 여기서 모스의 인류학이 마르크스의 경제학에 유용한 상보물이 될 수 있다고 판단한다. 마르크스의 저작들이 자본주의에 대한 강력하고 정확한 비판을 담고 있다면, 모스의 작업은 자본주의의 외부에 존재하는 다른 형식들을 탐구한 것이기에 그렇다. 두 사람 간의 차이점보다는 이러한 협력 가능성에 더 주목해볼 필요가 있다는 것이 그레이버의 요지다.

사실 저자가 강조하는 여러 대목들은 기시감을 불러일으키는데, 비록 인류학 이론사를 검토하고 있지는 않지만 이미 국내에 소개된 일본의 신화학자 나카자와 신이치의 『사랑과 경제의 로고스』 동아시아, 2004나 비평가 가라타니 고진의 여러 저작에서 자본주의 시장경제와는 다른 대안적 '교환 양식'에 대한 언급을 읽을 수 있기 때문이다. 특히 가라타니의 경우에 자발적이고 자립적인 상호교환의 네트워크를 적극적으로 내세우는바, 이것은 개개인이 공동체의 구속에서 해방되어 있기에 시장사회와 닮았으면서도 동시에 호혜적 교환을 지향한다는 점에서 공동체와 닮은 것이었다. 그레이버가 과연 가라타니보다 더 멀리 나아간 것인지 나로서는 평하기 어렵다. 하지만, 그런 건 덜 중요한지도 모른다. 보다 더 중요한 것은 '가치이론에 대한 인류학적 접근'을 넘어선 그 실천일 테니까 말이다. 물론 이것은 저자 자신이 '아나키스트 인류학'을 주창하며 여러 급진적 사회운동 단체에서 적극적인 활동을 펼치고 있다고 하므로 그에게는 해당되지 않는 첨언이지만. 《교수신문》, 2009. 5)

책을 읽을 자유

사회언약론자가
꿈꾸는 사회

『사회의 재창조』 조너선 색스, 서대경 옮김, 말글빛냄, 2009

현재 국내의 결혼 이주여성이 약 15만 명이라고 한다. 주로 농촌 지역을 중심으로 국제결혼을 통한 다문화가정이 급증하고 있는 추세인데, 이들 가정의 자녀 수도 2010년에는 10만 명을, 그리고 2020년에는 160만 명을 을 넘어설 것이라는 전망이다. 다문화가정의 양적 확대는 자연스레 한국 사회를 다문화사회로 접어들게 할 것이고, 이에 따르는 다양한 사회적 문제들도 제기될 것이다. 그것이 한국 사회가 당면하게 될 불가피한 미래라면 다문화사회로 먼저 진입한 사회의 경험과 교훈을 참고해보는 것도 유익하겠다. 영국의 철학자이면서 영연방 유대교의 최고 지도자이자 랍비인 조너선 색스의『사회의 재창조』가 적절한 길잡이가 돼줄 듯하다.

이미 다문화사회로서의 한국을 진단하고 조망하는 책들이 여럿 출간돼 있지만 그런 가운데에서도 색스의 책은 좀 독특하다. 영국이 경험한 다문화사회의 문제점을 바탕으로 하여 다문화주의의 극복과 다문화사회의 통합을 강력하게 주장하고 있기 때문이다. 그는 단도직입적으로 다문화주의가 오늘날 수명을 다하고 있으며 종지부를 찍어야 할 때가 왔다고까지 말한다. 어째서 그런가? 그것은 다문화주의가 애초의 기대와는 달리 사회의 통합이 아닌 분리로 귀결되었기 때문이다. 저자는 영국과 스페인, 프랑스, 미국 등 다문화주의를 긍정적으로 수용한 사회가 오히려 이전보다 더 배타적이고 더 편협하게 변모해가고 있다는 점을 지적한다.

유대교 랍비답게 색스는 재미있는 비유를 들어서 세 가지 유형의 사회를 설명한다. 첫 번째는, '시골 별장으로서의 사회'다. 이 별장에는 주인과 손님, 곧 내부인과 외부인이 있으며, 다수와 소수가 존재한다. 별장 주인이 아무리 따듯하게 환대하더라도 외지인은 주인이 될 수 없으며 어디까지나 손님으로만 남는다. 두 번째는, '호텔로서의 사회'다. 호텔은 시골 별장이 줄 수 없는 자유와 동등한 권리를 제공한다. 애초에 내부인이 없기 때문에 어떠한 주류문화도, 국가적 정체성도 존재하지 않는다. 이것이 다문화주의의 모델이 되는 사회다. 영국의 경우를 보면 1950년대까지는 시골 별장 모델이 지배했다고 한다. 백인, 앵글로색슨, 기독교인이 영국 사회의 주류이고 내부인이었다.

그러나 50년대 말부터 이민자가 급증하면서 갖은 사회적 충돌이 빚어졌고 결국 내부인과 외부인의 차별을 인정하지 않는 다문화주의가 채택됐다. 사회 구성원 모두가 동등한 '호텔 투숙객'이 된 것이다. 하지만 이 '투숙객'들은 '호텔 주인'이 아니기에 그 '호텔'에 대해서 아무런 애착도 책임도 느끼지 않는다. 색스가 보기엔 이것이 다문화주의가 궁극적으로는 실패한 이유다. 기대와는 달리 다문화주의는 사회적 분열과 갈등을 막아내지 못했고 오히려 분열만 더 심화시켰다. 그래서 그가 제시하는 세 번째 모델이 '우리가 함께 만들어가는 고향으로서의 사회'다.

사회적 통합을 강조한다는 점에서 저자는 보수적이지만, 그러한 통합이 과거와 같은 시골 별장식 모델로는 가능하지 않다고 보는 점에서, 즉 미래 지향적이라는 점에서는 진보적이기도 하다. 색스는 차이와 다양성을 인정하면서도 공동의 소속감이 사회적 공공선을 창조해나가는 과정 속에서 창출되어야 한다고 본다. 새로운 집, 새로운 마을, 새로운 세상을 함께 건설해나가는 과정에서 '우리'라는 정체성이 새롭게 형성된다는 것이다. 이때 그가 강조하는 것은 국가와 시장의 바깥에 있는 가치들이다. 그는 사회가 국가와 시민 간의 계약 관계의 산물이 아니라 상호존중과 신뢰에 바탕을 둔 언약의 산물이 되어야 한다고 주장한다.

그렇다면 이 '사회언약론자'가 꿈꾸는 사회의 모습은 어떤 것인가?

사회는 이방인이 친구가 될 수 있는 공간이다. 사회 자체가 구원이 될 수는 없다. 그러나 사회는 인류가 공존을 위해 고안해낸 최선의 방식이다. 각자가 자신만의 고유한 재능을 통해 공공선에 기여할 수 있을 때 사회는 우리가 함께 만들어가는 고향이 된다.

물론 그가 말하는 사회는 다문화주의를 넘어설 때 도달할 수 있는 사회다. 더불어 한국 사회와는 아직 거리가 먼 사회다. 이 또한 '당신들의 사회'인 것일까? (《한겨레21》, 2009. 7)

로쟈의 리스트 9 | 해적들

어느새 밤에는 찬바람이 들어서 창문을 닫고 자게 됐다. 여름이 지나가고 있는 것이다. 여름이면 해보고픈 나
대로의 '로망'이 하나 있는데, 그건 해적들에 관한 책들을 모아놓고 읽는 것이다(국내엔 '해적 전문가(!)'들의 책이
몇 권 소개돼 있다). 왜 그래야 하는지는 모르겠지만 아무튼 그러면 재미있겠다는 생각은 들었다(직접 '해적'으로
나설 형편이 아니므로 대리만족일지도 모른다. 해적은커녕 해수욕장도 못 가봤으니!). 올해는 조용히 지나갔지만 어쩌면
여름마다 개봉되던 〈캐리비안의 해적〉 시리즈에 암시를 받았는지도 모른다(하지만 영화는 한 편도 보지 않았다).
해서, 작년 여름에 책들을 몇 권 모았지만 읽지 못했고, 올여름도 마찬가지다. 그런데, 여름이 다 지나고 나니
좀 아쉽다. 내가 지금 할 수 있는 건 언젠가 읽어볼 책들의 리스트만 미리 만지작거리는 정도다. (2008. 8. 25)

19

보편적 보편주의를 향하여

간단히 말해서 인문학의 탐구 대상은 '보편적 인간'이 아니라 '유럽적 인간'이라는 얘기다. 만약 비유럽인, 곧 안트로포스가 서양 철학을 이해하는 수준에 도달했다고 하면, 이것은 니시타니의 표현으로는 "아, 원숭이가 그리스어를 말하기 시작했다"가 된다.

세계의 '일부'인
유럽

『백색신화』 로버트 J. C. 영, 김용규 옮김, 경성대출판부, 2008
『식민주의자의 세계 모델』 제임스 M. 블라우트, 김동택 옮김, 성균관대출판부, 2008

"세계의 일부는 부유하지만 나머지 대부분은 가난하다." 이것이 문제의 발단이다. 그리고 탈식민주의 이론의 가장 정교한 이론적 분석을 제시하는 로버트 영의 『백색신화』도 그러한 문제의식에서 출발한다. 그 '세계의 일부'가 주로 유럽과 북미 대륙이고, '나머지 대부분'은 아시아·아프리카·라틴아메리카 세 대륙이다. 세계는 하나가 아니라 그렇게 둘로 분할돼 있다. 마치 자본주의 사회가 부르주아와 프롤레타리아 두 계급으로 분할돼 있는 것처럼 자본주의 세계체제 또한 그러한 것이다. 따라서 문제의 구도는 '구대륙이냐 신대륙이냐', 곧 '유럽이냐 미국이냐'가 아니라 '유럽이냐 3대륙이냐'이다. 그리고 이를 가르는 이념이 '식민주의 대 탈식민주의'다.

식민주의와 유럽중심주의를 비판하는 책들이 점차 쌓이고 있다. 유럽의 식민지 경영을 정당화하는 이데올로기로서의 식민주의는 노골적이지만 과학과 학문이라는 외양을 갖춘 유럽중심주의는 은밀하다. '지리적 확산론과 유럽중심적 역사'를 부제로 내세운 역사학자 제임스 블라우트의 『식민주의자의 세계 모델』은 그 유럽중심주의에 대한 본격적인 비판이다(이러한 비판으로 국내에 먼저 소개된 책은 사미르 아민의 『유럽중심주의』● 세종출판사, 2000이며, 강철구 교수의 『역사와 이데올로기』● 용의숲, 2004도 서양역사학의 유럽중심주의를 비판적으로 검토한다).

저자는 유럽중심주의가 은밀하게 작동하는 영역으로 지리학과 역사학을 지목한다. 예컨대, 이제까지 인류사의 중요한 사건들은 모두 세계의 특정한 한 부분, 곧 유럽과 '확장된 유럽'에서 발생했다는 세계사 인식이 대표적이다. 그런 시각에서 보자면 유럽이 역사의 창조자이며 나머지 세계는 굼뜨거나 정체돼 있다. 다시 말해서 세계는 지리적으로 영원한 중심부(유럽)와 주변부(제3세계)로 이루어져 있다. 이것이 거의 신념처럼 굳어진 '유럽중심적 확산론'이며 블라우트는 이 신념을 비판하고자 한다.

얼핏 단순한 작업처럼 보이지만 실상은 복잡하며 어려운 시도다. '유럽적 보편주의'(이매뉴얼 월러스틴)라는 우리 인식의 근간을 건드리는 작업이기 때문이다. 결론에 이르러서 블라우트가 제시하는 비판의 과제는 첫째, 데카르트에서 칸트에 이르는 철학적 이원론, 둘째, 모든 것이 하나의 시공간에서 시작되고 그것이 확산되었다는 소위 빅뱅이론, 셋째, 아프리카에서 에이즈가 발생하여 유럽으로 확산되었다는 역확산론, 넷째, 산업혁명 이후 경제 발전 메커니즘을 설명하는 산업화 확산론 등을

포함한다. 이러한 과제가 해결되지 않는다면 유럽중심주의 해체도 요원하다는 것이 블라우트의 진단이다. 막스 베버를 비롯한 8명의 유럽중심주의 역사가를 비판한 『유럽 중심주의를 비판한다』 푸른숲, 2008를 『식민주의자의 세계 모델』에 연이어 낼 수밖에 없었던 이유이리라.

블라우트가 '유럽의 기적이라는 신화'라고 부른 것을 로버트 영은 간단하게 '백색신화'라고 이름 붙인다. 그 또한 유럽중심주의를 비판의 대상으로 삼는데, 이 경우에도 사안은 좀 미묘하며 복잡하다. 그의 공격 대상이 자본주의 세계체제에 대한 강력한 비판으로서의 마르크스주의이기 때문이다. 물론 마르크스주의 전체를 도마 위에 올려놓는 것은 아니다. 그의 비판은 유럽적인 시각의 한계에 갇혀 있는 '유럽 마르크스주의'를 향한다. 마르크스주의의 전복성에도 불구하고 유럽 마르크스주의는 여전히 유럽중심주의의 한계를 갖는다고 보는 것이다. 한마디로 말해서 그는 "유럽의 한계 내에서만 움직이는 좌파의 역사적 시각을 유럽 외부의 세계에서 시작된 시각과 대결시킨다."

유럽 마르크스주의가 그러한 비판에서 자유롭지 못한 것은 대문자 역사에 대한 믿음을 여전히 유지하기 때문이다. 영은 이러한 역사주의가 제국주의와 공모 관계에 있다고 주장하며, 이 공모 관계는 타자를 주체에 환원하는 '동일자 철학'에서도 확인된다. 에드워드 사이드의 지적에 따르면, 이 역사주의와 제국주의 사이의 연관성에 관한 가장 근본적 차원에서의 인식론적 비판은 결코 일어난 적이 없었다. 어쩌면 그러한 비판 자체는 기대하기 어려운 것인지도 모른다. 그것은 '백색신화'뿐만 아니라 '서양'이라는 개념 자체의 해체를 뜻할 것이기 때문이다. 탈식민주의는 우리에게 세계와 세계사를 다시 사고하도록 요구한다.

《중대신문》, 2008. 11)

유럽중심주의와
세계사의 해체

『유럽중심주의 세계사를 넘어 세계사들로』● 한국서양사학회, 푸른역사, 2009

『세계사의 해체』● 사카이 나오키·니시타니 오사무, 차승기·홍종욱 옮김, 역사비평사, 2009

'유럽중심주의'라는 말이 자주 등장하고 있다. 유럽 중심적 사고와 이해를 가리키는 것이니 보통 비판과 극복의 대상으로 지목되는 말이다. 흔히 '세계의 역사'쯤으로 이해하는 '세계사'도 유럽중심주의의 사정권에서 벗어나지 못한다. 최근 한국서양사학회에서 엮어낸 『유럽중심주의 세계사를 넘어 세계사들로』의 문제의식에 따르면, "서양인들이 200년 이상 발전시킨 서양사 체계는 기본적으로 유럽중심주의에 의해 강하게 채색되어 있다." 물론 이러한 서양 역사학의 영향을 많이 받은 한국의 서양사학 또한 유럽중심주의에서 자유롭지 못하다. 유럽중심주의에 대한 반성이 '자기반성'까지도 함축하게 되는 것이다.

유럽중심주의가 하나의 이데올로기에 불과하다고 비판되지만 그렇다고 그것이 아무런 근거도 없이 성립된 것은 아니다. 19세기 중엽, 보다 정확하게는 아편전쟁이 일어난 1840년대 이후 유럽은 약 1세기에 걸쳐 전 지구적인 차원의 패권을 차지했다. 미국의 헤게모니까지 포함하면 150여 년가량이다. 이것은 물론 사실이고 현실이다. 하지만, 문제는 근대 유럽이 쟁취한 패권적 지위와 우월성을 과거로까지 투사하여 세계사의 시나리오를 만들어냈다는 점. 그때 세계사는 그리스로부터 이어지는 서양 문명의 역사와 동일시되며, 비서양 세계의 역사는 주변적인 것으로 치부된다.

문명론적인 차원에서만 보더라도 아시아 지역에는 동아시아의 유교 문명, 남아시아의 힌두 문명, 그리고 서아시아의 이슬람 문명 등 각기

책을 읽을 자유

다른 세 개의 문명이 별개로 존재해왔지만 유럽 중심적 관점은 이를 한데 묶어서 '동양'이라는 말로 뭉뚱그린다. 그렇게 해서 만들어진 동양과 서양의 이분법적 분할이 허구적인 '상상의 지리학'(에드워드 사이드)에 불과함에도 아직까지 우리의 사고틀로 남아 있다. 유럽중심주의의 뿌리가 깊다는 증거다.

이러한 유럽중심주의 사관을 극복하기 위한 방법으로 강철구 교수(이화여대 사학과)는 비서양 지역 역사의 재평가를 통한 진정한 세계사적 시각의 확보와 함께, 비교사적 방법과 이데올로기 비판적인 접근의 필요성을 주장한다. 하지만 문제의 뿌리는 더 깊은 곳까지 뻗어 있는 듯하다. 최갑수 교수(서울대 서양사학과)의 지적대로 유럽중심주의가 고질적인 것이 된 데에는 19세기 유럽이 만들어낸 분과학문 체계가 큰 역할을 했다고 한다면 말이다. 실상 근대 역사학 자체가 유럽의 발명품이라면, 진정한 세계사적 시각의 확보보다 먼저 이루어져야 할 것은 '세계사의 해체'가 아닐까.

사카이 나오키와 니시타니 오사무의 대담집 『세계사의 해체』는 그런 고민을 보다 정교하게 다듬어주는 책이다. 두 사람은 '세계사의 해체'라는 주제가 주체성과 국민국가 자체에 대한 의문까지도 포함한다고 보며, 근대 세계의 서양 중심성을 무시하지 않으면서도 그러한 중심성에 의문을 제기하는 방식을 탐색한다.

번역의 정치학에 대해서도 많은 분량을 할애하고 있는 대담에서 니시타니는 인문학의 어원으로서 그리스·로마의 고전학을 가리키는 '후마니타스'와 그와는 대비되는 전통에서 인류학의 어원이 되는 '안트로포스'를 대비시킨다. '후마니타스'가 앎의 주체로서의 인간을 다룬다면 '안트로포스'는 인류를 오직 앎의 대상으로만 다룬다. 때문에, 인문학(후마니타스)은 유럽 연구 내지 유럽적 인간의 연구가 되는 반면에, 인류학(안트로포스)은 아시아, 아프리카, 라틴아메리카 연구가 된다. 간단히 말해서, 인문학의 탐구 대상은 '보편적 인간'이 아니라 '유럽적 인간'이라는 얘기다. 만약 비유럽인, 곧 안트로포스가 서양 철학을 이해하는 수준에 도달했다고 하면, 이것은 니시타니의 표현으로는 "아, 원숭이가 그리스어를 말하기 시작했다"가 된다.

이러한 지적은 유럽중심주의에 대한 비판은 얼마든지 가능하지만 그 극복은 결코 쉽지 않은 과제라는 걸 시사해준다. 문제는 역사학이나 인문학의 한 경향으로서의 유럽중심주의가 아니라 역사학과 인문학 자체이기 때문이다. 유럽중심주의에 대한 보다 철저한 성찰과 대안의 모색이 필요해 보인다. (《한겨레21》, 2009. 5)

보편적 보편주의를
향하여

『유럽적 보편주의』 이매뉴얼 월러스틴, 김재오 옮김, 창비, 2008

"우리는 현존 세계체제, 자본주의 세계경제로부터 또 다른 세계체제 혹은 체제들로의 이행기에 살고 있다."

세계체제론자 이매뉴얼 월러스틴이 '가능한 대안의 역사적 탐구'라는 의미의 신조어 '유토피스틱스'를 제안하면서 진단했던 내용이다. 『유토피스틱스』 창비, 1999에서 그는 '역사적 사회주의' 몰락의 교훈을 되새기며 우리가 앞으로 50년 동안 민주적이고 평등주의적인 체제를 위해서 근본적인 역사적 선택을 해야 한다고 전망한 바 있다.

월러스틴의 신작 『유럽적 보편주의』는 그 문제의식을 그대로 연장하

책을 읽을 자유

고 있다. 이번에 그가 분석하고 있는 것은 현존 자본주의 세계체제의 또 다른 이름으로서의 '유럽적 보편주의'다. 월러스틴의 기본 입장은 변함이 없다. 지금은 이행의 시기라는 것. 16세기에 형성되어 지금까지 지속되어온 하나의 긴 시기가 현재 종말을 고하고 우리는 새로운 시기로 진입하고 있다. 어떤 시기가 될 것인가? 그것은 알 수 없으며 장담할 수도 없다. "앞으로 다가올 20년에서 50년 동안의 싸움"을 통해서 결정될 것이기 때문이다. 그 싸움의 결과에 따라서 기존의 세계체제보다 더 사악한 불평등의 세계가 될 수도 있고, 반대로 아프리카 세네갈의 시인이자 정치가 생고르의 표현을 빌면 '서로 주고받는 만남의 세계'가 될 수도 있다. 월러스틴은 이것이 유럽적 보편주의와 보편적 보편주의 사이의 이데올로기 투쟁을 통해서 결정될 것이라고 말한다.

유럽적 보편주의란 강자들의 편파적이고 왜곡된 보편주의다. 그것은 인권과 민주주의, 서구 문명의 우월성, 시장에 대한 복종의 불가피성처럼 얼핏 자명해 보이지만 실제로는 결코 자명하지 않은 관념들로 구성된다. 근대 세계체제의 역사는 유럽의 국가와 민족이 세계의 다른 지역으로 팽창해나간 역사였고 이것은 자본주의 세계 경제 건설에 필수적이었다. 하지만 알다시피 이 팽창은 군사적 정복과 경제적 수탈, 그리고 엄청난 불법 행위를 수반한 것이었고, 그러한 과정에서 이익을 챙긴 유럽인들은 자신들의 팽창을 정당화하기 위한 논리를 개발하여 보편주의로 포장했다. 어떤 논리들인가?

먼저, 개입할 권리를 주장하는 논리다. 개입은 언제나 강자의 권리인바, 유럽인들은 타자의 야만성과 보편적 가치에 맞지 않는 관습의 근절, 무고한 양민의 보호, 그리고 보편적 가치의 전파 따위를 명분으로 내세우면서 개입의 권리를 정당화했다. 16세기에는 자연법과 기독교, 19세기에는 문명화의 사명, 그리고 20세기 후반과 21세기에는 인권과 민주주의가 그 구실이고 명분이었다. 하지만 그러한 개입과 제재 조치가 강자들에 정복당한 사람들만큼이나 강자들에게도 적용되지 않는다면 아무런 가치가 없다. 사담 후세인이 재판정에 서야 한다면, 키신저와 부시도 기소돼야만 한다. 자신들을 열외로 놓는다는 점에서 유럽적 보편주의는 진정한 보편주의에 미달한다.

자본주의 세계 경제의 독창적인 인식론으로서의 오리엔탈리즘도 마찬가지다. 그것은 지배세력의 원리를 구현하는 보편주의와 피지배세력의 속성으로 지칭되는 특수주의 사이의 이분법을 근거로 한다. 오리엔탈리즘이 비판과 극복의 대상이 된 지 오래이지만, 그와 마찬가지로 유럽적 보편주의의 중핵을 구성하고 있는 과학적 보편주의는 상대적으로 비판에서 면제되어왔다. 하지만 월러스틴이 보기에 자본주의 세계체제와 현재의 대학 제도, 그리고 지식의 구조는 서로 분리되지 않은 긴밀한 관계에 놓여 있다.

중세의 유럽 대학과는 다른 근대적 대학이 성립되는 것은 19세기 중반의 일이며 세계 전역에서 대학 제도가 융성하게 되는 것은 1945년 이후다. 그것은 제2차 세계대전 이후 세계 경제의 팽창에 따른 결과였다. 그리고 근대 세계체제 운영에서 고급 기술이 차지하는 비중이 높아지면서 자연스레 자연과학은 인문학을 제치게 되었다. 하지만 이제 세계 경제의 장기 침체와 함께 대학 제도의 사회경제적 토대는 약화되었고 과학적 보편주의의 권위 또한 도전받게 되었다. 그럼으로써 확인되는 것은 과학적 보편주의의 이데올로기성이다. 월러스틴은 지식인들이 거짓된 가치중립성의 족쇄를 벗어버리고 대안으로서의 보편적 보편주의를 모색해야 한다고 말한다. 그것이 이행의 시기를 사는 우리에게 주어진 책임이다. (《한겨레21》, 2008. 9)

P.S. 자본주의 세계체제의 한 구성소로서의 지식 구조와 그 이데 올로기로서의 '과학적 보편주의'에 대한 비판이 개인적으로 요즘 관심을 갖고 있는 부분인데, 국내에 이미 적잖은 책들이 소개돼 있다. 『사회과학으로부터의 탈피』, 『사회과학의 개방』, 『우리가 아는 세계의 종언』, 『지식의 불확실성』, 『유럽적 보편주의』가 모두 이 문제를 다루고 있는데, 문제의식과 주장들이 중첩돼 나타난다. 필요에 따라 한 권의 책을 숙독하고 나머지 책들을 훑어보는 게 효과적인 독서법 같다.

주권의 너머와 환대의 사유

『주권의 너머에서』 우카이 사토시, 신지영 옮김, 그린비, 2010

"어느 나라 국민이냐?" 참여연대가 천안함 사건과 관련하여 정부와 다른 의견서를 유엔에 제출하자 정운찬 총리가 내뱉은 말이다. 매섭기로는 매카시즘의 언어 못지않다. "어느 나라 정부냐?"라는 물음을 되돌려주면서 동시에 '국가란 무엇인가'를 다시금 질문하게 된다. 무엇이 국가이고 무엇이 주권인가. 『주권의 너머에서』의 저자 우카이 사토시가 던지는 질문이기도 하다.

1964년 도쿄 올림픽 때 소학교 4학년이었던 그는 일본 선수를 응원하면서 히노마루(일본 국기)와 기미가요(일본 국가)에 갈채를 보냈다. 그러나 5학년이 되자 어떤 이유에서인지 이 '소국민'에 대해 거리감을 갖게 된다. 자신이 부르던 노래와 흔들던 깃발에 불쾌감을 느끼며 '국민으로의 길'에서 일탈하기 시작했다. 천황제와, 식민지 지배, 침략전쟁, 그리고 내외의 전쟁 피해자에 대한 보상 거부 같은 일본의 현대사에 대한 인식이 깊어질수록 '나쁜 국가'에 대한 그의 직관은 확신이 됐다. '주권 너머'에 대한 이론적 모색과 성찰에 몰입하고 있는, 한 일본 지식인의 전력이다.

세기 전환기의 대략 10년간 쓴 글들을 모은 이 책에서 우카이 사토시가 성찰 대상으로 삼고 있는 현실은 우리에게도 낯설지 않다. 9·11 테러 이후 미국의 아프가니스탄과 이라크 침공, 대테러전쟁을 명분으로 내세운 미국의 패권주의와 일본의 우경화, 노숙자와 외국인 문제 등이 그것이다. 하지만 우카이 사토시는 이런 것은 문제의 표면이고 그 바탕에 놓여 있는 것은 주권의 문제라고 본다. 그는 에티엔 발리바르의 '주권론 서설'에서 이론적 시사점을 얻어오는데, 마침 발리바르의 글은 최근에 나온 『우리, 유럽의 시민들?』후마니타스, 2010에 '주권 개념에 대한 서론'으로 소개됐기에 참조할 수 있다.

발리바르는 칼 슈미트의 주권론을 재검토하면서, 슈미트에게 주권은 항상 국경 위에서 설립되고 국경의 부과로 실행된다고 지적한다. "주권자란 예외상태에 관해 결정하는 자"라는 슈미트의 주권이론과 "정치란 친구와 적을 구분하는 것"이라는 그의 유명한 정의가 국경의 문제에서 조우한다고 말한다. "국경은 '정상적인' 법질서에 대한 통제와 보증이 중지되는 대표적인 장소이자 '폭력의 합법적 독점'이 예방적인 대항 폭력의 형태를 띠는 장소다."

과거 16세기부터 20세기 사이에 지역을 구획하거나 세계의 지도를 그리는 국경의 확정에서 유럽은 중심적 역할을 했다. 근대적 주권 국가는 그러한 영토화를 통해서 탄생했다. 문제는 "과거 수세기에 걸쳐 형성되어온 유럽의 정치문화와, 유럽연합의 구축이라는 현재의 과제 사이에 가로놓여 있는 근본적인 괴리이다." 전쟁과 내란을 통해 극히 폭력적으로 진행되었던 집단적 주체의 구축 과정, 곧 국민의 발명 과정을 다시금 반복하는 것은 불가능하기 때문이다. 우카이 사토시와 발리바르가 공통 화두로 '국민국가 패러다임'을 넘어설 수 있는 대안, 곧 주권에 대한 대안을 성찰하는 것은 이러한 문제의식에서다.

국민국가의 패권주의와 폭력에 대해 '저항의 논리'로 맞서야 한다고 주장하는 우카이 사토시가 '주권의 너머'를 모색하기 위해 제안하는 것은 '환대의 사유'다. 노숙자(노상생활자)와 외국인에 대한 차별과 배척이 전 세계적으로 진행되고 있는 시점에서 '주인'이 '손님'에게 행세하는 것이 아니라 오히려 감사하는 전환이 필요하다고 주장한다. 물론 '사유'와 '촉구'만으로는 충분하지 않다. 환대의 실천을 막는 '주권의 윤리'를 "실효성 있게 탈구축하는 과제"가 아직 저자의 몫으로 남아 있다. "어느 나라 국민이냐?"는 물음을 '해체'하기 위해서라면 우리도 나눠 가져야 할 몫이다. (《시사IN》, 2010. 7)

P.S. 마지막 문단의 '탈구축'은 데리다의 용어 '디컨스트럭션decon-struction'의 일어 번역이다. 우리가 보통은 '해체'라고 옮기는 단어다. 우카이 사토시는 데리다의 제자라고 하며 데리다의 『우정의 정치』, 『맹인의 기억』 등을 일본어로 옮긴 바 있다. 그가 발리바르에게서 재인용하고 있는 건 칼 슈미트의 『대지의 노모스』에 나오는 내용인데, 국역본은 현재 절판된 상태다. 칼 슈미트의 주저들이 조만간 다시 나오는 것으로 아는데, 이 책도 재출간되면 좋겠다.

로쟈의 리스트 10 | 세상을 망친 10권의 책

이번주에도 클라우제비츠의 『전쟁론』전3권, 갈무리, 2009을 비롯하여 탐나는 책들은 여러 권 되지만, 역시나 당장 구입하거나 읽을 수 있는 책은 제한돼 있다. 프란츠 부케티츠의 『왜 우리는 악에 끌리는가』21세기북스, 2009만 일단 구해놓은 정도. 『자유의지, 그 환상의 진화』열음사. 2009가 나왔을 때 검색을 해보고 기다렸던 책인데, 예상보다 빨리 나왔다! 그리고 눈길이 가는 건 벤저민 와이커의 『세상을 망친 10권의 책』눈과마음, 2009. 보수적인 신학자인 듯한 저자나 이 책 자체에는 관심이 없지만, 그가 꼽은 리스트에는 거꾸로 관심을 갖게 된다. 불온 도서 리스트와 마찬가지로 '읽어볼 만한 책'들이 아닐까 싶어서다. 찾아보니 저자는 4권의 '예비 쓰레기 Preliminary Screw-Ups'와 '10권의 진짜 쓰레기Big Screw-Ups', 그리고 1권의 '수치스러운 책dishonourable mention' 등 총 15권을 꼽아놓았다. 아직 국역본의 책 소개가 올라와 있지 않지만(그래서 분류는 내 식대로 했다), 원저를 참고하여 리스트를 만들어둔다. 마거릿 생어의 『문명의 중추』와 알프레드 킨제이의 책 『남성의 성적 행위』는 출간되지 않았기에 실제로는 13권의 리스트다(두 권도 마저 출간되면 좋겠다!). (2009. 10. 10)

20

사회는 어느 때 망하는가

위기가 닥치고 있다는 사실을 알지 못할 때, 알고도 대처하지 않거나 못할 때, 틀린 방식으로 대처했을 때, 너무 늦게 대처했을 때 그 사회는 망한다. 그렇다면 당장 시급한 것은 우리 사회의 민주주의가 위기에 처해 있다는 사실을 명확히 인식하는 것이고, 그에 대한 제대로 된, 너무 늦지 않은 대처를 해야 한다.

우리 시대의
노동일기

『4천원 인생』 안수찬 외, 한겨레출판, 2010

'열심히 일해도 가난한 우리 시대의 노동일기'라는 부제가 이미 많은 걸 얘기해주는 『4천원 인생』은《한겨레21》기자들이 '비정규노동' 혹은 '불안노동'(하종강)의 현장을 찾아가 "몸으로 때운" 기록이다. '4천 원'은 저임금 노동자들의 평균 시급이다. 책에 실린 일기들은《한겨레21》지면에 '노동 OTL' 시리즈로 연재된 것인데, 한데 묶어놓으니 실감이 또 다르다. 애초의 기획 취지도 그 '실감'을 얻기 위한 것이었다. 기사로는 자주 다루던 한국 사회 '워킹푸어 working poor'의 현실을 존재론적으로 '체감'할 필요를 느꼈다고 했다. 남다른 사명감을 발휘한 기자들이 이 '무모한' 기획을 실행에 옮긴 덕분에 그 체감의 많은 부분을 이제 독자도 공유하게 됐다.

　노동 현장의 실상을 각자 한 달간 직접 체험하기 위해 기자들이 찾아간 곳은 경기 안산의 난로 공장(생산직 노동), 서울의 갈빗집과 인천의 감자탕집(여성 노동), 경기 마석의 가구 공장(이주 노동), 서울 강북의 대형 마트(청년 노동) 네 곳이다. 무엇을 경험하고 어떤 생각을 하게 됐을까?

　「감자탕 노동일기」를 쓴 임지선 기자는 앞치마 허리끈을 질끈 묶은 '식당 아줌마'의 체험을 기록했다. 홀과 화장실 청소부터 시작한 하루 12시간씩의 노동이었다. 한우 꽃등심 1인분의 값 3만 5천 원이 식당 아줌마의 시급으로는 7시간 52분의 노임에 해당하며 "숯불갈비야말로 감정 노동부터 불판 닦기까지 가장 많은 노동력을 요구하는 무서운 음식"이라는 사실도 알려준다. 갈비집과 감자탕집 등에서 일하는 여성 빈곤 노동자의 삶은 손님과 사장과 남편과 남자들에 치이고 무시당하는 삶이었다. 그런 여성 비정규직이 439만 명에 이른다고 한다. 자녀를 공부시켜 가난을 벗어볼까 하지만 이들로서는 사교육비를 감당할 만한 처지가 못 되고, 계층 간 장벽은 갈수록 더욱 공고해지고 있는 게 우리 현실이다. '더러운 계급사회'를 체험해본 임 기자는 소감을 이렇게 적었다. "수많은 사람이 빈곤 노동으로 일생을 보내야 하는 사회구조를 만들어냈다는 점에 있어 우리 모두는 공범이다."

　「히치하이커 노동일기」를 쓴 안수찬 기자는 대형 마트의 양념육 매대에서 일하면서 유리진열장 5미터 공간을 하루 종일 오가는 '땀 안 나는 노가다'를 경험했다. 30대 중반의 나이 때문에 매장 동료들에게 '형님'으로 불렸는데, 마트 노동자에겐 일한 시간만큼 존중받아야 할 기술이나 지식 따위가 없기 때문에 나이에 따른 호칭만 있다 한다. 안 기자는 처음엔 알아보는 손님이 있으면 어쩌나 근심했다지만, "마트에 오는 손님들은 마트에서 일하는 노동자의 얼굴을 '아무도' 쳐다보지 않았다." 그렇게 보이지 않는 노동에 종사하는 비정규직 청년 노동자의 비율은 갈수록 높아지고 있어서, 2004년 통계로는 고졸자의 경우 44.3퍼센트가 임시직, 38.7퍼센트가 일용직에 취업했다. 웬만해선 가난에서 벗어날 수 없는 가난의 대물림이 안 기자가 들여다본 청년 취약 계층 노동자의 현실이었다.

가구 공장에서 일하다 엄지손가락에 못이 박히는 산재까지 입은 전종휘 기자는 동일 노동에 대해서도 차별적인 임금을 받는 이주 외국인 노동자들의 '보호받지 못하는' 고된 노동 현실을 「'불법 사람' 노동일기」에 기록했다. 한국 사회에서 10여 년을 노동자로 살아도 여전히 '불법체류자'의 낙인을 피하지 못하는 것이 그들의 현실이다.

난로 공장에서 전동 드라이버공으로 일한 임인택 기자는 생산라인의 '노예'가 된 체험과 함께 아들의 대학 한 한기 등록금을 벌기 위해서는 하루 8시간씩 137일을 노동해야 하는 생산직 노동자의 현실을 짚었다. 이런 것이 말 그대로 '우리 시대의 리얼리즘'이다. 안타까운 것은 공장 노동자 대부분이 이런 기사도, 책도 볼 수 없을 거라는 점이다. 게다가 "이명박 정부의 위정자 누구도 기사 속 그런 노동자의 현실에 관심을 주지 않았다는 점은 아주 독한 절망이었다"고 임 기자는 적었다. 대안을 말하기 전에 우리에게 필요한 건 이 절망과 불편한 현실에 대한 오랜 직시일 것이다. (《한겨레21》, 2010. 5)

P.S. 시급은 좀 나은 편이지만 원고 노동자의 생활도 그리 권장할 만하지는 않다. '불안 노동'이라는 점에서는 다르지 않고! 한편, 이번 주 출판 면에는 월간 《작은책》에서 펴낸 '일하는 사람들의 글쓰기' 첫 권으로 나온 『우리보고 나쁜 놈들이래!』●작은책, 2010도 소개됐다. 《작은책》 창간 15주년을 맞아 그간 실린 이야기를 세 권으로 묶었는

데, 두 번째와 세 번째 책도 『누가 사장 시켜달래?』와 『도대체 누가 도둑놈이야?』라는 제목으로 나왔다. '우리 시대의 리얼리즘'(박권일)이라는 표현은 이 책들에도 들어맞을 것 같다.

명랑 좌파의
한국경제론

『괴물의 탄생』 우석훈, 개마고원, 2008

'희망' 대신에 '명랑'을 말하는 경제학자 우석훈의 『괴물의 탄생』이 출간됐다. 작년 여름에 나온 『88만원 세대』레디앙, 2007를 필두로 하여 그가 쏟아낸 '한국경제대안 시리즈'의 네 번째 책이자 대단원을 장식하는 책이다. "하나의 불행이 끝나면 더 큰 불행이 온다"는 저자의 상황 인식을 전제로 하여 씌어졌기에 이 시리즈에는 '공포 경제학'이라는 별칭도 붙었다. 요즘 같아서는 실감나는 공포다.

저자가 보기에 '경제 대통령' 이명박의 재임 기간에 경제 위기가 오지 않을 가능성은 0퍼센트다. 그리고 만약 일본이 1990년대 겪은 것과 같은 장기 불황을 겪는다면 한국이 파시즘을 선택하지 않을 가능성은 매우 희박하다. 현재도 빈부 격차는 점점 벌어지면서 주거 공간에서부터 교육 환경에 이르기까지 상류층과 하류층의 삶은 차츰 공고하게 분리돼가고 있지 않은가. 그렇듯 '만인에 대한 만인의 투쟁'이 일반화되면서 탄생하는 것이 홉스가 말하는 '레비아탄', 곧 '괴물'이다. 이 괴물의 다른 이름이 '인간에 대한 예의를 잃어버린 자본주의'다.

한국 사회에서 이 괴물의 탄생은 2007년 '경제'라는 구호와 함께 국

책을 읽을 자유

민들이 이명박을 선택함으로써 빚어진 일이 아니다. 우석훈의 진단으로는 2004년 혹은 2005년 사이에 정부가 신자유주의에 투항함으로써 벌어진 일이다. 그리고 한국 경제 자체는 지난 1990년대 후반에서 2000년대 초반 사이 "부자 되세요"라는 덕담이 오고가던 시기에 이미 붕괴하기 시작했다. 한국인들이 '경제'라는 한마디밖에 모르는 좀비들로 변해감과 동시에 한국의 국민경제는 죽은 것이다. 이러한 흐름을 늦게라도 돌이키지 못한다면, 이제 우리에게 도래할 가장 개연성 높은 미래는 중남미식 저성장 비효율 국가이고, 더 이상 통제할 수 없는 괴물로서의 'MB 파시즘'이다.

이제라도 정상적인 국가로의 길을 선택할 수 있을까? 우석훈은 비록 상황은 절박하지만 그래도 "낙타가 바늘구멍으로 들어가는 것만큼 좁은 길"이 살짝 열려 있다며 명랑하게 충고해준다. 그가 제시하는 대안의 요체는 '제3부문'이다. 경제학에서 제1부문이란 기업을 말한다. 그리고 제2부문이 가리키는 건 정부 혹은 국가라는 공공 부문이다. 저자의 도식에 따르면, 이 제2부문이 제1부문을 자기 안에 포함시키는 것이 사회주의(혹은 '국가독점자본주의')며, 거꾸로 제1부문이 오히려 정부를 장악하거나 해체하는 것이 '신자유주의'다.

흔히 한국 사회에서 좌파, 우파라는 이념적 입장은 이 두 가지 선택지 가운데 어느 쪽을 지지하는가에 따라서 정해졌다. 하지만 '명랑 좌파' 우석훈의 대안은 제3부문이다. 이것은 국가나 대기업에 환원되지 않는 또 다른 부문인데, 경제학에서도 잘 이론화되지 않기에 '사회적 경제' '증여의 경제' '연대의 경제' 따위로 불린다. 경제학자로서 우석훈이 관찰한 바에 따르면, 국민소득 3만 달러에서 4만 달러 사이의 선진국 국민경제란 바로 제3부문이 활성화된 국민경제다. 따라서 우리에게 시급한 일은 이 제3부문을 빠른 시일 안에 만들어내고 강화하는 것이다.

이 제3부문을 형성하는 경로에는 대략 세 가지가 있다. 첫째는, 종교 기관 같은 전통적인 사회 기관이 생활협동조합의 '구심점'이 되어 제 역할을 해주는 것이다. 둘째는, 미국에서 주로 그런 것처럼 대기업들이 공적이면서 사회적인 일에 사용할 수 있는 다양한 기금을 조성하는 것이다. 그리고 셋째는, 스웨덴이나 스위스 혹은 독일의 경우처럼 정부가 일정한 역할을 해주는 것이다. 이렇게 형성된 제3부문이 정상적으로 작동할 때 비로소 장기적인 평화를 담보하는 평화경제, 그리고 국민경제의 생태학적 전환이 가능해지리라고 우석훈은 전망한다.

그러한 전망은 어떻게 현실화될 수 있을까? '위대한 선택'을 통해서다. 저자가 힘주어 강조하는 위대한 선택이란 국민들이 경제에 대한 취향과 사회적 행동을 자신의 경제적 이해에 따라 선택하는 것을 말한다. 자녀의 수만큼 물려줄 30평짜리 아파트가 있는 사람들이 아니라 지금 집이 없거나 아파트 한 채 정도 가진 사람들의 생각과 선택, 대한민국의 미래는 거기에 달려 있다. (《시사IN》, 2008. 10)

억울하면
서울 시민이 돼라?

『지방은 식민지다』 강준만, 개마고원, 2008

지방이 지방주의를 내세우는 것만으로는 부족하다. 서울이 나라 전체를 생각하는 발상을 포기한 만큼 그 걱정도 지방이 해야 한다. 〔……〕 한국을 지방이 책임지자.

책을 읽을 자유

우리 시대의 논객 강준만 교수가 『지방은 식민지다』에서 던지는 제안이다. 그가 이번에 한국 사회 변혁을 위한 화두로 삼은 것은 '지역 모순'이다. 경상도와 전라도 얘기가 아니다. 모두가 알고 있지만 대개 모른 체하거나 불가피한 것으로 치부하는 문제, 곧 서울과 지방, 수도권과 비수도권 간의 모순이 문제다. 그는 아예 '내부식민지'라는 말까지 꺼내 들었다. 대한민국은 식민주의 국가란 말인가?

독일의 중국학자 위르겐 오스터함멜의 『식민주의』 역사비평사, 2006를 참조하면 억지스런 주장만은 아니다. 그에 따르면, 식민주의는 먼저, 하나의 사회 전체가 자체의 역사 발전의 기회를 박탈당하고 타인에 의해 조종되며, 식민자의 경제적인 필요와 이해관계에 종속되는 것을 말한다. 말을 바꾸어, 지방이 자체의 발전 기회를 박탈당하고 중앙(서울)에 의해 조종되며 수도권 부유층의 이해관계에 종속된다면 바로 '식민주의'의 정의에 부합한다고 말할 수 있겠다. 이 좁은 땅덩어리에서 '우리가 남이가?'라고 말할 텐가? 하지만 유의할 것은 '서울 사람들'의 생각은 좀 다르다는 점. 오세훈 서울시장은 이렇게 말했다. "서울은 어떤 의미에서 대한민국보다 중요하다." 억울하면 서울 시민이 되라는 뜻이겠다.

오스터함멜은 또 근대 식민주의는 무엇보다도 '주변' 사회를 '중심'의 필요에 종속시키려는 의지와 관련되며 역사적으로 유럽의 근대 식민주의자들은 종속민들에게 유럽의 가치와 관습을 이식하려고만 했지 그들의 문화에 적응·동화하고자 하지 않았다고 말한다. 그 '중심'과 '주변'이라는 말 대신에 '서울'과 '지방'을 대입해보면 바로 한국 사회 아닌가? 지방의 '서울 따라 하기'는 있어도 서울의 '지방 따라 하기'는 없다는 점도 말하자면 식민주의의 징후다.

거기에 식민주의의 '이데올로기적 구성'이라고 부를 만한 특정한 의식이나 태도도 덧붙일 수 있다. 가령 16세기 이래 이베리아 국가들 및 영국의 식민지 이론가들은 유럽의 팽창 과정을 보편적인 사명의 달성으로 표현하고, 자신들의 문화적 우월성을 전제로 하여 이교도 전도, 야만인·미개인의 문명화, 특권을 수반한 '백인의 부담' 등을 식민주의를 정당화하기 위한 구실로 내세웠다. 서울이 잘돼야 지방도 잘된다는 논리는 그런 '식민주의 이데올로기'와 무관하다고 말할 수 있을까?

사정이 이러하므로, 비록 내부식민지론이 1970년대 남미의 국가 간 종속이론의 연장선에서 나온 이론이라 하더라도 한국 사회의 지역 간 불평등과 경제적 격차에 적용하는 것이 무리는 아니다. 사실 한국적 현실의 '특수성'은 얼마나 자주 상식적 판단을 빗나가게 만드는가. 그 '특수한' 현실은 강 교수가 반복해서 제시하고 있는 간단한 인구 통계만 보아도 알 수 있다. "2007년 10월 말 현재 주민등록상 인구 4919만 4,085명 중 서울·인천·경기 3곳의 인구는 2390만 3,785명으로 48.6%를 점하고 있다. 국토면적 11.8%인 수도권의 인구 비중은 1960년 20.8%에서 1980년 38.4%, 2000년 46.3%, 2002년 47.2%, 2004년 48.0%, 2007년 48.6%로 증가했다." 그렇게 수도권 인구가 증가하는 만큼 감소하는 것이 비수도권 인구다. 과연 이러한 추세가 역전될 수 있을까? 무엇이 달라져야 할까?

강 교수는 진정한 지방분권과 자치를 위해서 중앙정부의 권한을 지방으로 대폭 이양하는 '발상의 대전환', 그리고 지방 내부의 개혁과 함께 한국 사회의 아킬레스건인 교육 문제를 해결해나가야 한다고 주장한다. 지방 신문과 지방 방송, 지방 문화 육성을 위한 관심과 지원의 필요성에 대해서도 많은 지면을 할애하고 있지만, '내부식민지'의 토대가 되는 것은 역시나 '교육'이기 때문이다. 따라서 인구의 과잉 집중을 억제하고 지역 간 균형 발전을 가능하게 하기 위해서는, 즉 '내부적 식민주의'를 극복하기 위해서는 '교육 분산'이 가장 중요한 과제가 될 수밖에 없다. 간단히 말하면 서울에 편중된 대학들을 지방으로 분산시키자는 '대학의 지방 분산론'이다. 혹은 차별적인 지원 정책으로 명문 대학을 수십 개로 늘려 '경쟁의 병목 현상'을 타개할 필요가 있다.

하지만 그게 가능할까라는 의구심이 바로 들 만큼 현실적으로는 많은 난관을 극복해야 하는 일이기도 하다. 그러는 사이에 명문대 입학을 목표로 한 사교육 수요는 점점 늘어만 가고 해마다 대입 제도 개선안이 발표되어도 학생들의 고통은 줄어들지 않는다. 근본적인 문제의식을 도외시한 탓에 올바른 방향을 잡지 못해서다. 강 교수는 이런 점에 있어서는 "이명박 정권이나 노무현 정권이나 전교조나 모두 다 한통속"이라고까지 질타한다.

"무슨 일이 있어도 사대문 밖으로 이사 가지 말고 버텨라. 머리가 서울을 벗어나는 순간 기회는 사라지며 사회적으로 재기하기 어렵다."

다산 정약용이 자녀들에게 남긴 유언이라 한다. 정조 시대에 서울 인구는 전국 인구의 2.55퍼센트에 불과했지만, 서울 거주자가 문과 급제자의 43퍼센트를 차지했다고 하니 서울 중심의 집중화와 출세를 위한 교육의 연계는 오랜 뿌리를 갖고 있다. 뿌리 깊은 나무는 바람에 흔들리지 않는다고 했지만, 이제 우리의 과제는 그 '뿌리'를 뽑는 것이다. 지방을 볼모로 한 '우리 안의 식민주의'를 청산하는 일에 서울 시민도 동참할수 있을지 궁금하다. (《한겨레21》, 2008. 11)

P.S. 작년에 나온 『88만원 세대』가 한국 사회에 처음으로 '세대 모순'을 이슈로 제기했다면 강준만 교수는 『지방은 식민지다』를 통해서 이미 수차례 제기되어온 '지역 모순' 문제를 종합적으로 정리하고 있다(강 교수가 먼저 낸 『각개약진 공화국』인물과사상사, 2008과 '세트'로 읽을 만하다. 지역 모순 문제를 우리가 해결하지 못할 때 봉착하게 되는 양상

이 각자가 알아서 제 살길을 찾는 '각개약진'이다. 하니 그 또한 '식민주의'의 결과라고 할 수 있을 것이다). 분명 중요한 이슈임에도 최근의 경제난 때문에 다소 묻히는 감이 있다. 수년 전 지방분권론이 공론화되던 시기에 나왔더라면 더 좋지 않았을까라는 생각이 든다. 이미 발표한 칼럼들을 중심으로 책을 엮은 탓인지 더러 중복되는 부분이 있고 핵심적인 주장이 도드라지지 않는 점도 읽으면서 좀 아쉬웠다.

사회는 어느 때
망하는가?

『다시, 민주주의를 말한다』● 도정일 외, 휴머니스트, 2010

"당신의 민주주의는 안녕하십니까?" 이것은 '시민을 위한 민주주의 특강'을 모은 『다시, 민주주의를 말한다』가 던지는 화두다. 민주주의의 안부에 대한 관심은 최장집 교수의 『민주화 이후의 민주주의』● 후마니타스, 2010 이후에 줄곧 제기돼온 것이지만, 이명박 정부의 거칠 것 없는 '역주행'은 이러한 관심에 실감을 부여한다. 도정일 교수가 여는 글에서 묻고 있듯이, "반세기에 걸친 민주화운동의 성과에도 2008년 이후 한국 민주주의는 어째서 그토록 빠르게, 쉽게, 어이없이 후퇴와 퇴행과 반전을 강요받게 되었는가?" 정말 궁금하지 않을 수 없다.

아니, 문제는 조금 더 심각하다. 도 교수는 제레드 다이아몬드의 『문명의 붕괴』에서 암시를 얻어 아예 "사회는 어느 때 망하는가?"라는 질문을 던진다. 위기가 닥치고 있다는 사실을 알지 못할 때, 알고도 대처하지 않거나 못할 때, 틀린 방식으로 대처했을 때, 너무 늦게 대처했을 때 그 사회는 망한다. 그렇다면 당장 시급한 것은 우리 사회의 민주주의가 위기에 처해 있다는 사실을 명확히 인식하는 것이고, 그에 대한 제대로 된, 너무 늦지 않은 대처를 해야 한다. 그러한 인식과 대처를 위해서 가장 필요한 것이 '시민의 양성'이라고 도 교수는 말한다.

하지만 한국 교육에서 제대로 된 시민 교육은 공백 상태다. 6월 민주항쟁 이후 한국 사회는 형식적 민주화의 길로 접어들었지만 시민 양성이라는 사회민주화의 과제를 소홀히 한 탓에 우리는 여전히 선거철마다 '북풍'에 시달리고 "민주주의가 밥 먹여주냐?"라는 냉소와 대면하지 않는가. 그런 냉소에 대응하자면, 한홍구 교수의 주장대로 "사실 민주주의가 밥 먹여준다." 1987년 민주항쟁에 뒤이은 노동자 대투쟁의 결과로 노동자들의 살림살이만 아니라 나라의 살림도 좋아졌다는 것이 그 사례다.

이것은 우리만의 사례가 아니다. 한 사람이 가입한 시민단체 숫자가 10개는 되어야 한다고 주장하는 박원순 변호사는 "나는 꿈이 있습니다"로 시작하는 마틴 루터 킹 목사의 연설 때 그 앞에 청중 100만 명이 있었음을 상기시킨다. 분명 민주주의 사회의 주인은 국민이지만, 그 주인이라는 자리는 우리가 주인다운 역할을 해야만, 주인다운 의무를 다해야만 얻을 수 있다. 교훈은 무엇인가? 가만히 있으면 진다는 것이다. "우리가 가만히 있으면 이보다 더한 정권도 나오고, 더한 민주주의의 후퇴도 경험하게 될 겁니다"라고 한 교수는 경고한다.

그렇기 때문에 대한민국 시민은 한 사람 한 사람이 세상을 바꿀 수 있는 주체라는 자각을 갖고서 각자가 지금 당장 실천할 수 있는 일을 시작해야 한다. 그리고 공부해야 한다. 남북관계가 극단적 대치상황으로 치닫고 있는 요즘이라면 국가란 무엇인가라는 주제도 긴급한 공부거리다. 원래 사적 이익의 공적 조정 역할을 담당해야 하는 것이 국가와 정치의 역할이지만 한국 사회에서 실종된 것이 바로 그런 역할이다. 공공성의 실종과 사사화(私事化), 그리고 권력 자원이 소수에게 집중되는 과두화와 함께 사회적 특권과 신분이 세습되는 역근대화, 각자가 알아서 먹고살아야 하는 삶의 자영화가 급속도로 진행되는 것이 박명림 교수가 진단한 우리 사회의 모습이다. "우리는 단지 정부를 민주화했을 뿐인데도 사회의 민주화 혹은 공동체의 민주화를 이루었다고 착각한다"라고 그는 말한다.

이 착각의 대가가 너무 크다. 하지만 망연자실하여 손을 놓고 있을 수는 없다. 시민 교육이 필요하다. "무엇보다도 시민 교육은 시민의 삶에 가해지는 고통의 양을 줄이기 위한 교육이고 삶의 의미와 가치와 품위를 드높이기 위한 교육이다"(도정일)라는 주장에 동의한다면 말이다. 다만 너무 늦지 않았기만을 바랄 뿐이다. (《시사IN》, 2010. 6)

P.S. 어쩌면 우리는 '시민'에서 조만간 '난민'의 지위로 전락할지도 모른다("난민은 어쩌면 오늘날 생각할 수 있는 인민의 유일한 형상이다"라고 조르조 아감벤은 말했다). 아니 이미 그렇게 대우받고 있는 것인지도⋯⋯

21

한국 근현대사를 보는 눈

한국의 근대를 바라볼 때 안타까운 일은 우리 스스로 재현의 주체가 되지 못한 시대였다는 점이다. 일본과 서양이라는 타자의 시선으로 우리 자신을 바라볼 수밖에 없었던 것이다. 문제는 이렇듯 타자의 시선으로 만들어진 담론과 이미지가 우리가 생각하는 한국의 정체성으로 '재표상'된다는 점이다. 곧 우리가 보는 한국은 '그들'이 '편집'하고 '마사지'한 한국인 셈이다.

제국의 렌즈와
재현의 정치학

『제국의 렌즈』 이경민, 산책자, 2010

"우리가 알고 있는 조선의 이미지는 어쩌면 사진이 만들어낸 표상 효과 일지도 모른다." 근대 사진에 투영된 '재현의 정치학'을 살피는 『제국의 렌즈』의 문제의식이다. '동양에 대한 서양의 지식 체계 또는 표상 방식' 을 오리엔탈리즘이라고 정의한다면, 근대적 학문 체계가 수립되는 시기 에 발명된 사진술이야말로 오리엔탈리즘의 가장 유력한 수단일 것이다. 독일어로 '앞에 세움Vorstellung'이라는 뜻을 가진 '표상' 혹은 '재현'의 가 장 대표적인 매체가 사진이기 때문이다.

저자는 한 걸음 더 나아가 근대의 사진 아카이브가 근대 학문과 마찬 가지로 지배 권력의 통제 기술로 활용돼왔다고 지적한다. 누가 사진기 앞에 세워지며 누구의 시선으로 바라보는가라는 문제에 유의해야 하는 이유다. 그런 관점에서 한국의 근대를 바라볼 때 안타까운 일은 우리 스스로 재현의 주체가 되지 못한 시대였다는 점이다. 일본과 서양이라는 타자의 시선으로 우리 자신을 바라볼 수밖에 없었던 것이다. 이것은 어떤 의미일까? 세 가지 사례를 따라가본다.

먼저, 사진술에 늦게 접한 탓에 일본인 사진사 무라카미 텐신을 촉탁 사진사로 고용해야 했던 조선은 황실의 이미지메이킹을 조선통감으로 부임해온 이토 히로부미에게 내맡긴 형국이었다. 사진의 표상 효과에 일찍 눈뜬 이토는 조선 책략의 의도를 담아낼 수 있는 표상을 무라카미에게 주문했다. 1907년 일본 황태자의 한국 방문 기념사진은 그러한 표상의 일례. 화면의 중심에 팔을 허리에 올리고 발을 약간 벌린 황태자 요시히토를 세워놓음으로써 부동자세로 찍은 순종과 영친왕보다 그가 더 당당하고 권위 있는 모습으로 보이도록 연출하는 식이다. 1909년 조선에서는 전례가 없던 순종 황제의 남도南道 순행도 모두 이토에 의해서 기획된 시각적 스펙터클이었다고 한다. 이러한 시각적 표상화는 명백한 정치적 의도 아래 대한제국의 재현 체계가 일제의 재현 체계 안에 포섭되는 계기를 만들었다는 게 저자의 지적이다.

일본 인류학의 선구자로 평가받는 도리이 류조의 조선 조사 사진들은 사진이라는 '재현의 창'이 식민 지배를 정당화하는 데 어떻게 이용될 수 있는지 보여주는 또 다른 사례. 도리이가 형질인류학적 맥락에서 촬영한 신체 측정 사진들은 조선인을 '조선 인종'으로 호명하고 조선 반도의 '원주민'으로 표상했다. 그의 인류학적 사진 속에서 조선인의 '몸'은 일본 민족의 인종적 우월성과 대비되는 한 원시성과 야만성, 전근대성과 반문명성의 몸이었다. 그는 함경북도에서 제주도, 그리고 울릉도에 이르기까지 조선의 전역을 구석구석 돌아다니며 조선인의 모습을 사진에 담았지만 그가 본 조선은 제국주의의 시선으로 바라본 조선이었다. 비록 일본 학계가 최근에 와서 근대를 표상 공간으로 새롭게 인식하고는 있지만 제국주의 시대에 식민지 국가들을 대상으로 한 사진에 숨긴 이데올로기를 읽어내는 데는 인색하다고 저자는 꼬집는다.

조선을 대상화한 타자의 시선은 물론 일본만의 것이 아니었다. 1892～1894년까지 부임했던 프랑스의 외교관 이폴리트 프랑댕은 사진 150점이 부착된 두 권의 사진첩을 남겼는데, 그가 보기에 한국은 무엇보다도 '진흙과 새끼줄의 나라'였다. 한국의 '원시적' 건축술을 프랑스와 비교한 그는 인종과 풍속, 문화 모든 방면에서 문명과 야만의 잣대를 가지고 한국을 폄하했다. 한국의 의식주에서 불결함은 고질적이고, 남녀의 복식은 야만스러움과 기괴스러움 자체라는 것이 그의 평가였다. 이러한 관점에 서라면, 최고선으로서 문명화를 위한 서구의 지배는 불가피한 숙명으로 간주된다.

문제는 이렇듯 타자의 시선으로 만들어진 담론과 이미지가 우리가 생각하는 한국의 정체성으로 '재표상'된다는 점이다. 곧 우리가 보는 한국은 '그들'이 '편집'하고 '마사지'한 한국인 셈이다. 한일병합 100년을 되돌아보는 시점에서 재현의 정치학을 음미해야 하는 이유다.

〈한겨레21〉, 2010. 4)

P.S. 책을 읽으며 관심을 갖게 된 건 우리보다 한발 앞선 일본의 '재현의 정치학'이다. 메이지 천황의 어진영御眞影부터가 활용 대상이 되는데, 이에 대한 책들이 번역돼 있다. 타키 고지의 『천황의 초상』 소명출판, 2007은 『제국의 렌즈』에서도 언급되고 있으며, 그밖에 와카쿠와 미도리의 『황후의 초상』 소명출판, 2007과 가와무라 구니미쓰의 『성전

의 아이코노그래피-천황과 병사, 그리고 전사자의 초상과 표상』제이앤씨,
2009도 이 분야의 참고할 만한 책이다. 여기서도 '일본이라는 방법', 곧
'편집공학'을 떠올리게 된다. 요컨대 '문화학'을 '표상문화론'으로, '역사
학'을 '역사정보론'식으로 파악하는 것이 일본식이고 일본이라는 방법이
아닌가 싶다. 물론 이런 방법이야 요즘에서는 PR과 광고마케팅의 '기
본'이 돼 있는 것이지만.

윤치호가 본
민주주의와 공산주의

『윤치호의 협력일기』 박지향, 이숲, 2010

『윤치호의 협력일기』는 서양사학자 박지향 교수(서울대 서양사학과)가
'제대로 된' 친일 청산을 주장하며 내놓은 저작이다. 기존의 친일 청산
작업에 대한 문제 제기라고 할 수 있는데, 저자가 가장 불편하게 생각하
는 것은 '민족주의 사관'이다. 식민 지배를 경험한 나라에서 민족주의가
강한 것은 당연한 이치지만 "이젠 졸업할 때도 되지 않았나"라는 것이
그의 판단이다. 그러한 관점에서 시범적으로 시도한 것이 '윤치호 다시
보기'다. 일제 시기 대표적 지식인이자 사회 지도자였지만 동시에 '친일
파의 거두'였던 윤치호1865~1945의 사상과 내면을 그가 남긴 방대한 분량
의 영어 일기를 통해 재구성하고 재평가하고자 한다.
  윤치호는 어떤 인물이었나? 젊은 시절 오랜 유학 생활과 교사 생활
을 거친 윤치호는 당시로서는 매우 드문 국제적 배경에다 뛰어난 지적
능력을 갖추고 있었다. 그에게 가장 큰 영향을 끼친 두 가지 사상으로

저자는 사회적 다윈주의와 기독교를 꼽는다. 적자생존을 정당화하는 사회적 다윈주의의 관점에서 윤치호는 이 세상이 잔혹한 투쟁의 장이라는 인식을 일생 동안 견지했다. 그리고 그런 이유에서 3·1 운동에도 반대했다. "이 세상은 우월한 자가 열등한 자를 쫓아내는 곳이다. 울고 짜고 해봐야 소용없다"는 것이 그의 생각이었다. 차라리 조선 사람들이 일본인들을 본떠 전사적 정신을 되찾는 것이 급선무라고 보았다. 그에게 어떤 민족이 약한 것은 그 민족의 죄이지 다른 민족의 탓이 아니었다. 그리고 자유와 정치적 독립은 만세운동으로 가능하지 않았고, 제 힘으로 싸워서만 쟁취할 수 있는 것이었다.

사회적 다윈주의와는 잘 맞지 않아 보이지만, 윤치호는 또한 독실한 기독교도였다. 저자의 설명에 따르면 "그것은 바로 하나님이 전쟁을 진보와 이성을 향한 수단으로 만들어놓았다고 믿었기 때문이었다." 문명 수준이 앞선 나라가 뒤진 나라를 가르치고 훈련시키는 것이 하나님의 뜻이라고 그는 믿었고, 강한 인종이 약한 인종을 가르치면서 범한 일부 범죄는 '필요악'으로 용인될 만하다고 생각했다. 더불어 '백성은 나라의 근본'이라는 민본정신의 소유자였지만, 윤치호에게 그 백성은 '아직 준비가 안 된 사람들'이었다. 당시에 1천 명 가운데 채 한 명도 신문을 읽지 않는 무지한 대중이 '강건한 근대국가'를 건설하고 서구식 민주주의를 실천한다는 것은 불가능한 일이라고 보았다.

윤치호는 약소국의 정치적 독립에는 첫째, 국민이 지성과 부와 공공정신을 갖추고, 둘째, 국제정치적으로 찾아오는 기회를 포착해야 한다고 믿었다. 그래서 독립보다는 실용적인 교육을 우선시했다. 저자의 평가대로, "그는 너무 엄격한 잣대로 사회 발전과 대중의 수준을 평가하였다." 결과적으로는 동족에 대한 불신과 이민족 지배의 정당화로 나아가게 했다. 약육강식의 국제 사회에서 조선 민족이 살아남으려면 마치 스코틀랜드가 영국에 동화한 것처럼 조선도 당분간은 일본에 의지할 수밖에 없다는 인식이었다. 그것이 현실주의자로서 그가 '저항' 대신에 '협력'을 선택한 논리다.

협력이란 '조국을 배반하고 적과 협조하는 것'을 뜻하지만, 저자는 프랑스에서 레지스탕스 운동의 탈신화화와 협력 행위에 대한 재평가를 사례로 들어 저항과 협력의 관계가 생각보다 복잡하다고 주장한다. 협력과 저항 모두 자립을 목표로 하지만 단지 그것을 성취하려는 수단에서 차이가 있었을 뿐이라는 것이다. 그렇게 복잡한 관계를 제대로 이해하기 위해서는 '친일 민족주의자'라는 새로운 범주의 도입까지도 필요할지 모른다고 말한다. 혹 윤치호는 '친일 민족주의자'였던 것일까?

"윤치호의 일기를 읽다 보면 그가 일생 지녔던 인간적 고뇌에 동정하지 않을 수 없게 된다"고 저자는 에필로그에 적었다. 윤치호의 입장을 내재적으로 이해해보고자 한 접근법의 한계에 대한 고백으로도 읽힌다. 일종의 스톡홀름증후군 같은 것이 아닐까. 인질로 잡힌 사람이 인질범에게 정신적으로 동화되어 오히려 그에게 호감과 지지를 내보이는 심리현상을 가리키는 말이다. 《한겨레21》, 2010. 3)

P.S. 개인적으로 흥미로웠던 부분은 민주주의와 공산주의에 대한 윤치호의 생각이었다. 먼저 민주주의에 대해서.

윤치호는 기본적으로 서양 근대 문명에 대한 신뢰를 버리지 않았다. 〔……〕 윤치호가 영국과 미국에 실망했으면서도 여전히 영미식 민주주의를 높이 평가하고 있었음은 해방 후 그가 쓴 서한에서도 드러난다. "듣자니 조선 사람들이 민주정부 출범에 관해 거론한다는데 내겐 마치 6세

어린이가 자동차 운전이나 비행기 조종을 거론한다는 말처럼 들립니다. 영국과 미국 두 나라만이 세계에서 민주주의로 성공한 유일한 나라들입니다." 199~200쪽

그리고 공산주의에 대한 생각도 흥미롭다. 유교 사회와 공산주의 사이에 공통점이 있다고 본 것인데(둘 다 기생적이라고 그는 생각한다!), 이 점은 음미해볼 만한 게 아닌가 싶다.

윤치호가 공산주의를 싫어한 건 잘 알려진 사실이다. 연구자들은 그가 공산주의를 싫어한 이유를 그의 보수적 성향에서 찾지만, 사실상 그 혐오감의 핵심은 공산주의가 사람들로 하여금 결국 열심히 일하기보다는 남의 노고에 얹혀살기를 조장한다는 데 있었다. 그리고 그 점에서 유교 사회의 윤리와 공산주의 사이에 공통점이 있다고 보았다. 〔……〕 한데 공산주의는 유교보다 더 나쁘다. "유교는 구걸하는 것을 용서할 만한 '약점'으로 만들지만, 조선 버전의 볼셰비즘은 강도짓을 '무산자의 영광'으로 만들기" 때문이다. 물론 조선에 볼셰비즘이 창궐하는 이유는 기생주의라는 습성 외에 일본 정책이 조선 사람에게서 먹고살 수단을 빼앗기 때문이기도 하다. 윤치호는 대중이 사실상의 기아 상태, 그리고 그에 대한 공포로부터 벗어나지 않는 한, 볼셰비즘은 뿌리뽑히지 않으리라고 확신한다. 143쪽

'공산주의=기생주의'라는 주장이라면 크게 놀랍지 않은데, 놀라운 것은 그가 공산주의가 현실에서 불가능하다고 보는 이유다.

그는 공산주의가 세상에서 아직 성공할 수 없다고 생각한다. 왜냐하면 공산주의는 "최고 수준의 협조적 문명"을 획득한 국민에게나 가능한 것인데

조선 사람들은 말할 것도 없고 앵글로색슨인들조차 아직 그 단계에 이르지 못하였기 때문이다. 해방 후에도 윤치호는 공산주의의 위험을 심각하게 경고하였는데 여기서도 역사발전 단계론에 대한 그의 점진주의적 사고를 확인할 수 있다. "조선의 몇몇 사람들이 공산주의를 원하고 있습니다. 만일에 영국이 고도의 정치력과 노련한 지혜를 가지고 서서히 사회주의적인 정책을 유도해 가고 있다 하더라도, 대한조선이 어떻게 진짜 사회주의의 ABCD도 모르면서 인민공화국체제를 경영할 수가 있겠습니까?"
143~44쪽

인용문 안의 윤치호의 말은 모두 해방 후에 윤치호가 미군정과 이승만에게 영문으로 써서 보냈다는 서신 '한 노인의 명상록'에 들어 있으며, 『좌옹 윤치호 서한집』국사편찬위원회 편, 1995이 출전이다. 절판된 책인데, 기회가 되면 도서관에서 대출해 봐야겠다.

어떤 '역사전쟁 관전기'

『뉴라이트 사용후기』* 한윤형, 개마고원, 2009

12월에 접어들면 여러 언론과 출판계에서 벌이는 연례행사 중 하나는 '올해의 책'을 선정하는 일이다. 개인적으로도 그런 선정 작업에 손을 보태면서 한 해를 돌아보게 됐다. 한 개인이 읽을 수 있는 역량을 훌쩍 넘어서는 다종·다량의 책이 해마다 출간되고 있기에 '올해의 책'에 대한 선정은 제한된 독서 범위 내에서 어느 정도 주관적인 판단에 의존할 수밖에 없다. 그런 조건 아래에서 몇 권의 책을 골라보다가 다시 손에 들고 만지작거린 책은 한윤형의 『뉴라이트 사용후기』다.

　이 책은 젊은 인터넷 논객이자 자칭 '키보드워리어'인 저자가 뉴라이트 역사학자들이 촉발한 '역사전쟁'을 정리하고 평가한 '상식인을 위한 역사전쟁 관전기'다. 그가 염두에 둔 '상식인'은 일차적으로는 같은 세대의 젊은이들이지 싶다. 아니 그런 느낌은 소위 '88만원 세대'가 이 책을 가장 깊이 공감하면서 열독해야 하는 게 아닌가라는 나의 생각이 빚어낸 것인지도 모르겠다. 사실 나로서는 저자의 주장에 많은 부분 공감하면서도 그의 논지 전개 방식은 다소 낯설었다. 하지만, 그런 거리감에도 불구하고 나는 몇 가지 사실을 새롭게 알았고, 또 몇몇 쟁점에 대해서 다시 생각해보게 됐다. 더불어 한국 현대사에 대한 관심을 새로 부추긴 공로도 있기에 이 책은 내게 '올해의 책'에 버금할 만하다.

　그렇다면, 한윤형은 어떤 주장을 펼치고 있는가. 한국사에 대해 '상식인' 수준의 이해를 갖고 있는 내가 더 따져보고픈 쟁점 몇 가지를 나열해본다. 먼저, 뉴라이트와 민족주의자들을 모두 비판하는 저자의 '스탠스'가 가장 분명하게 드러나는 대목은 한국 민족주의의 기원을 어떻게 볼 것인가라는 문제다. 그는 민족과 민족주의가 근대의 산물이라는 뉴라이트의 주장을 적극적으로 수용한다. 근대 민족주의란 기본적으로 신분제의 철폐를 전제로 하는데, 노비의 비중이 30퍼센트를 웃돌았던 18세기 중반까지만 하더라도 현재와 같은 '민족' 개념이 형성되기는 어렵다는 것이다. 그렇다고 민족을 '상상의 공동체'로만 치부하지도 않는다. 왜냐하면 3·1 운동 이후에 한국 민족주의는 전면화됐고 '역사적 실체'가 됐기 때문이다. 따라서 저자는 "분단국가를 수립한 김일성과 이승만은 사천 년 단일민족을 두 동강냈기 때문에 나쁜 것이 아니라 3·1 운동 때 이룬 합의를 위반했기 때문에 나쁜 것"이라고 주장한다.

　둘째는, 백범 김구에 대한 평가다. 좋은 의미에서든 나쁜 의미에서든 김구는 테러리스트였다는 주장은 새롭지 않지만, 해방 이후 정국에서 상당 기간 이승만과 김구의 입장이 동일시됐다는 지적은 눈길을 끈다. 김구의 격렬한 반탁 입장이 예기치 않게도 모든 반대 세력에게 민족주의라는 포장을 씌워주게 되고 결과적으로는 친일파와 이승만에게 힘을 실어주었다는 것이다. 그런 점에서 보면 뉴라이트가 이승만을 구하기 위해 김구 노선을 비판하고, 민족주의자들이 영문도 모르면서 이승만을 비판하고 김구를 옹호하는 것은 모두 자가당착적이다.

셋째는, 박정희에 대한 평가다. 흔히 뉴라이트 계열의 학자들은 남한은 자본주의 덕분에 경제가 성장했고, 북한은 공산주의여서 망했다는 식의 주장을 펼치지만, 이는 사실과 다르다. 미국통이었던 이승만은 1950년대 말부터 미국식 경제 시스템을 흉내 내어 시장 개방, 금융 자유화 등을 실시하고 은행도 민영화했지만, 박정희는 그것을 다시 국유화하는 한편 1972년에는 사채를 동결시키는 조치까지 단행했다. 이러한 박정희식 모델은 자유시장경제와는 거리가 멀고 오히려 '경제개발 5개년 계획'의 원조인 스탈린 식 사회주의에 가까웠다. 즉 완전한 자본주의도 완전한 사회주의도 아닌 혼합형 체제였다. 자본주의와 사회주의가 근대의 쌍생아라면, 사회주의 또한 한국 근대의 필수적인 구성소였다고 보는 것이 상식에 맞는 것 아닐까.

그리고 넷째는, 대한민국사의 주류세력이 누구였냐라는 문제. 저자는 단도직입적으로 "대한민국사는 친일파든 독립운동가든 상관없이 적극적으로 기회주의를 펼친 이들의 역사였다"라고 주장한다. 어떤 일관된 기득권 세력이 있었다고 보는 것은 환상이라는 것이다. 박정희 역시 기득권 세력을 경멸했기에 이승만을 거세게 비판했다는 점도 근거의 한 가지다.

이 책에서 내가 얻은 소득은 이러한 쟁점들에 대해 더 공부해봐야겠

다는 생각을 다지게 된 것이다. 벌써부터 내년에 읽어야 할 책들의 목록
이 눈앞에 아른거린다. (〈교수신문〉, 2009. 12)

P.S. 최근의 관심사 중 하나는 레닌과 박정희를 겹쳐서 읽는 것이
다. 구체적으로는 레닌의 『국가와 혁명』과 박정희의 『국가와
혁명과 나』를 겹쳐 읽기 위해서 몇 권의 책을 구입하고 또 대출했다. 준
비가 되는 대로 뭔가 써볼 생각이다.

사상의 은사에서
사상의 오빠로

『리영희 프리즘』 고병권 외, 사계절, 2010

리영희 선생의 팔순을 기념한 책을 읽고 지난 시대 '사상의 은사'를 다시
금 생각해볼 기회를 가졌다. 어떤 은사였던가. 강준만 교수는 예전에 이
렇게 적었다.

멀쩡하던 대학생들이 리영희의 책만 읽으면 충격을 받고 이상하게 변해
갔다. 자신과 가족을 위해 좋은 직장을 얻기 위한 공부에만 몰두하겠다던
'청운의 꿈'을 내던지고 진실과 인권과 상식의 가치에 입각해 이 사회와
나라를 걱정하기 시작했다.

하지만 선생의 '한국 현대사의 길잡이' 역할은 주로 1970년대 후반,

혹은 80년대 초반의 학생·청년들에게 해당하는 얘기였다. 『전환시대의  논리』* 창작과비평, 1974가 해방 이후 한국 사회에 가장 큰 영향을 끼친 책의 하나로 꼽히지만, 80년대 후반 학번인 나에겐 이미 '지나간' 책이었던 걸로 기억된다. '리영희와 책읽기'를 다룬 천정환 교수에 따르면, 그것은 1980년대 중반 이후 달라진 대학가의 독서 문화와 관련된다. 『강철서 신』이나 『사회구성체론과 사회과학방법론』 같은 젊은 세대의 책이 대학가를 주름잡던 시기여서 "리영희 같은 경험 많고 나이 든 스승을 경유할 필요가 없었을 것"이라는 진단이다. 여느 80년대 대학생들과 마찬가지로 '세미나 세대'였던 나도 학회나 세미나 자리에서 읽은 책은 『철학에세이』였고 『페레스트로이카』였다. 게다가 '교조주의자'들이 많았던 80년대에 리영희는 '수정주의자'로 내비치기도 했다는 전언이다.

안수찬 기자가 들려주는 1990년대 후반의 풍경도 다르지 않다. 1997년 겨울 《한겨레신문》의 수습기자들이 사내 교육으로 리영희 선생의 강의를 들었지만 "모두 잤다. 누구는 허리를 세우고 잤고, 누구는 엎드려 잤다"는 고백이다. 시대가 다르다고, 최소한 달라졌다고 믿은 때문일 것이다. 무엇이 달라진 것인가. 대학생 자유기고가 한윤형이 정확하게 짚어준 대로, 대학 진학률이 달라졌다. 1970~80년대 대학생 비율은 청년층의 30퍼센트였고, 바로 그 대학생들이 청년 문화와 정치의식을 주도했다. 그것이 말하자면, "어떠한 사상이 대중화되기 위해서는 그것을 받아들이는 처음의 소수가 필요"하다는 리영희의 '소수의 전위부대'론, 곧 '인텔리겐치아'론과 대학 문화가 접목될 수 있는 토대였다.

그렇지만 오늘날 대학 진학률이 OECD 국가들 가운데서도 가장 높은 86퍼센트 수준이라고 하면 사정은 많이 달라진다. 대학생이 더 이상 운동의 동력도, 사회의 전위도 아니게 된 것이다. 그 결과 리영희와 청년 문화의 대립항 자체가 상실됐고, 오늘날의 청년은 각자의 고립된 공간에서 고립된 주체로 살아간다는 것이 한윤형의 진단이다. "자본주의가 노동자를 착취하지 않고도 돈만 굴리면 이윤을 얻을 수 있다고 발악하는 금융자본주의의 시대에, 예비 노동자인 대학생들은 자본이 자신을 착취해주기를 간절하게 바랄 수밖에 없다. 오늘날의 대학생들이 바라는 것은 '자유'가 아니라 '편입'"이라는 것이 이 시대 젊은이들의 정직한 토로다. 이러한 현실에서 무엇을 할 것인가. 다시금 '사상의 은사'를 반추하게 된다.

20대 에세이스트 김현진과의 대담에서 리영희 선생은 '변혁'은 반드시 온다는 신념을 거듭 피력했다. 현실 사회주의가 패배한 것처럼 미국식 자본주의의 종말 또한 필연적이라는 것이다. "국가 사회의 지배세력이 계속해서 자신들의 이익을 위해 없는 사람들을 박탈하고 모두에게 공정히 돌아가야 할 기회를 빼앗는다면 투쟁이 일어날 수밖에 없"다는 역사의 변증법이 그의 오랜 확신이다. 그의 이러한 신념은 '레닌을 반복하라'고 말하는 철학자 슬라보예 지젝의 주장과도 겹친다.

지젝은 『잃어버린 대의를 옹호하며』그린비, 2009에서 혁명적 과정의 두 가지 계기를 '극단적인 부정의 제스처'와 '새로운 삶의 창안'으로 정리한다. 리영희 선생의 설명대로, 의사와 같은 특권 계급을 필수적으로 1년씩 시골로 보내 똥지게를 지게 한다든가 궂은일을 하게 하는 것이 중국의 문화대혁명이었다. 가난한 사람들, 소외된 사람들의 삶을 생생하게 알게 한 다음 다시 자신의 일터로 복귀시키고자 했던 것이다. 그렇듯 새로운 경제적 조직과 일상생활의 재조직을 겨냥했지만, 문화대혁명은 새로운 일상의 형식을 창조하는 데는 결과적으로 실패했다.

지젝은 그 실패가 문화대혁명이 과격했기 때문이 아니라 충분히 과격하지 못했기 때문에 빚어진 것이라고 말한다. 마오쩌둥 자신이 인민에게는 반란의 권리가 있다고 독려하고 부추겼지만, 정작 백만 명의 노동자가 국가와 당 자체의 소멸을 요구하면서 직접 코뮌적 사회를 조직하고자 시도하자 군대를 동원해 소요를 진압하고 질서를 회복했다. 그렇다고 이러한 실패가 자본주의적 질서에 대한 전적인 투항을 정당화하지는 않는다. 지젝은 베케트의 말을 인용해 "다시 시작하라, 다시 실패하라, 더 잘 실패하라"고 말한다. 리영희 선생이라면 노신을 인용해 "물에 빠진 개는 두들겨 패라"고 덧붙일 수 있을 것이다. '의식화의 원흉'이 아닌 '사상의 오빠'(김현진)로서 그의 말과 글은 여전히 우리 곁에 숨 쉬고 있다. (《교수신문》, 2010. 3)

P.S. 올해는 대학 진학률이 작년보다 약간 떨어졌다고 하는데, 그래도 80퍼센트를 상회하는 것은 변함이 없다. 계간지 봄호 특집들 가운데 가장 눈길을 끄는 건 《황해문화》의 '대졸자 주류 사회와 위기의 대학'인데, 바로 대학 진학률 80퍼센트 사회의 초상과 문제를 짚고 있다. 보다 본격적인 진단과 분석이 필요한 주제다.

로 쟈 의
페 이 퍼
0   5

10년 전 일기를 읽다

모처럼 장마다운 비가 내린 하루였다. 그래도 중년의 빗줄기였는지 오후로 접어들면서는 빗발이 약해졌고 끊기기도 했다. 잠시 끊긴 틈을 타서 동네 도서관에 가 진화심리학 관련서 두 권과 함께(강의용이다) 계선림의 『우붕잡억』 미다스북스, 2004을 대출했다. 알라딘 딸기님의 '계선림, 어느 지식인의 죽음'이라는 페이퍼를 읽은 탓이다. 계선림, 혹은 지센린은 어제 세상을 떠난 중국의 석학이다. 저자에 대해 내가 과문했던 건 이 책이 2004년에 나온 것과 무관하지 않다. 모스크바 체류 시절 국내에서 나온 책들이 내겐 생소할 수밖에 없고, 어림잡아 내가 모르는 책의 8할이 2004년에 나온 책이다.

그때 '모스크바 통신'을 이 서재에 연재하면서 수년 전 일기를 올려놓기도 했는데, 다시 찾아보니 이젠 '10년 전 일기'가 돼버렸다. 낮에 올린 카프카에 관한 이야기가 포함된 대목도 있기에 한 번 더 옮겨놓는다(어차피 한번 공개한 것이기도 하고). 잠시 10년 전 책 구경을 해보는 의미도 있고.

1999. 9. 27

월요일. 아침 일찍 학교에 나와 일과처럼 메일을 확인하고 도서관을 찾아 자료 복사와 도서 대출을 한다. 신착 잡지에 도스토예프스키 특집이 있어서 복사했고, 스탈린에 관한 책 두 권을 대출했다. 젠장, 대학에 들어온 지 12년이 넘었건만, 레닌이나 스탈린의 전기 한 권 읽지 않았다! 그 무관심이 잠시 나를 놀라게 하고 또 부끄럽게 했다. 아무래도 전공이 '러시아'는 아닌 모양이다. 니키타 미할코프의 〈위선의 태양〉과 그의 형 안드레이 콘찰로프스키의 〈이너 써클〉이 모두 스탈린 시대를 다루고 있어서 비교해보고 싶은 마음이 들었는데, 정작 아는 바가 없어서 부랴부랴 아침 일찍 도서관을 찾은 것. 여기에도 뭔가 글감이 있어 보인다.

카프카의 「변신」에 대한 연구서도 찾았지만 대출 중인지 서가에는 꽂혀 있지 않았다. 카프카를 다시 얘기하는 건 그의 『아버지에게 드리는 편지』가 번역돼 나왔기 때문이기도 하고, 아침에 고골과 카프카에 관한 유리 만의 논문을 복사하면서 다시금 생각이 그에게 미쳤기 때문이다. 디스커버리 총서의 『카프카-변신의 고통』을 대신 손에 들었다. 그와 함께 송희복의 신작 영화평론집 『영화-뮤즈의 언어』를 골랐는데, 전작으로 미루어 볼 때 신뢰할 만한 책은 아니지만, 강의와 관련된 정보들이 있어서 얼마 안 되는 이달치 도서 구입비를 마저 사용했다.

서점가에 새로 나온 책들이 있다. 린 마굴리스가 쓴 『섹스란 무엇인가』지호. 이건 그녀의 전작 『생명이란 무엇인가』에 이어지는 것이다. 그런 책들을 마음껏 읽던 시절이 새삼 그립다! 그리고 이정우의 『삶-죽음-운명』은 『시뮬라크르의 시대』에 이어지는 것인데, '들뢰즈와 선禪'을 다루고 있다(아침에 복사한 논문 한 편이 「푸슈킨과 禪」이다). 고종석의 『국어의 풍경』은 《한겨레》에 연재된 것. 홍성욱의 과학기술론집도 언젠가는 읽고 싶고, 홍준기의 『라캉과 현대철학』은 프로이트와 맞물려서 규모가 큰 프로젝트를 기획하게 한다. 이런 책들은 내가 이 모든 것을 전공하고 있는 듯한 착각을 불러일으킨다. 여기에 신간 소설들과 잡지들은 이제 더 이상 손댈 수 없다. 가장 마음이 편안하고 안정되어 있을 때는, 그리고 자극과 고무를 받을 때는 이런 책들과 함께 있을 때다. 도서관과 서점들을 순례하면서, 생각건대 나는 가장 행복했었다.

점심을 먹고, 다시 몇 자 적는다. 연휴 기간에, 정확히는 지난 토요일에 고대하던 영화를 봤다. 에밀 쿠스투리차의 〈검은 고양이, 흰 고양이〉. 아침에 이 영화에 대한 주진숙의 비평문을 보고, 자동차를 꿀꿀대며 뜯어먹는 돼지의 이미지에 대해서 좀더 명확하게 알게 되었다. 그가 그려내는 마술적 리얼리즘이란, 곧 집시들의 삶이란 현대 문명(=자동차)을 집요하게 꿀꿀대며 뜯어먹는 바로 그 돼지와 다를 바 없어 보인다. 전작들에 비해서 두드러진 예술적 성과를 보여주는 것은 아니지만(사실 이 영화는 자기-확인에 가깝다), 이 돼지의 이미지는 똥 묻은 자신의 몸을 거위로 닦는 건달 다단의 이미지와 함께 기억해둘 만하다.

단, 〈언더그라운드〉 이후(〈아리조나 드림〉은 보지 못했다) 그의 영화 세계가 다소 자폐적인 성향을 띠어가는 점은 우려된다. 〈아빠는 출장중〉이나 〈집시의 시간〉(그 자폐성의 단초를 이 영화에서부터 읽을 수 있지만)에서의 몽유병/판타지는 그것이 가혹한 현실과 대비되어 드러나고 있기 때문에 더 큰 울림을 갖는다. '집시들'만의 축제가 그들만의 잔치로 끝난다면, 그건 민속학적 자료나 구경거리에서 멀지 않으리라. 그의 재능이 현실과 좀더 밀착되기를 기대해본다. 내가 감독론을 쓰고 싶은 작가들, 예컨대, 타르코프스키, 키에슬로프스키, 쿠스투리차, 알모도바르, 홍상수, 우디 알렌, 왕가위, 타란티노, 그리고? 더 많이 봐야겠다.

『카프카-변신의 고통』 끄트머리에는 "당신의 책을 출간할 수 없어서

죄송합니다"라는 에코의 글이 인용되어 있다. 박식하면서 재치 있는 에코는 그 글에서 현대 편집자들의 기준에 근거해볼 때『심판』과『오디세이』,『돈키호테』와『잃어버린 시간을 찾아서』의 원고 모두가 거절당하리라고 추정한다. 이 또한 좋은 얘깃거리다. 카프카에 대해서, 그의 변신에 대해서, 그의 영화 관람에 대해서 읽을 만한 글을 쓸 수 있을 텐데……

1999. 9. 28

당연한 말인 듯한데, 어제로부터 하루가 지났다. 달라진 건 없다. '인문학은 무엇으로 사는가'라는 글을 두 시간 동안 작성해서 후배에게 건네준 것이 그나마 오늘 한 일인 듯싶다. 루소의『고백록』을 읽고 싶다는 생각을 했고, 나의 공부가 참으로 미진하다는 생각을 했다. 들뢰즈의『의미의 논리』가 출간됐지만, 살 돈도 읽을 시간도 지금 나에겐 없다. 체코 친구에게서 메일과 함께 편지가 왔다. 9월 초에 찍은 사진이 동봉되어 있었다. 참선을 하기로 했다고. 나는 무얼 할 수 있을까? 자살자, '최초의 자살자'에 대한 공상으로 잠시 재미있어 했지만, 강의실에서의 반응은 그다지 호의적인 것이 아니었다. 한겨레신문사에서 나온『세계영화감독사전』에서 타르코프스키는 타란티노 다음이다. 이 우연한 배열은 재미있으면서도 의미심장하다.

1999. 9. 29

언제나 머리를 짓누르는 건 내가 '읽어야 할 책들'과 '써야 할 책들'의 목록이다. 그건 시간과의 싸움이고, 돈과의 싸움이며 나 자신의 게으름과의 싸움이다. 또한 삶의 절대적 무의미와의 싸움이기도 하다. 청소부가 된 성자들의 세상('청소부가 된 성자'라는 글도 준비를 하자)을 꿈꾼다고?

나는 성자도, 청소부도 되지 못할까봐 두렵다. 이건 나 자신에 대한 연민에서 하는 말이다……

P.S. 10년 전 일기여도 대부분은 기억이 나지만, '인문학은 무엇으로 사는가'라는 글은 어떤 내용이었는지 전혀 기억에 없다. 어디선가 찾게 되면, 요즘의 생각과 비교해볼 수도 있을 터인데……

(2009. 7)

로쟈의 리스트 11 | 후쿠자와 유키치 읽기

후쿠자와 유키치1835~1901의 『문명론의 개략』홍성사, 1986을 어제 도서관에서 대출했다. 예전에 흔하게 볼 수 있었던 책이지만 어느새 희귀해져서 어지간한 헌책방이나 도서관에서도 구하기 어려운 책이 돼버렸다. 갑자기 후쿠자와가 생각난 건 며칠 전 학교에 있는 책들을 정리하다가 분실한 줄 알았던 『번역어 성립사정』일빛, 2003을 다시 찾은 때문. 후쿠자와는 일본의 대표적인 계몽사상가였던 탓에 번역과 출판 등에도 많은 힘을 기울였고 많은 번역어들을 만들냈다. 『번역어 성립사정』에서 자주 언급되는 것은 그런 이유에서다. 그간에 『문명론의 개략』 읽기'도 두어 권 소개된 바 있는데, 『서양사정』, 『학문의 권장』 등과 함께 그의 3대 저작으로 꼽히는 『문명론의 개략』이 새로 나오지 않는 것은 기이한 일이다(마루야마의 책에 다 포함돼 있는 건가? 책이 당장 옆에 있지 않아서 알 수 없다. 한편, 『서양사정』과 함께 후쿠자와가 참조했다는 프랑수아 기조의 『유럽문명사』도 소개되면 좋겠다. 유길준의 『서유견문』을 이 두 책과 별개로 읽는 건 불가능하다고도 하고). 어차피 책을 다 훑어볼 여유는 없고, 이번에는 개략적인 윤곽만 잡아보려고 한다(일본 사상사 관련서들도 다수 참조할 수 있다). 번역뿐만 아니라 동아시아의 '근대화'라는 주제를 생각할 때 그의 문명론을 빼놓을 수 없을 테니까. (2009. 2. 20)

22

불한당들의 세계사

역사를 제대로 알지 못하면 "우리는 커다란 칼을 보유한 육식성 정치인, 지식인, 언론인을 위해 제공된 먹기 좋은 고기가 된다"고 하워드 진은 말한다. 우리라고 해서 사정이 다른가? 미국을 미국 정부와 동일시하고 미국 대통령이 오면 구청 직원까지 거리에 동원되어 성조기를 흔드는 나라에서 국민은 '먹기 좋은 고기'다.

부도덕하고 참혹한
미국사를 고발하다

『권력을 이긴 사람들』* 하워드 진, 문강형준 옮김, 난장, 2008

헌법이 소수의 부유하고 힘 있는 집단(노예 소유주, 상인, 땅 투기꾼)에 의해 만들어졌던 건국 초기부터 정부는 거의 언제나 부유한 계급의 이익을 위해 움직여왔고, 보통의 미국인들보다 대기업들에 우호적인 법들을 통과시켜왔습니다.

이 정도의 '반미 성향'이면 대한민국 국방부의 불온도서 목록에 오를 만하지 않을까? 하지만 이건 겨우 시작에 불과하다. 미국의 대표적인 역사학자 하워드 진이 『권력을 이긴 사람들』에서 전해주는 미국사의 진실은 훨씬 더 참혹하며 부도덕하다. 물론 그의 대표작 『미국민중사』*

1980를 접해본 독자라면 그의 새로운 에세이를 '부록'이나 '에피소드'로 읽을 수 있을 것이다. 하지만 '미국 프렌들리'한 독자라면 책을 읽는 일이 적잖이 곤욕스러울 듯싶다.

사실 저자가 겨냥하고 있는 것도 미국과 미국사에 대해 순진한 인식, 혹은 잘못된 이해를 갖고 있는 독자층이다. 이것은 안팎을 가리지 않는다. 가령 미국이 역사적으로 세계 다른 나라들과의 관계에 있어 온화하고 관대했다는 믿음이나 미국을 오직 좋은 일만 하고 있는 나라로 생각하는 오해를 저자는 교정하고자 한다. 하워드 진은 그런 일이 역사적 시각의 결여와 '국가적 기억상실증' 때문에 가능하다고 생각한다. 부시 정부가 '테러와의 전쟁'을 명분으로 내걸었지만 미국 국민이 이 부도덕한 전쟁을 지지한다거나 이라크가 미군에 의해 해방된 나라가 아니라 점령된 나라라는 사실을 푹신하게 망각하는 것이 비근한 사례다.

그러니 역사를 좀 알 필요가 있다. 하워드 진에 따르면, 역사는 이 세상에서 무엇이 잘못되었는지를 이해하고 이를 바꿀 수 있도록 돕는 수단이기에 그렇다. 권력의 시각이 아닌 민중의 시각, '아래로부터의 역사'를 지향하는 그가 보기에 미국사는 노예 소유주, 채권자, 인디언 학살자, 군국주의자, 땅 투기꾼, 거대 기업 등 주로 부유한 백인을 위한 역사였다. 동시에 정부가 숱한 거짓말로 국민을 속이고 배신해온 역사였다. 정부의 입법은 언제나 계급적인 입법이어서 부자의 사회적 지배를 공고하게 하는 데 이바지했다. 관세는 제조업자를 위한 것이었으며, 보조금은 철도 회사나 석유 회사 따위 대기업을 위한 것이었고, 이들의 이익을 위해서 수시로 공권력이 동원되었다.

미국사가 이러한 목록으로만 채워져 있다면 절망스러울 것이다. 하지만 하워드 진은 역사에 대한 희망을 놓지 않는다. "민중이 저항하고 함께 모이고, 그래서 때로 승리했던 과거의 숨은 사건들"이 그가 품은 희망의 근거다. 한편으로 이 책에서 복원하고 또 기리고자 하는 것도 정부의 거짓말과 역사의 거짓 영웅에 맞서 투쟁해온 미국 국민의 역사이고 숨은 영웅들이다. 책의 원제를 빌면, 그들이야말로 '어떤 정부도 억누르지 못하는 힘'이다.

저자는 미국을 건설한 것은 정부가 아니라 국민이라고 믿는다. 그에게 국민은, 혹은 미국사의 진정한 영웅은 텔레비전이나 신문 헤드라인을 장식하는 인물이 아니라 간호사, 의사, 교사, 사회사업가, 지역운동가, 병원 잡역부, 건설노동자 등이다. 이들이 정부의 잘못에 항의하고 시정을 요구하며 전쟁에 반대하는 조직을 꾸리고 총파업에 나섰다. 패배로 점철됐지만 승리의 순간도 있었다. 하워드 진은 그러한 역사적 운동을 돌이켜보면서 어두운 시대에 희망을 제시하고자 한다.

역사를 제대로 알지 못하면 "우리는 커다란 칼을 보유한 육식성 정치인, 지식인, 언론인을 위해 제공된 먹기 좋은 고기가 된다"고 하워드 진은 말한다. 우리라고 해서 사정이 다른가? 미국을 미국 정부와 동일시하고 미국 대통령이 오면 구청 직원까지 거리에 동원되어 성조기를 흔드는 나라에서 국민은 '먹기 좋은 고기'다. 정부가 미국산 쇠고기 수입을 '미국의 선물'이라고 우쭐거릴 때 국민은 '먹기 좋은 고기'다. 촛불시위 참가자를 마구잡이로 체포하고 언론소비자주권운동에 공권력이 재갈을 물리려고 할 때 국민은 '먹기 좋은 고기'다. 무엇을 할 것인가? "시민이 서로 뭉쳐서 우리의 수가 충분히 커질 때 우리는 우리 스스로의 힘을 만들어내는 것이고, 그 힘은 정부가 억누를 수 없는 것이라는 사실"을 다시 인식시키는 도리밖에 없겠다. 《시사IN》, 2008. 8)

P.S. 검색해보니 올봄에 나온 하워드 진의 최신간공저은 『미 제국의 민중사』2008이다. 추세로 보아 겨울쯤에는 우리말로도 읽을 수 있지 않을까 싶다.

개인적으로 하워드 진의 책 가운데 한 권만 꼽으라면 원제가 '독립선언Declarations of independence'인 『오만한 제국』*당대, 2001을 지목하고 싶다. 『미국민중 저항사 1, 2』일월서각, 1986 이후 처음 소개된 책이면서 국내에 그의 '진가'를 알린 책인 듯싶은데, 역사가, 정치평론가, 반전주의자 등 그의 다양한 면모를 담고 있어서 일종의 종합선물세트 같은 책이다. 자전적인 내용이 많이 들어 있어서 자서전 『달리는 기차 위에 중립은 없다』*이후, 2002와 『미국민중사』를 같이 읽은 '효과'도 볼 수 있다. 그리고 물론 『미국민중사 1, 2』이후, 2006를 읽거나 소장해두어야겠다(거실에 꽂아두는 것만으로도 폼이 날 텐데, 나는 아직 그런 호사를 부리지 못하고 있다). 아이들 방에는 『미국민중사』의 다이제스트판, 『살아있는 미국역사』추수밭, 2008를 꽂아두고. 거기에 『권력을 이긴 사람들』은 에피타이저나 디저트로 읽을 수 있는 책이다.

제1권력 혹은
불한당들의 세계사

『제1권력』* 히로세 다카시, 이규원 옮김, 프로메테우스, 2010
『부의 제국 록펠러』* 론 처노, 안진환 외 옮김, 21세기북스, 2010

세상 사람들이 내가 하는 일에 대해 비난하고 있다는 걸 잘 안다. 하지만 화려한 비즈니스를 하고 있는 놈들은 다른가? 그들이 하는 짓거리가 멋

있다고 생각한다면 정말 큰 착각이다. 이 세상에 합법적인 사업이란 결코 있을 수 없다!

1920년대 미국 '암흑가의 대통령' 알 카포네의 말이다. 합법적인 사업이란 있을 수 없으므로 자신의 '불법적인 사업' 또한 죄가 되지 않는다는 변론이겠지만, 일본의 반핵운동가이자 논픽션 작가 히로세 다카시는 거꾸로 읽어야 한다고 말한다. '합법적인 사업'이란 '합법을 가장한 사업'이며, "화려한 비즈니스를 하고 있는 놈들" 또한 카포네와 마찬가지로 불한당일 뿐이라는 것이다. 미국의 재벌 가문 모건과 록펠러가 막대한 부를 축적하고 유지하는 과정에서 어떻게 미국 사회를 지배하고 세계를 조종했는지 추적하는 『제1권력』은 말하자면 이 '불한당들의 세계사'다.

거슬러 올라가면 시작은 미국의 남북전쟁이었다. 모건 가문의 원조 J. P. 모건은 아서 이스트먼이란 사람이 북군으로부터 구식 카빈소총을 구입하여 되파는 수상한 거래를 할 때 자금 지원을 담당했다. 북군이 무기 부족에 시달리고 있다는 정보를 입수한 이스트먼은 소총 5천 정을 한 정당 3.5달러에 사들여서 중개인에게 12.5달러에 팔았고, 이 중개인은 북군의 프레몽 장군에게 한 정당 22달러를 받고 다시 팔아넘겼다. 문제의 소총이 정부의 무기고에서 나와 다시 정부의 군대로 돌아가는 데 불과 3개월이 걸렸지만, 이 거래는 6배의 차익을 남겼다. 보기에 따라선 대단한 사업 수완이겠지만, "한마디로 영악하기 짝이 없는 사기꾼 일당"이다. 이때 모건의 나이 24세였고, 그는 남북전쟁에서 마련한 사업 자금을 바탕으로 JP 모건 사를 설립해 키워나간다.

모건 가문의 전모를 파헤친 『금융제국 J. P. 모건』플래닛, 2007의 저자 론 처노에 따르면, 남북전쟁 당시 소총 거래에 모건이 얼마나 개입했는지는 논란거리라고 한다. 하지만, 론 처노도 인정하는 것은 모건이 남북

전쟁을 국가에 봉사할 기회가 아니라 돈 벌 기회로 보았다는 점이다. 게티스버그 전투 이후에 모건 또한 징집을 받았지만 그는 부유층의 관례대로 300달러를 주고 다른 사람을 사서 군대에 보냈다. 대신에 전황에 따라 가격이 급하게 등락하던 금을 대량으로 매집해 당시 화폐로 16만 달러를 벌어들였다. 히로세 다카시의 환산으로는 2천억 원이 넘는 액수다. 이를 바탕으로 모건은 부자 은행가로 등장했고 '귀족 자본가 시대'를 열었다. 금융시장이 부실하고 원시적인 상황에서 은행가는 무소불위의 권력을 행사하며 사업을 확장해나갔고 한 지역의 '영주'처럼 군림했다. '강도 귀족robber baron'이라는 말은 그래서 생겨났다.

1901년 당시 백수의 왕 '사자'라고도 불린 J. P. 모건에게 필적할 만한 거대한 구렁이 '아나콘다'가 나타났으니 그가 바로 석유사업가 록펠러였다. 남북전쟁 때 군수물자의 운반과 판매로 막대한 수익을 올린 록펠러는 "타인에게 결코 이익을 나눠주지 말 것"이라는 철칙을 갖고 있던 인물이었다. 모건이 철도왕 밴더빌트로부터 거대 철도 회사를 넘겨받은 시점에 록펠러는 스탠더드오일이라는 회사의 정유탱크에 미국 전체 석유의 95퍼센트를 빨아들였다. 이 유례없는 독점의 이면에는 군사 작전을 방불케 하는 교활한 수법이 숨어 있었다. 스탠더드오일의 독점에 대항하기 위해서 지역의 여러 석유업자들이 다른 회사로 힘을 모아주고 보니 그 회사가 스탠더드오일의 자회사더라는 식이다. 가히 '자본가의 원형'(막스 베버)이라 부를 만한 초상이 아닐 수 없다.

론 처노가 『부의 제국 록펠러』에서 묘사한 바에 따르면, 록펠러와 모건 두 사람은 마치 금욕주의자와 향락주의자 혹은 의회파와 왕당파처럼 정반대되는 성향을 지녔다. 록펠러가 보기에 모건은 자만과 사치, 오만 등 모든 죄악의 화신이었고, 모건이 보기에 록펠러는 너무 무미건조하고 점잔이나 빼는 인물이었다. 둘은 서로를 싫어했지만 그런 사적인 감정이 이익을 키우기 위한 거래에 장애가 될 수는 없었다. 19세기 말까지 미국의 주요 산업을 장악한 양대 자본가 가문은 그리하여 20세기에 접어들면서 미국 자본주의를 지배하는 '골드 펑거'가 된다.

　사실 미국을 지배하는 '제1권력'이라면 미국 패권주의 아래에서 전 세계를 쥐락펴락하는 권력이기도 하다. 일본인 저자가 이들의 숨겨진 지배를 폭로하는 데 발 벗고 나선 이유일 것이다. 히로세 다카시의 주장은 간명하다. 이 양대 자본가가 대통령을 비롯한 주요 각료직에 자신의 충견들을 앉혀서 암암리에 미국을 지배해왔으며, 이 구조는 지금도 전혀 달라지지 않았다는 것이다. 그 근거로 그는 20세기의 첫 대통령 올린 매킨리부터 레이건까지 내각의 366개 각료 자리를 면밀하게 조사하여 그중 290개 자리, 즉 79퍼센트가 모건-록펠러 연합의 수족이라는 사실을 든다. 그가 보기에 미국 대통령은 국민의 눈을 속이기 위한 꼭두각시에 불과했다. 덧붙여 1983년 기준으로 미국의 매출 10위권 기업, "1위 엑슨, 2위 GM, 3위 모빌, 4위 포드, 5위 IBM, 6위 텍사코, 7위 듀폰, 8위 인디애나 스탠더드오일, 9위 소칼, 10위 GE" 순위도 각 기업의 진짜 주인으로 바꿔서 나열하면 "1위 록펠러, 2위 모건, 3위 록펠러, 4위 모건-록펠러, 5위 모건, 6위 모건-록펠러, 7위 모건, 8위 록펠러, 9위 록펠러, 10위 모건"이 된다고 말한다. 한마디로 모건과 록펠러의 천하라는 것이다.

　비록 자본의 인맥도를 꼼꼼하게 제시하고는 있지만 히로세 다카시의 주장 역시 유대 자본이나 프리메이슨 같은 비밀결사체가 세계를 지배한다는 음모론의 재판이 아닌가 의심할 수도 있겠다. 하지만 그의 강점은 석유파동처럼 중동 석유의 이권을 미리 장악한 상태에서 오일머니를 긁어모은 모건-록펠러 연합의 성공 사례보다 '실패' 사례를 제시할 때 더 잘 발휘된다. 가령 1920년대에 미국과 독일 그리고 이탈리아의 금융가와 파시스트는 대연합을 이루고 있었다. 공산주의라는 악에 맞서기 위해서 "미국은 독일 군국주의와 손을 잡아야 한다"는 것이 그들의 논리였다. 그래서 제2차 세계대전이 터진 이후에도 모건-록펠러 연합은 미국의 참전을 막았다. 하지만 1941년 12월 예상치 못하게도 일본군이 진주만을 기습 공격함으로써 미국의 참전이 불가피해졌고 미국 자본가와 파시스트의 대오는 무너졌다. 물론 모건-록펠러 연합은 곧바로 반히틀러주의로 돌아서서 전쟁 기간 동안 막대한 이익을 챙겼지만 그들이 애초에 기획했던 시나리오는 아니었다.

1950년대 매카시즘 광풍의 종말도 모건-록펠러 연합의 본질을 알게 해주는 사례다. 모건과 록펠러의 하수인으로 '빨갱이 사냥'에 앞장섰던 조지프 매카시는 당시 육군장관 로버트 스티븐스마저 빨갱이로 몰아붙이다가 역공을 받아 몰락을 자초했다. 흔히 미국 사회가 마침내 양심에 눈을 떴기 때문이라거나 매카시에게 염증을 냈기 때문이라고 이해하지만 히로세 다카시는 다르게 본다. 문제는 스티븐스가 모건-록펠러 연합의 중심 인물이었다는 점이고, 따라서 매카시가 '실수'를 했다는 것이다. 매카시는 빨갱이 사냥꾼으로서 자기 역할에 충실한 파시스트였지만 모건과 록펠러 같은 '투기꾼'에게 빨갱이 사냥 자체는 목적이 아니었다. 그들이 필요로 한 건 '빨갱이'의 위협을 조장해서 전쟁을 고무하고, 그를 통해서 자기 소유의 기업이 거대한 이익을 올리는 것뿐이다(저자는 심지어 원폭과 수폭 예산을 끌어내기 위해 미국에서 기획한 것이 한국전쟁이었다고 주장한다). 즉 파시즘 자체가 목적이 아니며 그것은 단지 하나의 수단에 불과한 것이다. 카포네는 알카트라즈 감옥에 투옥되고, 히틀러는 자살하고 무솔리니는 총살되고 오펜하이머는 해고되고 매카시는 추방당했지만, 그들을 교사한 자들, 무엇보다 모건과 록펠러는 점점 비대해졌다. 파시스트나 행동대원은 투기꾼들에 의해 교묘하게 이용당할 뿐이라는게 저자의 주장이다.

책을 읽을 자유

히로세 다카시는 그런 시각으로 케네디의 암살과 닉슨의 워터게이트 사건도 다시 들여다보며, 이 모든 사건의 배후에서 모건과 록펠러의 손길을 감지한다. 베트남전에서도 미국이라는 국가는 패배했지만 모건-록펠러 연합은 떼돈을 벌었다. 그것이 그들의 '전쟁 비즈니스'다. 때문에 저자는 단도직입적으로 이렇게 말한다.

베트남전쟁의 범인은 세상에서 흔히 말하는 것처럼 '군산복합체'도 아니고, '월가'도, '재벌'도, '죽음의 상인'도, '미제국주의'도, '대기업'도, '독점 자본'도 아니다. 이러한 추상적인 언어의 범람이 결국 우리 머릿속에서 범인의 모습을 지워내고야 말았다. 따라서 이제 고유명사를 사용해서 말해야 한다.

그가 말하고자 하는 고유명사는 물론 '모건과 록펠러'다.

히로세 다카시는 "세상에는 두 부류의 사람이 있다. 재산이 계속 불어나는 사람과 아무리 일해도 돈이 없는 사람이다"(『미국의 경제 지배자들』)라고 말한 적이 있다. 그럴듯하게 들린다면 록펠러 2세의 유명한 경구가 섬뜩하게 다가올 것이다. "최고의 아름다운 장미는 주변의 어린 봉오리들이 희생되어야만 비로소 향기롭고 아름다운 꽃으로 피어나게 됩니다." 참고로, 그 장미의 이름이 'American Beauty Rose'이고, 미국 수도 워싱턴의 상징이라 한다. (《이코노미 인사이트》, 2010년 5월 창간호)

P.S. 개인적으로 강조하고 싶었던 건 "매카시는 빨갱이 사냥꾼으로서 자기 역할에 충실한 파시스트였지만 모건과 록펠러 같은 '투기꾼'에게 빨갱이 사냥 자체는 목적이 아니었다. 그들이 필요로 한

건 '빨갱이'의 위협을 조장해서 전쟁을 고무하고, 그를 통해서 자기 소유의 기업이 거대한 이익을 올리는 것뿐이다. [······] 파시스트나 행동대원은 투기꾼들에 의해 교묘하게 이용당할 뿐이라는 게 저자의 주장이다'라는 대목이다. 다른 이유에서가 아니다. 우리에게도 너무나 친숙하기 때문('안보상업주의'라는 말이 가리키는 바이기도 하다). 세상은 '파시스트'들이 아니라 '투기꾼들'이 움직인다는 게 히로세 다카시의 핵심적인 전언이다(그러니 '행동대원'들이여, 오버하지 말지어다!). 남한 사회라고 다르지 않아 보인다.

오만하고 저급한
제국

『미국이 세계를 망친 100가지 방법』* 존 터먼, 이종인 옮김, 재인, 2008

"기만이 만연한 시대에 진실을 이야기하는 것은 혁명적 행위이다."

미국 MIT 대학의 국제학연구소장인 저자가 서두로 삼은 조지 오웰의 말이다. 곧 그가 보기에 '기만이 만연한 시대'가 바로 우리 시대이며, 이 시대의 진실이란 '세계 최강대국'을 자임하는 미국이 그동안 세계를 망쳐놓았다는 것이다. 그것도 한두 가지가 아니라 100가지 방법으로. "그게 어디 100가지뿐이겠어?"라는 생각이 먼저 드는 독자라면 굳이 펼쳐보지 않아도 좋을 책이다. 하지만 여전히 '아메리칸 드림'의 예찬론자면서 "미국이 정말로 100여 가지의 방식으로 세계를 망쳐놓았을까?" 의구심이 드는 독자라면 하나, 둘 세면서 차근차근 읽어볼 필요가 있다.

이번에 나온 번역본은 영어본과 다르게 주제별로 재구성돼 있다. 그럼에도 미국의 '죄목'으로 제일 먼저 다루어진 항목은 공통적인데, 그것은 '지구의 기후 변화'에 끼친 미국의 악영향이다. 얼핏 미국의 패권주의적 외교 정책과 침략 전쟁 등에 견주면 죄상이 가벼워 보이지만 저자가 보기엔 매우 중차대한 문제다. 미국 문명 자체의 지속 가능성에 대해서 의문을 갖게 하는 문제이기 때문이다.

새삼스러울 것도 없이 미국은 타의 추종을 불허하는 세계 최대의 오염원이며 온실 가스 최다 배출국이다. 통계에 따르면 전 세계 인구의 4퍼센트가 사는 나라에서 지구 전체 이산화탄소 배출량의 25퍼센트를 대기 중으로 쏟아내고 있다. 그럼에도 미국은 온실 가스 배출량을 규제하고자 하는 '교토의정서'에 서명하지 않고 있다. 세계 157개국이 서명하고 비준한 협약인데도 말이다.

이유가 무엇일까? 미국을 움직이고 있는 거대 기업들의 이익이 걸려 있기 때문이다. 부시 대통령은 아예 "교토협약이 우리 경제를 파멸시킬 것"이라고 천명했다. '우리 경제'는 물론 '미국 경제'이며 환경 파괴가 낳을 전 지구적 재앙보다는 미국 경제와 미국 기업들의 이익이 더 중요하다는 것이 부시를 비롯한 미국 권력 엘리트들의 판단인 것이다. 거기서 '민주주의'라는 대의는 한갓 허울에 불과하다.

단도직입적으로 말해서, "미국의 강한 권력은 바로 '돈'이다. '돈'이라는 권력은 국제 무역이나 환경 관련 조치, 전쟁, 그밖에 지구상에 존재하는 거의 모든 것에 영향을 미친다." '테러와의 전쟁'조차도 거대 군수업자들이 미 재무부의 예산을 더 뜯어내기 위한 술수였다는 것이 저자의 시각이다. 그렇게 돈에 의해 좌우되는 미국식 민주주의를 저자는 '금권gilded 민주주의'라고 이름을 붙인다.

이 '금권'의 관점에서만 보자면, '부자 나라' 미국은 대단히 성공한 나라다. 전 세계적으로 순자산이 80억 달러가 넘는 사람들 중 절반이 미국인이고, 나머지 절반의 반수가량도 미국에 의존해 있다고 하니까 말이다. 이 부자들은 수단과 방법을 가리지 않고 돈을 끌어들이는 데에만 전념한다. 악행을 저지르고, 자선에 인색하며 정부 특혜와 재정 혜택을 요구하고, 재산을 은닉하고, 세금 감면을 촉구한다. "미국은 이와 같은 부자들의 추악한 행위가 정점에 달한 나라이다." 덕분에 점점 빈털터리가 되어가는 세계인들에게 그들은 이렇게 말한다. "당신도 부자가 되어 우리처럼 인생을 즐겨라!"

그런데 한편으로 지난 30년간 미국의 가계 실질소득은 증가하지 않았고 오히려 소득 불균형만 점차 늘어나고 있는 형편이라면 이 '아메리칸 드림'이야말로 불평등한 꿈이 아닐 수 없다. 그것은 미국 빈곤층의 장시간 노동으로 이룩한 경제 성장의 과실을 소수가 독식하고 있다는 이야기가 되기 때문이다. 실제로 미국 기업 경영진의 봉급은 노동자 평균 임금의 475배에 이른다고 한다. 일본이 11배, 영국이 22배인 것과 비교해보아도 얼마나 터무니없는 차이인지 알 수 있다. 과연 이러한 미국식 표준이 '글로벌 스탠더드'가 될 만한 것일까?

책은 미국의 제국주의적 오만과 저급한 상업 문화에 대해서 줄곧 신랄하게 비판한다. 하지만 서문을 쓴 하워드 진의 말대로 "이런 책을 쓰고 읽고 출판하는 행위야말로 민주주의를 고양하는 일"이다. 감상적인 자기애를 바로잡고, 스스로를 정직하게 바라보는 힘, 그래도 미국을 버텨주는 힘은 거기에 있을 것이다. (《시사IN》, 2008. 6)

P.S. 미국식 '금권 민주주의'를 화제로 다루었지만 책에서 가장 흥미로웠던 대목은 '자기계발' 열풍에 대한 비판이었다. 요즘 출판계에서 유행하는 『시크릿』 열풍을 보면 한국 사회도 얼마나 '미국

화'되었는가를 알 수 있다(하긴 "부자 되세요!" 할 때부터 싹수가 노랗긴 했다).
연구해볼 만한 주제다.

아침에 전철역에서 사 읽은 이번주《시사IN》에 실린 '외국IN 에세이'
꼭지에는 우연찮게도 '이산화탄소' 얘기가 실려 있다. 독일인 필자가 지
적하고 있는 바에 따르면, "한국인에게는 슬픈 소식이지만, 한국은 1제
곱킬로미터당 이산화탄소 배출량이 세계에서 가장 많은 나라다. 1제곱
킬로미터당 5천 톤에 이르는 이산화탄소를 배출하는데 이 수치는 이산
화탄소 세계 최대 배출국이라는 미국보다 8배 더 높다'고 한다. 우리에
겐 '기후 변화' 이전에 '호흡'부터가 문제인 것이니 경각심을 좀 가질 필
요가 있다. '이산화탄소를 산소처럼 먹는 사람들'이라는 핀잔을 듣지 않
으려면 말이다.

핵확산금지조약이냐
핵합의금지조약이냐

《뉴레프트리뷰 2》* 길, 2010

한국어판《뉴레프트리뷰》제2권이 출간됐다. 1960년에 창간돼 올해로
50년의 전통을 자랑하게 된 이 저명한 월간지의 한국어판이 지난해 초
에 처음 소개됐고, 딱 1년 만에 제2권이 나왔다. 제1권이 2000년대 초
반부터 후반까지《뉴레프트리뷰》의 입장과 색깔을 보여주는 다양한 주
제와 저자들을 묶었다면, 제2권은 '인권과 문화이론'을 주제로 한 3부를
제외하면 모두 2008년과 2009년에 발표된 글들을 선별해 실었다. 그만
큼 시의성이 강화됐고 '뜨끈한' 이슈가 많아졌다.

'세계 경제위기와 신자유주의'를 주제로 한 1부에 이어서, 2부는 '세계의 민주주의 현실'을 라틴아메리카와 미국, 그리고 러시아의 현 상황을 사례로 짚어주고 있고, 데이비드 하비와 프레드릭 제임슨 등의 글이 3부, 『장기 20세기』와 『베이징의 애덤 스미스』의 저자로 지난해 세상을 떠난 경제학자 조반니 아리기와의 대담이 4부에 배치됐다. 특집이라 할 만한 것은 1부에서 다루는 로버트 브레너의 〈지구적 혼돈의 경제학〉심포지엄과 2부에 들어 있는 핵확산금지조약NPT에 관한 세 편의 글이다. 특히 NPT 문제를 다룬 글들은 북핵 문제와도 연계된 사안인지라 눈길을 끈다.《뉴레프트리뷰》는 과연 이 문제를 어떻게 바라보는가?

노먼 돔비, 피터 고언, 수전 왓킨스 등 세 필자의 주장을 정리해서 재구성하자면, 일단 1960년대에 미국과 소련이 타협한 결과물로서 1970년에 발효된 NPT는 애초에 핵보유국과 비핵국가들이 맺은 불평등한 '거래'였다. 비핵국가들이 핵무기 개발권을 포기하는 대가로 국제사찰 아래 원자력 프로그램을 추진할 수 있도록 하는 것이 골자였으니, 핵보유국인 프랑스조차 NPT가 열강들의 독점적 지위를 강화할 뿐이라면서 '도의적 차원'에서 협상을 거부했을 정도다.

실제로 NPT는 핵보유국이 져야 할 의무 사항은 거의 전무한 반면에 비핵국가들은 갖가지 제약 조건을 수용해야 하는 일방적인 조약이었다. 하지만 특이한 것은 핵확산이 억지돼야 한다는 '억지 이데올로기'의 힘을 빌려 이 조약이 큰 성과를 냈다는 점이다. 그리하여 유엔안보리의 5개 상임이사국 외에는 이스라엘과 인도, 파키스탄만이 현재 핵무기를 보유하고 있으며, 이는 원자력 프로그램 보유국 수에 비하면 놀랍도록 적은 수다. 이스라엘과 인도, 파키스탄은 모두 안보상의 위협에 직면했던 상황에서 초강대국의 안전보장을 기대할 수 없었던 나라라는 공통점이 있다. 그런 점에서는 북한과 이란, 이라크도 비슷한 경우다. 하지만, 핵무기를 보유하고도 노골적으로 NPT를 거부해온 세 나라와는 전혀 다른 대우를 받았다. 미국과 우호적인 관계가 아니라는 이유로 '악의 축'이라 지목됐다.

이란이 무기급 우라늄을 생산했다는 의혹이 있음에도 사찰을 거부한다고 서방으로부터 비난받았지만, 한국 또한 2002년과 2003년에 국제원자력기구IAEA 사찰단 방문을 허용하지 않았고 나중에야 비밀리에 우라늄을 농축했다고 실토했다. 하지만 미국이나 유럽연합은 이 문제를 안보리에 회부해야 한다고 주장하지 않았다. 반면에 북한은 하찮은 핵개발 프로그램으로 원조를 얻어내려고 여러 차례 교섭을 시도했으나 강대국의 속임수에 당한 전형적인 사례로 꼽힌다. NPT 가입을 대가로 약속받았던 소련제 원자로도 미국제 경수로도 결국엔 얻지 못했기 때문이다.

결과적으로 NPT는 세계 평화를 지키는 수단이 아니라 미국의 지배력을 강화해주는 도구에 불과하다. 미국 군사력의 세계적 팽창이 억지력 확대로 간주되기 때문이다. 실상 이란이나 북한이 핵 억지력을 갖춘다고 해도 미국이 동원할 수 있는 파괴력의 2백만분의 1에도 못 미친다. 하지만 NPT가 출현하면서 핵무장 해제 운동은 잦아들었고, 부유한 국가들이 엄청난 양의 핵무기를 보유하고 있다는 사실은 잊혀졌다. 이 때문에 '핵확산금지조약'은 오히려 '핵항의금지조약'으로 불려야 마땅하다. "진정한 핵무장 해제로 나아가려면 NPT를 폐기해야만 한다"는 것이 《뉴레프트리뷰》의 결론이다. (〈한겨레21〉, 2010. 2)

로쟈의 리스트 12 | 미슐레 읽기

'이주의 가장 놀라운 책'은 프랑스의 역사학자 쥘 미슐레의 『여자의 삶』글항아리, 2009, 『여자의 사랑』글항아리, 2009 두 권이다. 놀랍다는 것은 전혀 예기치 않았다는 뜻이다. 기억에 '미슐레'라는 이름은 롤랑 바르트나 그에 관한 책에서 처음 접한 듯하다. '르네상스'라는 말을 처음 쓴 역사가로도 알려진 미슐레는 간단한 소개에 따르면 "국립고문서보관소에서 근무하고 고등사범학교와 '콜레주 드 프랑스' 교수를 역임하였다. 30여 년에 걸쳐 저술한 『프랑스 역사』를 비롯해 방대한 『프랑스 대혁명사』 등 수많은 걸작을 남겼다. 프랑스를 한 사람의 인격처럼 다루었다는 프랑스 민족주의 역사의 거장으로 통한다." 에드먼드 윌슨의 『핀란드 역으로』이매진, 2007와 헤이든 화이트의 『19세기 유럽의 역사적 상상력』문학과지성사, 1991에서도 미슐레에 관한 장을 읽을 수 있다. 아직까지 그의 주저라는 『프랑스사』도 소개돼 있지 않은 형편이지만(일어본은 물론 나와 있다), 바라기는 바르트의 미슐레론까지도 읽을 수 있었으면 싶다. 반가운 마음에 리스트를 만들어둔다.

참고로, 미슐레에 대한 윌슨의 평은 이렇다. "미슐레는 여러 면에서 평범한 역사가보다는 발자크 같은 소설가에 견줄 만한 사람이다. 미슐레는 소설가다운 사회적 관심과 인물을 파악하는 능력, 시인다운 상상력과 열정을 갖고 있었다. 이러한 모든 특성은 동시대의 삶에 자유롭게 발휘대는 대신, 독특한 우연의 결합에 의해 역사로 돌려졌고 학문적인 사실 탐구욕과 결합되어 미슐레를 열정적인 연구로 몰고갔다."『핀란드역으로』, 59쪽 요컨대, 미슐레는 '역사가 발자크'였다. (2009. 6. 27)

23

익사한 자와 구조된 자

아이러니컬하게도 지금은 가자지구에서 이스라엘의 일상화된 공습 속에서 팔레스타인 사람들이 또 다른 '유대인'이 되어가고 있다. 그리고 얼마 전에는 '떼잡이'로 새롭게 정의된 용산 철거민 농성자들이 경찰의 강압적인 진압 과정에서 일어난 화재로 숨겼다. 이런 것이 홀로코스트의 보편성일까?

익사한 자와
구조된 자

『이것이 인간인가』 프리모 레비, 이현경 옮김, 돌베개, 2007

"강한 자는 살아남는다." 하지만 오직 운이 좋았던 덕택에 친구들보다 오래 살아남은 '나'는 꿈속에서 이 친구들이 그렇게 이야기하는 소리를 듣는다. "그러자 나는 나 자신이 미워졌다." 한때 유행처럼 읽히기도 했던 브레히트의 짤막한 시 「살아남은 자의 슬픔」 얘기다. 아우슈비츠에서 '살아남은 자' 프리모 레비의 『이것이 인간인가』를 읽다가 자연스레 떠올린 시. 하지만 레비는 자기가 미워졌다는 넋두리를 늘어놓는 것이 아니라 '운 좋게도' 자신이 어떻게 살아남았는가를 아주 세밀하게 기록하고 있다. 죽음의 수용소에 관한 이야기가 모든 이들에게 불길한 경종으로 이해되어야 한다는 바람을 가지고.

이 '죽은 자와 살아남은 자'에 대한 레비 식 명명은 '익사한 자와 구조된 자'다. 그것이 애초에 그가 책의 제목으로 염두에 두었던 것이면서 실제로 그가 쓴 마지막 책 제목이기도 하다. 이른바 '절멸수용소'에서 누가 익사하고 누가 구조되는가. 레비가 보기에 수용소의 철조망 안에 감금되는 순간 그 어떤 욕구도 충족되지 않는 삶에 종속되며 "이 삶은 생존을 위한 투쟁 상태에 놓인 인간이라는 동물의 행동에서 본질적인 것이 무엇인지, 후천적으로 습득되는 것이 무엇인지를 입증하기 위해 만들어낼 수 있는 가장 정확한 실험장"이다.

그러한 상황에서 인간을 구분하는 가장 뚜렷한 범주가 '익사한 자'와 '구조된 자'다. 물론 대다수는 수용소에 적응하기도 전에 학살당했던 '무슬림'들이다. 무슬림이란 죽음을 이해하기에도 너무 지쳐서 죽음을 두려워하지 않는, 그리고 곧 '선발'되어 가스실로 향하게 될 이들을 부르는 수용소의 은어다. 대개 뼈만 앙상하게 남은 그들은 고개를 숙이고 어깨를 구부정하게 구부린 채 곧 쓰러질 듯하다. 때문에 죽음에서 그들을 구할 수 있는 건 아무것도 없다. 이들이 대부분 '익사한 자'들이다.

그럼 '구조된 자'들은 어떠한가? 레비는 여러 가지 사례를 들고 있는데, 그중에서 앙리는 스물두 살밖에 되지 않았지만 수용소에서 살아남는 방법들에 대한 체계적인 이론까지 갖추고 있는 경우. 그에 따르면, 조직을 꾸미는 것과 동정을 얻는 것, 그리고 도둑질, 이 세 가지가 학살을 피할 수 있는 방법이다. 그런가 하면 엘리아스는 아예 수용소 체질인 경우. 나이가 스무 살에서 마흔 살 사이일 것 같은 "그는 죽을 6리터, 8리터, 10리터를 먹고도 토하거나 설사하지 않고 소화시킨다. 심지어 그러고 나서 즉시 다시 일을 시작할 수도 있다."

그런 엘리아스의 모습에서 레비가 끌어내는 결론은 이런 것이다.

엘리아스는 육체적으로 파괴될 수 없는 사람이기 때문에 외부로부터의 공격에서 살아남는다. 미치광이이기 때문에 내부로부터 절멸에 저항한다. 그래서 제일 먼저 생존자가 된다. 그는 이런 식의 생존방식에 가장 적합하고 표본적인 인간이다.

정상적인 사회에서라면 감옥이나 정신병원에 갇혀 살았을 법하지만 수용소에는 범죄자도 정신병자도 없기에 엘리아스는 가장 성공적인 모델이 된다. "수용소 자체가 사라지지 않는다면 우리 모두가 그렇게 변할지도 모르는 새로운 유형의 인간"인 것이다.

이탈리아의 철학자 조르조 아감벤은 『호모 사케르』에서 수용소야말로 근대성의 '노모스'이자 근대적 정치 공간의 숨겨진 모형母型이라고 말한다. 그러한 통찰에 의지하지 않더라도 '익사한 자'와 '구조된 자'라는 이분법적인 존재 방식만이 허락되는 사회라면 '수용소'와 구별 불가능하다. 곧 수용소다. 우리 또한 '생존을 위한 투쟁 상태'에 놓여 있으며 우리 사회를 가르는 이분법이 '낙오된 자'와 '성공한 자'밖에 없다면 이 또한 '절멸수용소'와 다를 바 없다. 우리 시대의 '앙리'와 '엘리아스'가 득세하는 수용소 말이다. 과연 강한 자만이 살아남는가? 아주 운 좋게 살아남은 레비가 아우슈비츠에서 떠올린 『신곡』의 한 구절이다.

그대는 자신의 타고난 본성을 생각하라. / 그대들은 짐승처럼 살기 위해서가 아니라, / 덕과 지혜를 구하기 위하여 태어났도다. (《한겨레21》, 2008. 3)

아우슈비츠-
가자-용산

『홀로코스트 유럽 유대인의 파괴』[●] 라울 힐베르크, 김학이 옮김, 개마고원, 2008

휴전 선언이 무색하게 팔레스타인 가자지구에 대한 이스라엘의 공습이
계속되고 있다. 이스라엘군은 '하늘만 뚫린 감옥'이라 불리는 가자지구
에 이미 수백여 톤의 폭탄을 쏟아 부었고, 폐허가 된 도시는 수천 명의
무고한 사상자를 내며 생지옥으로 변해가고 있다는 소식이다. 나치 독
일이 저지른 대학살의 피해 당사자였던 유대인 국가가 똑같은 '학살'의
가해자로 나선 이러한 현실을 어떻게 이해해야 할까? 이미 영국의 한
유대계 의원은 이스라엘의 가자 침공을 '나치의 홀로코스트'에 비유하
며 강하게 비판하기도 했다. 나치 독일과 이스라엘이 학살의 가해자로
등식화되는 것이다. 이 등식이 말해주는 것은 홀로코스트가 전적으로
히틀러만의, 혹은 독일만의 문제는 아니라는 점이다.

　사실 홀로코스트는 인류사에서 허다하게 자행된 대량학살(제노사이
드)의 한 가지 사례다. 그렇지만 홀로코스트에 대한 성찰이 도달해야 하
는 지점은 그 역사적 특수성을 무시하지 않으면서도 그것을 넘어선 어
떤 보편성이어야 한다. 그것이 홀로코스트에 관한 수많은 관련 연구서
들의 지향점일 것이다. 놀라운 것은 그러한 보편성을 획득한 저작이 이
미 오래전에 씌어졌다는 사실. 최근에 출간된 라울 힐베르크1926~2007의
『홀로코스트 유럽 유대인의 파괴』는 1961년 초판이 간행되어 '홀로코스
트학'이라는 분야를 만들어낸 고전이다. 그리고 동시에 아직까지도 이
를 넘어서는 저작이 없다는 기념비적인 책이다.

　그렇다면 "현존하는 가장 위대한 홀로코스트 연구서"라는 평판은 어
떻게 가능했을까? 잠시 유대계의 젊은 정치학도 힐베르크의 행적을 따

책을 읽을 자유

라가본다. 1940년대 말 컬럼비아 대학 대학원에 진학한 그는 독일에서 미국으로 건너온 저명한 정치학자 프란츠 노이만을 만나서 '독일정부론' 강의를 듣는다. 그리고 나치즘의 지배 구조를 다룬 노이만의 대작 『베헤못: 나치즘의 구조와 실행, 1933~1944』를 탐독하게 된다. 노이만은 나치즘이 관료제와 군대, 대기업, 나치당이라는 4개의 독자적인 권력 블록으로 구성돼 있다는 주장을 펼치며, 이 이론은 나중에 힐베르크의 홀로코스트론에도 그대로 수용된다.

「나치의 유대인 파괴에서 독일 공무원의 역할」이라는 논문으로 석사학위를 받은 힐베르크는 자신의 관심 범위를 더 확장하여 '유럽 유대인의 파괴'라는 제목의 박사학위 논문을 준비한다. 정부(공무원)뿐만 아니라 나치당과 군대, 그리고 기업의 역할까지도 포괄해서 규명해보겠다는 계획이었다. 이 계획을 실현하는 데 결정적인 도움을 준 것은 그가 워싱턴에서 얻게 된 아르바이트 자리였다. 미군이 접수한 나치 문서들 가운데 소련 문제와 관련된 자료를 선별하는 게 그의 일이었는데, 그가 맡은 자료가 책꽂이로 무려 8킬로미터에 이르렀다고 한다.

홀로코스트를 최초로 연구한 학자는 아니었지만 힐베르크가 이 분야의 '학장'이라는 칭호까지 얻게 된 배경은 바로 이런 기록보관소 작업이었다. 그보다 더 많은 자료를 섭렵한 연구자가 없는 것이다. 그는 나치즘의 각종 행정기구들이 만들어낸 방대한 문서들을 1940~50년대 내내 수기로 베끼고 원고를 쓰고 타이핑을 했다. 그렇게 해서 탄생한 것이 2단 교정지 8백 장 분량의 『유럽 유대인의 파괴』 초판이었다. 1933년에서 1945년 사이에 독일 안팎의 '파괴의 장場'에서 벌어진 거의 모든 사건을 다루고 있는 책이라고 그는 자부했다.

하지만 그는 이 책의 분량뿐만 아니라 그가 내보인 통찰에서도 자부심을 가질 만하다. 그 통찰은 크게 두 가지다. 첫째는, 나치의 유대인 대학살의 구조를 밝혀낸 점. 힐베르크가 보기에 그것은 일회적인 하나의 '사건'이 아니라 일련의 연속적 '과정'이었다. 유대인의 개념이 정의되었고, 이어서 유대인의 재산이 약탈되었으며, 유대인이 게토에 집중되었다. 그리고 유대인을 절멸한다는 결정이 내려졌다. 이것을 힐베르크는 '파괴 과정'이라고 부르며 여기에 참여한 집합적 총체를 '파괴 기계'라고 명명했다. 그가 보기에 특정 기관이 특정 과제의 실행을 주도한 적은 있어도 전체 과정을 지휘하고 조종한 기관은 없었다. 이로부터 그가 얻어낸 두 번째 통찰은, 홀로코스트가 어떤 의도나 계획의 산물이 아니라는 점. 그에 따르면, "1933년에는 어느 관리도 1938년에 취해질 조치를 예견할 수 없었고, 1938년에는 그 누구도 1942년 사태의 윤곽을 그려볼 수 없었다. 파괴 과정은 한 단계 한 단계 실행된 작전이었고 행정은 한 단계 앞 이상을 내다볼 수 없었다."

그러한 연속적 과정에서 독일의 근대적 관료제와 군대, 경제계와 나치당은 각각 어떤 일을 했던가? 행정관리들은 파괴 과정의 초기 단계에서 나치의 반유대적인 법령을 생산했다. 유대인의 개념을 정의하고 그들의 재산을 강탈했으며 유대인 게토화를 개시했다. 그리고 독일군은 학살 작전의 전개와 학살 수용소로의 유대인 이송을 담당했다. 경제 및 금융계는 유대인 재산의 강탈과 강제노동, 가스 학살에서 중요한 역할을 수행했다. 나치당은 독일인과 유대인 간의 복잡한 관계와 관련한 모든 문제에 관여했다. 요컨대, 유대인 파괴는 이러한 포괄적인 행정 기계의 산물이었으며, 대규모 인간 집단을 단기간 내에 죽이는 과제를 수행하면서 독일 관리들은 기괴할 정도로 놀라운 문제 해결 능력을 발휘하며 목표에 이르는 가장 빠른 지름길을 찾아냈다.

나치즘의 파괴 기계에는 사실상 독일의 주요 기관들이 모두 망라돼 있기 때문에 독일인이라면 누구나 그 기계의 부속물이 될 수 있었다. 심지어 힐베르크는 유대인 자치기구와 학살센터의 유대인 노동대, 그리고 체념한 상태로 순순히 가스실로 향한 유대인들까지도 학살의 효율적인 진행에 협조했다는 이유로 파괴 기계에 포함시켰다. 그 많던 유대인의 이웃들은 다 어디로 갔을까? 힐베르크에 따르면 대부분은 중립을 지키며 일상에 몰두했다. 그렇게 악은 일상화되었고 5백만 명의 유대인이 가스실의 재가 되었다. 그런데 아이러니컬하게도 지금은 가자지구에서 이스라엘의 일상화된 공습 속에서 팔레스타인 사람들이 또 다른 '유대인'이 되어가고 있다. 그리고 얼마 전에는 '떼잡이'로 새롭게 정의된 용산 철거민 농성자들이 경찰의 강압적인 진압 과정에서 일어난 화재로 숨졌다. 이런 것이 홀로코스트의 보편성일까? (《한겨레21》, 2009. 2)

P.S. 생각해보면, 노이만/힐베르크가 말하는 나치즘의 네 가지 권력 블록은 우리에게도 적용 가능한 것 아닐까? 관료제와 군대, 대기업, 나치당에서 군대 대신에 아마도 수구언론이 들어갈 수 있으리라. 무서운 것은 굳이 어떤 의도나 계획 없이 일상적인 파괴 기계(행정기계)의 작동만으로도 파국은 일어난다는 점이다. 일상화된 악은 그렇게 영혼을 잠식하며 우리를 죽음으로 내몬다.

"내가 사는 세계의
이야기야"

『거꾸로 가는 나라들』* 판카즈 미시라, 강수정 옮김, 난장이, 2009

영국 동인도회사에 고용된 인도인 세포이(용병)들이 가혹한 착취와 종교적 분란을 조장하는 통치 정책에 맞서 1857년에 일으킨 반란이 세포이 항쟁이다. 많은 영국 여성이 세포이들에게 성폭행당하고 영국군 장교의 아내가 산 채로 끓는 기름에 넣어졌다는 소문이 나돌았고 영국군은 더욱 잔혹한 보복 살육을 자행했다. 붙잡힌 세포이들을 대포에 묶어 인간 탄환으로 처형하는 식이었다.

인도 북부의 소도시 알라하바드에서도 반란은 일어났지만 소수여서 재빨리 진압되었다. 하지만 영국군 진압 지휘관은 불과 며칠 사이에 6천여 명의 인도인을 교수형과 총살, 고문을 통해 추가로 살해했다. 이어서 몇 달 뒤에는 '더러운 인도 깜둥이들'로부터 빼앗은 마을에 영국인들만을 위한 거주지 '시빌라인스Civil Lines'를 건설했다. 로마네스크 양식의 성당, 대학의 탑과 돔 지붕, 고딕 양식의 공공도서관들이 들어섰고 '앵글로-인디언' 사회가 만들어졌다. 객지의 영국인들은 클럽과 폴로 경기장, 넓은 베란다와 잔디밭을 갖춘 커다란 방갈로에서 50~60명의 하인들까지 거느리며 호사스런 레저 생활을 즐겼다.

영국이 통치했던 인도 전역의 소도시에는 어디나 시빌라인스가 형성되었다. 그리고 그런 특권적 생활 방식은 인도가 영국으로부터 독립을 쟁취한 이후에도 식민지 시대의 관료제와 함께 변함없이 유지되었다. 차이라면 방갈로가 지금은 주지사의 집무실이 되었다는 점. 소작농과 노동자가 대부분인 8억 명의 일반 대중과 전문직 종사자와 관료, 교사, 사업가 같은 2억 명의 중산층으로 구성된 인도에서 1970년대 중반부터 증가해온 전문 정치인은 새로운 사회적 계층이다. 대부분은 특별한 훈련을 받았거나 능력을 소지한 사람들이 아니었고 범법자도 상당수였다.

이들의 관심은 대부분 나랏돈을 챙기고 전리품을 나눠 갖는 일이다. 식민 통치 이후 무엇을 위해 권력을 사용해야 하는가에 대한 고민과 문제의식은 찾아보기 어렵다. 남들보다 높은 곳에서 세상의 부를 맛보고, 뉴욕으로 공짜 외유를 떠나고 무료로 기차를 타고 기사가 딸린 자동차를 몰고 다니는 것, 민원을 위해 문밖에서 기다리는 사람들이 있다는 것 정도가 이들이 추구하는 권력의 내용이다. 그런 권력을 유지하기 위해 선거 때마다 수행원과 AK-47 자동소총으로 무장한 경호원들을 대동하고 유세에 나가서, 두 마을을 잇는 다리를 놓고 물이 필요한 마을에는 펌프식 우물을 파주겠다는 공약을 내건다.

자동소총이 등장하는 것만 빼면 어디서 많이 본 듯한 광경인데, 이것이 『거꾸로 가는 나라들』에서 인도의 저널리스트이자 소설가 판카즈 미시라가 기행 르포의 형식으로 보여주고 있는 인도식 정치 현실이고 민주주의다. 이 성찰적 기행문에서 저자는 더운 가슴으로 인도와 그 주변 국들의 현실을 냉철하게 들여다보는데, 그가 '인도식 파시즘'이라고 이름붙인 RSS(민족봉사단)의 활동과 위세도 자신의 조국에 대한 복잡한 심경을 불러일으킨다.

RSS는 카스트와 종파를 막론하고 모든 힌두교인이 단결하여 힌두국가(힌두스탄)를 설립하겠다는 목표로 세워진 단체다. 물론 이 경우 이슬람과 기독교는 힌두 문화를 수용해야만 하며 그렇지 않을 경우 배제의 대상이 된다. 사실 1948년 간디를 암살한 청년도 RSS의 행동대원이었는데, 놀라운 것은 이 조직이 인도에서 여전히 막강한 정치세력이라는 점이다. 저자는 이런 양상을 '근대화된 힌두주의'라고 부르는데, RSS는 인도 정부의 최고위 관리들을 배출했을뿐더러 회원들이 거대 정당, 교육 시설, 노동조합, 문학협회 및 종교 단체까지도 장악하고 있다. 이들은 RSS가 전파하려는 메시지가 인류의 평등과 근대화이며 하층 카스트와 부족민의 문화 수준을 끌어올릴 수 있다고 주장하지만, 힌두인을 제외한 '외래 인종'에 대한 태도는 1930년대 유럽 파시스트와 닮은꼴이다. "고유의 생활 태도를 버리고 힌두 인종에 통합되거나, 그게 아니라면 힌두국가에 완전히 종속되어 아무것도 주장하지 않고 어떤 특권도 누리지 않으며 특별대우, 심지어 시민권조차 없이 존재해야 한다"는 것이 RSS의 주장이다. 물론 이러한 태도는 인도의 1억 3천만 이슬람교도들과의 반목을 불가피하게 만들며, 2001년 9·11 사태 이후 힌두 민족주의자들이 이슬람 근본주의와의 전쟁에 나선 서구의 동맹자를 자처하면서 사정은 더 악화되었다. 지난해 말 9·11 이후의 최대 테러 사건이 인도 뭄바이에서 일어난 일이 결코 우연일 수 없겠다.

서구식 근대화의 결과와 흔적을 더듬어가는 여정에서 저자가 인도와 파키스탄, 카슈미르, 아프가니스탄, 네팔을 거쳐 이르는 곳은 티베트다. 1950년 중국의 침탈에 의해 강제적인 근대화에 직면한 티베트는 근대화가 양산해내는 모든 문제의 축소판이다. 저자의 요약에 따르면, "중국이라는 번쩍이는 신세계를 받아들인다는 건 탈공산주의 중국인들처럼 철저하게 물질적이고 세속적인 사람이 된다는 뜻이었다. 그리고 그들에게 여전히 소중한 것들, 즉 종교와 문화의 정체성을 상실한다는 뜻이기도 했다."

어떤 선택이 가능할까? 저자가 만난 티베트 망명정부의 지도자 삼동 린포체는 증오와 폭력으로 불의에 대응하는 건 쉽지만 적에게 스스로의 잘못을 납득시키기란 훨씬 더 어려운 일이며 비폭력은 나약한 자의 선택이 아니라 부단한 노력과 절제를 요하는 어려운 길이라고 말했다. 그리고 "정치적 자유를 얻었는데 삶을 가치 있게 만들어주는 문화를 잃어버린다면 무슨 소용이겠습니까?"라고 덧붙였다. 이 마지막 여정지에서의 교훈은 저자의 잠정적 결론으로도 읽힌다.

사족 한마디. 자신이 사는 세계를 재발견하기 위한 긴 여행으로 저자 판카즈 미시라를 이끈 것은 도서관에서 읽은 플로베르의 소설 『감정교육』과 그에 대한 에드먼드 윌슨의 평론이었다. 윌슨은 『감정교육』에 대해 "인생에서 뭔가를 볼 시간이 있었던 사람만이 이 책을 완전히 이해할 수 있을 것이다"라고 평했다. 저자는 더 나이가 들어서야 플로베르의 소설이 보여주는, 좌절된 희망과 이상이 빚어내는 사소한 비극들의 세계가 우리 주변에도 넘쳐난다는 사실을 알게 된다. "내가 사는 세계의 이야기야. 나는 그런 사람들을 잘 알아." 『거꾸로 가는 나라들』은 그 앎이 동기가 된 실천의 기록이다. (《한겨레21》, 2009. 3)

유러피언 드림은
어디에 있는가

『유러피언 드림』* 제러미 리프킨, 이원기 옮김, 민음사, 2005

『암흑의 대륙』* 마크 마조워, 김준형 옮김, 후마니타스, 2009

노무현 전 대통령이 서거 직전까지 읽던 책은 제러미 리프킨의 『유러피언 드림』이었다고 한다. '아메리칸 드림의 몰락과 세계의 미래'라는 부제가 말해주듯이 몰락한 '아메리칸 드림'의 대안으로 저자가 제시하는 것이 '유러피언 드림'이다. 무엇보다도 공동체 의식과 삶의 질을 중시하는 것이 유러피언 드림의 요체이며 이것이 새로운 시대의 비전이라는 주장이다. 하지만, 그 비전은 유럽이 참혹한 현대사의 기억에서 길어낸 것이라는 점을 간과할 수는 없다. '20세기 유럽 현대사'를 다룬 마크 마조워의 신간 『암흑의 대륙』은 유럽의 '꿈'을 빚어낸 그 '암흑'에 대한 철저한 탐사이고 성찰이다.

우리에겐 이미 '유럽 공동의 교과서'가 소개된 적이 있다. 1997년에 개정판이 나온 『새 유럽의 역사』*까치, 2002가 그것이다. 14명의 유럽 역사학자들이 공동집필한 이 책에서 20세기 유럽의 역사를 다룬 마지막 세 장은 각각 '자기파괴를 향하여1900~1945' '분열에서 상호 이해로1945~1985' '통합 유럽을 향하여1986~1996'라고 제목이 붙여졌다. 1998년에 출간된 『암흑의 대륙』도 역시 1940년대를 20세기의 분수령으로 본다.

단순한 통계만으로도 그 앞뒤의 두 시기는 확연히 구분된다. 1950년을 기준으로 그 이전 시기에 전쟁이나 국가 폭력으로 목숨을 잃은 사람이 6천만 명이 넘는데 반해, 그 이후엔 유고내전을 포함하더라도 100만 명이 채 되지 않는다고 하기 때문이다. 인류사에서 갈등과 분쟁은 새로운 것이 전혀 아니지만, 20세기 전반기 유럽에서 일어난 희생은 적어도 규모에서만큼은 달리 유례가 없다. 현대적 관료체제에 기술이 동원되었기 때문인데, 1870년에 프랑스-프로이센 전쟁의 사망자가 18만 4천 명이었지만, 제1차 세계대전에서는 800만 명이, 그리고 제2차 세계대전에서는 4천만 명이 넘는 사람이 숨졌다. 이 정도면 '암흑의 대륙'이라는 비유가 결코 과장이 아니다. 그러한 유혈과 야만의 역사야말로 '유러피언 드림'의 밑자리가 아닌가.

계몽주의의 유산을 자랑하는 유럽에서 이러한 참상이 벌어진 이유는 무엇인가? 20세기의 역사에서 정치가 경제로 환원될 수 없다는 교훈을 끌어내는 저자는 가치나 이데올로기의 차이를 진지하게 고려해야 한다고 생각한다. 그가 보기에 유럽은 "거대한 묘지 위에 세워진 실험실"이었다. 혹은 서로 경쟁하는 세 이데올로기의 교전장. 20세기 초에 자유주의

자 윌슨은 자유민주주의의 이상향을 꿈꾸었고, 레닌은 해방된 공산주의 사회를 약속했다. 그리고 히틀러는 순수 혈통의 종족들이 숭고한 목적을 지향하는 제국을 건설해야 한다고 주장했다. 이들은 저마다 인류를 위한 새로운 질서, 곧 유토피아를 탄생시킬 수 있다고 생각했다. '더 나은' 세계에 대한 실험은 모두 엄청난 희생만을 남긴 채 실패로 돌아갔다.

1945년 나치즘의 몰락과 1989년 공산주의의 붕괴는 궁극적으로 자유민주주의 체제의 승리를 뜻한다는 시각도 있지만 저자는 동의하지 않는다. 그는 유럽에서 민주주의 체제의 정착이 한편으로는 자본주의의 승리를 동반한 때문이고, 다른 한편으로는 이데올로기에 지친 유럽인들이 정치를 더 이상 신뢰하지 않게 된 결과라고 본다. 민주주의에 대한 높은 지지와 정치에 대한 무관심은 상관적이며 서로 비례관계에 놓여 있다.

제2차 세계대전 이후에 분명 유럽은 변화했다. 많은 교훈을 얻어서라기보다는 시대가 바뀌어서다. 과거 전쟁의 빌미가 되었던 전쟁이나 제국, 영토 같은 것이 국가적 안녕에 덜 중요한 새로운 시대에 접어든 탓이다. 유럽이 갈등과 경쟁 대신에 협력과 합작을 선택했다면 그것이 자신들의 번영에 더 유리하기 때문이다. 유럽연합이라는 체제는 정치적 기획이라기보다는 새로운 자본주의 체제에 대한 유럽 국가들의 '순응'이라는 것이 저자의 냉정한 판단이다. 그렇다면 유러피언 드림은 어디에 있는가? 그것은 유럽이 갖고 자랑할 만한 유산이 아니라 이제라도 창안해내야 할 어떤 가치이고 이념이 아닐까? 유럽의 '빛'은 그 '암흑'이 거꾸로 드러내는 반면교사로서의 빛이다. 《한겨레21》, 2009. 6)

로쟈의 리스트 13 | 인권의 발명 읽기

린 헌트의 『인권의 발명』돌베개, 2009에 대한 소개 기사는 미리 올려놓았지만 책은 좀 뒤늦게 손에 들었다. 책의 요지가 너무 분명해서 독서를 자극하지 않는 경우가 있는데, 사실 『인권의 발명』도 그렇다. 몇 개의 리뷰만 읽어봐도 책을 읽은 티를 낼 수가 있다. 하지만, 제대로 읽기 위해선 또 『인권의 발명』 그 이상을 읽어야한다. 여러 인권선언을 음미함과 동시에 저자가 18세기에 어떻게 인권이 발명됐는가를 입증하는 주요 전거들도 들춰봐야 하는 것이다. 가령 저자가 분석하는 18세기 주요 서한소설들, 곧 루소의 『신엘로이즈』, 리처드슨의 『파멜라』와 『클라리사』도 같이 읽어볼 필요가 있는 것(오늘날 이에 견줄 만한 소설들은 무엇일까?). 『클라리사』는 아직 번역되지 않기에, 대신 같은 시기 '소설의 발생'을 다루고 있는 이언 와트의 책을 리스트에 올려놓는다. (2009. 8. 23)

24

폭력이란 무엇인가

태초에 폭력이 있었다. 오직 폭력을 통해서만 새로운 세상은 창조되기 때문이다. 로제 다둔이 『폭력』에서
지적한 대로 「창세기」에서 "신은 명령하고 명명하고 구분하고 분리하고 분류하는데, 이 모든 행위가 질서를
확립하기 위한 폭력이 없이는 불가능한 것들이다."

폭력이란
무엇인가

『폭력의 철학』 사카이 다카시, 김은주 옮김, 산눈, 2007

『폭력』 로제 다둔, 최윤주 옮김, 동문선, 2006

『폭력의 세기』 한나 아렌트, 김정한 옮김, 이후, 1999

『법의 힘』 자크 데리다, 진태원 옮김, 문학과지성사, 2004

『혁명이 다가온다』 슬라보예 지젝, 이서원 옮김, 길, 2006

"욕망이여 입을 열어라 그 속에서 / 사랑을 발견하겠다"(「사랑의 변주곡」)
고 시인 김수영은 적었다. 어디 '그 속에서' 발견할 수 있는 것이 사랑뿐
이겠는가. 사랑을 발견하기 위해 욕망의 입을 뒤지는 행위가 필수적으
로 취할 수밖에 없는 것이 폭력이라면, 사랑의 밑자리에는 언제나 폭력
이 가로놓여 있다고도 말할 수 있겠다. 이건 보편적 폭력이다. 러시아

시인 푸슈킨은 시 「예언자」에서 예언자로 재탄생하는 장면을 마치 세라핌(천사)이 '외과적 수술'을 시행하는 것처럼 묘사한 바 있다(실상 '세라핌'이라는 이름 자체가 히브리어로 '높은 존재' 혹은 '수호천사'를 의미하는 '셀'과 '치유하는 자', 혹은 '외과의'를 의미하는 '라파'의 합성어다).

시에서 세라핌은 '나'의 죄 많은 혀를 뽑아내고 그 자리에 지혜로운 뱀의 혀를 다시 심는다. 그리고 또 가슴을 칼로 가르고 심장을 뽑아낸 다음에 불타오르는 숯 덩어리를 집어넣는다. 그리하여 '내'가 황야에서 시체처럼 누워 있을 때 신의 음성을 듣는다. "일어나라, 예언자여, 보라, 들으라,/ 나의 의지로 가득 차서,/ 바다와 육지를 돌아다니며/ 말로써 사람들의 가슴을 불태우라." 세라핌에 의해 '나'는 강제적으로 시체가 되고 그런 이후에야 '예언자'로서 부름을 받으며 다시 태어난다. 여기서의 '성스러운' 폭력은 모든 (재)탄생이 수반하거나 요구하는 폭력이기에 보편적이다. 자살폭탄 '테러리스트'의 탄생 또한 동일한 과정을 거치는 것 아닌가. 다만 그는 '말'이 아닌 '폭탄'으로 사람들의 가슴을 불태울 것이다.

태초에 폭력이 있었다. 오직 폭력을 통해서만 새로운 세상은 창조되기 때문이다. 로제 다둔이 『폭력』*에서 지적한 대로 「창세기」에서 "신은 명령하고 명명하고 구분하고 분리하고 분류하는데, 이 모든 행위가 질서를 확립하기 위한 폭력이 없이는 불가능한 것들이다." 폭력이 사라지는 유일한 순간은 다만 일곱째 날인 '안식일'뿐이다(비폭력의 윤리는 이러한 신의 모습을 따르는 것이다). 그리고 알다시피 낙원에서 추방된 아담과 이브가 낳은 형제 중에 인류의 조상이 된 자는 동생 아벨을 죽인 살인자 카인이다(인류는 모두 '카인의 후예'다!). 카인은 자신의 행위로 인해 사람들에게 죽임을 당할까봐 두려워하지만 신(여호와)은 그를 보호한다. 카인에게 표를 주며 그를 죽이는 자는 일곱 배의 복수를 당하리라고 말했던 것이다. 성서에 따를 때, 인류의 역사는 살인자(카인)와 보호자(신)가

공모한 역사고. 곧 '폭력의 역사'다.

　데이비드 크로넨버그의 영화 〈폭력의 역사〉[*]2005는 이러한 인류사에 대한 알레고리로도 읽힌다. 미국의 한 작은 마을에서 식당을 운영하고 있는 톰 스톨은 평범한 중년 가장이다. 그러던 어느 날 그의 식당에 그냥 살인을 일삼고 다니는 두 남자가 침입하여 소동을 일으키고 그는 여종업원의 목숨을 구하기 위해 두 악당을 순식간에 해치운다. 이 사건으로 매스컴의 '영웅'이 된 톰에게 마피아 일당이 찾아와 그가 20년 전 조직의 일원이자 유명한 킬러 조이였음을 상기시키며 예전의 모습으로 돌아갈 것을 강요한다. 톰은 자신이 조이라는 사실을 부인하지만 결국 가정을 지키기 위해 일당과 맞선다. 그리고 필라델피아로 가서 그를 제거하려는 형 리치 일당을 또한 모두 해치우고 집으로 돌아온다.

　이 영화에서 다루고 있는 폭력은 두 가지다. 먼저 톰이 자신의 새로운 삶을 위해서 철저하게 숨겨야만 했던 조이의 폭력, 그리고 이제는 자신의 가정과 아버지의 자리를 계속 유지하기 위해 불가피하게 저지르게 되는 폭력. 그 폭력은 톰의 것인가 조이의 것인가. 과거의 조이는 현재의 톰이 부인하지만 제거할 수 없는 그의 또 다른 자아이자 그림자이다. 역설적인 것은 조이의 킬러 본능이 위험의 순간에는 자신과 가족을 구하는 영웅적인 능력이 된다는 점. 때문에 이 가장의 폭력은 가정을 위협하면서도 동시에 보호하는 양면적인 것이다.

　문학비평가이자 인류학자 르네 지라르가 '세상이 만들어질 때부터 숨겨져온 것'이라고 이름붙인 것이 말하자면 이러한 초석적 폭력, 정초적 폭력이다(톰/조이의 경우에는 '가정이 만들어질 때부터 숨겨져온 것'이라고 말해야겠다). 한 공동체가 유지되기 위해서는 폭력이 제어·제한되어야 하며 그러기 위해서는 폭력을 속이는 수밖에 없다(톰은 학교에서 괴롭히는 친구들에게 폭력을 휘두른 아들을 크게 야단치고 훈계한다). 그렇게 '폭력을 속이는 폭력'이 제의적 희생에서의 폭력이며, 이때 요구되는 믿음이 '좋은 폭력'(정당한 폭력)과 '나쁜 폭력'(부당한 폭력), '순수한 폭력'과 '불순한 폭력'을 구분하는 이분법적 믿음이다.

가령, 한나 아렌트는 『폭력의 세기』*에서 폭력violence과 권력power을 엄격하게 구별한다. 아렌트에게 권력이란 사람들이 함께 모여 행동할 때, 곧 정치적 행위에 참여할 때 생겨나는 것으로 이미 그 자체로서 정당성을 갖는다. 때문에 '정당화'가 따로 필요한 폭력과는 동일시될 수 없다는 것이다. 발터 벤야민이 「폭력의 비판을 위하여」1921에서 제시하고 있는 정초적 폭력과 보존적 폭력의 구분도 마찬가지다. 그가 '정초적 폭력'이라고 부른 것은 자기 이전에 어떠한 토대도 갖지 않으며 오직 자신에게만 의지할 수밖에 없는 폭력이었다. 물론 벤야민의 '폭력 비판'에서 '폭력'이라는 말의 원어는 '게발트Gewalt'이고 이것은 '지배/통치를 유지하기 위한 정당한 강제'라는 뜻을 갖기 때문에 권력과 모순되지 않는다. 다만 그는 의회/대의 민주주의를 비판하면서 폭력의 두 계기를 분리하고 신적 폭력으로서의 정초적 폭력을 옹호한다.

데리다가 『법의 힘』*에서 벤야민의 폭력 비판론을 검토하며 다시 한 번 반복하고 있는 것도 그러한 '권위의 신비한 토대'이면서 '법의 구조'이다. 그에 따르면 모든 법의 정초 혹은 정립은 정초적 폭력에 근거한다. 요컨대, 법의 힘은 폭력에 대립적이지만, 법의 기원에 놓여 있는 것은 폭력이다. 기원적 폭력. "권위의 기원이나 법의 기초, 토대 또는 정립은 정의상 궁극적으로 자기 자신들에게 의지할 수 있기 때문에, 토대를 지니고 있지 않은 폭력들이다." 때문에 법은 그 정초의 순간에 불법적이지도 비합법적이지도 않다. 중요한 것은 표상 불가능한 것으로서의 이러한 정초적 폭력이 보존적 폭력에 의해 언제나 표상/대리되고 필연적으로 반복되어야 한다는 사실에 있다. 때문에 데리다가 보기에 법의 구조는 언

제나 해체 가능하며 정초적 폭력과 보존적 폭력은 서로 의존적이다.

아렌트나 벤야민의 경우에서 알 수 있지만 폭력에 대한 사유나 성찰은 폭력을 무엇과 대비시키느냐, 혹은 그것을 어떻게 구분하느냐에 따라 그 성격이 규정된다. 아렌트에 의해 폭력을 정당화하는 좌파 사회주의자로 비판을 받기도 했던 조르주 소렐의 경우도 마찬가지다. 단, 아렌트와 달리 그가 『폭력에 대한 성찰』 나남출판, 2007에서 제시하고 있는 이분법은 무력force과 폭력violence이다. 전자가 지배 체제가 동원하는 제도적 강압이나 물리적 강제 등의 억압적 폭력을 가리킨다면, 후자는 그에 대한 탈법적 항거나 저항 같은 해방적 폭력을 뜻한다. 단순하게 말하면, "무력이 소수 지배자의 통치 질서를 강제하는 힘이라면, 폭력은 기존 질서의 파괴를 지향하는 힘이다." 소렐은 그런 의미에서의 폭력, 보다 구체적으로는 프롤레타리아의 혁명 무기로서의 총파업을 적극적으로 옹호한다. 그리고 이때의 폭력은 그 라틴어 어원인 '비스vis'에 충실한 것이기도 하다.

로제 다둔에 따르면, '비스'는 '힘의 발휘' '폭력 행위' 그리고 '군대의 힘'을 가리키며 '존재의 본질'을 가리키는 데 사용되기도 했다. 즉 폭력은 인간에 대한 본질적인 규정이기도 한 것이다. 호모 비오랑스, 곧 '폭력적 인간'이라는 규정이 이로부터 생성된다. 그리고 이 '폭력적 인간'은 니체적인 명명에 따르자면 '디오니소스적 인간'이 될 것이다. 이때의 디오니소스는 테리 이글턴이 『성스러운 테러』 생각의나무, 2007에서 다시 읽고 있는 에우리피데스의 비극 「바쿠스」에 등장하는 디오니소스이다. 즉 "포도주와 가무, 환희와 연극, 풍요와 과잉, 영감의 신"이면서 동시에 "탐욕적이고 폭력적이며 차이를 적대하는 획일성의 지지자"로서의 디오니소스. 디오니소의 이러한 양면성이 분리될 수 없는 것이라면, 폭력성은 인간의 부정적이거나 부수적인 자질이 아니라 그 본성이다.

「바쿠스」에 등장하는 테베(테바이)의 지도자 펜테우스는 디오니소스 숭배에 적개심을 품고서 그의 성소를 부숴버리고 아예 신을 감옥에 가두어버린다. 물론 화가 난 디오니소스는 지진을 일으켜 감옥을 나온 뒤에 무자비한 복수를 감행한다. 디오니소스성이 우리가 제거할 수 없는 인간의 본성이라면 우리에게 필요한 태도는 그에 대한 억압이 아니라 존중이다. 그것은 디오니소스가 펜테우스의 타자가 아니라 펜테우스 안에 잠복한, 또 다른 자아이기도 하다는 걸 인정하는 태도이다. 〈폭력의 역사〉에서 비록 타의에 의한 것이긴 하지만 마치 톰이 자신의 내면에 숨어 있는 조이를 인정할 수밖에 없는 것처럼.

　'폭력'과 '비폭력'이라는 개념쌍의 상투적인 이해도 이러한 맥락에서 교정될 필요가 있다. 사카이 다카시가 『폭력의 철학』에서 정리해주는 바에 따르면, '비폭력'은 단지 '평화'를 희원하는 것이 아니라 '평화에 힘을!'이라고 요구하는 것이다. 마틴 루터 킹은 이렇게 말했다.

　　비폭력 직접 행동의 목적은 대화를 끊임없이 거부해온 사회에 어떻게든 우리가 제시한 쟁점과 대결하지 않을 수 없다고 하는 위기감과 긴장을 만들어내고자 하는 것입니다. 〔……〕 저는 지금까지 폭력적 긴장에는 진실로 반대해왔습니다. 그러나 어떤 종류의 건설적인 비폭력적 긴장은 사태의 진전에 필요합니다. 『폭력의 철학』

　그러니까 1960년대 정치운동으로서의 비폭력 직접 행동은 잠재적으로 숨어 있는 사회의 적대성을 폭로하거나 구축하는 수단이었다. 때문에 비폭력은 폭력에 대한 무저항과는 거리가 멀다. 이 점에 있어서는 킹과 다른 노선을 걸었던 맬컴 엑스의 경우도 마찬가지였다. 은폐되고 억압된 적대성을 드러내는 것이 그에게서도 일차적인 목표였기 때문이다.

맬컴이 주장한 것은 흑인들이 자기 혹은 타자에게 갖고 있는 증오를 분노로 전화시키는 것이었다. 증오는 증오를 낳는 근본 원인이 아닌 결과를 특정한 인간이나 집단에 투사함으로써 카타르시스를 얻고자 하는 데 반해서 분노는 보다 광범위한 사회적 조건을 변화시키려는 태도를 함축한다.

맬컴 엑스의 동시대인이었던 알제리의 정신과 의사 프란츠 파농 역시 『대지의 저주받은 사람들』 그린비, 2010을 통해서 식민주의의 폭력성을 고발하고 대항적 폭력의 중요성을 역설했다. 그에 따르면 식민주의는 그 자체 속에 이미 폭력이 편재해 있으며, 이러한 폭력은 굴절적인 형태(정신병)로 피식민 주체들에게 들러붙는다. 이러한 상황에서 폭력은 이러한 내향성을 중단시키고 식민주의 자체로 방향을 돌리게끔 하는 긍정적인 계기가 된다.

> 폭력은 취기를 깨우는 해독 작용이다. 원주민의 열등 콤플렉스나 방관 내지 절망적인 태도를 없애준다. 폭력은 그들을 대담하게 만들며 자기 자신에 대한 존엄성을 회복시킨다. 『폭력의 철학』

사카이 다카시는 이렇듯 폭력의 다양한 양상과 양태, 그리고 의의를 파악하는 데 있어서 폭력/비폭력이라는 이분법은 부적절하다고 판단하며 거기에 '반폭력anti-violence'이라는 범주를 추가한다. 보다 구체적으로, 반폭력은 테러에도 반대하고 전쟁에도 반대한다는 '막연히 올바른 도덕'에 대한 반대를 뜻한다. 이때 중요한 것은 도덕이 아니라 정치이고 정치적인 것의 복원이다.

정치란 무엇인가? 자크 랑시에르는 광의의 행정을 포함시킨 폴리스police의 논리와 정치를 일컫는 폴리틱스politics의 논리를 구분한다. 폴리스란 이미 존재하는 지위나 역할에 사람들을 배분하고 고정시키는 것이고, 폴리틱스란 배제된 사람들(이민자, 비국민, 이등시민, 정신이상자 등)을 보편적인 이해를 공유하는 자들로 간주하는 것이다. 폴리스의 논리가 사람들을 고립시키고 위계질서를 세우고자 한다면 폴리틱스의 논리는 평등을 도입함으로써 이러한 질서를 뒤흔든다. 랑시에르에 따르면 "정치가 발생하기 위해서는 폴리스의 논리와 평등주의의 논리가 만나는 지점이 존재하지 않으면 안 된다." 랑시에르가 드는 사례로는 "너의 직업은?"이라는 폴리스적 논리의 질문에 "프롤레타리아"라고 폴리틱스적 논리로 대답하는 대목이 정치가 발생하는 지점이다.

그렇다면, 진정한 정치적 주체로서의 해방적 주체, 혁명적 주체는 어떻게 탄생하는가? 슬라보예 지젝이 『혁명이 다가온다』 길, 2006에서 데이비드 핀처의 〈파이트 클럽〉 1999을 예로 들면서 말해주는바 자기 구타(폭력)를 통해서다. 영화에서 주인공은 자신의 일을 하지 않아도 월급을 내놓아야 한다면서 상사를 협박하기 위해 스스로를 피가 나도록 때린다. 지젝의 해석에 따르면, 이러한 급진적인 자기 비하를 통해서만 '순수한 주체'는 나타나게 된다. 자신을 직접 구타한다는 사실은 스스로에게 더 이상 주인이 불필요하다는 자기주장이며 "이러한 구타의 진정한 목표는 주인에게 집착하는 내 안의 어떤 것을 이겨내는 일이다." 들뢰즈는 『매저키즘』 인간사랑, 2007에서 가학주의가 지배의 관계를 포괄하는 반면에 피학주의는 해방을 위해 필요한 첫 과정이라고 적었다.

요컨대 "폭력은 일차적으로 자기 폭력으로 또 주체적인 존재의 본질에 대한 폭력적인 재형성으로 표현되어야 한다. 바로 이것이 〈파이트 클럽〉의 교훈이다." 여기서 '순수한 폭력'은 곧 '순수한 사랑'과도 만난다. 사랑은 모든 맥락에서 사랑의 대상을 떼어내어 대문자 사물Thing, 곧 '숭고한 대상'(이건 '괴물'이기도 하다)으로 고양시키는 일이기 때문이다. 다시 김수영의 시구를 빌자면, "복사씨와 살구씨가/ 한번은 이렇게/ 사랑에 미쳐 날뛸 날이 올 거다!" 이렇듯 미쳐 날뛰는 것이 사랑의 광기이고 폭력의 광기일 테다. 모든 현상을 '좋은' 면과 '나쁜' 면으로 구별하고 좋은 것만 취하고 나쁜 것을 버려야 한다고 생각하는 태도(웰빙적 태도!)는 마르크스가 지적한바 전형적인 프티부르주아적 태도이다. 이것은 사랑과 폭력에 대해서도 마찬가지 아닐까. (《중앙대학원신문》, 2007. 12)

P.S. 이 글을 쓰면서 고전했던 이유 중의 하나는 조금 다른 방향의 글을 생각하고 있었기 때문이다. 첫번째 안은 〈폭력의 역사〉 〈배틀 로얄〉〈파이트 클럽〉 세 영화에 대한 읽기를 폭력에 대한 사유와 같이 엮는 것이었는데 그건 이 글에서 부분적으로 실현됐다. 하지만 두번째 안은 메를로-퐁티의 『휴머니즘과 폭력』 문학과지성사, 2004을 현재적 관점에서 다시 읽으며 폭력과 테러(테러리즘)에 대한 생각을 정리하는 것이었는데 그건 전적으로 무산되었다(자료들을 모았지만 막판에 읽을 시간을 낼 수 없었다). 사르트르와 메를로-퐁티의 논쟁에 관한 생각은 다른 기회에 정리하는 수밖에 없겠다(언젠가 두 사람의 서신 교환 일부가 국내 잡지에 번역돼 소개된 바 있다). 참고로 이 주제에 관해서는 정명환 편, 『프랑스 지식인들과 한국전쟁』민음사, 2004, 김홍우, 『현상학과 정치철학』문학과지성사, 1999, 정화열, 『몸의 정치와 예술, 그리고 생태학』아카넷, 2005 등의 국내서도 참조할 수 있다.

거기에 더 보태져야 하는 것은 스탈린 시대 공개 재판을 다룬 아서 쾨슬러(케슬러)의 소설 『한낮의 어둠』한길사, 1982이지만 현재는 절판되었다(다시 나왔으면 싶다). 사르트르와 메를로-퐁티의 논쟁에 대해서는 영어권의 경우 존 스튜어트의 자세한 연구서가 출간돼 있다. 『사르트르와 메를로-퐁티의 논쟁』노스웨스턴대출판부, 1998. 두 사람이 한국전쟁을 계기로 결별하게 된다는 점이 흥미롭다.

"미국을
재교육해야 한다"

『폭력의 시대』[●] 에릭 홉스봄, 이원기 옮김, 민음사, 2008

영국의 저명한 역사학자 에릭 홉스봄의 최근작『폭력의 시대』가 번역돼 나왔다. 그의 대표작인 서구 근대사 3부작『혁명의 시대』,『자본의 시대』,『제국의 시대』와 20세기를 다룬『극단의 시대』를 연상케 하는 제목이지만 원제는 '세계화, 민주주의, 그리고 테러리즘'이다. 주로 2000년에서 2006년 사이에 집필된 에세이들을 모은 것인데, 저자의 소개에 따르면 "이전에 낸 책들의 내용을 보강해주고, 동시에 최신 정보에 맞게 수정해주는 글들"이다. 일견 자신의 충실한 독자를 위한 '애프터서비스'라고 할 수 있겠지만, 그를 처음 접하는 독자에게도 지난 세기를 압축해서 둘러보고 새로운 천년의 시발점에서 우리가 당면하고 있는 세계의 상황과 정치적 과제를 짚어보는 유익한 계기가 되어준다.

　홉스봄이 되돌아보는 20세기는 어떤 세기였나? 그가 '극단의 세기'라고 부른 '단기 20세기'1914~1991는 물질적으로 눈부신 발전을 이룩하고 인류의 역량이 우주로까지 뻗어나간 세기였지만 동시에 유사 이래 가장 피비린내 나는 시기였다. 두 차례의 세계대전을 포함해서 전쟁으로 인하여 직간접으로 목숨을 잃은 사람이 1억 8천 7백만 명에 달하며 이 수치는 1913년을 기준으로 당시 세계 인구의 10퍼센트가 넘는다. 1914년

이래 세계 전체가 평화로웠던 적은 한순간도 없었다고 하니까 달리 '전쟁의 세기'라고 해도 무방하겠다. 게다가 사정이 더 좋지 않은 것은 갈수록 민간인의 피해가 늘어났다는 사실이다. 제1차 세계대전의 사망자 중 민간인은 고작 5퍼센트였지만, 제2차 세계대전에서는 66퍼센트까지 늘어나며, 요즘에는 아예 80~90퍼센트의 희생자가 민간인이라고 한다.

그러한 포연과 살육 속에서도 20세기는 한편으로 인류사에 극적이면서도 갑작스러운 단절을 가져왔다. 20세기 중반에 이루어진 이 단절은 기술과 산업생산에서의 변화에 힘입은 것인데, 홉스봄이 지적하는 것은 네 가지 측면이다. 첫째, 농민 계층의 쇠퇴와 몰락, 둘째, 초거대 도시의 부상, 셋째, 의사소통 수단의 기계화, 넷째, 여성이 처한 상황의 변화. 우리의 경우를 보자면 모두가 지난 몇 십 년 동안에 이루어진 변화다. 게다가 교육 기회 확대와 관련하여 저자는 적정 연령층의 55퍼센트 이상이 대학에 진학하는 나라 20개국 중의 하나로 한국을 꼽는데, 사실 고등교육의 확대는 한국사에서 유례없는 20세기의 성과라 할 수 있을 것이다.

21세기는 이러한 변화를 계승하고 있지만 국가의 위상 자체가 약화되어간다는 점에서는 20세기와 구별된다. 다국적기업을 기반으로 한 경제의 세계화가 급속히 진행되고 있는 탓에 자국 경제에 대한 정부의 통제 능력은 크게 약화되었고, 국가의 정통성에 대한 신뢰도 사라져가고 있으며 그에 따라 징병된 젊은이들이 조국을 위해 끝까지 싸우는 전쟁은 기대할 수 없게 되었다. 덕분에 20세기 전쟁의 전형적인 형태인 국가 간의 전쟁은 크게 줄었고, 덕분에 세계평화에 대한 전망이 20세기보다는 조금 나아졌다. 하지만, 그렇다고 해서 대량 학살과 난민의 양산까지 줄어든 것은 아니다. 2003년 말을 기준으로 전 세계 난민의 규모는 약 3천 8백만 명으로 추정되며 이것은 제2차 세계대전 직후의 난민 규모와 비슷한 수준이다.

급속한 세계화가 초래하고 있는 지역 간 불균형과 불평등 외에 21세기가 당면한 문제점은 복수의 강대국이 균형을 이루는 국제 체제가 부재하다는 점이다. 이러한 체제에 의해서 냉전 시기의 균형이 가능했지만 소련의 붕괴 이후 미국은 유일의 패권국가가 되었다. 하지만 불운하게도 미국은 압도적인 군사력이 제국의 확립에는 필수적이지만 그 유지에는 그 이상의 것이 필요하다는 것을 간과했다. 9·11 사태 이후 미국은 자신의 힘만을 믿는 과대망상주의에 빠져서 가공할 군사력을 과시한 것 외에는 국제적으로 고립을 자초하고 경제적 허약함만을 노출시켰다. 역사학자로서 홉스봄이 확신하는 것은 미국의 현재와 같은 위세가 역사적으로는 일시적인 현상에 그치리라는 점이다. 때문에 "현재로서는 가장 몰두해야 할 일이 미국을 말리는 것은 아니라고 해도 미국을 교육시키거나, 재교육시키는 것"이라는 게 '폭력의 시대'를 염려하는 늙은 역사학자의 결론이다. (《시사IN》, 2008. 8)

러시아 혁명,
그 가능성의 중심

『러시아 혁명』• E. H. 카, 신계륜 옮김, 나남출판, 1997

『러시아 혁명』• 스티브 스미스, 류한수 옮김, 박종철출판사, 2007

11월 7일은 러시아 혁명 90주년 기념일이다. 보통 '10월 혁명'이라 불리는 것은 구력舊曆 1917년 10월 25일에 혁명이 일어났기 때문이고 이것을 현재 쓰고 있는 신력新曆으로 환산한 날짜가 11월 7일이다. 20세기 최대의 역사적 사건 중 하나지만 이제는 대다수 러시아인들에게조차 돌이키고 싶지 않은 기억으로 남아 있는 러시아 혁명의 의의는 무엇일까? 러시아 혁명과 관련한 몇 권의 책을 들춰보게 된다.

소비에트 해체 이전인 1977년(즉 혁명 60주년이 되는 해)에 서문이 씌어진 『러시아 혁명』에서 E. H. 카는 "목표는 사회주의적이라고 불릴 수 있다 해도 그것을 획득하기 위해 사용된 수단은 종종 사회주의의 부정 바로 그 자체였다"고 혁명 이후의 볼셰비키 독재 체제를 비판했지만, 혁명의 성과마저 부인하지는 않았다. 혁명 50주년인 1967년을 기준으로 소련의 인구는 반세기 동안 1억 4천 5백만에서 2억 5천만 명 이상으로 증가했고, 도시 거주민의 비율은 20퍼센트 이하에서 50퍼센트 이상으로 상승했다. 서구에 비하면 생활의 많은 부분이 여전히 원시적이고 후진적이었지만, 생활수준은 향상되었고 의료 및 교육 서비스는 소련 전역으로 확산되었다. 때문에 "1967년의 소련 노동자와 농민은 1917년의 그들의 아버지와 할아버지와는 매우 다른 사람이었다"(하지만 최근의 보도에 따르면, 2007년 현재 러시아 노동자의 파업 참여 인원은 혁명 당시 1백 만 명 단위에서 1천 명 단위로 줄었다. 40년 전과는 또 매우 다른 상황인 것이다).

이러한 관점에서 카는 가난하고 문맹인 대중이 아직 혁명적 의식의 단계에 도달하지 않은 나라에서는 '위로부터의 혁명'이 혁명이 없는 것보다는 나았다고 결론을 내린다. 가혹한 전제주의와 전쟁의 궁핍에서 러시아 인민을 해방시킨 러시아 혁명이 바로 그런 혁명이었다. 하지만 문제는 여전히 목표가 수단을 정당화하는가이다. 스티브 스미스가 『러시아 혁명』에서 제기하는 문제의식도 그것이다. 혁명을 주도한 볼셰비키들은 "목적이 수단을 정당화한다는 믿음이 그들의 요구에 잘 들어맞아서, 그들은 수단이 목적을 훼손하는 방식을 못 보게 되었다"는 것.

때문에 이 볼셰비키 혁명은 그것이 이루려고 시도한 변화에 맞먹는 규모의 재앙을 불러일으켰다. 소련의 역사적 정통성과 스탈린 시대를

옹호했던 푸틴조차도 최근 모스크바 남부의 공동묘지를 방문하여 1937
~1938년에 자행된 '반혁명분자들'에 대한 대숙청을 가리켜 너무나 큰
비극이며 믿기 어려운 광기라고 토로한 것은 정치적 의도를 감안하더라
도 상징적이다. 그것은 러시아 혁명사가 다시 반복되어도 좋은 역사인
가에 대한 포스트소비에트 시대 러시아인들의 회의를 응축하고 있는 것
으로 보이기에.

무엇이 문제였던가? 카에 따르면, 사회주의의 가장 높은 이상으로의
전진이 전혀 보이지 않은 것은 아니었지만 현실 사회주의의 진보는 정
체되고 일련의 역행과 참화에 의해 중단되었다. 물론 이러한 역행/참화
는 피할 수 있는 것도 있었지만 대개는 피할 수 없는 예기치 않은 것이
었다. 스미스의 보다 구체적인 지적에 따르면, 볼셰비키는 권력을 잡은
뒤에 자신들의 이데올로기였던 마르크스-레닌주의가 제대로 된 해답을
주지 못하는 엄청나게 많은 문제들과 부딪혔다. 따라서 그들의 정책은
이데올로기의 소산이었던 것만큼이나 임기응변과 실용주의의 소산이었
다. 즉 그들은 사악했다기보다는 무능했다.

결국 러시아 혁명사는 "1917년에 열렸던 가능성이 자꾸만 닫혀갔던"
역사로 기술된다. 오늘날 그 가능성은 다시 열릴 수 있을까? "러시아 혁
명은 정의와 평등과 자유가 어떻게 화합할 수 있는가에 관한 심오한 물
음을 던졌고, 비록 볼셰비키가 이 물음에 준 답에 치명적인 흠이 있다고
해도 이 물음은 오늘날에도 유효하다"는 것이 스미스의 결론이다. 러시
아 혁명이 써낸 답안은 틀렸지만, 요는 그 오답과 함께 문제까지도 쓰레
기통에 집어넣는 오류를 범해서는 안 된다는 것이다. 그것은 똑같은 오
답을 적어내는 것보다 더 무책임한 일이기에. (《한겨레21》, 2007. 11)

정치신학 vs. 정치철학

『사산된 신』[*] 마크 릴라, 마리 오 옮김, 바다출판사, 2009

'종교는 왜 정치를 욕망하는가'라는 부제가 붙어 있는, 미국의 정치철학자 마크 릴라의 『사산된 신』은 입장이 분명한 책이다.

> 인간이 전쟁에서 짐승도 하지 않을 만행을 저지르는 이유는 역설적이게도 신을 믿기 때문이다. 짐승은 먹이나 번식을 위해서 싸울 뿐이지만, 인간은 천국에 들어가려고 싸운다.

곧 저자는 인간을 짐승보다도 더 잔혹하게 만드는 것이 광신주의고 메시아주의적 열정이라고 생각한다. 그러한 열정은 종교와 정치를 분리시켜서 사고하지 않는, 이른바 '정치신학'에서 비롯한다.

사실 인류사의 대다수 문명과 시대, 지역에서 인간은 정치적 사안의 답을 구하고자 할 때 신에게 의존해왔다. 곧 정치신학은 유구한 전통이자 인간 사고의 원시적 형태다. 하지만, 서구에서 정치신학은 그에 맞선 17세기 계몽철학자들의 지적 반란과 도전에 의해 무너진다. 기독교 정치신학에서 탈피하여, 신의 계시에 의지하지 않고 오직 인간적인 관점에서만 정치를 생각하고 말하고자 한 새로운 철학이 대두한 것이다. '정치신학'에 견주어 말하자면 이것이 '정치철학'이다.

정치신학을 대체함으로써 정치철학은 서구 사회를 정치신학의 반대쪽 강기슭으로 옮겨놓았다. 하지만, 문제는 아직도 많은 문명이 정치신학에 예속된 강 저편에 남아 있다는 점이고, 동시에 서구인들이 이룩한 '사고혁명'이 아직 확고하게 자리 잡지 못했다는 점이다. 그리하여 오늘날 다시금 계시와 이성, 독단주의와 관용주의, 신탁과 합의, 신성한 소명과 통속적 가치관 사이의 충돌을 목도하고 있고, 이것은 16세기 투쟁의 되풀이라는 것이 저자의 판단이다. 그는 정치신학을 결코 과소평가해서는 안 되며 정치신학과 근대 정치철학의 논쟁은 아직 종결되지 않았다는 관점에서 그것을 재구성한다.

기독교 정치신학은 신과 인간, 그리고 세상이 신성한 연계를 이루고 있다는 이미지에 의존한다. 그러한 이미지에 가장 강력한 도전장을 내  민 철학자가 토머스 홉스다. 그의 대표작 『리바이어던』 1651의 목표는 기독교 신학의 전체 전통에 대한 공격과 파괴였다는 것이 마크 릴라의 평가다. 인간을 신의 형상에 따라 만들어진 피조물이라고 보는 성서의 관점과는 달리 홉스는 인간 자신의 경험에서 모든 것을 끌어내고자 한다. "종교의 징조나 열매가 오직 인간 속에만 있다는 점으로 보아 종교의 씨앗 역시 인간 속에 있다는 점은 의심할 근거가 없다"고 홉스는 말했다. 그는 정치적이건 종교적이건 간에 모든 인간 행위의 기본 동기는 공포와 무지, 욕구라고 보았다. 그리고 그에 대한 해법은 정치신학에 기댈 필요가 없었다. 홉스는 '지상의 신'이라는 절대군주 형상으로 충분하다고 보았다. 이렇듯 정치신학의 이미지에 의존하지 않고 종교와 공익에 대해서 논의할 수 있는 새로운 방법을 찾아낸 것이 홉스의 가장 큰 기여라고 저자는 주장한다.

정치와 종교의 분리주의 전통에서 종교가 이전처럼 정치를 위협하거나 광신주의를 불러일으키지 못할 것이라는 낙관적인 '자유주의 신학'이 대두한다. 독일의 사례인데, 자유주의 신학자들은 광신적인 신앙심이 더 이상 근대인의 마음을 사로잡을 수 없으리라고 보았다. 다만 그들은 종교의 도덕진리를 근대 정치생활과 화합시키고자 했고, 그것이 그들이 지향했던 목표이자 '신'이었다. 하지만, 제1차 세계대전으로 말미

암아 자유주의 신학은 부르주아 사회와 함께 무너진다. 더불어 그들이 꿈꾸었던 신은 '사산된 신'에 불과했다는 것이 폭로된다. 정치적 목적과 무관하더라도 종말론적 구원사상은 정치적 메시아주의를 정당화하는 데 언제라도 악용되었다.

따라서 저자가 보기에 '종교의 시대'가 끝났으며 사적 신앙은 존재하더라도 정치신학은 부활될 수 없다는 확신은 아직 성급하다. 정교분리주의는 아직도 도전이자 실험이라는 것이다. 책은 서구의 근대 사상사를 이해하는 새로운 시각을 보여주지만, 서구만이 '정치신학'을 극복했다는 서구우월주의적 편견도 간과하기 어렵다. (《한겨레21》, 2009. 9)

테러리즘과
디오니소스

『성스러운 테러』* 테리 이글턴, 서정은 옮김, 생각의나무, 2007

20세기가 10월 혁명과 함께 시작했다면 21세기는 9월 테러와 함께 막이 올랐다. 그로부터 6년이 지났다. 이 스펙터클 어드벤처 빰치는 테러 사건과 그에 뒤이은 반테러 전쟁 때문에 현생 인류가 평온하게 지내기는 이번 세기도 이미 글러먹은 듯하다. 6주기를 맞이하여 백악관은 이렇게 말했다. "테러와의 전쟁은 군사적인 대결을 능가하는 것으로, 21세기의 중대한 이념투쟁이다." 그리고 영국의 국제전략문제연구소는 이렇게 보고했다. "국제 테러 조직 알카에다를 완전 소탕하려면 앞으로도 수십 년이 필요하다." 종합하면, 21세기의 이 중대한 '이념투쟁'은 우리의 생전에 끝나지 않을 것이다!

과연 다른 길은 없는 것일까? 당장은 '그라운드 제로'에서 생각의 골을 더 깊게 파는 수밖에 없어 보인다. 영국의 문학평론가 테리 이글턴의 『성스러운 테러』가 보여주고 있는 것도 그 '깊게 파기'이다. 저자는 '서구 문명사에 스며 있는 테러의 계보학에 대한 고찰'로 우리를 초대한다.

'테러리즘의 의미'를 묻기 위해서 그가 먼저 확인해두는 것은 테러리즘이라는 말이 요즘의 용례보다 훨씬 복잡하면서도 넓은 의미를 가졌다는 사실이다. 그리고 이때의 테러리즘은 인류의 기원만큼이나 오래된 것이며 축복과 저주, 성과 속을 모두 의미할 만큼 오지랖이 넓다. 그에 따르면 "고대 문명에는 창조적인 테러와 파괴적인 테러, 생명을 부여하는 테러와 죽음을 불러오는 테러가 동시에 존재"했다. 이러한 테러의 양가성은 곧 신성the sacred 자체의 양가성이기도 하다.

『성스러운 테러』에서 흥미로운 부분은 그 양가성의 가장 대표적인 사례로 이글턴이 제시하고 있는, 에우리피데스의 비극 「바쿠스」 읽기다. 이 드라마는 '바쿠스', 곧 디오니소스에 관한 이야기다. 이글턴이 '최초의 테러리스트 지도자 중 하나'로 지목하는 주신酒神 디오니소스는 알다시피 "포도주와 가무, 환희와 연극, 풍요와 과잉, 영감의 신"이지만 동시에 "탐욕적이고 폭력적이며 차이를 적대하는 획일성의 지지자"다. 그의 이 양면적인 성격은 결코 분리되지 않는 성질의 것이다. 대저 이 디오니소스를 어찌할 것인가?

「바쿠스」에 등장하는 테베(테바이)의 지도자 펜테우스는, 자기 어머니의 고향인 테베를 찾아와 여인들로 하여금 자신을 흥청망청 숭배하도록 한 디오니소스에게 적개심을 품고서 상식 밖의 폭력으로 대응한다. 그는 주신의 머리를 베고 쇠지레로 그의 성소를 부숴버리려고 했던 것이다. 심지어 무질서의 신 디오니소스가 화해를 제안했을 때조차도 이를 경멸하듯 거절하며 아예 신을 감옥에 가두어버린다. 화가 난 디오니소스가 지진을 일으켜 감옥을 나온 뒤에 무자비한 복수를 감행하는 것은 불을 보듯 뻔한 일이다.

에우리피데스의 극에서 이렇듯 서로 충돌하고 있는 디오니소스와 펜테우스 가운데 누가 테러리스트인지 판가름하기는 쉽지 않다. 펜테우스 또한 디오니소스와 똑같은 논리 및 감수성으로 전투에 나서면서 디오니소스 못지않은 광적 행태를 보여주고 있기 때문이다. 이쯤 되면 우리는 「바쿠스」가 "분명 테러리즘과 부당한 정치적 대응 사이의 결정적 유사성을 강조하는 작품"이라는 이글턴의 평가에 공감하게 된다. 이 그리스 고전 비극에서 우리가 얻을 수 있는 교훈은 무엇인가?

"에우리피데스의 위대한 극은 디오니소스를 신으로 인정하느냐의 여부가 아니라 그에게 정당한 대응을 하느냐의 문제를 전면에 부각시"킨다. 그 정당한 대응이란 바로 '경외심reverence'이다. 경외심이란 맹목적인 억압의 반대말이면서 디오니소스가 펜테우스의 타자가 아니라 펜테우스 안에 잠복한, 자아의 또 다른 중심이라는 걸 인정하는 태도를 가리킨다. 즉 "내 안에 너 있다"라고 말하는 태도다. '테러 시대'의 예지는 먼 곳에 있지 않은 것이다. 《한겨레21》, 2007. 9)

P.S. 에우리피데스의 「바쿠스」는 두 가지 번역본으로 국내에 소개돼 있다. 하나는 희랍어 원전 번역 『에우리피데스 비극』* 단국대출판부, 1999/숲, 2009의 「박코스의 여신도들」이고, 다른 하나는 영역본을 옮긴 『그리스 비극』* 현암사, 2006의 「바쿠스의 여신도들」이다. '바쿠스'는 물론 '디오니소스'를 가리키는 다른 이름이다. 덧붙여 천병희의 『그리스 비극의 이해』 문예출판사, 2002, 김상봉의 『그리스 비극에 대한 편지』 한길사, 2003, 그리고 사이먼 골드힐의 『러브, 섹스 그리고 비극』 예경, 2006이 참고문헌들이다.

돌멩이 하나로 두 마리 새를 잡는 것

2000. 3. 23

종로에 나가 교보에도 들르고 영풍에도 들렀다. 영풍에서 모처럼 큰맘
먹고 원서를 샀다. 데리다의 『마르크스의 유령들』에 대한 지상 심포지엄
이 『마르크스주의와 해체*Ghostly Demarcations*』라는 제목으로 나왔다. 3만
3천 몇 백 원을 주고 샀다. 학교에서는 『공산주의 이후의 루카치』와 랑
쿠르-라페리에르의 『러시아의 노예혼』을 대출했다. 후자는 도서관의
러시아 역사 파트에서 우연히 찾아낸 책이다. 마조히즘을 키워드로 하
여 러시아 문학과 문화를 분석한다. 저자는 드물게도 꾸준히 정신분석
학을 러시아 문학에 적용하고 있는 경우다. 이런저런 참고문헌을 쉽게
얻지 못하는 것이 아쉽다. 공부의 가장 큰 장애란 바로 자료의 문제라는
게 서글프면서도 엄연한 현실이다. 러시아 역사 쪽에 꽤 읽을 만한 책들
이 있다. 러시아 문학 입문서를 구상 중인지라 관심이 간다. 나이를 덜
먹은 것도 아닌데, 언제쯤 만족할 만한 책을 쓸 수 있을는지……

책을 읽을 자유

민음사에서 『철학과 문학의 만남』이라는 표제의 책이 나왔지만, 당장 손에 들지는 않았다. 동문선에서 나온 부르디외의 경우도 마찬가지다. 도서관에서 대출한 키르케고르의 『그리스도교의 훈련』영역본도 꽤 두꺼운 분량이다. 『이것이냐 저것이냐』를 도서관과 서점에서 뒤졌지만, 내가 원하는 부분의 번역을 구할 수 없었다. 종로서적에 가봐야 했을까? 아무튼 읽을 건 차고 넘친다. 반쯤은 자포자기해도 될 만큼. 그런데 왜 욕심은 버려지지 않는 것인지?

2000. 3. 24

종로서적에 갔었는데, 키르케고르의 『이것이냐 저것이냐』를 비롯해서 찾는 책 모두가 절판이고 품절이었다. 하긴 요즘에 누가 키르케고르를 찾을 것이며, 베르자예프를 읽을 것인가. 대신에 표재명 교수가 번역한 『들의 백합, 공중의 새』21세기선교출판사와 황동규의 신작 시집 『버클리풍의 사랑노래』를 들고 왔다. 시집은 매달 한 권 정도의 구매 원칙을 지키려고 한다. 내일은 학교 도서관에서 강의 자료를 복사하고, 국립도서관에도 가볼 작정이다. 도스토예프스키 관련 자료들을 복사하기 위해서다. 외대나 고대 도서관에도 시간을 내서 가봐야겠는데, 국내에서 자료를 구하는 일도 그렇게 쉬워 보이지 않는다. 모두가 일이다. 그게 공부보다 더 큰 일이라는 게 우리 학문의 현주소인 듯하여 씁쓸하다. 학문 후속 세대의 연구 환경 보장, 즉 생계 보장과 함께, 연구 자료와 정보의 민주적 공유는 학문의 사활이 걸린 2대 과제라는 생각이 든다.

포지올리의 『불사조와 거미』*The Phoenix and the Spider*에서 「러시아 리얼리즘의 전통」이라는 글을 읽는다. 다소 오래된 글이긴 하나, 몇 가지 시사적인 내용이 들어 있다. 푸슈킨, 고골 두 작가와 리얼리즘 작가들 사이의 연속성보다는 단절성에 대한 주목이 그것이다. 그리고 체호프의 말.

나의 목적은 돌멩이 하나로 두 마리 새를 잡는 것이다. 즉 삶의 진실한 측면들을 묘사하는 것, 그리고 우리의 삶이 이상적인 삶에 얼마나 못 미치고 있는가를 보여주는 것……

아, 나의 현재는 이상적인 삶에 얼마나 못 미치고 있는 것인지!

25

정치적인 것의 가장자리에서

정치는 보이지 않았던 것을 보게 만드는 것이며, 몫을 갖지 않은 자들을 다시 셈하는 것이다(그리하여 감각적인 것을 다시 나누고 분배하는 것이다). 때문에 정치의 본질은 불일치이며 불화이다. 치안과 정치가 충돌하는 경계로서 정치적인 것의 가장자리는 바로 그러한 불일치와 불화가 그려내는 자국이고 흔적이다.

아리스토텔레스와
'고소영'

『정치학』 아리스토텔레스

『고대 세계의 정치』 모제스 I. 핀레이, 최생열 옮김, 동문선, 2003

참주정은 통치자 한 사람의 이익을 위한 통치형태이고, 과두정은 부자의 이익을 위한 통치형태이며, 민주정은 빈자의 이익을 위한 통치형태이다.

시국이 시국인지라 눈길이 갈 수밖에 없는 구절인데, 아리스토텔레스의 『정치학』에 나오는 말이다. 여기서 '빈자', 곧 '가난한 사람들'로 번역된 말은 '데모스demos'다. 때문에 '민주정'이라고 옮겨진 '데모크라티아'는 '빈민정'이라고 번역되기도 했다. 고대 그리스에서 이 데모스의 의미는 이중적이었다고 한다. 그것은 한편으로는 전체로서의 시민 집단을

뜻했지만 다른 한편으로는 보통 사람, 다수, 빈자를 가리켰다. 피플^{peo-}
ple의 어원인 라틴어 '포풀루스^{populus}'도 마찬가지다.

아리스토텔레스의 정의에서 특히 흥미를 끄는 건 과두정과 민주정의
차이다. 그에 따르면, 이 둘의 차이를 낳는 것은 부와 빈곤이다. "과두정
은 소수의 부자들이 국가의 관직을 맡는 정치질서이며, 마찬가지로 민
주정은 다수인 가난한 사람들이 국가를 지배하는 정치질서"이다. 하지
만, 특정한 사회적 계급에 봉사하는 정치체제를 중용의 철학자 아리스
토텔레스는 옹호하지 않는다. 그가 보기에 올바른 정치질서의 세 가지
형태는 왕정, 귀족정, 혼합정이다. 그리고 참주정은 왕정의 왜곡이고 과
두정은 귀족정의 왜곡이며 민주정은 혼합정의 왜곡이다. '혼합정'은 '입
헌정' '공화정'으로도 번역되는 '폴리테이아'를 옮긴 것이다. 한데, 왜 혼
합정인가? 과두정과 민주정을 절충한 것이기 때문이다.

아리스토텔레스의 전제는 단순하다. 모든 국가의 시민들은 넉넉한
계급, 가난한 계급, 그리고 그 중간을 형성하는 중산계급으로 구분될 수
있다. 그리고 일반 원칙으로서 절제와 중용은 언제나 바람직한 것으로
인정되기 때문에, 재산의 소유에 있어서도 가장 좋은 것은 중간 상태다.
그가 보기에는 이런 상태에 있는 사람들이 이성에 잘 따른다. 때문에 중
간계급의 시민으로 구성된 국가가 가장 잘 조직된 국가다. 지나치게 아
름답고 튼튼하고 가문이 좋고 부유해도, 또 반대로 지나치게 나약하고
가난하고 비천해도 이성에 따르기가 어렵다. 첫 번째 부류는 거만하여
중대 범죄를 저지르는 경향이 있고, 두 번째 부류는 불량배나 잡범이 될
소지가 다분하다. 거만한 자들이나 불량한 자들이나 모두 정치에는 부
적격하다는 것이 아리스토텔레스의 판단이다.

따라서 정치적 공동체의 가장 좋은 형태를 이룩하기 위해서 무엇보
다 중요한 것은 국가의 구성원들이 알맞은 재산을 갖는 것이다. 어떤 사

람들은 재산이 많고 다른 사람들은 재산이 전혀 없는 경우, 우리가 얻게 되는 결과는 극단적인 민주정(빈민정)이거나 극단적인 과두정, 혹은 이 두 극단에 대한 반발로서의 참주정이다. 참주정은 가장 무분별한 형태의 민주정이나 과두정에서 생겨나며 중간 정도의 정치질서에서는 나올 가능성이 적다. 중산계급이 클 경우에 시민들 사이의 분열이나 파벌이 생길 가능성이 적어지기 때문이다.

어떤 통치 형태를 규정하고자 할 때 가장 기본적인 기준이 통치자의 재산이라는 점은 지금도 시사적이다. 물론 인간이 이성적으로 판단하고 공동체의 이익을 고려하는 데 재산의 유무가 정말로 중요한가에 대해서는 의문을 던질 수 있다. 하지만 우리의 정치적 현실은 아리스토텔레스의 통찰이 여전히 유효함을 말해준다. '강부자' '고소영' 인선 파문이 그렇지 않은가. '국민의, 국민에 의한' 정부로 들어섰지만 이명박 정부는 여러 정책을 통해 자신이 '넉넉한 계급'을 위한 '과두정부'임을 분명히 하고 있다. 진통 끝에 비고려대, 비영남권, 재산 10억 원 미만을 새로운 인선 기준으로 고려할 것이라고도 하는데, 아직 촛불 민심을 반영한 내각 개편은 이루어지지 않았다. 과연 더 기대할 수 있을까?

'정치적 동물'로서 인간에게는 정치적 공동체를 이루려는 자연적인 충동이 있다고 지적하면서 아리스토텔레스는 이렇게 말했다.

인간은 완성되었을 때 동물 중에서 가장 뛰어난 존재이지만, 법과 정의로부터 배제된다면 가장 나쁜 동물로 전락하고 만다.

국민을 법과 정의로부터 소외시키는 것은 '가장 나쁜 동물'로 전락시키는 것과 마찬가지다. 그건 가장 나쁜 정부가 하는 일이다.

〈한겨레21〉, 2008. 7)

P.S. 아리스토텔레스의『정치학』에서 통치 형태에 관한 일부 내용을 읽고 그 '교훈'을 생각해본 것이다. 발단은 핀레이의『고대 세계의 정치』를 읽으려고 손에 든 것이었다. 천병희 선생이 번역한『정치학』*숲, 2009은 이 글을 쓸 당시 아직 번역되지 않았고, 원고 자체를 급하게 쓰느라 꽤 애를 먹었다.

정치란
무엇인가

『칸트 정치철학 강의』* 한나 아렌트, 김선욱 옮김, 푸른숲, 2002

20세기의 가장 독창적인 정치사상가이자 유대계 철학자인 한나 아렌트의 유작이 번역되었다.『전체주의의 기원』1951이나『정신의 삶』1971 등이 칸트가 체계적인 정치철학을 쓰지 않았다는 전제에서 출발하는 이 책보다 사실 먼저 출간됐어야 하지만, 순서야 어찌 됐든 그녀의 책들이 더 많이 번역되고 읽히기를 기대하는 독자로서 반가운 일이다.

하지만 처음부터 아렌트의 유작을 읽는다는 것은 좀 무리해 보인다. 그녀가 어떤 문제의식을 통해서 판단의 문제에 이르게 되었는가를 조감하지 않고서는 이 '강의'에 접근하기가 힘들기 때문이다. 아렌트의 문제의식이란 무엇인가? 아렌트는『인간의 조건』*한길사, 1996에서 인간의 '활동적 삶'을 노동과 작업, 그리고 행위로 나누는데 거기서 그녀가 가장 강조하는 것은 행위이고, 이 행위의 핵심이 바로 정치적 행위이다. 사실 '사회적 동물'로 흔히 번역돼온 아리스토텔레스의 'zoon politikon'이라는 말은 '정치적 동물'이라는 뜻으로 번역돼야 한다. 그리고 이 '정치적

인 것'의 발견/발명이야말로 고대 그리스의 가장 위대한 유산이라 할 만하다. 아렌트는 중세 이후로 사장된 정치적인 것을 재발견하고 사적 영역과 구별되는 공적 영역을 복원하며, 그리하여 인간의 중요한 행위 능력인 정치적 행위를 회복하고자 한다.

인간이 정치적 동물이라면 정치야말로 인간을 다른 동물로부터 구별짓는 가장 중요한 특징이다. 즉 정치 행위를 통해서 인간은 자신의 동물임being animal으로부터 구제되어 비로소 인간임being human을 주장할 수 있게 된다. 때문에 우리 사회에 정치에 대한 불신과 혐오가 만연해 있다면, 그만큼 우리 스스로가 정치적 행위 능력을 상실하고 있다는 증거다.

정치란 무엇인가? 그것은 함께-함의 형식을 탐구하고 보존하기 위해서 함께 행동하는 것이다. 그것은 함께하기 위해서, 함께 살아가기 위해서 필요한 것이다. 함께 살아가기 위해서 가장 필요한 것은 서로에 대한 인정이다. 정치에서 다루는 인간은 유적 존재로서의 인류human species나 도덕적 존재로서의 단수적 인간man이 아니라 복수적 존재로서의 인간men이다. 즉 정치의 근본은 인간의 복수성human plurality에 대한 인정과 긍정이다. 때문에 정치는 진리와 무관하다(아렌트는 정치적 진리를 도출해내고자 하는 정치'철학'에 비판적이다). 가령 우리는 2×2=4인가, 아니면 2×2=5인가의 문제를 다수결로 결정하지 않는다. 지구가 도는지 마는지를 배심원들의 판결에 의존하지 않는다. 하지만, 어떤 후보를 다음 대통령으로 뽑을 것인가 같은 문제는 정답, 즉 진리를 갖고 있는 문제가 아니다. 그것은 정치의 영역, 의견의 영역에 속하는 문제이기 때문이다.

정치적 행위란 이 정치라는 공적 영역에서 복수의 행위자들이 하는 공동 행위, 즉 함께-행동함인데, 여기서 중요한 것은 무엇이 공동으로 주장될 수 있는가에 대한 판단이다. 그런 의미에서 정치적 판단은 취미 판단과 닮았다.

판단, 특히 취미판단은 항상 타인과 타인의 취미를 반성하는 가운데, 그들이 내릴 수 있는 가능한 판단들을 고려하게 된다. 이런 일이 가능한 이유는 내가 인간이고 또 인간들과 함께 하지 않고서는 살 수 없기 때문이다. 132쪽

예컨대, 미군 장갑차가 두 여중생을 친 사건을 불가피한 사고라고 보는 판단과 최소한 과실이라고 보는 판단 사이에서 우리는 어떤 판단이 더 공유될 수 있는 판단인가를 물을 수 있다.

여기에 필요한 것이 공통감common sense이다. 이때 공통감은 공적 감각public sense이면서 동시에 공동체 감각community sense이다. 따라서 정치를 회복하는 일은 우리의 상식, 즉 공통감을 일깨우는 일이며 공동체 감각을 북돋우는 일이다. 그리하여 광화문에 촛불을 들고 모이거나 여기저기서 미국의 부당한 행위에 대해 비판하는 것이다. 정치의 계절을 맞이하여 우리는 다시금 이러한 정치의 본질에 대한 관심을 회복하고 우리 정치의 현실을 되돌아볼 필요가 있다. (2002. 12)

타는
목마름으로

『정치적인 것의 귀환』* 샹탈 무페, 이보경 옮김, 후마니타스, 2007
『민주주의의 역설』* 샹탈 무페, 이행 옮김, 인간사랑, 2006

"타는 가슴속 목마름의 기억이" "숨죽여 흐느끼며" 남몰래 적던 이름이 있었다. "타는 목마름으로" 그의 만세를 부르던 때가 있었다. 그랬던가

싶은 기억을 돌이켜보면, 우리가 적은 이름이 '민주주의'였고 우리가 부르던 만세가 "민주주의여 만세"였다. 그리고 20년, 어느새 '민주화 이후의 민주주의'를 말하는 시대가 되었다. 그리고 이따금 묻는다. 우리의 민주주의는 안녕한가를.

그러자니 먼저 민주주의가 무엇인지를 물어야겠다. 혹은 한 정치철학자를 따라서 '민주주의 혁명'이 무엇인가를. 클로드 르포르에 따르면 민주주의 혁명이란 권력의 자리를 '텅 빈 장소'로 만든 사회적 제도의 새로운 기원이다. 이 민주주의 혁명 이후에 우리는 5년에 한 번씩 그 텅 빈 자리에 앉혀놓을 권력의 대행자를 뽑아왔다. 간혹 못해먹겠다고 푸념도 늘어놓는 자리지만 한꺼번에 열두 명이나 나서서 좀 앉게 해달라고 간절히 호소하는 자리이기도 하다. 이 역설의 자리는 어떻게 마련되고 또 유지되는 것인가.

에르네스토 라클라우와의 공저 『헤게모니와 사회주의 전략』1985으로 포스트마르크스주의 논쟁의 물꼬를 튼 바 있던 샹탈 무페의 이어지는 두 저작 『정치적인 것의 귀환』과 『민주주의의 역설』은 '정치적인 것'의 의미와 '민주주의의 역설'에 새삼 주목하도록 해준다. 먼저, 그가 말하는 '정치적인 것the political'은 사회의 특정 분야를 지칭하는 '정치politics'와는 다른 차원의 것이다. 인간의 '존재론적 조건' 자체이기 때문이다.

"슈미트와 함께 생각하고 슈미트에 반대하여 생각하고 슈미트의 비판에 맞서 그의 통찰을 자유민주주의를 강화하는 데 사용하는 것"이 자신의 목표라고 말할 정도로 무페가 적극적으로 참조하고 있는 이는 독일의 정치철학자 카를 슈미트이다. 그런 슈미트에 따르면, 정치적인 것이란 적과 친구를 가르는 것이다. 즉 누가 적이고 누가 친구인가를 판별하고 구분하는 것이다. 한데 이것이 어째서 인간의 존재론적 조건이 되는가? 어떤 수준이든 간에 자기 정체성이 성립하기 위해서는 '나'와 대립되는 '타자'가 먼저 주어져야 하기 때문이다.

한발 더 나아가 집단적 정체성이 형성되려면 '우리'와 '그들'의 구분은 불가피하다. 즉 '그들'이라는 외부는 '우리'를 구성하기 위한 필수적인 전제가 된다(그래서 '구성적 외부'라고 부른다). 이때 '그들―우리' 관계는 정치에서 자연스레 '적―친구' 관계로 전화된다. 이 적―친구 관계의 갈등과 적대는 항구적인 것이기에 인간의 존재론적 조건이라고 말할 수 있다. 그리고 모든 사회적 객관성은 이러한 관계와 조건의 산물이기에 궁극적으로 정치적인 것이다.

사정이 그렇다면, 민주주의 사회에서 모든 사회적 행위자는 자신의 의견과 주장이 갖는 특수성과 한계를 인정할 때 더 '민주적'이 될 수 있다. 민주적 사회는 사회적 관계의 완벽한 조화가 실현된 사회가 아니다. 국민 전체의 '승리'나 '행복'은 가능하지 않으며, 그것을 말하는 것은 반민주적인 기만이다. 민주적이라는 것은 어떠한 사회적 행위자도 전체를 대표할 수 없다는 사실에 대한 승인을 가리킬 뿐이기 때문이다.

우리가 권력과 적대로부터 완전히 자유로울 수 있다는 환상을 버리고서 권력 관계의 실재를 인정하며 그것을 변형해나가려 노력하는 것이 라클라우와 무페가 말하는 '급진적이고 다원적인 민주주의' 프로젝트이다(다만 덧붙이자면, 우리의 '적'에는 '적대적인 적'과 '우호적인 적'이 있어서 '그들―우리'의 관계는 적대적 관계만이 아니라 경합적 관계도 형성하며 이를 통해 '경합적 다원주의'로서 민주주의가 작동하게 된다). 대선은 그런 민주주의의 경연장이다. 샹탈 무페에 따르면 민주주의의 진정한 위협은 적대감이 아니라 합리성과 중립성을 가장한 합의이다. 그런 의미에서 우리에게 필요한 것은 다시, '타는 목마름'이고 '치 떨리는 노여움'이다. (《한겨레21》, 2007. 12)

랑시에르의
가장자리에서

『정치적인 것의 가장자리에서』* 자크 랑시에르, 양창렬 옮김, 길, 2008

정치적인 것의 가장자리에서? 제목이 그렇다. '정치'도 아니고 '정치적인 것'은 무엇인가? 그리고 '가장자리'는 또 무언가? 올해부터 본격적으로 소개되기 시작한 프랑스 철학자 자크 랑시에르의 '대표작'을 손에 들고 가장 먼저 던질 법한 질문이다. 초판이 아닌 수정증보판을 옮긴 때문에 한국어판 서문까지 포함해서 국역본에는 저자의 서문만 세 편이 실려 있다. "한국의 독자들 손에 도달함으로써, 이 책은 1986년 칠레의 산티아고에서 시작한 시공간 속의 여행을 계속하게 될 것"이라는 문장으로 시작하는 한국어판 서문은 예외적일 만큼 긴 분량이며 그 자체로 자세한 해제를 겸하고 있다. 거기에 '옮긴이의 덧말'까지 말 그대로 덧붙어 있으니 독자로서는 예상치 못한 호사다.

'정치의 종언'을 주제로 한 첫 장에서 랑시에르가 검토하고 있는 것은 1988년 당시 프랑스 대통령 미테랑과 총리 시라크가 맞붙었던 대통령 선거다. 1981년 사회당 출신으로는 처음으로 대통령에 당선됐을 때 미테랑은 110개의 공약을 내세웠다고 한다. 그런데 재선에 임하면서 그는 단 하나의 공약도 제시하지 않았다. 말하자면 '반反공약'을 공약으로 내세운 것이다. 하지만 그럼에도 그는 시라크를 압도하며 여유 있게 재선에 성공했다. 무슨 비결일까?

'젊은 총리' 시라크가 '늙은 대통령' 미테랑을 겨냥하여 내세운 건 약속과 역량, 말과 현실, '지키지 못할 약속이나 하는 인간'과 '언제나 진보하는 역동적 인간'이라는 이분법이었다. 그러한 이분법이 '미테랑이냐 시라크냐'라는 양자택일의 구도라고 선전한 것이다. 반면에 미테랑이

유일하게 내세운 건, 단 하나의 예외적인 공약이었다. 만약 그러한 이분법에 빠지게 된다면 프랑스에서는 내분과 내전이 일어날 것이라는 '최악의 약속', 그것 하나였다. 그는 약속 대신에 현자의 '권위potestas'를 내세운 것이고, 그로써 시라크의 '역량potentia'을 압도할 수 있었다.

랑시에르가 보기에 이것은 '약속의 종언', 곧 '정치의 종언'을 상징적으로 보여주는 사건이다. 그는 그것이 갖는 의미를 해명하기 위해서 철학자답게 플라톤의 『국가』나 아리스토텔레스의 『정치학』 같은 그리스 철학 경전을 재검토한다. 그러고는 마지막 장에서 '정치에 대한 열 가지 테제'까지 도출해낸다. 하지만 호사에도 불구하고 그의 여정을 한국어로 따라가는 건 손쉽지 않다. 문장들이 내내 머리의 가장자리에서만 맴돌기 때문이다. 세 번째로 소개되는 책이지만 아직 갈 길이 먼 듯하다.

((시사IN), 2008. 10)

새로운 사유에 대한 요청,
랑시에르와 아감벤

프랑스 철학자 자크 랑시에르와 이탈리아 철학자 조르조 아감벤의 책이 연이어 출간되고 있다. 이미 두 철학자는 작년 하반기 《대학신문》에 연재된 '21세기의 사유들'에서도 다루어진 바 있다. 랑시에르는 "알랭 바디우, 에티엔 발리바르 등과 더불어 21세기 벽두 프랑스 철학계에서 큰 영향력을 발휘하고 있는, 알튀세르의 후예 중 한 사람"이고, 아감벤은 "정치학, 미학, 언어학, 문헌학 등 여러 주제에 대해 정치한 분석을 내놓고 있는, 2000년대 들어 가장 많이 논의되는 사상가 중 한 명"이다. 즉 두 사

람은 21세기에 접어들어 세계적인 철학자로 주목 받고 있다는 점에서 공통적이다. 거기에 덧붙이자면, 한국어로는 올해 초부터 본격적으로, 그리고 집중적으로 소개되고 있다는 점에서도 나란히 묶일 수 있다.

이미 『민주주의에 대한 증오』*, 『감성의 분할』, 『정치적인 것의 가장자리에서』 등이 우리말로 번역된 랑시에르는 『무지한 스승』*을 비롯해 여러 권의 책이 더 소개될 예정이며, 주저인 『호모 사케르』로 처음 이름을 알린 아감벤은 최근 출간된 『남겨진 시간』*에 이어서 '호모 사케르' 연작과 『목적 없는 수단』, 『언어와 죽음』 등이 한국어본을 더 얻을 예정이다. 멍석이 깔린 만큼 이제 필요한 것은 두 사람의 사유를 제대로 읽고 사용하는 법을 배우는 일이겠다. 두 철학자의 신간을 중심으로 우리가 주목해야 할 부분을 몇 가지 짚어본다.

알튀세르 사단의 일원으로 경력을 시작했지만 『알튀세르의 교훈』1974을 기점으로 스승과 작별한 랑시에르는 1970년대에 19세기 노동자들의 문서고를 집중적으로 연구하면서 자신의 독자적인 사유의 영토를 개척한다. 그 과정에서 그는 사회적 분배가 어떻게 이루어지며 '몫이 없는 자들의 몫'은 어떻게 배제되는가 하는 문제에 관심을 기울이면서 '정치적인 것'에 대한 새로운 사유를 도출해낸다. 『정치적인 것의 가장자리에서』1990/1998는 그의 사유를 집약하여 정리한 책이다.

랑시에르가 말하는 정치적인 것은 통치와 평등이라는 두 이질적인 과정의 충돌이다. 통치의 과정이란 사람들을 공동체로 조직하고 그 자리와 기능을 위계적으로 분배하는 것으로서 '치안police'을 가리킨다. 평등의 과정이란 '몫이 없는 자들'의 평등에 대한 요구와 그 실천을 말하며 달리 '해방'이라고 이름 붙여진다. 이 해방의 과정, 혹은 해방을 위한 소송을 랑시에르는 '정치politics'라고 부른다. 정치적인 것이란 이 정치와 치안이 마주치는 현장이다.

치안과 대립하는 것으로서의 정치를 한마디로 정의하면 '아르케^{arche}'를 갖지 않는 것이다. 그것은 '아르케'의 논리, 즉 정치는 어떤 일을 시작하고 지배할 수 있는 자질을 갖춘 자, 곧 앞장서는 자를 요구한다는 논리와 단절한다. 때문에 아나키적이며, 실상은 '데모스의 통치^{democracy}'로서 민주주의라는 단어 자체가 지칭하는 바이기도 하다. '정치에 대한 열 가지 테제'에서 랑시에르가 주장하는 바에 따르면, "민주주의를 특징짓는 것은 제비뽑기, 즉 통치할 자격의 부재다." 다시 말해서, "민주주의는 시작 없는 시작이며 지배할 자격이 없는 자의 지배이다."

민주주의에 대한 증오와 비하는 플라톤이 그러했듯이 '데모스의 통치'를 '자격을 갖지 않은 자들의 통치'로 규정하는 데서 비롯한다. 이때 기원적 의미로서의 '데모스^{demos}'는 공동체의 이름이기 이전에 공동체의 한 부분, 즉 빈민들의 이름이다. 하지만 이 '빈민들'이 경제적으로 낙후된 주민을 뜻하는 것은 아니다. 그것은 '아르케의 힘을 행사할 자격이 없는 자들' '셈해질 자격이 없는 자들', 그리하여 '몫이 없는 자들'을 가리킨다(우리 시대의 다수 비정규직 노동자와 이주 노동자를 떠올려볼 수 있다). 프롤레타리아는 그렇게 '내쫓긴 자들'의 이름이며 정치란 그 프롤레타리아의 자기 몫에 대한 요구이고 주장이다. 정치는 보이지 않았던 것을 보게 만드는 것이며, 몫을 갖지 않은 자들을 다시 셈하는 것이다(그리하여 감각적인 것을 다시 나누고 분배하는 것이다). 때문에 정치의 본질은 불일치이며 불화이다. 치안과 정치가 충돌하는 경계로서 정치적인 것의 가장자리는 바로 그러한 불일치와 불화가 그려내는 자국이고 흔적이다.

랑시에르의 『정치적인 것의 가장자리에서』와 비교될 만한 아감벤의 책은 조만간 소개될 『목적 없는 수단』이다. '정치에 관한 노트'가 그 부제이기 때문이다. 그리고 아감벤의 『남겨진 시간』과 조응할 만한 랑시에르의 책은 지적 해방에 관한 다섯 차례의 강의를 묶은『무지한 스승』일 듯싶다.『남겨진 시간』또한 사도 바울이 로마인들에게 보낸 편지에 관한 여섯 차례의 강의록이기 때문이다.

　문제작『호모 사케르』를 통해서 주권의 역설적 논리를 분석하고 수용소야말로 근대성의 노모스이면서 근대 정치의 패러다임이라고 주장했던 아감벤은『남겨진 시간』에서 바울의 편지에 대한 치밀하면서도 유려한 문헌학적 주석을 통해 그의 메시아주의가 어떤 것이었는가를 면밀하게 조명한다. 그가 분석 대상으로 다루는 것은 고대 그리스어『성경』의「로마서」1장 1절을 구성하는 10개의 단어다.

　"그리스도 예수의 종, 나 바울은 사도로 부르심을 받아 하느님의 복음을 전하는 특별한 사명을 띤 사람입니다"라는 뜻으로 풀이되는 이 구절의 원어 "파울로스PAULOS 둘로스DOULOS 크리스토CHRISTOU 예수IESOU 클레토스KLETOS 아포스톨로스APOSTOLOS 아포리스메노스APHORISMENOS 에이스EIS 에우아게리온EUAGGELION 테우THEOU"를 구성하는 한 단어, 한 단어에 대해서 아감벤은 자세한 주석을 붙인다.「로마서」야말로 바울의 사상과 복음에 대한 증언적인 요약이며, "글의 첫머리 한 개 한 개의 언어가 편지의 텍스트 전체를 총괄하는 형식으로 스스로 축약"하고 있기 때문이다. 따라서 이 머리말에 대한 이해는 텍스트 전체에 대한 이해를 의미한다.

　아감벤은 '크리스토'가 뜻하는 '그리스도'가 고유명사가 아니며 단지 '기름 부어진 자'를 뜻하는 헤브라이어 '마시아'(=메시아)를 그대로 그리스어로 번역한 것이기에 '예수 그리스도'란 '구세주 예수' 혹은 '예수라는 구세주'를 가리킬 뿐이라는 점에 주의하도록 한다. 그리고 '소명 받음'을 뜻하는 '클레토스'의 파생어 '클레시스klesis'는 루터에 의해 독일어 '베루프Beruf'로 번역되면서 '직업'이라는 근대적 의미까지 획득하게 되었다는 사실도 언급한다. 그런데 이 클레시스라는 말은 바울이 '고린도

인들에게 보낸 첫 번째 편지'(「고린도전서」)에 쓴 "각 사람은 부르심을 받
았을 때의 상태를 그대로 유지하십시오"라는 문장에서 나온다. 바울은
이어지는 구절에서 '마치 ～가 없는 것처럼' '마치 ～이 아닌 것처럼' 살
것을 형제들에게 요구한다. 이렇듯 일체의 소명에 대한 기각이 아감벤
이 읽어내는 바울의 메시아적 소명이다. 흥미로운 것은 그리스어 '클레
시스'가 라틴어 '클라시스classis'로 잘못 유추됐고, 다시 마르크스는 '신
분'을 가리키는 '슈탄트Stand'와 대립되는 단어로 '클라세Klasse'를 처음 도
입했다는 점. 그것이 '계급 없는 사회'라는 마르크스의 개념이 메시아적
시간 개념의 세속화라는 벤야민의 지적을 가능하게 한다.

　새로운 사유는 또 다른 새로운 사유에 대한, 새로운 동참에 대한 요
청이다. 비록 프랑스어와 이탈리아어/영어에서의 번역이라는 장벽을
완전히 제거할 수는 없지만(너무 자주 등장하는 복수접미사와 잘못된 음역이
가독성을 떨어뜨린다), 랑시에르의 '테제'와 아감벤의 '강의'는 거부하기 어
려운 유혹이다. 시간이 얼마 남지 않았다. (《대학신문》, 2008. 12)

아감벤의 목적 없는
수단으로서의 삶

『목적 없는 수단』● 조르조 아감벤, 김상운 외 옮김, 난장, 2009

우리의 정치적 전통에서 핵심에 놓인 주권과 제헌권력이라는 개념을 버
리든가 처음부터 다시 사유해야 한다.

현실 사회주의 몰락 이후 서양 정치철학의 근원적인 패러다임 전환

책을 읽을 자유

을 모색하고 있는 이탈리아의 철학자 조르조 아감벤의 주장이다. '주권 권력'과 '벌거벗은 생명'이라는 새로운 정치철학적 범주를 제시한 『호모 사케르』새물결, 2008를 통해서 세계적인 명성을 얻은 아감벤은 현재 가장 문제적인 철학자의 한 사람으로 평가받고 있다. 그의 사유의 '맹아적 저작'이라고 불리는 『목적 없는 수단』은 비교적 가벼운 부피의 책이지만, 이 '사유의 거장'이 어떤 문제의식을 품고서 자신의 사유를 발전시켜나가고 있는가를 안내해주는 압축적인 저작이다.

아감벤의 문제의식이란 무엇인가? 정치에 대한 새로운 사유를 명령하고 있는 것에서도 알 수 있지만, 그는 정치철학의 전통적인 개념과 범주로는 오늘날의 정치적 현실을 제대로 포착할 수도, 이해할 수도 없다고 본다. 경제에서 제1차 산업혁명이 구체제의 사회적·정치적 구조에 '거대한 전환'을 가져왔다면, 근대 이후 특히 20세기에 경험한 현실은 그에 걸맞은 새로운 사유를 요구한다는 것이 그의 생각이다. 오늘날 정치적 행위의 의미가 실종되고 또 망각되고 있다면, 그것은 주권과 법/권리, 국민/민족, 인민, 민주주의 같은 고루한 용어로 지시할 수 있는 현실이 더 이상 남아 있지 않기 때문이다. 만약 이런 용어들을 여전히 무비판적으로 사용한다면 "문자 그대로 자신이 무엇에 관해 말하고 있는지를 알지 못하는 것이다."

아감벤은 미셸 푸코를 따라서 "오늘날 문제가 된 것은 생명"이며 따라서 정치 또한 생명정치적인 것이 되었다고 본다. '호모 사케르' 연작을 통해서 그가 더 자세하게 발전시키게 되는 주제이지만, 이때의 생명은 '벌거벗은 생명', 곧 단순히 살아 있다는 사실을 가리키는 생명이다. 우리말로는 '목숨'에 가깝다. 이 벌거벗은 생명은 중앙재난안전대책본부에서 발표하는 신종플루 사망자 수나 백신 접종 대상자 수처럼 통계적 '숫자'로서 존재하는 생명이다. 그것은 국가권력에 의해 복속되는 한에서만 보호되며 관리된다. 그런 의미에서 아감벤은 인간이나 시민이 아닌 난민이야말로 우리 시대의 중심적 형상이라고 본다. 이런 구도에서 현실적 삶은 말 그대로 '생존'으로 환원된다.

그럼 다른 의미의 생명이 또 있다는 것인가? 물론이다. 아감벤은 개인이나 집단에 고유한 살아가는 방식이나 형태를 의미했던 그리스어 비오스bios에서 생명의 다른 의미를 길어 올린다. 그것은 '삶 자체가 문제가 되는 삶' '살아가는 방식 자체가 문제가 되는 삶'을 가리킨다. 아감벤은 '삶-의-형태'라는 용어로 표현하지만 좀더 이해하기 편하게 말하면 '폼 나는 삶'이고 '행복한 삶'이다. 단순히 목숨을 부지하는 삶이 아니라 품위 있는 삶, 행복을 향유하는 삶, '더 나은 삶'이 새로운 정치철학의 기초가 돼야 한다는 것이 아감벤의 주장이다.

무엇이 행복한 삶인가? 단지 살아남느냐가 아니라 어떻게 사느냐가 문제가 되는 삶이다. 아리스토텔레스는 인간을 가리켜 삶에 있어서 행복이 문제가 되는 유일한 존재라고 했다. 이때 행복은 동물적인 욕구의 충족을 가리키지 않는다. 인간에게 삶이란 자신이 갖고 있는 역량을 실험하고 가능성을 실현하기 위해 애쓰는 것이다. 그러한 삶이 가능한 공간이 바로 정치 공간이며, 정치공동체의 한 구성원으로서 정치적 행위에 참여할 때 우리의 삶은 본래의 의미를 갖게 된다.

그렇다면 질문해야 할 것은 현재의 삶이 과연 '삶-의-형태'에 합당한 삶인가 하는 것이다. 아감벤의 진단에 따르면, 정치권력은 항상 삶의 형태라는 맥락에서 벌거벗은 생명을 분리·추출해내는 데 기초하고 있다. 그가 보기에, 우리가 지향해야 할 정치적인 삶은 그러한 일체의 주권으로부터 돌이킬 수 없는 탈출을 감행함으로써만 사유될 수 있다. 그것은 달리 목적으로부터의 해방을 뜻하는, '목적 없는 수단'으로서의 삶이기도 하다. (《한겨레21》, 2009. 11)

26

삶에 대한 학문의 책임

삶과 학문이 서로에 대한 죄과와 책임을 떠맡지 않는다면 그건 각각 허접한 삶이고 빈곤한 학문이다('직업으로서의 학문'이 전부가 아니다). 비록 얼굴에 기름기 흐르는 삶이고 돈벼락에 허우적거리는 학문이라 할지라도……

이븐시나의 생애와
저작

『서기 천년의 영웅들』 장 피에르 랑젤리에, 이상빈 옮김, 아테네, 2008

'철학자들의 올림픽'이라는 세계철학대회가 서울에서 개최된다. 1900년 제1회 파리 대회 이후 5년마다 한 번씩 열리는 세계 최대 규모의 인문학 행사라고 한다. 이번 대회의 가장 큰 특징은 '비유럽 철학'과의 교류에 있으며, 그런 취지에 맞게 영미나 유럽 이외 지역의 철학자들이 다수 참여한다고. 이 '비유럽 철학'에 대한 관심이 대회 이후에도 지속될 수 있을까? 장 피에르 랑젤리에의 『서기 천년의 영웅들』에서 중세 페르시아의 철학자 이븐시나980~1037에 관한 장을 읽으며 그런 의문이 들었다.

책은 지난 2000년 여름 《르몽드》에 3개월간 연재됐다가 단행본으로 출간된 것인데, 서기 1000년을 전후한 시기를 산 12명의 인물들에 대한 초상을 그리고 있다. 정치가에서 수도사, 여성 문인에 이르기까지 각 분야의 인물들이 고르게 배정된 가운데, 서구에는 '아비센나'라는 이름으로 알려진 이븐시나가 서기 1000년의 대표 학자로 소개된다. '아리스토텔레스 이후에 등장한 최고의 철학자'라고 일컬어짐에도 '철학자'라고 한정되지 않은 것은 그가 남긴 업적이 방대하면서도 넓은 영역에 걸쳐 있기 때문이다. 주저인 『의학정전』 때문에 사전류에는 '의사'나 '의학자'로 기재되어 있을 정도다.

랑젤리가 그려낸 이븐시나의 초상을 잠시 따라가보면, 일단 그는 조숙한 천재였다. 990년, 나이 열 살에 그는 코란 전체를 다 암송할 줄 알았다. 게다가 이 특별한 아이는 당시의 문학·수학 지식에도 이미 통달해 있고 그를 가르치려던 많은 스승들을 곧 앞지르게 됐다. 이후에 그는 스스로 학문을 터득해나가는데, '어려운 학문이 아니다'라고 판단한 의학에서 두각을 나타내고 오히려 숙련된 임상의들을 가르치기까지 한 것이 16세 때다. 밤낮이 따로 없이 독서하고 이해하는 일에만 매달린 그는 곧 지식의 대가가 됐다. 그런 그가 아리스토텔레스의 『형이상학』에 도전해 마흔 번이나 읽은 것은 전설적인 일화다. 아마도 유일하게 애를 먹은 책 같은데, 아리스토텔레스의 주석가였던 알 파라비의 책을 읽고서 비로소 『형이상학』을 완벽하게 이해했다고 한다.

996년, 이븐시나는 그의 명성을 들은 사만 왕자의 병을 낫게 해준 덕분에 왕궁의 도서관에 출입할 수 있게 된다. 이 도서관의 장서가 4만 5천 권이었다고 하니까 '지식의 탐구자' 이븐시나에게는 경이로움 자체였을 법하다. 나중에 그는 왕궁으로 들어와서 살라는 제안을 받지만 거절하는데, 이유인즉 자신의 장서를 옮기려면 4백 마리의 낙타가 필요해서였다고 한다. 이븐시나는 18세에 체계적이고 집중적인 독서를 통해서 지식을 완성한다. 그리고 이후 40년 동안은 지식을 확장시키는 대신에 글쓰기를 통해서 심화시켜나간다.

그가 21세 때 쓴 첫 저서 『편집』은 운율법에 관한 것이고, 법학자를 위해서는 『합과 실질』, 『양서들과 악』 두 권의 책을 쓴다. 그의 걸작인 『의학정전』전5권은 7년에 걸쳐 쓴 것으로 무려 1백만 개의 단어가 들어간 기념비적인 분량이다. 당대의 의학 지식을 집대성하고 있는 이 책은 12세기에 라틴어로 번역된 뒤에 16세기까지 유럽의 의학교에서 교과서로 사용됐다고 한다. 이븐시나는 평생 242권의 책을 남겼는데, 『학문의 서』, 『치유의 서』, 『공정의 서』 등이 대표작이다. 특히 『치유의 서』는 5천 쪽이 넘는 분량으로 부피나 완성도에서 전대미문의 책으로 평가된다. 이성과 신앙, 그리스 철학과 코란을 조화시키려 했던 그의 철학은 후대에 지대한 영향을 끼치며 중세 후기 스콜라철학의 기원이 됐다. 비록 너무도 방대하고 정교한 그의 철학을 요약하는 일은 아직 아무도 성공하지 못했다고 하지만.

이븐시나의 생애와 저작을 잠시 들여다본 것은 우리에게 덜 알려진 '비유럽 철학'의 지평 또한 얼마나 광활한가를 확인해두기 위해서다. 어쩌면 매혹적일 수도 있다. 죽음이 임박한 것을 느끼자 이븐시나는 자신의 철학에 따라 자기 몸을 돌보는 것을 중단했다. 『치유의 서』에 그는 이렇게 써놓았다. "육체는 여행의 목적이 달성됐을 때 떠나보내야 하는 짐승이다." 아직 한 권도 소개되지 않았지만 그의 철학에 대해서 조금은 더 알고 싶어지지 않는지? 〈한겨레21〉, 2008. 7）

P.S. 코르방의 『이슬람 철학사』서광사, 1997와 몇몇 중세철학사/사상사 책에서 이븐시나에 관한 장을 읽어볼 수 있다. 정수일 선생의 『실크로드 문명기행』한겨레출판, 2006에도 이븐시나의 학문에 대해 간

략하게 소개하는 대목이 나온다. 이븐시나가 아리스토텔레스의 『형이 상학』*을 '40번' 읽었다는 에피소드는 일부 책에 '4번' 읽은 걸로도 나오 는데, '40번'이 맞는 듯싶다(적어도 그게 다수설이다).

오랜만에 학교에 나와 구내식당에 점심을 먹으러 갔더니, 여러 인종 의 철학자들 다수가 식사를 하고 있었다. 더 비싼 식당도 있지만 내가 들른 곳은 3천 원짜리 메뉴를 판매하는 곳이었다. 국제학술대회에 참석 하러 온 '철학자'들의 식단으로는 너무 '착하지' 않나 하는 생각도 들었 다. 이란에서 온 철학자도 있었을까?

16세기 직인,
지식사회에 도전하다

『16세기 문화혁명』* 야마모토 요시타카, 남윤호 옮김, 동아시아, 2010

마르크스는 『자본』에서 "16세기에 세계무역과 세계시장이 형성된 때로 부터 자본의 근대사가 시작된다"고 적었다. 세계체계론자인 월러스틴도 근대 세계체계는 16세기1450~1640년대에 형성돼 오늘날까지 이어진다고 주장한다. 자본주의 세계경제의 기원을 16세기로 잡는 것이다. 그런 것 이 경제사에서 '16세기'가 갖는 의의로 보인다. 하지만, 문화사적으로 16세기는 보카치오나 라파엘로가 활동한 14~15세기의 르네상스와, 갈 릴레오나 뉴턴으로 대표되는 17세기 과학혁명 사이의 계곡처럼 간주돼 온 것이 일반적이었다. 이를테면 들러리다.

'자력과 중력의 발견'을 다룬 『과학의 탄생』의 저자 야마모토 요시타 카는 또 다른 역작 『16세기 문화혁명』을 통해서 이러한 통념에 이의를 제기하고 17세기를 준비하는 지식세계의 '지각변동'으로 16세기를 재평가한다. 히말라야 산맥의 고봉들이 대륙판들의 충돌로 인한 대규모 지각변동의 결과인 것처럼, 17세기 과학 천재들의 혁혁한 업적도 16세기 문화혁명이 밀어올린 지반 위에서 가능했다는 것이다. 그럼에도 16세기가 과소평가돼왔다면, 그것은 16세기 문화혁명을 주도한 직인이나 기술자의 활동에 대한 사회적 평가절하와 무관하지 않다.

중세 서유럽의 대학에서 육체노동은 멸시 대상이었으며, '기계적'이라는 말은 '손으로 하는' 혹은 '머리를 사용하지 않는'의 의미였다. '기계적 기예'는 자유인이 익혀야 할 학예를 뜻하는 '자유학예'와 대비됐다. 그것은 육체와 정신의 대비였으며, 라틴어를 사용하는 엘리트 지식인과 직인 사이의 대비였다. 저자는 중세의 지식이 특정한 구성원들에게만 전수되었던 데 반해서 16세기는 이러한 비밀들이 벗겨지기 시작한 시대로 지목한다. 대학과 성직자가 독점하던 문자문화에 대해 선진적인 미술가나 장인이 도전장을 내민 형국이었고, 이로써 지식의 분단 상황은 와해돼간다.

저자가 16세기 문화혁명의 지표로 내세우는 것은 대학과 인연이 없던 직인, 예술가, 외과의 들이 속어(각국의 언어)로 과학서와 기술서를 쓰기 시작한 점이다. 알다시피 로마 제국의 유산인 라틴어는 통치를 위한 공용어였고 문명어였다. 하지만 동시에 유럽의 권력자들에겐 지배를 정당화하는 이데올로기이자 수단이었다. 민중의 생활과는 단절된 소수 지적 엘리트의 전유물로서 라틴어는 비록 지역 간 언어의 장벽을 없애긴 했지만, 소수 엘리트와 민중 사이에는 높은 장벽을 쌓았다. 그럼으로써 민중을 학문 세계로부터 배제했다. 수도원 내부에서조차도 라틴어를 해독하지 못하는 사람은 '노무 수사'로 불리며 육체노동과 잡일에 종사했을 정도다. 라틴어 구사 능력의 유무가 사회적 지위를 결정했던 셈이다

(그것은 오늘날 '영어 시대'에도 얼추 들어맞지 않을까).

르네상스 인문주의자들도 중세 스콜라학에 이의를 제기한 건 맞지만 학문 세계의 배타성까지 타파한 것은 아니었다. 오히려 그들은 속어는 물론이고 속어가 섞인 라틴어조차도 저급한 것으로 경멸했다. 자연에 대한 비밀도 민중의 눈에 띄지 않도록 조심스레 숨겨놓아야 한다는 것이 당시 지식 계급이 생각한 '도덕적 책무'였다. 이러한 사정은 갈릴레오에 대한 종교재판에도 적용되었으리라는 것이 저자의 판단이다. 지동설을 그냥 주장하기만 한 것이 아니라 『천문대화』를 라틴어가 아닌 이탈리아어로 저술함으로써 누구라도 알 수 있게끔 한 것이 더 큰 문제였다는 것이다. 애초에 루터가 교회의 면죄부 판매를 비판한 '95개 논제'를 라틴어로 썼을 때도 파문은 크지 않았다. 하지만 이것을 독일어로 번역·요약해 인쇄하자 그의 주장은 순식간에 독일 전역의 대중에게 전파되었다. 이런 것이 16세기 문화혁명에 수반된 언어혁명의 양상이었고, 이 과정에서 형성되고 성장한 '국어'는 국민국가 형성으로까지 이어진다.

16세기 문화혁명의 성과는 17세기에 들어서 엘리트 지식인들이 계승하게 된다지만, 그사이의 '단절'도 간과하기는 어렵다. 지식과 과학기술은 누구를 위한 것인가라는 질문을 과학혁명의 '승리의 진군'은 누락한 듯싶어서다. (〈한겨레21〉, 2010. 3)

P.S.   분량상 발췌독을 했지만 『16세기 문화혁명』은 서평거리로 읽은 책들 가운데 발군이다. 힐베르크의 역작 『홀로코스트 유럽 유대인의 파괴』개마고원, 2008를 떠올리게 할 정도다. 그래서 그의 전작 『과학의 탄생』 동아시아, 2005도 긴급하게 구했다. 제2부의 한 장 제목이 '과학혁명의 여명-16세기 문화혁명과 자력의 이해'다. 『16세기 문화

책을 읽을 자유

혁명』은 그 주제를 본격적으로 다룬 후속작인 셈. 두 권은 과학사와 문화사의 걸작이라 할 만하다.

바흐친의 예술과
삶의 결합 방식

『말의 미학』[●] 미하일 바흐친, 박종소 외 옮김, 길, 2006

바흐친의 『말의 미학』의 서문 역할을 하고 있는 텍스트는 「예술과 책임」이다. 미하일 바흐친1895~1975이 1919년, 그러니까 24세 때 발표한 이 두 쪽짜리 텍스트는, 그러나 '최초의 공식 문건'이라는 바흐친 개인사적 의의 이상의 무게감을 갖고 있다. 개인적으로는 12년 전에 대학원에서 바흐친 강의를 들을 때 가장 먼저 읽은 텍스트이기도 하다.

한데, 옮긴이 해제에서 지적된 것처럼 책에 실린 대다수 논문들이 그렇기는 하지만, 「예술과 책임」은 "출판을 염두에 두고 쓴 완성본(이라기)보다는 이후 출판을 위한 초고적인 성격의 글로서 완전히 전개되지 않은 미완성본 성격의 글이다." 바로 그런 의미에서 곁다리 텍스트로 분류할 수 있지만, 「예술과 책임」은 한편으로는 바흐친의 이론적 작업 전체의 방향을 시사해주는 마니페스토적인 성격을 갖는다.

이 텍스트의 그러한 의의는 「미적 활동에서의 작가와 주인공」 등을 발췌한 영역본의 제목이 『예술과 책임Art and Answerability』1990인 것에서도 간접적으로 시사받을 수 있다. 참고로 영역본의 서문을 쓴 저명한 바흐친 연구자 마이클 홀퀴스트는 바흐친의 이론적 세계를 아예 '책임의 건축학'이라고 규정짓기도 한다. 바흐친의 기념비적인 저작 『도스토예프스키 시학의 제문제』는 이로부터 10년 후인 1929년에 출간된다(개정판이 나오는 건 1963년이며 국역본은 이 개정판의 번역이다).

참고로 이 텍스트는『바흐찐의 소설미학』열린책들, 1988에 이미 한 번 번역/소개된 바 있다. 하지만, 번역은 기대에 미치지 못하는 수준이었다. 한편 당시는『장편소설과 민중언어』창작과비평사, 1988,『마르크스주의와 언어철학』한겨레, 1988 등이 앞서거니 뒤서거니 출간됨으로써 국내에 1차 바흐친 붐이 조성되던 때였다(이젠 바흐친 전집도 기획 중이라고 하는데, 바야흐로 새로운 붐이 마련될 수 있을까?).

그렇다면, 청년 바흐친 *이「예술과 책임」이라는 글에서 주장하는 바는 무엇인가? 짧은 분량이므로 내용을 따라가보겠다. 첫 문단이다.

> 하나의 전체를 이루는 개개 요소들이 공간과 시간 속에서 단지 외적인 연결로만 결합되어 있을 뿐 의미의 내적 통일로 충만되어 있지 않을 경우, 그 전체를 기계적이라고 부른다. 그러한 전체의 부분들은 비록 나란히 놓여 있고, 또 서로 접촉하고 있다 하더라도 본질적으로는 서로 이질적이다.

바흐친이 첫 문단에서 제시하고 있는 것은 외적인/기계적인 결합이다. 이 경우에 서로 간에 접촉은 있다 하더라도 낯설고 이질적인 관계로 남게 된다. 현대 사회에서의 이웃 관계처럼 필요한 경우에 서로 아는 체는 하지만 서로 간에 간섭하지 않는 것을 원칙으로 하고 인간적인 교제는 대충 생략하는 것. 그게 외적인/기계적인 결합 관계다. 예술과 삶의 관계가 그러한 결합 관계가 돼버린다면 어떻게 될까?

인간 문화의 세 영역인 학문과 예술과 삶은 그것들을 자신의 통일성으로 결합하는 개성 속에서만 통일성을 얻는다. 그러나 이러한 결합은 기계적

책을 읽을 자유

이고 외적인 것이 될 수 있다. 유감스럽게도 이런 일은 실제로 대단히 자주 일어난다. 예술가와 인간은 순진하게 또 대개는 기계적으로 하나의 개성 속에서 결합된다. 〔……〕 예술은 너무나 뻔뻔스럽고 자만에 빠져 있으며, 너무나 감상적이고, 당연히 그런 예술을 따라잡을 수 없는 삶에 대해 눈곱만큼도 책임지지 않는다. '그래, 우리에게 예술이 무슨 소용이야?' 하고 삶은 말한다. '그건 예술이란 것이고, 우리에게 있는 건 일상사의 산문이라구.'

인상적인 구절은 "예술은 너무나 뻔뻔스럽고 자만에 빠져 있으며, 너무나 감상적이고, 당연히 그런 예술을 따라잡을 수 없는 삶에 대해 눈곱만큼도 책임지지 않는다"는 구절이다. 근대의 예술, 그러니까 예술의 자율성을 획득/확보한 시대의 예술은 너무나 잘난 예술이어서 더 이상 산문적이고 천박한 삶에 관심을 두지 않는다(한국 근대 문학의 경우 '아티스트' 김동인의 문학/예술관이 이를 가장 잘 보여준다). 그것이 모더니즘 예술의 엘리트주의이며 '비인간화'(오르테가 이 가세트)이다. 이 고상한 것들은 삶을, 우리를 책임져주지 않는다.

물론 근대 예술이 정치권력에서 벗어나온 과정 자체는 진보적이었지만, 삶의 요구에서 멀어지면서 예술의 자율화는 자기 소외의 과정이 되어버린 것('랄랄라 하우스'는 그 궁극적 귀결이다. 오락은 삶을 책임지지 않는다). 문학의 자율성을 전제로 한 러시아 형식주의에 대해 바흐친이 비판의 포화를 늦추지 않는 것은 이러한 문제의식에서다. 삶과 예술의 분리, 기계적인 결합이 문제였던 것이다('기계로서의 예술'은 초기 형식주의자들의 모델이기도 했다).

그렇게 될 경우, "인간은 예술 속에 있을 때에는 삶 속에 있지 않고, 삶 속에 있을 때에는 예술 속에 있지 않다. 그것들 사이에는 어떤 통일성도 없으며, 개성의 통일성 속에서 내적으로 서로에게 속속들이 스며들지도 못한다."

그렇다면 개성을 이루는 요소들의 내적 결합을 보장하는 것은 무엇인가? 그것은 오로지 책임의 통일이다. 내가 예술에서 체험하고 이해한 모든 것이 삶에서 무위로 남게 하지 않으려면 나는 그것들에 대해 나 자신의 삶으로써 책임을 져야 한다. 그러나 책임은 죄과와도 결합되어 있다. 삶과 예술은 서로에 대해 책임을 져야 할 뿐만 아니라 서로에 대한 죄과도 떠맡아야 한다. [……] 인격은 전적인 책임성을 가져야 한다. 개성의 모든 요소들은 그저 삶의 시간적 연속 속에서 나란히 배열되는 것을 넘어서, 죄과와 책임의 통일 속에서 서로에게 속속들이 스며들어야 한다.

여기서 책임은 영역본에서 'responsibility' 대신에 쓰인 'answerability'가 잘 말해주듯이 '응답'하는 것이다. "너 어디에 있느냐?"는 물음과 호소에 알리바이를 대지 않고 응답하는 것, 출석하는 것, 그것이 책임이다. 삶과 예술은 서로 독립적이지만 우리의 인격 속에서 그러한 상호 책임의 관계로 통합된다. 그 책임이 서로에 대한 죄과도 떠맡아야 한다는 바흐친의 주장에서 도스토예프스키의 반향을 읽어내는 건 어려운 일이 아니다(그는 오래지 않아 곧 최고의 도스토예프스키 연구서를 쓰게 될 것이다).

더불어 레비나스1906~1995의 윤리적 주체도 상기시켜준다. 바흐친의 미학은 레비나스의 윤리학과 상통한다. 레비나스가 자기보존적으로 존재하는 것만으로는 충분하지 않다고 말하는 맥락에서 바흐친은 예술의 자율성만으로는 충분하지 않다고 말하는 것(이미 바흐친과 레비나스를 비교하는 논저들이 여럿 나와 있다). 삶과 예술은, 그리고 나와 타자는 서로에 대한 책임과 죄과를 떠안아야 한다(레비나스의 경우에는 1인칭 '나'가 절대적으로 더 많은 책임/죄과를 떠안아야 한다. 왜? 'first person'이니까).

무책임을 정당화하기 위해 '영감'에 의지하는 것은 소용없는 일이다. 삶을 무시하고, 그 자신이 삶에서 무시당하는 영감은 영감이 아니라 사로잡힘이다. 예술과 삶의 상호관계, 순수예술 〔……〕 등등에 대한 모든 오래된 문제들의 거짓이 아닌 진짜 의미, 그 물음들의 진정한 파토스는 그저 삶과 예술이 서로의 과제를 가볍게 해주고, 서로의 책임을 벗겨주려는 데 있을 뿐이다. 삶에 대해 책임을 지지 않고 창조하는 것이 더 쉽고, 예술을 염두에 두지 않고 사는 것이 더 쉽기 때문이다.

다시 말해서, 전통적으로 '예술과 삶의 관계'나 '순수예술'에 관해 말해져온 것들은 모두 그러한 책임으로부터 '면피'하기 위한 간계들일 뿐이다. 분명, 삶을 책임지지 않는 예술이나 예술을 책임지지 않는 삶은 보다 쉬운 예술이고, 보다 편한 삶이다. 그것은 어떤 의미에서는 '안락한 삶'이다. '안락사'로의 여정만을 남겨놓은.

바흐친은 그러한 삶을 좀 불편하게 만들고자 한다. 이성복의 시구를 빌자면, "詩를 쓰고 쓰고 쓰고서도 남는 작부들, 물수건, 속쓰림"에 대해서 시는, 예술은 끝까지 책임져야 한다고 말하는 것이다. 그러한 책임의 통일성 아래에서라면 예술의 자기종결성은 가능하지 않다(도스토예프스키 소설의 비종결성은 우연이 아니다). 그리하여, 결론.

예술과 삶은 하나가 아니다. 그러나 그것들은 내 안에서, 나의 책임의 통일 안에서 하나가 되어야 한다.

하긴 이러한 대사는 우리의 '어린 왕자'도 말한 적이 있다.

내 꽃…… 나는 꽃에 책임이 있어! 그리고 그 꽃은 너무 약해! 너무 순진해…… 이 세계와 맞서 제 몸을 지킬 가시 네 개뿐이야……

그러한 책임을 방기할 때 잘난 예술은 기교가 되고 못난 삶은 일상이 된다. 삶은 예술을 경멸하고 예술은 삶을 혐오한다. 우리는 무엇을 선택해야 할 것인가? 대답은 자명하다. 비록 그 대답에 책임을 지는 일은 쉬운 일이 아니라 하더라도. (2006. 4)

P.S. 이 텍스트에서 놓치지 말아야 할 것 두 가지를 덧붙인다. 첫째는, 본문에서 예술과 삶의 결합 방식이 두 가지만 언급되고 있는 듯이 보이지만, 세 가지를 읽어내야 한다는 것. 즉 (1) 삶과 예술의 외적/기계적 결합, (2) 삶과 예술의 내적 결합(이념에 의한 통일), (3) 삶과 예술의 내적 결합(책임에 의한 통일). 이 세 가지 입장을 단순화시켜 말하자면, (1) 형식주의 (2) 마르크스주의 (3) 대화주의가 된다(이 대화주의를 미학적으로만 독해하는 것은 오류다. 그것은 미학이면서 윤리학이다). 여기서 두 번째 결합 방식은 소비에트 시기의 공식 이데올로기로서 문학/예술에 가해진 요구였다(그것은 '사회주의 리얼리즘'으로 귀결된다). 바흐친은 이 두 번째 방식/경향에 대해서도 동의하지 않았다. 당연한 결과지만, 바흐친-도스토예프스키는 내내 소비에트의 '비주류'였다.

그리고 둘째는, 인간 문화의 세 영역 가운데, 바흐친이 이 글에서는 다루지 않고 있는 '학문과 삶의 관계'다. 이 또한 마찬가지다. 다시 반복하자면, "학문과 삶은 하나가 아니다. 그러나 그것들은 내 안에서, 나의 책임의 통일 안에서 하나가 되어야 한다." 그건 물론 쉬운 일이 아니다. 하지만, 삶과 학문이 서로에 대한 죄과와 책임을 떠맡지 않는다면 그건 각각 허접한 삶이고 빈곤한 학문이다('직업으로서의 학문'이 전부가 아니다). 비록 얼굴에 기름기 흐르는 삶이고 돈벼락에 허우적거리는 학문이라 할지라도……

이것이
로트만의 문화기호학이다!

『기호계 ─ 문화연구와 문화기호학』  유리 로트만, 김수환 옮김, 문학과지성사, 2008

'세계는 물질이다'와 '세계는 말[馬]이다'라는 두 문장의 차이는 무엇일까? 문장 구성상 유사한 이 두 문장을 언어학자라면 동일하게 다룰지 모르지만 문화기호학자는 둘 사이의 근본적인 차이를 지적한다. 먼저, 논리적 의미에서 동일한 계사 '-이다'의 의미 작용이 다르다. 첫 번째 경우에는 부분과 전체라는 '상응'을 의미하지만(세계⊂물질) 두 번째 경우에는 직접적인 동일시를 뜻하기 때문이다(세계=말). 그리고 빈사賓辭에도 차이가 있다. 첫 번째 문장의 경우에 '물질'과 '말'은 논리적으로 다른 층위에 속한다. '물질'이 메타언어라면 '말'은 대상-언어이기 때문이다.

첫 번째 경우가 메타언어를 지향하는 묘사적 기술記述이라면 두 번째 경우는 메타텍스트를 지향하는 신화적 기술이다. 이 두 기술 유형은 각각 '비신화적 유형'과 '신화적 유형'으로 구분된다. 비신화적 유형이 어떤 식으로든 '번역'과 관계있다면, 신화적 유형은 '동일시'와 관련된다. 비신화적 텍스트가 제공하는 것은 번역을 통한 새로운 정보이지만, 신화적 텍스트가 다루는 것은 대상의 '변형'에 대한 이해이다. 궁극적으로 이 문제는 단일 언어적 의식과 복수 언어적 의식 사이의 대립으로 수렴

된다. 물론 신화적 기술을 낳는 단일 언어적 의식이 신화적 의식이다.

이상은 러시아의 세계적인 인문학 지성이자 문화기호학의 창시자 유리 로트만1922~1993이 동료 보리스 우스펜스키와 함께 쓴 「신화-이름-문화」1973의 서두를 간추린 것이다. 개인적으로 대학원 시절 가장 감명 깊게 읽은 그의 논문 가운데 하나인데 문화기호학 관련 논문들을 모은 『기호계-문화연구와 문화기호학』(이하 『기호계』)이 이번에 번역됨으로써 이제 한국어로도 읽을 수 있게 됐다. 의미를 부여하자면, 번역을 통해서 '러시아어 로트만'이라는 단일 언어적·신화적 의식 세계가 '한국어 로트만'이라는 복수 언어적·비신화적(탈신화적!) 의식 세계로 전환된 것이다. 이것을 로트만 텍스트의 '비신화화'라고 말할 수 있을까?

물론 이러한 비신화화, 혹은 탈신화화가 처음은 아니다. 이젠 '전설'이 되었지만, 로트만의 초기 문학이론 저작인 『예술 텍스트의 구조』1970와 『시 텍스트의 분석』1972이 각각 『예술 텍스트의 구조』●고려원, 1991와 『시 텍스트의 분석-시의 구조』●가나, 1987로 일찌감치 소개된 바 있다. '최초'라는 의의는 갖지만 영역본에서 중역한 것이며 적지 않은 오류들이 걸러지지 않은 것이 흠이다. 이어서 로트만의 주요 논문 몇 편이 우스펜스키, 리하초프의 논문들과 함께 『러시아 기호학의 이해』민음사, 1993라는 이름으로 소개되었다. 러시아 문학 전공자들의 공역이었고 마침 로트만이 세상을 떠난 해에 출간되었다. 이후에 추가된 것은 편역서 『시간과 공간의 기호학』열린책들, 1996 외에 『영화기호학』민음사, 1994, 그리고 로트만의 영화기호학이 포함된 편역서 『영화, 형식과 기호』열린책들, 1995와

유리 치비얀과의 공저 『스크린과의 대화』우물이있는집, 2005 등이지만 로트만 이론의 '중심'이라고는 하기 어렵다.

예외적인 책이라면 로트만 문화기호학을 본격적으로 다루고 있는 『문화기호학』●문예출판사, 1998을 들 수 있는데, 이 책은 움베르토 에코가

서문을 쓴 영어본 로트만 선집 『정신의 우주*Universe of Mind*』1990를 옮긴 것이다. 주요 이론적 저작으로 『기호계』는 이 책과 나란히 읽을 필요가 있다. 사실 3부로 이루어진 『문화기호학』의 2부의 제목이 '세미오스피어*semiosphere*,' 곧 '기호계'이기도 하다. 게다가 『기호계』의 대본이 된 러시아어판 『기호계』2000는 이미 단행본으로 출간되었던 『문화와 폭발』1992, 『사유하는 세계들 속에서』1996와 함께 로트만의 이론적 작업들을 모아놓은 것인데, 로트만 사후에 편집 출간된 『사유하는 세계들 속에서』는 그보다 먼저 나온 영어본 『정신의 우주』의 대본이다. 즉 『문화기호학』과 『기호계』는 모두 704쪽의 방대한 분량으로 편집돼 있는 러시아어판 『기호계』에 같이 포함돼 있는 것이다.

이 러시아어판 『기호계』는 아직 영어로 완역되지 않았으며 프랑스어본 또한 150쪽의 얇은 선집이다. 따라서 한국어본 『기호계』 번역은 세계적으로도 드문 시도이며, 1968년부터 1992년까지 로트만이 발표한 논문 12편이 연대순으로 배열돼 있기 때문에 그의 이론적 사유가 어떻게 전개 혹은 진화되어가는지 일별해볼 수 있는 유익한 자료다(개인적인 바람을 덧붙이자면, 로트만의 유작 『문화와 폭발』도 소개되면 좋겠다).

『기호계』에 대한 서평의 자리에서 로트만 번역사 혹은 수용사에 대해 되짚어본 것은 이를 지켜본 개인적인 감회와 더불어 이제 비로소 그의 문화 연구와 문화기호학을 체계적으로, 그리고 보다 정확하게 이해할 수 있는 기반이 마련됐다는 점을 피력하기 위해서이고, 다른 한편으로는 로트만의 문화이론이 '번역이론'이라고도 불릴 수 있을 만큼 번역을 강조하기 때문이다. 이때의 번역은 물론 단순히 두 자연어 사이의 번역만을 가리키지는 않는다. 신화의 경우를 예로 들자면, 로트만이 보기에 텍스트로서의 신화는 특정한 의식 현상으로서의 신화, 곧 신화적 의식을 텍스트로 '번역'한 것이다.

단일 언어적 세계로서의 신화적 의식은 모든 사물을 완전한 전체로 간주하기 때문에 신화적 의식의 세계에서 모든 기호는 고유명사화된다. 예컨대, '이반은 헤라클레스이다'와 '이반-헤라클레스'라는 두 문장에서 전자의 '헤라클레스'가 보통명사로서 이반이라는 인물의 속성을 지시한다면, 후자의 경우에는 이반의 부분적 자질이 아닌 전체를 명명 과정을 통해서 특징짓는다. 그러한 것이 신화적 의식의 세계이며 이것은 유아적 의식의 세계에서 잘 나타난다. 아이들이 "나라고 부르지 마, 나만 나야. 너는 너고"라는 식으로 인칭대명사나 보통명사를 고유명사로 독점하려는 경향을 보이는 것이 좋은 예다.

이처럼 신화적 의식과 사유는 의식의 개체발생적 차원에서 먼저 나타나지만 그렇다고 해서 비신화적 의식이나 논리적 사고에 의해 대체되는 것은 아니다. 인공지능의 문제에도 상당한 관심을 가졌던 로트만은 신화적/비신화적 의식의 문제를 인간의 사고에서 '좌반구적 원칙'과 '우반구적 원칙'의 대립과 공존에 견준다. 이것은 '아이의 의식↔어른의 의식' '신화적 의식↔역사적 의식' '도상적 사유↔문자적 사유' '행위↔서사' '시↔산문' 등의 다양한 대립 체계로 변주될 수 있으며, 분절적-비연속적 언어와 비분절적-연속적 언어, 디지털적 사고와 아날로그적 사고의 대립은 로트만의 문화기호학을 가로지르는 기본항이다. 그리고 이러한 기본항들은 보편적인 문화 모델을 제시하고 문화에 대한 모든 연구를 문화기호학이라는 단일한 학문으로 수렴하려는 로트만의 학문적 기획에 디딤돌로 사용된다.

로트만의 학문적 야심은 가장 먼저 씌어진 「문화를 유형학적으로 기술하기 위한 메타언어에 관하여」에서부터 잘 드러나지만 문화를 역사주의적·상대주의적 시각 대신에 보편주의적 관점에서 기술하는 것이며, 이를 위해서 그는 문화 텍스트들의 다양성을 구조적으로 조직화된 하나의 단일한 체계로 이해하고자 한다. 그가 정의하는 문화 텍스트란 해당 문화의 입장에서 파악된 현실의 가장 추상화된 모델이며, 곧 해당 문화의 세계상世界像이다. 그런데 세계 질서의 구성 자체가 모종의 공간적 구조를 기초로 하여 인식되는 것처럼 이 세계상은 반드시 공간적 특징을 띠게 된다. 여기서 공간적 모델은 일종의 메타언어로 기능하며, 세계상의 공간적 구조는 언어로 된 텍스트처럼 기능하게 된다. 가장 단순하게 말해서, '여기↔저기' '내부↔외부' '우리↔그들' 같은 대립쌍이 메타언어로 도출된다. 그리고 이러한 대립은 문화 대 비문화, 정보 대 무질서(엔트로피), 문화 대 자연, 조직화 대 비조직화 등의 대립으로 변주된다.

문화의 역동적 메커니즘은 문화 대 비문화 사이의 대립과 긴장에 그 토대를 두는데, 흥미로운 점은 문화가 자신의 경계를 확장하는 과정은 다른 한편으로 비문화의 영역 또한 확대하는 결과를 낳는다는 점이다. 그래서, 로트만에 따르면, 모든 지리적 공간을 문화화함으로써 문화의 공간적 확장을 다 써버린 20세기에 들어와서는 문화가 한편으로는 무의식의 영역에, 다른 한편으로는 우주에 대립하게 되었다. 바로 이러한 문화의 역동적 메커니즘에 대한 이론적 해명이 로트만 문화기호학의 전부라고 해도 과언은 아니다. 이제 『기호계』를 통해서 우리는 생명계 속에서 인간만의 특권적 영역인 기호의 우주, 곧 기호계를 탐사할 수 있는 이론적 시각과 개념적 도구들을 얻을 수 있게 되었다. 로트만의 작업은 그간에 주로 미시적이고 지엽적인 연구 주제들로 채워졌던 국내의 문화연구의 시야를 보다 거시적이고 보편적인 차원으로, 더 나아가 '우주적인' 차원으로 확장시켜줄 것이다. (《문학과사회》, 2008년 여름호)

르네 지라르,
인류학의 도스토예프스키

『나는 사탄이 번개처럼 떨어지는 것을 본다』[*]
르네 지라르, 김진석 옮김, 문학과지성사, 2004

『문화의 기원』[*] 르네 지라르, 김진석 옮김, 기파랑, 2006

『르네 지라르 혹은 폭력의 구조』 김현, 나남, 1987

르네 지라르1923~ 의 『나는 사탄이 번개처럼 떨어지는 것을 본다』(이하
『사탄이 번개처럼』)에 대해서 몇 자 적어내는 것이 내게 떨어진 몫이었다.
하지만 일은 콩 구워 먹듯이 되지 않았고, 이래저래 미뤄지는 사이에 아
마도 가장 요긴한 지라르 입문서가 될 『문화의 기원』이 장마가 시작될
무렵에 '번개처럼' 출간됐다(한국어판은 전 세계에서 네 번째로 나온 것이라고
한다).

재작년에 프랑스어본이 나온 이 대담집은 문학과 종교학, 문화인류
학 등을 거침없이 넘나드는 이 예외적인 사상가의 '지적 자서전'으로 적
어도 당분간은 모자람이 없는 책인데, 나는 반가운 마음에 얼른 사 들면
서도 부담감을 다 떨쳐낼 수 없었다. '이거, 생각보다 견적이 너무 나오
는 거 아니야?'라고 속으로 툴툴댔던 것이다.

사실 지라르에 대해서 말한다는 건 아주 단순하면서도 단순하지 않
다. 『문화의 기원』의 서문에서 대담자들은 "여우는 많은 것을 알고 있지
만, 고슴도치는 단 하나의 대단한 것을 알고 있다"는 이사야 벌린의 인
용구를 재인용하면서(벌린은 자신의 에세이에서 러시아 작가 톨스토이와 도스
토예프스키를 각각 이 '여우'와 '고슴도치'에 비유했다) 이 고슴도치-지라르의
그 대단한 것이 '모방적 욕망'과 '희생양'이라는 걸 미리 일러주고 있다.

책을 읽을 자유

이 두 가지 가설에서 출발한 지라르는 40년 이상을, 찰스 다윈의 말대로 '하나의 주제에 대한 기나긴 논증'을 해오고 있다. 『문화의 기원』, 10쪽

지라르에 대해서 말하는 것이 단순한 것은 그 두 가지 가설만을 따라가면 되기 때문이고, 동시에 단순하지 않은 것은 그 '기나긴 논증'에 대해서 되짚어보아야 하기 때문이다. 그 자신의 지적대로 단순성과 명료성은 지라르의 특장이면서 비판의 빌미다. 나는 이 익숙한 양면성에 대해서 몇 자 거들기보다는 지라르에 대한 사적인 기억 몇 가지를 나열함으로써 내게 떨어진 발등의 불을 끄기로 마음먹었다. 사실 지라르 자신보다 지라르에 대해서 더 잘 말할 자신이 없는 나로서는 '지라르와 나' 정도가 감당할 수 있는 주제이긴 하다.

지라르의 출세작은 『낭만적 거짓과 소설적 진실』[*]1961이다. 파리 고문서학교 출신인 그가 미국의 대학에서 소설을 강의하기 시작한 건 그 자신에 따르면 '첫 지적 모험'이었는데, 30대 중반에 스탕달과 플로베르의 소설들을 읽어나가면서 그는 대단한 걸 발견한다.

그 무렵 저는 『적과 흑』 『마담 보바리』 그리고 도스토예프스키를 연달아 읽고 있었습니다. 그러던 중 「영원한 남편」을 읽던 때가 정말 결정적인 순간이었습니다. 『문화의 기원』, 35쪽

그는 도스토예프스키에게서 세르반테스와 완전히 동일한 것을 발견하며 이로써 '모방의 리얼리스트'로의 길로 접어든다.

지라르의 이 출세작은 비교적 일찍 우리말로 번역됐는데, 전체 12장 중에서 8장이 문학평론가 김윤식에 의해 영역본에서 중역돼 나온 『소설의 이론』[*]삼영사, 1977이 그것이다(『낭만적 거짓과 소설적 진실』의 완역본이 나

온 것은 2001년의 일이다). '소설의 이론'이라는 표제는 막바로 루카치의
『소설의 이론』을 떠올리게 하는데(물론 역자의 의도였을 것이다), 역자는
소설 이론가 뤼시앵 골드만이 이 저작들을 '소설의 이론'이라 할 만한
단 두 권의 책으로 꼽고 있음을 소개하기도 했다. 대학에서 맞은 첫 여
름방학에 내가 이 두 권의 책을 손에 든 것은 지극히 당연한 일. 루카치
의 책은 난해했지만 지라르의 책은 읽을 만했고 특히 도스토예프스키론
은 흥미로웠다(「영원한 남편」에 대한 그의 분석은 소설보다도 재미있었다!). 다
행히도 지라르와의 인연은 계속 이어질 수가 있었는데, 그것은 전적으
로 문학평론가 김현의 노고 덕분이었다. 지라르 이론의 전모를 다루고
있는 최초이자 유일한 연구서 『르네 지라르 혹은 폭력의 구조』*(이하
『폭력의 구조』)가 바로 출간되었던 것이다. 240여 쪽의 비교적 얇은 분량
이지만 실제 지라르론은 절반 정도이고 나머지 절반은 지라르의 도스토
예프스키론과 카뮈론으로 채워져 있는 이 책은 그럼에도 그로부터 거의
20년이 지나 출간된 『문화의 기원』 이전에 르네 지라르의 전체적인 모
습을 조감할 수 있도록 해준 유일한 책이었다.

제목에서도 암시되듯이 김현이 파악한 지라르 이론의 핵심은 '폭력'
이고 '폭력의 구조'였다. '모방욕망'과 '희생양'이라는 두 키워드를 그는
'폭력의 구조'로 묶었던 것(김현은 지라르의 『희생양』을 그의 가장 좋은 책으
로 꼽는다). 폭력에 대한 관심은 사실 1980년대 중반 김현 비평의 화두이
기도 했다. "억압적 세계의 기본적 욕망에 대한 분석·해석"을 시도한 비
평집 『분석과 해석』문학과지성사, 1988은 그렇게 해서 나온 책이며 거기엔
「증오와 폭력」, 「폭력과 왜곡」이라는 두 중요한 평론이 실려 있다.

『폭력의 구조』에도 '지라르의 눈으로 한국의 신화 읽기'가 몇 대목 포
함돼 있지만 그러한 평론들이 지라르에 대한 관심과 읽기에 힘입은 것
이라는 건 미루어 짐작할 수 있다. 사실 『폭력의 구조』의 글머리에 그는

책을 읽을 자유

단도직입적으로 이렇게 적었다.

> 욕망은 폭력을 낳고, 폭력은 종교를 낳는다! 그 수태·분만의 과정이 지라르에겐 너무나 자명하고 투명하다. 그 투명성과 자명성이 지라르 이론의 검증 결과를 불안 속에 기다리게 만들지만, 거기에 매력이 있는 것도 사실이다. 나는 그래서 지라르의 이론을 처음부터 자세히 검토해 보기로 작정하였다. **거기에는 더구나, 1980년 초의 폭력의 의미를 물어야 한다는 당위성이 밑에 자리 잡고 있었다.** 17쪽(강조는 나의 것)

그는 그 폭력의 의미를 철저하게 질문한 아주 드문 비평가였다.

한 비평가에게는 '소설의 이론'을, 또 다른 비평가에게는 '폭력의 구조'를 의미했던 지라르가 내게 의미했던 것은 '도스토예프스키'였다. 그의 『도스토예프스키―이중성에서 단일성으로』1963는 '도스토예프스키의 묵시록'을 마지막 장으로 갖고 있는 『낭만적 거짓과 소설적 진실』의 보유편이라고 할 만하다. 이것은 '새로운 전망으로서의 도스토예프스키 소설'이라는 절로 『소설의 이론』을 마무리한 젊은 루카치가 이후에 쓴 도스토예프스키론에 비교될 만한 것이었다. 두 걸출한 이론가에게 소설론의 끝은 도스토예프스키였던 것이다.

'소설의 이론' 이후에 루카치는 『역사와 계급의식』1923으로 나아가며 '소설의 진실'을 발견한 지라르는 『폭력과 성스러움』1972으로 넘어간다(나는 두 사람의 도스토예프스키론을 참조한 졸업논문을 쓰고 대학원에 진학했다). 모방이론의 관점에서 지라르는 문학비평에서 문화인류학으로 넘어간 자신의 작업을 연속적인 것으로 간주했지만 주변에서는 "여러 가지 분야에 손을 대고 있다고 생각하지 않습니까?"라는 우려를 낳았다고 한다. 하지만 되짚어보면, 그의 본류는 '모방욕망의 인류학' '종교적인 것

의 인류학'이었고, 그러한 작업의 영감을 문학비평에서 가져왔다는 점
이 특이할 따름이다.

우리에게도 소개돼 있는 『폭력과 성스러움』[●] 민음사, 1997은 아직 소개되
지 않은 『세상 설립 이래 감추어져온 것들』1978과 짝패를 이루는 책이다.

제가 『폭력과 성스러움』을 쓸 때 처음에는 2부의 책을 만들고 싶었습니
다. 1부는 고대문화, 2부는 기독교에 관한 내용으로 말입니다. 그렇지만
결국 자료는 다 모아놓고도 기독교 부분은 제쳐놓을 수밖에 없었습니다.

『문화의 기원』, 52쪽

이 2부는 두 사람의 동료/친구의 도움을 받아서 대담의 형식으로 출간
된다. 말 그대로 기독교에 관한 부분인데, 『희생양』1982, 국역본 1998이 1부
의 보유라면, 『사탄이 번개처럼』1999은 2부의 보유쯤 된다. 후자의 경우
엔 『세상 설립 이래 감추어져온 것들』의 두어 가지 실수를 바로잡은 것
이라고 지라르는 말하고 있기 때문이다. 그 실수란 건 기독교와 연관된
것에 대해 '희생'이라는 말을 사용하지 않은 것이라고 자백하는데, 실상
『사탄이 번개처럼』에는 '희생'이라는 말이 낙석처럼 널려 있다.

여느 저작에서처럼 이 책에서도 지라르가 입증하고자 하는 것은 아
주 단순하다. 그는 신화와 기독교를 구별하면서 그 둘 간의 가장 큰 차
이는 신화가 가해자의 편인데 반해 기독교는 희생양의 편이라는 점이라
고 주장한다.

신화의 해석은 집단 폭력의 희생물을 죄인으로 표현하고 있는데, 이 해석
은 완전히 잘못이고 환상이며 그러므로 거짓이다. 반면에 성경의 해석은
이 희생물을 무고한 존재로 표현하고 있는데, 이 해석은 본질적으로 정확

책을 읽을 자유

하고 믿을 만하며 그러므로 참이다. 『사탄이 번개처럼』, 14쪽

이러한 단언은 어떤 기시감으로 우리를 안내하지 않는지? 이를테면, '신화의 거짓과 성경의 진실'이 책의 알파요 오메가인 것이다. 이 '하나의 주제에 대한 기나긴 논증'이 『사탄이 번개처럼』을 구성한다. 모방적 경쟁관계로 빨려들어감으로써, 즉 스캔들에 불가피하게 말려들어감으로써 '모방의 회오리', 혹은 무차별적 폭력에 도달하게 되는 메커니즘 자체가 바로 사탄이다(예수 가라사대, "사탄아 물러가라, 너는 나의 스캔들이다"). 반면에 기독교는 예수를 통하여, 폭력에 휩싸인 공동체의 평화를 위해 무고한 희생양을 살해하는 이 메커니즘의 정체를 폭로한다.

그러한 폭로를 주제화하고 있다는 점에서 도스토예프스키의 소설들은 전범적이다. 그의 소설들은 나폴레옹 모방에서 그리스도 모방으로의 이행, 곧 신화(변증법)에서 복음서로의 이행을 표시하고 있는 이정표들이기도 하니까 말이다. 그리고 보면, 르네 지라르와 도스토예프스키, 이 두 '두더지'는 서로 닮은 점이 많다. 결점도 비슷하고. 지라르에게서 맹목적인 서구 및 기독교 우월주의의 냄새가 난다는 비판이 제기되기도 하는데, 사실 도스토예프스키 또한 맹목적인 러시아 및 정교 우월주의의 냄새를 다 가리지는 못했으니까. 그런 의미에서도 이 '인문학의 다윈'은 '인류학의 도스토예프스키'라 할 만하다! (나의 졸업논문은 '인류학자 도스토예프스키'에 관한 것이었다) 〈텍스트〉, 2006. 7)

P.S. 물론 투명성과 자명성은 도스토예프스키의 미덕이 아니다. 보다 정확하게는 도스토예프스키 '소설'의 미덕이 아니다. '인류학의 도스토예프스키'라고 할 때 내가 염두에 둔 것은 두 사람의

'두더지적 성향과 종교적 지향이다. 더 파고 들어가면 두더지도 여러 종류가 있다(독백적 두더지, 대화적 두더지 하는 식으로).

보드리야르는
죽지 않는다

대중적으로는 '매트릭스'의 철학자로 널리 알려진 프랑스의 사회학자 장 보드리야르1929~2007가 세상을 떠났다. 포스트모더니즘과 하이퍼리얼리티의 이론가에게 걸맞은 표현을 쓰자면 이 세계로부터 '로그아웃'했다. 『사물의 체계』1968로 지식사회에 명함을 내민 지 얼추 40년 만이다.

그리하여 그의 학문적/이론적 삶에 대한 본격적인 독해와 평가가 이제 남은 이들의 몫이 되었다. 그것은 영화 〈매트릭스〉에서 모피어스가 네오에게 건네는 두 가지 알약 중 하나를 선택하는 일처럼도 보인다. 빨간 약이냐 파란 약이냐, 혹은 보드리야르를 기억할 것인가 잊어버릴 것인가.

빨간 약을 입에 넣을 경우 우리에게 펼쳐지는 초기 화면은 1960년대 중반 프랑스 지식계의 풍경이다. 보드리야르는 낭테르 대학에서 『현대세계의 일상성』1968의 저자 앙리 르페브르의 지도 아래 박사학위 논문을 작성하고 롤랑 바르트의 『모드의 체계』1967를 연상시키는 첫 번째 연구서를 출간한다. 그것이 『사물의 체계』이다(국역본이 신뢰할 만한지는 의문이다). 이 '사물'에 대한 관심은 그의 이론적 여정에서 줄곧 견지된다.

자신의 이론적 여정을 요약해주고 있는 책 『암호』2000에서 보드리야르가 제시한 첫 번째 '패스워드'가 바로 '사물objet'이었다. "나에게 사물은 암호 중의 암호였다고 할 수 있을 것이다. 나는 처음부터 그러한 관점을 취했는데, 왜냐하면 주체라는 문제틀과 단절하고 싶었기 때문이다. 사물의 문제는 〔……〕 지금까지도 나의 사유의 지평으로 남아 있다"고 그는 적었다.

보드리야르가 다루는 사물은 보다 구체적으로 말해서 '상품'들이다. 1960년대는 사물들이 득세하게 된 시대, 본격적인 상품들의 시대였다(동시대 작가인 조르주 페렉의 『사물들』1965을 떠올려보라). 그러한 시대를 일컫는 말이 '소비사회'이며 이 새로운 사회를 주도하는 것은 더 이상 생산이 아니라 소비다. 그의 초기 사회학적 작업은 이 소비사회의 메커니즘에 대한 분석에 바쳐진다.

보드리야르가 보기에 소비사회에서의 상품가치는 '사용가치/교환가치'라는 문제틀만으로 더 이상 유효하게 분석되지 않는다. 그래서 그는 마르크스의 정치경제학을 재평가하면서 '기호가치'를 전면에 부각시킨다. 요즘 쓰는 말로는 '브랜드가치'가 예가 되겠는데, 가령 사치성 소비재, 소위 '명품'에 대한 수요는 사용가치나 교환가치라는 용어로 설명되지 않는다. 명품의 가치는 말 그대로 '이름값'이기 때문이다.

『기호의 정치경제학 비판』* 1972은 그러한 '이름값'으로서의 기호가치에 대한 이론적 분석이다. 그에 따르면 상품은 더 이상 필요를 충족시키는 데 동원되는 것이 아니라 어떤 사회적 지위를 표시하는 데 봉사한다.

상품들과 기호가치가 범람하는 보드리야르적 세계는 1970년대 후반 이후에 컴퓨터화되고 디지털화된 세계로 '버전-업'된다. 그것이 그가 펼쳐놓은 두 번째 화면이며, 보드리야르는 이것을 '코드'가 지배하는 시대라고 부른다. 여기서도 여전히 사물들은 그의 주된 관심 대상이지만 그 존재론적 차원은 변화한다. 이것은 가상세계이지만 현실과 가상이라는 구분/구획 자체가 무효화되기에, 즉 더 이상 원본과 모사물(시뮬라크르) 사이의 존재론적 차이가 유지되지 않기에 '가상화된 현실'이고 '현실화된 가상'이다. 그러한 현실-가상을 축조하는 방식이 시뮬라시옹이다 (이 새로운 시대, 포스트모던은 '나훈아'의 시대가 아니라 '너훈아'의 시대다).

시뮬라크르와 시뮬라시옹의 세계는 가역성의 원리가 지배하며 극단적으로 말해서 죽음조차도 불가능한 세계다(우리는 로그아웃할 수 있을 따름이다). "걸프전은 일어나지 않았다" 같은 악명 높은 주장은 그러한 차원에서 제기된다. 이 '불가능한 죽음'을 이제 우리는 '보드리야르'라는 기호-이름에도 되돌려줄 수 있을 것이다. 그 이름의 주인은 세상을 떠났지만 우리가 보드리야르라는 '빨간 약'을 먹을 때마다 우리 눈앞에 언제나 되살아날 것이다. (《대학신문》, 2007. 3)

27

역사의 개념과 사랑의 지혜

자, 여기까지가 나의 응답이고 책임이다.
이 책임은 무한책임이기에 이건 고작 '입막음'에 불과하지 않으면 안 된다. 하지만 언제나 중과부적이어서
거의 틀어막은 틈새로 새어나오는 준엄한 무한자의 목소리를 나는 어찌할 수 없다. "너 어디에 있느냐?" 오,
신이시여, 제발!

웰컴 투
벤야민베가스!

『아케이드 프로젝트』 발터 벤야민, 조형준 옮김, 새물결, 2005

생전에 불우했던 천재 비평가 발터 벤야민1892~1940 붐이 일고 있다. 그의 미완의 주저 『아케이드 프로젝트』가 '드디어' 번역/출간됐고(최근에 절반이 나온 이 책의 나머지 절반은 11월에 나온다고 한다), 곧 10권짜리 우리말 벤야민 선집도 연말부터는 선보일 예정이라고 한다. 바야흐로 '벤야민의 세기'가 준비되는 것인가?

사실, 이러한 벤야민 붐은 서양이나 일본 등지에서는 진작부터 시작된 것이므로 특별히 한국적인 현상은 아니다. 우리도 이제 그러한 물결에 발을 담글 수 있게 된 것일 뿐. 해서, 자신이 즐겨 썼던 말이지만, 그의 '사후의 삶afterlife'은 더 이상 불우해 보이지 않는다. 비록 "수줍음 많

고 숫기 없는 사람으로 알려져 있지만", 자신의 바람대로 20세기 독일 최고의 문학비평가로 평가되는 한편, '도시 마르크스주의'의 선구적 이론가로 자리매김되고 있는 상황이라면 싱긋 미소를 지을 만도 하지 않을까.

'벤야민의 세기'가 오고 있는가

입소문이 아니라 본격적인 번역을 통해서 우리에게 처음 벤야민이 소개되기 시작한 것은 지난 1980년 차봉희 교수 편역의 『현대 사회와 예술』, 그리고 1983년 반성완 교수 편역의 『발터 벤야민의 문예이론』* 민음사이 출간되면서부터다(1985년엔 베르너 풀트의 전기 『발터 벤야민』 문학과지성사이 소개되었다).

이제 25년쯤의 역사를 갖고 있는 셈인데, 이 시기 '벤야민'의 간판 노릇을 한 것은 아마도 그의 가장 유명한 논문일 「기술복제 시대의 예술작품」이었다. 해서, '벤야민=기술복제 시대의 예술작품'이라는 등식이 통용되던 이 시기의 우리에게 벤야민은 친구인 아도르노에게 영감을 준 문학비평가이자 동시에 매체(미디어) 이론가였다.

벤야민 수용사의 두 번째 단계는 1992년 벤야민 탄생 100주년을 맞이하여 박설호 교수의 편역으로 『베를린의 유년시절』* 솔출판사이 출간되면서 시작된다(거기에는 벤야민의 박사학위 논문인 「독일 낭만주의에서의 예술비평의 개념」이 포함돼 있었다). 이를 통해서 벤야민의 예술론을 더욱 폭넓게 이해할 수 있는 계기는 마련되었지만, '새로운 벤야민', 즉 도시 이론가 혹은 도시 '관상학자'로서의 벤야민의 모습은 아직 드러나지 않은 단계다(『발터 벤야민의 문예이론』에는 물론이고, 『베를린의 유년시절』에 실린 '발터 벤야민 연보'에도 '파사젠베르크', 곧 '아케이드 프로젝트'에 관한 내용은 전혀 들어 있지 않았다).

책을 읽을 자유

그리고 이제, 전설로만 남아 있다가 뒤늦게 발견되어 독일에서도 지난 1982년에서야 전집에 묶어 출간될 수 있었던 『아케이드 프로젝트』가 우리말로도 소개됨으로써 우리의 벤야민 수용사는 세 번째 단계에 진입하게 되었다. 근년에 나온 벤야민 관련서들이 조명하고 있는 것도 대부분 이 '아케이드 프로젝트'와 관련되는바, 한마디로 "발터 벤야민, 도시를 산책하다"를 주제로 하고 있다.

어떤 도시들인가? 나폴리, 마르세유, 모스크바, 베를린, 그리고 파리 등이 그가 산책하면서 읽고/쓰고 있는 주요 도시들, 아니 도시-텍스트 city-as-text들이다. 현대성의 상징인 이 도시-텍스트들을 재료로 하여 그가 계획했던 것, 하지만 미완으로 남겨놓은 것이 텍스트-도시text-as-city라는 '유례없는' 텍스트로서의 『아케이드 프로젝트』다. 우리의 책상머리에 놓여 있는 것 말이다. 이렇게 말을 건네면서. "웰컴 투 벤야민베가스! Welcome to Benjamin Vegas!"

벤야민베가스 여행을 위한 안내책자들

여기서 나의 몫은 아직 다 둘러보지도 못한 벤야민베가스를 소개하는 것이 아니라 벤야민베가스로 떠나기 위한 간단한 로드맵을 제시하는 것이다(나는 '가이드'가 아니라 '스토커'다). 무작정 떠나보는 것도 여행의 한 가지 방법이긴 하지만, 뭐라도 한 장 들고 가는 것도 나쁘진 않을 듯하기 때문이다. 혹 경제적/시간적 여유가 있는 사람이라면 벤야민의 유대인 세 친구의 '보고서'를 길잡이 삼아 미리 훑어볼 수도 있겠다.

아도르노가 쓴 「발터 벤야민의 초상」『프리즘』, 문학동네, 2004과 한나 아렌트가 쓴 「발터 벤야민」『어두운 시대의 사람들』, 문학과지성사, 1983, 그리고 게르숌 숄렘이 쓴 『한 우정의 역사-발터 벤야민을 추억하며』 한길사, 2002가 그것들이다(아렌트의 글은 벤야민 선집 『일루미네이션』의 영역본 서문으로도 수록

돼 있는데, 이 책의 우리말 번역본은 『문학비평과 이론』문예출판사, 1987이다). 물론 이들을 참조하는 건 필수가 아니라 선택이다(참고로 말하자면, 아도르노의 글은 꽤 난해하다. 아도르노와 숄렘은 1955년에 나온 최초의 『벤야민 전집』2권을 편집하기도 했으니 벤야민 생전에나 사후에나 '최측근들'이라 할 만하다).

내가 나름대로 필수적이라고 생각하는 것은 마셜 버먼의 「발터 벤야민-도시의 천사」『맑스주의의 향연』, 이후, 2001부터다. 1996년에 영어로 발간된 벤야민 관련서 세 권에 대한 서평 형식으로 씌어진 이 글은 짤막한 분량에도 불구하고 벤야민의 전기적/사상적 맥락을 잘 짚어주고 있다. 그러면서 1999년에 발간된 영어본 『아케이드 프로젝트』하버드대출판부를 예고하는 내용도 포함하고 있다. 벤야민에 대한 버먼의 평가.

나치와 자기 자신의 파멸의 느낌이 자신을 죽음으로 이끌 때조차 벤야민은 독자들에게 길거리에서 춤추는 법과 현대 세계에 대한 자기 권리를 주장하는 법을 보여주었다.

그리고 결론.

벤야민이 센트럴 파크에서 춤추기에는 너무 늦었지만, 우리가 춤을 추면서 벤야민을 기억하는 것은 그다지 늦지 않았다. 348쪽

'19세기 세계 수도로서의 파리'를 베를린보다도 사랑했던 벤야민이 1940년 스페인 국경에서 자살하지 않고 미국으로의 망명에 성공했더라면 이후에 '20세기의 세계 수도 뉴욕'도 사랑하게 됐을까? 자본주의적 환락의 도시, 라스베이거스는?(라스베이거스에 처음 카지노가 들어선 것은 1941년이라고 한다)

책을 읽을 자유

그런 의문은 '도시 마르크스주의Metromarxism'라는 영역을 개척하고 있는 지리학자 앤리 매리필드도 던지고 있는데, 그가 짐작하기에 "벤야민이 20세기 후반까지 살아남을 수 있었다면, 그 역시 전前 뉴욕 시장인 줄리아니의 보도步道 개혁을 혐오했을 것이고, 노숙자와 노점상, 무단횡단자, 그리고 뉴욕의 노변에서 어슬렁거리는 거주자에 대한 무자비한 탄압에 경악을 금치 못했을 것이다."161쪽

당연한 일이지만, 매리필드의 『매혹의 도시, 맑스주의를 만나다』●이후, 2005의 한 장은 "자본주의 도시를 세속적 계몽이나 혁명 속의 혁명적인 것인 것으로, 또한 신뢰할 만한 빛의 도시로 평가한 최초의 맑스주의자", 아니 "아마도 20세기 가장 위대한 도시 맑스주의자" 벤야민에게 바쳐지고 있다(유감스럽게도 우리말 번역본은 많은 오역을 포함하고 있다). 그는 마르크스주의 연구를 통해 도시를 연구했던 엥겔스와는 달리 도시 연구를 통해서 마르크스주의를 연구했던 벤야민의 '도시 마르크스주의'를 그의 전기적 맥락 속에서 명쾌하게 해명하고 있다.

각각 '도시의 천사' 벤야민, '도시 마르크스주의자' 벤야민을 화두로 하고 있는 버먼과 매리필드의 글이 말하자면 위밍업이 되겠다. 거기에 이어서 '벤야민과 도시'라는 주제에 대해서 보다 포괄적이면서도 자세한 안내 서비스를 제공해주는 건 그램 질로크의 『발터 벤야민과 메트로폴리스』●효형출판, 2005다. 특히, 서론과 결론은 전체적인 윤곽을 그리는 데 아주 유용한데, 마치 63빌딩의 전망대 같은 역할을 해준다(유감스럽게도 우리말 번역본은 몇 군데 부정확한 대목을 포함하고 있다).

질로크가 셈하고 있는 벤야민의 도시 풍경 연작들은 1924년에 씌어진 「나폴리」를 기점으로 「모스크바」1927, 「바이마르」1928, 「마르세유」1928, 「파리, 거울 속의 도시」1929, 「산 지미냐노」1928, 「북해」노르웨이의 베르겐 시에 대한 스케치, 1930 등을 포함하며 이들은 '사유 이미지'로 통칭된다. 물론

19세기 파리에 바쳐진 『아케이드 프로젝트』는 이 '사유 이미지'의 총결산이다. 질로크는 이러한 도시 풍경을 관상학, 현상학, 신화, 역사, 정치, 텍스트라는 6개의 범주, 혹은 키워드로써 갈무리한다.

그가 보기에 벤야민의 도시 풍경은 "맑스주의적 전통에 비판적으로 개입하는" 벤야민만의 아주 독특한 방식이다. 벤야민은 현대성과 현대적 삶의 중핵으로서의 도시를 사랑했고 또한 혐오했다. 도시는 그에게 매혹의 대상이자 동시에 구원의 대상이었으며, 천국이자 지옥이었다. 질로크의 표현을 빌면, 벤야민은 '걸어 다니는 모순'이었는바, 현대성의 비판과 구원이라는 벤야민 텍스트의 힘이 가장 잘 드러나는 것은 그러한 모순 속에서다.

질로크의 책을 통해서 벤야민 프로젝트의 전체적인 윤곽에 대한 브리핑을 제공받았다면, 이제는 벤야민의 아케이드, '벤야민베가스'를 직접 거닐어볼 차례다. 여기부터는 수잔 벅 모스의 『발터 벤야민과 아케이드 프로젝트』*문학동네, 2004를 지참하는 게 좋겠다. 그녀는 벤야민의 프로젝트가 나폴리(남쪽)와 모스크바(동쪽), 베를린(북쪽), 파리(서쪽)라는 네 개의 축을 가지고 있는 것으로 본다. 나폴리에 관한 짧은 텍스트인 『나폴리』는 아직 우리말로 번역되지 않았지만(이에 대한 해설은 질로크와 매리 필드를 참조), 모스크바에 관한 텍스트 『모스크바 일기』그린비, 2005는 올해 초에 소개된 바 있다. 베를린 텍스트를 구성하는 것은 『베를린의 유년시절』과 『베를린 연대기』 등이며(전자가 번역돼 있다), 가장 방대한 분량을 자랑하는 파리 텍스트가 바로 『아케이드 프로젝트』인 것.

『아케이드 프로젝트』는 말 그대로 '수집가' 벤야민이 마지막 열정을 다 바쳐서 모아놓은 자료들의 거대한 묶음이자 몽타주 재료들이다. 요컨대, 도시 자체다(그래서 '텍스트-도시'다). 벤야민이 사랑했던 파리의 아케이드는 현대성의 환상(판타스마고리아)이 가장 극적으로 구현된 매혹

의 장소이며, 또한 그러한 환상으로부터 우리가 깨어나기 위해서 반드시 통과(횡단)해야 하는 공간이다.

벤야민이 보기에 이 도시의 바깥, 현대성의 바깥에서는 현대성에 대한 비판도 구원도 가능하지 않다. 오직 우리를 찌른 창만이 우리의 상처를 치유할 수 있는 것처럼 도시의 '경험'만이 우리를 도시의 환상으로부터 구제해줄 수 있다. 이것이 벤야민의 변증법이며, 그가 우리에게 텍스트-도시의 경험을 제안하는 이유다. 자, 저것이 우리에게 손짓하는 텍스트-도시, 벤야민베가스의 입구다. 판돈과 배짱이 충분하다면 한번 들어가보시라! 나의 동행은 여기까지다…… 《텍스트》, 2005. 8)

벤야민 읽기의
괴로움

작년 연말부터 개인적인 인연 때문에 벤야민 얘기를 자주 하게 된다(「모스크바 통신」에 그런 내용들이 좀 들어 있다). 또 자주 얘기하다 보니 남들에게는 어느새 유사-전문가처럼 비치기도 하는 모양이다(물론 나는 벤야민에 관한 유사-전문가적 '에세이'라면 웬만큼은 쓸 수 있다). 하지만, 아도르노의 표현을 빌자면, "벤야민의 매력 앞에서는 자석처럼 끌리거나 몸서리치며 거부하는 것 외에 다른 도리가 없다." 그러니 벤야민을 조금이라도 읽어본 독자가 벤야민이라는 이름을 자주 들먹이며 벤야민 읽기에 나서는 것은 전혀 특별한 일이 아니며 오히려 '자연현상'에 가깝다. 마치 그대가 앉아 있는 배경에서 해가 지고 바람이 부는 일처럼.

비록 몸서리치며 거부하기보다는 '대세'를 따르기로 작정하고는 있지만, 그렇다고 해서 벤야민 읽기가 마냥 즐거운 것만은 아니다. 벤야민에 대한 짤막한 글을 한 편 쓰기 위한 필요 때문에 최근에 몇 권의 벤야민 책을 뒤적거렸는바(「웰컴 투 벤야민베가스!」 참조), 물론 재미가 전혀 없지는 않았지만 나로서는 곤욕이었다. 이유는 물론 다소간 부적절하고 무성의해 보이는 번역들 때문. '벤야민'이라는 원原텍스트 자체도 난해하다고 하지만, 거기에 '우리식 번역'의 불가해성까지 겹쳐지게 되면 웬만한 지력知力으로는 감을 잡거나 읽어내기 힘든 수준이 된다. 남들 수준의 웬만한 지력만을 소유한 나로서는 당연히 버벅댈 일인 것이고, 해서, 그런 하소연을 담게 될 이 편지는 유감스럽지만 '즐거운 편지'가 아니라 '괴로운 편지'가 될 것이다.

「웰컴 투 벤야민베가스!」에서 벤야민 읽기의 길잡이로 내가 제시한 텍스트들은 아도르노의 「발터 벤야민의 초상」『프리즘』에 수록과 아렌트의 「발터 벤야민」, 그리고 숄렘의 『한 우정의 역사-발터 벤야민을 추억하며』인데, 이 중 아도르노의 텍스트는 (물론 예상할 수 있는 바이지만) 깊이 있으면서도 상당히 난해하다(아렌트와 숄렘의 텍스트는 상대적으로 읽기 편하다). 짧은 글임에도 불구하고 나는 영역본을 참조하여 반나절 이상을 꼬박 투자해야 했다. 아도르노 전공자의 번역인 만큼 아도르노의 난해성은 십분 전달하고 있는 번역인데, 그런 만큼 좀더 읽기/이해하기 편한 번역은 될 수 없었을까 하는 아쉬움이 남는다. 나대로 읽기 편하게 고쳐 읽으려면 상당한 견적이 나오는지라 여기서는 그냥 한 대목만 지적하기로 한다.

국역본 『프리즘』●의 276쪽.

이러한 강령은 그의 미완성 대표작에 대한 논평에서 다음과 같이 공식화되었다. '영원한 것은 아무튼 어떤 이념이라기보다는 오히려 옷에 달린

책을 읽을 자유

한 조각의 레이스다.'

  '미완성 대표작'이라는 건 『파사젠베르크』, 곧 『아케이드 프로젝트』를 가리킨다. 그러니까 인용문은 『아케이드 프로젝트』에 '대한' 논평이 아니라 『아케이드 프로젝트』 '안에 들어 있는' 벤야민의 메모/노트이다. 일부러 『아케이드 프로젝트』와 관련한 대목을 꼽았는데, 이런 식으로 조금씩 틀어지는 대목들이 국역본에는 너무 많이 들어 있다.
  가령, 288쪽에서,

  『아케이드 프로젝트』에서 볼 수 있듯이 먼지나 플러시천 같은 최소한의 객체 혹은 초라한 객체들을 편애하는 그의 태도는 관습적 개념망의 그물코 사이로 빠져 달아나는 것들, 혹은 지배정신이 너무도 도외시하여 성급한 판단 이외에 아무 흔적도 남기지 않은 모든 것들에 매료되는 기술과 상호보완적이다.

  흔히 '대상(들)'으로 번역될 단어가 왜 '객체(들)'로 옮겨졌는지는 의문이다(불가능하지는 않지만 자연스러운 것은 아니다). '최소한의 객체들'은 물론 '사소한 대상들'을 뜻할 것이다. 283쪽에서는 '사물화reification'를 '대상화'로 옮겨놓았는데, 물론 불가능한 것은 아니지만 상식적이지 않다. 프루스트에게서의 '비의지적 기억involuntary memory'을 '본의 아닌 기억'289쪽으로 옮기는 것도 마찬가지인데, 역시나 불가능하지 않지만 촌스럽다. 가뜩이나 복잡해서 각도가 잘 안 나오는 아도르노의 문장들을 독해하는 데 도와주지는 못할망정 이런 식으로 '갠세이'해서야 되겠는가?(해서 아도르노의 텍스트는 따로 브리핑을 필요로 한다.)
  아도르노에 비하면 『맑스주의의 향연』●이후, 2001의 저자 마셜 버먼은

아주 친절하며, 번역 또한 깔끔하다('맑스주의의 모험 Adventures in Marxism'이라는 원제가 '맑스주의의 향연'으로 바뀐 것은 이해할 만한 조처다. '모험'이라는 표현이 혹시나 반☒맑스주의적 함의를 전달하지 않을까 우려되었기 때문이리라. 하지만, 그런 '모험'을 감수하지 않은 것이 바람직한 선택이었는지는 의문이다). 비록 벤야민을 다루고 있는 12장에서 서평 대상으로 삼고 있는 세 권의 책 가운데 두 권은 국내에 소개되지 않았지만(한 권은 하버드 대학에서 새로 나온 선집의 1권이다) 신뢰할 만한 저자 버먼은 능숙한 솜씨로 벤야민에 관한 상당히 많은 이야기들을 우리에게 전해준다.

가령, 벤야민의 '유별난' 파리(프랑스) 애호증에 대해서 버먼은 (벤야민 자신은 소원한 관계로 간주했지만) 아버지의 영향이 크게 작용한 것으로 본다.

벤야민의 인자한 아버지는 파리에 산 적이 있을 뿐만 아니라, 베를린 집에서도 늘 파리에서 사는 것처럼 지냈다. 그 결과 벤야민은 별다른 노력 없이 프랑스의 언어와 문화에 통달했다. 335쪽

그리하여 "하이네 이후 프랑스 문화 속에서 이처럼 철저하게 편안함을 느낀 독일인은 아마 없을 것이다."

이런 개인사적 맥락 외에 버먼은 독일과 프랑스 간의 역사적 맥락 또한 짚어준다.

프랑스 계몽운동 이후 프랑스 혁명 이전까지 적어도 두 세기 동안, 파리는 조상 대대로 독일의 다른 한쪽이었다.

마지막은 구절은 "Paris has been Germany's ancestral Other"를 옮

긴 것인데, "파리는 조상 대대로 독일의 타자였다" 정도가 낫겠다. 여기서 '타자Other'란 쉽게 말하면 "나에게 없는 걸 갖고 있는 놈"을 뜻한다.

> 독일인들은 언제나 파리를 자기들에게 부족하다고 느끼는 것 두 가지의 주요한 근원으로 여겨왔는데, 섹스와 유행이 그것이다. 336쪽

여기서 '섹스와 유행'은 'Sex and Style'을 옮긴 것이다(하긴 독일은 자동차는 잘 만들지만, 우리 생각에도 포르노나 란제리와는 인연이 없어 보인다).

해서 "수많은 독일 고유의 정치학(독일 사상에서 창조적이며 풍성한 것, 그리고 망상적이며 위험한 것)은 섹시하고 멋들어진 친구 바로 옆집에 사는 고상한 얼간이라는 독일 국민의 집단적인 불쾌감에서 생겨난다"(참고로, 이와 유사한 지적은 『낭만주의의 뿌리』* 이제이북스, 2005에서 이사야 벌린도 반복하는데, 벌린은 역사적 낭만주의의 발상지가 독일이며 그 뿌리는 독일 국민의 집단적인 열등감이라고 주장한다).

거기서 다시 벤야민으로 돌아오면, 자,

> 자신을 독일 토박이 얼간이로 여기지만, 다른 사람들에게는 독일인답지 않은 멋쟁이로 인정받는 벤야민이라는 사람을 상상해보라. 이 독일인은 자신이 최선을 다해 따르려 했다고 생각한 독일 문화와 왜 조화하지 못했는지 알 수 없었다. 그러는 동안 내내, 벤야민은 독일 문화를 독일인보다 더 잘 아는 유태인이며, 또한 '계몽의 도시'(=파리)에 훌륭하게 적응하고 자기 집처럼 너무 편하게 지낸 멋쟁이라고 미움을 샀다. 336쪽

자주 언급되는 벤야민의 양가성을 여기서도 확인할 수 있는데, 비록 눈이 휘둥그레지는 파리에서는 촌뜨기/얼간이였지만, 베를린에서는 멋

쟁이로 통할 수 있었던 것. 그런 의미에서도 그는 '걸어 다니는 모순덩어리a walking contradiction'였다.

버먼이 벤야민의 전기에서 또 한 가지 강조하는 것은 젊은 시절 가장 절친했던 친구이자 시인이었던 프리츠 하인레의 자살과 그에 대한 벤야민의 (찬양적) 태도다. 이것을 그는 1940년의 자살과 연관지어 생각한다 (벤야민은 이전에도 자살을 기도한 적이 있다). 흥미로운 건 자살에 대한 태도를 기준으로 하여 벤야민과 루카치를 비교해볼 수 있다는 버먼의 제안이다.

> 벤야민과 루카치를 비교해볼 만한 한 가지 방법은 둘 다 젊은 시절에 자살을 모면한 사람이라는 점에서 살펴보는 것이다. 두 사람은 모두 자신에게 대단히 소중한 사람이 죽었을 때 몹시 좌절했다. 하지만 루카치는 자신이 늘 자책했던 첫사랑의 자살을 조금도 현명하지 않은 것으로 본다. 반면 벤야민은 가장 친한 친구의 자살을 언제나 치명적인 매력을 가진 것으로 본다. 349쪽 각주1

이러한 지적은 매우 시사적인데, 나는 그런 관점에서 루카치와 벤야민을 비교하는 글을 구상 중이다(더 잘 쓸 수 있을 버먼이 아직 쓰지 않았다면).

이런 유익한 내용들을 포함하고 있는 『맑스주의의 향연』의 번역은 별로 흠잡을 구석이 없다(다른 번역들이 이 정도만 되더라도 '읽을 만한' 세상이다!). 옥에 티라면 '문학 상식'이 약간 부족한 것.

> 도대체 어떻게 벤야민이, 그 사람들은 자신을 자기들의 성을 무너뜨리려고 하는 체스판의 기사 이상으로 여길 것이라고 생각할 수 있었겠는가?
>
> 341쪽

원문은 How could Benjamin have thought that these people would see him as any more than K. trying to break into their Castle? 246쪽

여기서 암시적으로 비유되고 있는 것은 카프카의 소설 『성』이고, K 는 그 소설의 주인공 건축기사다. 역자는 아마도 K를 Knight(기사)의 약 자 정도로 보았던 모양이다. 그리고 덧붙이자면, 'break into'는 '무너뜨 리다'가 아니라 '침입하다'라는 뜻이다.

'문학 상식' 운운하는 것은 내가 읽은 다른 장들에서도 그런 유의 오 역이 눈에 띄기 때문이다. 『기병대』의 러시아 작가 '이삭 바벨Isaac Babel' 을 '아이작 바벨'로 옮긴 것도 그렇고, 루카치를 다룬 장에서 『죄와 벌』 에 등장하는 라스콜리니코프의 친구 '라주미힌Razumikhin'을 '라주미킨'으 로(각주에서는 한술 더 떠서 두 번이나 '라추미킨'으로) 옮긴 것도 사소하지만, 인명人名 경시의 사례들이다. (2005. 8)

어떤 희미한
메시아적 힘

「역사의 개념에 대하여」* 발터 벤야민

흔히 벤야민의 '마지막 텍스트'로 불리는 「역사의 개념에 대하여」1940가 『발터 벤야민 선집 5』길, 2008에 포함되어 새로 번역돼 나왔다. 예전에 반 성완 편역의 『발터 벤야민의 문예이론』에 「역사철학테제」라고 옮겨졌 던 글이다. 18개의 단장(테제)과 2개의 부기로 이루어진 짧은 글이지만 그의 역사관 혹은 역사철학을 집약하고 있는 텍스트다. 압축적인 만큼

편하게 읽히지는 않지만 '관련 노트들'도 이번에 번역되어 읽기에 도움을 준다.

먼저, 벤야민은 자신의 역사관을 한 전설적인 자동기계에 비유한다. 이것은 서양 장기를 두는 기계 장치인데, 터키 복장의 인형이 장기판 앞에 앉아서 상대방의 수에 응수하며 매번 승리한다. 신기해 보이지만 실상은 장기의 명수인 꼽추 난쟁이가 장치 안에 들어앉아서 인형의 손을 조종했을 뿐이다. 흥미로운 것은 벤야민이 이 기계 장치의 인형을 '역사적 유물론'에 비유하고 있다는 점이다. 더불어 그는 신학을 그 왜소하고 흉측한 꼽추 난쟁이에 비유한다. 즉 역사적 유물론이 승리하기 위해서는 신학을 자기편으로 고용하여 거느려야 한다고 벤야민은 주장한다. 분명 그의 역사관은 '역사적 유물론'이다. 그런 점에서 그는 마르크스주의자다. 한데 그 역사적 유물론은 유대교적 메시아주의와 한패다. 그런 점에서 통상적인 마르크스주의를 벗어난다.

'신학과 결합한 역사적 유물론'의 특징이 가장 잘 드러나는 것은 구원의 관념을 등장시킬 때다. 특이한 것은 이 구원이 미래가 아닌 과거로부터 온다는 점이다. 벤야민에 따르면 "과거는 그것을 구원으로 지시하는 어떤 은밀한 지침을 지니고 있다." 우리를 스치고 지나가는 바람은 예전에 다른 사람들을 스치고 지나갔던 바람이다. 우리가 귀 기울여 듣는 목소리 속에는 이젠 침묵해버린 목소리가 메아리로 울려 퍼진다. 우리가 구애하는 여인들에게는 그들이 알지 못하는 자매들의 모습이 들어 있다. 그렇게 과거의 사람들과 우리들 사이에는 '은밀한 약속'이 놓여 있으며 앞서간 모든 세대와 마찬가지로 우리에겐 '희미한 메시아적 힘'이 함께 주어져 있다. 역사적 유물론자는 그러한 약속과 메시아적 힘을 발견하는 자다. 때문에 과거의 역사가 원래 어떠했는가를 객관적으로 인식한다는 식의 역사주의는 역사적 유물론과 거리가 멀다. 그와 달리 "역사적 유물론의 중요한 과제는 위험의 순간에 역사적 주체에게 예기치 않게 나타나는 과거의 이미지를 붙드는 일이다."

역사를 균질적이고 공허한 시간의 연속으로 간주하는 역사주의가 정점을 이루는 것은 보편적 세계사 서술 같은 대목에서다. 거기서 보편사의 방법론은 그저 가산加算적이다. 역사주의적 역사 서술은 연속적인 시간을 채우기 위해 이런저런 사실의 더미를 긁어모으는 일에 바쳐진다. 반면에 역사적 유물론자에게 역사 서술은 하나의 구성이다. 그리고 그 구성의 장소는 균질하고 공허한 시간이 아니라 '지금시간'이다. 이 '지금시간'은 과거와 미래 사이를 지칭하는 '현재'가 아니라 그러한 연속체를 무효화시킨 시간이다. 따라서 멈춰진 시간이며 정지해버린 시간이다. 그런 점에서 역사적 유물론은 역사가 직선적인 시간을 따라서 진보한다는 진보주의적 관념과도 이별한다. 벤야민에게 '진보'란 파울 클레의 그림 〈새로운 천사〉*1920에서 죽은 자들을 불러일으키고 과거의 잔해들을 모아서 다시 결합시키려고 하는 천사의 날개를 꼼짝달싹 못하게 만드는 세찬 폭풍, 곧 훼방꾼에 불과하다.

그럼에도 역사의 천사, 곧 역사적 유물론자는 특정한 사건 속에서 메시아적 정지의 표지를 발견하고 혁명적 기회의 신호를 인식하려 애쓴다. 그럼으로써 균질하고 공허한 역사의 진행 과정을 폭파시키고자 한다. 벤야민의 비유에 따르면, 역사적 유물론자는 역사주의라는 유곽에서 '옛날 옛적에' 하는 창녀에게 몸을 던지는 일은 다른 이에게 맡긴다. 그 자신은 역사의 연속체를 폭파하기에 충분한 정력을 갖고 있기 때문이다. 그 정력은 어떻게 발휘되는가? 1830년 7월 혁명 때 파리 곳곳에서는 시계탑의 시계를 향해 사람들이 총격을 가하는 일이 벌어졌다고 한다. 혁명이란 시간의 정지이며 새로운 시간의 도입이기에 그렇다. 우리에게도 그러한 시간들이 있었다. (《한겨레21》, 2008. 8)

P.S. 두 종의 우리말 번역본과 함께 내가 참고한 것은 영어본 『선집』 4권, 그리고 지젝의 『이데올로기라는 숭고한 대상』 인간사랑, 2002이다. 지젝은 20쪽235~55쪽에 걸쳐서 벤야민의 「역사철학테제」가 갖는 함의를 자세하면서도 흥미롭게 풀어준다. 참고로, 240쪽에 인용된 벤야민 텍스트에서 '사적史的 주체'는 'historical subject'의 번역인데, 원문 자체가 'historical object'의 오식으로 보인다. '(역)사적 대상'이라고 옮겨야 할 듯싶다. 그리고 245쪽에서 언급되고 있는 메를로-퐁티의 『휴머니즘과 공포』는 『휴머니즘과 테러』로 옮기는 게 낫겠고, 255쪽에서 '현실 민주주의real democracy'는 '진정한 민주주의' 내지는 '진짜 민주주의'로 옮기는 게 좋겠다. 변질과 부패 가능성을 제거한 '순수한 민주주의'를 가리키는 것이기 때문이다. 지젝이 보기에 그러한 순수한, 리얼한 민주주의는 비민주주의의 또 다른 이름에 불과하다.

레비나스 혹은
'사랑의 지혜'로 가는 길

올해는 지난 1995년 성탄절에 세상을 뜬 프랑스 철학자 에마뉘엘 레비나스1906~1995의 탄생 100주년이 되는 해다. 지난해 말에 출간된 강영안

교수의 『타인의 얼굴-레비나스의 철학』[●] 문학과지성사, 2005과 '레비나스 탄생 100주년'을 특집으로 다루고 있는 《세계의 문학》2006년 봄호 등은 20세기를 관통하는 생애를 살았던 이 '최고의 윤리학자'의 삶과 철학을 기념하는 의미를 갖는다.

레비나스는 누구인가? 1906년 1월 12일 리투아니아의 수도 카우나스(코우노)에서 태어나 1995년 12월 25일 새벽에 프랑스 파리에서 세상을 떠난 프랑스 철학자다. 그의 모국어는 러시아어였으며, 그가 처음으로 읽은 책은 히브리어 성경이었다고 한다. 이 히브리어 성경과 탈무드, 그리고 푸슈킨과 톨스토이, 도스토예프스키 등의 러시아 문학이 그의 유년기를 채운 정신의 수프였다.

프랑스로 건너와 대학에서 철학을 공부하면서 레비나스는 베르그송을 경유하여 현상학에 몰입하게 되고 후설과 하이데거가 있던 독일의 프라이부르크 대학에 유학을 다녀오기도 한다. 그리고 1930년 프랑스로 귀화한 이후에 현상학을 소개하면서 독창적인 자기 철학, 즉 '제1철학으로서의 윤리학'을 전개하게 된다. 요컨대, 레비나스는 히브리어와 러시아어, 독일어와 프랑스어로 책을 읽고 그 문화와 함께 숨을 쉬면서 작업한 철학자였으며, 때문에 '네 문화의 철학자'라고도 불린다.

오래전 그의 생전에 그의 철학을 소개하는 글들을 처음 접하면서 나는 매혹된 바 있는데('타자=무한자로서의 신'을 핵심으로 한 그의 종교론은 내가 유일하게 동의하고 공감하는 종교론이다. 그에게 신은 '존재자'가 아니다!), 이제 그를 기념하는 계절을 맞이하여 비록 '거창한' 기획들에 동참할 만한 역량은 갖고 있지 않지만 그에게 진 빚은 조금이라도 덜고 싶다. 이 자리에서 나대로의 '입막음 의식'을 갖는 이유다. 그 의식은 레비나스라는 '타자'가 나에게 강요하는 명령이자 거기에 답하는 나의 응답이기도 하다.

비유컨대, 출석을 부르는 윤리 선생님 레비나스 앞에서 "저 여기에 있습니다!"라고 말하는. 그래서 '너 어디에 있느냐?'라는 독촉을 사전에 입막음하는. 이 자리에서 그 입막음은 레비나스의 철학적 여정, 혹은 '사랑의 지혜'로 가는 길을 가리키는 나의 손가락으로 가름될 것이다.

그런데, 사랑의 지혜라고? 그렇다. 사랑, 태초에 사랑이 있었다. '지혜에 대한 사랑'(필로소피아)이 있기 이전에 '사랑의 지혜' 혹은 '사랑하라'는 무한자의 명령이 있었다. 레비나스에 따르면, 어쩌면 철학은 아테네가 아니라 예루살렘에서 시작되었다. '지혜에 대한 사랑'이란 '사랑의 지혜'를 그 가능조건으로서 미리 전제해야 하는 것인지도 모르기 때문이다. 바로 그런 이유에서, 가족을 나치의 수용소에서 잃은 유대 철학자 레비나스는 '존재의 망각'에 대한 독일 철학자 하이데거의 염려 이전에 '사랑의 상실'에 대한 근심이 우선적이라고 간주했을 것이다.

"누구나 한번쯤은 사랑에 울고 누구나 한번쯤은 사랑에 웃고" 하는 그런 사랑으로 세상은 넘쳐나는 듯도 한데, 어찌하여 사랑이 부족하며 사랑이 상실되었다고 말하는가? 그것은 거기에 사랑의 정념은 넘쳐나되 '사랑의 지혜' '사랑이라는 지혜'는 결여돼 있기 때문이다. "기본적으로 사랑은 모든 사람에게 편재하는 탐욕과 각자 자신만을 위해서 군림하는 자기중심성과 무사무욕의 가치를 대립시키는 사상"(핑켈크로트)이다. 그리하여 '사랑의 지혜'란 레비나스가 도스토예프스키의 『카라마조프 가의 형제들』에서 즐겨 인용하는바 "우리 모두는 다른 모든 사람에게 책임이 있다. 하지만 나는 다른 사람들보다 더 많은 책임이 있다"고 고백하는 지혜다. 어쩌면 용기이기도 한.

나는 이러한 지혜로 가는 길에 굳이 우회의 여정이 필요하다고 생각하지 않는다. 레비나스는 단도직입적으로 말한다. "철학은 사랑에 봉사하는 사랑의 지혜la philosophie: sagesse de l'amour au service de l'amour"라고. 이 결로 충분하지만, 이에 대한 주해가 필요하다면 알렝 핑켈크로트의 『사

랑의 지혜』 ●동문선, 1998를 읽어보시길. 레비나스 관련서들 가운데 아마도 철학에 문외한인 일반 독자들도 따라가며 읽을 수 있는 거의 유일한 책이며 레비나스의 (윤리학으로서의) 철학에 대한 수준 높은 개관이다. 게다가 감동적이기까지 한.

그러한 개관을 통해서 레비나스에 대한 영감을 좀 얻을 수 있다면, 그리고 그게 '뭐, 그런 정도군!'이 아니라 '영감의 폭탄'이어서 자신의 존재가 주체할 만한 수준을 좀 넘어서까지 뒤흔들리는 경험을 한다면 보다 본격적으로 레비나스를 입에 담고 중얼거려볼 수 있겠다. 레비나스의 육성을 그대로 따라서 말이다. 우리말로 녹음된 레비나스의 육성은 두 가지가 있다.

먼저, 『현대사상가들과의 대화』 한나래, 1998의 한 꼭지인 「무한성의 윤리」에서 레비나스는 대담자인 리처드 커니의 질문들에 답하여 자기 철학의 핵심을 일목요연하게 해설해준다. 찬찬히 따라가다 보면, "사랑은 신과 인간의 사회이다. 하지만 인간이 더 행복한데, 신은 인간을 동료로 갖고 있는 반면 인간은 신을 동료로 갖고 있다"273쪽는 대목에 이르러 왠지 행복해지는 경험을 하게 될지도 모른다(못난 놈들끼리는 서로 얼굴만 봐도 즐거운 법이다!).

그리고 '필'을 받은 김에 필립 네모와의 대담을 담은 『윤리와 무한』 ● 다산글방, 2000까지 내처 읽어볼 수도 있겠다(우리말 번역은 '외재성'을 '외모'라고 옮기는 식의 부정확한 대목들을 군데군데 포함하고 있다). 대략 레비나스의 연대기를 따라가는 열 개의 대담 꼭지들은 한 철학자의 철학적 생애를, 혹은 지혜의 생애를 자세히 되짚어준다. 그 끄트머리에서 레비나스가 던지는 말(혹은 벼락).

참으로 사람다운 삶은 있음의 차원에 만족하는 조용한 삶이 아니다. 사람답게 사는 삶은 다른 사람에 눈뜨고 거듭 깨어나는 삶이다. 철학 전통에서 자신 있게 말하는 것과 달리, 있음이 곧 있어야 할 이유가 되지 않는다. 158쪽

즉 존재한다는 것만으로는 충분치 않다!

이쯤이면 짐작할 수 있겠지만, 레비나스가 문제 삼는 것은, 스피노자의 용어를 사용하자면 '존재하고자 하는 노력conatus essendi', 즉 존재 안에서 자신의 존재를 유지하고자 끈질기게 노력하는 자기보존욕이다. 그것이 그 자체로 정당화되지 않는다는 것이다. 왜? 타자의 현현으로서의 타인의 얼굴 때문이다. 우리에게 무한책임을 떠맡기면서, 우리로 하여금 '대속적 주체'로 다시 깨어나도록 발목을 잡는 그 얼굴은 이방인과 과부와 고아의 얼굴이다. 아, 젠장, 나는 나대로 좀 살고 싶은데, 어쩌자고 내 앞에 있는 당신은 헐벗은 이방인이고 젊은 과부이며 배고픈 고아인가? 그런 물음을 무겁게 등에 짊어질 때 우리는 '사랑의 지혜'로 가는 도상에 서 있는 스스로를 발견하게 될 것이다.

하지만, 이러한 직선적인 여정에 자신을 내맡기기엔 머리나 엉덩이가 너무 무거운 이들도 없지 않겠다. 이 분들을 위해서는 보다 우회적인, 현학적인 여정이 필요할 듯한데, 그건 지혜를 사랑하는 마음으로 '철학자' 레비나스를 읽어나가는 것이다. 사실 이 또 다른 방향의 여정은 아직 다 개발되지 않은 코스의 여정이어서 언제 '사랑의 지혜'에 도달할 수 있을지는 장담하기 어렵다. 레비나스의 철학적 주저에 해당하는 『전체성과 무한』1961과 『존재와 다르게 혹은 존재사건 저편에』1974가 아직 우리말로 번역돼 있지 않은 것이다.

우리에게 주어진 건 그의 초기 철학을 입에 물게 해주는 『시간과 타자』*문예출판사, 1996와 『존재에서 존재자로』*민음사, 2003인데, 1947년에 발

표된 이 두 작품은 후설과 하이데거의 현상학에서 레비나스 자신의 윤리학으로 이행해가는 모습을 담고 있다. 이러한 저작들을 읽어나가는 데 매뉴얼로 사용할 수 있는 책이 앞서 언급한 강영안 교수의 『타인의 얼굴-레비나스의 철학』과 함께 콜린 데이비스의 『엠마누엘 레비나스』다산글방, 2001다. 거기에 국내 박사학위 논문을 바탕으로 한 김연숙의 『레비나스 타자윤리학』인간사랑, 2001도 레비나스 해설서로 참고할 만하다.

물론 이 책들은 『시간과 타자』, 『존재에서 존재자로』에 대한 해설뿐만 아니라 레비나스의 철학 전반과 주저들에 대한 해설을 포함하고 있다. 특히나 데이비스의 책은 개인적으로 경탄할 만큼, 분량에 걸맞지 않게 섬세하고 정교한 안내서 역할을 해준다(국역본은 가독성이 좋은 편이긴 하지만 곳곳에서 오역을 범하고 있기에 주의해서 읽어야 한다). 한편으로 강영안 교수와 함께 국내에서 레비나스 철학에 가장 정통한 서동욱 교수의 『차이와 타자』 문학과지성사, 2000와 『일상의 모험』민음사, 2005에는 레비나스를 직접 다루거나 레비나스적 영감에 많이 의존하고 있는 글들이 여러 편 실려 있으므로 읽어봄 직하다.

시야를 좀 넓히면, 레비나스와 영감을 주고받은 가장 중요한 철학자 자크 데리다의 레비나스론(최초의 본격적인 레비나스론이기도 하다) 「폭력과 형이상학」1964을 그의 『글쓰기와 차이』동문선, 2001에서 읽어볼 수 있다(레비나스의 『존재와 다르게 혹은 존재사건 저편에』는 데리다의 비판을 고려하여 씌어진 것으로 알려져 있다). 한데, 이 글 또한 레비나스의 주저인 『전체성과 무한』을 주로 다루고 있기에 막바로 읽기에는 무리가 없지 않다(우리에게 레비나스는 여전히 풍문이다). 해서, '레비나스 탄생 100주년'을 기념하는 가장 좋은 방법은 『전체성과 무한』 등의 주저들이 번역돼 나오는 것이겠다. 우리의 무거운 엉덩이만 믿고 너무 오래 기다리게 하는 건 아닐까?

자, 여기까지가 나의 응답이고 책임이다. 레비나스라는 타자에 대한 이 책임은 무한책임이기에 이건 고작 '입막음'에 불과하지 않으면 안 된다. 하지만 언제나 중과부적이어서 겨우 틀어막은 틈새로 새어나오는 준엄한 무한자의 목소리를 나는 어찌할 수 없다. "너 어디에 있느냐?" 오, 신이시여, 제발! (《텍스트》, 2006. 3)

P.S. 내가 보기에 레비나스에 대한 비판은 주로 '타자'의 일상성에 걸려 있다(바디우와 지젝, 고진 등의 비판). 레비나스 식의 '타인의 얼굴'에 대한 이들의 카운터펀치는 (지젝이 언급한 것이지만) 영화 〈페이스 오프〉1997이다. 이에 대한 숙고는 다른 자리를 필요로 한다.

자크 데리다와 레비나스의 철학의 연관성에 대해서는 이미 데리다 생전부터 충분히 주목되어온 바다. 레비나스 연구사에 대해 다루면서 강영안 교수가 던지는 코멘트.

프랑스어권에서는 가장 고전적인 연구로는 역시 데리다를 들 수 있다. 『전체성과 무한』에 대해 데리다는 「폭력과 형이상학」이라는 장문의 논문을 써 《형이상학과 도덕평론》저널에 두 차례 나누어 싣는다. 이 글은 1967년 데리다의 『글쓰기와 차연』에 약간 개정된 형태로 다시 실린다. 후설과 하이데거의 존재론적 사유를 극복하려는 레비나스의 시도에 대해 철학을 하는 한 결코 존재론적 사유를 벗어날 수 없음을 데리다는 지적한다. 301쪽

'글쓰기와 차연'은 '글쓰기와 차이'의 오기다. 참고로, 휴 실버만의 『데리다와 해체주의』현대미학사, 1998에서도 한 꼭지를 이 '폭력'의 문제를 둘러싼 데리다와 레비나스의 '싸움'에 할애하고 있다.

데리다는 말년에 갈수록 초기 비판보다 훨씬 더 레비나스 철학에 가까이 다가간다. 레비나스 장례식 때 데리다가 했던 조사와 1주기 추모 강연을 담고 있는 『에마뉘엘 레비나스여 안녕』을 보면 데리다가 얼마나 가까이 레비나스에게 다가섰는지 드러난다. 〔……〕 데리다의 후기 철학은 전적으로 레비나스의 영향 아래 있다고 해도 과언이 아니다. 가령 『환대에 관하여』1997는 레비나스와 클로소프스키의 환대 개념을 데리다가 자기 식으로 수용하는 방식을 보여주고 있으며 『법의 힘』1994에서는 타인에 대한 무조건적 환대라는 레비나스적 '정의'를 세속적인 '법'에 대립시키고 있다. 302쪽

보다 자세한 논증이 필요한 주장이긴 하지만, 여하튼 데리다를 읽는데에도 레비나스는 필수적이다. 그리고 거꾸로 레비나스를 읽는 데에도 데리다의 『에마뉘엘 레비나스여 안녕』은 기꺼이 읽어볼 만한 책이다. 이 또한 신속히 번역되기를 기대한다(그러니 아직도 구만리다. 우리는 레비나스에게 '아듀'를 건네기에는 너무 이른 시간을 살고 있다!).

로쟈의 리스트 14 | 여성괴물 읽기

모처럼 흥미를 끄는 영화이론서가 출간됐다. 바바라 크리드의 『여성괴물, 억압과 위반 사이』여이연, 2008. '씨네 페미니즘' 분야의 책인데, 원저가 1993년에 나왔으니 나잇값만으로도 이 분야의 '고전'이겠다. 대략적인 소개는 이렇다.

"1980년대와 1990년대를 관통하는 씨네 페미니즘의 흐름에 큰 영향을 미친 책이다. '왜 영화가 여성주의의 관심사이며, 어째서 여성주의적 관점이 영화 안에서 중요한지를 보여주면서 씨네 페미니즘에 주목할 만한 공헌'을 한 작업으로 주목받고 있다. 크리드의 『여성괴물』이 등장하기 이전에는 공포영화를 둘러싼 담론은 대체로 남성 괴물 대 여성 희생자의 구도로 이루어져 있었다. 1990년대가 되어서야, 크리드의 작업을 통해, 이제까지는 힘없는 희생자의 자리에만 위치 지어졌던 여성이 드디어 괴물이라는 이름으로 새롭게 등장하기 시작한다. 이렇게 수면 위로 떠오르지 못했던 여성괴물을 설명하기 위해 크리드는 정신분석학의 방법론을 경유한다. 이 책의 1부에서 크리드는 줄리아 크리스테바의 '비체' 개념을 통해 여성괴물성을 추적하며, 2부에서는 프로이트의 거세 이론을 비판하는 것에서 시작한다."

내가 막바로 떠올리게 되는 책은 이 분야의 원조격인 몰리 해스켈의 『숭배에서 강간까지』나남출판, 2008이다. '영화에 나타난 여성상'을 다룬 이 책은 "해스켈이 1974년에 발표한 영화 페미니즘 비평의 고전이다. 문학에서의 페미니즘 비평이 남성 작가들의 작품에서 표현된 여성 이미지 연구에서 출발한 것처럼 페미니즘 영화 비평도 주류 영화에서 묘사된 여성 이미지의 분석에서 출발하였다. 여성을 성녀와 창녀로 보는 남성들의 이율배반적이고 이분법적인 이해가 영화에서 어떻게 구체적으로 형상화되었는지를 분석한다." 해서 두 책을 모아놓고 읽으면 좋겠다는 생각이 든다. 리스트는 그래서 만들어놓는다. (2009. 1. 10)

28

데리다와 라캉

하지만, 그 '저항'이 바로 그에 대한 우리의 이해의 형식이다. 우리의 앎은 모든 것을 알 수는 없는 방식으로 not-all 이루어지니까. 거기엔 항상 어떤 잔여가 남는다. 어떤 불충분성이 항상 떠도는 것이다. 우리는 아무것도 읽지 않았다는 느낌을 받는다. 우리는 이해의 막다른 길impasse에서 그대로 통과pass된다. 그것은 단지 징후이고 예감이며 미풍일 따름. 아직은 전부가 아닌not-all 것이다.

데리다를
아십니까?

『데리다』 크리스토퍼 노리스, 이종인 옮김, 시공사, 1999

데리다를 아십니까라는 물음에 제법 고개를 끄덕일 만한 독자는 많지 않을 듯하다. 하지만, 그는 정말 중요한 철학자다. 심지어 그에 관한 영화까지 만들어진! 하지만, 디지털 영화제에서 본 〈데리다〉 2002, 85분의 번역 자막에도 오역은 드물지 않았던 걸 보면(가령 '부정신학'을 '네거티브 이론'이라고 옮겼다), 그에 대한 이해는 많은 오해와 더 많은 무지 사이에서 한동안 배회할 듯싶다.

미국인인 커비 딕과 에이미 지어링 코프만 감독의 데뷔작이기도 한 영화 〈데리다〉는 자신의 삶과 철학에 대해서 대담과 갖가지 다큐 자료들을 통해 보여주고 있었다. 그가 어떻게 생겼느냐고? 가장 최근의 그의 모습을 담고 있는 이 책의 표지 대로이다. 백발이고 좀 작은 키에 단단해 보이는 인상인데, 눈웃음이 자상하지만 눈매가 깊고 예리하다. 미국 영화배우 '조 페시의 똑똑한 형' 같은 인상이다(그의 형에 따르면, 데리다의 집안은 전혀 지적이지 않은 집안이다. 그는 집안의 '천재'다). 그런 그가 짓궂은 질문들에 진지하고도 유쾌하게 답변하는 모습이 무척 인상적이었다.

이 영화는 데리다에 대한 가장 좋은 입문적 길잡이로 삼을 만하다는 생각이 들었다. 왜냐하면, 그의 실물과 목소리를 접할 수 있으니까. 또 그의 철학의 끊임없는 공격 대상이긴 하지만, 바로 그 '현전presence'의 형이상학으로부터 우리는 자유롭지 않기 때문에. 현존하는 가장 중요한 철학자(중의 한 명, 최소한)와의 85분간의 대면이 그에 대한 과감한 관심(열정)으로 발전한다면, 비로소 우리는 그의 글쓰기의 세계, 문자의 세계로 들어갈 수밖에 없는데, 이때도 가장 좋은 건 그의 대담들이다. 국내엔 리처드 커니와의 대담(『현대 사상가들과의 대화』에 실림)이 가장 유용하고, 좀 어렵고 번역도 만족스럽지 않지만, 『입장들』솔, 1992이 도전해볼 만하다.

그런 다음에, 본격적으로 그의 저작을 읽어나갈 수만 있다면 좋겠지만, 사정이 또한 그렇지가 못하다. 번역된 책들 중에 그의 초기 주저라 할 만한, 『그라마톨로지』나 『글쓰기와 차이』동문선, 2001가 결코 만만하지 않기 때문이다. 대개는 10여 쪽을 못 넘기고 포기하기 십상이다. 이때 필요한 것이 바로 크리스토퍼 노리스의 『데리다』1987이다. 『해체비평 Deconstruction』1982으로 명성을 얻은 저자가 쓴 본격적인 데리다 안내서다. 내가 읽은 『해체비평』은 그저 그런 수준이었지만, 『데리다』에서 노리스는 훨씬 정교한 논리적 분석과 재구성을 통해 데리다의 전략과 실제를 소개한다.

데리다의 저작이나 그에 대한 연구서들이 대개 부정확하고 미흡한 번역으로 독자를 고생시키는 반면에, 직업 번역가가 번역한 이 책은 (물론 부정확한 부분이 없진 않지만) 상대적으로 명쾌하여 문맥을 살피면서 읽는다면 충분히 독파할 수 있는 수준이다. 나 자신도 이전에 절반쯤 읽다가 접어둔 걸 이번에 다시 읽으면서(영화 때문에!) 오히려 더 재미있게 읽을 수 있었다. 그리고 이 정도면 노리스를 길 안내 삼아 데리다의 책을 본격적으로 읽어나갈 수 있으리라(『그라마톨로지』에서 중요하게 다루어지고 있는 루소의 텍스트 『인간언어기원론』도 최근에 번역돼 나왔기 때문에 같이 읽으면 더 좋을 듯하다).

후설 현상학에 대한 해체에서부터 해체론이 함축하고 있는 윤리학까지 폭넓게 다루고 있지만, 이 책은 (1987년에 나왔으므로 당연히) 1990년대 이후의 데리다에 대해서는 다루고 있지 않다. 입문서로는 『데리다 입문 Derrida for beginners』 같은 쉬운 책도 번역돼 나왔으면 싶다. 최근의 철학까지 포괄하고 있는 책으로는 카푸토Caputo의 『호두껍질 속의 해체 Deconstruction in a nutshell』가 권할 만하다.

그런데, 데리다를 왜 읽어야 하느냐고? 그것은 데리다에 이르러 철학이 다른 가능성(철학의 타자)에 직면하기 때문이다. 또 다른 철학의 가능성, 또 다른 사유의 가능성, 더 나아가 또 다른 삶의 가능성. 데리다를 읽는 이유는 그 가능성에의 모험이 우리를 잡아끌기 때문이다. (2002. 8)

역사의 유령과
유령의 정치학

『데리다와 역사의 종말』 스튜어트 심, 조현진 옮김, 이제이북스, 2002

이제이북스의 아이콘 시리즈는 전철이나 버스에서 읽기에 적당하다. 책상머리에서 정좌하고 읽는 건 이 얇은 문고본 시리즈가 의도하는 게 아닐 거라는 생각이 든다. 그렇게 오며가며 한두 권씩 읽는데, 그렇게 무익하지만은 않다는 인상을 받는다(그렇게 유익하지도 않다는 얘기?). 스튜어트 심의 이 책도 마찬가지다.

책은 데리다의 『마르크스의 유령들』1994에 대한 일종의 해설서다. 데리다가 뒤늦게 마르크스(주의)와의 친연성을 고백하고 있는 그 책은 하나 이상의 마르크스, 즉 마르크스'들'이 있다고 주장함으로써 '고전적' 마르크스주의자들을 불편하게 했는데, 데리다 자신은 그에 아랑곳하지 않고, 소위 자신의 정치철학을 개진한다. 그 정치학은 유령의 정치학이라 불릴 만한데, 데리다가 이 유령들을 불러들여서 '괴롭히고자' 하는 것은 프란시스 후쿠야마의 '역사의 종말'론이다.

후쿠야마에 따르면, 사회주의 몰락 이후 "우리는 '인류의 이데올로기적 진화의 종착점'에 도달했다."21쪽 자유민주주의가 '인간적인 정부의 최종 형태'라는 결론에 우리는 도달했고, 그것은 번복될 가능성이 없다는 것이며, 따라서 인류사에 더 이상의 진보는 없을 것이다, 라는 게 그의 주장이다. 요컨대, 우리는 후post-역사시대, 역사-부록의 시대를 살고 있는 셈이다.

그에 대해서 데리다는 역사 또한 '차연(차이나며 지연되는)'의 논리에서 벗어나지 않으며 때문에 어떠한 단절도 인정될 수 없다고 주장한다. "마르크스의 사유에 시작이나 끝은 없으며, 역사도 마찬가지라는 것이다."47쪽 이것이 「공산당선언」이나 「햄릿」의 유령(학)을 통해서 데리다가 다시금 일깨우고자 하는 바이다.

우리는 역사의 유령들을 쫓아버릴 수 없으며, 따라서 이런 역사의 유령들은, 마르크스의 '유령', 그리고 공산주의가 시작될 때부터 항상 있어왔던

책을 읽을 자유

유령이라는 주목할 만한 예에서처럼, 우리가 그들과 타협하는 방법을 발견하지 않는 이상 우리를 계속 따라다닐 것이다. 50쪽

즉 우리가 역사의 (갚을 수 없는) 부채를 제대로 갚지 못한다면 우리는 끊임없이 역사라는 스토커/유령에게 시달림을 당하는 수밖에 없다. 그 부채는 '역사의 종말'이라는 말로 쉽게 결산될 수 있는 것이 결코 아니다. 데리다의 "해체론은 이 점과 관련한 인간의 오만에 대한 경고이다."55쪽

결론 부분에서 저자는 이러한 데리다의 유령론이 단순한 후쿠야마 비판을 넘어서 보다 급진적인 의미를 함축하고 있음을 지적한다. 즉 데리다가 개진한 동일한 논리에 근거해서, "자유민주주의와 자본주의가 단지 '끝날' 수 없다는 것 역시 증명할 수 있다는 점."66쪽 1970년의 사회주의 통치 종말 이후에 다시 급속하게 자본주의화된 러시아를 보라. (모든) 유령은 항상 되돌아오는 것이다!

저자의 결론.

아마도 데리다의 논변이 입증하는 유일한 것은 현재의 정치제도가 무엇이든 유령들이 우리의 삶 속에서 항구적인 요인들이라는 점, 따라서 그런 유령들과의 모종의 화해에 도달할 수 있게 해주는 '유령학'이 필요하다는 점이다. 67쪽

우리의 대선 후보들도 이 유령의 정치학 세례를 좀 받았으면 싶다.

(2002. 11)

데리다와 예일 마피아,
그들은 무슨 짓을 한 걸까?

『데리다와 예일학파』 ● 페터 지마, 김혜진 옮김, 문학동네, 2001

『문예미학』의 저자로 잘 알려진 페터 지마의 이 책은 데리다의 해체론과 '예일 마피아'라 불리는 그 미국식 적용(예일학파)에 대한 가장 뛰어난 입문서로 읽힌다. 지마는 이미 여러 저작들을 통해 문학이론 분야에서의 뛰어난 '지도 제작자'로서의 면모를 보여왔는데, 그가 그리고 있는 해체론의 지도 또한 명쾌하고 일목요연하다. 게다가, 막힘이 없는 훌륭한 번역에도 크게 빚지고 있을 테지만(몇 군데 오자가 흠이지만), 재미있다!

물론 이 책은 대중적인 교양서는 아니다. 데리다의 몇몇 저작이 국내에 소개되었지만, 아직까지도 해체론은 일종의 '막가파식 무정부주의'로 치부되기도 한다. 게다가 이 책에서 다루고 있는 예일학파 구성원들의 저작은 해롤드 블룸의 경우를 제외하곤 거의 소개되지 않았다. 따라서 입문서이긴 하지만, 문학비평과 이론에 상당한 관심을 갖고 있지 않은 독자에게는 다소 난감할 수도 있을 것이다.

하지만, '읽기' 이론으로서의 해체론이라는 게 어떤 것이고, 그것은 어떤 사상적 계보와 관련되어 있으며, 그것이 개개 비평가들에게 어떤 식의 변주를 얻고 있는지, 약간의 흥미를 갖고 그냥 따라가본다면 의외의 소득을 얻을 수도 있다.

먼저, 해체론은 해체(구성)론이다. 그건 일종의 번역론이고, 언어의 이동건축술이다. 번역론으로서의 해체론은 번역 불가능성을 전제로 한다. 그것을 칸트 미학의 어법으로 표현하자면, '예술작품은 개념적으로 설명할 수 없다'는 것이 된다. 예술작품에 대한 개념적 이해 혹은 규정은 반드시 그 잉여(나머지)를 남기게 된다는 것. 따라서 모든 이해는 불충분하며 언제나 아포리아(불가해한 곤경)에 직면하게 된다. 그 아포리아를 데리다는 윤리적인 유희의 공간으로 만들고 폴 드 만 같은 비평가는 (이해의) 마비의 장소로 지목한다. 이러한 해체론의 선구적 계보로 지마가 제시하는 것은 칸트 미학과 슐레겔의 낭만주의, 청년헤겔파, 그리고 니체다. 사실 이러한 해체론의 윤곽은 그의 주저 『문예미학』에서 이미 암시되었던 것이기도 하다.

지마는 해체론적 전략에 비교적 호의적이면서도 때로는 비판의 칼날을 감추지 않는다. 그 비판은 저자가 주장하고 있는 텍스트사회학적 입장에서 도출된다. 저자는 예술작품의 미적 자율성을 옹호하면서도 동시에 그것이 사회학적 규정과 양립할 수 있음을 줄곧 논증해왔는데, 해체론은 그러한 사회학적 규정 혹은 사회 비판(헤겔과 하버마스 계보)에 무기력하다는 것이 비판의 핵심이다. 그리하여 저자인 지마에게서 문예미학, 혹은 문학이론은 칸트와 헤겔 사이, 모더니즘과 포스트모더니즘, 해체론과 비판이론 사이의 변증법적 지양이어야 한다. 그런 맥락에서 지마는 이 책에서 아도르노의 문학론을 이전의 저작들에서보다 긍정적으로 평가하고 있기도 하다.

지마는 몇 년 전에 방한하여 국내 대학에서 특별 강연을 하기도 했다. 알아듣지도 못하는 그의 독어 강연을 들으며 그때 받은 인상은 그가 훤칠하면서도 소탈한 유럽 신사라는 것이었다. 이 책을 읽으면서도 그런 인상을 다시 떠올려볼 수 있었다. 더불어 오스트리아(중부 유럽의 중립국)에 있는 대학에 오래 재직하고 있으면서 독어/독일 철학, 프랑스어/프랑스 철학에 동시에 정통하다는 점이 그의 중립적인(지양적인!) 문학이론을 낳지 않았을까 하는 생각도 해보았다. (2001. 8)

누가 라캉을
두려워하랴?

『라캉』 다리안 리더 외, 이수명 옮김, 김영사, 2002

라캉이 귀환하고 있다(그가 언제 억압되었던가?). 한때 근거 없는(텍스트 없
는!) 라캉 유행을 경계하면서 그의 대책 없는 난해성과 현학에 대한 비
판이 떠돌기도 했지만, 라캉의 한국 상륙, 혹은 라캉의 한국화는 더 이
상 저지할 수 없는 대세인 듯하다. 이미 그는 두툼한 책으로 '재탄생'되
었고, 사위이자 유산 상속인 알랭 밀레 계열(지젝과 핑크 등)의 저작들
도 연이어 번역되고 있다(밀레의 가장 큰 기여는 라캉 이론의 발전 과정을 '역
사적'으로 이해해야 한다고 강조한 점에 있다). 그의 주저인 『에크리』와 세미
나들도 곧 한국어본을 얻을 예정이라고 하니 아마도 푸코와 들뢰즈를
잇는 새로운 열풍이 불어 닥칠지도 모르겠다(믿기지 않는 얘기지만).

　다리안(대리언) 리더의 『라캉』은 그런 열풍을 슬쩍 예감하게 하는 미
풍처럼 다가온다. 그 바람은 가볍고 경쾌하지만, 라캉의 매력과 라캉 읽
기의 곤경 또한 집약적으로 전해준다. 라캉 자신이 '프로이트로의 귀환'
을 이야기하고, 혹자는 프로이트를 읽지 않고 라캉을 읽는 일의 어리석
음을 이야기하지만, 아무래도 그 읽기의 순서는 라캉부터여야 할 듯싶
다. 우리가 아무리 프로이트를 읽어도 거기서 라캉이 도출되는 건 아니
기 때문이다. 프로이트는 이미 '라캉 이후의 프로이트'이기 때문이다.

　하지만 정작 더 중요한 문제는 따로 있다. 프로이트의 무의식 이후에
사람들이 나라는 의식 너머에 있는 (나 자신이면서 동시에) 타자인 무의식
에 대해 근심했다면, 라캉 이후의 '나'의 경우도 사정은 마찬가지 아닐
까? 정신분석학 책은 여느 책처럼 읽어 '치울 수 있는 것'이 아니니까.
우리의 망각과 억압 속에서도 그것은 귀환한다! 라캉에 대한 거부와 몰

　　　　　　　　　　　　　　　　　　　　　　　　　책을 읽을 자유

이해에도 불구하고, 그는 이미 우리의 (무)의식 속에서 작동한다. 우리의 모든 신경증과 편집증과 분열증이 그의 수수께끼 같은 언어들과 도식 속에서 되살아난다. '나'는 거기에 있었던 것이다!

어디에선가 라캉은 모든 정신분석(학)은 저항을 동반한다고 했다. 그것은 라캉을 읽는 일에도 똑같이 적용된다. 하지만, 그 '저항'이 바로 그에 대한 우리의 이해의 형식이다. 우리의 앎은 모든 것을 알 수는 없는 방식으로not-all 이루어지니까. 거기엔 항상 어떤 잔여가 남는다. 어떤 불충분성이 항상 떠도는 것이다. 다리안 리더의 '만화'도 마찬가지다. 저자는 라캉의 모든 것을 요약해서 전해주지만, 우리는 아무것도 읽지 않았다는 느낌을 받는다. 우리는 이해의 막다른 길impasse에서 그대로 통과pass된다. 사실 그것이 이 책의 의의이기도 하다. 그것은 단지 징후이고 예감이며 미풍일 따름. 아직은 전부가 아닌not-all 것이다. 그러니 아직은 라캉을 두려워하기에 너무 이른 계절이다. (2002. 8)

정신분석의
사회학

『라캉과 정신분석 혁명』* 셰리 터클, 여인석 옮김, 민음사, 1995

국내에도 이미 프로이트 전집이 번역 출간되었고, 전문학회(라캉과 현대정신분석학회)도 구성된 만큼, 정신분석 '문화'를 위한 조건은 조금씩 갖춰져 가는 것으로 보인다. 아직은 정신과(정신의학)나 정신분석에 대한 일반인들의 편견과 의혹이 강한 것은 사실이지만, 20세기 중반까지의 프랑스에서도 사정은 마찬가지였다고 하니 섣불리 판단할 일은 아닌 듯싶다.

『라캉과 정신분석 혁명』은 프랑스에서의 1968년 혁명을 기점으로 정신분석에 대한 사회적 인식과 태도에 어떤 변화가 일어났는가를 통시적으로 살펴보고 있다. 일종의 지성사적 '드라마'라고 할 수 있는데, 이 드라마의 주인공이 프로이트 이후의 대표적인 정신분석학자이자 이론가인 자크 라캉이다.

난해하기로 이름난 사상가이자 '지적 사기'의 한 우두머리로 지목되기도 하는 라캉은 정신분석학계에서는 이단자에 속한다. 저자인 셰리 터클은 파리정신분석학회에서 프랑스정신분석학회가 분리되어 나가고, 또 프랑스정신분석학회에서 라캉 일파가 떨어져 나가 프로이트 학교를 세우게 되는 과정, 거기에 이 프로이트 학교 내에서까지 내분이 생겨나는 과정을 많은 자료와 인터뷰들을 통해 재구성해 보이고 있다.

그리고 자신의 이론뿐만 아니라 라캉이라는 인물 자체의 모순이 이러한 분열과 분파에 한몫하고 있음을 알려준다. 정신분석이론을 시(적수사학)이면서 동시에 과학으로 밀고 나가려는 기획에 어찌 모순이 없을 수 있겠는가! 그럼에도 불구하고 라캉은 매력적인데, 이에 대한 저자의 해명에 공감이 간다. 터클은 이렇게 적고 있다.

> 정신분석의 비전에서 가장 급진적인 것은 우리 내부의 '받아들여질 수 없는 것'을 추구하는 것이며 라캉은 받아들여질 수 없는 것과 자신 안에서 대면하도록 끊임없이 촉구한다고 많은 분석가들은 믿는다. 이것이 라캉 세미나의 위력이다. 304쪽

이 '받아들여질 수 없는 것'이란 무엇인가? 그것은 일차적으로 인간이 자신의 중심이 아니라는 점이다. 여기에 라캉의 안티-휴머니즘이 놓인다. 그리고 이것은 분명 껄끄러운 진실이다. 따라서 정신분석의 수용

은 동시에 그에 대한 저항을 함축한다. 프로이트도 지적한 바 있지만, 정신분석에 대한 저항 없는 수용이란 미심쩍은 것이다. 라캉에 대한 유혹은 분명 그에 대한 반감과 교차한다. 그의 이론에 대한 끌림은 그에 대한 거부감과 한 몸이다. 인간의 자신에 대한 앎은 항상 이러한 모순 속에 놓인다고 라캉은 우리에게 가르치는 듯하다.

이미 여러 권의 라캉 입문서들이 나와 있지만, 그 이론의 테두리를 알지 못한다면, 이론의 '이해'라기보다는 '암기'에 그칠 확률이 높다. 그런 의미에서 라캉에 관심 있는 독자들에게는 『자크 라캉, 지적 영웅의 죽음』인간사랑, 1997과 더불어 추천할 만한 책이다. (2000. 7)

"여성은 존재하지 않는다"

『여자에겐 보내지 않은 편지가 있다』 대리언 리더, 김종엽 옮김, 문학동네, 2010

무엇이 궁금해서 이 책을 펴보게 됐을까? '여자에겐 보내지 않은 편지가 있다?' 책의 원제를 직역한 걸로는 '왜 여자는 보내는 것보다 더 많이 편지를 쓰는가Why do women write more letters than they post?' 이건 물론 저자가 독자에게 던지는 미끼다. 당신은 혹 그런 게 궁금하지 않은가라고 그는 묻는다. 아마도 그가 던지는 질문 이전에 그러한 '사실', 여자에겐 보내지 않은 편지가 있다는 사실이 '문제'로서 구성되지 않았을 가능성이 높다. 우리가 '맞아, 정말 그래! 그런데, 왜 그런 거지?'라고 맞장구를 치는 순간, 이 질문은 우리를 어떤 앎으로 인도하고 그 원인에 대해 호기심을 품게 한다. 두 가지가 전제다. '왜 여자는'이 암시하는 바대로 여자는 남자와 다르다는 것. 그리고 그 다름의 대표적인 양상을 여자들의 편지 쓰기에서 확인할 수 있다는 것.

그런 호기심에 이끌려 책을 손에 드는 것이 일반적일 텐데, 나는 조금 다른 경로를 따랐다. 책의 타이틀보다는 저자에게 먼저 끌린 때문이다. 주디 그로브스의 일러스트레이션을 곁들인 라캉 입문서 『라캉』김영사, 2002의 저자가 바로 대리언 리더였고, 기억엔 그 책의 참고문헌에서 『여자에겐 보내지 않은 편지가 있다』라는 책의 존재를 처음 알게 됐다. 실제로 저자 소개에는 "영미권에서 라캉 연구의 권위자로 널리 알려져 있으며, 슬라보예 지젝과 함께 복잡하고 난해한 라캉 이론을 대중에 소개하는 데 기여해왔다"고 돼 있다. 핵심은 그가 '라캉 연구의 권위자'이며 주로 '라캉 이론의 대중화'에 힘쓰고 있다는 점이다. 그 '대중화'의 주제가 이 책의 경우엔 바로 남성과 여성의 차이에 관한 라캉의 이론이다. 저자의 표현을 빌면, 그가 이론적 바탕으로 삼고 있는 것은 '라캉 더하기 라이크'인데, 라이크는 프로이트의 초기 제자 중 한 사람이었던 테오도어 라이크를 가리킨다. 이 두 사람의 이론에 기대어 저자가 시도하려고 하는 것은 "남성과 여성의 섹슈얼리티에 대한 관찰과 해석의 콜라주"다.

저자의 '관찰과 해석'이 어떤 것인가에 대한 맛보기. 만일 당신이 남성에게 코트를 팔고자 한다면 요즘엔 다들 그런 옷을 입는다고 말해주는 게 좋다. 하지만 반대로 여성에게는 아무도 그런 옷을 입지 않는다고 말해주는 게 더 낫다. 왜 그런가. 남성들은 일반적인 경우에 포함되기를 좋아하지만 여성들은 그렇게 되는 것을 싫어하기 때문이다. 어떤가. 좀 약한가? 그렇다면, 또 다른 관찰. 저자가 상담했던 두 살 반 된 남자 아이는 창가에 늑대 한 마리가 있다며 걱정했다. 같은 또래의 여자 아이도 동일한 공포를 느끼고 있었다. 늑대가 뭘 하려는 것 같으냐고 저자가 묻자 남자 아이는 자기를 잡아먹으려는 것 같다고 대답했다. 반면에 여자

아이는 "가서 물어보자"고 했다. 지식에 접근하는 방식이 달랐던 것이다. 물론 이 책을 더 읽어갈 독자는 "가서 물어보자"고 답한 여자 아이의 태도를 필요로 한다.

여러 인용과 사례 해석의 콜라주를 몇 장면 따라가보면, 일단 라캉의 대전제는 "여성은 존재하지 않는다"는 것이다. 여성이란 어떤 존재인가를 말해주는 단일한 개념이 존재하지 않으며 여성성의 본질 또한 존재하지 않는다는 주장이다. 따라서 여성이란 무엇인가에 대한 답은 없다. 저자는 그런 관점에서 초경을 겪은 여자 아이들의 우울증을 설명한다. 그 경우에 우울증은 초경 자체에 대한 놀람이 아니라 초경을 겪었음에도 아무런 변화도 없다는 사실에서 비롯된다는 것이다. 즉 월경은 소녀를 단숨에 '여성'으로 만들고 새로운 삶을 시작하게 해주는 공식이 아니다. 때문에 여자들의 관심은 언제나 '대상'보다는 '관계'에 두어진다. 가령 카페에 앉아 선남선녀 한 쌍이 걸어가는 걸 보는 상황에서라면, 남자들은 보통 여자의 매력에 이끌려 그녀를 쳐다본다. 하지만 여자들은 남자에게 끌리기보다는 함께 가는 여자를 보는 데 훨씬 많은 시간을 투자한다. 그녀들의 관심은 남자 혹은 여자라기보다는 그들 간의 '관계'다. "저 여자는 남자를 어떻게 자기 짝으로 만들 수 있었을까?"

이러한 관점의 차이는 문화적 영향이나 교육의 결과가 아니다. 아이들의 놀이를 관찰한 사례에 따르면, 남자 아이가 자신의 욕망을 직접 주장하는 데 반해서 여자 아이는 다른 아이의 욕망을 대신 내세운다. 자기가 갖고 싶은 인형을 좀 달라고 말하는 대신에 다른 누군가를 위해서 인형을 가져가겠다고 말한다. 곧 다른 누군가의 욕망을 자신의 욕망으로 떠안는 것이다. 남자 아이가 자신이 소망하는 대상을 얻기 위해서 라이벌을 제거하고 싶어하는 반면에 여자 아이는 대상보다는 다른 아이의 욕망을 목표로 한다.

히스테리에 관한 프로이트의 고전적 분석 사례에서 18세의 도라는 복잡한 성적 역학관계 속에 놓인 자신의 처지를 원망했다. 아버지는 K의 부인과 연인 관계였고, 도라 자신은 K의 유혹을 받고 있었다. 하지만 프로이트는 분석 과정에서 도라가 의식적인 저항에도 불구하고 아버지와 K 부인의 관계를 지속시키기 위해 최선을 다하고 있다는 걸 알게 된다. 프로이트는 도라가 K를 진정으로 사랑한다고 생각했지만 라캉은 다르게 해석한다. 라캉에 따르면 도라가 그렇게 한 것은 K 부인이 도라에게 여성이 무엇인지 알려줄 수 있는 위치에 있었기 때문이다. 즉 도라는 여성성에 접근하기 위해서, 곧 K 부인이 구현하고 있는 신비로움을 이해하기 위해서 K와 자신을 동일시했다는 것이다. 전체 시나리오의 중심은 K가 아니라 K 부인이었던 셈이다.

"여성은 존재하지 않는다"라는 정식을 떠올려주는 대표적인 사례로 저자는 에우리피데스의 『헬레나』*를 든다. 그 작품에서 트로이에 있던 여성은 진짜가 아닌 가짜 헬레나였다. 그녀는 여신 헤라가 공기로 만들어 파리스에게 안겨준 유령이었던 것이고, 진짜 헬레나는 이집트에서 남편이 돌아오길 안타깝게 기다리고 있었다. 곧 역사 속에서 가장 아름답고, 가장 사랑스럽고, 가장 증오 받는 여성 헬레나는 신기루에 지나지 않으며, 그 이상적 이미지 뒤에는 아무것도 없다. 여성의 자리는 궁극적으로 비어 있다는 뜻이다. 때문에 백 벌의 드레스를 갖고 있어도 "입을 게 없어"라고 여성들이 말하는 것은 충분히 정당하다. 여성The Woman이 되기 위한 단 한 벌의 제복을 언제나 갖고 있지 않기 때문이다. 이것이 말하자면 저자의 기본 입장이자 책의 출발점이다. 그리고 그 연장선에서 우리는 여자들이 왜 끊임없이 "나 사랑해?"라고 되묻는지, 왜 여자는 자기만의 방을 가질 수 없는지, 왜 여자의 파트너는 고독인지, 왜 여자들은 글을 쓰면서 문장을 끝맺지 못하는지, 남자들이 "꺼져버려!"라고 말하는 상황에서 왜 여자들은 "내가 사라질게"라고 말하는지를 알게 된다. 당신이 남자건 여자건 간에 모두 일독해볼 만한 이유로는 충분하지 않을까. (〈기획회의〉, 2010. 7)

P.S. '관찰과 해석의 콜라주'인 만큼 다양한 사례들을 동원하고 있는 게 이 책의 강점인데, 나도 덩달아서 『베니스의 상인』, 『올랜도』, 『사랑에 빠진 악마』 등을 새로 구입했다. 저자의 미끼가 제법 잘 통했다고 할까.

번역은 읽을 만하지만, 한두 군데 오역도 눈에 띈다. 사소하지만 교정 차원에서 적어두자면, 서문 8쪽에서 "자세히 살펴보지 않아도 많은 남성 학자들이 학회에 낸 자신의 논문에 대한 비판은커녕 누구의 이해도 받지 못하리라고 생각한다는 것을 알 수 있다."

원문은 "Indeed, little research is required to demonstrate that a large percentage of male academics would rather that no one understand their conference papers than that these be subject to criticism"이다.

구문상 "~하기보다는 차라리 ~하기를 원한다"로 해석되어야 하지 않을까 싶다. 바로 앞문장에서 저자는 "이론가들은 실수를 저지르는 것이 겁나 진짜 주장을 감추는 데 진력하거나 아예 주장을 포기하는 쪽을 택한다"라고 꼬집고 있는데, 그에 대한 부연 설명이다. 학회에서도 대다수 남성 학자들은 남에게 비판받기보다는 차라리 아무에게도 이해받지 못하는 쪽을 선택한다는 것. 하지만 저자는 이 책에서 그런 비판/반박을 무릅쓰고 과감하게 자신의 주장을 일반화해서 제시해보겠다는 얘기다. 그런 태도는 높이 사줄 만하다.

그리고 셰익스피어의 『십이야』에서 인용한 대목인데, 국역본을 확인해보지 못했지만, 26쪽에서 바이올라의 대사 "What's she?"를 "그녀는 어떤 사람인가요?"로 옮긴 것은 뉘앙스를 살리지 못한 것으로 보인다. 공작이 올리비아라는 여성을 사랑한다는 얘기를 듣고서 그녀의 정체성에 대해 질문하는 것인데, 바이올라는 "Who's she?"라고 묻지 않고 "What's she?"라고 물었다. 즉 이 질문에서는 'WHO'(주체)와 'WHAT'(대상)의 대비가 중요하다. 대상은 물론 남성 욕망의 대상이다. 그 욕망과의 관계 속에서만 여성은 정체성을 부여받는다는 것. 바로 그런 점에서 "What's she?"라는 질문은 대단히 탁월한 '여성적 질문'이라고 리더는 말한다. 직역하면 "그녀는 누구인가요?"와 대비하여 "그녀는 무엇인가요?"라고 해야 할 것 같은데, 번역본들의 선택은 어떤지 궁금하다.

로쟈의 복면 인터뷰

Q 인간을 인간답게 하는 것은 무엇입니까? What makes human human?

A 이런 질문을 던지는 것 자체라고 생각합니다. '인간'과 '인간다움' 사이에 거리가 있다는 전제가 이 질문에는 들어 있는 것이죠. 개별적 인간과 '인간임' 사이의 차이가 하이데거 식의 존재론적 차이라면, 우리말에서 '인간다움'은 그와는 또 다른 차이를 말하는 듯싶습니다. 윤리적인 차원과 미학적인 차원 모두에 가 닿는다고 해야 할까요. '-다움'이라는 말의 뜻을 섬세하게 풀어줄 수 있는 국어사전을 우리가 아직 못 가진 듯싶어서, 대신에 '답다'에 대한 영어사전의 풀이를 따라가보겠습니다. 세 가지로 풀고 있습니다.

첫째는, 같다 be like. 인간다움이란 '인간 같음'이라는 뜻입니다. 그 말은 곧바로 '같잖은 인간'이 있다는 걸 전제합니다. 인간 같지 않게 말하거나 행동하는 인간이 바로 '같잖은 인간'이죠. 혹은 인간으로서 기대되는 말이나 행동에 어긋날 때 우리는 그가 "인간 같지 않다"고 말합니다.

둘째는, 되다be becoming to. 인간이란 '자라나는' 존재이자 '되어가는' 존재라는 뜻으로 볼 수 있겠습니다. 인간으로 태어났다는 것만으로는 충분하지 않다는 판단이 거기에는 들어 있습니다. 그런 관점에서 '덜된 인간'이라는 말을 쓸 수 있는 것이죠. 젖을 덜 먹고, 덜 자란 인간도 있고, 덜돼먹은 인간도 있습니다. '인간다움'이라는 말은 그런 걸 상기시켜 줍니다.

끝으로, 값어치가 있다be worthy of. 인간이란 형태, 즉 꼴을 갖고 있다면, 그 꼴에 맞는 값을 가져야 한다는 것이죠. 인간으로서의 '꼴값'입니다. 이에 못 미치는 인간이 '값싼 인간'이겠죠. 인간으로서의 품위를 지키지 못하고 스스로를 깎아내리는 인간을 말합니다.

이렇듯 '같잖은 인간 vs. 인간' '덜 된 인간 vs. 인간' '값싼 인간 vs. 인간'이라는 차이와 대립을 사유하고자 하는 것 자체가 저에겐 인간을 인간답게 하는 무엇 같습니다. 그러한 차이에 대한 인식은 우리의 말과 처신을 조신하게 만들지 않을까요?

Q 가장 좋아하는 외국 작가가 있습니까?

A 러시아 문학을 전공하고 또 강의하고 있는 만큼 러시아 작가들이 친숙합니다. 많이 읽다 보면 또 자연스레 좋아하게 되고 그렇지요. '가장 좋아하는'이라는 단서가 붙으면 무슨 '이상형 월드컵' 같은 걸 떠올리게 되는데(멍청한 일이 대개 그렇듯이 요즘 유행하고 있지요), 억지로 꼽자면 아무래도 푸슈킨이나 도스토예프스키 등의 이름을 앞세우게 됩니다. 푸슈킨은 전공 논문을 쓰면서 점점 매력을 느끼게 되었고, 도스토예프스키 는 대학에 들어와 『지하생활자의 수기』*를 읽으면서 '이 작가다!' 싶었습니다. 대학 졸업논문을 도스토예프스키의 데뷔작인 『가난한 사람들』에 대해서 썼고, '로쟈'라는 제 닉네임은 『죄와 벌』의 주인공에게서 가져

책을 읽을 자유

온 것이기도 하죠. 멀지 않은 장래에 이들 좋아하는 작가들에 대한 책을 쓰는 것이 한 가지 목표이기도 합니다. 생존 작가로는 밀란 쿤데라를 좋아하는데, 요즘은 활동이 뜸한 편이라 아쉽습니다. 2000년 이후로는 새로 읽은 작가들이 많지 않아서 '좋아하는 작가'도 제때 업데이트가 안 되고 있습니다. 주로 철학자들을 즐겨 읽은 탓인지도 모르지만요.

Q 유토피아가 어떤 시공간이길 희망하십니까?

A 개인적으로는 두 사람의 철학자와 한 사람의 작가를 떠올리게 됩니다. 먼저, 철학자 슬라보예 지젝은 유토피아를 실제의 삶과 유리된 어떤 이상사회에 대한 몽상과는 무관한 것으로 규정합니다. 그는 유토피아가 우리가 더 이상 '가능한 것'의 한계 안에서 살아갈 수 없을 때 제기되는 생존의 문제이며, 가장 심층적인 차원에서의 어떤 불가피성의 문제라고 봅니다. 가장 기본적으로는 "이대로는 지속할 수 없다"라는 삶의 절박함이, 현재의 사회적 좌표계에서는 할당돼 있지 않기 때문에 '어디에도 없는 곳'으로 표상되는 유토피아에 대한 갈망을 만들어내는 것이죠. 용산 참사의 희생자나 비정규직 노동자들의 문제 또한 이러한 유토피아적 시공간에 대한 갈망을 불러일으킵니다. 때문에 유토피아적 충동과 기획은 언제나 현재적이며 여전히 유효합니다.

그리고 들뢰즈 같은 경우는 유토피아라는 말 대신에 '에레혼Erewhon'이라는 말을 씁니다. 영국의 소설가 새뮤얼 버틀러의 작품 제목에서 가져온 것인데, no where(어디에도 없는 곳)라는 문구의 철자를 재조합해 만든 단어입니다. 이것은 또 now-here(지금-여기)의 변형이기도 한데요, 말하자면 '지금-여기'이면서 어떤 부재의 장소를 뜻하는 말입니다. 이 '에레혼'이라는 말을 갖고서 들뢰즈는 시간성/무시간성, 역사성/영원성, 특수/보편이라는 양자택일을 넘어서는 '반시대성untimeliness'을 가리

키고자 합니다. 유토피아의 공간이 어떤 부재의 공간을 뜻한다면, 유토
피아의 시간이란 이런 반시대성을 가리키는 게 아닐까요?

끝으로 『당신들의 천국』의 작가 이청준. 제 기억에 소설 속의 한 인
물을 통해서 작가는 아무리 대단한 유토피아라 하더라도 그것을 부정할
수 있는 자유, 그러니까 유토피아에서 벗어날 수 있는 자유가 보장되지
않는다면 감옥과 다를 바 없다는 주장을 폅니다. 말하자면 행복하지 않
을 권리가 허용되지 않는 행복은 완전한 행복, 이상적인 행복이 못 된다
는 것이죠. 제가 할 수 있는 일은 이러한 화두들을 품고서 더 고민해보
는 것입니다.

Q 늘 해보고 싶어 하면서도 하지 못하는 일은?

A 먼저 '하지 못한다'는 말의 뜻이 모호한데요. 그것이 능력이나 역량의
부족으로 말미암은 것이라면 그냥 소망이 무엇이냐는 물음과 같겠습니
다. 하지만 할 수는 있음에도 불구하고 여러 가지 여건상 실행에 옮기지
못하는 일이 무엇이냐는 물음이라면, 당장은 '몇 권의 책을 쓰는 일'입니
다. 제가 좋아하는 한 러시아 작가의 단편에 '기적을 행하는 자'에 대한
이야기가 나옵니다. 이런 식입니다.

지금 나는 졸리지만 자지 않을 것이다. 나는 종이와 펜을 가지고 이야기
를 쓸 것이다. 나는 내 안에서 어마어마한 힘을 느낀다. 나는 이 모든 것
을 어제 이미 다 생각해놓았다. 이것은 기적을 행하는 자에 대한 이야기
인데, 그는 우리 시대에 살면서 아무런 기적도 행하지 않는다. 그는 자신
이 기적을 행하는 자이며, 어떤 기적도 행할 수 있다는 것을 알지만, 그렇
게 하지 않는다. 사람들이 그를 아파트에서 쫓아낸다. 손가락 하나만 까
딱하면, 그 아파트를 차지할 수 있다는 것을 알지만 그는 그렇게 하지 않

고, 대신 아파트에서 고분고분 떠나 교외에 있는 헛간에서 지낸다. 다닐 하름스, 「노파」

저도 푹 자고 컨디션이 좋은 날엔 '어마어마한 힘'을 느끼며 대단한 걸작을 쓸 수도 있겠다는 생각을 합니다. 적어도 제가 읽고 싶은 책을 쓸 수 있겠다는. 하지만 현재로서는 그렇게 할 수 있는 형편이 아니어서 그렇게 못하고 있습니다. 아파트에서 쫓겨나지 않는 걸 다행으로 생각하고 있는 정도입니다.

Q 이현우의 '포기할 수 없는 가치'가 있다면 무엇인지요?
A 이건 '당신의 보물은 무엇인가?'라는 질문을 조금 고상하게 표현한 것인가요? 책을 사 모으고 책을 읽고 책에 대해 강의하는 것이 일상이니 만큼, 그냥 '책'이라고 해야겠지만, 너무 '책상물림적'이라는 인상을 줄 듯싶어서, '책을 읽을 자유'라고 하겠습니다. 책을 읽기 위해서는 책을 쓰는 사람이 있어야 하고, 책을 만드는 사람이 있어야 하며 책을 읽을 수 있는 공간이 있어야 하고 책을 읽을 수 있는 시간이 있어야 합니다. '책을 읽을 자유'는 그 모든 것을 필요로 하기에 손쉬운 자유는 아니라고 해야겠지요. 고상하고 고급한 자유입니다. 모두에게 그런 자유가 허용되는 사회라면 살 만한 사회이지 않을까요?

Q 이현우에게 행복이란 □□□다.
A 드디어 '복면 인터뷰'의 '복면' 같은 질문이 나왔네요! 맨얼굴로, 맨정신으로는 질문하기 어려운! 저에게 행복이란 주변 사람들이, 더 나아가 모든 사람들이 행복에 대해서 고민하지 않는 것입니다. 제정신인 사람이라면 주변의 불행 앞에서 자신의 행복을 말하기 어렵겠죠. 인류의

불행 앞에서 자신의 행복만을 음미하기 어려울 테고요. 해서 모든 행복은 순간적이며 상처받기 쉬운 행복입니다. 궁전이라도 짓고 그 안에 틀어박혀 있지 않는 한 말이죠. 때문에 '행복'이라는 말은 저에게 별다른 의미가 없습니다. 계량화할 수 있는 만족 같은 거라면 몰라도(주변 사람들의 불행이 우리를 얼마나 만족스럽게 하는지요!). 그러니 이렇게 정리될 수 있겠네요. 행복이란 '난센스'다.

Q 요즘 품고 있는 고민거리나 '불편한 진실'은 무엇입니까?

A '요즘'이 '오늘'을 가리킨다면 두 건의 주간지 원고를 외출도 해야 하는 오늘 무사히 끝낼 수 있을까라는 게 고민거리입니다. '일주일'을 뜻한다면, 계속 늦어지고 있는 어느 책 원고를 빨리 끝내야 하는 것이고요. 조금 더 늘려 잡으면, 다시 포화 상태에 이른 책들을 처치할 수 있는 공간을 마련하는 것입니다. 이건 내년쯤에 '요행'이 떨어지길 기대하고 있습니다. 그리고 '불편한 진실'이라, 이건 지구 온난화 문제를 말하는 건가요? 그것이 정말 '불편한 진실'이라면 털어놓기도 불편한 것일 텐데, 일종의 '자학'을 감행해보라는 질문 같기도 합니다. 그럴 수야 없지요! 대신에 다른 사람이 아닌 저에게 '불편한 진실'은 말해볼 수 있습니다. 그건 앞으로 살아갈 날이 살아온 날들보다 적게 남았다는 것. 그래서 새삼스러운 건 아니지만 욕심 부린 책들을 다 읽지 못할 거라는 것. 그리고 어쩌면 쓰고 싶은 책들도 다 쓰지 못할지도 모른다는 것. 그리고 한국 사회로 넘어가면 다음 대선에서 정권 교체가 이루어지지 않을지도 모른다는 것. 그건 어쩌면 종말보다 더 나쁜 일이 될지도 모르겠다는 것.

(문화웹진 〈나비〉 인터뷰, 2009. 12)

29

가라타니 고진은 이렇게 말했다

가라타니가 골몰해온 문제란 '자본주의 국가체제'의 극복이 어떻게 가능한가이다. 그는 마르크스주의 철학자들의 『자본론』 독해에 동의할 수 없었고 경제학자들의 제한적인 『자본론』 해석에 불만이었다. 가라타니의 독특한 착안은 흔히 헤겔과의 관계에서 읽는 것이 보통인 마르크스의 이론을 칸트와의 관계 속에서 읽고자 한 것이다.

칸트,
코뮤니즘을 말하다!

『윤리 21』* 가라타니 고진, 송태욱 옮김, 사회평론, 2001

가라타니 고진의 책들이 번역되고 있다. 그리고 앞으로 더 번역될 것이고, 번역될 필요가 있다. 최소한 그의 책을 읽으면 독자는 좀더 똑똑해지는 느낌을 받는다는 이유만으로도. 최근에 무하마드 알리에 관한 자전적인 영화가 할리우드에서 만들어진 모양인데, 고진이야말로 '나비처럼 날아서 벌처럼 쏘는' 특기를 가지고 있다. 그는 가볍고 경쾌하지만, 정확하고 진지하다.

『윤리 21』은 가라타니 고진의 칸트 다시 읽기이다. 저자의 말에 따르면, 이 책은 칸트론을 의도한 것이 아니며, 자신의 사유를 진행시키는 과정에서 칸트와 대면했을 뿐이라고 한다. 하지만, 결과적으로 그의 책은 칸트의 도덕론/윤리학에 대한 아주 재미있는 입문서의 역할을 겸하고 있다.

고진은 도덕이란 말을 공동체적 규범이라는 의미로 사용하고, 윤리를 '자유'라는 의무와 관련된 의미로 사용한다. 이것은 그만의 독특한 어법이며, 그에 따르면 칸트가 말하는 도덕은 윤리를 뜻한다. 나는 흔히 절대론적 윤리설, 형식주의적 도덕론 등으로 분류되는 칸트의 도덕론에 대해 이 책을 읽고 나서야 좀더 많은 관심을 갖게 되었다. 그것은 고진의 시각을 통해서 칸트의 도덕론을 더 잘 이해할 수 있었기 때문이기도 하다.

우선 그는 칸트의 원전을 직접 읽어도 잘 이해되지 않는 부분들, 가령 『순수이성비판』에서 말하는 자연세계에서의 인과율과 『실천이성비판』에서 말하는 도덕적 당위의 주체로서 인간이 가지는 자유(의지)가 어떻게 양립될 수 있을까 하는 물음 등에 대해서 글의 서두에서부터 아주 간명하게 규정/해결하고 있다.

칸트가 말한 지상명령이란 '자유로워지라!'는 명령이라고 생각하면 된다. 그러한 명령 혹은 의무에 의해 비로소 '자유'라는 차원이 나온다. 그것은 원인에 의해 규정당하는 세계로부터는 나오지 않는다. 혹은 인식의 차원에서는 나오지 않는다. 〔……〕 '자유로워지라'는 명령은 동시에 타자도 '자유로운' 주체로 취급한다는 것을 포함한다. 칸트는 스스로 '자유롭다'는 것, 나아가 '타자를 수단으로서만이 아니라 동시에 목적(자유로운 주체)으로서 대하라', 라는 것을 보편적인 도덕 법칙으로 삼았다. 「머리말」

다소 길게 인용되었지만, 이것이 고진이 말하는/이해하는 칸트 도덕론의 핵심이다. 그에 따르면, 도덕적 주체로서의 자기정립은 '자유로워지라'는 명령에 복종하는 한에서만 가능하다. 고진은 그 명령/의무를 사르트르의 '인간은 자유라는 형벌에 처해졌다'는 표현과 연관짓고 그러한 바탕에서, 마르크스를 코뮤니스트로 다시 읽어낸다(사르트르와 마르크시즘의 관계도 다시 생각해볼 일이다). 그때의 코뮤니즘이란 타자를 수단으로 하면서 또한 목적으로 대하는 사회적 관계에 근거한다. 이 코뮤니즘을 통해서 '독일 사회주의의 진정한 창시자'인 칸트와 마르크스는 만난다.

따라서 코뮤니즘에 대해서는 임노동(노동력 상품)의 폐기가 핵심이다. 〔……〕 임노동의 폐기란 바로 '타자를 수단으로서만이 아니라 목적으로 대하라'고 한 말의 현실적인 형태다. 마르크스에게 그것은 '지상명령'이었다. 그것은 결코 자연사적 필연이 아니다. 오히려 자연사적으로 보면 자본주의적 경제는 영원할 것이다. 그것을 폐기하는 것은 윤리적인 개입이다. 즉 그것은 '자유'의 차원에서만 오는 것이다. 189쪽

내 생각에, 이 대목에 고진의 칸트와 마르크스론이 집약돼 있다. 여기서 일차적으로 폐기 처분되는 것은 역사발전의 합법칙성 따위를 주장하는 사적 유물론이다. 고진이 보기에 칸트와 마르크스는 그런 인과율의 과학을 말하지 않았다. 따라서 그들에게서, 특히 마르크스에게서 과학으로서의 정치학을 읽어내려는 시도는 무망하다. 그의 정치학은 곧 윤리학이며, 그것은 자유로운 인간의 실천과 책임에 관한 것이기 때문이다. '자본제 단계로부터 코뮤니즘으로의 발전은 결코 역사적 필연'이 아니다191쪽. 자본주의(=인과율)로부터 코뮤니즘(=자유)으로의 이행은 오로지 실천적(윤리적)으로만 가능하다! 그런데, 우리는 정작 그런 자유를 원하기는 하는가? 《텍스트》, 2002. 2)

역사는 왜
반복되는가

『역사와 반복』* 가라타니 고진, 조영일 옮김, 도서출판b, 2008

비평이란 무엇일까? "내가 이 책 읽은 거 맞아?"라는 질문을 던지게 하는 것으로 정의해볼 수도 있지 않을까? 그렇게 두 번 읽도록 자극하고 권유하는 것이 '비평'이라면, 가라타니 고진이야말로 일급의 비평가다. 물론 일본을 대표하는 비평가이자 사상가라는 평판을 이미 얻고 있는 처지이므로 '일급의 비평가'라는 평은 중언부언이다. 하지만, 말 그대로 '이렇게도 읽을 수 있구나!'라는 경탄을 매번 불러일으키는 비평가는 그리 많지 않다. 이번에 출간된 『역사와 반복』 또한 예외가 아니다.

책은 '역사와 반복' '근대 일본에서의 역사와 반복' '불교와 파시즘', 3부로 구성돼 있는데, 표제가 되고 있는 첫 번째 에세이에서 그가 시범적으로 다시 읽고 있는 것은 마르크스의 『루이 보나파르트의 브뤼메르 18일』* (이하 『브뤼메르 18일』)이다. "헤겔은 어디에선가 모든 세계사적 사건과 인물은 두 번 나타난다고 말한 적이 있다. 그러나 이렇게 덧붙이는 것을 잊었다. 처음엔 비극으로, 두 번째는 소극으로"라는 도입부로 유명한 글이다. '프랑스 혁명사 3부작' 중 한 꼭지를 이루는 이 정치 팸플릿에서 마르크스는 1789년과 1848년의 프랑스 혁명을 다룬다. 그가 보기에 1848년부터 3년간은 1789년 혁명에서 나폴레옹의 쿠데타까지를 반복하고 있다. 즉 보통선거를 통해서 대통령으로 선출되었다가 스스로 쿠데타를 일으켜서 다시 황제가 되는 루이 보나파르트(나폴레옹 3세)는 나폴레옹 1세의 행적에 대한 '소극笑劇'적 반복이다.

가라타니가 『브뤼메르 18일』을 다시 문제 삼는 것은 그러한 역사적 반복에서 어떤 패턴을 읽기 때문이다. 역사의 반복에서 중요한 것은 되풀이되는 사건(내용)이 아니라 그러한 반복을 불가피하게 만드는 어떤 형식(구조)이다. 그리고 그러한 형식에 주목하게 한다는 점에서 『브뤼메르 18일』은 특권적이다. 가라타니는 아예 『자본론』과 동급의 의의를 갖는다고 말할 정도다. "『자본론』이 경제를 표상의 문제로서 파악하고자 한다면, 『브뤼메르 18일』은 정치를 그와 같이 파악하고 있다. 『자본론』이 근대경제학 '비판'이라면, 마찬가지로 『브뤼메르 18일』은 근대정치학 '비판'이다."

가라타니가 다시 읽는 『브뤼메르 18일』은 1870년대 이후의 제국주의, 1930년대 파시즘뿐만 아니라 1990년대 이후의 새로운 정세에 관해서도 본질적인 통찰을 가능하게 해준다. 흥미로운 것은 이 통찰이 정치적 대의代議의 문제와 연관된다는 점이다. 마르크스가 보기에 대표제라는 상징적 형식은 이중적이며 입법권력으로서의 의회와 행정권력으로서의 대통령은 크게 다르다. 의회제는 토론을 통한 지배라는 의미에서 자유주의적이고, 대통령은 일반의지(루소)를 대표한다는 의미에서 민주주의적이다. 때문에, 독재 형태는 자유주의를 배반하지만 민주주의를 배반하지는 않는다.

가라타니에 따르면, 이러한 차이는 근대 인식론의 각기 다른 사고방식에도 대응한다. 즉 한편에는 진리를 선험적인 명증성에서 연역할 수 있다는 데카르트적 사고방식이 있고, 다른 한편에는 진리란 타자와의 합의에 의한 잠정적인 가설에 지나지 않는다는 앵글로색슨적인 사고방식이 있다. 전자의 경우 '일반의지'는 서로 대립하는 사람들이나 여러 계급을 넘어선 존재에 의해 대표되며, 후자의 경우는 토론을 통한 합의에 의해 결정된다. 역사의 반복에서 확인하게 되는 것은 의회(대표제)를 부정할 경우 도달하게 되는 정치적 위기가 흔히 그것의 상상적 지양으로 귀결된다는 점이다. 1848년 혁명 이후 루이 보나파르트가, 그리고 1930년대에는 히틀러가 '결단하는 주권자'로 출현하게 되는 것과 같이 말이다. 혹은 가까이에서 예를 찾자면 4·19 혁명이 5·16 쿠데타와 10월 유신으로 귀결된 것과 같은 과정을 우리는 떠올려볼 수 있겠다.

민주주의의 대표제는 절대주의 왕을 죽임으로써 출현하지만, 거기에는 메울 수 없는 구멍이 있으며 '황제' 혹은 '결단하는 주권자'는 그러한 구멍을 메워야 한다는 '반복강박'의 산물이다. 이것이 '우스꽝스런 보통 사람'으로 하여금 '영웅'으로 행세할 수 있는 조건을 만들어준다. 그러한 소극은 지금 우리에게도 반복되고 있는 것처럼 보인다. (《시사IN》, 2008. 7)

어소시에이셔니즘 vs. 내셔널리즘

『네이션과 미학』* 가라타니 고진, 조영일 옮김, 도서출판b, 2009

'가라타니 고진 컬렉션'의 세 번째 책 『네이션과 미학』이 출간됨으로써 현 일본 최대 비평가의 주요 저작을 이제 우리말로도 읽어볼 수 있게 되었다. 『일본근대문학의 기원』민음사, 1997을 필두로 하여 소개된 그의 저작은 단행본만으로 열네 권이 나온 상태다. 앞으로 『일본근대문학의 기원』의 개정증보판이 추가로 번역될 예정인데, 한 비평가의 저작이 이만한 규모로 국내에 소개된 일은 극히 드물다.

'비평가'라고 했지만 사실 가라타니의 작업은 문학비평에 한정된 것이 아니라 더 넓은 분야를 아우른다. 도쿄 대학 경제학부 출신으로 그의 출세작이 『마르크스 그 가능성의 중심』이산, 1999이었으니 출발점부터가 조금 달랐다. 그가 '사상가'라는 타이틀로도 불리는 이유인데, 실제로 영어권에 소개된 『은유로서의 건축』한나래, 1998과 『트랜스크리틱』한길사, 2005 은 모두 서구의 철학사상과 대결하고 있는 저작으로 독특한 재해석을 통해서 그의 이름을 널리 알렸다. 특히 칸트와 마르크스에 대한 새로운 해석과 교환양식을 통한 네이션과 국가 체제 해명은 가라타니의 고유한 기여로 평가된다.

『네이션과 미학』은 가라타니 자신이 전폭적으로 개고改稿하면서 『트랜스크리틱』의 '속편'이라고 부른 책이다. 그는 『세계공화국으로』도서출판b, 2007에서 자신의 이론적 주장을 일반 독자들을 위해 간결하게 정리한 바 있으므로 이 세 저작을 한데 묶어서 읽어보아도 좋겠다. 가라타니의 핵심적인 주장은 '서설-네이션과 미학'에서 잘 제시된다. 흔히 국가나 네이션(민족 혹은 국민)을 정치적이거나 문화적인 차원에서 이해하는 데 반해서 그는 경제적 문제로 파악해야 한다고 주장한다. 이때 그가 도입하는 것은 생산양식이 아니라 교환양식이다. 그는 '상품 교환' 외에 '수탈과 재분배' '호수적(호혜적) 교환', 그리고 '자발적인 상호교환'이라는 네가지 교환양식을 구분한다.

가라타니가 보기에 근대 국가에는 수탈과 재분배라는 봉건국가적 교환양식이 남아 있다. 다만 국민의 납세와 관료에 의한 재분배라는 형태로 변형돼 있을 뿐이다. 그리고 베네딕트 앤더슨이 '상상의 공동체'라고 부른 네이션도 기본적으로는 호수적 교환관계에서 유래한다. 일반적으로 자본주의가 발달함에 따라 네이션-스테이트(국민국가)가 형성되었다고 하지만, 가라타니는 이 세 가지가 보로메오의 매듭처럼 묶여서 '자본-네이션-스테이트'를 구성한다고 본다. 이때 국가(스테이트)와 자본(시장사회)을 묶어주는 역할을 하는 것이 네이션이다.

가라타니의 독특한 착안은 이 세 항의 관계를 칸트의 비판철학을 구성하는 세 항과 연관짓는 것이다. 칸트는 오성과 감성이 상상력에 의해 매개된다고 주장했다. 이것이 갖는 의미는 오성과 감성이 종합될 가능성이 있지만 그 가능성은 상상(가상)에 지나지 않는다는 점이다. 여기서 상상력은 타인의 입장에서 사고하고 행동하라는 도덕법칙과 연결되기에 "타자를 수단으로서만이 아니라, 동시에 목적으로서 대하라"라는 칸트의 정언명령은 타인을 수단으로서만 다루는 정치·경제적 상태를 폐기하라는 지상명령을 함축한다. 그런 점에서 가라타니는 칸트가 '독일 최초의 진정한 사회주의자'라는 별칭에 값한다고 본다. 단, 이때의 사회주의는 국가사회주의와는 다른 '어소시에이셔니즘'이다.

가라타니는 헤르더나 피히테, 그리고 헤겔과 같은 낭만파 철학자들이 칸트의 어소시에이셔니즘을 부정하고 그것을 내셔널리즘으로 전환시켰다고 본다. '칸트 대 헤겔'이라는 철학사적 구도를 '어소시에이셔니즘 대 내셔널리즘'으로 재해석하고 있는 것인데, 물론 그가 적극적으로 옹호하는 것은 근대국가체제를 넘어 세계시민주의로, 세계공화국으로 나아가고자 했던 칸트적 이념이다. 칸트는 국가나 공동체로부터 자유로운 개인의 어소시에이션의 가능성을 계속 찾았다고 한다. 가라타니의 이론적 작업 또한 그 연장선에 놓이는 듯하다. '칸트 그 가능성의 중심'을 통해서 네이션을 사고하는 것이 가라타니 고진의 현 단계다. 《《한겨레21》, 2009. 8)

왜 '트랜스크리틱'을
읽는가

『트랜스크리틱』* 가라타니 고진, 송태욱 옮김, 한길사, 2005

일본의 비평가 가라타니 고진의 『트랜스크리틱』은 스스로가 '특별한 책'

이라고 자부한 대표작이다. 「나쓰메 소세키론」으로 데뷔한 문학평론가이기도 하지만, 가라타니는 도쿄 대학 경제학부 출신으로 그의 평생 화두는 마르크스와 『자본론』에 대한 새로운 독해다. 이미 『마르크스 그 가능성의 중심』1974을 통해 첫걸음을 뗀 고진은 마침내 『트랜스크리틱』을 통해서 청년 시절부터 40년간 골몰해온 문제를 일단락짓는다.

가라타니가 골몰해온 문제란 '자본주의 국가체제'의 극복이 어떻게 가능한가이다. 그는 마르크스주의 철학자들의 『자본론』 독해에 동의할 수 없었고 경제학자들의 제한적인 『자본론』 해석에 불만이었다. 가라타니의 독특한 착안은 흔히 헤겔과의 관계에서 읽는 것이 보통인 마르크스의 이론을 칸트와의 관계 속에서 읽고자 한 것이다. 그 자신의 표현을 빌면, "내가 트랜스크리틱이라 부르는 것은 윤리성과 정치경제학 영역의 사이, 칸트적 비판과 마르크스적 비판 사이의 코드 변환, 즉 칸트로부터 마르크스를 읽어내고 마르크스로부터 칸트를 읽어내는 시도이다."

그런 견지에서 가라타니는 『자본론』에 비견될 수 있는 유일한 책이 칸트의 『순수이성비판』이라고 말한다. 이러한 관점은 마르크스에 대한 새로운 발견임과 동시에 칸트에 대한 독창적인 해석을 낳는다. 가라타니는 코뮤니즘의 형이상학이 어떻게 재건될 수 있을까라는 관점에서 칸트를 다시 읽으며, 칸트적 '지상명령'의 문제로 마르크스의 코뮤니즘을 재해석한다. 그 결과 전 지구적 세계자본주의를 벗어날 수 있는 이론적 원리를 구축하게 된다.

가라타니가 보기에 현재의 자본주의 국가는 각기 상이한 교환양식에 근거한 '자본제=네이션=스테이트'의 삼위일체 체제다. 따라서 자본에 대한 대항은 동시에 네이션=스테이트에 대한 대항이어야 하며, 국가의 강화를 통한 자본제 폐지는 해결책이 될 수 없다. 사회민주주의 대신에 그가 제안하는 것이 '어소시에이셔니즘'이다. 노동자가 '소비자로서의 노동자'로서 참여하는 생산-소비의 협동조합의 조직화가 전 지구적 자본주의에 대항할 수 있는 가장 유력한 모델로서 제시된다. 거기서 비자본제적 생산-소비 협동조합의 지역통화는 "화폐가 없으면 안 된다"와 "화폐가 있어서는 안 된다"라는 『자본론』에서의 이율배반에 대한 칸트식 해법이기도 하다.

가라타니가 제안하는 '대항운동'이 얼마나 현실적이며 어느 정도까지 실현 가능한가는 아직 장담할 수 없다. 다만 "자본과 국가에 대항하는 운동이 자본과 국가를 넘어서는 원리를 스스로 실현하지 못할 때, 장래에 자본과 국가를 지양할 수 없다는 것은 분명하다"는 가라타니의 주장에 동의한다면, 『트랜스크리틱』은 충분한 탐독과 고구考究의 대상이 될 만하다. 〈브뤼트〉, 2009. 9)

P.S. 책에서의 인용문도 한 단락 포함됐는데, 내가 고른 세 핵심 대목 가운데 다음의 것이 책에 실렸다.

폴라니는 자본주의(시장경제)를 암에 비유했다. 자본주의는 농업적 공동체나 봉건적 국가 '사이'에서 시작되었고, 곧 내부로 침입해 그것들을 자신들에 맞춰 새롭게 만들었지만 여전히 기생적인 존재이다. 그러한 의미에서 노동자＝소비자의 초국가적transnational 네트워크는 자본과 국가라는 암에 생기는 대항 암에 비유할 수 있을 것이다. 자본을 제거하기 위해서는 자본을 가능하게 하는 조건을 제거할 수밖에 없다. 유통의 장을 거점으로 한 내재적 또는 초출적 대항운동은 완전하게 합법적이고 비폭력적이며, 어떠한 자본제＝네이션＝스테이트도 손을 댈 수가 없다. 『자본론』은 그것에 논리적 근거를 부여했다. 가치형태에서의 비대칭적 관계(상품과 화폐)는 자본을 낳지만, 동시에 거기에 자본을 종식시키는 '전위적인 transpositional' 모멘트가 있다는 것이다. 그리고 그것을 활용하는 것이야말로 자본주의에 대한 트랜스크리틱이다. 60쪽

가라타니 고진
다시 읽기

『정치를 말하다』 가라타니 고진, 조영일 옮김, 도서출판b, 2010

"일본을 대표하는 세계적인 비평가이자 사상가", 가라타니 고진을 소개하는 문구다. 『정치를 말하다』는 이 걸출한 비평가이자 사상가의 궤적을 한눈에 일별하도록 해주는 대담집이다. 대담이라는 형식의 성격상 '대중적'이지만 그렇다고 얄팍하지는 않다. 가라타니를 전문적으로 소개해온 역자에 따르면, 고등학생까지 독자로 염두에 두고 쓴 『세계공화국으로』의 자매편으로 읽어도 무방하다. 나는 가라타니 고진 '다시 읽기'의 매뉴얼로 삼아도 좋겠다는 생각이다. 사실 국내에 처음 소개된 『일본근대문학의 기원』이 얼마 전 개정 정본판의 새 번역으로 다시 출간됐기에 '다시 읽기'의 명분은 충분하다. 가라타니 고진 수용에도 하나의 '사이클'이 생긴 것이기 때문이다. 가라타니를 다시 읽기 위한 몇 가지 포인트를 짚어본다.

개인적으로 나는 『일본근대문학의 기원』이 아니라 『탐구』새물결, 1998 연작을 통해서 가라타니 고진에 '입문'했다. 1980년대 중반의 저작이며 대략 그 이후 『트랜스크리틱』에 이르는 '중년 가라타니'의 행적과 이론적 모색에 대해서는 어림하는 편이다. 그래서 『정치를 말하다』를 읽으

면서 나의 관심은 우선 '청년 가라타니'를 향했다. 이 대담은 '청년 가라타니'에게서 핵심적인 사항이 '1960년과 1968년의 차이'라고 말해준다. 이것이 첫 번째 포인트다.

1960년대에 대학에 입학한 가라타니는 자신을 '안보 세대'라고 부른다. 안보투쟁 세대라는 뜻인데, 안보투쟁은 1960년 일본이 미국 주도의 냉전에 가담하는 미일상호방위조약 개정을 강행하자 이에 반대하여 일어난 대학생·시민 주도의 대규모 평화운동을 가리킨다. 일본에서는 1968년에도 전공투(전학공투회의) 중심의 대규모 학생운동이 일어나게 되는데, 이를 주도한 세대는 '전공투 세대'라고 한다. 넓게 보아 두 세대를 모두 '1960년대인'이라고 지칭할 수 있겠지만, 가라타니 자신은 '전공투 세대'가 아니라는 점을 강조한다. 왜 그런가? 두 세대 간에는 차이가 있다고 보기 때문이다.

가라타니의 분석에 따르면, 유럽, 특히 프랑스의 '68혁명'에서 학생운동은 노동조합이나 공산당과 대등한 형태로 존재하고 있었지만, 일본의 경우에 1968년 시점에서 이미 공산당은 권위가 없었고 노동운동, 농민운동은 쇠퇴해 있었다. 가라타니도 참여한 1960년 안보투쟁에는 모든 계층과 세대가 참가했지만, 1968년의 전공투는 학생 중심이었다. 그런 의미에서 유럽의 '68년'과 닮은 것은 오히려 일본의 '60년'이라는 것이다. 물론 제도권 공산당에 대한 비판이 제기되면서 신좌익운동이 등장하는 것은 전 세계적 추세였지만, 일본의 경우엔 일본 공산당이 형편없었기 때문에 유럽보다도 일찍 그런 일이 벌어졌다.

흥미로운 건 1960년에 한국에서는 4·19 혁명이 일어났다는 사실이다. 물론 4·19는 신좌익운동과는 무관하게 한국사적 맥락에 기초한 것이지만, 일본에서는 당시 한국의 학생운동을 강하게 의식하고 있었다고 한다. "그런 의미에서 일본의 1960년은 말하자면 서양과 한국의 중간에 있습니다"는 것이 가라타니의 분석이다. 그가 보기에, 구미 선진국의 첨단적 문제와 함께 후진국이나 아시아가 갖고 있던 고유한 문제를 공유하고 있었던 것이 1960년의 일본이었다. 가라타니는 이러한 특수성 때문에 '60년'에서 생각하는 쪽이 '68년'에서 출발하는 것보다 좀더 글로벌한 문제를 사고할 수 있지 않을까라고 생각한다. 세대론과 국지적 관점에 안주하지 않고 항상 보편적 관점을 지향해온 그의 사상 편력 자체가 바로 '60년' 시점의 강점을 입증해주는 것이기도 하다.

가라타니가 강조하는 것은 세대론이 아니라 인식론이며, 역설적이지만 그 인식론의 배경에는 그가 '60년'의 인간이라는 사실이 놓여 있다. 그리고 이 점이 그가 특권적인 입각점에서 사고하는 것을 가능하게 했다. 1968년에서 1970년 사이에 벌어진 일들이 전공투 세대 사람들에게는 처음 겪는 것이었지만, 1960~1961년에 그러한 일을 이미 겪은 가라타니에겐 두 번째 경험이었고 그는 이후에 다른 경로를 선택한다. 경제학을 전공하던 그가 문학으로 관심을 옮기고, 동시에 '엉터리 마르크스주의자'들이 마르크스를 업신여기게 된 시점에서 진지하게 마르크스를 읽기 시작한 것이다. 그는 이렇게 말한다. "내가 하고 싶었던 것은 마르크스를 읽는 것, 그것도 『자본론』을 읽는 것이었습니다. 그것이 문학비평이라고 생각했습니다." 말하자면, 이런 비평관이 오늘날의 가라타니를 만든 독자적인 관점이다.

가라타니를 읽기 위한 두 번째 포인트는 그의 도미渡美 체험이다. 1975년에 그는 미국 예일 대학의 객원교수로서 일본 근대 문학을 가르치는 일을 한다. 『일본근대문학의 기원』을 쓰게 되는 직접적인 계기이기도 하지만, 그가 더 의미를 부여하는 것은 벨기에 출신의 저명한 문학비평가로서 예일 대학 비교문학과에 재직하고 있던 폴 드 만과의 만남이다. "드 만과 만나서 좋았던 것은 그로부터 뭔가를 배워서가 아닙니다. 내가 하고 있는 것, 그리고 하고 싶은 것을 완전히 이해할 수 있는 유일한 사람과 처음으로 만났던 것입니다'라고 가라타니는 고백한다. 가라타니의『자본론』독해인『마르크스 그 가능성의 중심』에 대해 칭찬하고 격려해준 인물이 바로 드 만이었다. 이를 계기로 가라타니는 화폐 및 자본의 문제를 언어학이론과 수학기초론을 도입하여 사고하고자 시도하며 이러한 작업을 그는 "드 만에게 보이기 위해" 썼다. 일본의 한 '문예비평가'가 '이론가'로서 재탄생하게 된 시점이 그래서 1975년이다.

그리고 세 번째 포인트는 이론적 교착상태에 있던 가라타니가 마침내 '돌파'를 이루게 되는 1998년이다. 칸트에 대한 다시 읽기를 통해서 '구성적 이념'과 '규제적 이념'의 차이를 도입한 그는 코뮤니즘에 대한 포스트모더니즘의 비판이 유행이 된 시기에 코뮤니즘의 형이상학을 재건하고자 시도한다. 그러한 과정에서 그는 생산양식이 아닌 교환양식의 관점에서 문제를 재구성하며 '자본=네이션=국가'라는 관점을 획득하게 된다. 국가나 네이션을 상품 교환과는 다른 교환양식에서 파생된 것으로 보는 것이 요점이다. 마르크스가 생산양식의 관점에서 사회구성체의 역사를 사고했다면, 가라타니는 마르크스의 역사유물론을 교환양식의 관점에서 재고한다. 그리고 그러한 관점의 연장선에서 노동자가 가장 약한 입장인 생산지점만이 아니라 소비자의 입장에서도 싸워야 한다고 주장한다. 물론 소비자 운동과 협동조합, 지역통화 운동 등이 가라타니만의 고유한 착상은 아니다. 하지만 그의 자부대로 거기에 이론적 의미를 부여한 것은 가라타니의 독창적인 기여다. 그러한 맥락을 읽을 수 있다는 점에서『정치를 말하다』는 가라타니 고진 입문서로 최적이다.

(〈기획회의〉, 2010. 4)

30

지젝이 어쨌다구?

하나의 유령이 우리의 인문학 동네를 떠돌고 있다. "마돈나가 싱글 앨범을 발표하는 것보다 더 정기적으로 책을 발표"하면서 "동시대의 정치적 무관심에서부터 이웃집 닭한테 잡아먹힐 걱정을 하는 남자에 관한 조크에 이르기까지" 끊임없이 지절대는 철학자 슬라보예 지젝이 그 유령의 이름이다.

제대로 지젝거리기
입문

『누가 슬라보예 지젝을 미워하는가』 • 토니 마이어스, 박정수 옮김, 앨피, 2005

하나의 유령이 우리의 인문학 동네를 떠돌고 있다. "마돈나가 싱글 앨범을 발표하는 것보다 더 정기적으로 책을 발표"하면서 "동시대의 정치적 무관심에서부터 이웃집 닭한테 잡아먹힐 걱정을 하는 남자에 관한 조크에 이르기까지" 끊임없이 지절대는 철학자 슬라보예 지젝이 그 유령의 이름이다. 그 유령은 이미 지난 2003년 가을에 우리 곁을 다녀가기도 했는바 어느새 자신을 따르는 무리들까지 거느리게 되었다. 우리 주변에 '지젝거리는' 이들이 그들이다. 최근에 급기야는 '지젝거리는' 이들을 위한 교본까지 등장했으니, 토니 마이어스의 『누가 슬라보예 지젝을 미워하는가』가 그것이다.

슬라보예 지젝, 이 슬로베니아 출신의 '괴물' 철학자는 『이데올로기의 숭고한 대상』1989을 통해서 영어권 학계/이론계에 등장한 지 불과 15년 만에 '우리 시대의 사상가' 명단에 당당하게 자신의 이름을 등재시켰고, 저자 마이어스의 주장대로 그의 파괴력/영향력은 갈수록 확고해질 가능성이 높다. 이미 『삐딱하게 보기』* 시각과 언어, 1995 이후에 열댓 권이 넘는 지젝의 책들이 우리말로도 번역/소개되었으니 우리 또한 그의 영향력으로부터 자유롭지 못하다. 하지만, 그 책들은 한편으로는 "오늘날 활동하는 가장 탁월한 사상가" 지젝의 지적 파워를 확인시켜주면서, 다른 한편으로는 그의 말들을 (도대체 알아먹지 못할) 지저귀는 언어로 옮겨놓음으로써 가뜩이나 "대중문화로 철학을 더럽히는 철학자"로 오해받는 지젝에 대한 반발과 미움을 더욱 부채질하기도 했다.

이번에 나온 마이어스의 책은 '가장 쉬운 지젝 입문서'로서 그러한 오해와 미움을 단번에 불식시켜줄 수 있는 책이다. 저자가 한 입 크기로 적당히 썰어놓은 지젝의 아이디어들을 머릿속에 집어넣다 보면 "아하, 그렇구나!"라는 감탄과 함께 결국엔 저자의 이러한 결론에 동참하게 된다. "우리는 지젝이 라캉으로 '되돌아가고', 라캉이 프로이트로 '되돌아간 것과 동일한 방식으로 지젝에게 '되돌아갈' 것이다."231쪽

이러한 여정의 안내자로서 저자는, 이미 알려진 바대로 지젝에게 영향을 준 세 사람, 즉 헤겔, 마르크스, 라캉에 대한 예비적인 설명을 앞세운 이후에 다섯 가지의 핵심 이슈로 그의 사상을 갈무리한다. (1) 주체란 무엇이며, 왜 그토록 중요한가? (2) 탈근대성에서 끔찍한 것은 무엇인가? (3) 현실과 이데올로기를 어떻게 구분할 수 있는가? (4) 남성과 여성의 관계는 무엇인가? (5) 왜 인종주의는 환상인가?

이 주제들을 다루는 각 장의 말미에 친절하게 요약돼 있는 내용을 다시 반복할 필요는 없을 테지만 지젝에게서 과연 무엇이 새로운가는 잠

시 소개할 필요가 있겠다. 가령, 지젝은 대부분의 현대 철학자들, 특히 포스트모더니스트들과는 달리 데카르트의 '코기토'를 근대적 주체로서 결코 포기하지 않는다. 하지만, 이때 그가 말하는 주체subject는 '자기로의 철회'라는 극단적 상실의 결과로 이르게 되는, 부정성의 텅 빈 지점이고 텅 빈 공간이다. 그리고 이 텅 빈 자리는 주체화subjectivization의 과정을 통해서 채워지는바, 주체화란 우리들 자신을 언어 등과 같은 상징적 질서에 종속시키는 과정이다.

여기서 전제되는 것은 '주체'와 '주체화'의 차이이며, 이 차이는 하이데거에서 존재와 존재자 사이의 '존재론적 차이'에 견주어 '주체론적 차이'라 이름 붙일 만한 것이다(지젝의 철학박사학위 논문은 하이데거에 관한 것이었다). 순수한 부정성으로서의 주체는 아무런 내용물도 갖지 않는 텅 빈 장소이자 공백이지만, 이 공백은 언제나 주체화가 실패하는 지점을 표시한다. 이러한 주체로서의 코기토를 전면에 내세운다는 점에서 지젝은 근대(모던) 주체철학의 계보를 계승한다.

하지만, 그의 주체철학은 탈근대(포스트모던)의 탈-주체철학 이후에, 그것을 비판/극복한 자리에서야 비로소 도래 가능한 철학이다. 그것이 포스트모던 이후, 즉 포스트-포스트모던의 시대를 살아가고 있는 우리에게, 지젝이 '우리 시대의 철학자'로서 자리할 수 있는 이유다. 그리고 이러한 의의를 우리는 그가 다루는 다른 주제들에서도 확인해볼 수 있다.

아직 현재진행형인 지젝의 사상을 안내하는 여정의 끝에서 저자는 지젝의 이론에 대한 우리의 이해가 소급적으로 변화하게 될 것이고, "한마디로, 지젝은 존재하게 될 것이다!"라고 결론을 내린다(미래에 '존재'하게 될 것이기에 그는 현재 '유령'이다). 그러한 예언을 다만 미래의 것으로 제쳐놓는다 하더라도, 적어도 1989/1991년 이후의 탈냉전 시대, 그리고 2001년 9·11 이후에 '가능한 철학'이란 무엇인가를 가장 잘 보여주고 있는 지젝의 작업들은 그가 어쩌면 '우리 시대의 헤겔'일지도 모른다는 걸 암시해준다.

그리고, 마이어스의 책은 이 '또 다른 헤겔' 입문서로서 현재로서는 더없이 유익한 길잡이다(이 책을 통해서 우리는 제대로 '지젝거리는 법'을 배울 수 있다). 그리고, 그런 의의를 책의 제목에 반영하자면, "누가 슬라보예 지젝을 미워하는가"보다 더 적절한 것은 "누가 슬라보예 지젝을 두려워하랴?"가 될 것이다. 비록 그가 유령이라 한들 말이다. (2005. 6)

전체주의라는 관념

『전체주의가 어쨌다구?』 슬라보예 지젝, 한보희 옮김, 새물결, 2008

'굿바이 레닌!'이라는 영화는 만들 수 있지만 '굿바이 히틀러!'라는 영화는 생각조차 할 수 없다. 스탈린의 생일날 강제수용소의 죄수들은 스탈린에게 축하전보를 보냈다. 하지만 유대인들이 아우슈비츠에서 히틀러에게 그러한 전보를 보낼 수 있었을까? 연설을 마친 후 당원들의 열광적인 박수와 나치 식 경례를 히틀러는 흡족해하며 받아들였지만, 스탈린은 전당대회에서 다른 동지들과 똑같이 박수를 쳤다. 그는 자신을 '지도자'가 아니라 한갓 역사의 '대행자'로 간주했기 때문이다.

흔히 '전체주의'로 통칭되는 나치즘과 스탈린주의의 이 '사소한' 차이들이 말해주는 것은 무엇인가? 『전체주의가 어쨌다구?』에서 슬로베니아의 철학자 슬라보예 지젝이 묻고 또 답하고자 하는 것이다. 여기에는 두 가지 문제의식이 개입돼 있다. 하나는 아직도 나치즘과 차별되는 체제와 이데올로기로서 스탈린주의에 대한 만족할 만한 이론을 갖고 있지 못하다는 점. 프랑크푸르트학파의 나치즘에 대한 비판에 견줄 만한 것이 스탈린주의에 대해서는 아직 제출되지 않았다. 그리고 다른 하나는 아렌트의 『전체주의의 기원』한길사, 2006 이래로 통용되고 있는 '전체주의'라는 관념이 엄밀한 이론적 개념이 아니라 자유주의 헤게모니에 봉사하는 일종의 '구멍마개'라는 점. 한국 사회에서의 '빨갱이'라는 용어처럼 '전체주의'라는 딱지는 모든 사유를 금지시키고 비판의 가능성을 봉쇄해버린다. 그래서 묻는 것이다. "전체주의가 어쨌다구?"

그러한 질문에 이끌려 우리가 초대받는 곳은 마치 숭고한 그리스 비극과 쾌속 질주하는 롤러코스터를 한데 모아놓은 듯한 현란한 이론적 향연과 진지한 숙고의 장이다. 한 가지 사례만을 들어보자. 크메르루주의 캄보디아에서 대규모 숙청과 기아로 너무 많은 사람이 죽어버리자 그들은 이번에는 인구를 늘이는 일에 혈안이 된다. 그래서 매달 3일씩 '짝짓기의 날'을 정해서 결혼한 부부들이 동침할 수 있도록 허용했다. 그러고는 경비병들이 순찰을 하면서 실제로 섹스를 하는지 안 하는지를 감시했다. 하지만 하루 열네 시간의 강제 노동에 시달리던 캄보디아인들은 경비병을 속이기 위해 사랑을 나누는 척하며 가짜 신음 소리를 내는 수밖에 없었다. 어째 좀 비인간적인가? 하지만 지젝은 이렇게 되묻는다. "그렇지만 타자의 응시 아래에 놓여 있는 그와 같은 장면들이 성행위의 일부라면 어떨까? 오직 그런 타자의 응시 속에서만 이루어질 수 있는 것이라면 어떨까?"

실제로 사생활과 성관계를 찍은 이런저런 동영상과 캠으로 점령되다시피 한 것이 우리의 웹사이트들이고 보면 이러한 물음은 과장된 것이 아니다. 지젝이 보기에 오늘날 우리의 불안은 오히려 타자의 응시에 노출이 되지 않으면 어쩌나 하는 걱정들로 채워진다(그 타자의 응시를 가리키는 대표적인 한국식 표현이 '눈도장' 아닌가?). 실제의 삶을 연기하는 '리얼리티 쇼가 시사해주는 것처럼 어떤 허구적인 세계가 우리의 도피처가 되는 것이 아니라 현실 그 자체가 궁극적인 도피처가 되는 전도된 상황까지 빚어지고 있다. 거기에 일상적 삶의 디지털화는 '빅 브라더'의 통제를 점차 실현 가능한 것으로 만들어주고 있다. 혹은 '매트릭스'가 관장하는 세계가 영화 속 현실만은 아니다. 과연 우리는 '인간적 가치를 거부하는' 전체주의보다 훨씬 나은 체제에 살고 있는가?

지젝은 서론에서 과거 공산 국가의 비밀경찰들이 자행한 감시와 감독과 관련된 한 가지 에피소드를 들려준다. 반反차우셰스쿠 쿠데타가 성공한 1991년에도 루마니아의 비밀경찰은 여전히 건재를 과시하며 '일상 업무'를 수행하고 있었는데, 수도인 부쿠레슈티를 방문한 한 미국인 친구가 도착 일주일 만에 미국에 있는 애인에게 전화를 걸었다. "이 나라는 가난하지만 다정하고 사람들은 쾌활한 데다 배우려는 열정으로 가득 차 있어"라고 칭찬을 늘어놓고 전화를 끊자마자 전화벨이 울렸다. 전화 속 목소리는 자신을 비밀경찰이라고 소개하고 루마니아에 대해 좋게 말해준 것에 감사의 뜻을 전했다. 그리고 '안녕히 계세요'라는 인사도 잊지 않았다. 당연하게도, 지젝의 이 책은 그 익명의 비밀경찰 요원에게 바쳐지고 있다. (《시사IN》, 2008. 1)

슬라보예 지젝이라는
숭고한 대상

슬로베니아 출신의 '괴물' 철학자 슬라보예 지젝이 『이데올로기의 숭고한 대상』1989을 통해서 영어권 지식 사회에 등장했을 때, 그가 우리 시대의 가장 문제적인 철학자이자 '가장 위험한 철학자'가 되리라고 점친 사람은 많지 않았을 것이다.

슬로베니아 라캉학파의 일원으로 지젝을 처음 소개하면서 에르네스토 라클라우조차도 "포스트마르크시즘적 시대에 사회민주주의적 정치 프로젝트를 구축하는 문제"에 대해 '이론적'으로 관심이 있는 독자에게 필독서가 되리라고 데뷔작의 의의를 한정했었다. 하지만 지젝은 이듬해 슬로베니아 대선에 출마했다가 낙선한 이후에 더 본격적으로, 그리고 전방위적으로 열정적인 '이론투쟁'을 개시한다. 그 결과 영어로는 이미 60권에 육박하는 단행본을 출간했고, 국내에 번역·소개된 것만 해도 30종이 넘는다. 가히 '지젝 현상'이라고도 할 만한 이러한 현황의 이면에는 그의 부지런한 다산성 못지않게 그의 이론적 사유에 대한 지식 사회의 수요도 작용하고 있는 것으로 보아야 할 것이다. 'MTV 철학자'라는 일부의 비아냥거림까지 포함해서 말이다.

이론−실천 잇는 지적 다산성과 사유의 매력

그렇다면 무엇이 그에 대한 이러한 열광을 낳는 것일까. 개인적으로는 그를 통해서 비로소 헤겔의 철학과 라캉의 정신분석에 대해 진지한 흥미를 갖게 됐다는 걸로 이유를 대신할 수 있지만, 애초에 이것은 『이데올로기의 숭고한 대상』에서부터 지젝이 목표로 한 바이기도 하다. 그는 이데올로기 이론에 기여하고 싶다는 바람 외에 라캉 정신분석의 기본 개념에 대한 개설을 제공하는 것과 '헤겔로의 회귀'를 목표로 내세웠던 것이다. 중요한 것은 이 세 가지가 서로 연계돼 있다는 점이다. 그는 '헤겔을 구출하기'를 위한 유일한 방안이 라캉을 경유하는 것이라고 믿으며, 이러한 라캉적 독법과 헤겔의 유산이 이데올로기에 대한 새로운 접근을 가능하게 해줄 것이라고 판단한다. 비록 "민주주의는 모든 가능한 체제들 중에서 최악의 것이다. 그러나 문제는 어떤 것도 그보다 낫진 않다는 것이다"라는 처칠의 주장을 반복하던 초기의 입장은 곧 철회하지만, 이데올로기의 종언 이후, 탈이데올로기 시대의 이데올로기에 대한 그의 집요한 탐색은 그가 줄곧 견지하고 있는 과제다.

흔히 '슬로베니아 라캉주의 헤겔주의자'라고 불리지만 지젝의 사유에는 마르크스와 대중문화가 이론적 틀로 더해진다. 그는 가장 난해한 두 사상가, 헤겔과 라캉을 자유자재로 다루면서, 헤겔을 어떻게 라캉으로 읽을 수 있으며, 반대로 라캉은 어떻게 헤겔로 읽을 수 있는지, 그리고 그러한 독해가 우리 시대의 이데올로기적 지형과 대중문화를 이해하고 돌파하는 데 어떤 기여를 할 수 있는지 보여준다. 물론 이러한 작업에 대해서 그의 담론이 세련된 라캉적 분석과 덜 해체된 전통적 마르크스주의 사이에서 분열돼 있다는 비판도 제기되고, 그의 철학 '퍼포먼스'가 고상한 철학을 대중문화로 더럽힌다는 비난도 가해진다.

하지만 라캉을 따라서 '메타언어'는 없다고 주장하며 고상한 담론과 범속한 담론의 이분법을 의도적으로 해체하는 지젝은 그러한 비판에 별로 개의치 않는다. 그의 헤겔 독법에 유보할 지점이 많다는 지적에 대해서도 헤겔에 대한 새로운 독해가 자신의 가장 중요한 철학적 기여라고 응수한다. 굳이 그러한 철학적 기여가 아니더라도 지난 20년간 현 세계의 다양한 정치경제적 이슈에 대해 지속적인 철학적 성찰과 정신분석학적 분석을 제시하고 있는 철학자가 지젝 말고 더 있는지 궁금하다. 분명 손에 꼽을 정도이지 않을까. 게다가 그는 가장 '대중적인' 철학자가 아닌가!

대체 지젝은 어떤 사유와 이론을 우리에게 제시하는 것인가. 철학적 이슈와 정치적 쟁점을 종횡무진하는 지젝의 행보와 재담을 모두 따라가는 건 지젝의 애독자라도 어려운 일이지만 다행히도 그는 자신의 주저

를 몇 권 꽂아놓은 적이 있다. 『이데올로기의 숭고한 대상』 외에 『부정적인 것과 함께 머물기』*, 『까다로운 주체』*, 그리고 『시차적 관점』까지 네 권의 책이 그것이다. 그중에서도 『시차적 관점』은 "철학이란 문제를 다시 정의하는 것"이라는 그의 주장에 충실한 책으로 지젝의 이론적 사유를 따라가거나 그와 대결하기 위해서라면 필독해야 할 책이다.

"철학이란 문제를 다시 정의하는 것"

지젝이 말하는 '시차視差, parallax'란 과학 용어로 동일한 대상을 서로 다른 곳에서 보았을 때 서로 다른 위치나 형상으로 보이는 것을 말한다. 가장 단순하게는 왼쪽 눈과 오른쪽 눈을 각각 한쪽씩 가리고 보았을 때 나타나는 약간의 차이가 시차다. 서로 다른 시각(관점)이 만들어내는 차이를 시차라고 하면, 이것은 다양한 영역에서 나타난다. 양자물리학에서 파동과 입자의 이중성, 신경생물학에서 의식 현상과 회백질 더미, 철학에서 존재와 존재자 사이의 존재론적 차이, 정신분석학에서 욕망과 충동 사이의 간극, 그리고 성적 삽입의 대상이면서 출산의 기관이기도 한 질(바기나)의 시차 등등. 지젝은 이러한 두 층위 사이에 어떠한 공통 언어나 기반이 존재하지 않기 때문에 변증법적으로 매개·지양될 수 없는 근본적인 '이율배반'을 시차로 재정의한다. 그리고 철학과 과학, 정치라는 세 가지 주요 양식에 나타는 시차적 간극에 개념적 질서를 부여하고자 한다.

  '시차적 관점'이라는 아이디어는 가라타니 고진의 『트랜스크리틱』에서 얻어오는데, 이미 『이라크』2004에서도 '시차'라는 개념을 사용해 이라크전쟁의 '진리'를 설명한 바 있다. 곧 "민주주의는 인류에 대한 신의 선물"이라는 부시의 말이 집약해주고 있는 대로 서구 민주주의에 대한 이데올로기적 믿음이 이 전쟁의 첫 번째 이유이고(상상계), 새로운 세계 질서 안에서 미국의 헤게모니를 주장하려는 것이 두 번째 이유라면(상징계), 석유의 안정적인 공급이라는 경제적인 이해관계가 세 번째 이유(실재계)라는 것이다. 여기서 요점은 어느 하나가 나머지의 '진리'라는 게 아니라, '진리'란 관점의 이동 그 자체라는 것이다. 그것이 말하자면 시차적 관점에서의 진리다.

이러한 시차적 관점의 도입을 통해서 지젝은 궁극적으로 변증법적 유물론을 재건하고자 한다. 그가 보기에 시차라는 개념은 변증법적 사유의 장애물이 아니라 그 전복적인 핵심을 간파하도록 해주는 열쇠다. 이 열쇠는 어떻게 활용될 수 있을까. 가령 '저항'의 교착상태에 대해 생각해보자. 지젝은 알랭 바디우를 따라서 시스템이 더욱 부드럽게 작동하게끔 만들어주는 국지적 행동에 참여하기보다는 아무것도 하지 않는 편이 더 낫다고 주장한다. 왜냐하면 오늘날 진정한 위협은 수동성이 아니라 유사-행동이며, '능동적'이고 '참여적'이 되려는 이 충동은 실제로는 아무 일도 일어나지 않고 있다는 사실을 은폐한다고 보기 때문이다.

'시차' 개념 통해 변증법적 유물론 재건 시도

예컨대, 사람들은 언제나 개입해 '뭔가'를 하고, 학자들은 무의미한 '논쟁'에 참여한다. 가령 자유주의적 좌파 또는 민주적 사회주의자들도 혁명을 말하지만, 그들은 혁명을 위해 치러야 할 실제적 대가에 대해서는 눈을 감는다. 자신의 학술적 특권이 전혀 위협받지 않는 한도 내에서 마르크스주의를 옹호하거나 급진적인 담론을 쏟아내는 데 열중하는 '강단 좌파'의 경우도 마찬가지다. 그러한 발언을 뒷받침하고 있는 발언 위치, 곧 물적 토대와 시스템 자체는 결코 건드리지 않으며 위험에 빠뜨리지도 않는다.

이러한 유사-행동에 대해 지젝은 비판적인 참여와 행동을 통해서 권력을 쥔 자들과 '대화'에 나서기보다는 '불길한 수동성'으로 퇴각하는 것

책을 읽을 자유

이 오히려 진정 어려운 일이라고 주장한다. 그것은 달리 제국주의, 식민주의, 세계대전이라는 1914년의 파국적 조건 속에서 혁명의 기획을 재창조하려고 했던 레닌의 제스처를 오늘날 반복해야 한다는 그의 요구와도 맞닿아 있다. 사회주의 운동사에서 전례 없는 패배의 국면이었던 1914년에 레닌은 좌절하지도, 그렇다고 즉각적인 정치적 해답을 내놓지도 않았다. 대신에 스위스 베른의 도서관에 틀어박혀 이듬해 5월까지 헤겔의 『논리학』 연구에 매진했다. 알다시피, 그가 러시아 혁명을 성공시키게 되는 것은 불과 그 2년 뒤의 일이다. (《교수신문》, 2010. 4)

아부 그라이브와
테리 시아보

『시차적 관점』● 슬라보예 지젝, 김서영 옮김, 마티, 2009

슬라보예 지젝이 자신의 대표작의 하나로 꼽은 『시차적 관점』은 '시차'라는 개념을 키워드로 삼아서 『이데올로기의 숭고한 대상』1989 이래로 자신이 천착해온 사유와 문제를 종합하고 재구성해놓고 있다. 가히 '슬라보예 지젝의 모든 것'이라고도 부름직 하다. 이 두툼한 저작을 통해서 무엇을 말하고자 하는가? 그는 변증법적 유물론을 재구축하고 세계를 보는 시각 자체의 변경 필요성을 제기하고자 한다. 한 철학자가 할 수 있는 최대치에 육박하는 것이지 않을까.

'시차parallax'란 무엇인가? "관찰하는 위치에 따라 새로운 시선이 제시되고, 이 때문에 초래되는 대상의 명백한 전치"를 가리킨다. 이 개념을 지젝은 두 층위에 어떠한 공통 언어나 공유된 기반도 존재하지 않기 때문에 결코 변증법적으로 매개·지양될 수 없는 근본적인 이율배반을 가리키는 것으로 사용한다. 그에 따르면 이러한 시차적 간극이 변증법의 전복적인 핵심을 간파할 수 있도록 해준다. 그는 이러한 시차적 간극을 적절히 이론화하는 것이 변증법적 유물론의 철학을 재건하기 위해 필수적인 첫 단계라고 생각한다. 어째서 그러한 재건이 필요한가? 그것은 오늘날 변증법적 유물론이 퇴각 국면에 놓여 있기 때문이다. 하지만 이런 국면에서 오히려 레닌의 교훈을 되새길 필요가 있다고 지젝은 말한다. 군대가 퇴각할 때는 진격할 때보다 백 배 더 많은 규율이 요구된다는 것이 레닌의 전략적 통찰이었다.

지젝의 전략은 자신의 헤겔-라캉주의적 입장과 변증법적 유물론의 동일성을 주장하는 것이다. 그는 그 등식을 "정신은 뼈다"와 같은 헤겔식 무한판단의 일종으로 제시한다. 헤겔의 무한판단에 따르면 가장 높은 차원의 것(정신)과 가장 낮은 차원의 것(뼈)은 사변적으로 동일한데, 이러한 동일성은 법과 그 외설적 이면(보충) 사이에서도 발견할 수 있다. 지젝이 어떤 주장을 전개하는가를 한 가지 사례를 통해 예시하면 이렇다.

지난 2004년에 미군 병사들이 이라크 포로들을 고문하고 굴욕을 주는 사진이 공개되어 큰 파문이 일자 조지 부시는 그런 행동이 민주주의와 자유, 인간의 존엄성 같이 미국이 대표하고자 하는 가치와 무관하다는 점을 강조했다. 하지만 사건이 폭로되기 이전부터 미국 당국과 미군 수뇌부는 이라크 군사감옥에서의 학대를 인지하고 있었지만 조직적으로 묵인했다. 사건이 미디어를 통해서 불거지자 비로소 '문제'를 시인했을 뿐이다. 이 사건은 미군 사령부의 해명대로 단지 병사들이 전쟁 포로의 대우에 관한 제네바협약을 제대로 숙지하지 못했기 때문에 발생한 것일까? 지젝이 보기엔 그렇지 않다.

사담 후세인 정권 아래에서도 자국의 죄수들에 대한 고문은 자행됐었다. 하지만 그때의 초점이 직접적으로 가해진 잔인한 고통이었던 반면에 미군 병사들이 의도한 건 포로들에게 심리적 굴욕을 주는 일이었다. 때문에 벌거벗은 포로들의 굴욕적인 모습을 사진으로 찍고 카메라로 녹화한 것은 이 고문 과정에 필수적인 부분이었다. 즉 그들의 고문은 일종의 예술적 '퍼포먼스'였다. 지젝은 이 '퍼포먼스'가 미국 대중문화의 외설적 이면, 곧 폐쇄적인 공동체에 입단할 때 겪어야 하는 '신고식'을 연상하게 만든다고 지적한다. 부시 자신도 예일 대학 시절 '해골과 뼈'라는 배타적인 비밀단체의 회원이었다는 걸 덧붙이면서. 결국 이러한 미국적 신고식이 이라크 포로들에게 적용된 것이다. 따라서 아부 그라이브의 고문은 병사들이 개인적 차원에서 저지른 위법 행위가 아니며, 직접적으로 명령받은 것도 아니다. 하지만 불문율의 '코드 레드'에 의해서 적법한 것으로 간주되는 어떤 것이다.

요컨대 아부 그라이브는 단순히 제3세계 사람들에 대한 미국의 거만한 태도가 표출된 사례가 아니다. 오히려 굴욕적인 고문을 통해서 이라크 포로들은 미국 문화 속으로 들어가는 신고식을 치른 것인바, 그 고문이야말로 미국식 민주주의와 자유, 그리고 개인의 존엄 같은 가치의 외설의 이면이다. 단, 그 신고식은 지극히 냉소적인 메시지를 담고 있는 것이었다. "우리의 일원이 되고 싶니? 좋아, 우리 생활방식의 중핵을 한번 맛봐."

미국적 가치의 외설적 이면은 관타나모에 수용된 포로들의 운명에 대한 논쟁에서도 확인된다. 한 TV 토론 참석자는 이들이 '폭탄이 놓친 사람들'이라고 규정했다. 원래는 합법적인 군사작전의 일환으로 수행된 미군의 폭격 목표였으나 운이 좋아 생존하게 된 이들이므로 전쟁 포로가 돼 굴욕을 당할지라도 운명을 탓할 수는 없다는 주장이다. 이에 따르면 포로들은 문자 그대로 '살아 있는 죽은 자'이다. 법적으로는 이미 죽은 자이면서 생물학적으로만 아직 살아 있는 자이기 때문이다. 따라서 이들은 법에 의해 보호받지 않는다. 인권과 생명에 대한 이러한 태도와 대비되는 사례는 2005년에 미국의 국가적 관심사가 되었던 테리 시아보이다. 15년간 식물인간 상태로 살아온 시아보의 남편은 그녀의 평화로운 죽음을 위해 의료장치를 제거해달라고 요청했지만 그녀의 부모는 이에 반대했다. 사건은 대법원까지 가는 법정공방으로 이어졌고 미국 내 찬반여론을 들끓게 했다.

이러한 두 사례에서 지젝은 다시 한 번 가장 높은 것과 가장 낮은 것의 사변적 동일성을 주장하는 헤겔의 무한판단을 떠올린다. 즉 한편에는 '폭탄이 놓친 사람들'이 있고 다른 한편에는 식물인간이 있다. 둘 다 '벌거벗은 생명'이지만 한쪽은 인간으로서의 권리를 모두 박탈당하고 다른 한쪽은 전체 국가기구에 의해 보호받는다. 이것이 인권의 현주소이자, 무엇이 미국의 생활방식을 지탱해주는가를 말해주는 '미국적 가치'의 중핵이다. 이런 관점에서 보자면, 아랍 문명과 미국 문명 사이의 충돌은 야만과 인간 존중 사이의 충돌이 아니라 잔인한 고문과 매체적 스펙터클로서의 고문 사이의 충돌이다. 곧 모든 문명의 충돌은 그 이면적 야만성의 충돌이기도 하다.

『시차적 관점』은 이러한 충돌의 교착상태를 돌파하기 위한 지젝의 전방위적이면서 도전적인 통찰로 가득 채워져 있다. 무엇이 필요한가? 물론 혁명이고 혁명적 폭력이다. 이때 지젝이 말하는 진정한 폭력은 사회적 배치의 기본 좌표를 변경하는 것이다. 그의 '시차적 관점'은 그러한 좌표 변경의 전제 조건이다. 우리는 그를 읽으며 동시대 철학적 사변의 최대치를 읽는다. (《쿨투라》, 2009년 가을호)

지젝의 레닌주의와
과거로부터의 교훈

『레닌 재장전』* 슬라보예 지젝, 이현우 외 옮김, 마티, 2010

처음 수유너머N의 화요토론회 발표 제안을 받고 '지젝의 레닌주의'라는 주제를 제시한 건 곧 『레닌 재장전』이라는 책이 출간될 예정이었기 때문입니다. 책에 수록된 「오늘날 레닌주의적 제스처란 무엇인가」라는 지젝의 글을 번역한 이후라 그냥 지젝이 무슨 얘기를 하고 있는가를 소개하는 자리 정도로 삼아도 좋겠다고 '편하게' 생각한 것입니다. 그러다가 토론회가 임박하여 주제를 확정해야 했을 때 '과거로부터의 교훈'을 제목에 덧붙이게 된 건(아시다시피 '와'는 들뢰즈적 경험론 혹은 접속론의 핵심이기도 합니다) '지젝의 레닌주의'를 조금 더 넓은 맥락에서 다뤄야겠다는 생각에서였고, 다른 한편으로는 이미 토론자 선생님이 정해졌기 때문이기도 합니다.

박정수 선생님이 옮긴 『잃어버린 대의를 옹호하며』* 그린비, 2009는 제가 작년에 칼 폴라니의 『거대한 전환』길, 2009과 함께 '올해의 책'으로 꼽기도 했지만, 소위 '지젝의 혁명론'이 무엇인가를 자세히 들여다볼 수 있는 대단히 흥미로우면서도 자극적인 책입니다(들뢰즈적 감응affect을 불러일으키는 책입니다!). '과거로부터의 교훈'은 전체 3부 가운데 제2부에 해당하며 로베스피에르부터 마오까지의 혁명적 테러(4장), 스탈린주의(5장), 포퓰리즘(6장)을 다루고 있습니다. 이 책이 더 많은 독자들에게 읽혔으면 하는 바람을 갖고 있기에, 저로서는 책의 내용을 조금 더 편하게 풀어서 전달하는 것도 의의가 있지 않을까 생각합니다. 사실 그런 작업이 제 블로그 활동의 한 부분이기도 했고요. 이 자리가 '학술토론회'는 아닌 만큼(제 짐작에) 지젝의 생각을 제가 이해한 바대로 정리해서 말씀드리고 그로부터 자극과 교훈을 얻을 수 있는 기회가 되면 좋겠습니다.

> 우리는 레닌을 반복하고 재장전해야만 한다. 즉 우리는 오늘날의 성좌에서 똑같은 추동력을 되살려내야 한다. 레닌으로의 변증법적 회귀는 "좋았던 옛 혁명기"를 향수 속에서 재연하는 것도, 기회주의적이고 실용주의적으로 옛 프로그램을 "새로운 조건"에 맞추는 것도 아니다. 그보다 이 귀환은 제국주의, 식민주의, 세계대전—더 정확히는 1914년의 파국으로 진보주의라는 긴 시기가 정치적 이념적으로 붕괴되고 난 뒤—이라는 조건 속에서 혁명의 기획을 재창조하려는 "레닌의" 제스처를 현재의 지구적 조건 속에서 반복하는 것을 목표로 삼는다. 에릭 홉스봄은 20세기라는 개념을 자본주의의 오랜 평화로운 확장이 끝난 1914년과 동구권의 붕괴 이후 전 지구적 자본주의라는 새로운 형식이 생겨난 1990년 사이의 시간으로 정의한다. 레닌이 1914년에 한 것을 우리는 우리의 시대에 해야만 한다.
>
> 「레닌 재장전」

지젝이 편집자의 한 사람으로 참여한 『레닌 재장전』에 수록된 글들은 대부분 2001년에 독일에서 개최된 국제컨퍼런스 "진리의 정치를 향하여: 레닌의 복구"에서 발표된 것입니다. 그것이 영어본으로는 『Lenin Reloaded: Toward a Politics of Truth』2007로 묶여서 나왔습니다. 『지젝이 만난 레닌』교양인, 2008도 영어본 『Revolution at the Gates』2002가 비슷한 시기에 출간됐습니다. 9·11을 다룬 『실재의 사막에 오신 것을 환영합니다*Welcome to the Desert of the Real*』2001 직후에 나온 것인데, 그의 다산성과 순발력에는 자주 놀랄 수밖에 없습니다. 올해만 하더라도 알랭 바디우와의 공저 『현재의 철학*Philosophy in the Present*』이 출간됐고, 『종말의 시대에 살아가기*Living in the End Times*』가 이번 봄에 나올 예정입니다

(슬로베니아에서 출간한 책과 공저들까지 포함하면 대략 56번째 책입니다). 2001
~2002년에 모습을 드러내지만, 지젝의 '레닌을 반복하기'론은 1991년
소비에트 몰락 이후 숙고되어 90년대 후반에는 이미 전체적인 윤곽이
잡힌 걸로 보입니다.

　『지젝이 만난 레닌』의 기본 문제의식은 무엇이었던가요? "우리가 양
보할 수도 없고 양보해서도 안 되는 '레닌주의적' 입장은 다음과 같은 것
이다. 오늘날 실질적인 사상의 자유는 현재 지배적인 지위에 있는 자유
민주주의적이고 '탈이데올로기적인' 합의에 의문을 제기할 자유를 의미
하며, 그것이 아니라면 아무런 의미도 없다"273쪽는 것입니다. 지젝이 보
기에 오늘날 전 지구적 자본주의 사회에서는 그러한 '합의'만 유지된다
면 아무리 과격하고 급진적인 주장이라 할지라도 관용/용인된다는 것입
니다(톨레랑스는 언제나 강자의 윤리/논리죠. 한때의 프랑스 같은). "네 마음대
로 말하고 써라. 단 지배적인 정치적 합의에 실제로 의문을 제기하거나
그것을 방해하지만 마라. 비판적 논제로서는 모든 것이 허용된다. 아니,
제발 그렇게 해달라. 지구 생태계의 파국에 대한 예상, 인권 침해, 성 차
별, 동성애 혐오, 반페미니즘, 멀리 떨어진 나라들만이 아니라 바로 우리
가 살고 있는 거대 도시에서 점점 늘어나는 폭력, 제1세계와 제3세계,
부유한 사람들과 빈곤한 사람들 사이의 간극, 디지털화가 우리 일상생
활에 가하는 강력한 충격……" 등등.

　예컨대, 한국 사회에서 성문법적으로도 "대한민국은 민주공화국이
다"라는 합의만 유지될 수 있다면 무얼 해도 괜찮다는 것이고, 그러한
'자유'에 실상은 어떤 '금지'가 기입돼 있다는 것이 요점입니다(우리는 우
리의 부자유를 말할 수 있는 언어를 갖고 있지 않습니다!). 물론 '자유민주주의'
조차도 제한받고 있는 우리의 경우엔 사정이 조금 다르긴 하지만, 지젝
이 나열한 여러 주제에 대한 연구 프로젝트가 국가나 기업의 지원 아래

얼마든지 이루어질 수 있다는 것도 사실이죠. 지젝이 들고 있는 한 가지는 이런 것입니다. 인도에서 맥도널드가 감자칩을 동물성(소의 지방에서 나온) 기름에 튀긴다는 사실이 알려지자 대규모 시위가 일어납니다. 맥도널드는 바로 사실을 시인하고 인도에서 파는 모든 감자 칩은 식물성 기름으로만 튀긴다고 약속합니다. 신속한 조치에 만족한 힌두교도는 다시금 감자칩을 우적우적 씹기 시작하고요. 힌두교도가 자신의 전통을 방어한다는 것 자체가 이미 근대성의 논리에 기입/포섭돼 있는 것이죠. 지젝이 보기에 맥도널드의 힌두교도 '존중'은 어린아이들을 대하는 태도와 같은 '생색내기'입니다. 우리가 어린아이들을 진지하게 대하진 않지만 그들의 환상을 군이 깨뜨리지 않으려고 무해한 습관들을 '존중'하는 것과 마찬가지라는 것입니다. 이것은 마치 외부인이 어떤 마을에 가서 그곳 관습들을 '이해'하고 따를 수 있다는 것을 보여주려고 서투르게 시도하는 것만큼이나 (인종) 차별적인 태도입니다.

하지만 그런 관용은 남편이 죽으면 부인도 불에 태워 죽이는 힌두교의 전통에 이르면 쉽게 '불관용'으로 바뀝니다. 즉 '타자'가 '진짜 타자'가 아닌 경우에만 '관용'은 유지되며, 이것은 언제나 타자와는 적당한 거리를 유지하고자 하는 자유주의적 다문화주의의 함정입니다. 이와 반대되는 것이 모든 타자의 향락에 무관심한 '성자적' 태도, 보편적 대의를 믿는 '근본주의자들'의 태도입니다. 또 각자가 자신의 고유한 생각과 감정을 말할 수 있도록 해야 한다는 '서사의 권리'는 "오직 동성애 혹인 여자만이 동성애 혹인 여자가 된다는 것이 어떤 의미인지 경험하고 말할 수 있다"는 식으로 귀결됩니다("니들이 게 맛을 알아?"). "이런 식으로 보편화할 수 없는 특수한 경험에 의지하는 것은 언제나 명백하게 보수적인 정치적 제스처"입니다("구관이 명관이다" "고기도 먹어본 놈이 먹는다" "정치도 해본 놈이 한다" 등). 반대로 지젝이 말하는 레닌주의적 제스처는 어떤 근본주의적 태도입니다. "오늘날 재발명되어야 할 레닌의 유산은 '진리의 정치'다. 자유주의적 정치적 민주주의와 '전체주의'는 모두 진리의 정치를 배척한다. 물론 민주주의는 소피스트들의 통치다. 오직 의견들만 있을 뿐이다. 〔……〕 그러나 '전체주의' 체제 역시 진리의 닮은꼴만을 강요한다. 독단적인 '교시'의 기능은 통치자의 실용적 결정을 정당화하는 것일 뿐"이라고 그는 말합니다. 하지만 근본적 좌파의 목표는 "원칙 없는 관용적 다원주의"와 정반대입니다.

　이러한 근본주의는 위험한 '극단주의'를 불러일으키는 것일까요? 지젝은 '좌익 소아병'에 대한 레닌의 비판을 상기시킵니다. 그가 보기에 정치적 극단주의extremism 혹은 과잉 근본주의excessive radicalism는 항상 이데올로기적-정치적 전치displacement 현상입니다. 그것은 오히려 정반대이자 제한으로, "끝까지 가는 것"의 거부로 간주되어야 한다는 것입니다. "자코뱅이 급진적 테러에 의존한 것은 경제 질서의 근본적 기초를 흔들어놓을 능력이 없다는 사실을 증언하는 일종의 히스테리적인 행동화act-ing out가 아니라면 무엇이겠는가? 심지어 '정치적 올바름'의 이른바 '과잉'에도 똑같은 이야기를 할 수 있지 않을까? 그것은 또 인종 차별과 성차별의 현실적(경제적 등) 원인들을 흔들어놓는 것으로부터 후퇴했다는 사실을 드러내는 것 아닐까?"라는 것이 지젝의 반문입니다. '순수 정치'에 대한 지젝의 비판은 이러한 맥락에서 제기됩니다. 그것이 정치 투쟁이 경제 영역을 참조해야만 제대로 독해될 수 있다는 마르크스의 핵심적 통찰(정치경제학!)을 간과한다는 것입니다(지젝은 알랭 바디우가 '경제주의'와 결별한 『무엇을 할 것인가』의 레닌을 『국가와 혁명』의 레닌보다 더 좋아하는 것도 '순수 정치'를 주장하는 입장의 귀결이라고 생각합니다).

　지젝은 마르크스의 정치경제학을 경제와 정치 사이의 시차視差에 대한 고려라고 봅니다. 정치와 경제의 관계는 궁극적으로 '두 옆얼굴이냐

꽃병이냐'라는 시각적 패러독스와 유사하다는 것이죠. 즉 정치적인 것에 초점을 맞추면 경제는 고작 '재화의 공급'으로 격하되고, 경제에 초점을 맞추면 정치는 한갓 기술 관료주의의 영역으로 축소됩니다. 레닌의 위대한 점은 이 두 수준을 함께 사고할 수 있는 개념적 장치가 없었음에도 불구하고 그렇게 했다는 데 있으며 '레닌을 반복하라!'는 지젝의 요구는 거기서 비롯됩니다. 경제가 핵심이지만 그 개입은 경제적이 아니라 정치적이어야 한다고 그는 주장합니다. "바보야, 문제는 경제야"라거나 "바보야, 문제는 정치야"라는 일면적 슬로건은 해결책이 될 수 없다는 것입니다. 따라서 반세계화(반지구화) 운동으로는 충분하지 않습니다. '자유와 민주주의'를 자명한 것으로 간주하는 태도 자체를 문제 삼을 수 있어야 합니다. 자유민주주의가 실상은 자본주의적 사적 소유에 근거하고 있다는 점을 분명히 할 때에만 진정으로 반자본주의적이 될 수 있습니다(거꾸로 1990년 공산주의의 붕괴에 이어진 정치적 민주화는 사적 소유에 대한 광적인 충동을 가져왔습니다). "따라서 두 겹의 싸움을 해야 한다. 첫째는, 그래, 반자본주의다. 그러니 자본주의의 정치적 형식(자유주의적 의회 민주주의)의 문제를 다루지 않는 반자본주의는 아무리 '급진적'이라 해도 충분하지 않다. 자유민주주의 유산을 실제로 문제로 삼지 않고도 자본주의를 훼손할 수 있다는 믿음이야말로 오늘날의 핵심적인 유혹이다." 485쪽 가령 〈에너미 오브 스테이트〉나 〈인사이더〉처럼 무자비한 이윤 추구에 몰두하는 대기업에 대한 비판을 다룬 영화들이 '반자본주의'를 표면상 내세우더라도 "대기업의 음모를 무너뜨리는 정직한 미국인의 민주주의에 대한 신뢰"가 남아 있는 한, 전 지구적 자본주의 세계의 견고한 중핵(민주주의) 자체는 제거할 수 없습니다. 지젝이 '진정한 마오주의자'라고 칭하는 알랭 바디우는 이렇게 말했습니다. "오늘날의 적은 제국이나 자본이라고 불리는 것이 아니다. 그것은 민주주의라고 불린다."

한편, 자본주의의 혁명적인 '탈영토화' 효과는 마르크스도 매혹되었을 만큼 강력한 것입니다. 자본주의는 무자비한 동력으로 인간 상호작용의 모든 안정된 전통적 형식을 무너뜨렸습니다("모든 견고한 것은 녹아 허공으로 사라진다"). 마르크스는 자본주의 자체가 자본주의의 궁극적 장애라고 진단했지만, 한편으로는 이 내재적 장애/적대는 그 '가능성의 조건'이기도 합니다. 자본주의는 그런 의미에서도 대단히 막강한 체제라고 해야 할까요? 이런 진단은 어떻습니까?

지금 우리는 수세기 만에 국제 질서가 가장 극적인 변화로 이어질 수도 있는 출발점에 서 있다. 이는 1648년 베스트팔렌조약으로 유럽 열강들이 처음으로 패권 질서를 형성했던 시절 이후에 가장 대대적인 변동이 될 수 있다. 이 변화는 불가항력적이다. 전염성도 강하다. 그것은 우리의 일, 은행계좌, 희망 그리고 건강까지, 우리 삶의 모든 구석구석으로 번질 것이다. 우리 앞에 놓인 것은 제2차 세계대전이나 소련의 몰락, 금융위기처럼 단발성 변동이나 혁명이 아니라 끊임없는 변화의 눈사태다. [……] 우리가 아무리 원한다고 해도 이 세계가 더 안정적이거나 이해하기 쉬워지지는 않을 것이다. 한마디로 말해 우리는 혁명의 시대로 접어들고 있다.

조수아 쿠퍼 라모, 『언싱커블 에이지』

"정치적 자유화를 강요하지 않으면서도 시장경제 요소를 최대한 도입하는 중국식 발전 모델"을 지칭하는 '베이징 컨센서스'를 주창한 컨설턴트 지식인의 주장입니다. 반자본주의를 주창하는 좌파들만 "혁명이 문 앞에 있다"고 말하는 건 아니죠. 그보다 한 걸음 먼저 내달리고 있는 것이 자본주의 혁명, 혹은 혁명적 자본주의가 아닌가 합니다(그렇다면 우리의 과제는 자신의 원리 자체가 끊임없는 자기 혁명인 질서를 혁명하는 것이라고 할 수 있겠습니다). 예컨대 "마누라와 자식만 빼고 모두 바꿔라"는 '이건희주의'를 어떻게 넘어설 수 있을까요? 마누라와 자식도 바꾸는 것밖에 없지 않을까요? 지젝은 브라이언 싱어의 영화 〈유주얼 서스펙트〉의 회상 장면을 한 예로 듭니다.

주인공 카이저 소제가 집에 돌아와 보니 라이벌 갱들이 자기 아내와 작은딸의 이마에 권총을 대고 협박을 합니다. 소제는 즉각 자기 아내와 딸을 쏩니다. 그리고 그는 라이벌 갱단 한 놈 한 놈을 그들의 부모, 자식, 친구 들까지 모두 찾아내 죽여버리겠다고 선포합니다.

> 강요된 선택의 상황에서 카이저 소제는 자기 자신에게 가장 소중한 것을 죽임으로써 어떤 의미에서 자기 자신을 죽이는 미치거나 불가능한 선택을 한다. 이런 행동act은 무력한 자기 공격이 아니라, 그 속에서 주체가 자신을 발견하게 되는 상황의 좌표를 바꾸는 행동이다.
>
> 『잃어버린 대의를 옹호하며』, 258~59쪽

이제 그러한 행동의 역사로서 '로베스피에르부터 마오까지의 혁명적 테러'를 잠시 훑어보기로 하겠습니다. 먼저 로베스피에르의 주장입니다.

> 평화로운 시기 인민정부의 동력이 덕virtue이라면, 혁명의 와중에 있는 인민정부의 동력은 덕과 동시에 폭력이다. 덕이 없는 폭력은 맹목적이며, 폭력 없는 덕은 무력하다. 폭력은 즉각적이고 엄중하며 불굴의 정의에 다름 아니다. 따라서 그것은 덕의 분출이다. 그것은 우리나라의 가장 절박한 필요에 조응하는 민주주의의 일반원칙보다 결코 덜 중요하지 않은 특별한 원칙이다. 『잃어버린 대의를 옹호하며』, 240쪽

평상시에 인민정부를 움직이는 동인이 미덕이라면, 혁명의 시기에 그 동인은 미덕과 공포 양쪽 모두입니다. 덕이 없는 공포는 재난을 부르고, 공포가 없는 덕은 무력합니다. 공포는 신속하고 엄격하며 강직한 정의에 지나지 않습니다. 그러므로 공포는 미덕의 발현체이며, 구체적인 원칙이라기보다는 민주주의의 일반원칙이 조국의 절박한 필요에 응답한 결과라고 할 수 있습니다. 『로베스피에르－덕치와 공포정치』, 13, 231쪽

마지막 문장의 원문은 "It is less a special principle than a consequence of the general principle of democracy applied to our country's most pressing needs"입니다. 요점은 '혁명적 폭력terror' 혹은 '공포정치'가 특수한 원칙이라기보다는 민주주의 일반원칙을 긴박한 상황적 요구에 적용한 결과라는 것이죠. 더불어, 로베스피에르에게서 혁명적 폭력은 정확히 전쟁과 대립하는 것이었다고 지젝은 지적합니다. 국가 간 전쟁은 보통 개별 국가 내부의 혁명적 투쟁을 봉쇄하는 수단으로 이용되기 때문에 전쟁에 반대한다는 것이죠(물론 이것은 오늘에도 여전히 유효한 지적입니다). 실제로 루이 16세는 체포되기 며칠 전에 외국 군대를 끌어들여 프랑스와 유럽 국간들 간의 대전을 일으킬 계획을 꾸몄다고 합니다. 전쟁이 일어나게 되면 왕은 애국자연하면서 프랑스 군대를 이끌다가 평화협정을 체결할 것이고 그의 권력을 다시금 회복될 수 있었을 겁니다. 즉 '평화로운' 루이 16세란 자신의 권좌를 지키기 위해서라면 언제라도 유럽을 전쟁으로 내몰 준비가 돼 있는 군주였던 것이죠. 지젝은 자코뱅의 혁명적 폭력을 부르주아적 법과 질서의 '초석적 범죄'라고 절반쯤 정당화하는 경향에 대해서도 이의를 제기합니다. 그것을 벤야민이 말하는 '신적 폭력'으로 보아야 한다는 것입니다. **그가 참고한 건 엥겔스의 말입니다.**

최근 사회-민주주의적 실리주의자는 프롤레타리아 독재라는 단어에 대해 건강한 폭력을 마음속에 떠올리고 있다. 좋다. 신사 양반들, 이 독재가 무엇과 같은지 알고 싶은가? 파리 코뮌을 보라. 그것이 프롤레타리아 독재다. 『잃어버린 대의를 옹호하며』, 244쪽

최근 들어 사회민주주의적 속물들이 다시 한 번 이 말을 듣고 공포에 떨고 있습니다. '프롤레타리아 독재'. 좋습니다, 여러분. 이 독재가 어떤 것인지 알고 싶습니까? 그럼 파리코뮌을 보십시오. 그것이 바로 프롤레타리아독재였습니다. 『로베스피에르-덕치와 공포정치』, 16쪽

첫 문장의 원문은 "Of late, the Social-Democratic philistine has once more been filled with wholesome terror at the words: Dictatorship of the Proletariat"입니다. 요즘 들어 사민당의 속물들이 '프롤레타리아 독재'라는 말에서 폭력을 자꾸 입에 올리고 있다는 뜻으로 읽힙니다. 하지만 파리 코뮌이야말로 프롤레타리아 독재였다는 것이 엥겔스의 주장입니다. 그리고 지젝은 엥겔스의 말을 받아서 1892～1894년의 혁명적 폭력 또한 프롤레타리아 독재와 함께 '신적 폭력'이라고 주장합니다. 즉 '신적 폭력＝비인간적 폭력＝프롤레타리아 독재'라는 등가관계가 성립되는 것이죠. 거기서 '신적 폭력'이라는 말의 해석은 정확히 '백성의 소리는 신의 소리vox populi, vox dei'라는 고대 로마의 격언을 따른 것입니다. 이에 대한 설명은 중요하지만 오해된 대목이기도 해서 다시 인용해보겠습니다.

'우리는 인민의 의지를 수행하는 도구로서 행위하고 있다'라는 도착적인 의미에서가 아니라, 고독한 주권적 결정의 영웅적 승인이라는 의미에서

책을 읽을 자유

말이다. 그것은 절대적인 고독 속에서 이뤄진(살인의 결정, 자기 자신의 삶을 상실할 위험을 무릅쓴) 결정, 대타자에 근거하거나 그것에 보호받지 않는 결정이다. 만약 그것이 삶의 유한성을 초월하지 않는다면, 즉 '불멸'이 아니라면 그 실행자에게 천사의 무고함으로 살인할 면허가 주어지지 않을 것이다. 신적 폭력의 모토는 '세상이 망하더라도 정의는 세우라'이다. '인민'(익명의 '몫 없는 자들')이 테러를 강요하고 다른 몫 있는 자들에게 대가를 치르게 하는 것은 정의를 통해서, 정의와 복수 사이의 구분 불가능한 지점을 통해서이다. 『잃어버린 대의를 옹호하며』, 246쪽

'우리는 인민의 의지를 반영하는 수단으로서 이 폭력을 사용한다'는 식의 왜곡된 의미가 아니라, 자주적 결정의 외로움에 대한 대담한 가정으로서 받아들여져야 한다. (누군가를 살해하거나 위험에 빠뜨리거나, 목숨을 잃게 만드는) 결정은 거대한 타자가 떠맡는 것이 아니라 절대적 고독 속에서 이루어진다. 그것이 도덕 외적인 것이라고 해서 부도덕한 것은 아니다. 누군가에게 천사와 같은 무구한 마음으로 분별없이 사람을 죽일 수 있는 권한을 주는 것도 아니다. 신성한 폭력의 모토는 '세상이 무너질지라도 정의를 세워라'이다. 이것은 정의와 복수를 구별할 수 없는 지점에 존재하는 정의를 말한다. 이 정의로움으로 '민중'(역할이 없는 상태에서 익명의 역할을 맡은 부분, 즉 비부분의 부분)은 공포를 부과하고, 다른 역할을 맡은 부분이 대가를 치르게끔 만든다. 그때가 바로 기나긴 억압과 착취와 고통의 역사에 대한 심판의 날이다. 『로베스피에르─덕치와 공포정치』, 17~18쪽

첫 문장에서 '고독한 주권적 결정의 영웅적 승인' '자주적 결정의 외로움에 대한 대담한 가정'이라고 옮겨진 것은 "the heroic assumption of the solitude of a sovereign decision"입니다. 저는 '고독한 주권적

결정의 영웅적인 수임受任이라는 뜻으로 이해합니다. '결정'과 '수임'의 주체는 동일합니다. "만약 그것이 삶의 유한성을 초월하지 않는다면, 즉 '불멸'이 아니라면 그 실행자에게 천사의 무고함으로 살인할 면허가 주어지지 않을 것이다"는 착오에서 빚어진 오역인데, 원문은 "If it is extra-moral, it is not 'immoral,' it does not give the agent the license just to kill some kind of angelic innocence"입니다. "이 정의로움으로 '민중'(역할이 없는 상태에서 익명의 역할을 맡은 부분, 즉 비부분의 부분)은 공포를 부과하고, 다른 역할을 맡은 부분이 대가를 치르게끔 만든다"도 부정확한 번역입니다('몫이 없는 자part of no-part'는 랑시에르가 즐겨 쓰는 용어이기도 합니다).

로베스피에르는 바로 그러한 입장에서 혁명적인 '신적 폭력'의 희생자들에 대한 휴머니즘적 동정을 비판했습니다. 그렇다면, 자코뱅의 역사적 유산이 우리에게 남겨주는 교훈은 무엇일까요? 지젝의 질문은 이렇습니다. "혁명적 폭력의 (자주 탄식할 만한) 현실은 우리로 하여금 폭력의 이상 자체를 거부하도록 하는가, 아니면 그것을 오늘날의 전혀 다른 역사적 조건 속에서 반복하여 그 현실화로부터 그것의 잠재적 내용을 부활시킬 방법이 있는가?" 지젝의 대답은 충분히 예상할 수 있습니다. 우리는 그렇게 할 수 있고, 또 그래야만 한다는 것입니다. "그리고 '로베스피에르'라는 이름으로 지칭되는 사건을 반복하는 가장 정확한 방식은 (로베스피에르의) 휴머니즘적 폭력으로부터 반-휴머니즘적(오히려, 비인간적) 폭력으로 이행하는 것"이라는 게 지젝의 주장입니다.

물론 "자코뱅이 급진적 테러에 의존한 것은 경제 질서의 근본적 기초를 흔들어놓을 능력이 없다는 사실을 증언하는 일종의 히스테리적인 행동화acting out가 아니라면 무엇이겠는가?"라는 비판은 이미 제시한 바 있습니다. 사실 지젝이 보는 자코뱅의 위대함은 테러의 연출이 아니라 일상의 재조직에 관한 정치적 상상력에 두어집니다. "여성의 자기-조직화에서부터 모든 늙은이가 평화와 존엄 속에서 말년을 보내는 공동체 가족까지, 불과 2~3년 사이에 응축된 열광적인 활동"을 지젝은 염두에 두고 있습니다.

이것은 러시아의 10월 혁명에서도 그대로 적용이 됩니다. 진정한 혁명의 순간은 1917~1918년의 봉기도 아니고 이어진 내전 상황도 아닌, 1920년대 초반에 새로운 일상생활의 의례들을 창안하려고 했던 강력한 실험에서 찾을 수 있다고 그는 주장합니다. "어떻게 혁명 이전의 결혼의례나 장례 의례를 바꿀 것인가? 어떻게 공장과 집단 거주지에서 공산주의적 교류를 조직할 것인가?" 같은 문제의식에서 확인할 수 있듯이 일상을 재조직하기 위한 '구체적 테러concrete terror'가 없지는 않았지만 결과적으로는 충분하지도 완결되지도 않았던 것이죠. 지젝이 여기서 도출하는 결론은 "민주주의적 절차보다 상위에 있는 이런 과잉의 평등-민주주의는 오직 자기 대립물로서 혁명적-민주주의의 테러의 형태로만 '제도화될' 수 있다는 것"입니다.

그럼, 이제 마오의 모순론으로 넘어가겠습니다.

"모순의 보편성이 내재하는 곳은 정확히 모순의 특수성 속에서라는 사실을 그들은 이해하지 못한다"라고 '교조적 마르크스주의자들'을 비판할 때 마오는 옳았습니다. 또 '변증법적 종합'을 '대립물 간의 투쟁을 포괄하는 고차원적 통합' 내지 대립물의 '화해'로 보는 통상적인 관점을 거부할 때 역시 옳았다고 지젝은 평가합니다. 하지만, 그가 이 거부를 정식화하여 '대립물의 영원한 투쟁'에 대한 일반적인 우주론-존재론에 따라 일체의 종합이나 통합에 대해서 갈등과 분열의 선차성을 주장할 때 그는 틀렸다는 게 지젝의 주장입니다. 마오는 이렇게 말했습니다.

엥겔스는 세 가지 범주들에 대해 이야기한다. 하지만 나는 그 범주들 중 두 가지는 믿지 않는다. 〔……〕 부정의 부정이란 없다. 긍정, 부정, 긍정, 부정…… 사물의 발전 속에서, 사건들의 연쇄 속의 모든 연관은 긍정인 동시에 부정이다. 노예제 사회는 원시사회를 부정한다. 하지만 봉건사회와 관련해서는 거꾸로 긍정을 구성했다. 봉건사회는 노예제 사회와 관련해서는 부정을 형성하지만 자본주의 사회와 관련해서는 긍정을 구성했다. 자본주의 사회는 봉건사회에 대해서는 부정을 형성했지만 사회주의 사회와 관련해서는 긍정을 구성했다. 『잃어버린 대의를 옹호하며』, 284쪽; 『마오쩌둥―실천론·모순론』, 21, 241~42쪽

'부정의 부정'에 대한 마오의 이러한 부정은 어떤 결과를 낳는 것일까요? 지젝은 "혁명적 부정성을 진정으로 새로운 긍정적 질서로 이동시키는 시도의 실패"로 귀결되었다고 봅니다. "모든 혁명의 일시적인 안정화는 결국 낡은 질서의 복권으로 귀착되고 말았다. 그래서 혁명의 생명력을 유지하는 유일한 방법은 끊임없이 반복되는 부정이라는 '가짜 무한성'으로, 이것은 결국 거대한 문화혁명에서 정점에 도달했다"는 것이 지젝의 판단입니다. "문화혁명은 새로운 시작을 위한 길과 공간의 청소라는 의미에서 부정적일 뿐만 아니라, 새로운 생성에 대한 무능의 지표라는 의미에서 그 자체로 부정적"이라는 것입니다. 진정한 혁명이란 '혁명고 함께하는 혁명', 혁명 과정에서 자신의 출발점이었던 전제 자체를 혁명하는 혁명이지만 마오는 그 '부정의 부정'에까지 나아가지 못했다는 것이죠(〈터미네이터2〉에서 아놀드 슈왈츠제네거T-101가 스스로 용광로 안으로 들어가 '자살'하는 장면이 떠오릅니다). 그래서 지금까지의 혁명적 시도의 문제는 '너무 극단적'이라는 데 있는 게 아니라 '충분히 극단적이지 못했다'는 데, 그리하여 혁명적 시도 자체를 문제 삼는 데까지 나아가지 못한

데 있다는 것이 지젝의 핵심적인 생각입니다.

그렇다면, 혁명적 과정의 두 가지 계기는 무엇일까요? 프레드릭 제임슨을 따라서 지젝은 첫째, '극단적인 부정의 제스처', 그리고 둘째, '새로운 삶의 창안'이라고 말합니다. 그 창안은 어떤 것이어야 할까요? 정신분석에 대한 참조를 통해서 지젝이 말하는 바는 이렇습니다.

"근본적인 혁명 속에서 사람들은 단지 '그들의 오래된 꿈을 실현할' 뿐만 아니라 그것을 꿈꾸는 방식 자체를 다시 창안해야 한다. 〔……〕 요컨대 우리의 꿈을 위해 현실을 변화시키기만 하고 이런 꿈들 자체를 변화시키지 않는다면, 조만간 우리는 과거의 현실로 다시 돌아가고 만다."

문화혁명의 실패는 바로 이런 점에서 실패했다고 그는 보는 것이죠. 물론 프롤레타리아 문화대혁명은 새로운 경제적 조직과 일상생활의 재조직을 겨냥했지만, 그리고 그런 점에서 유토피아 실행의 요소를 포함하고 있지만 새로운 일상의 형식을 창조하는 데는 실패합니다. 지젝은 흥미로운 뒷담화도 들려줍니다. 문화혁명의 마지막 시기에, 마오 자신에 의해서 소요사태가 봉쇄되기 전에 '상하이 코뮌'이 있었다고 합니다. 당의 공식 슬로건에 따라 백만 명의 노동자들이 국가의 소멸과 심지어는 당 자체의 소멸을 요구했고, 직접 코뮌적 사회를 조직하고자 시도합니다. 바로 이 지점에서 마오는 군대를 동원하여 질서를 회복합니다. 인민에게 '반란의 권리'를 갖고 있다고 스스로 독려하고 부추긴 문화혁명의 온전한 결론 앞에서 그 자신이 후퇴한 것이라고 할 수 있습니다. 이렇듯 마오가 충분히, 끝까지 밀어붙이지 못한 것이 오늘날 중국에서 자본주의적 폭발을 위한 공간을 연 것이라는 게 지젝의 평가입니다. 그리하여 마오의 사례에서 얻는 교훈은 "다시 시작하라, 다시 실패하라. 더 잘 실패하라"(베케트)입니다.

조금 거슬러 올라가 스탈린의 공포정치도 보도록 합시다. 참으로 대단한 대대적인 숙청이 이루어졌는데, 1937~1938년 2년 동안에 이루어진 결과만 보아도 이렇습니다.

"다섯 명의 스탈린 정치국 동료들이 살해되었고, 139명의 중앙위원 중에서 98명이 살해되었다. 우크라이나 공화국 중앙위원 200명 중에서 오직 세 명이 살아남았고, 93명의 콤소몰 조직 중앙위원 중 72명이 죽었다. 1934년 제17차 대회에서 1,996명의 당 지도자들 중 1,108명이 체포되거나 살해되었다. 385명의 지방 당 비서 중 319명이, 2,750명의 지역 비서들 중 2,210명이 죽었다."

이 대숙청은 네 단계로 이루어집니다. 1933년과 1935년에는 무력한 하급 당원들을 단체로 숙청하기 위해서 모든 계층의 노멘클라투라를 동원합니다. 이때 지역 지도자들은 자기 조직을 강화하고 '불편한' 사람들을 쫓아내는 데 숙청 작업을 이용합니다. 그리고 1936년에는 모스크바의 노멘클라투라가 지역 엘리트를 숙청하기 위해 하급 당원들 편을 듭니다. 그리고 1937년에는 노멘클라투라에 대항하는 당 대중party masses을 동원합니다. 이로써 당 엘리트들을 초토화시키게 됩니다. 그리고 다시 1938년에는 지역 노멘클라투라의 권위를 강화함으로써 숙청 기간 동안 무너진 당내 질서의 회복을 꾀합니다. 이러한 일련의 사건들에서 무엇을 읽을 수 있는 것일까요?

우리는 이러한 사건들에서 초자아적 차원을 발견할 수 있다. 공산당에 의해 공산당원들 자신을 향해 가해진 이 폭력은 체제의 극단적 자기-모순을 증명한다. 즉, 그것은 체제의 기원에는 '진정한' 혁명적 기획이 있었다는 사실을 증명한다. 끝없는 숙청은 체제 자체의 기원적 흔적을 지우는 것일 뿐 아니라 일종의 '억압된 것의 귀환' 속에서 체제의 중핵에 있는 근

본적인 부정성의 잔여물이기도 하다. 『잃어버린 대의를 옹호하며』, 379쪽

이런 이유에서 스탈린 시대는 노멘클라투라가 지배한 사회가 아니었으며 '관료주의적 사회주의' 체제도 아니었습니다. 오히려 스탈린 체제는 효과적인 '관료조직'이 결여된 체제였습니다. 노멘클라투라가 사회적으로 안정화되는 것은 브레주네프 시기이며, 그때서야 비로소 '현실 사회주의'라는 것이 출현하게 됩니다. 그것은 말 그대로 체제가 자신의 공산주의적 전망을 포기하고 실용적인 권력 정치에 안주한다는 징표입니다.

포퓰리즘에 대한 지젝의 시각도 간단히 정리해봅니다. 그것은 한마디로 '포퓰리즘이 실천에서는 (가끔씩) 옳지만 이론에서는 옳지 않다'는 것입니다. 즉 그것을 때로는 실용적 타협의 일부로 인정할 수는 있지만 근본적 개념 차원에서는 비판적으로 거부해야 한다는 것이 지젝의 주장입니다. 2005년 유럽 헌법 제정안에 대한 프랑스와 네덜란드의 부결을 사례로 들면서 지젝은 '우파 인종주의 포퓰리즘'의 교훈을 지적합니다.

그래서 아이러니하게도 우파 인종주의 포퓰리즘은 오늘날 '계급투쟁'은 한물 간 퇴물이 아니라는 것을 단적으로 보여준다. 이로부터 좌파가 배워야 하는 교훈은 포퓰리즘적 인종주의자들이 자신들의 증오를 외국인들에게 전치/신비화시키는 것에 대칭적으로 '아이 씻은 물과 함께 아이까지 버리는' 듯이, 다문화주의적 개방성의 전치된 계급적 내용은 은폐하고 그것을 포퓰리즘적 반-이민 인종주의와 대립시키는 오류를 범하지 말아야 한다는 것이다. 관용에 대한 단순한 주장은 반-프롤레타리아 계급투쟁의 가장 은혜로운 형식이다. 『잃어버린 대의를 옹호하며』, 402쪽

두 번째 문장 이하의 원문은 "the lesson the Left should learn from it is that one should not commit the error symmetrical to that of the populist racist mystification/displacement of hatred onto foreigners, and to 'throw the baby out with the bath water,' that is, to merely oppose populist anti-immigrant racism with multiculturalist openness, obliterating its displaced class content - benevolent as it wants to be, the simple insistence on tolerance is the most perfidious form of anti-proletarian class struggle"입니다. 여기서 'its displaced class content'를 '다문화주의적 개방성의 전치된 계급적 내용'이라고 옮겼는데, 'populist anti-immigrant racism'의 '전치된 계급적 내용'을 가리키는 게 아닌가 싶습니다. 그리고 "the most perfidious form of anti-proletarian class struggle"을 "반-프롤레타리아 계급투쟁의 가장 은혜로운 형식"으로 옮긴 것은 착오로 보입니다. 『레닌 재장전』에서 같은 문단을 다시 옮긴 것입니다.

그래서 아이러니컬하게도, 우파 인종주의 포퓰리즘은 오늘날 '계급투쟁'이 시대에 뒤떨어진 퇴물이 아니라 여전히 유효하다는 것을 입증하는 가장 좋은 사례다. 여기서 좌파가 배워야 하는 교훈은 포퓰리즘적 인종주의자들이 자신들의 증오를 외국인들에게 전치시키는 것과 마찬가지의 오류를 범해서는 안 된다는 것이다. 우리는 목욕물과 함께 아이까지 내다버려서는 안 된다. 즉 다문화적 개방을 명분으로 포퓰리즘적 반-이민 인종주의에 대해 그 전치된 계급적 내용을 간과하고 반대만 해서는 안 된다. 아무리 호의적 의도에서라 하더라도 단순히 다문화주의적 개방만을 고집하는 것은 노동자들의 계급투쟁에 반대하는 가장 기만적인 형식이다.

『레닌 재장전』, 132쪽

책을 읽을 자유

포퓰리즘이 갖는 이러한 '계급적 내용' 때문에 지젝은 거기에서 '네오-파시즘'의 그림자를 읽어내는 자유주의적 태도에 반대합니다. "새로운 포퓰리즘적 우파와 좌파가 공유하는 것은 딱 한 가지다. 본래적 의미에서의 정치가 아직도 살아 있다는 인식 말이다"라는 것이 그의 주장의 요점입니다. 반면에 "다문화주의적 관용에서 가장 웃기는 점은 물론 계급 구별이 그 안에 기입되는 방식이다. 상층 계급의 '정치적으로 올바른' 개인들은 그런 다문화주의적 관용을 이용하여 하층 백인 노동자들의 '근본주의'를 꾸짖는데, 이것은 이데올로기적인 공격에 정치 경제적인 모욕까지 더하는 꼴이다."『지젝이 만난 레닌』 **, 278쪽** 마지막 문장은 "adding ideological insult to politico-economic injury"를 옮긴 것으로 앞뒤가 전도돼 있습니다. '정치적으로 올바른' 상류계급 사람이 다문화주의적 관용을 말하면서 하층 백인들의 '근본주의'(혹은 인종주의)를 비판하는 것은 (정치적–경제적) 상처에다가 (이데올로기적) 모욕까지 더하는, 말하자면 상처에다 소금까지 뿌리는 짓이라는 것이죠(우리 같으면 빈곤층의 부도덕과 무교양에 대한 비판에 해당할 듯합니다). 그런 의미에서 교훈은 분명하다고 지젝은 말합니다. "근본주의적 포퓰리즘이 좌파적 꿈의 부재한 공백을 채우고 있다"는 것입니다. 그렇게 포퓰리즘은 제도화된 탈정치의 어두운 분신으로 출현하고 있지만, 그 한계 또한 분명합니다. 지젝의 주장으로 마무리하도록 하겠습니다.

'포퓰리즘'은 정의상 부정적인 현상, 거절에 기반한 현상, 심지어는 무력함의 암묵적 승인이다. 우리 모두는 가로등 아래 흘린 열쇠를 찾는 한 남자에 대한 오래된 농담을 알고 있다. 어디서 잃어버렸느냐는 질문을 받자 그는 캄캄한 구석에서 잃어버렸다고 대답한다. 그런데 그는 왜 여기 불빛 아래서 찾고 있는가? 왜냐하면 여기가 훨씬 더 잘 보이기 때문이라고. 포퓰리즘에는 항상 이런 종류의 속임수가 있다. 이것이 포퓰리즘이 오늘날의 해방적 기획이 기입되어야 할 곳이 아니라는 것만 뜻하는 게 아니다. 우리는 한 걸음 더 나아가 오늘날의 해방적 정치의 주된 임무는―그것의 생사를 건 임무는―(포퓰리즘처럼) 제도화된 정치를 비판하면서도 포퓰리즘의 유혹을 피할 수 있는 정치적 동원의 형식을 발견하는 것이라고 제안해야 한다. 『레닌 재장전』, 152~53쪽 (《수유너머N 화요토론회 발표문》, 2010. 2)

사회주의냐
공산주의냐

『처음에는 비극으로 다음에는 희극으로』

슬라보예 지젝 지음, 김성호 옮김, 창비, 2010

처음에는 대중문화로 철학을 더럽히는 'MTV 철학자'였다. 이제는 '현존하는 가장 위험한 철학자'이다. 가공할 만한 열정으로 시대를 사유하고 있는 철학자 슬라보예 지젝을 가리키는 말이다. 어느샌가 국내에서도 단기간에 가장 많이 번역된 철학자가 됐기에, 그의 책이 한 권 더 소개되는 일이 더 이상 '뉴스'는 아니다. 하지만 그의 독자들에겐 언제나 '흥분'되는 일이다.

21세기 첫 십 년의 교훈을 되새겨보는 『처음에는 비극으로 다음에는 희극으로』 또한 예외가 아니다. 제목에서 '비극'과 '희극'은 각각 그 첫 십 년을 열고 마감하는 두 사건, 2001년 9월 11일의 공격과 2008년의 금융붕괴를 가리킨다. 헤겔의 말대로 철학이 '개념으로 포착한 자기 시대'라면, 지젝이야말로 그러한 정의에 가장 충실한 철학자라고 할 수 있을 것이다. 그는 우리가 어떤 시대를 살고 있는지 포착하여 보여준다.

책은 두 가지 목표에 따라 2부로 구성돼 있다. 1부에서는 현재 진행 중인 세계 금융위기를 통해서 자본주의 이데올로기의 유토피아적 핵심을 분석하고, 2부에서는 우리가 처한 상황에서 새로운 형태의 공산주의적 실천이 어떻게 가능한지 탐색한다. 물론 그가 제시하는 건 중립적인 분석이 아닌 대단히 '편파적인' 분석이다. 진리란 편파적이며, 진정한 보편성은 오직 편파성을 통해서 달성될 수 있다는 것이 지젝의 오랜 주장이다. 이러한 입장을 확인해둠과 동시에 지젝이 자신의 핵심적인 테제를 끌어내고 있는 농담 한 가지를 음미해보는 것도 좋겠다.

농담의 배경은 몽골 지배하에 있던 15세기 러시아다. 한 농군이 아내와 함께 시골길을 걸어가다 말을 타고 오던 몽골의 전사를 만나게 됐다. 이 전사는 농군의 아내를 강간하겠다고 이르고는 "땅에 흙먼지가 많으니 내가 네 아내를 강간할 동안 네놈이 내 고환을 받치고 있어야겠다. 거기가 더러워지면 안되니까!"라고 덧붙였다. 몽골군이 일을 마치고 떠나자 농군은 웃음을 터뜨리며 기뻐했다. 아내가 어이없어 하며 뭐가 기뻐서 난리냐고 묻자 농군은 이렇게 답했다. "그놈한테 한방 먹었다고! 그놈 불알이 먼지로 뒤덮였던 말이야!"

현실 사회주의 체제하에서 반체제인사들이 놓인 곤경을 잘 보여주는 이 농담이 지젝은 오늘날의 비판적 좌파에게도 잘 맞아떨어지지 않느냐고 말한다. 그래서 포이어바흐에 관한 제11테제를 그는 이렇게 비튼다. "우리의 사회들에서 비판적 좌파는 지금까지 권력자들에게 때를 묻히는 데에 성공했을 뿐이나, 진정 중요한 것은 그들을 거세하는 것이다."

그 '거세'는 어떻게 가능한가. 일단 '20세기 좌파정치의 실패'에서 교훈을 얻어야만 한다. 지젝이 베케트의 말을 인용하며 다시 강조하는 그 교훈이란 "다시 시도하라. 또 실패하라. 더 낮게 실패하라"이다. 혁명의 과정이란 점진적 진보가 아니라 몇번이고 시작을 반복하는 운동이다. 그리하여 다시 소환되는 것이 '공산주의적 가설'이다. 지젝의 절친한 동료이기도 한 철학자 알랭 바디우는 아주 단호하게 이렇게 말했다.

"공산주의적 가설은 여전히 올바른 가설이며 나로서는 그외의 어떤 올바른 가설도 발견할 수 없다. 만일 이 가설이 포기되어야 한다면 집단행동 차원의 어떤 일도 행할 가치가 없다. 공산주의의 관점 없이는, 이 이념 없이는 역사적, 정치적 미래의 어떤 것도 철학자의 흥미를 끌 만한 종류가 되지 못한다."

물론 공산주의 이념에 계속 충실하기만 한 것으로는 충분치 않다. "이 이념에 실천적 긴박함을 부여하는 적대를 역사적 현실 안에서 찾아내"는 것이 중요하다. 현재의 세계자본주의 체제에는 어떤 적대가 내재해 있는가. 지젝은 네 가지를 꼽는다. 다가오는 생태적 파국의 위협, 소위 '지적 재산권'과 관련한 사유재산 개념의 부적절함, 새로운 과학기술 발전의 사회·윤리적 함의, 새로운 장벽Walls과 빈민가라는 새로운 형태의 아파르트헤이트 생성. 이러한 파국적 위협과 불평등, 그리고 분리에 맞선 투쟁이 공유하는 것은 '공통적인 것the commons'을 둘러막는 자본주의의 논리를 그대로 방치할 경우 인류가 파멸해 봉착할 수 있다는 자각이다. "인류 역사상 가장 커다란 시장의 실패"로도 불리는 기후위기도 빼놓을 수 없겠다. 때문에 '세계시민성'과 '공통관심'을 바탕으로 "시장 메커니즘을 조절하고 제압하면서 엄밀하게 공산주의적인 관점을 표현하는 세계적 정치조직을 창설할 필요"가 제기된다. 그것이 '세계의 종말'에 대처하는 우리의 자세다(『처음에는 비극으로 다음에는 희극으로』에 이어서 지젝이 올해 펴낸 두툼한 책 제목이 『종말의 시대에 살아가기Living in the End

Times』*이다).

　지젝의 공산주의론에서 가장 흥미로운 대목은 사회주의와 공산주의의 구별이다. 역사가 에릭 홉스봄이 한 칼럼에서 "사회주의는 실패했고 자본주의는 파산상태다. 다음에 올 것은 무엇인가?"라고 던진 질문에 대하여 그 답이 '공산주의'라고 그가 말하는 이유다. 지젝이 보기에, 세계자본주의 체제가 내속적인 장기적 적대를 넘어 존속하면서 동시에 공산주의적 해결책을 피하는 유일한 방법은 모종의 사회주의를 재발명하는 것뿐이다(공동체주의나 포퓰리즘, 아시아적 자본주의 등). 경제적 자유주의의 보루 미국에서조차 자본주의가 자신을 구하기 위해서는 사회주의를 재발명해야 한다는 주장이 제기될 정도다. "미국은 더욱더 프랑스처럼 될 것"이라는 일종의 '유러피언 드림'이 그것이다. 또는 빌 클린턴이

추천사를 쓰기도 한『박애자본주의』*사월의책, 2010 같은 책을 그 징후로 간주할 수도 있을 것이다. 책이 내세운 모토가 "승자만을 위한 자본주의에서 모두를 위한 자본주의로"이다.

　하지만 사회주의에는 '포함된 자'와 '배제된 자' 사이의 핵심적 적대를 다루지 않는다. 그럴 경우 "생태학은 지속가능한 발전의 문제로 변하고, 지적재산권은 복잡한 법률적 사안으로, 유전자공학은 윤리적 쟁점으로 변한다." 더불어 빌 게이츠는 빈곤과 질병에 맞서 싸우는 '위대한 인도주의자'가 되며, 미디어 제국을 동원하는 루퍼트 머독은 '위대한 환경주의자'가 된다. 그때 사회주의는 이제 더 이상 공산주의의 '낮은 단계'가 아니며, "공산주의의 진정한 경쟁자, 공산주의에 대한 가장 큰 위협"으로 등장한다.

　곧 우리를 기다리고 있는 유일하고 진정한 양자택일은 '사회주의냐 공산주의냐'이다. 혹은 보수적 헤겔과 아이티의 헤겔, 노년 헤겔주의와 청년 헤겔주의 사이의 선택이다. 물론 지젝이 어느 편을 들고 있는지는

더 말할 필요가 없을 것이다. 『굿바이 미스터 사회주의』[•] 그린비, 2009 라는 네그리의 책 제목을 그는 이렇게 완성한다. "잘 가시오, 사회주의 씨…… 어서 오시오, 공산주의 동지!"(〈기획회의〉, 2010. 8)

권장도서에 대한 몇 가지 생각

편집부로부터 내가 받은 '미션'은 '청소년 선정도서에 담긴 이데올로기와 선정도서가 청소년 독서에 미치는 영향'을 살펴봐달라는 것이다. '선정도서'란 '권장도서'를 말하는 것인 듯하다. '청소년이 선정한 도서'가 아니라 '청소년에게 권장하는 도서'라는 뜻으로 새겨야겠지. '인터넷 서평꾼' 노릇은 하고 있지만 청소년 독서에 남다른 관심을 쏟아온 건 아니어서 내가 이 일에 적격일 리는 없다. 그럼에도 청탁을 거절하지 못한 것은 나의 성벽 탓이다. 성-벽. 굳어진 성질이나 버릇. 덧붙여, 어떤 주제건 '조사'하고 '탐구'하는 일을 그다지 마다하지 않는 것도 나의 고질이다. 고-질. 오랫동안 앓고 있어 고치기 어려운 병. 고치기 어려운 건 또 고치지 않는 것이 나의 성벽이다. 따라서 이 글은 나의 고질과 성벽이 빚어낸 합작품일 공산이 크다.

　어디에서 무얼 어떻게 시작해야 하나 고민하다가 관내 도서관에 가서 이런저런 책들을 둘러보고 복사하기도 했다. 그럴 땐 흡사 사르트르의 소설 『구토』에 나오는 독학자의 모습을 닮지 않았을까. 주인공 로캉탱이 도서관에서 자주 보게 되는 독학자는 모든 책을 알파벳순으로 다 읽으려는 욕망을 갖고 있다. 현실적으로는 불가능한 일이다. 요즘 도서관이라면 그가 읽어나가는 책보다 새로 들어오는 책이 더 많을 것이기 때문이다. 사르트르가 한창때는 1년에 300권씩 책을 읽었다고 하지만, 어지간한 도서관에 매년 새로 입고되는 책은 사실 그 몇 배가 될 것이다. 아무리 대단한 독서가라 할지라도 세상엔 그가 읽지 않은 책 천지다. 그래, 이토록 많은 책들과 상대하려면 뭔가 지침이 주어지는 것도 나쁘진 않겠다. 미리 읽어본 사람이 이 책은 이렇고, 저 책은 저렇다는 소개를 해준다면, 나중에 읽을 사람에게 요긴한 참고가 되지 않겠는가. 길을 먼저 가본 사람이, 음식을 먼저 먹어본, 혹은 인생을 먼저 살아본 사람이 '가이드'가 될 만한 조언을 해주는 건 당연한 일이면서 권장할 만한 일이다. 애당초 '선정도서' '권장도서' '추천도서'가 갖는 의미란 그런 것일 터이다. 그런데 그게 왜 문제가 되는가?

　표면적인 이유는 여러 단체에서 매달, 매분기, 혹은 매년 발표되는 청소년 권장도서 목록이 '담합'에 의해 만들어질 소지가 있기 때문이다. 이것은 학교마다 사용하는 교과서 선정을 두고서 교과서 출판사들의 로비가 개입할 수밖에 없는 것처럼, 고만고만한 책들 가운데 일부를 특별히 '읽을 만한 책'으로 선정하는 과정에 이해 당사자들의 입김이 작용할 수 있다는 것이다. 실제로 교육 현장에서 청소년을 자녀로 둔 학부모들에게 이런 목록이 꽤 영향력을 행사한다고 하면, 그런 담합의 의혹도 자연스레 불거질 수 있다. 따라서 선정 과정의 객관성과 투명성을 확보하는 일이 필수적으로 요구되는데, 가령 '책따세'의 경우에는 추천도서 선정 방식을 이렇게 설명한다. 책따세 선생님과 회원들이 좋게 본 책을 추천받고 여러 차례 회의를 거쳐서 최소한 두 사람 이상의 의견을 반영하여 검토 도서를 정한다. 이렇게 일차로 선정된 책에 대해서는 교사가 꼼꼼히 검토하고 학생들에게 읽혀서 반응을 확인하여 최종적으로 '넣을 책과 뺄 책'을 결정한다. 최대한 신중한 선정 절차를 도입하고 있는 것은 역으로 추천도서 목록이 그만큼 논란을 낳을 여지가 있기 때문일 것이다.

　한국간행물윤리위원회에서는 '대학 신입생을 위한 추천도서'라는 것도 해마다 발표하고 있고, 각 대학에서 '권장도서 100선'(서울대)이라는 식으로 권장도서 목록을 학생들에게 제시하고 있지만, 그러한 목록이 반발을 사거나 논란의 대상이 된 일은 드문 듯하다. 그도 그럴 것이 『권장도서 해제집』 같은 책을 사서 읽는 쪽은 대학생이 아니라 보통 입시를 준비 중인 고등학생이 대부분이다. '대학생 권장도서'라기보다는 '예비 대학생'으로서의 '청소년 권장도서'라고 해야 더 정확할 듯싶다. 소위 입학사정관제가 본격적으로 도입된다면, '권장도서' 목록이 학생들에게 주는 부담은 더 커질 것이다. 과연 한국에서는 "독서 또한 입시 과목의 하나"라는 비판에서 얼마만큼 자유로울 수 있을까.

그렇다고 해서 거꾸로 독서는 입시와 무관해야 한다고만 말할 수 없는 것이 이 문제가 갖는 딜레마다. 일본의 교육심리학자 사이토 다카시가 『독서력』에서 주장한 바이기도 한데, 그에 따르면 "대학, 특히 문과 계열의 공부는 책을 읽는 것이 핵심이다. 설사 이과 계열이라도 논리적인 사고를 단련하는 데 독서는 필수다." 따라서 "대학에서 가르치는 입장에서 보면 고등학교를 졸업했을 때 높은 수준의 독서력을 갖추고 있으면 그만이다." 그런 관점에서 그는 독서가 부정되는 입시에 대해 강한 불만을 토로하며, 아예 독서력을 묻고 평가하는 것이 입사시험이나 대학입시의 중요한 전형방식이 돼야 한다고까지 주장한다. 그러니까 역설적이지만 문제는 독서가 변죽만 울릴 뿐 핵심적인 입시과목이 아니라는 데 있다는 것이다. 독서가 공부와는 별개로 간주된다는 점에서 일본도 사정은 우리와 비슷한 것 같다. 어떤 사정인가?

"너는 그렇게 책만 읽다가 공부는 언제 할 거니?" 책을 좋아하는 자녀를 둔 학부모들이 가끔씩 던질 만한 잔소리다. '공부=독서'라는 관점에서 본다면, 이 기이한 '한국식' 잔소리는 문법적으로는 맞는 말이더라도 의미론적으로는 비문, 곧 틀린 말이다. "너는 그렇게 공부만 하다가 공부는 언제 할 거니?"라고 말을 바꿔보면 금방 알 수 있다. 일단은 이런 '부조리'가 한국 청소년 독서에서 무엇이 문제인가를 말해주는 지표다.

'우물 안 개구리'식 착각에 빠지지 않기 위해서 미리 확인해둘 것은 모든 나라의 청소년이 그렇게 공부하지는 않는다는 사실이다. 일본 여학생의 핀란드 식 교육 경험담을 담은 『핀란드 공부법』이라는 책에는 이런 얘기가 나온다. 핀란드 학생들은 시험 전에 '공부한다'는 말 대신에 '읽는다'는 말을 쓴다. 엄마는 자식에게 "내일 시험이지? 많이 읽어"라고 격려하고, 학생들끼리는 "이제 곧 시험이네. 많이 읽었어?"라고 대화를 나눈다고. 일본에서도 공부법은 우리처럼 '암기' 하나지만 핀란드에서는 오직 '읽기'뿐이다. '공부=독서'라면 '공부하다'라는 말이 따로 필요하지 않을 것이다. 다만 '읽다'로 충분한 것이다.

물론 이런 차이는 시험문제의 차이에서 비롯되는 것이긴 하다. 핀란드에서는 대부분의 시험이 에세이(작문) 시험이기에 단순한 암기로는 좋은 성적을 거두기 어렵다. '당신에게 문화가 의미하는 것은 무엇인가'라는 문제에 답하기 위해서 우리는 무얼 암기해야 할까? 생물 문제도 이런 식이라 한다. '귀에 대해 알고 있는 것을 모두 쓰시오.' 수학조차도 고급 수준에선 에세이를 쓰게 한다니 교육방식이 우리와는 많이 다를뿐더러 아예 교육의 목표 자체가 다른 것이 아닌가 싶다. 사실 "모든 학생이 열등감 없이 공부할 수 있다는 점"이 핀란드 교육의 가장 큰 장점이라는 체험담을 들어보면, 핀란드는 우리에게 너무 먼 나라다.

그렇다면 한국 청소년들이 책 읽는 모습은 어떤가? 『선생님들이 직접 겪고 쓴 독서교육 길라잡이』에 실린 '고등학생의 눈으로 본 좋은 책과 나쁜 책'이라는 체험적 독서론이 참고할 만하다. 10년쯤 전 사례이긴 하나 요즘과 크게 차이가 날 것 같진 않다. 일단 "선생님들이 우리에게 읽으라는 책들은 모두 다 삶에 도움이 된다고, 또 공부에 도움이 된다고들 이야기한다. 하지만 우리는 그런 책은 거의 읽지 않는다"라는 서두부

책을 읽을 자유

터가 '권장도서'에 대한 학생들의 태도를 집약해준다. 글의 필자는 한창 놀고 싶어 할 청소년기에 하루에 거의 7~8시간의 '노동'을 해야 하는 것이 한국 학생들의 현실에 대한 푸념임을 잊지 않는데, 물론 여기서의 노동은 '공부'라는 노동이다. 곧 한국에서는 '공부=독서'가 아니라 '공부=노동'이다. 그런 만큼 공부(노동)의 연장으로서의 독서를 학생들이 즐길 리 없다. '좋은 책'의 기준으로 "우선 재미있는 책"이 고려되는 것은 독서만큼은 공부에서 분리시키고 싶은 욕구의 표현일 것이다. 그가 고른 두 번째 기준은 "야해서는 안 된다"이고 세 번째가 "장편이어야 한다"는 것이다. 야하고 선정적인 책은 혈기 방장한 고등학생으로서는 감당하기 어렵다는 게 기피하는 이유고, 장편 선호는 '나에게 딱 맞는 책'이 한 권으로 끝난다면 너무 황당할 거라는 게 이유다. 여기서 어김없이 작동하고 있는 것은 독서의 쾌락 원칙이다. 고통은 최소화하고 쾌락을 최대화하려는 원칙 말이다. 이런 기준에 부합하는 책은 자연스레 판타지 대작들 쪽으로 기운다. 특이하게도 필자는 국내 판타지물인 『가즈나이트』나 『드래곤 라자』 등을 좋아하는 책으로 꼽았는데, 거기에는 고등학생 특유의 '애국심'도 한몫하고 있는 것처럼 보인다.

학생들이 판타지 소설을 선호하는 이유는 "선생님들이 이야기하는 교훈이나 삶의 지혜" 등과 무관하기 때문이다. 『가즈나이트』를 가장 좋은 책으로 꼽은 고등학생은 이렇게 말한다. "내가 세상을 삐딱하게 보는지는 몰라도, 나는 교훈과 삶의 지혜는 스스로 터득하는 것이라고 생각한다." 아마도 여기에 문제의 핵심이 있는 것 같다. 지식과 함께 소위 '교훈과 삶의 지혜'를 전수하는 것이 교육의 핵심이라면, 학생들은 자신을 '스스로 터득하는 주체'로 간주하고자 한다. 다시 말해서, 사회적으로는 '미성년'일는지 몰라도 정신적으로는 '성인'으로 인정받고 싶어 하는 것이다. 그리고 바로 그런 태도와 상관적인 것이 청소년기가 갖는 문제적 위상이다. 프랑수아 스퀴텐과 브누아 페테르스의 그래픽 노블 대작 '어둠의 시리즈'에 나오는 한 주인공처럼 청소년은 '기울어진 신체'를 갖고 있다. 그들은 어른들과는 다른 의미에서 '성인'이라고 생각한다. 그들에게 작용하는 것은 '또 다른 중력'이다.

"선생님, 좋은 책 좀 소개해주세요"라고 달라붙지만, 한편으로는 "내가 읽을 책을 다른 사람이 정해줄 수 없다"는 것이 청소년들의 또 다른 계산 아닐까. '책따세'를 주도하고 있는 허병두 교사가 『푸른 영혼을 위한 책읽기 교육』에서 털어놓고 있는 경험담은 그런 의미에서 시사적이다. 국어 교사로서 학생들에게 읽을 만한 책을 자주 소개해주지만 나중에 점검해보면 정작 책을 찾아 읽는 아이들은 별로 많지 않았다는 것. "왜 아이들은 읽을 만한 책을 소개해달라고 그렇게 간절히 부탁하고서 정작 찾아 읽지는 않는 것일까"라는 것이 허 교사의 의문이었다. 거기서 그는 교사들이 제시하는 일방적인 추천도서 목록이 학생들의 정서적·심리적 상황을 고려하는 데 미흡했다는 자각으로 책 소개 또한 철저하게 '학생 중심'으로 이루어져야 한다는 결론에 도달한다. 그들의 예민한 감수성과 지적 수준, 그리고 청소년기의 특성까지 고려해야 하기에 아무리 훌륭한 책이라도 청소년들에게 추천할 때는 한 번 더 생각해야 한다는 것이다. 그래서 시범적으로 '상황별 권장도서 목록'을 제안하고 있는데, 이것이 실제 교육 현장에서 어떤 효과를 발휘할지는 더 관찰해볼 일이다.

다만 나로서는 '보다 효과적인' 권장도서 목록을 제시하는 것과는 별도로 '권장도서 패러다임' 자체에 대해서 한번쯤 의문을 품어봄 직하다는 생각이 든다. 허 교사는 "'청소년 도서'라는 게 정말로 존재할 수 있느냐고 묻는 사람도 있다"는 반문에 대해 "그렇다면 이 세상의 모든 책이 청소년들에게 적합하다는 말인가? 아니면 이 세상의 모든 책이 청소

책을 읽을 자유

년들에게는 적합하지 않다는 말인가?"라고 반박하는데, 사실 더 근원적인 물음을 던지자면 '과연 이 세상이 청소년들에게 적합한가?'라고 물어야 할 것이다. 허 교사가 드는 사례지만, 가령 황석영의 단편소설 「삼포 가는 길」이 훌륭한 문학 작품으로서의 조건을 다 갖추고 있다 하더라도 등장인물인 술집 작부 백화의 "내 배 위로 연대 병력이 지나갔어"라는 대사 때문에 청소년에게 '유해한' 영향을 끼칠 수 있다는 관점을 고수하는 교사들도 있다고 한다. 물론 청소년을 교육의 대상으로만 간주할 때 가능한 태도다. '교육의 대상'이란 돌봄의 대상이면서 훈육의 대상이다. 아직 자립적인 사고와 판단 능력이 부족하기에 적극적인 보호와 관리가 필요하다는 얘기다.

하지만 과연 그런가라고 따져 묻기 전에 궁금한 것은 과연 '통제'가 가능한가다. 과거 노출 수위가 높은 장면들만 '가위질'하고 상영하던 영화들처럼, 문제가 될 만한 대사와 장면을 삭제한 '안전한 문학 작품'들만 청소년들에게 읽히는 것이 가능할까? 학생들은 청소년 권장도서에 포함돼 있지 않으면 대다수 한국문학전집에 포함돼 있는 「삼포 가는 길」을 과연 읽지 않는 것일까? 사실 술집 작부의 말보다도 청소년들에게 더 유해한 것은 '스폰서 검사' 스캔들, 곧 일부 검사들에 대한 향응과 성접대 관련 보도이지 않을까? 더구나 전자가 픽션이라면 후자는 TV 뉴스에 나오는 현실이다. 초등학생 납치·성폭행과 여중생 성폭행·살해사건 등은 또 어떤가? 참혹한 국지전의 참상과 난민들의 기아를 보여주는 국제뉴스들은 어떤가? 너무나도 유해할 듯한 이런 '현실'을 과연 청소년들로부터 완전하게 분리시킬 수 있는지? 그러니까 '청소년 권장도서'를 제시하는 기본 취지에 대한 동의 유무와 무관하게 문제가 되는 것은 그 실효성이다. 그런 문제에 대한 고려 없이 '청소년 권장도서'의 의의를 강변한다면 그건 권장도서에 담긴 '이데올로기' 이전에 '알리바이' 같다.

청소년들을 위해서 우리가 이만큼 애를 쓰고 있지 않느냐는 알리바이 말이다.

허병두 교사가 "두 번 세 번 고민하여, 청소년들이 읽으면 좋을 법한 책들"이라고 고른 책 가운데는 제롬 샐린저의 『호밀밭의 파수꾼』도 포함돼 있는데, 사실 국내에서는 많은 청소년 권장도서 목록에 포함돼 있지만 미국에서조차도 일부 학교에서 한때는 '금서'로 지정됐던 책이다. 잘 알려진 대로 "문제아 홀든 콜필드가 학교에서 퇴학당한 후, 집에 돌아오기까지 2박 3일 동안 겪은 방황을 그려낸 소설"이다. "이 땅의 10대들도 자신의 이야기로 착각할 정도로 공감할 이야기"라고 허 교사는 추천 이유를 밝혔지만, 이 작품에는 호텔에 투숙한 홀든이 엘리베이터 보이의 꼬드김으로 창녀와 하룻밤을 보낼 뻔한 장면도 나온다. 또 가장 자상한 조언을 해준 선생님이 잠자고 있는 자신을 성추행하려는 '변태'로 오인하고 급하게 도망가는 장면도 들어 있다. 공감할 수는 있지만 한국의 10대들이 '자신의 이야기'로 착각할 정도는 아닌 듯싶다. 그렇다고 하여 나는 이 작품이 '청소년 권장도서'에서 빠져야 한다고 생각하는 것도 아니다. 그건 다른 한편으로 '권장도서'의 힘과 의의를 승인하는 일이 될 것이다. 하지만 실상은 '권장도서이거나 아니거나'가 아닐까. 그것이 학생들의 독서에 미치는 실질적인 영향이란 건 지극히 미심쩍다는 게 나의 판단이다. 그 영향이 권장도서를 둘러싼 당사자들 간의 이해관계나 입시와의 연관 속에서 파악될 수는 있을지언정 학생들과는 무관해 보인다.

청소년 권장도서가 '섬기는' 이데올로기라는 게 있다면, 그것은 청소년기 독서가 교육과 긴밀한 연관성을 갖는다는 것이겠다. 교육이란 무엇인가? 독일의 철학자이자 교육학자 오토 볼노브가 『실존철학과 교육학』에서 제시한 견해를 빌리자면, 원래 수공업적 작업에서 '재료의 가

공'이라는 뜻으로 사용되던 라틴어 'formatio animae'의 독일어 번역이 '빌둥Bildung'이었다. 우리말로는 '교육' '교양' '도야' 등을 뜻하는 말이다. 그러한 기원적 의미를 갖는 교육에 대한 이해는 두 가지로 갈라지게 된다. 하나는 기계적인 이해로, 교육을 외부로부터의 기계적인 주조로 간주한다. 반면에 유기체적 이해는 교육을 내부로부터의 유기체적인 성장이라고 정의한다. 서로 상반되는 듯싶지만 이 두 가지 교육관은 인간의 '가소성'을 전제로 받아들인다는 점에서는 일치한다. "연속적인 형성이든 혹은 연속적인 발달이든 간에 두 경우 모두 점진적으로 인간의 교육을 성취해 갈 수 있다고 생각하는 점에서 공통점을 갖고 있다." 교육관에서는 차이가 있을지 몰라도 연속성과 가소성에 기반한 인간관은 공통적이라는 지적이다.

하지만 그와는 다른 인간관도 엄연히 가능하며 또한 존재한다. 가령 실존주의 철학에 따르면 근본적으로는 어떤 연속적인 삶의 경과도 있을 수 없다. 점진적인 발전이란 없으며 어느 한 순간에 집결된 힘으로 이루어지는 하나의 비약이 있을 뿐이다. 교육이 가능하다는 것은 인간이 교육을 통해서 뭔가를 형성해갈 수 있다는 '가소성'을 전제하지만 실존철학은 그러한 가소성에 대해 부정적이다. 거창하게 실존적인 인간학까지 꺼낸 것은 권장도서의 이데올로기가 전제하는 것이 역시 똑같이 인간의 가소성이 아닌가라는 판단 때문이다. 물론 그런 면도 없지 않을 것이다. 성장기에 잘 먹은 학생들의 영양이나 성장이 좋은 것처럼 주위에서 어떻게 돌봐주느냐에 따라서 아이의 장래가 달라질 수도 있다. 하지만 적어도 독서의 경우라면, 학생들은 '재료'가 아니다. 권장도서의 조합으로 학생들을 원하는 방향으로 인도할 수 없다. 그게 역설적이지만 독서의 효과다. 독서는 생각할 수 있는 힘을 길러주고 기성의 가치관이나 통념에 저항할 수 있는 역량을 키워준다. 그렇다면 문제는 '독서력'이지 '권

'장도서'가 아니다.

도스토예프스키의 『지하로부터의 수기』는 "나는 아픈 인간이다……
나는 심술궂은 인간이다. 나란 인간은 통 매력이 없다. 내 생각에 나는
간이 아픈 것 같다"라는 진술로 시작한다. 주인공의 자학적 페시미즘이
시작부터 도드라진다. 그러고는 '의식 자체가 병'이라는 결론까지 도출
해낸다. 세계문학전집에 포함돼 있더라도 이런 작품은 가뜩이나 자의식
이 민감한 청소년들에게 '긍정적인' 영향을 주기는 어려울 듯싶다. 그래
서 이시이 요지로라는 도쿄대 교수는 '읽어서는 안 되는 책 15권'에 꼽
기까지 했다. 하지만 이런 건 일반론이며 모든 독서는 특수한 사례가 될
수 있다. 『지하로부터의 수기』가 '불온한' 혹은 '유해한' 책이라는 데 현
혹되어 또 이 작품을 읽으려는 청소년들이 반드시 있다. 대부분은 읽다
가 포기하거나 집어던지겠지만 한둘은 도스토예프스키 문학에 '입문'할
수도 있다. 이제까지의 가치관이 흔들리는 걸 경험할 수도 있고, 인생의
진로를 재조정할 수도 있다. 독서는 그런 것이며, 그것이 또한 독서의
본성이다. 그러니 아무도 말릴 수 없다. 그건 권장도서로도 역부족이라
는 게 내 생각이다. (〈자음과모음R〉, 2010년 7/8월 창간호)

좋은 시간 되세요![●]

_신형철(문학평론가)

로쟈-기계

거의 연중무휴로 강의가 개설되는 강의실이 있다. 매일 천 명 이상의 사람들이 들락거리는 그 강의실을 혼자 지키면서 강의를 전담하는 강사가 있다. 어떤 날에는 신속 정확하게 작성한 그날그날의 칼럼을 나눠주기도 하고, 또 어떤 날에는 새로 나온 번역서들의 오역을 하나하나 짚어주기도 하며, 그게 여의치 않은 날에는 신간들 중 알곡을 골라 대강의 내용을 브리핑해주고, 그마저도 여의치 않은 날에는 과거에 쓴 자작시를 읽어주어 미소를 짓게 만든다. 누구나 들어가 청강할 수 있고 누구도 빈손으로 돌아가는 일이 없다. 가능한 일인가? 실제 상황이다. 강사의 이름은 '로쟈', 강의실의 이름은 '로쟈의 저공비행'이다.

그 강의에 거의 매일 출석하는 나는 가끔 생각한다. 저이는 사람이 아니라 기계가 아닌가? 이 책의 저자가 정통해 있는 정신분석학에 따르면, 욕망은 '목표'와 더불어 활성화되지만 충동은 운동 자체가 하나의 '목적'이다. 욕망은 조건적(계산적)이지만 충동은 무조건적(맹목적)이다. 그래서 충동의 형상은 대개 기계적인 어떤 것으로 나타난다. 터미네이터, 로보캅, 좀비, 뱀파이어 등등. 그것들은 달리고 죽이고 깨물고 빤다. 대화와 타협이 불가능한, 존재 그 자체가 목적인 존재들. 로쟈의 읽기와 쓰기가 그렇지 않은가. 그는 읽고 쓰고 읽고 쓰고 읽고 쓴다. 로쟈-기계의 두 번째 책이 나왔다. 뭐, 무려 600쪽밖에 안 된다.

나의 위치는 애매하다. 그보다 열 살 가까이 어린 사람이 덕담을 건네기도 뭐하고, 그만큼 공부가 깊지 않으니 논전을 벌이기에도 역부족인데다, 만난 횟수가 대여섯 차례에 불과하니 살가운 뒷얘기를 들려드릴 처지도 못 된다. 그러니 늘 하던 대로 문학평론 흉내나 낼 수밖에 없다. 이 작가는 도대체 어떤 사람인가를 생각해보고 이 텍스트는 어째서 이토록 매혹적인가를 따져보는 일이 그것이다. 앞의 일을 먼저 해보자. 그러나 나는 인간 이현우가 아니라 필자 로쟈에 대해서밖에 모른다. 인간 김해경이 필자 이상李箱으로 변신한 뒤 김해경을 거울 속에 가둬버린 것만큼은 아니겠지만, 로쟈의 글에서도 이현우의 모습은 흐릿하다.

로쟈-주체

작가 존 치버의 연보 중 1973년 항목에는 "작가 레이먼드 카버를 만나 같이 술을 마시며 일 년을 보냈다"라고 적혀 있다. 진짜 연보란 이런 것이다. 그러나 읽고 쓰고 읽고 쓰고 읽고 쓰는 로쟈의 연보는, 따분해라, 그의 독서 일지와 얼추 포개질 것이다. 그는 중학교 2학년 때 헤세의 『수레바퀴 밑에서』를 읽고 깊은 충격을 받는다. "후유증으로 한동안 고의적으로 공부를 소홀히 했다."166쪽 이 독서는 그의 "독서 체험의 밑바닥"같은 곳을 이룬다. 고등학생 로쟈는 사르트르의 단편집을 읽고 그를 "나의 '영웅'"23쪽으로 영접할 준비를 시작한다. 남들처럼 헤세와 사르트르로 문학에 입문했지만 남들이 다 읽(었다고 말하)는 『데미안』과 『구토』는 끝내 읽지 않았다.

로쟈는 87학번일 것이다. 장정일의 『햄버거에 대한 명상』1987에 대해 그가 "대학 1학년 때인데 근엄한 시들만 읽어오다가 이런 시를 맞닥뜨렸을 때의 '쾌감'은 요즘 다시 맛보기 어려운 것"232쪽이라 회상하고 있으니 그렇다. 87학번들이 대개 읽었을 '교과서'들을 그도 열심히 읽었을까? 모르겠으되, 계간지《세계의문학》1988년 여름호에『참을 수 없는 존재의 가벼움』이 완역·전재되면서 국내에 널리 알려진, 당시 그의 열혈 선배들은 분명 좋아하지 않았을 밀란 쿤데라를, 그가 좋아했던 것은 분명하다. 90년대 초반에 로쟈는 "지방 소도시에서 방위 생활을 하다가 퇴근길에 서점에 들러서"223쪽 김훈의『풍경과 상처』1993를 구입한 적이 있다. 그는 김훈의 에세이들을 "숭배"『로쟈의 인문학 서재』, 73쪽, 이하『서재』한다.

소위 386 세대인 그가 80년대를 돌아볼 때 느끼는 정서는 착잡한 애증에 가깝다. 지난번 책『로쟈의 인문학 서재』에 수록돼 있는, 그의 글 중 가장 많은 물음표를 사용하고 있는 글에서 로쟈는 "한국의 80년대는 특별했다"『서재』, 92쪽고 말하는 김규항을 불편해한다. 자기 세대에 대한 나르시시즘이나 우리시대에 대한 경멸보다 선행되어야 할 것은 80년대에 대한 냉정한 자기 성찰이라고 그는 믿는다. 예나 지금이나 로쟈는 "회색인"『서재』, 107쪽이다. 저번 책에서 고종석에 대해 쓸 때 그는 "나의 정치적 입장은 그와 대동소이하다"『서재』, 88쪽라고 적었고, 이번 책에서 강상중의 "'리버럴'의 입장"36쪽에 대해 쓸 때 그의 문장들은 따뜻하다.

2010년의 로쟈에게 나는 두 가지가 궁금했다. 그가 여전히 문학의 힘을 믿는지, 그리고 행복이 무엇이라고 생각하는지. 이것은 나에게 호감을 갖게 하는 선배들에게 내가 언제나 물을 준비가 돼 있는 두 질문이기도 하다. 이 책의 가장 흥미로운 글 중 하나에서 그는 '문학은 영원하다'고 믿는 신도들과 '문학은 죽었다'를 외치는 종말론자들로부터 자신을 구별해낸다. 그는 문학이 죽었다는 것을 알지만(신도들은 모른다) 그래도 문학은 살아 있다고 믿는다(종말론자들은 안 믿는다). "믿음 자체에 대한 믿음"217쪽이라는 제3의 입장이 그의 것이다. "우리는 문학을 좀더 진지하게 믿는 척할 필요가 있다."218쪽 그는 맹목과 냉소 사이에 '책임'의 길을 낸다.

그리고 행복이란 무엇인가? "나는 행복하다고 말하는 사람은 거짓말을 하고 있다. [……] 나는 행복했었다고 말하는 사람만이 행복에 대해 신의를 지키고 있는 것이다."아도르노, 『미니마 모랄리아』, 72장 이것은 언제나 희망의 아름다움보다는 절망의 정의로움 편에 서려고 했던 아도르노의 말이다. "저에게 행복이란 주변 사람들이, 더 나아가 모든 사람들이 행복에 대해서 고민하지 않는 것입니다."525쪽 이것은 행복이 목표인 사회는 불행한 사회라고 믿는 로쟈의 말이다. 그는 경제가 성장하고 정치가 진보하면 행복해질 거라고 믿지 않는다. 아도르노는 현재와 냉전하기 위해 행복을 과거에 보존하려 하고, 로쟈는 현재에 충실하기 위해 행복을 미래로부터 탈환해낸다.

로쟈-텍스트

로쟈라는 텍스트에서 배울 것이 많지만 그중 네 가지만 말해보자. 너무 많이 읽은 사람답게 혹은 너무 많이 읽은 사람임에도, 로쟈는 읽은 것들의 배열/배치에 능하다. 지난 책에서 그가 1990년 전후의 '몰락'을 성찰할 때 황지우와 장정일을 동원한 것은 특별한 일이 아닐 수 있다. 그러나 '새들처럼 세상을 뜨지 못한' 꿈들이 '닭장차'에 실려가버린 사태를 애석해하면서 "양계장의 닭들은 멍할 거야. 좆같다고 느낄 거야"『서재』, 43쪽, 장정일의 『보트하우스』에서 인용로 자연스럽게 넘어가는 대목 같은 것은 좀 속는 기분이 들 정도로 능란하다. 약간 과장하면, 원래부터 그렇게 배열/배치되기 위해서 씌인 작품들처럼 보인다. 텍스트들은 연결될 때 더 생생해진다. (인)문학을 '사용'하는 한 방법을 그의 글에서 배운다.

로쟈의 글은 무시로 짝짓기를 시도한다. 예컨대 그가 벤야민이 산책한 도시들을 "도시-텍스트city-as-text"로, 그 체험이 낳은 기획인 『아케이드 프로젝트』를 "텍스트-도시text-as-city"로 명명하면서483쪽 개념의 짝짓기를 시도할 때 사태는 아주 명쾌해진다. 짝짓기는 개념의 층위에서 대상의 층위로 나아간다. 밀란 쿤데라가 『안나 카레니나』와 『악령』에서의 자살을 짝지어서 두 문호를 함께 읽는 방법 하나를 알려준 것처럼190쪽, 로쟈가 "카프카 문학의 비밀이 그의 아버지와의 관계에 놓여 있듯이 카뮈 문학의 경우는 어머니와의 관계를 밑바탕으로 한다"178쪽라고 적어주면 우리는 이미 잘 알고 있는 두 사람을 '다시' 알게 된 것 같은 느낌을 받는다.

로쟈가 지도 그리기에 능하게 된 것은 재능이 아니라 노력의 결과일 것이다. 그것은 〈대동여지도〉를 만든 것이 고산자의 재능이 아니라 노력인 것과 같다. 이번 책에서 특히 벤야민을 다룬 부분이 그렇다. 벤야민이라는 도시의 입구에서 우왕좌왕할 때 "웰컴 투 벤야민베가스!"383쪽라고 외치면서 로드맵을 건네주는 사람이 있다는 것은 참 편한 일이다. 게다가 그는 지도를 구성하는 몇몇 이정표들에 중대한 오류가 있다는 것까지 잊지 않고 알려준다. 그래서 우리는 아도르노의 「발터 벤야민의 초상」『프리즘』으로 들어가 길을 잃지 않고 마셜 버먼의 「발터 벤야민―도시의 천사」『맑스주의의 향연』에서부터 무난히 시작할 수 있게 된다.

엉터리 번역서 때문에 시간과 돈을 날렸을 때 로쟈는 드물게 신랄해진다. 원서와 대조해 오역을 정정하면서 계몽적으로 투덜댄다. 덕분에 나는 내가 갖고 있는 책의 원래 문장에 줄을 긋고 그의 손을 거친 새 문장을 써넣은 적이 많다. 번역 작업이 홀대받는 환경에서 고생한 역자들에게 지나치게 냉혹하다고 나무라는 분들도 있다. 그러나 그는 실수와 태만을 구별할 줄 알고 후자에 대해서만 신랄해진다. 조만간 한 권의 책을 번역하게 될지도 모르겠는데 로쟈가 무서워서라도 빈틈없이 하려고 한다. 과거에는 없었을 이런 분위기가 생겼다는 것 자체가 고무적인 일이 아닌가. 로쟈라는 초자아가 기여한 바 크다.

정리하자. 데이비드 브룩스라는 칼럼니스트가 《뉴욕타임즈》에 기고한 칼럼2010년 6월 8일자에 따르면 인문학이 필요한 이유는 최소한 네 가지 이상인데 그중 결정적인 것은 이것이다. 지난 세기 동안 인문학은 인간 행동을 이해하는 다양한 시스템을 구축해 왔는데 그것을 이해해야만 우리 내면의 짐승inner beast을 다스릴 수 있다는 것. 이번 책에서 로쟈는 문학·철학·역사학·사회학을 넘나들면서, 배치하기·짝짓기·지도 그리기·교정하기 등등의 테크닉을 발휘하여 저 '다양한 시스템'을 전체적으로 조망할 수 있게 한다. 에세이집에 가까운 지난 책이 깊었다면, 서평집이라고 할 수 있는 이번 책은 넓다. 두 권의 책에서 우리시대의 인문학은 서로 다른 방식으로 춤춘다.

로쟈-은행

로쟈-주체의 엉성한 초상화를 그렸고 로쟈-텍스트의 표정들을 거칠게 살폈다. 앞에서 나의 위치가 애매하다고 적었으나 이제는 잘 알겠다. 나는 빚쟁이다. 그가 담보도 이자도 없이 그의 지식자본을 대출해주었기 때문에 나는 여러 번 시행착오를 피할 수 있었고 더듬거리며 앞으로 나아갈 수 있었다(이 글로 빚을 좀 갚아볼까 했는데 더 늘어난 기분이다). 대개의 지식자본이 자본가-지식인의 자기 재생산에 투자되는 게 일반적인 시대에, 그는 어리석게도 이십 수년 동안 축적한 것들을 인터넷에서 무상으로 공유하기 위해 많은 시간을 투자하는 이상한 사람이다(얼마 안 되는 원고료와 출판사에서 보내주는 몇 권의 책이 충분한 보상이 된다고 믿는 분들은 설마 없으리라). 그러니 이 책은 적어도 나에게는 일종의 대출 장부에 가깝다. 나뿐만이 아닐 것이다.

빚쟁이인 주제에 한 마디만 덧붙이자. 그의 두 권의 책에서 내가 특히 재미있게 읽은 글들―예컨대 「문체, 혹은 양파에 대하여」나 「기형도의 보편문법」 같은—에는 발표 지면이 적혀 있지 않다. 청탁도 마감도 없이 자신만을 위해 쓴 글이어서 그럴 것이다. 나는 그가 서평이나 칼럼처럼 '짧고 공익적인' 글 못지않게 '길고 이기적인' 글들을 더 많이 쓰면 좋겠다. 앞에서 로쟈-기계 운운했지만 나는 지금 그가 지치지나 않을까 주제넘은 걱정을 하고 있는 것이다. 아니, 사실은 로쟈의 모든 애독자들을 대신해서 그에게 압력을 가하고 있는 것이다. 자, 마지막으로, 본문보다 발문을 먼저 읽는 습관이 있는 독자 여러분께 인사를. 좋은 시간 되세요!

● 테리 이글턴이 지젝에 대해 쓴 글의 제목을 조금 바꿔서 이 글의 제목으로 삼았다(「즐거운 시간 되세요」, 『반대자의 초상』, 테리 이글턴, 김지선 옮김, 이매진, 2010). 이 진수성찬을 앞에 두고 나는 더 적절한 다른 제목을 떠올리는 데 실패했다.

| 신형철 | 문학평론가. 서울대 국문과를 졸업하고 동대학원 박사과정을 수료했다.《문학동네》2005년 봄호에 평론을 발표하면서 등단했다. 평론집 『몰락의 에티카』2008를 출간했고 현재《문학동네》편집위원으로 활동 중이다.

ㅎ